**编委会名单**（按姓氏笔画排序）：

卢咸池　邹友思　张珞平　林　麒

周　跃　郑启五　章　慧

# 永远的厦大孩子

章 慧 郑启五 主编

卢咸池 主审

厦门大学出版社
XIAMEN UNIVERSITY PRESS

国家一级出版社
全国百佳图书出版单位

# 厦大人的认同感

厦门大学即将迎来95周年校庆。近百年间,曾经在这里工作过的老师和职工,在这里学习过的校友,在这里生活过的教职工子女,对厦门大学都有亲切的认同感。这种亲切的认同感并不是有些人所说的宗族遗风或岛民思想,而是来自陈嘉庚爱祖国、爱家乡的精神,来自共同经历长汀时期的战乱和"文革"时期的动乱,来自共同生于斯的美丽校园,来自面对大海的包容心胸和相互关怀。

见证这一强烈、持恒的认同感是厦大校友会遍布全国所有省区和许多城市,以及东南亚各国和世界重要国家。也见证于这本《永远的厦大孩子》。这是一群20世纪五六十年代生活于厦大校园的教职工子女,如今已是半个多世纪前的故事。他们有的已届退休之年,有的即将退休,虽都历经沧桑,而作为厦大人的认同感,仍然是那样温馨而强烈。本书将珍重地告诉在职、在学和所有生活于校园中的厦大人,珍惜你的光阴,留下美好的怀念。

潘懋元

2014 年 12 月 26 日

# 我们是永远的厦大孩子

郑启五

多年前我参与接待一个台湾学者代表团,都是七老八十的人了,居然还自诩什么"男生"、"女生",觉得甚是奇怪,但渐渐习惯,且温馨甜美,后来我的一篇散文就写《永远的男生女生》。

《永远的厦大孩子》其实远比《永远的男生女生》更有诗意的抒发,它可能是全世界独一无二的。"厦大孩子"是我们大家共同的名字,我们就是在这个神奇的名分下重新嘻嘻哈哈地忘情聚集,又恋恋不舍地依依惜别,道一句珍重,说一声再来。

半个世纪前,我们的的确确都是孩子,调皮的男孩,欢乐的女孩,一路蹦蹦跳跳。厦大校园是我们成长的摇篮,是我们撒野的乐园,是我们温馨的港湾……

50年后我们已经不小,但在校园熟悉的老榕树面前,我们依旧还是一群快乐的小小鸟;在嘉庚老伯慈爱的目光里,我们仍然还是一拨纯真的小毛孩;在我们温馨的回忆里,我们总是情不自禁走回过去,一个小名喊一生,从国光喊到敬贤,从六岁叫到六十岁……

我们势必渐渐老去,像我们的父母前辈。我们的父母前辈已经把他们的青春和才华完全熔铸到这座神奇的校园里,厦大伟岸的躯体中奔流着我们父母亲永生的热血,于是我们肃然起敬,于是我们倍感骄傲。我们过去在年龄上是厦大孩子,我们今天是心灵上的厦大孩子,明天我们在辈分上依然还是厦大孩子,我们是"永远的厦大孩子"!

我们是永远的厦大孩子

# 目录

## 第一章　童年时光·东澳

## 第二章　岁月·历程

目录

## 第三章　我的父亲母亲

目
录

# 第四章　厦大——我的家

## 第五章　厦大孩子再聚首

童年时光·东澳

第一章

# "厦大孩子"的"味道"

潘世墨

有个说法,把大学的校园——当然是很有历史文化底蕴的高等学府——比喻为腌菜坛子,这是很有些道理的。从坛子里捞出浸泡的腌菜,就有了这个坛子的味道。同样的菜蔬,同样的工序,在不同的坛子里经过不同的配料的浸泡,味道迥然。例如,潮汕的咸菜、客家的梅菜、福州的糟菜、韩国的泡菜等等。

"青涩"学子,在大学校园"浸泡"了四年,或者七年、十年,自然而然就有了这所大学的"味道"。这种"味道",不以学问深浅、财富多寡、职位高低、操守优劣而改变。我们在交际中,可以轻易地区分对方是厦门大学校友或者福建师大校友,也不难辨别出清华出身或者北大出身,这是母校"味道"使然。

何谓厦大的"味道"? 见仁见智,难有定规。我在厦大校园"浸泡"了五六十年,切身体悟是:厦大的"味道",是带有"甜味"的"感恩"和"辣味"的"自强"。

在"厦大孩子"的身上,更深刻感受到包含这种"甜味"和"辣味"的"味道"。"厦大孩子",应当是指"父母是厦大教职工,本人童年、少年生活在厦大校园"这样一个群体。行笔至此,脑海中浮现出一个个童年伙伴、少年同窗的熟悉的身影……这个群体,带有与千千万万校友相同的厦大"味道",细细嚼来,更有一股浓厚的、经久不褪的"味道"。

作为"厦大孩子"的一员,我以为,体现在"厦大孩子"身上的"味道",大体有三:一是以校为家。对生于斯、长于斯的学校引以为豪,对校园的一草

一木、一砖一瓦，充满感情；对校主陈嘉庚爱国爱乡、倾资兴学精神，无限敬仰。每每言及，如数家珍，聊两三小时，不成问题。二是好学上进。父母是人生的第一教师，校园是接触社会的第一课堂，"知识是最重要的财富，勤奋学习，力争上游"成为人生的奋斗目标。三是洁身自好。相对而言，比起"富二代"、"官二代"、"艺二代"、"军二代"，作为"学二代"的"厦大孩子"，更加注重修身养性、谦虚待人、谨慎处事。这似乎是生而有之，应是前二者顺理成章的结果。

生长于 20 世纪 50 年代、60 年代的"厦大孩子"，有无忧无虑的童年，"文革"磨难，知青上山下乡的历练，改革开放以来的奋斗⋯⋯ 无论我们浪迹天涯海角，无论我们历经惊涛骇浪，经过五十年、六十年，容貌变了，性情变了，心态变了，思想变了，但是，我们心中的"厦大孩子"烙印永驻，我们身上的"厦大孩子"的"味道"不变。

2014 年 12 月 25 日

# 别迟疑　莫犹豫
——寄语儿时厦大孩子的同学玩伴和邻居

钟伟良


别等到不幸的消息传来，
才勾起你多年前留下的那一点点记忆，
一张张熟悉的邻家少年脸上，
闪亮着阳光淳朴稚嫩顽皮的气息。

别等你知道再也无法与她联系，
才让你觉得失去了什么宝贵的东西，
想当年那恰似不经意伸过"三八线"的考卷一角，
助你解答了最头疼的考题。

当你闲来无事自家休憩之时，
他们的一通电话给你带来无限的惊喜，
此时的你也许会怀念，
儿时那善意的甚至是略带恶意的打闹嬉戏。

你是否还记得南普陀的晨钟暮鼓，
是否还记得建南大礼堂庄严肃穆，
是否还记得华侨河畔那一株株拂风的垂柳，
是否还记得卧云山舍曾经历过的兴衰荣辱。

别迟疑,莫犹豫,
时光再多也终将会流去，
莫让那些记忆中美好的东西，

也随着时间的流淌而慢慢地、悄悄地逝去。

别迟疑，莫犹豫，
拿起你的电话，打开你的手机，
将孤独的回忆转换为彼此的联系，
去珍惜并享受那永远无法复制的纯情真谊。

永远如寇大孩子

# 童言无忌

## ——我的童年回忆

### 卢咸池

## 同文路印象——我的人生第一缕记忆

我出生在鼓浪屿宁远楼。厦门同文路有几栋厦大教工宿舍楼,因为离学校近,父亲卢嘉锡经常住在这里。后来全家也都过来了(图1)。这里保留了我人生的最初记忆。在依稀模糊的记忆中,还不满三岁的我,有时会拿一张矮凳子放在窗下,然后站上去,从窗口眺望着新奇的外面世界。一天,父亲突然朝对面楼喊道:"松踪(生物系张松踪教授)啊,炮子(炮弹)从我们头上飞过去了!"这原本不过是我幼年记忆中平常的一瞥,本会随着时间的推移在脑海中淡化直至最后消失。但是在我的小学高年级时,一次父亲在饭桌上对我们兄弟说:"你们知道吗,解放军攻打厦门时,炮击胡里山国民党军据点,炮弹就从同文路厦大宿舍上空飞过。"这话唤起了我幼年时的记忆,它成为我有准确时间坐标的人生第一缕记忆:1949年10月16日。

小孩总是贪睡的。父母亲经常一早就叫醒我们兄弟:"快起来,你们看林伯伯在舞剑了。"于是我们赶紧起床,站在矮凳上,从窗口看着林惠祥伯伯(历史系教授)在楼下时而舞剑、时而打拳。还有几次,晚上我们在床上打闹,突然电灯熄了。这时妈妈吴逊玉就说:"戒严了,快睡觉。"长大后我才知道,当时国民党飞机经常来骚扰,这时就会实行全市灯火管制。

记得有几天,每到晚上,不远处的太古码头上,十几二十个工人排成一

队，每人举着一根木棒，上面顶着一个巨大的"腰鼓"，只有第一个人木棒上顶着的是一个大圆球，队伍随着指挥有条不紊地跑动。几天后就是春节了。天刚黑，爸爸妈妈和我们围着桌子吃年夜饭，桌下放着一个小火炉，妈妈不时抓起一小把盐撒到炉子里，盐一遇火，噼里啪啦地响，这叫"围炉"。吃过饭，我们爬上楼顶阳台，只见太古码头锣鼓喧天，工人们举着的"腰鼓"蒙上了色彩斑斓的花

图 1　我和父亲、大哥

1946 年 11 月底，我出生未满月，父亲就离家去浙江大学讲课；第二年春节后父亲回到厦门，我已经会笑了。于是他抱着才三个多月大的我，带着我的大哥嵩岳，在同文路厦大教工宿舍楼顶的平台上照了这张照片

布，成为一条威武的长龙。随着鼓声，长龙在欢乐的人群中腾飞、翻滚，煞是壮观，码头工人以此表达解放的欢欣。"舞龙"持续了好几天，有一天晚饭后我急着往阳台上跑，一脚踩空，额头磕到了台阶上，流了好多血，至今留下一条伤疤。

## 在龙岩——我上学了

1950 年夏，朝鲜战争爆发；10 月，中国人民志愿军入朝参战，台湾海峡局势也骤然紧张。1951 年春，厦门大学理、工学院转移到龙岩办学。学生们是徒步走到龙岩的。而我们随迁家属受优待，先到漳州石码镇住了一夜，然后乘大篷卡车出发。汽车时而轰鸣、时而呻吟，在盘山公路上颠簸，尘土

飞扬。我们小孩子只觉好奇,而母亲晕车不断呕吐。十四岁的哥哥急忙用漱口缸接着,然后揭开篷布倒到车外。

到龙岩后,我们住在白土乡一栋"门"形的两层楼里。我家住进门右手边的二楼,对面是刚留英归来的化学系教授陈国珍(我叫他"国珍叔"),其余还是房东住着。大哥进县中读初三,平时住校,周末才回家。

安顿下来后,妈妈把刚四岁多的我送进了当地学校——龙岩县东肖区中心小学。那时小学春、秋季都能入学,称为"春季班"、"秋季班";不称"年级",叫"一册"、"二册"……即现在的"一上"、"一下"等;还分初小(一至八册)和高小(九册以上)。国珍叔的两个女儿和我一起进学校。六岁的姐姐重昇(生于福建大田,小名"阿田")读二册(秋季班),妹妹重昱(生在厦大蜂巢山,小名"阿蜂")比我还小两个月,和我同读一册(春季班)。我从未进过幼儿园,直接进了小学。

记得一册语文第一课课文就三个字:"开学了。"第二课则是:"开学了,我们上学。"每周一上课前要在操场上整队唱歌,当唱到"起来,起来,起来!"的时候,就有一面红旗在旗杆上升起(四岁多的我还不懂这是在"唱国歌"、"升国旗")。我学习很用功,每天回家就趴在桌子上看书做作业。一次周末,我在家吹肥皂泡玩,然后写字做作业,突然晕倒了。大哥赶紧出去请来医生,开了一些药,还叮嘱我少吹肥皂泡。那时不知道为什么,现在想想也有道理,因为吹泡泡要不断呼出空气,对于年幼体弱的我来说容易造成大脑缺氧。一册读完,该升入二册了(那时叫"升班"),可是期末考完,只有我、重昱和一个本地同学能升班。学校说不办二册了,你们"跳班"读三册吧。于是我们与她姐姐变成同班了。

我们上学要路过一座小宅院。本地同学告诉我,里面有一个"赛金星",很可怕。一天放学路上,我们从门缝里好奇地向里面张望。可是令我大失所望,只见一个老太太背朝我们在梳头,看不出模样有什么特别。眼看着老太太要转过身来,本地同学拉着我赶紧跑,边跑边朝身后"呸、呸"吐口水。长大后母亲告诉我,"赛金星"是当地的一个巫婆,我这才知道为什么会被说得那么可怕。过了宅院就是田间小路,龙岩冬天很冷,田水结了薄薄一层冰。农村同学带着我从田里捞出大块的薄冰,帮我在上面穿一个小眼,用稻草拴上提起,找一根小木棍,边走边敲。

第一年的小学生活就这样过去了。今天我已完全想不起那些本地孩子的姓名和相貌，但他们是那么友善、懂事，让我这个城里的孩子看到、听到那么多从不知道、从未经历过的事，件件往事至今仍记心中。

## 从"养正"小学到"东澳"小学

随着朝鲜战争僵持在三八线上，台湾海峡形势有所缓和。1952年春天，厦门大学理、工学院师生迁回厦门。我们家搬进厦大校区大南新村4号楼下，我也转学进入南普陀寺办的"厦门市私立养正小学"。当时我已读完三册，该升四册了。可是妈妈说：你年纪太小，身体又差，再说原来没读过二册，还是回头读二册吧，轻松点，也好养身体。于是我"掉"了一年，进二册读书。

这时国家开始规范基础教育，学年统一由秋季开始，一册、二册正名为一上、一下，并根据条件逐渐将私立学校改为公立。我在龙岩开始进的是春季班，后来因为跳班变成秋季班。否则到厦门后也要经过"跳班"或"降班"，才能变成秋季班。

开学后没多久，养正小学改成公立。当时厦门大学还属市郊，周边有东边社、顶澳仔、下澳仔等几个村庄，所以学校更名"厦门市公立东澳小学"，但"私立养正小学"的公章还沿用了一年。东澳小学的学生基本上是厦大子弟和几个村子的农村孩子，虽然有些差别，但相互之间没什么隔阂，更不说有的同学家里既有村里农民又有厦大职工。

一年后，学校开始建立少先队组织。在当时，这是一件大事。学校也办得很谨慎、隆重。要自己申请，经过批准后张榜公布，然后再举行入队仪式。那时正是初夏，天气已经很热。还没等到入队仪式，一位已被批准入队的下澳仔同学午间下池塘游泳不幸溺亡。全校一下炸了锅，不少同学对着红榜上这个同学的名字指指点点，学校也就此强调夏季游泳一定要注意安全。

1953年秋升入三年级不久，我得了"百日咳"，每天咳嗽不止，又怕传染给其他同学，足足一个多月没去上学。那时常有人拉网捕鸟来厦大宿舍区卖。妈妈根据治百日咳的偏方，几次买来麻雀，加上不知什么药材炖汤给我喝。要说今天捕杀野生鸟类是犯法的，可那是六十年前的事了，也只能引以为戒吧。1954年春,我虽然百日咳已经好了,但仍体弱,妈妈让我休学。我就此离开了共同学习过两年的这个班。

## 暂住梧桐埕

1954年秋,三弟象乾快满七周岁,报名上学。入学前体检,检查视力时,我好奇地在旁边看了一下,觉得最下面几行看不清,以为大家都如此,也没当回事。两年后发现眼睛近视,回想起来,才知道自己的视力早已开始明显下降了。我也要复学了。妈妈说,你没有读过三下,反正年纪还小,重读一遍三上吧。于是我再"留"一年,自此我的小学班级才固定下来。

刚开学没几天,9月3日,人民解放军开始炮击金门,史称"九三"炮轰金门(台湾称之"第一次台海危机",有人把1949年10月的金门战役当成"第一次台海危机",那是搞错了历史)。金门国民党军也多次向厦门打炮。厦大处在金门大炮射程之内,为保障生命财产安全,部分厦大家属疏散到福建内地,有的则迁到离前沿稍远的市区。我的姑婆(父亲的姑姑,也就是厦大原副总务长方虞田——我叫他"阿虞叔"——的母亲)住在城里的"梧桐埕",母亲带着我和弟妹们暂住到她家,父亲还住学校里,几天回来一次看看我们。这样,我又暂时告别了才相处不到十天的班上同学。

妈妈开始为我和三弟转学的事奔忙。梧桐埕附近有一所著名的老校民立小学,妈妈去跟他们一谈,他们二话没说就同意接收三弟入学,但因为三年级满员,我进不了。妈妈又去找不远处另一所定安小学,他们答应收我。关于学费问题,我和三弟在东澳小学报名时已交过学费,可民立和定安当时都还是私立学校,一是学费比公立学校贵,二是收费渠道也不一样。妈妈又去谈了几次,最后两个学校都答应只要补交私立与公立学校学费的差价就行。我们兄弟两人的转学问题算是谈妥了。

妈妈为安顿全家和我们转学之事内外奔忙。孩子的天性就是玩,离开了熟悉的厦大小伙伴,新街坊的孩子一个都不认识,姑婆家的表兄弟姐妹也都上学了,我不愿待在家里,就自己一个人往外跑。梧桐埕巷子口有一家小人书摊,一分钱(当时是旧币一百块)可以租一本坐着看。我就天天去那里看小人书,往往天快黑了,大人来叫吃饭才回家。没两三天摊主大哥哥就认

得我了。他看我每回一坐大半天不挪窝,样子也算老实,于是有事要离开就托我帮他看书摊。当然帮他看摊子时看书是不要钱的,我是乐此不疲。这天看完书要回家,觉得头特别沉,挣扎了一下才站起来,以为是坐的时间太长了。可是到家吃过饭一躺下就起不来了——我又病了。妈妈带着我前后跑了几家诊所、医院,都当感冒治,可怎么也治不好。几天后,我背上出现了一片红斑点。老人们一看:不好,出"pia"了!"pia"医学上叫"麻疹",是一种强烈的儿童传染病,早期症状类似重感冒,没有特效药,只能吃一些清热药品减轻症状,待出过疹子后慢慢自愈。早年几乎所有儿童都会感染麻疹,死亡率很高,如能治愈则此后有终身免疫力。可我大哥竟属于儿时没患过麻疹的极个别人之一,无怪乎妈妈没有这方面的经验。出过疹子,又吃了些药,我的病逐渐好转,可是三弟、大妹、五弟、六弟像排好队似的顺次都染上了,前后折腾了一个多月,拖累了母亲和姑婆一家。

孩子们的病慢慢地好了。母亲不好意思再麻烦姑婆,带着我们在附近租了一间房住下,又把我和三弟送进学校。已近期中考试了,我才来上课。班上的同学看着我,眼光里既陌生又带着不屑。我也不懂这些,只是在校专心听讲,回家认真复习、做作业。毕竟三上课程我已经学过一遍,原来学习基础又好,两周后期中考试,语文、算术两科竟得了全班唯一的"双百",一下子轰动了全年级。妈妈很高兴,带着我到文具店花3块钱买了一支钢笔作为奖励。期末考试,我语文98、算术100,还是全班第一。我在这个班只读了半个多学期。初中时,班上同学中有当年定安小学同级不同班的,一说起来,他们对当年兄弟班有个同学刚转来没几天就考了"双百"都还有印象。


## 我入队了

1955年春,台湾海峡形势趋于稳定。妈妈带着我们回到大南新村(图2),我转回东澳小学,在这里一直读到小学毕业。

开学后没多久,学校收到一封国外来信。信原来是寄给"厦门大学附小"的,厦大附小早已撤销,邮局就把信送到了东澳小学。学校没人看得懂,请厦大外文系老师将信翻译出来。原来,这是列宁格勒大学附小学生写来的。他们听说"九三"炮轰金门的前线有一所厦门大学,特写信向厦门大学附小的同学们致敬,表示在反对帝国主义的斗争中永远和厦大附小的同学们站在一起。学校在各班宣读这封信,苏联"老大哥"的小伙伴们的来信,让全校老师、同学着实激动了好一阵子。

又过了几天,一个喜讯在同学中传开:学校少先队要吸收新队员了!班上不少同学赶紧去找老师报名要求入队。可我不敢去,因为入队要年满九周岁,而我还不到八岁半。有同学报名回来鼓励我说:怕什么,老师说话

**图2　全家福**

1955年春天父母亲带着子女摄于大南4号庭院南墙外,照片中可以看到墙内4号的窗子。左起:咸池、五弟龙泉、父亲、大妹葛覃、母亲、六弟凤林、三弟象乾

挺和气的!于是我鼓足勇气也去报名,老师微笑着问我多大,我壮着胆子"撒谎":九岁了。学校哪有不知道学生年龄的,第一批公布的名单没有我。可能是考虑对少先队年龄没必要卡得太严吧,几天后学校又公布了第二榜,看到我和其他几个年龄较小的同学名字都在上面,心里甭提有多高兴哦!

5月底的一天,学校举行入队仪式,地点就在今天南普陀寺闽南佛学院门口的天井里。我们新队员排成两排,在"红领巾,胸前飘。少先队员志气高。时刻准备着,为国立功劳"的歌声中,老队员为我系上了红领巾。辅导员领呼:"准备着,为共产主义事业而奋斗!"我们齐声回答:"时刻准备着!"并顺次报出自己的姓名。最后,新老队员们一同高唱《中国少年先锋队队歌》:"我们新中国的儿童,我们新少年的先锋,团结起来继承着我们的父兄,不怕艰难不怕担子重"(当时的队歌由郭沫若作词、马思聪作曲;多年后才改为电影《英雄小八路》的主题歌《我们是共产主义接班人》)。将近六十年了,当时的情景至今记忆犹新。

## "防空壕课堂"

虽然不太打炮了,可是国民党飞机还经常来骚扰,有时甚至轰炸扫射。防空警报一响,不管是什么时间,手头在干什么都必须放下,大家马上跑到防空壕去躲避。不少人家里门边准备着小板凳、篮子,篮子里放着暖瓶和饼干,可以随时提起就走。防空壕就在大南新村和国光楼边上靠南普陀一侧,与宿舍区平行,有大约一人深,没有顶盖,每隔几米两旁就各挖出一个可以猫腰躲进一个大人的小洞。一次警报声刚响起,还来不及往防空壕跑,就听见空中传来防空炮火的巨响,我们只好躲在家里。几分钟后听见院子里"扑通"一声,大胆跑出去一看,天上掉下来一块高射炮弹片,有小孩巴掌大,摸上去还烫手呢。

空袭常发生在晚上。在防空壕里可以看到几束强烈的探照灯光柱射向黑暗的天空,光柱交叉处的亮点就是国民党飞机,一串串高射炮弹像红色的链条顺着探照灯光柱向上延伸,耳边听到的是飞机轰鸣和防空炮火声,但我没有亲眼看到过飞机被击落。"文革"初期看"毛泽东思想宣传队"演出:越南民兵正在学习毛主席著作,美国飞机来侵扰,民兵们举起手中的步枪,随着一声声枪响,美国飞机一架架往下掉。我跟同学说,我看过高射炮打飞机,很难打中,步枪打飞机更没那么容易。幸好没人去告密,否则我就成"诬蔑人民战争"的罪人了。

每次警报不管时间长短,都要到解除后才能回家。有时空中没有什么动静了,但警报没有解除,我们还要在防空壕里待一两个小时。这时住国光楼的叔叔们就会给我们讲故事,教我们一些小知识。有位叔叔告诉我们,尾数是5的数自己相乘(那时还不知道叫"自乘"),不用笔算,把首数加1乘以自己,得数后面写上25就可以。比如35×35,(3+1)×3=12,后面写上25,就是正确答案1225。还有一位叔叔说,要知道某一天是星期几,只要把这天的公历日期加上某一个数,然后除以7,余数0到6就分别表示这天是周日到周六。记住:1955年5月到12月要加的数分别是6、2、4、0、3、5、1、3。另一位叔叔说,夏天到了,孩子们都喜欢去海边游泳,把农历的日期减去1再乘以0.8,就是这天海水高潮的钟点,高潮前两三小时最适宜下海游泳。还有的叔叔教我们认天上的星座。后来防空壕上面加了盖,成为防空洞,警报响了不再钻防空壕而进防空洞,但"跑警报"的次数也逐渐减少了。

长大后想想,当年防空壕里学到的其实不过是些简单的数学、天文、地理知识,却激发了懵懂少年的好奇心和求知欲。至今回想起这样的"课堂",仍觉得别有风味。

## 父亲的关爱

父亲工作忙,每天早出晚归,还经常出差,在家时间少。但我仍时刻感到他的关爱。有一次,他去上海开会,特意买回一个不大的方盒子——一台以普通白炽灯泡作光源的儿童幻灯机。晚上吃过饭,父亲进书房工作,我们把饭厅灯一关,以白色墙壁当银幕,就放起幻灯片来了。父亲买来的幻灯片用约 5 厘米宽的长条玻璃做成,有《米老鼠》《木偶奇遇记》《三毛流浪记》,还有欧阳立安在狱中、毛岸英下乡拜农民为师等,让孩提时代的我们百看不厌,邻居的小伙伴们也常过来看。有时父亲工作累了,也会到饭厅和我们一起看幻灯片,听我们讲述幻灯片里的故事,他还用浅显的语言告诉我们什么叫"聚焦"、镜头为什么会放大。

父亲书房里,桌上的东西和许多书柜里的书不许我们乱动。但是有一个又矮又小的书柜,里面摆放着一些通俗读物,记得有苏联科普作家别莱利曼的《趣味物理学》《趣味天文学》《趣味代数学》《趣味几何学》,还有关于地球起源、生物进化、恐龙时代、天气与气候的书籍等,是专为我和弟妹们准备的。每当寒暑假,我总是一本本看得津津有味。有些书上的数学、物理知识,如《趣味代数学》中有一段文字"加法和乘法各有一种逆运算——减法和除法,而乘方却有两种逆运算——开方和对数",儿时的我尚不能理解,但脑子里却留下了印象,中学时代学到相关知识时,它给我"似曾相识""豁然开朗"的感觉。

父亲还几次带着我们兄弟姐妹来到当时正在建设中的厦门大学海滨"五大建筑"(大礼堂、物理馆、化学馆、生物馆、图书馆)工地,告诉我们,这个浩大的工程全部建设资金,都是厦大创办人、华侨领袖陈嘉庚先生发动海外爱国华侨捐助的。据说按最初设计,礼堂的门朝内开启。父亲知道后就根

据美国战时的经验教训说，一遇紧急情况需要疏散，里面的人向外涌，如大门向里开，会被顶死。后来礼堂的大门全部改为向外开启。

回想起来，我自学生时代起就追求真理、崇尚科学、爱好广泛，爱提问题、不愿盲从、执着地独立分析思考，除了学校的教育，也得益于父亲有形无形的言传身教，以及周边叔叔阿姨无时无刻不在点滴地影响着我。

## 铁路修到厦门

1956年秋天，鹰厦铁路全线修通。从前福建的交通困难，不亚于"蜀道之难，难于上青天"的四川。父亲曾告诉我，早年他去上海开会，要先从厦门乘汽车经高崎—集美轮渡过海，沿公路到福州，换乘闽江小火轮到南平，再换长途车到江西上饶，才能坐上火车。在全国铁路网四通八达的今天，多修一条铁路好像算不了什么。可在解放初期，国家经济实力薄弱，建设百废待兴，现代化水平又很低下，要靠自己的力量穿峻岭、跨海峡，修出一条近700公里的铁路，可真不是一件容易事。所以，铁路修到厦门那几天，全市像过节一样热闹，大批市民涌到铁路沿线去看火车。

这天老师组织我们去看铁路铺轨。铁路路基早几个月就修好了，上面铺了厚厚的一层道砟（那时候学校经常组织我们"勤工俭学"——打石子，打出的石子是不是用来做道砟，就不知道了），一排排枕木整齐地摆放在道砟上。工程车停在已铺好的路轨上，铁道兵战士排成两列，从车上各抽出一根铁轨，向前走几步，放到枕木上，上来几个战士拿着撬棍把铁轨位置调准，又有人把道夹摆放在枕木上的铁轨两边，再由几个战士抢着铁锤将道钉穿过道夹钉进枕木，把铁轨固定在枕木上，这对铁轨就铺好了。每铺设好几对铁轨，火车头就推着工程车，轧上新修好的路轨向前走一段，铁路就这样一节一节向前延伸。我们正看得入迷，突然火车头一个"大喘气"，烟囱喷出的煤灰撒在我们的头上、衣服上，可是大家仍然兴奋不已。

阿虞叔原来是学土木建筑的，修鹰厦铁路时，他曾参加选线勘测。1957年有一天，我们在大礼堂看一部反映鹰厦线建设的纪录片《移山填海》，银幕上山坳里几个人拿着图纸指指画画。妈妈急切地说："快看，阿虞叔！"可是没等我辨认清楚，镜头已一闪而过。一年后阿虞叔为试验沼气发生事故被严重烧伤不幸殉职。当初没看清他在电影中的镜头，留下了终生遗憾。

## "反右"运动来了

1957年夏天"反右"风暴席卷全国。厦大校园里也是大字报铺天盖地，不时有新的"资产阶级右派分子"被揭露出来。同住大南新村，父亲的工作搭档、时任厦大教务长章振乾和中文系系主任郑朝宗分别被称作"大阴阳人"、"小阴阳人"；住在白城、时任物理系主任黄席棠也被打成"右派"。国珍叔原是化学系主任。"文革"中他告诉我，"反右"时有一天他本来要去参加一个"鸣放"会，走到半路上，同行的一个党员干部突然说："哎呀，还有一个（业务）会，我们一起去吧。"国珍叔说，幸好那天没去"鸣放"会，不然就糟了。原来那时搞"引蛇出洞"，在教授中打"右派"多先有目标，千方百计诱你说出几句"不合时宜"的话来，即可定罪；而对想"保"的，则设法让你少参加那些敏感的会，免得你"说错话"。

这年暑假，全区的小学老师也集中搞"反右"斗争。开学后，学校一位何老师不再担任班主任。多少年后我听人说，他是东澳老师中唯一被划为"右派"的。我们那时只知道跟着唱"右派都是坏东西"，但除了几个"大右派"的名字外，他们的"罪状"是什么，还有谁被划成"右派"，都不了解。同班一个平时很要好的同学父亲被划成右派，我上中学后才偶然听其他同学说起。

父亲校内外的好几位亲密同事、朋友被划成"右派"。据知情人说，父亲当时曾极力为一些教授"说好话"、开脱，有人因之幸免于戴帽获罪。他却因此被指责为"温情主义"，还挨了大字报批判。作为一个待转正的预备党员，所承受的心理压力只有他自己知道，所幸最终得以安然过关。他在家中从不和我们谈论"反右"之事，不知是有组织纪律还是对这样大规模地划"右派"存疑。但我们仍可感知他对"右派"的怜悯之心。"反右"之后他与"右派"们仍然保持各方面正常往来；1960年被调去创办福州大学，还把厦大数理化学科的黄席棠、陈允敦等几个"右派"教授一起带到福州，以发挥他们的业务专长。为此后来"文革"中他获一条重要"罪状"："包庇重用反党反社会主义的大右派。"

### 东澳的老师和同学们

我在校时,东澳小学的规模不大,每个年级都只有一个班。改公立后,林友梅老师担任校长,她是一位十分和蔼的老太太,龙岩人,会说闽南话,但带有口音。她爱人连少鹤在厦大工作,家住大南新村1号楼下,就是当年厦大路口碉堡边上那栋。她好像未专任哪个班的课程,但经常到各个班代课,我至今还记得她弹着风琴教我们唱歌的情景。学校老师中还有两位家住国光楼的厦大家属:黄珠美和黄木妮。黄珠美老师好像是闽南人,个子高高的,嗓音特别好听,她教过我们好几门课,还当过大妹葛覃的班主任。黄木妮老师听说是广东人,教我们自然。记得一天她在课堂上做演示,几个同学拥到讲台前去看,碰碎了学校的热水瓶,我听到响声也好奇地围上去看。当时她很生气,要我们围上去的同学每人交几毛钱赔学校,可是两天后再来上课,她告诉我们不用再交钱,她自己全部掏了。蔡启瑞教授留美回国后,他的爱人陈金銮老师也来到东澳小学,担任五弟龙泉一年级班主任,但没教过我们。还有一位吴秀英老师教低年级。男老师除了前面提到的何老师外,还有我五年级的班主任,叫许志飞。六年级刚开学,他因早年当过国民党军官被抓,半年后从宽释放,未被判刑。之后班主任由新来的陈庭祯老师接任。

一些老师因为到东澳较晚,又没教过我们班,我的印象就不深了,只特别提一位"侯老师"。他1955年春来到东澳,有同学口齿不清叫他"好老师",他会绅士般地点点头。可是没过几个月他不见了,我们对他也近于淡忘了。1957年夏天,我偶然见父亲桌上有一封打开看过未及答复的信件,好奇地瞄了一眼,原来是当年的侯老师写来的。信中说,他1953年曾被厦大录取却未及入学,渴望深造的他在1955年涂改了两年前的录取通知书来校报到,被发现后送劳教两年;现他已认识错误、劳教期满,恳请我父亲能准他重新入学。好像只要认了错,早已过期的录取通知书就还能管用,看来这位侯老师也真是"迂"得可以。后来再无他的消息。

我在东澳先后上过两个班,印象比较深的是后来这个班。全班30多人,有何立平、刘正朋、朱亚克、陈和、潘凯伦、陈安琪、李丽玲、洪雪花、黄亚缎、林基山等。当年在龙岩与我一起上学的陈重昱几经变故也来到这个班，她和我同班时间最长，又是班上的文体活跃分子。袁香华是黄木妮老师的小姑子，她和方金妹、林如霜等是后来转学来的。也有的同学中途就离开了。

罗小达和我关系很好，他家住大南新村1号2层，有一个姐姐、一个哥哥和一个妹妹。哥哥孟楷比我们高三级，后来考上了清华；姐姐、妹妹叫丽红、丽娟。五年级时我晚上常在他家做作业，他姐姐当时已上高中，开始学俄语，教我们"再见"念作"打死为打你呀"，觉得很新奇（后来我初中也学俄语，发现真是差不多）。五十多年后小达在厦大孩子聚会上见到我妹妹，还能顺口说出我们家兄弟姐妹的名字。陈和、陈稻住大南新村2号。东澳学生中厦大子弟多，班上好几个同学的弟弟妹妹又与我的弟弟妹妹同班。如何立平的弟弟立士与我三弟象乾同班、妹妹立真与我大妹葛覃同班；洪锡坚的妹妹洪伊莉也与象乾同班。我们班还有个同学叫林则隆，父亲是厦大电工。那时历史课刚讲到林则徐禁烟，他郑重其事地说，他祖上在林则徐手下参加过抗英。这年秋天台风来袭，厦大有干部在检查安全时触电。则隆的父亲得知后赶到现场，在风雨中拿着长竹竿去挑开电线，不想电线顺着竹竿滑落到自己身上，不幸遇难。半年后我父亲在谈到这场台风时悲痛地说，电工林师傅为救人牺牲了。我说，那是我同学的父亲。

外班的同学，有的因为父辈的情谊或者邻居的关系，也留下了一些印象。林启宇是莆田人，小名叫阿启，比我低一班，他家也住大南新村1号2层，但和小达家不是一个楼梯。他父亲是生物系教授，一次去北京开会，回来路上因急病在上海去世；正好我父亲出差路过上海，带回了他父亲的骨灰。他们班还有林之融、高上凯等。林之融的父亲林莺是中文系教授，还当过校长办公室主任（图3）。1968年我在家躲避北大武斗，父亲正受"审查"，虽允许回家，但不便外出，我就成了父亲与外界沟通的渠道。一天父亲交给我一个地址，说：林莺叔叔来福州了，你代我去看看他。到了那里，开门的竟是我福州三中的同学——原来林叔叔是这个同学的姑父。他关切地询问父亲的状况，安慰我"一切都会好起来的"。可不久后就听说，待人友善、言语幽默的林叔叔不明不白地死了。父亲对我讲述现场情景时，难掩对林叔叔死因的怀疑。高上凯的父亲就是"大右派"黄席棠，后来和我父亲一起调到

**图 3　厦大部分干部合影**

摄于 1956 年或 1957 年上半年。左起:校长办公室主任林莺、武装部长刘峙

峰、训导主任张玉麟、校长王亚南、教务长章振乾、副教务长卢嘉锡、人事处长李光

福州大学,上凯和我同在福州三中上学。何大国是我父亲老同事何励生的女儿,长得胖胖的,脸圆圆的,我们同时转入养正小学,并同班到我因病休学前。有一年过节,她和同学们上台唱"蓝的天、绿的海,一幅好图画。看那边,驶来一艘大轮船",边唱边摆动着身体,好像大海的波涛一样。

## 小学毕业

陈庭祯老师师范毕业来到东澳小学任教。他初中读厦门五中,当班主任后经常向我们介绍五中的情况,不少同学因此对五中产生了好感。1957年农历八月后,还有个"闰八月",陈老师建议全班一起过个"闰中秋"队日,并带我们到五中借来几顶帐篷。闰八月十五下午,我们在学校操场上搭起帐篷。入夜,各小队在帐篷里"博饼",玩得十分尽兴。正准备入睡,突然狂风大作。大家赶紧收起帐篷,慌乱之中,我们小队的帐篷撕开了一道口子。刚跑进教室,暴雨倾盆而下,当晚大家只能住在教室里。去还帐篷时,我们忐忑不安,怕挨骂。不知是没被发现,还是五中老师觉得口子不大,反正最后平安无事。

这年正是十月革命四十周年,父亲参加中国科学院代表团访问苏联,这在当时是十分荣耀的事情。他在莫斯科和列宁格勒共待了一个多月,回来后在厦大和市里做了好几场报告。在苏联时,他每隔几天就给妈妈和我们兄弟姐妹写一封信,信封上贴着十月革命纪念邮票。那时我正集邮,这些邮票都被我当珍品收藏起来。可惜的是,后来从厦门搬家到福州的时候,所有的邮票都丢失了。

朱亚克父亲是厦大的工人。这年寒假前学校接到通知,市里春节前后举办两期小学生航模培训班,学校让我和他参加春节后的一期。可是节前我不慎崴了脚,肿了起来,妈妈带我看跌打科中医,节后肿消了,但走路还疼。我想起参加航模班的事,托同学请亚克来我家商量如何报名。第二天下午亚克告诉我,报完名了;而且他考虑我行动不便,还联系好让我和培训班老师一起在市政府食堂吃饭。开班那天他又帮我叫了一辆三轮车。以后几天我改乘公共汽车。而他自己天天走路来回,中午吃自带的干粮,一直到培训班结束。亚克初中毕业后参军,后来转业回厦门工作到退休。前几年他带家人到北京旅游,见面时我提起五十多年前的这段往事。他说,我早忘了;我说,你这样热心帮助我,我永远不会忘。

六下是我们小学的最后一个学期,报考中学提上了日程。小达、陈和、重昱、丽玲、锡坚等班上多数同学都报了双十中学。家里希望我报厦门一中。可是正式填表那天才知道,从这年起厦门一中初中不再招生。想起陈庭祯老师多次跟我们介绍厦门五中,而且五中就在一中的原校址,我就自作主张,和几个同学一起改报了五中。回到家里,父母亲也没说什么(两年后转入福州三中时,有人听说我来自厦门五中,表现出不屑;后来才知道福州三中与厦门一中、双十是重点中学,而五中不是)。一直到前些年我看父亲的传记才知道,五中的校址早年是省立厦门中学(简称"省中"或"厦中")。20 世纪 30 年代父亲大学毕业前因祖父去世、家庭困难,开始在厦中兼数学、英语教师,一直到 1937 年夏他出国为止。他在厦中时的学生李法西(图 4)、何恩典等后来都成为厦门大学教授。所以他对这里很有感情。

毕业了。从 1951 年春天入学到 1958 年夏天毕业,我读过三所小学,先

**图4 省立厦门中学高二学生欢送父亲留英摄影纪念**

摄于 1937 年 6 月,前排左五为父亲,中排左一为李法西(照片由李法西教授之子李立提供)

"跳"一班,后又"留"两年,总共七年半。即使这样,由于四岁多上学,毕业时也还不满十二岁,仍属班上年龄较小的一个(图 5、图 6)。

图5 1958 年 1 月,
我被评为优秀队员

图6 我的小学毕业证书

## 告别童年

1958年夏天,中东局势动荡,美国军队入侵黎巴嫩、威胁伊拉克。我们虽然毕业了,但还没有正式离校,老师带着我们到市里游行,陈重昱等同学还在街头演出了声援阿拉伯人民斗争的活报剧(图7)。

**图7　1958年8月1日参加声援阿拉伯人民斗争游行并在街头演出活报剧后师生合影**

后排左一陈安琪、左三方苇苇、左五方金妹、左六黄亚缎;前排左一陈重昱、左二黄木妮老师、左三吴秀英老师、左四潘凯伦(照片由陈重昱同学提供)

不过,没有了课业负担,我们还是玩得很"疯"。这天,我和几个小伙伴一起到厦大人类博物馆,看过屋里的原始人塑像,再爬上门口的古独木舟蹦啊跳啊,不想被一根锈钉子扎破了脚底,又遇瓢泼大雨,踩着泥水回家,结果创口感染、化脓溃烂,还发热,只好去医院打破伤风针、上药,然后回家静养。当时"大跃进"的战鼓已经擂响,省委全会决定取消居民粮食定量,《厦门日报》的标题是"鼓足干劲工作,放开肚皮吃饭",可见虚火之旺。这年5月苏联发射了第三颗人造卫星,8月中旬报上登有此后半月卫星运载火箭经过我国各地上空的时间和路径。我在家对着地图一比画:8月25日晚8时过厦门(图8)。

第一章　童年时光·东澳

·6· 人民日报 1958年8月16日 星期六

上海高等学校发扬共产主义协作精神

抽调大批师资支援新建院校

河南全民办业余大学

入学人数达三百二十七万

中国科学院紫金山天文台预报

苏联火箭经过中国的时间

『雪中送炭』

数学研究和教学也要厚今薄古

全国航海模型赛在京举行

广州举行万人军事野营

科普工作走上生产最前线

广东琼山县全党全民学科学

第一颗心被补好了

在杨柳青镇上看到的……

重视征集和保护革命文物

不能与蚊蝇和平共居

建议出版"农谚"

不要用医务人员吓儿童

读者的话

图8　1958年8月16日《人民日报》第6版，刊登了苏联人造卫星运载火箭经过我国上空时间、路径的预报和示意图

中学报到那天正好下雨,我脚虽快好了,但还不能蹚水,是搭三轮车去的。新生排着长队报到,可是轮到我时,上下找不出录取通知书!可能是下车掏钱时掉出来被水冲走了。跑回东澳,只有林校长在学校里,我紧张得说话都结巴了。她关切地听我说完,拿出纸、笔写了一张证明,又盖上公章。下午再去五中,总算办妥了入学手续。中学分班,我和立平在7班,而凯伦、亚克、金妹、雪花、正朋、香华等都在1班,还有的在其他班。

8月23日是周六,按惯例大礼堂当晚放电影,弟弟去买票时却得知电影取消了。下午五点多,我正在家里准备上学用品,突然传来一阵震耳欲聋的炮声。不一会儿厦大喇叭广播,要所有人立即进山里的防炮洞。几年前阿虞叔参与设计修建了这个防炮洞,如今工程正式启用,他已经不在了。我们在洞里过了一夜。第二天上午通知我们可以回家了,但要求一听到警报马上再进洞。这就是著名的"8·23"炮击金门的开端,即台湾所称"第二次台海危机"。

8月25日是周一,也是我们中学新生教育的第一天。我一早离家,傍晚回到厦大,人们正在防炮洞口"透风"。我跟周边的叔叔阿姨说,今晚能看到卫星火箭!八点整,有眼尖的叔叔发现天边一个亮点向天顶飞来,洞口立即骚动起来。我也想看,但眼镜还在家里。一位叔叔把他的眼镜借给我戴上,我终于能够模模糊糊地看到一个亮点在天上飞着,一会儿亮、一会儿暗,人群中欢呼声此起彼伏,直到它消失在遥远的天边。

在惊天动地的炮火声中、在火箭划过夜空的欢呼声中,我最终告别了我的童年。

又:感谢当年的小伙伴们为我补充、订正了若干细节和部分同学姓名。

# 故乡的雨

## ——回乡散记

田中维

厦门的三月是多雨的。当我乘坐的客机平稳地降落在高崎机场，已是深夜十一点多。我随着着急回家的乘客走下了舷梯，不禁抬头向夜空望去，几滴小雨洒落在脸上，沁入心脾。我感到一阵轻松，长达二十多个小时旅程的疲劳，随着小雨洒落在高崎机场。我加快了步伐，向航站楼走去。突然，"风雨故人来"几个字闪进脑海，我明白了，原来抚养我长大的故乡，就像慈爱的母亲，知道我风尘仆仆从地球的另一端飞来，想为我洗去旅途的尘埃，却担心我经不起风雨，只能用小雨轻轻地拍打我的肩头，抚慰游子疲惫的身心。

### 春雨淅沥　扫墓思母

每逢三月回家乡，总有两件重要的事情要办，那就是给先母高秋辉和恩师吴秀英扫墓。扫墓是中华民族的一种习俗，以此寄托对去世亲人的思念之情。家乡三月、清明前后总是阴雨连绵持续，扫墓的人手中捧着鲜花，拎着点心、水果，乘坐各种交通工具向着山间的墓地奔去。尽管群山春花竞相开放，扫墓人似乎没有心情欣赏春光。灰蒙蒙的天空，淅淅沥沥的春雨，犹如唐代诗人杜牧诗中描写的："清明时节雨纷纷，路上行人欲断魂……"

我是远方来客，总是备受优待。弟弟和弟妹准备好了鲜花、水果、点心、纸钱等，不要我操心，只管随着他们到达墓地。我点燃三炷香，借着袅袅升腾的烟气，将我对先母思念之情带去另一个空间。这时，天空又飘起了细雨，我们赶紧撑起雨伞，在雨中默立。我们没有遇上牧童，更不知杏花村远在何方。

## 东澳小学　恩师启蒙

　　我们东澳小学五甲班的同学给班主任吴秀英老师扫墓的活动已经持续了十几年。这次扫墓(图 1),老天意外地露出笑脸。我们走过潮湿的墓地小路,看到挂着水珠的松柏树枝轻轻地摇曳。丽敏同学把一束白色的玫瑰花轻轻地放在吴老师的墓碑前,墓碑的下方有一瓷砖烧制的花圈,花圈上写着:"吴老师,您用慈绳爱索牵引着我们。一九六五年东澳小学五甲班全体同学。"在班长平平的带领下,我们向吴老师墓碑三鞠躬。世建同学点触了手机音乐的功能键,舒伯特的小提琴曲《圣母颂》悠悠响起。这支优美婉转的乐曲似乎在倾诉着吴老师坎坷人生的痛苦、哀怨、快乐、幸福和希望……

　　记得上小学的第一天,吴老师在课堂上对我们说:"你们看,我们这教室两边各有一扇窗户,空气对流,是我们学习的好地方。"从那天起,就在这间教室里,吴老师和我们度过了三年互动、快乐的学习生活。她的一言一行潜移默化地传导给我们,为我们的人生奠定了良好的基础,是我们的启蒙老

图 1　东澳小学五甲同学为班主任吴秀英老师扫墓

师。使我最感动的是,她对班上每一位同学都一视同仁。尽管她的人生有那么多的坎坷,但我们看到的是她永远微笑的脸庞。她的儿子和我们同一个班级,从未见过她给自己的儿子一丝特殊的照顾。

东澳小学五甲班,是厦门市五年一贯制的试点班。当年校方把这个重任交给吴老师一定是经过慎重考虑的。那时,临近南普陀的小学很安静,尽管教室的一扇窗靠近马路,但基本没有什么吵闹声干扰。因为我们班在厦门有些名气,所以常有其他小学的老师来听课。我们上一年级时,厦大还不通公共汽车,有的女老师是坐三轮车来听课的。每逢有人来听课,我们都特别安静,并积极回答老师的提问,尽力配合老师上好课。

但是,我们也有让老师生气的时候。记得三年级时,有三位淘气的男同学在语文考试前,跑到南普陀的大悲殿去烧香,大概是想祈求菩萨保佑考个好成绩吧。有人告诉了吴老师,于是那三位男同学被叫到讲台前站着,额头上流着汗,微微喘着气,漫不经心地听着老师对他们的批评。我看吴老师真的很伤心,她把整个心都掏出来了,希望我们要好好学习,将来成为祖国的栋梁。可我们这群正处在懵懵懂懂年代的学生,很难体会老师的殷切期望。

我还记得吴老师离世前一个星期,我和班上几位女同学去第一医院病房看望她。那时她的脸已经浮肿,锡平同学对她说:"中维已经调回厦门了。"吴老师已经无法说话,只是把目光转向我,含着微笑的目光似乎在鼓励我要勇敢地开始人生的另一段旅程。在病房的另一个角落,吴老师的二儿子邦杰拿着一瓶托人到海外买来的药,正在请教医生,期待着这瓶昂贵的药能救母亲一命。医生的回答是令人失望的,我看到邦杰的眼神是那么的无助。这是我最后一次看到吴老师。吴老师年仅四十八岁就离开了人世,带着对她的四个未成家立业的儿女无限牵挂的心情离开了。

## 登上游艇　遐想万千

给恩师扫墓后,我们到五缘湾乘坐小游艇。我们登上游艇,换上干净的拖鞋,刚刚坐稳,游艇就起航了。随着游艇速度加快,海风迎面扑来,浪花在游艇两侧飞溅,惬意极了!厦门岛离我们渐渐远去,放眼望去是无边无际的大海和飞翔的海鸥。海洋化学专业的张珞平介绍说:"厦门的生态环境越来

永远的厦大孩子

越好,到厦门的海鸥越来越多了。"此时,太阳躲到了白云的背后,天气由多云转阴。善解人意的潘世建又开启了手机的音乐功能,播放少时的歌曲《让我们荡起双桨》,许多同学轻轻地哼唱了起来。幼时的歌曲,带领着我们穿越时空的隧道,回到了小学同窗时代。虽然那是物质贫乏的时代,但我们的生活是丰富多彩的。小学操场上摇荡的秋千,乒乓球桌上跳跃的小白球,南普陀庭院的"抓田鸡"游戏,下课后跳得不亦乐乎的橡皮筋,五老峰下肩负重任的手旗队……在我的脑海里一幕一幕地闪过。虽然无情的岁月在我们两鬓染上了白发,但是,只要我们这群童年、少年时期的伙伴们聚在一起时,我们的心仍然充满了童年的稚气,我们喜欢回忆的是童年纯真、幼稚、淘气的趣事。我多么希望我的人生就像这艘游艇永远在海上奔驰,躲开人世的喧嚣和争斗、工作的压力和生活琐事的烦恼。但是这毕竟是大白天做梦,大约一小时之后,游艇转了一个大弯,载着我们回到了码头,我的梦又醒了。这时,天空飘起了小雨。我们登上岸,快步走进岸边一家餐馆,品尝地道的厦门菜。

## 一草一木　牵动情丝

　　每次回乡,在校园里散步,我的脚步常常会不知不觉地走到国光三。尽管我离开这座红砖绿瓦的厦大宿舍已有三十四个年头,却对国光三的一草一木、一石一瓦,有着深厚的感情。每当我走进第二个院子,迎面看到的是住在5号的柯叔叔种的蜡梅。这棵原本只有一米多高的蜡梅,如今已经有三米高了。记得当年,每当春节来临,蜡梅黄色的花朵开得格外地亮丽,散发着幽幽的清香,给我们院子带来了早春的生机和新年的喜庆。那时,柯叔叔会采几枝蜡梅,插在花瓶里,摆放在他家一进门左边的书桌上,整个空间顿时春意盎然。我望着三月细雨中的蜡梅树,心中不禁怦然一动。蜡梅树啊,年复一年,你是那么忠守于你的职责,每逢春节来临,作为早春的使者,向我们报告春天的信息。你是否和我一样很想念那位种植你的柯叔叔?他如今在何方?我想起唐诗所吟:"人面不知何处去,桃花依旧笑春风。"正是我看蜡梅思故人心情的写照。昔日充满欢声笑语的国光三,如今冷冷清清。我思念着那些疼爱我的邻居长辈们,那位看着我长大、到日本二十七年后临

终前几天还打电话到美国想找我谈心的郑南金伯伯；那位喜欢和父亲下围棋的顾继业伯伯；那位身边的五个女儿在厦大享有"五朵金花"盛名、我同学卫平的父亲李金培伯伯；还有我同学郑启五的双亲大人，一对相濡以沫的恩爱夫妻郑道传伯伯和陈兆璋阿姨。他们的音容笑貌是那么清楚地展现在我的眼前，似乎一一向我走来。

当年长在院子右边的木瓜树曾是国光三最高、最壮、结果最多的一棵，是我四舅当年在厦门读高中时种下的。闽南地区称木瓜为"万寿匏"（ban siu pu，闽南语），由于结的果实甚多，我们都吃不完，就送给邻居炒菜吃。有的邻居看我们的"万寿匏"结了那么多，向我们要木瓜种子去种植。木瓜结果在高高的树上，我们采摘有困难，只好拿晒衣服的长竹竿扎上弯弯的铁丝，把扎上铁丝的那一头伸向熟了的木瓜，用铁丝使劲往下一勾，木瓜就掉下来了。但这不是最好的办法，因为如果木瓜太熟的话，从高处掉下，木瓜就摔裂了。我们邻居顾伯伯的儿子玮玮是国光三数一数二的高个子，有时看到我们要摘木瓜，他会跑来帮忙。只见他先爬上木瓜树旁的高墙，然后像猴子那样，倏地往上一跳，双手抱住树干，双腿夹紧主干，两脚蹬几下，仅仅十几秒钟，就爬到木瓜树顶，一手抱住树干，一手伸向木瓜。摘得木瓜后，又倏地往下滑，平安地回到地面。爬树，对于生活在厦大校园内的男孩子是轻而易举的事情，对于女孩子也不太困难，仅仅我们五甲班，我就能说出好几位会爬树的女生的名字。她们爬树的技能仅次于玮玮，虽不能算是爬树高手，也称得上是爬树能手。

## 邻居情深　时空不限

最早住在我们楼上的邻居是郑南金伯伯一家。他的大女儿锡平和二女儿芙美与我的年龄相近，我们从小就是好朋友。两家的凉台是相通的，我们经常在凉台上玩耍。记得，每当天要下雨，乌云黑沉沉的，身边没有大人在的时候，我们有点害怕，就会虔诚地唱起儿歌："拜老天爷呀，不要下大雨呀……"我们的友谊从那时候一直保持到现在。"海内存知己，天涯若比邻"，虽然我们各自居住在日本、美国，但我们仍然通信、通电话，互相探访，就像儿时一样亲密。友情缩短了时间和空间的距离，知己使我们依旧像邻居一样靠近。

国光三几乎每个院落都有人家养鸡,那时只要有一至二平方米的地盘,就能成为家庭的小副业基地。鸡可以为我们下蛋,是很好的营养品。过年过节还可以宰了鸡,炖成鸡汤,成为我们饭桌上的美味佳肴。那时的人动手能力特别强,只要有那么二十几根细长木头,再利用围墙两侧的墙脚,就能钉成鸡舍。郑伯伯家也在院子里养了一群鸡,白天鸡在鸡棚里散步晒太阳,晚上,他们让鸡回到楼上家中休憩。要把一群鸡从楼下的院子赶到楼上的家里不是件容易的事情,要经过楼下邻居的走廊,赶上楼梯,再右转进家门。鸡群不会那么乖乖地听指挥,而且有随地拉屎的坏习惯。为了解决这些问题,郑伯伯就想了一个办法。每当傍晚,他们几乎是全家出动,先有两个人把院子里的那群鸡关进一个用很牢固的竹子编成的鸡笼,然后郑伯伯从楼上的凉台放下一条粗绳,楼下的人把绳子扎扎实实地绑在鸡笼上。这要有点技术,因为从楼下把鸡笼吊到楼上,必须让鸡笼保持平衡。只见郑伯伯一手换一手交替地把绳子收起,这要费点力气,绳下的鸡笼就这样被吊到楼上。鸡在笼子里倒是很自在,像人乘坐电梯一样舒服。每到傍晚,我常常在自家的凉台上,看着邻居的鸡乘着人工电梯回家睡觉的一幕。

## 锅巴米花　孩童美食

三年困难时期,是饮食没有荤、没有油的年代。谁家要是煮咸干饭,就像家里加餐似的,都会出来炫耀一下:"我们家今天中午吃咸干饭。"我很小的时候,就学会了如何做好吃的咸干饭。看着母亲把五花肉和高丽菜切得细细的,和米放在铁锅里炒一炒,加点酱油调味道和颜色。然后放进适量的水,盖上锅盖,先用大火把米煮开,关上炉门换成小火把米焖透,待到饭焖熟了,将炸成金黄色的葱花和葱头油洒在已经煮熟的有酱油颜色的米饭上,就是一道香喷喷的闽南咸干饭,可以大快朵颐了。咸干饭的锅巴特别好吃,又香又脆,还有点咸味,大人们总是特意留给我们小孩子吃。没想到,二十几年后,我在美国的韩国超市,看到一盒一盒的锅巴摆在食品柜台上卖,就像卖蛋糕一样,令我大吃一惊。原来喜欢吃锅巴的人在世界上大有人在,锅巴的身价和蛋糕的身价是一样的。

那时,物质是缺乏的,我们吃的欲望特别容易满足。每隔一段时间,就会有一位瘦瘦黑黑的伯伯,挑着一个特制的爆米花的炉子,吆喝着:"磅米香!"(闽南语,爆米花)来到国光三前,这时国光三的孩子们都兴奋起来了,纷纷向爸爸妈妈要钱。我会拿着母亲给的两毛钱,从米缸里盛上半斤左右的大米。兴冲冲地来到爆米香的伯伯面前,挨着个儿排队等着爆米花。只见这位爆米香伯伯打开铁罐子的一端,把米和少量糖精放进去,然后把铁罐放在地上的支架上面。爆米香伯伯一手控制着火候,一手摇动把柄,让铁罐子在火苗上滚动四五分钟,待压力表的指针到达特定的位置。爆米香伯伯在打开铁罐盖子之前,要拉长嗓音,吆喝一声"欲磅啊!"(要爆啦!)。这时,我们就会捂着耳朵,闭上眼睛。"轰"的一声,大功告成。看着又白又胖又香的爆米花倒进了大袋子,我们高兴地笑着跳着。散发着迷人香味的爆米花是我们的美味零食,我们舍不得一下子吃完,每天只品尝一两把,这样细水长流让爆米花在口齿留香。

前些年,我住在美国东部马州银泉镇的某个社区,每到周日,一般在下午四五点钟,有一辆冰激凌车播放着欢快的乐曲《稻草中的火鸡》(Turkey in the straw)开进我们的社区。这是一辆白色的餐车,外观装饰着冰激凌和卡通人物等图案。社区的大人和孩子一听到那熟悉的乐曲,就知道卖冰激凌的车子来了。孩子们冲出家门,一窝蜂拥到车前,用大人给的零用钱买一个甜筒装的冰激凌或者一根彩色的冰棒,让自己的味蕾尽情地享受冰激凌的美味。虽然家中也许已经有了一大罐从超市买回的冰激凌,但是,孩童们更喜欢冰激凌车卖的冰激凌,品种多样,迎合孩童们的口味。加之,与社区中熟悉的同龄伙伴一起享用冰激凌是一种乐趣,家长们也很愿意掏出钱来让孩子们买"欢乐"。每当我看到这一场景,就会想到小时候住在国光三的日子里,我们围着爆米花伯伯看他烤炙爆米香所带来的乐趣。或许是那震耳欲聋的"轰"声至今在脑海中萦回,这二十多年前快乐的一幕永远定格在我的脑海里。偶尔回忆起,在我的心海荡起了温馨的涟漪。虽然是发生在不同年代不同国度享用不同的零食,却给天真的孩子们带来了同样的快乐。

## 忠心保姆 智护主人

那时,我的姨姨高湘菱住在国光二3号,姨姨生有一女一男。我和表妹同年出生,我弟弟(图2)和表弟同年出生,所以我们四人经常在一起玩。姨姨住在国光二楼下,有前门和后门,我们要去姨姨家,都选择近路,走后门。因此,我们和姨姨同住一个院子的邻居们也熟悉。印象很深的是住在姨姨家楼上的黄伯伯一家,他们家有三位女儿,长得很漂亮。把这三千金带大的是他们家的保姆"阿英姨",

图2 我和弟弟田中群摄于1960年春节

我们都这么称呼她。我不知阿英姨是什么时候来到黄伯伯家帮忙的。或许是第一个千金出生时就来了。有时我会听见家母说,黄家很有福气,有一位真心实意帮忙的保姆,而黄家的人也把阿英姨当作自己的亲人看待。阿英姨在黄家很有权威,三位千金小姐有时调皮不听话,阿英姨会拿起竹篾子要打她们。这时她们就会笑着讨饶,躲开竹篾子,完全驯服在阿英姨权柄之下。"文革"时期,经常有红卫兵到黄家找黄伯伯的麻烦。这时,阿英姨就会想方设法地保护自己的主人。记得有一回,我在姨姨家前门的院子里玩,阿英姨从楼上下来,正好有两个造反派模样的人走进院落,和阿英姨打个照面。我心里不禁捏了一把汗,担心黄伯伯又有灾难来临。说时迟那时快,机灵的阿英姨对那两个造反派说:"他出去了,刚刚出去。"两个造反派相对看了看,决定不上楼了,扭头就走。我心里松了一口气,不禁对这位沉着机智地保护主人的阿英姨肃然起敬。

## 灯下伏案 通宵达旦

阿英姨曾经对我说:"我晚上半夜起来上厕所时,有时会往国光三望去,经常会看到整座国光三一片黑暗,唯独你家的灯是亮着的。"是的,父亲田昭武在"文革"前,已是化学系的副教授、副系主任,家母是高中的化学老师(图3)。在人们辛苦工作了一天,早已进入梦乡时,他们还在灯下备课,改作业,几乎每天都工作到深夜。有时还要开夜车。我很小就懂得"开夜车"这一词语的意思,就是父母要通宵达旦地工作。国光楼每户只有两个房间,我们只

**图3 我们的全家福**
左起:弟弟、父亲、我、母亲

能把房间既当卧室又当书房。那时没有台灯,房间里唯一的电灯线,接上二十五瓦的灯泡,把电灯拉到书桌前,用一根线固定住,就是台灯,可以在灯下伏案工作。父母经常要工作到深夜,不能关灯。每当我和弟弟要睡觉时,为

了不影响我们,他们就会用一张过期的报纸围在灯罩的周围,用晒衣服用的木夹子夹住报纸,这样光线就集中在书桌上,不会直接照射到我们的床头。我们在国光三住了二十五个年头,国光三6号的不眠灯光也亮了二十五个年头(除了"文革"武斗时期我们一家曾经回到福州奶奶家避难几个月)。我从小听父亲说过:"作为老师,就像蜡烛一样,燃烧自己,照亮别人。"那时,我听了只是似懂非懂,如今人生过来大半辈子,经历了风风雨雨,回头过来想一想,才感受这话的分量。是的,无论是大学老师还是中学、小学老师,都是值得尊敬的。他们像老黄牛,吃的是草,默默地耕耘,迎来的是秋天金灿灿的硕果。

## 心灵手巧　自动控制

当年只要有人到过我家在国光三的厨房,都会惊奇地看到,在厨房靠近蜂窝煤炉的墙壁上,钉着十几英寸长的弹簧,一条橡皮带从弹簧下穿过,和弹簧一起钉在墙上。这是做什么呢?每当有人问起,我就会当起讲解员,并示范给他们看。我拿起弹簧的一头,勾住饭锅锅盖。告诉他们:"我们煮饭,煮开了时,米汤会漫出来,需要有人马上把锅盖揭开。这弹簧和橡皮筋代替了人的工作,它会自动打开锅盖,我们不用站在炉子边等着。当饭煮开时,热气往上冒,把锅盖往上推,有弹力的橡皮筋趁着锅盖被往上推的一刹那,把锅盖拉开,而弹簧长短和弹力可以控制锅盖打开的大小。这是我爸爸的杰作。"煮饭人不用站在厨房等着饭开,这时间可以用来读书、做其他事情,这大概是父亲设计煮饭控制器的初衷吧。二十多年后,当我用电饭锅煮饭时,想到了二十世纪六十年代国光三厨房的煮饭控制器,不禁会心地一笑。哦,我多么幸运,比别人早了二十年享受类似电饭锅的方便。

## 钟情科研　废寝忘食

后来,国光三的西侧建起了凌峰楼(科学楼),据说是从战备的眼光出发,选择山脚下地形设计的。那是一栋用石头为材料盖成的三层大楼。完工启用后,父亲在建南礼堂边的化学楼的实验室也搬迁到凌峰楼。刚步入

中年的父亲更加珍惜教学和科研的时间,废寝忘食地在实验室里工作,即使是周日或节日仍然一头钻进实验室,常常忘了吃饭时间。那时家里没有电话,母亲就会差我到凌峰楼请爸爸回家吃饭。有时遇上周日,凌峰楼非常安静,除了大门口的传达室有人值班外,就是爸爸了。我走进大楼,要穿过一楼长长的走廊,再上楼梯。我胆子小,总是有点怕,只好快步走。从一楼上楼梯到二楼、再上三楼,几乎是小跑了。我有点气喘吁吁地敲开父亲实验室的门,告诉他我们在等他回家吃饭。这时,父亲会收拾好东西,仔细检查仪器确定都关闭了电源,才和我回家。那时我真不理解,父亲怎么会对那些不说话的仪器有那么深的感情,而把我们冷落到一边,甚至忘了吃饭。

没想到父亲工作狂的癖好竟然遗传到他儿子和儿媳的身上,有过之而无不及。如今,我的弟弟、弟妹也是不分白天黑夜地工作,即使周末两天也是泡在实验室里,经常忘了回家吃饭。我回乡探亲,常常饿着肚子等他们回家吃饭,不得不操起了小时候的业务:通知弟弟、弟妹回家吃饭,只是用打电话代替了跑腿。

## 父爱伟大　铭记童心

虽然父亲全心全意地把精力投入到教学科研中,但是他仍然非常爱我们。记得我上幼儿园时,两岸关系很紧张,为了躲避金门炮击,经常要跑防空洞。那时晚上睡觉前,父母要准备一只热水瓶,里面装满了开水,还有一盒饼干和几个小竹板凳。即使是三更半夜,只要是那震耳欲聋的警报响起,我们就得从被窝里爬起来,跑进防空洞。弟弟比较小,父亲要一手抱着弟弟,一手提着热水瓶,母亲拿着小板凳,牵着我的手。还好我们住在国光三,距离防空洞近一些。路上不准打开手电筒,只听到唰唰的脚步声。我记得那是个夏天的早晨,母亲到市内五中教书去了。我和弟弟在家玩,和保姆在一起。警报声响起,我和弟弟跟着保姆跑进了防空洞。防空洞非常潮湿,有时还会滴水。我们坐在矮小的竹板凳上,眼巴巴地望着洞口的方向,想着爸爸。十几分钟之后,看到父亲气喘吁吁地跑进来了。他是从建南大礼堂旁的化学楼跑来的。当他看见我们姐弟已经平安地躲进防空洞,非常高兴地搂着我们,仍然喘着粗气。父亲穿着西装短裤,膝盖上蹭破了一大块皮,流着血,露出了白白的肉。我看了很心痛,父亲一定是担心我们姐弟的安危,心中着急,从那么远的化学楼跑来,路上不小心摔跤了,可是他一点都不在意自己腿上的伤。后来父亲被送到急救中心包扎伤口。事过五十几年,每当我想起,就一阵心酸。我们的父辈吃了太多的苦,却任劳任怨,从未听到他们抱怨过一句话。即使他们在"文革"期间遭受的批斗、劳改和其他凌辱,父亲回忆起这些事情,非常平静,好像在述说电影中的某些细节。他的心境就像出自陈继儒《小窗幽记》的对联:"宠辱不惊,闲看庭前花开花落;去留无意,漫随天外云卷云舒。"

三月的雨细碎、轻巧,给渐渐老去的国光三披上了朦胧的轻纱。春雨贵如油,国光三前的龙眼树、玉兰树蒙受上天宠爱,年复一年,享受着春雨的滋润,枝繁叶茂,有的已经长得高过国光三。我怀念儿时的夏夜,散步在玉兰树下闻到玉兰花馨香的喜悦;怀念在龙眼树下捉迷藏的孩子们的笑声。一阵风吹来,夹带着小雨,把我从回忆中唤起……

## 校友聚会　童心未泯

这次回乡,还有一个意外的收获。在学妹章慧、林麒和学弟友思的热情安排下,参加了一个雨夜的聚会。这是一个跨年级的东澳小学同学的聚会。虽然下着雨,大家还是很向往这难得的小聚,风雨无阻。我最高兴的是见到了阔别四十几年的老邻居和东澳小学的校友高宏,他早就定居在加拿大,所以想要见到他就要靠运气了。当年我姨姨家住国光二的第一个院落,高宏家住第二个院落。那时我几乎每天都要到姨姨家找表妹、表弟玩,自然对姨姨家的邻居很熟悉了。高宏就像他的姓一样长得很高,是那次聚会最高的男生了。岁月老人偏爱他,没有在他的脸上刻上太多的皱纹,我只在他的眉宇之间看到经历了沧桑后的淡定。章慧妹妹从家里带来好喝的农家自酿纯美葡萄酒,友思弟弟点了很多色香味俱全的家乡菜。虽然是跨年级,我们的年龄相差不过几岁,话题自然落在童年少年的人和事上。住在国光三第七门的王诠说到住在大南的刘闽生如何淘气、捉弄女生的趣事。友思谈到东澳小学的邵老师上体育课示范跳高,他助跑、腾起、轻松地越过横杆的优美动作至今仍然清晰地印在脑海里。我们从小学毕业到今天,有近五十年了,有人功成名就,有人普通平凡。但我们心中尚存着童心的真诚,当我们几十年后再见面,深藏的童心会自然打开,碰撞出真诚的火花,孩童时的趣事就像泉水般地涌出……

## 故乡之雨　温柔多情

故乡的雨潇洒、多情,充满着诗意,在回乡的一个月里,几乎天天伴随着我。雨声中,我听到了大自然脉搏跳动的音律,我感受到故土不愿我离去的情意。美丽的厦大校园里,有我太多童年、少年、青年的踪迹,我只能将我的思念、我的回忆寄托那朵朵白云,跟随我登上回程班机,把我回乡的点点滴滴带到大西洋彼岸、写进我人生的笔记。

2013 年 4 月 10 日初稿

2014 年 12 月 29 日定稿

# 两岸炮火中长大的厦大孩子

朱子榕

　　厦门可以说是受海峡两岸关系影响最深的城市了。厦门大学除了带给我们美丽的田野、山川、文化资源外,还留下海峡两岸战火阴霾的印记。

　　20世纪50年代是海峡两岸军事对峙最紧张的时期,双方对抗的重点是厦门、金门等岛屿。除了炮战外,蒋军飞机、敌特还时常来骚扰,严重威胁着厦门市民的安全。那时,厦大也落下过金门飞来的炮弹,校园里四处可见纵横交错的防空防炮的战壕,还修筑了千余米长的坑道。为躲避战火,那时期的厦大孩子总是因战火而"颠沛流离"。早在1953年,王亚南校长就曾命我母亲带领厦大教职员工家属疏散至长泰县一段时间,同行的我那时刚满周岁。稍后长大些,父母因工作自顾不暇,把我们兄弟四处寄托。我们曾被安排住进鼓浪屿林文庆别墅,寄在日光幼儿园上学一段时间,也寄宿过大生里厦大宿舍。

　　1958年厦门大学成立了民兵师,父亲朱天顺和母亲沈敬繁都是民兵师的"军官",警报响后顾不及我们,直奔战斗岗位。还好我们兄弟都已长成少年,知道自己抄起小板凳,提上装着饼干、开水的小竹篮躲进坑道,在那潮湿阴冷昏暗的坑道里有时一蹲就是几个小时,从小就饱尝了"上甘岭"坑道的滋味。记得有一次父亲带着我去厦大防空指挥部值班室值班,在那儿我傻乎乎地盼着桌上那部直通前线指挥部的专线电话铃响,想亲眼看见爸爸合上电闸、拉响防空防炮警报,可值了一上午都没有电话,有点失望。

　　20世纪60年代后两岸炮火逐渐稀疏,但厦门仍处于两岸军事对峙的最前线。虽不常跑防空洞了,但每当东南风起的夜晚,还时常枕着金门方向

防空洞中的厦大幼儿园（左二站立者为关玉英老师）

顺风飘来的"大陆同胞们、共军弟兄们……"的广播声入眠。在东澳小学读书期间,学校还多次组织学生演习跑南普陀后山防空洞,成为我们课余嬉笑打闹的一项活动。

这些都是我们厦大孩子独有的经历吧,是厦门市内孩子较少感受、更是其他地方孩子未曾体验过的生活。那坑道洞壁两侧流淌的泉水,洞内点亮的汽灯、电石灯、干电池灯,坑道广播报告前沿战况的情形至今仍记忆犹新。今天再也不会吸吮到那坑道里独特的潮湿气味了,但童年和少年时期战争边缘的情景,一直深深地印在脑海里。

# 羊尾巴的快乐幼儿园

## 章 慧

在厦大幼儿园,我与陈慧和王小牧的生日靠近,都是 1956 年初春节前生人,因为还没有过农历年,仍算是羊年年末,所以被戏称为"羊尾巴"。三个人的妈妈(章绮霞、邓春秀和胡光瑶)又都在幼儿园工作,因此我们从小就是很要好的朋友,1959 年拍照时也并排坐(图 1)。现在她俩一个随夫君远走高飞,在美国;另一个远嫁澳洲,见面难啊。

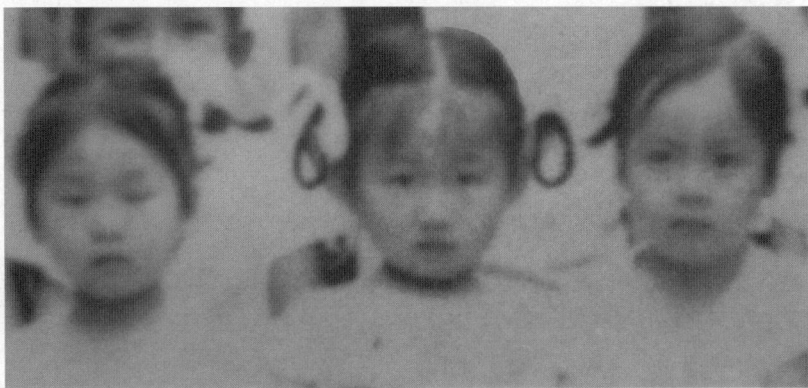

**图 1 1959 年厦大幼儿园集体照,三小丫排排坐**
左起:王小牧、章慧、陈慧

很多从 1959 年幼儿园集体照上认出我的人,都注意到那一对扎着蝴蝶结的精致小辫子(图 2),这要归功于妈妈和素德姑(我家请的保姆)对我的精心照顾。正因为妈妈和阿姨的细致雕琢,并教我穿戴得当,养成我长大后做事一丝不苟的习惯。尽管我说过永远不可能完美,但是完美却是我追求

**图2　章慧在幼儿园时的一组照片,幸好有爸爸田心为我们留下美好的镜头**

的最高境界,一直在力求逼近它。

因为与小牧是好朋友,上大学时我经常泡在她家,听幽默的胡老师说笑话。胡老师经常回忆起我们小时候做的囧事:有一次幼儿园老师不在,我和小牧跑到美工教室,各偷拿了一把剪刀,小牧对准我的刘海,"嚓"地剪了一刀,我也不甘示弱,抓起她的一根小辫,一刀剪下,待幼儿园老师发现赶来制止时,已经来不及了。从此,小牧只好把另一根小辫也剪了,梳起短发。在1959年的照片中,小牧还是梳着小辫子的,后来与芮小弟的那幅合照就是短发了,显然剪辫子之事发生在1959年照片拍摄之后。胡老师惋惜地说:啧啧,我家小牧的小辫子可是好不容易才留起来的,就被你这一刀给剪了。

我家在"文革"大抄家后幸存下来的一幅照片(图3),以及"文革"中被造反派掳走、后来被我到图书馆找回一本幼教杂志封面翻印的与芮小弟合影的另一幅照片(图4),是当年请照相馆师傅到幼儿园拍的,曾经被上色为彩照摆在中山路人民照相馆的橱窗里,也挂在敬贤楼我们家的墙上,是我的妈妈章绮霞生前最喜爱的两幅照片。在"文

**图3　章慧与幼儿园小朋友**
前排左起:王小牧、芮菁(芮小弟)、章慧;后排中:陈丽燕

革"中我们这些孩子因此受到了"走资派"的待遇。

记忆追溯到"文革"初期,造反派贴大字报揭露妈妈当幼儿园园长时以权谋私,且幼儿园老师为了巴结园长,让我上镜。"文革"中造反派贴某人大字报时,把姓名写出来不解恨,还要在上面狠狠地打上大红叉叉,就好像是要被处决的死刑犯。颇为荒唐的是,年仅十岁的我竟因被"上镜"事件上了大字报,名字同样也被打上大红叉叉。已经

图4 "文革"中成为妈妈一宗罪的另一幅照片,幸好留下黑白版

忘了和我一起出镜的小牧、芮小弟和陈丽燕小朋友是否也遭此特殊待遇?记得当时看到这张大字报,心里又气又难受。一个黄毛小丫头,因为老师的喜爱,被拍了两幅照片,何罪之有?岁月流逝,把我打磨得从容淡定,如今回味起来,因为妈妈曾经的园长身份,被人怀疑以权谋私并不奇怪,也无须动怒。唯有将自己修炼得更加强大,才不致辜负当年老师们对我的喜爱和厚望。

造反派到家里来翻箱倒柜,从我们当时很少的家当中掠走一些物品。"文革"后期有人来告诉妈妈,在物理馆的地下室发现了一些我家的照片,散落一地,妈妈如获至宝,赶紧跑去捡回了一部分。在被抄家后所有丢失的东西中,妈妈最痛心的就是这两幅照片,她生前多次对我们念叨,这两幅照片是永远无法补救的呀。尽管如此,找回来的两幅照片仍旧给我带回童年的美好回忆,照片中的芮小弟帅气可爱,身着海魂衫。彼时姗姗姐姐和芮小弟的爸爸妈妈是厦大校园中有名的"潮爸、潮妈"。姐弟俩总是被他们打扮得像一对可爱的小公主和小王子(姗姗有件缀满小镜子的漂亮裙子,小弟有一套时尚的海魂衫);在宠物并不流行的年代,姗姗家却娇宠着眼睛有不同颜色(一蓝一黄,即鸳鸯眼)的波斯猫,据爱猫的应锦襄妈妈说,波斯猫是喂了安眠药后从上海坐火车带回来的。应妈妈对我们娓娓道来的每一件事,我喜欢极了,迄今未忘。

**图5 幼儿园教职工合影**

第一排有东东叔叔、陈启英伯伯、高扬伯伯和卢老师,第二排有胡老师和妈妈,末一排有邓老师和关老师

在 1962 年幼儿园教职工的合影(图 5)中认出一位阿姨好像叫马老师,每次小朋友从幼儿园铁门(图 6)上攀出逃园时总是被她发现,硬生生地被她拽着小胳膊押回园去,疼极。我们人小力单,拗不过她,只好在背后恨恨地骂她:马桶盖!还记得妈妈后来形容我彼时顺着斜坡而下,成功逃回敬贤三的狼狈相:两条小辫散乱了一条,在楼下得意地向二楼大喊素德姑和妈妈:"妈妈、阿姨,我偷跑回来了!"启五大哥后来告诉我:当年男园友逃园的"出路"不同,从后墙翻出!

**图6 当年女园友经常"越狱"**
(玮萍姐姐语)偷跑回家的这道铁门还在,我们的童年呢

这一幅照片可不是一般的练剑哦，而是一场校庆或运动会时幼儿园小朋友（规定身着毛衣毛裤）在大操场草地上的正式舞剑表演（图7），其他人都忘了那个姿势，一时乱了方寸，唯有我还端着有模有样的准确架势，十分淡定。旁边一位叔叔看了有趣，拍了下来，送给我的妈妈。

图7　小丫淡定地秀剑术

幼儿园的趣事还有很多。我们这一届小朋友中，嘟嘟（尹卫平）同学自封山寨大王，所有的小朋友都必须俯首称臣，对他顶礼膜拜，小丫头们也被要求在他面前翩翩起舞，说是宫女。他长大后，高中与我同班，完全没有了当年山寨大王的威风。不过，前些年他在国家海洋局第三海洋研究所身居要职，确实是大王了。

图8　大南五号，曾经是幼儿园的生病隔离所

大南五号(图8),曾经是幼儿园的生病隔离所,当年患腮腺炎(俗称大嘴巴)的小朋友都要关在那里被隔离。还记得我患腮腺炎的时候,跟一群腮帮上涂敷着黑乎乎青黛的小朋友在那里享受了特殊照顾,因吞咽咀嚼困难,被老师和保育员精心安抚,喂食细软的面线。当时我心里想,生病真好,不用上课,还可享用美味。彼时的老师和阿姨,就像我们的妈妈。

1962年,我作为优秀儿童从厦大幼儿园毕业,隔年就拿到东澳小学的三好学生奖(图9),这一次妈妈章绮霞可没有开后门哟。

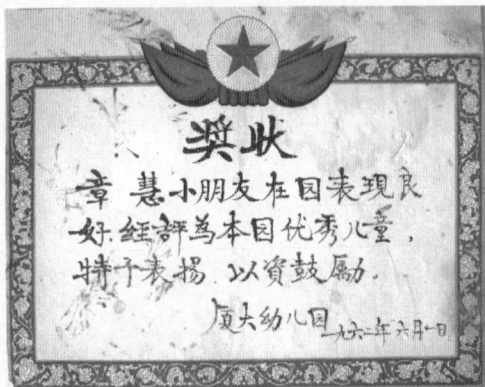

图9　章慧获厦大幼儿园的优秀儿童(1962年6月)和东澳小学三好学生(1963年1月)的奖状

小时候那个纯朴美好温馨的幼儿园、大校园和大家庭,将永远留在我们的记忆中。

谨以此文怀念已经逝去的幼儿园三位好老师、好妈妈。

2013年2月21日完稿

# 鼓浪屿沙滩上的童年

李小婵

虽说来日本已经 30 年,但故乡鼓浪屿的沙滩,依然常常在我的梦境中出现。每当我从孩提时代的梦中甜甜地醒过来,看着窗外东京四处林立的高楼,听着东京灰暗的上空传来讨厌的乌鸦"嘎嘎"的叫声,就忍不住想再次回到甜美的梦中。"鼓浪屿"这三个字,对我来说,就是一首永恒的诗。

每次回故乡坐在飞机上,靠近厦门上空时,一瞬间能俯瞰鼓浪屿。在浩瀚的翡翠绿大海上,鼓浪屿像扶摇在白色波浪中的一面鼓,不禁赞叹先人把这个岛屿命名为"鼓浪屿",那惊人贴切的意境及委婉动听的闽南语发音"苟龙舒",是那么韵味无穷。在我来看,不必要什么"海上明珠"、"厦门的一滴泪"之类的比喻,只要"鼓浪屿"这三个字,本身就足够美了。

至于鼓浪屿之美,我以为那里的沙滩最美。那是大自然赋予鼓浪屿得天独厚、变幻无穷的容颜。太阳高照的晴朗日子里,鼓浪屿的沙滩有如一幅多彩的水彩画,让人感到温情般的可爱;多云下雨的阴霾日子里,鼓浪屿的沙滩有如一幅单色的水墨画,让人感到刻板般的严肃;台风登陆的狂风暴雨的日子里,鼓浪屿的沙滩又有如一幅凶猛的油画,让人感到窒息般的畏惧。

在鼓浪屿沙滩的三副面孔中,小时候的我偏偏最喜欢台风呼啸而来的凶猛日子。为什么会喜欢台风?这其实也是大有原因的。台风一靠近,厦门—鼓浪屿的轮渡就停航,爸爸李文清就可以不必过海去对岸的厦门大学教书了,整整一天都在家里。我最喜欢爸爸和我们一起在家的日子,所以爱屋及乌,也就喜欢上台风了。

爸爸在厦门大学数学系任教,那时候住鼓浪屿厦大宿舍的厦大教师,在

厦大都有一间小小的宿舍,中午爸爸都在那里休息,所以,爸爸是早出晚归的。台风一到,轮渡停航,我们就可以一整天陪着爸爸,特别开心。

台风的日子,爸爸虽说待在家里,但并不常与我们玩耍,更多的是坐在书桌前面看书,演算一长串又一长串我永远不懂的数学题。但只要爸爸坐在书桌前,整个家就显得不一样,明显多出一种生气。

只要爸爸在家,妈妈游玉贞就会穿梭于厨房和书房,一会儿给爸爸倒茶水,一会儿给爸爸做点心。妈妈做点心的手艺不算高,一般是用面粉加鸡蛋,再加酵母粉和白糖打成糊状,用铁锅煎成小蛋糕,我们也就可以和爸爸一起吃点心。屋外刮着大风,下着暴雨,屋里却充满着铁锅里花生油散发出来的诱人香气,我和妹妹痴痴地坐在地板上,盼着吃煎蛋糕。那种期待,有如爸爸是国王,我们是小公主的幸福感。

**1939 年父亲李文清考入燕京大学时穿长衫的照片**

注:1939 年父亲李文清参加全国燕京大学入学考试,在全中国 2400 名考生中,以优异的成绩获得 300 块大洋的学年奖学金(2400 名考生中,录取 240 名,前 3 名获学年奖学金 300 块大洋,当时 10 块大洋即可供一个人生活一个月)

我希望天天都刮台风,可是台风却是来得快走得也快。

台风一减弱,海上的船就会鸣笛,告诉大家可以开船了。我们家住海边,爸爸一听到船的鸣笛声,就马上起身,开始收拾桌上的书和纸,准备渡海去厦大工作了。妈妈也自觉地配合爸爸的行动,为爸爸打点出门的书包、衣服、鞋子。爸爸出门了,我和妹妹被允许和爸爸一起去轮渡码头,顺便也看看台风解除后的海滩。我们厦大宿舍离轮渡码头很近,走 5 分钟就到码头了,爸爸让我们站在码头旁边的旧英国领事馆的高台上看大海,他自己去码头乘船。

台风后的鼓浪屿沙滩,好像突然与天边离得很近。平时风平浪静的日子里,木头浮桥与海岸成45度的陡桥;而台风一来,海水猛涨,木头浮桥竟与海岸变得平起平坐。整个天空,黑云密布,海水像在生气,一个浪推着一个浪,汹涌澎湃地扑过来,把海上的船只打得东摇西摆,好像十分危险。我望着爸爸高大的背影走上东摇西摆的渡轮,心中总会悄悄替爸爸担心,我们一直在海边看到爸爸坐的船开到对岸厦门码头,才安心地蹦蹦跳跳着回家。

**1949年父亲李文清与母亲在日本东京结婚时的照片**

父亲和母亲1950年响应周恩来的号召,回国参加新中国建设

等我上小学之后,每当台风来临,学校就停课。台风一过,我和妹妹就赤着脚去海边玩。台风后的沙滩上很湿,有很多被海浪推来的漂亮贝壳,还有一些被台风卷到沙滩来的天然海带。我们知道家里的海带是用钱才能买到的,这次托台风的福可以捡到海带,就拼命地捡,装在篮子里,回家的路上还顺便捡很多被台风刮下的树枝,给妈妈当柴烧。

我们住的厦大宿舍,原来是日本领事馆,厨房里有一个大火灶,是烧木柴的。可是我们没有木柴,是用另外买的一个小小的蜂窝煤炉,平时就用蜂窝煤炉烧饭。我们拾回来的树枝,妈妈没嫌弃,待到树枝干后,特地开了过年煮大餐时才用的柴火灶,用我们拾来的树枝煮饭和炒菜。

我记得用树枝煮的饭,结了很多金黄色的锅巴,比蜂窝煤炉煮的好吃多了。那时我们非常得意,觉得捡回来的树枝帮妈妈解决了一顿柴火,简直太了不起了。现在想起来,那么爱干净的妈妈,一定不喜欢我们捡树枝回来,只是她舍不得扫我们的兴,维护了我们天真的童心,从中也培养了我们务实的乐趣。

我们从沙滩捡回家的海带,妈妈也不嫌弃,总是一本正经地把海带挂在走廊里晾干,然后用红糖煮来给我们吃。我家隔壁的阿敏一起去和我们拾海带回来,她问你们家海带怎么个吃法,我们说煮成甜食吃,阿敏听了马上笑得蹲在地上起不来身,她说:"大家都是用海带煮肥肉,哪里有用糖煮的,亏你妈妈想得出来。"很多年后我来日本,惊奇地发现日本人的海带就是用红糖煮来吃的,这种红糖煮海带叫作"佃煮",原来妈妈给我们煮的就是日本的"佃煮"啊。

到了晴天,沙滩就成了我们大玩特玩的基地。平时哥哥是不屑与我们两个小妹妹一起玩耍的,他大多是待在自己的小房间(我们家四个兄弟姐妹,只有哥哥拥有自己的小房间,那本来是日本领事馆中给佣人住的),但我几乎没见过他在那房间里读过书,而总是在那里摆弄些飞机模型啦、舰船模型啦、风筝啦,甚至小学六年级就在焊接什么收音机,初中就装起黑白小电视来了。小屋里经常会有两三个他的无线电爱好朋友、航模爱好朋友和他一起"工作"。我和妹妹都不敢进去刺探"军情",直到哥哥的朋友们回去之后,才敢进屋里悄悄看看成果。那时觉得哥哥和他的朋友们真是伟大,我们只会捡树枝,实在是太算不了什么了。

事情并不总是如此,平时对我们不屑一顾的哥哥,心血来潮的时候也会带着我们去探险,环绕鼓浪屿的沙滩。通常,我们从鹿礁路出发,沿着左边渔船小巷的海岸,拐过角落里的淡黄色西洋式建筑博爱医院(日本人20世纪20年代初在鼓浪屿建的医院,解放后成了解放军陆军医院,简称169疗养院),就到了名叫"帕鼎"(闽南语)的沙滩。

我们从"帕鼎"沙滩下海,哥哥带着我和妹妹还有隔壁的阿敏,我们三个女孩子都穿着当时很时髦的泡泡纱游泳衣。所谓泡泡纱,就是把尼龙小花布用细橡皮筋缝成一个个小菱形图案。因我们正值长身体的年龄,这样的泡泡纱泳装,至少可以三年不必担心撑不下。

其实我从小就爱漂亮,就冲着要穿这件泡泡纱泳装"秀"一下,每天都疯着想往大海跑。哥哥穿泳裤,腰上系着他自己用细竹皮编的葫芦瓢筐子,里面装着一些鱼饵,手里拿着可以折叠成三节的钓鱼竿,还随身带一个塑料袋。这个塑料袋去的时候装着我们的衣服,回来的时候又可以装钓到的鱼,真亏他想得周到。哥哥从小什么都高,个子高,鼻子高,手艺高,是女孩子们

永远如崖大孩子

1957—1958 年我们家四兄弟姐妹的照片。小嘴巴张开，最傻的那个就是我

倾慕的小帅哥。当时哥哥那个神气，那个帅劲，比日本的浦岛太郎要牛
多了。

哥哥通常选择十五大潮的日子带我们去海里探险。我们在海水开始退
潮时出发，从"帕鼎"沙滩一半游泳一半爬岩石来到大德记沙滩，从大德记沙
滩走到沙滩尽处，然后再下海游泳，悄悄游到大德记沙滩中的省政府休养所
专用沙滩。这个沙滩的陆路进口只有休养所大门，所以等于禁区。而我们
从海路进去，神不知鬼不觉地悄悄踏上这块禁地。这片沙滩的沙特别白、特
别细，沙滩上没有一个人，当然也没有一个脚印，安静得如同与世隔绝。在
我们的心目中，这里如同一片神秘又威严的秘密基地，它的美丽与洁净，使
我时常幻想，安徒生笔下的美人鱼，说不定就会从这里上岸来休息⋯⋯

我们三个小女孩，在沙滩上坐着等潮水退干，同时也等着我们身上的游
泳衣晒干。这期间，哥哥一个人在最靠近深海的岩石上煞有介事地钓他的
鱼，并兼替我们望风。等潮水退尽时，我们的泳装也干了，我们把哥哥塑料
袋里带来的连衣裙套在泳装上，不用买票，从退潮了的海滩走进旁边菽庄花

园的四十四拱桥，混在游客中，顺便钻一圈里面的假花果山，才走出菽庄花园。

　　菽庄花园的大门往左拐，眼前就是著名的港仔后沙滩，是鼓浪屿最大的浴场，在这片沙滩上我们一直看到太阳下山，才在夕阳的余晖中从陆路回家。哥哥的葫芦瓢鱼筐里有没有钓到鱼对我并不重要，但还是记得吃过好几次妈妈炸的哥哥钓回的小鱼天妇罗。

　　鼓浪屿诱人的沙滩，使得我们能走路、会游泳。12岁那年，我、妹妹还有阿敏光荣地参加厦门市纪念毛主席横渡长江的活动，横渡厦门—鼓浪屿海峡，体验了那种近乎神圣宗教式的、万众一心、声势浩大、雄伟壮观的场面，也同样难以忘怀。

　　（本文于2009年6月25日发表于日本《中文导报》文学园地）

# 儿时趣事

## ——当了一回"贼"

何瑞苹

　　"厦大孩子"近半个世纪后的聚会邀请，让我激动不已，就像期盼见到兄妹般亲切，封存已久的儿时记忆，逐渐在脑海里清晰起来。那天巧遇儿时伙伴 C，打趣地问她：你还记得那次咱俩偷毛桃吗？C 矜持地捂着嘴笑道："怎么不记得？终生难忘！"下面就与大家分享我儿时的这个小故事。

　　一个周末的午后，我与好朋友 C 相约在大礼堂下面的喷水池会合，准备痛痛快快地玩上半天。C 的家住西村，我家住敬贤，俩人的家虽然一西一北，但与约定的会合地点距离相仿，很快我俩见面了。芳龄 10 岁的我俩，说着小女生才感兴趣的悄悄话往西走着，可沿路水泥地上厦大菜农晒满的萝卜干、咸菜叶大扫我俩的雅兴，于是我们决定折回往东走。在厦大人类博物馆附近，只见当年还没有改建的东大沟旁并不高大的桃树沿着大沟一溜向远处延伸，景象壮观。更令人怦然心动的是，每棵桃树上都结满了毛桃，它们个儿不大，但可爱诱人。不知是刚才大量萝卜干的醇香刺激了我们的胃，抑或是那可爱的毛桃抓住了我俩的心，我们没有商量，径直朝桃树靠近，并不约而同地在树底下寻找着什么。嘿！地上并没有期待的瓜熟蒂落的桃子，于是我俩与桃树妈妈来个亲密接触，使劲欢快地摇晃着她，终于桃树妈妈馈赠了我们几个毛桃，匆忙捡起，细细观赏：毛茸茸的，鲜嫩翠绿，好可爱。我俩幻想着回家如果将许多毛桃洗净拌上盐水稍加腌制，那美味一定胜过街头小贩叫卖的咸水桃。我俩为此创意兴奋得两腮绯红、垂涎欲滴。一个爬树，一个在树下清点战利品，最终双双蹲在地上将上衣口袋塞得鼓鼓囊囊才不舍地准备打道回府。

忽然，一声呵斥像打雷："你们在干什么?"还没等反应过来，我们的小手就被一双大手紧紧地抓住。抬头一看，吓得半死，一个黑脸叔叔(半边脸全是黑色胎记)怒气冲冲地瞪着我们。我俩本能地扭动着。

"别动。"他又补充道。

瑟瑟发抖的我俩更动弹不了了!

"说，家住哪儿?"又一声呵斥。

"我家住敬贤。""我家住西村。"我俩喃喃说道。

"你们的爸爸在哪儿工作?"黑脸叔叔继续追问。

"我爸爸在厦大……""我爸爸是厦大……"我俩如实交代着……

"你们的爸爸叫什么名字?"黑脸叔叔又一阵盘问。

想起爸爸妈妈平时正统的谆谆教导，知道今天这个错误非常严重，但实在不愿连带父母，也怕回家再受惩罚。我俩又不约而同地保护着底线，不肯继续招供。只是难过地一再表态："一定会改正，一定会改正!"

黑脸叔叔放开我俩的手，叫我们老老实实跟着他走，并告诉我们他是保卫科的，我们逃到哪儿他都能把我俩抓回来。我们跟着黑脸叔叔沿着东大沟朝西走去，左侧棵棵硕果累累的桃树已无法再引起我们的兴趣，右侧飘来萝卜干的阵阵醇香也吊不起我们的胃口，倒是东大沟内发出一股怪怪的味道令人心烦不安、头晕目眩。我俩低垂着脑袋一脸忧虑跟着黑脸叔叔一直走进厦大生物馆。

难道要把我俩关押在这里? 一进大门不寒而栗，觉得门厅内好大好大(现在觉得很小)，空空旷旷不见人影(幸好没人，让人看见多难为情啊!)，只是在大门拐角处堆放着几个装杂物的箩筐。黑脸叔叔见我俩还算老实，似乎放松了警惕，说："站着别动，我上楼办事，下楼再收拾你们。"

想象不出黑脸叔叔下楼后要如何"收拾"我们，见大厅内除了我俩别无他人，我俩决定销赃减过。于是轻轻挪到箩筐边，用最快的速度将口袋里大部分的毛桃塞进箩筐。听到楼上的脚步声，我俩失魂般地回到原处，假装虔诚地低着头，等待着可怕的"收拾"过程……

黑脸叔叔走到我俩的身边，似乎带着坏笑说："你们下次还摘桃子吗?"

我俩异口同声地回答："再也不了。"

"好，回去吧!"

永远如厦大孩子

啊?! 我俩不敢相信自己的耳朵,没敢马上离开,相互看了看对方,又偷偷瞟了一眼黑脸叔叔。

"走吧!"黑脸叔叔高声下达着"驱逐令"。

真没有想到"收拾"我俩的过程如此令人意外。两个小姑娘顿时像脱了缰的野马,沿着大礼堂到工会俱乐部的林荫大道拼命地奔跑,尽管大道两侧的农田绿油油、生机盎然,尽管半月湖的垂柳摇曳轻盈、婀娜多姿,我俩无心顾及,不敢停留,只顾跑,跑得上气不接下气还是跑,生怕再被抓回去。最终实在跑不动了,才躲在丰庭三一楼补鞋阿伯后面的楼梯拐角处不停地喘息。

缓过神来,我俩忽然同时后悔:唉! 干吗把刚才辛辛苦苦摘来的桃子塞进那些箩筐里呢? 呜……呜……呜……

无忧、快乐、烦恼,伴随着我们一天天长大……

2013 年 2 月 26 日初稿
2014 年 12 月修订

# 儿时的宠物

朱子鹭

现今人们的宠物多为阿猫阿狗之类，不仅品种颇多，而且讲究血统纯正，身价则从几十元至数十万元不等。回想自己儿时的宠物，我可以骄傲地说：我们那是自力更生，海陆空一网打尽，想有就有啊！

捉蝉是我们孩提时代最淘气的记忆。眼前仿佛又浮现出儿时的画面——一群小淘气，肩扛着竹竿，手捉着战利品，一路欢快地唱着来路不明的闽南语儿歌"昂勃崽号咧咧……"。蝉，俗称知了，可我们小时候都称之为"昂勃崽"（闽南语）。"清风半夜鸣蝉"，会鸣的蝉是雄蝉，它的发音器就在腹部，像蒙上了一层鼓膜的大鼓，震动膜时能发出响亮的声音，并且能轮流利用各种不同的声调激昂高歌。雄蝉每天唱个不停，是为了引诱雌蝉来交配。雌蝉不能发声，所以我们叫它"哑巴蝉"。

儿时捉蝉是用胶粘，把"青妮"（闽南语）放到空罐头盒中，用小石块架起，下燃干树枝，放点水直至熬成糊状即可。粘蝉可是个技术活。一根3米左右的晒衣杆，梢头绑上20多厘米长的细竹枝，竹枝顶端粘着鼻屎大的"青妮"胶，小手颤悠悠地举着晒衣杆，悄无声息地向正在树干上以刺吸式口器吸食树汁的知了靠去。随着"吱——"一声凄厉的鸣叫，知了翅膀被粘住了，小伙伴们顿时欢呼起来。一般来说，粘蝉有30%的成功率就算高手了，更多的时候是知了惊飞时短暂的鸣声与伙伴们"哎——"的叹息声交织在一块。有时好不容易粘到了一只，却是母的，"哑巴蝉"，真扫兴！回家拿着战利品向爸爸朱天顺炫耀，爸爸告诉我们，蝉富含蛋白质，小时候他常用火烤着吃，挺香的！看着"昂勃崽"肥厚的屁股，天生对吃虫有逆反心理的我，却

056

始终提不起食欲……

　　此外，诸如在厦大宿舍楼周边荒山野地里抓"苍妹公"（闽南语，即蝗虫、蚂蚱）；眼馋着市场上黑金乌亮蟋蟀大将军的神采，不甘心地在敬贤楼间挡土墙的缝隙里寻找蟋蟀的身影；从家里米缸中偷抓把米撒在窗下，躲在窗户后、企图用饭桌罩子捕捉麻雀，以及用线拴着金龟子或天牛边跑边飞等等，这都是我们孩提时代常玩的小把戏。

　　儿时玩宠物，我们也是"与时俱进"的。记得在小学三年级时，厦大影院曾播放了一部反映江浙一带农村养蚕姑娘辛勤劳作的影片。从这之后，班里便掀起了养蚕热。课间操时，大家或是交换着蚕种，或是从书包里掏出小纸盒，炫耀着自己养的蚕宝宝是多么的可爱。放学后，第一任务便是奔向白城一侧的山坡（如今海滨新村一带），在桑树林里争采鲜嫩的桑叶……

　　在1962年、1963年困难时期，我家养的最大的"宠物"是兔子。当时住在敬贤二101，门前有个小阳台，爸爸就在阳台角落用木箱板钉了个兔子窝。我和哥哥子榕从此就有了个"繁重"的任务，每天都要利用课余时间去东边社田里排水大沟（如今

国光二的邻家小慧妹在院子里戏耍小白兔

芙蓉湖的位置），拔青草给兔子当饲料。水沟里时有水蛇游来游去，我们却要挽起裤脚，伸手去"虎口拔牙"，实在让人胆战心惊！小兔子们很可爱，长得也挺快，没多久就生了一窝兔崽子。它们刚出生时身上没毛，看上去灰不溜秋的，就像一群小老鼠，实在难看。兔子养肥了自然要宰，虽说兔子被刀割喉时"吱吱"的叫声实在惨不忍睹，可在"瓜菜代"的困难时期，一锅鲜美的兔子肉汤却又是多么诱人啊！

　　1966年"文化大革命"爆发后，学校停课，各家各户都养起了鸡。在周

边邻居中,数我家养的鸡最多,也数我最喜欢养鸡,号称"鸡司令"。口中呼喊着"咕咕"声,成群的鸡撒着欢向我奔来,一种莫名的成就感油然升起……当心爱的小母鸡因不生蛋被爸爸宰了时,我恋恋不舍地望着它,泪眼涟涟,爸爸见了鄙夷地对我说:"真没出息!"

有一次遇上鸡瘟,一下子死了五六只鸡。爸妈当时都还被关在"牛棚"中,我们兄弟几个只能笨手笨脚地把鸡杀了。鸡煮熟后,一尝,满锅鸡都是苦的。搞不明白是何原因,就问来家做卫生的"钟点工"、厦港的渔家阿婆,才知我们杀鸡时没将鸡的苦胆摘除。鸡肉那么多吃不完,煮好了就提着保温饭盒给尚在"牛棚"中的爸妈送去。我至今还记得,在芙蓉一化学系"牛棚"前,看守的红卫兵那狰狞的呵斥声:"送鸡汤?牛鬼蛇神吃得那么好干什么!"

人说玩物丧志,我却不以为然。正是孩提时与小动物们的嬉戏玩耍,陶冶了情操,才奠定了自己热爱自然、热爱生活的大爱之心……

**1965 年的全家福**
前排左起:朱子榕、朱子鹭、朱子申

受"永远的厦大孩子"感召,彻夜难眠,写于 2014 年 2 月 18 日

# "8 · 23"台风与二哥的矿石收音机

卢象乾

二哥咸池从小爱读书,什么书到他手里都爱不释卷,因而被老人们戏称为"蛀书虫"。其实他并不是单纯的"书呆子",只是不爱在外面冲冲杀杀,而喜欢做些比较文静的事情。一天他照着书上所说,在一片苹果上插入一根铜线、一根钢丝,再接上手电筒的小电珠,竟然能发出一点亮光。他钻到床底下欣赏自己的杰作,乐滋滋的。晴朗的夜晚,他拿着杂志上登载的星图,在院子里仰望星空,进家就高兴地告诉父亲卢嘉锡,今天又辨认出哪几个天上的星座。有一次他还被学校里选派到市里参加了一期小学生航模培训。

不过,当时二哥最喜欢的,是组装"矿石收音机"。五年级时,他就在老师指导下装了自己的第一台矿石收音机,被选送到厦门市少年儿童科普活动成果展上去。但当时福建全省只有设在福州的福建人民广播电台,这台矿石收音机灵敏度不够,在厦门听不到广播,不过是聋子的耳朵——摆设。有厦大的叔叔从城里回来说,在展览上看到了二哥的这个作品,旁边的说明写着:可以听到"咔咔"的声音……

1958年"大跃进"浪潮中,厦门人民广播电台开播。当时正是"8·23"炮战期间,我们家疏散到大生里,家里很挤,又搞大炼钢铁,大人小孩都忙得不亦乐乎。第二年春天,我们搬回大南新村,家里宽敞了,二哥就忙开了。他把一些石头带回家,从中找到"黄铜矿"颗粒,撬出来当"矿石"(据说"黄铜矿"其实是硫化铁,有单向导电功能,"矿石"的作用相当于后来的半导体二极管),又找妈妈要了一两块零花钱,买来漆包线和一副耳机,用漆包线绕了一个线圈,中间还有几个"抽头"……几天忙活下来,一台矿石收音机装好

了。他找出家里的废旧电线,用竹竿架在窗口当天线,拿一根铁棍插在窗外地下当地线。接好线,仔细调谐,耳机里竟然传出厦门台的广播声音!虽然那不过像蚊子的嗡嗡细声,但他仍然听得津津有味。

小时候我们都喜欢到厦大操场玩耍。操场边上矗立着一对又细又高的铁塔,据说那是解放前国民党海军无线电台的天线塔。这年夏天,"中国人民解放军福建前线广播电台"(现在叫"海峡之声"广播电台)用这对铁塔架起天线,正式开始播音。原来的厦门台功率小、信号弱,矿石收音机只能用耳机收听。而"前线台"距离近、信号强,二哥不知从哪儿弄来一只"舌簧喇叭",竟然也能放出声音来。反正矿石收音机不用电,而且声音不大、不吵人,不论新闻、音乐还是戏曲,就让它成天响着。

转眼到了 1959 年 8 月 22 日,第二天就是"8·23"炮战一周年。这天傍晚接到通知,要各家各户做好准备,一旦发生炮击,立即进入防炮洞。天黑了,在风声中偶尔可以听见远处传来零星的炮声,气氛愈发紧张。夜深了,炮声不见密集,而大风却越刮越猛烈。我们在家里听着屋外狂风怒吼,看见风卷着房顶的水泥瓦在空中飞舞,不远处两根电线被大风刮到一起、打出耀眼的火花,瞬间周边灯光都熄灭了。我们一夜未眠。第二天白天风势逐渐减弱,走出家门一看,一片狼藉!事后听说,那天 12 级强台风正面登陆厦门,全市损失惨重。

我们又来到厦大操场,眼前的景象更是触目惊心!矗立了多少年的铁塔竟然被台风吹断一根,从半中腰耷拉下来。天线损坏了,"前线台"因此停播了好几天。后来用几根大木杆连接,竖起来作临时天线塔,电台才恢复广播。二哥矿石收音机的喇叭终于又欢快地响了起来。一直到 1960 年夏天我们离开厦门时,这根木杆临时天线塔还没有被换掉。几年后二哥考进北大地球物理系学气象,不知是否有感于这场台风。

50 多年过去了,现在广播、电视、网络、手机空前普及,今天的孩子们已不知道"矿石收音机"是什么东西了。但是每当广播电视里播放台风警报时,我还不时会回想起当年的那场"8·23"强台风,和二哥的那台矿石收音机。

# 看电影咯

何瑞苹

当尘封的记忆一点点地打开,有一幅温馨、和谐的昔日画面时常浮现在我的眼前,且日益鲜活清晰。

记得"文革"前的每个周末,厦大建南大礼堂都会放映电影,这不仅是厦大师生员工们休闲娱乐的好去处,也是厦大孩子们盼望一周的快乐集会。电影放映前,小朋友们在此相遇,来一小段鲜受约束的"人来疯",也是一件开心的事。

傍晚,太阳还未下山,通往建南礼堂那条宽大的林荫道上,就能看见对对情侣款款而行。哦,今晚有电影!我飞快地奔回家,朝门口的妈妈周松琪大呼小叫:"妈,今天有电影,饭煮好了吗?"妈妈不紧不慢还在与人聊天,被我这么一叫,才像记起了什么,赶紧回到厨房。

电影放映前的半小时,通往礼堂的林荫道上人逐渐多了起来,国光、敬贤、东村、大南,你家我家的人不约而同地汇集到这里,人流像一条叮咚作响的小河,哗哗向南边流淌过来。

傅爸爸足蹬软底布鞋,双手交叉放在背后,神色自若、不慌不忙地迈着方步。傅妈妈体态丰腴,面容和蔼,身着雪白的棉麻衣衫,白皙的皮肤更显透亮,她舞动着手中的芭蕉扇,不时送来阵阵清凉……

张妈妈是华侨,个子不高,自信、能干,气场很强,她经常穿着漂亮的大摆裙,风韵绰约。她走路时挺胸抬头毫不含糊,她笑起来阳光灿烂,很有感染力。只要听见高跟鞋发出的嗒嗒声响,准能看见步履轻快的张妈妈和身材高大、笑容可掬的张爸爸,身后还紧随着一双可爱的儿女。

瞧，陈妈妈身边跟着一对双胞胎，还不忘双手不停地编织着毛衣。在我的印象中，她是一位编织高手，因为看见陈妈妈时总能看见她随身携带的编织物件。一次在看电影的路上，妈妈带着我与陈妈妈相遇，妈妈暗示我向对方打个招呼。我看了看陈妈妈，脱口道："阿姨好！"没想到引来一阵善意的笑声。陈妈妈纠正说："应该称'伯母'。"我有些难为情。妈妈赶紧替我解围："孩子准是看你长相年轻呗。"旁边的一位同行者不知什么时候参与了我们的互动，夸奖道："是啊，是啊，我们都叫她'万年青'呢！"

林爸爸、林妈妈手挽着手也甜蜜地出了门，他俩可算是儿女满堂，但依然相敬如宾，令人羡慕。林妈妈说话语气温婉，举止优雅，连我那性子急、说话快的妈妈，与林妈妈对话时都会自然放慢语速，放轻音量。"看电影啊？""是啊！""孩子们呢？""那不，都在前面呢。"

隔壁沈妈妈干练、利索、理性、热情，说话嗓门也不小。周末晚上，只要听见沈妈妈逐一招呼自己的孩子们，我就开始坐立不安，趴在门边悄悄看着准备出门的沈妈妈，她换上文雅的小格子衬衫，好漂亮哦。我赶紧回屋，看见热气腾腾的饭菜刚端上桌，越发着急，没有吃饭就想开溜。妈妈一把拽住我，厉声道："吃饱了再走！""我不饿！"我的声音也不小。"吃饱了和我们一起走。"大概担心"物极必反"，妈妈随之放低了声调。"我不饿。"我心里不停地嘀咕着，胡乱扒拉着碗中的米饭。

贞的家住在卧云山舍南面围墙外的简易平房里。周末的下午，就看见刚洗完头发的贞妈妈坐在家门口的小板凳上猫着腰修剪着脚指甲，不时还听见她扯着嗓门催促小屋里的贞："快点洗澡，你弟弟还等着洗呢！"当晚，在通往礼堂的大道上，贞妈妈穿戴得干干净净，短发梳理得整整齐齐。她嘴里含着剔牙的竹签，双脚趿拉着的新木屐踢踏作响，节奏明快。她不时呼叫提醒贞的弟弟不要乱跑，贞爸爸则带着满足的微笑，微微耸着肩，紧紧跟随在妻子儿女的身后……

看电影咯，看电影咯！通往礼堂的大路上人头攒动。大人们亲切地互相问候、寒暄，孩子们则在人流中嬉戏、穿梭，快乐无比。

我留恋那个时光、留恋那些可亲可爱的人……

2013 年 3 月 13 日初稿

2014 年 12 月修订

# 坐在船头的武装部胖叔叔

罗　平

看着右边这张旧照片时,我没有特别的感觉。只是看到章慧小妹妹就这张照片写下的短短的那句话"只认得坐在船头的武装部胖叔叔",一下子把早已尘封的往事翻了出来:我可是胖叔叔手表落入水中的"肇事者"啊!

那天,厦大工会组织环鼓,年幼的我与章红、章慧一样都当了跟屁虫,各自坐在父母所在的帆船上,一只只帆船环绕着美丽的鼓浪屿行

**环鼓活动乘坐的小舢板**
左一胖叔叔、左二章红、左三章慧、左四章红妈妈

驶……忽然我们相互发现,兴奋异常!坐在他们那条船船头的胖叔叔说:"等船再靠近点,我抱你过来。"真是求之不得,我立马趴到船舷伸出双手……船越靠越近,当胖叔叔的手与我的手交接在一起时,小船忽然拉开距离,一紧张我脱开了手,刹那间胖叔叔手上新买的进口梅花表被我扯掉了……我低下头,眼睁睁地看着明晃晃的表在清澈的海水中慢慢往下沉,直到看不见为止!当我抬起头,叔叔阿姨的惊恐、胖叔叔的沮丧、妈妈杨菊卿晴转多云的脸……我知道闯大祸了!只听妈妈对胖叔叔说:"回去赔你钱。"也

不知怎样熬过余下的行程,总之我们的船上再没有逗笑声……

从那以后,只要在校内,一见到胖叔叔,我就会撅着嘴不理他,好像错的是他。其实,我心里明白,我不是怪他,只是为赔出的那些钱难受!一直到9岁我学会游泳第一次横渡厦鼓海峡时,眼前再次浮现出手表慢慢沉下海底的那一幕,还很不情愿地对自己说:"如果是现在,我一定跳下去捞,肯定来得及!"人生没有如果。至今,掉下去的手表,已经沉睡在海底五十来个春秋了,胖叔叔也于不久前离开了我们。看着他去世的讣告,我在心里默默向他告别……

令人伤感的往事,如今成了儿时的轶事。这张旧照片所拍下的情形,绝对是表还在胖叔叔的手上,他才有这般笑容……

永远如厦大孩子

# 半圆池，我们的乐园

傅顺声

南普陀寺大门前的马路下有两个半圆形的池子，一在东边一在西边。西边的那个池子浅，名涌泉，和尚师父每天在那里挑水浇菜。东边那个池深水清，名龙泉，池子里有许多泥鳅、胡子鲶和虾。东边的半圆池——龙泉，是我们厦大孩子们儿童时代的乐园，我们经常在那里钓鱼钓虾。

龙泉半圆池的直径大概只有10米，池小鱼也小，在那里钓鱼并不是钓来吃的，而是钓来养的。那个年代，几乎每个厦大孩子家里都有一些瓶瓶罐罐养小鱼，能抓到什么鱼就养什么鱼，斗鱼居多，还有小泥鳅、小胡子鲶、

我们的半圆池——龙泉，当年并没有石栏杆围住

小鲫鱼等。真正到街上去买金鱼来养的不多，那东西比较娇气，不像小泥鳅这些山野小鱼好养。

在半圆池钓鱼用的鱼钩要小而且不能有倒钩，有倒钩，钓到的鱼就很难

活了。所以我们就用一种叫"三铜四钢"的电线来做鱼钩。这种电线里有三根铜丝做导体,四根钢丝强化拉力。用其中一根钢丝做没有倒钩的鱼钩最合适在半圆池里钓鱼。但是在半圆池钓鱼最为刺激和有兴趣的不是钓小泥鳅等小鱼,而是钓虾,那是一场比耐心和智慧的竞赛。

半圆池的池壁是用石块砌成,石块之间有许多缝隙,里边生长着有两只长脚的淡水虾。我们用一段很小的蚯蚓穿在小鱼钩上,然后蹲在池边水中,把诱饵放入水中的石缝里,因为水清,我们可以看到水中的一切。没多一会儿,虾就从石缝中伸出两只长脚来抓食,这时你就要耐心地拉开诱饵与石缝间的距离,把整只虾给引出来。虾出来后,看它开始吃食了,你就得轻轻地提渔线引诱虾到水面来,等看它确实咬住了诱饵,再提出水面来。但是虾是很聪明的,你好容易引它出来,往往快拉到水面时,它就放弃,躲回石缝里,然后你就得重新开始。这样你来我往,一两个小时都不能钓起一只,但过程却是很刺激的。有时蹲的时间长,一不小心蹲低了一点,屁股那块就被水浸湿了。所以去钓虾,大部分小孩钓完后裤子的屁股那块都是湿的。不过这虾很难养,自来水是养不活的,只能用半圆池里的水养,一不小心就死了。所以钓虾也不为了养,就是要那种和它比耐心和智慧的过程。

南普陀寺有个释觉星和尚,我们都叫他"外交部长",因为南普陀寺所有的对外事务都是由他一个人出面联系的。出家人以慈悲为怀不杀生,一天觉星和尚路过,看见我们在钓虾,他不高兴了,说这里不准钓鱼。我们就和他吵了起来,我们说这里不是放生池,我们在这里钓了好几年的鱼,今天怎么就不行了呢?结果越吵越烈,惹得觉星和尚很生气,气急的他在路边拣起一块大石头丢到池子中央,水花溅了我们一身。看觉星和尚真生气了,大家一哄而散。觉星和尚一走,我们又回来继续钓。大人天天有事做,小孩有的是时间,能和大人们耗得起。后来觉星和尚也不管了,实在是没办法管我们这些小孩。其实我们也不是坏孩子,只是钓鱼钓虾太刺激,很有趣。现在回忆起来,和觉星和尚吵架很好笑但也很温馨,我们当时只是十一二岁的孩子,居然和三十多岁的大人吵得有来有去。

# 儿童时期的回忆

傅顺声

    1958年"8·23"炮战之前,我家住在厦大白城宿舍。这个小区有14座别墅式的房子,是厦大最老的宿舍。房子只有14座,门牌却到15号。因为数字13在西方人眼里不吉利,所以嘉庚老先生就把13号拿掉,换成15号。

    我们14家的小孩形成厦大校园里孩子们的一个小帮派,大家上学、放学和暑假都在一起。那时物理馆刚刚开建,前面的"日本头树"树丛被砍掉,结果露出两个国民党军队的碉堡。我们小孩在这两个碉堡里玩耍时发现了两窝小狗,一窝两条,一窝一条,是流浪狗生下来的。我们就把它们抱回家里养,14家小孩一起养。我们给三条小狗分别取名为"阿狮,阿淘,阿虎"。阿狮是条狮子狗,个头大,全身白毛带卷,阿淘像猎狗很淘气,阿虎像狼狗。每天午饭、晚饭后,这三条狗很是繁忙,这家小孩敲着碗喊:"狮淘虎,来来来!"它们就立即叫着回应赶去吃剩饭剩菜。还没吃完,那家"狮淘虎,来来来"的喊声又响起,它们又得赶往另外一家吃。不过后来它们也练出本事来了,谁家比较喜欢吃肉,骨头就比较多,它们会优先去。星期天和放假时我们小孩一起玩,总是带着三条狗,夏天它们和我们一起在白城海边游泳。

    阿狮体形大,性子憨厚。有一次来我家,发现床底下很阴凉,于是天热时,等我们都上学去,它就来抓门。外婆开始以为有人来,一开门,它就进来钻到床铺下睡觉,到三点多,它睡够了,就在门上抓,外婆听到了就开门放它出去。因此阿狮对外婆很亲热。

    有一天,吃饭时阿狮不出现了,大家很着急,带着阿淘阿虎在整个校园里四处找,结果没有找到。最有可能是阿狮对陌生人警惕性不高,被人抓走

了。但大家都不情愿接受这个事实,总希望有一天还能找到它。一天听人说,在生物系的狗房中看到一条狗很像阿狮,又把大家失望的心情给鼓动起来。那时厦大生物系养了几十条狗做教学实验用,有一个很大的狗房。大家一商量,认定是生物系把狗偷去做实验,决定找他们把狗要回来。那天刚好生物系的张松踪教授来白城外文系李教授家,我们就让李教授的孩子对张教授说这件事,张教授听了哈哈大笑说:我们堂堂的生物系自己养了几十条狗,怎么会去偷你们的呢? 不过张教授还是答应星期天让我们去狗房找找看。

那天我们一群孩子去了生物系,张教授领我们到狗房,里面确实有一条狮子狗很像阿狮,但我们叫它,它一点反应也没有,我们彻底地失望了。

这时,张教授打开了动物标本室让我们参观,对于我们这些孩子来说,真是不看不知道,世界真奇妙。一进标本室,几百个动物标本出现在眼前,有昆虫、鸟类、鱼类和兽类,个个栩栩如生,有些标本牌上注明的年代表明还是在厦大建校初期留下的。那年代厦门中山公园有一个动物园,养几只狮虎豹等动物,已经让我们小孩很开心了。而这里,几百种动物标本,真让我们目不暇接,不懂还可以问张教授,他可是国内著名的动物学专家呀。这一次参观不但开了眼界,更是培养起我们在儿童时代对科学的兴趣。阿狮是永远地失去了,但换来的是一次动物学的科普教育,对我们后来的一生都有着很大的影响。张教授其实不是让我们找狗以证自身清白,他是有意在对我们这些孩子进行一次科学的启蒙。真心感谢张松踪教授。

永远如像大孩子

# 追忆在国光三的少年玩趣时光

田中群

几天前我姐姐中维从美国回来,提起早年生长在厦大校园内的一群厦大孩子开设的邮箱,和其中搜集的这群孩子写的各种回忆。我浏览了这个名为"厦大孩子"的邮箱,并选读了其中部分文章,幼年伙伴们的记叙勾起了我对那个年代的回忆。

我们这一代人的少年和部分青年时代正遇"文革",那是个丧失人性和非常压抑的年代,几乎每个人的经历都颇为坎坷,都有痛心的回忆。但那时我们并未真正懂事,所以也有很多少年天性贪玩的欢乐时光。大家现在都已是六十岁上下的人了,我想最好还是多回忆一些让人轻松乐趣的往事,让晚年更加快乐些。

## 远亲不如近邻

读了郑启五关于国光三的文章,我挺有感触。非常幸运,国光的三栋楼是目前还未被重建的厦大老宿舍群之一,故我前去拍了几张近照。我从1955 年出生一直到 1980 年搬到凌峰楼之前,除去上山下乡,或住在厦大学生宿舍里的部分时间外,有二十余年的时间都住在国光三。国光三是我在那个年代居住与玩耍的场所,它一共有八个门洞,每个门洞内住着四户人家。二门洞的四家的门牌号码是 5、6、7、8,单号在楼下,双号在楼上,我们家最先住在 7 号,之后又搬到 6 号。俗话说"远亲不如近邻",我们门洞的四户人家相处得非常融洽。说来凑巧,其中有三家男孩的名字里都带有"群"

字。我叫中群,7号廖佩莹先生的老二叫"英群",8号颜松滨先生的老二叫"维群"。因此,住在5号的柯友根先生家的第四个孩子出生时也曾经犹豫要不要叫"柯群",因为他上面那个儿子叫柯山,但想想,又担心单名"群"字太女性化,所以最后他们放弃了。

（a）

（b）

（c）

（d）

国光老宿舍群:(a) 国光三;(b) 第二门洞;(c) 养鸡鸭种花树挑竹签斗蟋蟀的院子与阳台;(d)玩捉迷藏的龙眼树之一(国光二楼的后门)

　　国光楼的建筑结构较特别,楼上两家的阳台相连,中间没有阻隔,整个阳台的空间实在很大,约有16平方米。两家孩子可以任意跑来跑去玩耍。我们要进入另一家里,不是走正门,而是经阳台过去即可。那时候不论楼上楼下,几乎每家的门都是敞开的,我们要到其他人家玩,进出非常容易,很少需要问:我可以到你家玩吗? 只要说,我找你们家的某某,就可以大大方方地进去。常常是玩到人家要吃饭了,或者是自己家要开饭了才回家。

　　每个门洞房前有个20多平方米的院子。第一和第二门洞的院子间的围墙特别矮。我常常到第一门洞去找住在3号李复雪先生的四位儿子勃苏、勃宁、勃恩和勃华玩,他们家是男孩子玩耍的大本营(另一个大本营是三门洞 13 号的卢起良先生家,他有三男一女:先强、先娟、先国和先红)。我们可以轻易地从二门洞的 5 号阳台翻过围墙到达一门洞的 3 号阳台,所以孩子们间的交往是很方便的。由于国光二与国光三仅相邻一条狭窄的马路,且国光二楼下每家皆有后门面对国光三,故两栋楼里的孩子们之间来往也很频繁。我的阿姨高湘菱一家住在国光二 3 号,

我与表哥郑尚毅(右)于 1970 年在他全家离开厦大下放前的合影

他们家后门常是虚掩着的,姐姐和我可以很方便地在数十秒内从我家到她家,找表姐郑一黎和表哥郑尚毅玩耍。

那时候各家基本上没有太多的隐私,我们住楼上 6 号,在具有饭厅和洗漱间双重功能的一个约 6 平方米的小房间洗脸时,就可以透过窗户看到斜对面楼下 3 号的小饭厅和厨房以及后阳台。这让楼上楼下孩子们的交流尤为简便。有一次还闹了个笑话,李勃恩在他家后阳台喊叫"老田",邀我出来玩,当时我父亲田昭武还不知道这是我在孩子们中的别号,很疑惑地探出窗口问:你这是叫谁啊?听了勃恩的解释,并经我证实,他从此也就默认了我们父子"享有同等称呼待遇"。

我们在院子里都养了鸡、鸭,种了一些桃树和木瓜树。记得一门洞 3 号李先生家的桃树长得很好,或许他是研究生物的,知道如何给果树修枝打杈、灌水浇肥。每逢春天,李家的桃花开得特别艳丽,可谓春色满院。还有几枝较长的桃枝悄悄地探进我们院子来,让我们二门洞的邻居也分享了春色。

我们家隔壁 8 号先后住过好几家。20 世纪 50 年代中后期住的是物理系的郑南金先生一家,他们非常友善安静。郑太太是个标准的贤妻良母,把家里收拾得干干净净,四个孩子穿着整整齐齐。郑先生有两个女儿与我姐

姐年龄相仿，她们经常在阳台上玩耍、唱儿歌，彼此非常信任。后来郑先生被打成右派，搬到较远的大生里去了。那时最舍不得的就是我姐姐了，她少了两个玩耍的伙伴，寂寞了许多。姐姐长大后，自己会跑到大生里找幼年的伙伴玩，她们的友情一直持续到现在。以后8号又换了几家。

## 不甘受欺负的小哥俩

最后住进8号的是颜先生一家。他的两个孩子维嘉和维群非常有特点，不光国光三，可能在整个厦大片区都鼎鼎有名，因为他们昵称是"大头"（老大）、"小头"（老二）。几乎所有人都这么称呼他们，包括他们自己的父母。他们兄弟俩是我的好伙伴，我们经常在阳台上打扑克、斗蟋蟀。我们两家的长辈也很谈得来，是难得的好邻居。

当时的孩子群中有一种倾向，喜欢欺负新来的人。可能这是男孩子的天性吧。虽然国光三的孩子对他们特别好，但是出了国光三，或者在学校里面，就有不少人去冒犯这对个子相对矮小的兄弟俩，因此打了好几场架。不过，他们非常勇敢，只要两个人都在，就合在一起"抵抗外来欺负"：背靠背，握紧拳头，对付四面的敌人。小头特别机灵，打架有巧劲，即使个头比他大不少的孩子也占不了便宜；大头则敦厚老实，但有一股拼死的劲头，打起架来嗷嗷地叫，甚至拿起石头来要和欺负他们的人决死一战。经过一段时间，大家认识了他们，这种不甘受欺负而奋力抵抗的精神受到了大家尊重，他们也渐渐融入了孩子群中。再后来大家慢慢长大了，也过了爱打架的年龄，但大头和小头不服输的劲头却在厦大孩子中留下了深刻的印象。

## 地瓜解馋的三途径

由于正处"文革"期间，学校停课，即使后来"复课闹革命"，在学校读书的时间很少，读的书也主要是毛主席语录和诗词，几乎没有作业，所以孩子们玩的时间非常多。我们玩的东西确实太多了，除了和现在的孩子一样喜爱打牌打球以外，我们还想方设法养鸡养鸭养鸟养蚕养蟋蟀、种树种花种菜种花生种地瓜。记得当时种菜种得最多的是空心菜，因为它只要浇足够的

永远的厦大孩子

水就长得很快，割了一茬再长一茬。不过靠近水边的地都被一些有农村背景、会种菜的家长很早就占据了，所以孩子们自己要种东西都得到后山去。国光三的优点就是紧挨着后山，腹地很大，只要认真找，总可以发现一些较平坦的小地块，不过土质不好，浇水也不方便，种地瓜（也叫红薯或番薯）是最佳选择。

我和我表哥郑尚毅在国光三背后山上、从家里的后窗就可以监看到的地方开垦了一小块地，搬运了一些肥土，又到农民的地瓜田里摘了一些地瓜藤作为地瓜苗，斜插在土里。每天浇水，不久它就冒芽生根，根茎慢慢长胖，成了地瓜。我们总是希望地瓜长得越快越大越好，所以每隔几天就悉心地把土给刨开一次，看着地瓜根先变成拇指粗的根茎，最终长成大地瓜。为了让地瓜长得好，我们还在家里面存一些尿在桶里，提到后山，浇在地里，否则单纯浇水，地瓜肯定长得不好不大。我们还种过花生，看着开花落地、钻进土里、最终长成花生果实的全过程，心里真觉得这好神奇，也从实践理解了为什么叫（落）花生。回想起来，对于我们这些长在学校环境里的少年来说，这真是一些有趣的科学实验！

说到地瓜，东澳农场的田地就在招待所和科学楼之间的一大片平地上，田里种了枇杷树和地瓜。当时的孩子们很淘气，毕竟那时缺吃少穿，偶尔突然兴致来了，还会去偷挖一些地瓜，拿到后山去，捡来树叶树枝点燃，把地瓜放在火里面烤了吃。有时火太旺，地瓜传热不均匀，外皮已经烧焦了而最中心的部分还没熟透。若不是那么迫不及待，我们也会采用较高级的烹饪方式，挖一个土坑，用柴火烧热了土，把地瓜放到土坑里，再将烧热的土打碎，覆盖在地瓜上面，一会儿刨开来，地瓜熟了香喷喷的，着实令人垂涎。

我们想吃地瓜，除了自己种和偶尔偷以外，还有一个聪明的正当办法。每年收成时，农民牵着牛把田犁过，大部分地瓜会翻出地面，由于不是自留地，农民干活不那么认真，光把翻到地面上的地瓜收走，没翻上来的就不管了。这个时候我们就会去地里寻找。翻翻土，往往可以挖出一些又大又好的地瓜。如果正好下过一两场雨，没有被挖到的地瓜就会长出细小的地瓜苗而"暴露目标"。在田边逛逛，只要发现地里冒出非常小的红红嫩嫩的地瓜苗，一挖下去很可能就是一个又大又胖的地瓜。这也是我们寻找地瓜的一个诀窍。

在那个粮食和副食品供应都有限量的时代,地瓜确实是我们最好的零食之一,也提供了没有书念的另一学习途径。

## 龙眼树下捉迷藏的秘密

既然"偷"过地瓜,必然"偷"过其他,如偷钓鱼、偷桑叶(为了养蚕)、偷枇杷和偷龙眼,这也是源自少年喜欢感受刺激的天性吧。

介于国光三和国光二的路边种了不少龙眼树。龙眼熟了的时候,就会有巡逻队在巡逻,防止有人偷龙眼,并且在龙眼熟透之前把它们全部摘走。龙眼很好吃,尤其在那个确实没有太多东西可吃的年代,早上吃稀饭就着龙眼属于高级早餐。所以我们这群孩子老是琢磨着怎么去偷龙眼。白天摘龙眼显然不现实,不要说巡逻队,大人看到了也会批评、阻止你,毕竟这是一件不光彩的事情。于是,在巡逻队摘龙眼之前的几天,我们国光三的孩子就会集体行动起来。每到晚上,我们就在龙眼树下捉迷藏。龙眼树很大,成为我们捉迷藏的据点。挑出一个或两个人当"警察",先面朝大树闭着眼睛数数,剩下的孩子们作为"小偷"四下躲藏。当警察数到二十,便转身开始抓捕小偷们。若警察发现了某个躲藏的小偷,就立即叫出他的名字,并马上跑回去摸一下龙眼树,表明抓到此小偷,这轮游戏便结束。警察和被捕小偷互换身份,开始下一轮游戏。若警察在黑暗中认错人(小偷们有时会互换衣服),或被发现的小偷跑得比警察快,先摸到龙眼树,该小偷就获胜进入下一轮。警察外出抓人时,躲在其他方向的小偷们也可以趁机跑出来摸一下龙眼树,他们就赢了,下一轮继续当小偷。这时候获胜的人往往会提醒那些还在躲藏的小偷们:哎,警察到你那边去了,快躲好!其实在那些偷龙眼的夜晚,这不过是在树下"放风"的人在警告那些躲在树上摘龙眼的:巡逻队过来了,别动!

这个方法很灵,因为捉迷藏是很普遍的游戏。我们每回总能躲过巡逻队,摘下许多龙眼,甚至有时候一个晚上每人能吃到一斤多。不过开始不知道,这龙眼吃过多会上火,记得有一次我上火以致夜里流鼻血,早上醒来发现满枕头都是血。但现在想起来那些小把戏,还是觉得很有趣。

## 游戏乐趣与智力培养

当时我们除了玩香烟折纸、玩柿子盖以外,还会用 20 余厘米长的细竹签作为玩具。手里攥着一把大概三四十根的竹签,略举高后一放,一把竹签全部散落在桌上或地上,横竖交错叠在一起。然后每人拿着一根竹签,很仔细地把桌上的竹签一根一根挑起来,关键是挑起一根竹签时,其他竹签都不能有任何晃动,如果动了,就轮到下一个人来挑。最后以挑成功最多的为赢家。这个游戏看上去简单,实际上蛮有难度,很少能一次挑完所有竹签。要动脑筋,从力学的角度考虑,分析先挑起哪一根不致影响整体的平衡,才不会牵动其他竹签。

当年有不少孩子通过卖牙膏皮等攒下一点零花钱,然后跑到中山路附近的小店去买橄榄。我们其实不是为了吃橄榄,而是把吃剩的橄榄核留下来作为游戏工具。参加这类多人游戏的主要是男孩子,也有个别女孩(如三门洞的石允中)。游戏的地点就是国光三前那条马路,那时还不是用花岗岩铺起来的石路,而是条沙土路。以手中的橄榄核直接命中其他人在地上的橄榄核,或者非常靠近他人的橄榄核、距离小于手指张开的长度为赢。如果没有击中,自己的处境就非常危险了,特别是如果两个橄榄核的距离仅稍大于手指张开的长度,那么对方下一步就可以非常容易地击中你的橄榄核。此游戏更依赖于判断,由于橄榄核是椭球状,且游戏在土路上进行,凹凸不平的路面上有些地方是厚厚的沙子,也有些地方是可以反弹的小石头。所以每次动手时都得仔细地考虑这些地面因素。甚至可以设个圈套,让对方将橄榄核投进沙子里,由于沙层的反弹率很低,下一步它就跑不了了。

玩珠子的游戏就让我们更兴奋了。那个时候买珠子的钱不多,玻璃珠子有两类。一类是跳棋的小珠子,五颜六色,但比较稀贵;因而我们较常玩的是直径约为 1 厘米的纯色玻璃珠。游戏可以采用类似橄榄核的玩法,但更常见的一种玩法是在土路上挖一字排开的三个约大于珠子直径 2 倍的小洞,洞与洞之间的距离大概是 1.5 米。玩者站在第一洞处,可以将自己的珠子直接投滚进第二洞,也可以去击打别人在洞边未进的珠子,打中后可以站在自己珠子的位子再投滚入洞,看谁先将自己的珠子依次进洞一个来回为

胜。与玩橄榄核相比,这个游戏对抗性更强,要求的技巧性也更高。你既要设法让自己的珠子进洞,又要注意防止别人把你的珠子弹走,而且还要想办法把别人的珠子弹得远远的,同时让自己的珠子滚到下一个洞口附近。

当时我玩珠子水平比较高,几乎每回都能赢几个珠子回来,甚至赢了些别人刚买来、第一次拿出来玩的全新珠子。我精挑细选最新和最漂亮的珠子收藏在一个扁平盒子里,看到战利品越来越多,很有成就感。20 世纪 70 年代初我进中学后,因为较贪玩且有些上瘾,天黑了也不回家,仍在昏暗的路灯下弹珠子。这天,我因此挨了母亲高秋辉很少有的极其严厉的批评,并且受到不许吃晚饭的惩罚。于是,我痛下决心不再玩了。第二天,我站在楼上自家阳台上,召集一群年纪较小的孩子们到楼下来,告诉他们:我不玩了,所有的珠子都送给你们,然后把所有珠子丢下去。看着大家你抢我夺,楼上的我和楼下的孩子们都非常高兴。从此后我把更多的心思转入学习了。

## 斗蟋蟀的三阶段

斗蟋蟀也曾让少年时代的我乐此不疲。特别是看到蟋蟀斗赢的时候振动自己的翅膀发出非常清脆响亮的声音,那种愉悦的心情真是外人难以理喻!最早我们的蟋蟀是去买来的。我记得是从思明南路快到中山路,大概是现在的"沃尔玛"那个位置,有一个很小的门面,平时卖珠子、橄榄和其他各种孩子们玩的东西,到夏秋季节也转卖农民捉来的蟋蟀,放在一个平底的大玻璃缸里。那一群蟋蟀由于争斗获胜而叫起来的声音对孩子们是极大的诱惑。由于零用钱很有限,为了以最少的钱买到最能斗的蟋蟀,我有时为挑选一只蟋蟀要花上半小时时间。反复琢磨,我慢慢地学会了如何挑蟋蟀。不一定体型最大的蟋蟀胜算最大,而要看它的外形、牙齿和叫声,特别是根据它背上翅膀上端的两块颜色,究竟是黄色、红色还是黄红色的,就基本可以判断这只蟋蟀的斗性。买回家来,先装在一个罐子里放在暗处静养着。斗蟋蟀之前,先把它抓出来,让它在手上慢慢爬,双手不断地轮换,直到蟋蟀的情绪和步态稳定时,再放到墙脚,让它顺着墙脚慢慢向前爬,对面的孩子也放下他的蟋蟀,最后两只蟋蟀碰到一起,于是一场非常勇猛的战斗就开始了。它们用大牙相互顶撞,你来我往,甚至咬在一起,滚过来、翻过去。最后，失败者灰溜溜地跑掉了，胜利者则发出非常响亮的鸣叫声。

后来我们觉得买蟋蟀太贵，就自己跑到厦大背后两三里地远的西山上去抓蟋蟀。白天抓到蟋蟀的可能性相对比较小；晚上打手电筒顺着蟋蟀叫声去抓成功率较高，但有时会遇到蛇；而清晨蟋蟀仍在鸣叫，最适宜捕捉。几个孩子约好了，五点钟天刚蒙蒙亮就悄悄起来，一鼓作气爬上西山。那边花生和地瓜农田比厦大的面积大得多。顺着蟋蟀叫声悄悄扑过去，较容易抓到蟋蟀。然后气喘吁吁溜回家，仍在睡觉的家长毫不察觉。我们后来慢慢地积累了更多经验：有些田埂脚的洞里面总会住着蟋蟀。即使前一只被抓了，又会有另一只跑进去作为它的窝。我们常拿鸡尾草去引诱蟋蟀出来。后来觉得这样太费功夫，就带着瓶装水往蟋蟀洞里灌，蟋蟀受不了就爬出来了。当然，水也不能灌太多，避免淹没破坏了这个洞，这样可留着让其他蟋蟀进来，将它当作取之不尽的抓蟋蟀的宝洞。

抓到蟋蟀以后还要培训它。往往是把它放在马口铁的罐头盒里面，故意不把罐子盖紧，留下一个缝，蟋蟀想出来，就会用大牙去咬。这样久而久之，它的牙齿就变得非常坚硬。我们还会在罐子里面放一些石头和其他坚硬的食物，例如拿米粒给它吃，这都是为了培养它牙齿的坚硬度。

在抓蟋蟀时，我还发现了一个秘密。田里蟋蟀洞边，常看到还有一些体形比较小、长得有些像蟋蟀，但没有翅膀的虫子。我捉摸着，这些是不是蟋蟀幼虫？悄悄捉了一些回来养。它们长大脱壳后，果真变成了蟋蟀，不过其中有公有母。我之后又发现，可以根据其尾巴上是三根刺或两根刺来判断雌雄。那以后，我专捕那些公的幼蟋蟀，也用马口铁罐子装着，从小培养它的战斗能力，还真养出了几只勇猛善战的"蟋蟀王"。

日子一天天过去，我经历了从买、抓到养蟋蟀的三个阶段，也从中琢磨出不少道道。

## 国光三的孩子头

前面我谈到了郑启五，那时候他是公认的孩子头，他的影响力不止在国光三，但他的精锐部队却都在这里（也包括国光二的部分孩子）。他时常带着大家出去玩，我们大家都爱跟随他，因为其中有不少乐趣，尤其是他特别会讲故事。夏日的晚上,我们躺在科学楼前面的大草地上,看着天上繁多的星星,呼吸着清新的空气,在没有污染的环境中和没有学校排名的压力下,一起听启五讲故事,那确实是现在的孩子没法得到的一种享受。

厦大电化学教研室主要人员在"文革"后期与军宣队代表在科学楼前的合影

图右边远处是背靠山的国光三,科学楼前面的一大片草地是当年我们打垒球和讲故事的主要场所。

启五还是个捉弄人的高手,但他绝不动手打人,光是恶作剧。有一件事给我印象特别深。那天他钓鱼回来,在路上走,得意扬扬地提着一个玻璃瓶,里面放着他钓到的几只小鱼。虽然这些鱼很小,但已足以让一群孩子兴奋不已,纷纷跟在他身后。有位从国光三搬到国光二的虎头虎脑的男孩叫小毛,比我们还小几岁,他一直挤到启五面前嚷嚷着:"让我看,让我看,钓到什么鱼了?"启五停下脚步说:"好,你要看,给你看。"只见启五把装着小鱼的瓶子提到小毛的头顶上,慢慢把瓶口倾斜下来,同时问:"看到了没有?看到了没有?"小毛仰着头,高兴地说:"看到啦!看到啦!"不想这时瓶子里的水流了出来,浇到小毛的头上和脸上。小毛发现上当了,大声哭起来。他妈妈听到哭声,出来气冲冲地连声问:"谁又欺负我们家小毛了?"大家赶紧辩解:"不是我们,不是我们。"可是转身一看,启五早已猴子似的溜回家了。

其实,启五捉弄人只是极个别的事,大家反倒佩服启五居然有这些具有创意的鬼点子。我们和小毛一直交友玩耍得蛮好的,大家都从中得到很多乐趣。启五这个孩子头确实当得很出色。不过启五比我们大几岁,有时他情愿和与他同龄或更大的伙伴一道玩而离开我们。这时我们同龄的卢先国(昵称老扁)因为常常会出些玩乐的点子而成了第二个孩子头,国光二的钟伟良也因能说会道而渐渐成为被大家所欢迎的讲故事第二高手。我们就这样一天天长大。

## 龙眼树依然挺立

这是一个既有苦涩又有不同玩趣的少年时代。跟现在孩子手中动辄几百上千元的游戏机相比,我们当年这些游戏玩乐实在廉价简陋。不过,玩耍的过程,实际上也是自己思考、挖掘、设计、提高的过程,学到的比死读书或单纯玩电脑游戏要多得多。不少看似很简单的游戏玩乐其实也隐含着科学道理,需要仔细观察、认真动脑筋,让我们在其中逐渐提高了动手、应变和分析判断的能力,对于以后的人生颇有益处。

弹指一挥间,几十年的光阴已经过去。如今我偶尔路过国光三,还不禁会放慢脚步,巡视四周。龙眼树更加高大茂盛,但当年孩童热闹玩耍的景象已经一去不复返。一阵风吹过,龙眼树叶沙沙响,仿佛在问:你是否还回来这里重拾童年和少年的温情与乐趣?

(注:本文初稿在口述并整理的基础上完成,但口语化太严重了。多亏我姐认真做了修改和补充,还加了小标题和最后一段。特别要感谢咸池学长等编委又在此基础上,全面大篇幅地进行了润色,并进一步调整了一些语句顺序。我仅仅是最后再做些小修改和补充。因此,此文当属大家的共同成果,谨对他们表示衷心谢意!)

# 南普陀寺和东澳小学

傅顺声

现在的厦门市民对厦门市演武小学应该不会感到陌生吧。可是对于演武小学的前身厦门市东澳小学,可能许多人就不知道了。它坐落在南普陀寺内,原弘一法师(李叔同)所创立的佛教养正院的旧址上。从1952年到20世纪80年代初,整整三十年,南普陀寺慷慨地把整个西院的建筑提供给东澳小学做校舍。

寺庙里有小学的地方,据我所知仅南普陀寺一地。一个佛门净地内,容有数百名叽叽喳喳的小学生,是有点不和谐。但是南普陀寺以佛家的慈悲之怀,包容了我们,给我们提供了一个良好的学习环境。我一直以为,把庙产拿来支持办好东澳小学,是南普陀寺的一大功德。对于我们这些毕业于东澳小学的学生来说,直至今天,仍然对南普陀寺怀有感激之情。

说起河南登封的少林寺,人人皆知它是以习武见长。而厦门南普陀寺则以教育树人为传统。早在1925年,南普陀寺就创办了全国第一所培养僧才的学校——闽南佛学院,继而有弘一法师的佛教养正院,直至后来的东澳小学前身养正小学。

## 东澳小学

东澳小学当年是一所很小的公办小学,比起当时的厦门名校实验小学、民立小学、大同小学等在规模和设备上都相差甚远。在20世纪五六十年代,大部分的同学在春夏秋三季都还是打赤脚上学。每天做课间操,一踢腿时,所见尽是光脚丫。但是从这一所赤脚大仙的小学,日后却走出为数不少的教授、博士以及各行各业的成功人士。以现在厦门人比较熟悉的人士来说,像前任厦门市副市长潘世建、中科院院士郑兰荪教授、厦门博客名人作家郑启五教授等,都毕业于这所小学。它日后出人才的比率绝对不亚于当时的名校实验小学和民立小学。

东澳小学在"文革"中改名为七二七小学(图1),"文革"后,再改为演武小学。几乎所有在"文革"中改名的小学和中学在"文革"后或迟或早都改回原名,唯独东澳小学却再没有恢复原名。东澳小学的名字从1952年起到1966年的"文革",只存在了十四年,就静悄悄地消逝了。只有我们这些老校友今天还能记得它的存在。

我于1956年进入东澳小学,1962年毕业。当时全校共有六个班。每个年级一个班,全校大约有两百名学生。1957年,政府出资在小学里盖了两间教室。而其他教室原先都是寺庙里的房子,光线不是很好。学校的操场很小,上体育课时,玩玩小游戏尚可,要跑要跳,只能使用寺庙山门前的那一段马路了。每天做课间操时,学生则到天王殿门前的小广场上做操。那时老师就在山门前的台阶上领操,背对着天王殿里的弥勒佛。每星期一上午,全校学生都聚集在寺庙的山门前听校长讲话。体育设施很简陋,仅有一个滑梯和一个用寺庙里的旧堂匾做的乒乓球桌。我猜那乒乓球桌是当年佛教养正院留下的遗产,传到我们那时业已百孔千疮了。后来,由于很多子弟在此上学,厦门大学捐赠了一张旧的乒乓球桌。比起南普陀寺的慷慨,厦门大学可是小气多了。

记得当年我上双十中学后第一次班会,大家分成各个小组互相介绍。当我介绍来自东澳小学时,其他同学都不知道有这么一所设在南普陀寺里的小学,好奇地问我会不会念经。我当时也就将错就错,双手合掌、微微闭目,抑扬顿挫地念起经来。殊不知,我在小学六年里,几乎天天听和尚念经,虽不知念的是什么,那腔调是再熟悉不过了。居然还有同学去报告老师说我是小和尚会念经,直把老师笑弯了腰。

每天上午,学校里朗朗的读书声和寺庙里和尚的诵经声、木鱼声,互有相闻。虽然我们在学校里受到的是彻底的无神论教育,与佛教的理念完全不同;但是,每天面对着寺庙里妙相庄严的巨大佛像,我们从来就有一种敬

畏之心，一种神秘感。学校和寺庙，学生与和尚师父相处得相当和谐。即使最调皮捣蛋的学生也不敢在佛祖面前放肆。不过，在三年困难时期（1959—1962），饥饿的学生偷采寺里枇杷、偷钓放生池里的鱼，甚至偷吃桌上的供果还是时有发生。这也是今天我们这些东澳老校友对南普陀寺唯一感到歉疚的地方。

图1 从1973年七二七小学（东澳小学）的毕业照中，可以看到其简陋校舍与隔墙的南普陀寺。照片由东澳小学1972届学生陈亚星提供（第三排右十三）

## 南普陀寺

我们在学校所受的教育是无神论，但是南普陀寺的神和佛也在影响着我们。当然，在我们那样的年纪，是不可能理解佛教教义中所包含的哲学内容。南普陀寺的这种影响是感官上的，是知识性的，它激发了我们的求知愿望。因为每一尊佛像、每一幅壁画，在其背后都有许多有趣的故事。我们想知道的就是这些故事，而并不在意这些故事在现实世界的真实性。在追求这些故事的过程中,我们学了不少知识。这是其他小学所无法学到的。

我们小时候对佛教的认识,首先是来自《西游记》里的故事。入东澳小学以后,除了学校的活动以外,我们每天都在和尚师父的诵经声和巨大的菩萨、天神塑像的耳濡目染之中。南普陀寺让我们感受到了《西游记》里的世界,就像今天儿童从迪斯尼乐园中感受到许多童话里的世界一样。我们熟悉每一座菩萨与天神的塑像以及他们的故事,在不知不觉中学到了许多有关佛教的知识,增加了我们的求知欲望。

在天王殿里,正中供奉弥勒佛,两旁供奉四大天王,弥勒佛背后供奉着护法神将韦驮。在我们孩童的眼里,最喜欢笑口常开、挺着大肚的弥勒佛,再来就是英俊威武的韦驮。四大天王中,除了面带微笑的东方持国天王外,个个都是怪眼圆睁、令人生畏。我们熟悉东方持国天王持琵琶,南方增长天王持宝剑,西方广目天王右手缠绕着龙,北方多闻天王右手持宝伞、左手握神鼠。就是那只神鼠,我们也可以娓娓道出它的来历。当年要是举办西游记知识竞赛,我想东澳小学一定得冠军。

图 2　1959 年东澳小学歌咏队在南普陀大雄宝殿前合影

天王殿之后就是大雄宝殿(图 2),供奉的是高约六丈的金身佛祖三身佛。大雄宝殿是和尚每日念经和寺庙做法事的地方。当年大雄宝殿平时不

对公众开放，只有在佛教节日可让信徒烧香膜拜。一到寺庙里做法事的时候，大雄宝殿里香烟缭绕，众和尚师父那抑扬顿挫的诵经声，和着木鱼、磬的节奏，伴随着阵阵的香风飘入我们的教室。这时老师就会提醒我们："大家要集中注意力听课，不要分神。"不过一到下课，我们这些"好事"的小学生还是要挤在大雄宝殿的门口，看和尚师父诵经。做法事时的诵经比起平时每日的诵经来，要庄严肃穆得多，和尚师父们都穿着很鲜艳的红色黄色袈裟，诵经声也比平常来得整齐、响亮。在这样庄严的气氛中，似乎端坐在莲花座上的如来三身佛，此时也比平时来得更庄重、更高大。

处于天王殿和大雄宝殿之间的庭院两侧，是钟楼和鼓楼。钟楼上悬有大钟，楼下供奉地藏王菩萨。鼓楼上置有大鼓，楼下供奉的是伽蓝神关羽。武圣关公何时出家？让年幼时的我们很困惑。因为关公是南普陀寺里唯一没有出现在《西游记》故事里的天神塑像。后来，一位和尚师父讲了个故事，说的是关公败走麦城被杀后，托梦给湖北当阳玉泉寺的普净大师："还我头来，还我头来！"普净大师点化道："你过五关斩六将，这些人的头找谁去要？"关公猛然醒悟，遂入佛门。我们才知道，关公是死后才出家的。记得当年我听得了这个故事，晚上马上炒卖给哥哥和姐姐听，连一旁的母亲柯在贞都饶有兴趣地在听。过去都是他们讲故事给我听，这一次着实让我露了一手。鼓楼上的鼓声没有什么印象，但家住南普陀寺附近的厦门大学宿舍，倒是天天听到钟楼上大钟的晨钟与晚钟。尤其在寒冷的冬夜，那钟声听起来特别悠扬和神秘。小时候，每当寺庙的晚钟响起，母亲就催促我们上床睡觉。多年以后，每当我听到歌曲《南屏晚钟》，仿佛耳边又响起南普陀寺的晚钟。

大雄宝殿的两侧是十八罗汉的塑像。现今的十八罗汉塑像是 20 世纪 80 年代重塑的。原先的塑像在"文化大革命"的浩劫中被红卫兵毁坏了。现今的塑像，罗汉们衣衫整洁，体态丰盈。当年塑像中的罗汉，大都显得清癯消瘦、相貌怪异。而且，十八罗汉个个都是赤手空拳，没什么兵器或者棍棒之类，连老鼠都没有。这让我们这群孩童很失望，那时的我们都是唯武器论者。

大悲殿是南普陀寺的第三大殿，殿里专门祀奉观音菩萨，正面是双手观音，三面有三尊千手观音。虽号称千手，儿时的我们曾经仔细数过，才实有

永远的厦大孩子

四十八手。手中各有一个小眼睛,并拿着某种法器,如轮、螺、伞、刀、枪、剑、戟等,象征法力无边。大悲殿是寺里香火最盛的地方,天天对公众开放。善男信女在烧香祈拜后,还可以抽签问卦,殿旁有和尚师父释签。每逢观音菩萨的三大节日,即农历二月十五日菩萨生日、农历六月十九日菩萨成道日和农历九月十九日菩萨涅槃日,则是寺庙一年中最热闹的日子。这时候,闽南数县的信徒们都会赶来烧香朝拜,为亲人祈福求平安。在这些信徒中特别显眼的是渔家妇女,她们大多穿着天蓝色的对襟上衣,下着藏青色宽大长裤,头发梳得整齐油亮,往后挽个漂亮的发髻,戴着金光闪闪或者银光灿灿的首饰,结伴而来。她们的来到为节日的寺庙增辉不少。她们是信徒中最为虔诚的一群,看到她们在观音菩萨面前跪拜求签的神情,你不能不为之动容。她们的亲人,父亲、丈夫,或是兄弟,此刻正在从事当年最具风险的职业——在风口浪尖上讨生活,观音菩萨的保佑就是她们心中最大的安慰。菩萨的节日,是我们这些"好事"的小学生最兴奋的日子,那天学校的课间操没地方做了,我们就趁着这个课间休息的时间,在寺里东看看西逛逛,凑热闹。

在大悲殿之后是藏经阁,此阁建于 1936 年,一楼为法堂,二楼为玉佛宝殿。藏经阁是南普陀寺的"宝库",珍藏着中外佛典经书数万卷和历代佛家文物,南普陀寺视其为珍宝,轻易不肯拿出示人。当年,熟识的和尚师父可以带我们游遍寺庙里的任何地方,但是从来不会带我们进入藏经阁。所以藏经阁一直是我们心中的一个谜。

天王殿里的四大金刚塑像和大雄宝殿两侧的十八罗汉塑像群,在 1966 年"文化大革命"初期遭到红卫兵的彻底破坏。记得当年我们得知此事,立即赶去南普陀寺。面对着曾经与我们朝夕相处,而如今被无情摧毁了的塑像,只能悲愤地痛骂。虽然我们并不信佛,但是我们对这些塑像、对整个南普陀寺都有着很深的情感。

我们爱我们的东澳小学,我们也爱南普陀寺。

# 一本日记

黄　晞

　　何笑松原是我东澳小学的同班同学。当年我们同住在国光二宿舍，我家是 4 号，他家应该是 25 号，我们上下学都走在一起。很巧，我俩还有涂鸦的共同爱好，课外时间也多是画画图或者在国光楼前的田埂抓昆虫丢土块，打打闹闹地度过了启蒙的小学三年。

　　天资聪明、勤奋好学的笑松同学，在三年下就破格跳班上了四年级。据说这是东澳小学建校以来的第一位跳班生。我们因此不再同班，紧接着我家搬到敬贤二，我和笑松就此"分道扬镳"。尽管在双十中学学习期间，我们偶尔也能相遇，但都被匆匆的上课铃声打断了彼此的交流。

　　"文化大革命"扭曲了我们的成长。何笑松顶着压力仍然自习不倦，而我和亚保等二十几个同是牛鬼蛇神的"狗崽子"，结成了死党。处在青春叛逆期的我们，白天游泳、打球，晚上就躺在大操场草地上，聆听对面飘来邓丽君的"靡靡之音"。我们也因此一度成了南茜、瑞玲小妹妹们口中的"一群小阿飞"……一直到改革开放春风吹来。

　　转眼，我到异国他乡已经三十五载，其间听闻笑松同学也在美国，却碍于没有电话号码而联络不上。去年三月，在弟弟黄辰的家庭聚会上，从弟弟的邻居口中得知，何笑松是他在斯坦福大学医学院的同事，学有所成的笑松现在是从事病毒研究的专家，同时兼任加州大学戴维斯分校教授。天意弄人，我俩生活、工作在同一城市却互不知晓！

　　很快，我们通了电话并约定在他家见面。我急急地驱车驶过旧金山东湾大桥，就在转进笑松家街道的瞬间，远远的，一个熟悉又陌生的身影正在街口翘首盼望!

宾主就座,我们回忆着儿童的时光,讲述彼此近五十年生活和工作的历程,探讨在美国的下一代和中国传统家教的冲突。话到一半,笑松转身进书房,小心翼翼地从书橱里捧出一个红色的小木匣递到我手中。何太太笑着说,这是笑松自认从中国带到美国的唯一珍宝。

我打量着这个木匣,红色的木匣精致典雅,泛着岁月沉淀透出来的淡淡光亮。我定了定神,想一探这不远万里而来的非凡珍宝。匣子慢慢开了,只见里面搁着一本 20 世纪五十年代的学生日记本,磨损的酱色封面印着一束花和"香花"二字。原来,这是笑松同学的小学日记本,记载着他小学二、三年级的学习和生活。在笑松的指点下,我翻开了其中的几页:

　　×月×日　晴

　　今天,我和黄晞做完功课后,就到门前玩玻璃珠,三胜二负,我赢了,真高兴。

　　×月×日　阴

　　今天作业很简单,我们做完后就开始画图,我画赵子龙手提银枪,黄晞画关公横挎青龙刀,我们剪下来,就在桌子上鸣锣开打起来。

　　×月×日　晴

　　今天学校组织到杏林远

笑松同学珍藏的小学"香花"日记本

足,我好高兴。一早到黄晞家楼下等他。他下楼后,我们急忙赶往学校。我带包子,他带烤馒头做午餐,我们互相分着吃。

　　……

看到这里,我的眼前一片模糊,人生已是暮年,我自信感情趋于麻木,不再激情,但此时的我,感动却如潮水澎湃,不能自已……六十年,人生只有一个六十年!笑松珍藏了近六十年的不是日记,而是日记里珍贵的厦大童年!泛黄的日记本,纸轻页糙,字里行间跳跃着厦大孩子的欢乐和骄傲。无论天涯海角,厦大孩子珍藏的情谊永远纯真、永不褪色!

# 楚河汉界

黄　晞

迎着 1957 年初秋的阳光，我踏进东澳小学。我们一年级的语文老师兼班主任是吴秀英老师（图 1），一位美丽睿智、充满母性关爱的启蒙老师。

东沃小学第十一届毕业生暨教师留影 63.7.6.

**图 1**　我们班的毕业照，第二排右二起：陈金銮、黄珠美、黄木妮、吴秀英老师

吴老师指定了班干部，安排了座位。我的同桌是黄天行，一位扎着两只羊角辫、天真的脸蛋镶着两颗水灵灵眼睛的班长。

也许是天赋，小小年纪的天行表现出卓越的领导和组织能力，我们班在

她的带领下,在吴老师的教导下,很快成了学校、区里的模范班,后排天天坐着外校的观摩老师。当时我们班还有一位厦大男孩心中的公主林之愉同学,再加上荷兰回来的陈定理同学、印尼回来的张萍同学带来的阵阵"洋"风,一时间,我们班更成了吸人眼球的模范班。

班里有一半来自周边社区的同学,他们带来了男孩特有的香烟包装纸三角叠、柿子盖、捉田鸡等课余游戏,很快取代了幼儿园无聊的丢手帕、老鹰捉小鸡。我对打柿子盖情有独钟,书包里装着鼓鼓的柿子盖战利品,连上课也不停地数着摸着。终于有一天,我上课开小差被吴老师发现了,她悄悄地走到我的桌边问道:"你在抽屉里玩什么?"坏了!我低着头不愿吭声,吴老师转身问黄天行究竟,诚实的小姑娘怯怯地看了我一眼,涨红了脸对老师说"他都在玩柿子盖"。

眼看着柿子盖被全数没收,我的眼泪扑扑地涌了出来,我不敢对吴老师吐怨言,狠狠地把气迁怒在天行身上"你找死啊,多管闲事的鸡婆!"……

和班长黄天行两年的和平相处结束了,取而代之的是桌上一条界线分明的楚河汉界并一直画到座椅后,任何越界都会被以武力伺候。当然吃亏的大部分是右手提笔坐在左侧的她。尽管如此,我报复的思想从没消停。期中考到了,算术考卷是满满的两页。当黄天行演算右页时,右手肘自然越界了。我看准了这一刻,用左肘狠狠地顶了过去,突如其来的外力,使她划破了考卷,画花了答题。天行只好全力补救考卷而没有时间去完成余下的答题。隔天开榜,一贯全优的班长只得了 77 分。看着她伏在桌上抽泣的肩膀,我的"得意"油然而生。我们的冷战因此越来越冷,可笑的楚河汉界越来越分明地延续着……

岁月如梭,五十多年过去了,我和天行早已一笑泯恩仇。曾经的班长黄天行,如今已卸下外文学院办公室主任的重担解甲归田,而我也早就退休赋闲。尽管如此,偶然想起那恶作剧的一肘,幼稚的"报复"仍然记忆并牵出了童年一串串动情的往事,回忆的脑海里扬起的是更多、更甜蜜的年少淘气和欢乐。我谨借"永远的厦大孩子"对天行再真诚地说一句道歉,更愿这迟来的道歉,把我带进更浓、更香的厦大梦里。

# 缅怀恩师吴秀英

田中维

永远如慈大孩子

　　厦门演武小学的校园内，有一座铜雕。那是一群小学生，围坐在一位女教师身旁，像是在听老师唱歌。每到圣诞节，东澳小学（演武小学的前身）五甲班的同学都会到老师铜像前献花。2009年圣诞节所献的花束中，夹着我写的一首诗，诗中倾诉着学生对恩师无限的怀念……吴老师是我们一年级至三年级的班主任，教我们语文和音乐。

　　冬日下演武池水微微荡漾，
　　校园内玉兰树挺立孕育春光。
　　每逢圣诞佳期，
　　吴老师，我们来到你身旁。
　　凝望着你秀丽的脸庞，
　　仿佛又听见你在歌唱：
　　"让我们荡起双桨，
　　小船儿推开波浪……"
　　优美的音符在眼前飘荡，
　　动人的旋律振动心房。
　　歌声打开了记忆的闸门，
　　带着我们回到少年的时光。
　　天真的孩童走进了课堂，
　　稚气的双眼与老师相望。
　　你的眼神如柔和春风，

演武小学校园铜雕

吹散了初次见面的不安。
黑板上，你的粉笔字体，
秀丽端庄。
课堂上，
你讲课生动有趣，
引发我们笑声一串串。
怎能忘，
"锄禾日当午，汗滴禾下土。"
语文课堂书声琅琅。
你以唐诗教导我们，
要珍惜粒粒皆辛苦的盘中餐。
"我们的田野，美丽的田野。"
音乐课堂歌声响亮。
你用歌曲带着我们，
漫步田野欣赏祖国锦绣河山。
你的心胸像辽阔海洋，
宽恕我们的顽皮捣蛋。
你的笑脸如灿烂阳光，
温暖我们幼小心房。
你的循循善诱，
激起我们求知的欲望。
你的谆谆教诲，
鼓励我们编织理想的花篮。
你像一湾清泉水，
滋润着一片幼苗。
你像旅行中的导航，
引领着我们进入知识殿堂。
吴老师啊，
校园的玉兰花年年开放。
可是，你却离去多年，

吴老师

远在天的另一方。
你走得那样匆忙，
却将爱留在我们心房。
这爱伴随着我们人生脚步，
延绵到四面八方。
如今我们也为生活奔忙，
没有忘记你的语重心长。
继续学习爱的功课，
实践在人生道路上。
你的气质像牡丹那样高贵，
你的性格像梅花一样刚强。
你用羸弱的肩膀，
挑着工作生活的重担。
当我们长大成人，
才体会到你生前经历的艰难。
从未看到你悲伤惆怅，
只见你将苦楚心中隐藏。
你是伟大母亲，
含辛茹苦养育儿女成长。
你是辛勤园丁，
用汗水心血培养小树长成栋梁。
虽然我们已经有了白发，
仍依恋小学与你相处时光。
岁月的河流涓涓流淌，
冲不淡我们对你的情深意长。
一束玫瑰花将学生的爱向你献上，
几行诗句向你倾诉衷肠。
不，吴老师，
你没有离去，
永远呵护在我们身旁。

永远如康大孩子

看哪,天边飘来了一朵白云,
你在白云中传来慈爱目光。
我们与你永远心心相印,
无论身在人间还是天堂。
吴老师,
愿你在天国里享受快乐平安,
愿清风将我们的深情向你捎上。

写于 2009 年 12 月 24 日
修改于 2014 年 10 月 20 日

# 勇敢的小同学

邵江涛

永远的厦大孩子

记得 1964—1965 年间,那时小学女孩最时兴的,是钩线和跳橡皮筋。一天下午课间休息时,五年级的一位 Z 同学一边钩着线一边等着玩跳橡皮筋游戏。前一位同学跳完,轮到 Z 同学了。她不经意地把钩线和钩针收起来,顺手放入裤兜里,进入场地。她口中唱着跳橡皮筋的歌谣,脚步随着歌谣,有节奏地勾着橡皮筋,兴奋地玩起了橡皮筋游戏,像只小燕子、像只蝴蝶翩翩起舞,沉浸在欢乐中。

突然,Z 同学尖叫了一声,随着叫声,人跌倒在地上。同学们紧张地围了过来,询问发生了什么事,她却若无其事地安慰大家:没事没事,随即在其他同学的搀扶下,咬着牙关,一拐一拐地走进办公室。

原来,Z 同学把钩针钩线放在裤兜里,而在玩跳橡皮筋的蹦跳时,那尖尖的钩针插进了大腿。至今每当想到这,我的脚后肚肉(闽南话)就发麻。

好在,当年的东澳小学有位样样都懂的曾焕园老师,他在医学方面还真懂得不少。在办公室里,不知是谁抱住 Z 同学,曾老师慢慢地剪开了 Z 同学的裤管,左手用力按住伤口的上方,口中轻轻地安慰着 Z 同学,右手小心翼翼地拔钩针。由于那钩针有个倒钩,所以只能尽量顺着倒钩慢慢拔,而绝不能逆着倒钩拔,逆着倒钩拔的话,就会变成钩肉了。但这时,也只能听天由命了。

谢天谢地,总算顺利地拔了出来。

过后,老师们都说,这才叫作勇敢:旁观者都吓得汗流浃背,而她,既没有号啕大哭,更没有流下眼泪,只是咬着牙,默默地忍受着这突如其来的痛楚。

　　我至今清楚地记得这件事,而且只能说一声:钦佩!

写于 2014 年 5 月 19 日

# 一方阳光

## ——我的小学时代

### 徐 学

四十多年前,演武小学有着一个极其乡土的名字——东澳小学,但也有人将它写成"东沃",大约是闽南话中"沃"、"澳"读音相近所致,我至今不敢肯定。

现在演武小学已经搬回国姓爷的演武池边,名正言顺,而当时东澳小学是紧挨着南普陀寺的。南普陀当年没有今天这般气派宏大、金碧辉煌、车水马龙、香客游客终日熙熙攘攘,却显得幽雅恬静,禅意盎然。我每天上学经过寺庙的山门(有时起得晚,就索性闯过大殿,从学校的边门进去),总能见到一个中年僧人,舞着大竹扫把,兴高采烈,洒扫庭除,高声唱着自编的小调,伙伴们都爱亲近他,叫他阿肥和尚。南普陀寺前的放生池边是一片片青翠的稻田;寺旁总是拴着几头牛,看牛老人卷着裤角,小腿上泥迹斑斑,头上梳着清朝的小辫子,他是寺内的雇工,孙子和我是同班同学。

我们的老师都年轻,学校一片朝气。可能校园太小,学生的优秀作文有时就贴在大殿旁的壁上,有时我们也在大殿前列队打手旗,还有班级之间的歌咏比赛。在寺庙里,歌声、旗语声与诵经声、橐橐的木鱼声常常交织,成为一种美妙的乐音。

第一位班主任是吴秀英老师,她长得很美。多年后,在书中看到了一帧圣母的油画,觉得真像她,不仅容貌,更多的出自内在气质,一种在苦难中不失优雅与高贵的风韵,让我会一下子想到她。吴老师信奉基督教,但她遵守国家规定,从未在学校里向我们宣传过教义。

吴老师教我们音乐和语文,她弹着风琴,用悦耳的女中音领唱:我们的

096

田野,美丽的田野;碧绿的河水,流过无边的稻田;无边的稻田,好像起伏的海面……一首首歌曲在小小的课室里回荡,把我们带入了森林、海洋和大山,我们为王二小那凄婉的故事哀伤,我们为古巴和非洲的反抗激动……吴老师也为我们讲解了许多优美的诗文和童话,还带着我们朗诵《节气歌》——"春雨惊春清谷天,夏满芒夏暑相连。秋处露秋寒霜降,冬雪雪冬小大寒……"那一个个自远古走来的方块字,铿铿锵锵,散发出内蕴的纯净和芬芳,早早播撒在我们童稚的心田里。

我们那时读书,功课压力适度,而且老师可以超出教材,自行发挥。不像今天有那么多琐细的分科,自然、社会、劳动、政治……我们在近乎游戏的气氛中习得了不少实用的知识。比如,我们捏紧拳头,在凹凸的骨节上数出大月和小月;我们背诵"夏商周秦西东汉,三国两晋南北朝,隋唐五代及两宋,下接元明与清朝",从此,知晓了国史的脉络和走向……

我生性好动,上课时常约束不住,有次吴老师批评了我,我不但没有收敛,还用膝盖不断碰击自己的书桌以示反抗,课室里发出阵阵噪音,吴老师很镇定,她和颜悦色地对同学说,××正在生气,影响我们,我们到外面去上课吧。同学们觉得户外上课别有风味,就一窝蜂跟着出去了。我不愿孤零零坐在课室里发呆,也就出去站在队伍后面。吴老师见状便说,××现在愿意上课了,我们可以一齐回到课堂里去了。

用无边的爱心来包容顽劣与无知,这样的事,吴老师一定还做过许多,随着岁月长河的冲刷,它们已渐渐淡出,留下的只是一个慈母的形象。吴老师去世得早,不到五十岁,当时我在乡下,也没赶上参加她的追悼会。

三年级,换了班主任,王老师代替了吴老师,我们失落了一段时间,但王老师也以她的行动赢得了我们的尊重与爱戴。

王老师上课极准时。但有一天上午,上课铃响了好几分钟,还没见到她,我们都很奇怪。这时王老师匆匆赶到了,只见她喘息未定,面有泪痕,登上讲台,第一句话是:无论发生什么事情,课都一定要上。说这句话面对着我们,却像是为她自己鼓劲。

几天后我们依稀听说,就在那天上午,王老师的丈夫进了班房。

就是在这样的严师的指导下,小学五年制的我们与六年制的同学展开了竞争,终于在中学统考中取得优异的成绩。浮躁好动的我能考上重点中

学,也得力于王老师,我多次在下课后被她留在教师办公室里补习功课,一边喝着她为我泡的咖啡,那是她远在南洋的父母寄给她的。

现今同学聚会一处,总会回忆起两位班主任。往事渐渐明晰,我们知道,两位班主任都有海外关系,个人的情感经历、家庭生活也都颇为坎坷,甚至是不幸的。然而,她们却能吞咽苦涩,播撒芬芳,不论是右派的后代或贫民的儿女,都能在她们的温情呵护中无忧无虑地成长。在稚嫩的心灵最需要呵护的时刻,有着可敬的教师顶住了黑暗的闸门,让阳光沐浴着校园,虽然只是小小一方阳光,多年以后学子仍可感受到阵阵暖意。

我们进入中学几个月后就遭遇"文革"浩劫,从此离开课堂被推向动荡与劳作。然而以后的年代里,全班有三分之二的同学进入了大学和专科,许多同学并选择了教师为终生职业,这不能不归功于我们五年的小学教育,归功于它对我们智力的开发,道德的养成,自信的建立及自我设计的定位……

离开演武已经三十多年了。五年前,我的女儿又进入了这所小学,我和母校有了更多的接触。我了解到它是一所历史悠久的学校,哺育过众多的英才,包括著名物理学家杨振宁,他 1928 年就读于演武小学,其父杨武之当时在厦大数学系任教。几年前,杨振宁先生在一篇文章回忆道:"厦门那年的生活我记得是很幸福的。"

一所学校,重要的不是它的大楼、图书馆、电脑室和塑胶跑道,而是它的师资,是它营造出的学习氛围和治学精神。演武,从过去到现在,它的设施和校园在全国,甚至在福建都不属上乘,但它却拥有一批富有爱心的教师,一种宽松和谐的教学传统。随着时势的推移,这里传授的一些知识和技能可能会被淡忘和流失,但在这里培养起来的人生品格、感悟能力、求知精神还有幸福的童年记忆,却会伴随着学生走完长长的一生,成为他们向上飞翔的最有力的双翼。

这样的学校是成功的,它的成功也许要在学生离校几十年后才会被发现,立竿见影的辉煌与它无缘。

(本文发表于 1999 年《厦门日报》,获厦门市教委与《厦门日报》举办之"教师节征文"一等奖)

# 东澳小学漫忆

## 钟安平

  我从 1960 年到 1965 年在东澳小学读书,当时我们班叫甲班,是小学五年一贯制的试点,只读五年就毕业,同时入校的乙班则按原学制读六年。虽然少读一年,但打下的基础比较扎实,后来大部分同学都上了大学或中专。

  校长林友梅是个慈祥的老太太(图 1),教我们图画课,住在厦大笃行楼,她丈夫叫连少鹤,龙岩人。

  教我们语文并担任班主任的先后是吴秀英老师、王洁治老师,吴老师还教音乐课。她们教书都很认真,特别是教作文有一套,引导学生仔细观察生活。有次在班上读刘玉真同学的短文,她将家里母鸡下蛋的情形写得很生动,讲到尾巴一翘,蛋就出来了,给我的印象很深。王老师有时给我们讲故事,大家最爱听。记得有次王老师讲了一个邮局碎尸包裹案,好像发生在东北,肢体断面整齐成为破案重要线索,最后发现凶手是个医生。王老师给我们写的学期评语能够突出个性,有时还让学生帮忙,启五说我的成绩册中就有他抄写的评语。教算术的是陈秀霞老

图 1　校长林友梅老师

师,她刚从师范毕业。教体育的是邵江涛老师,他好像也毕业不久。

五年一贯制的课本与六年制不同,二年级算术就引入代数符号,如 $5-X=4,X=?$,正常学制要到中学初一年级才讲。一、二年级适逢国家三年困难时期,发的作业本质量很差,多是再生纸,有的废纸化浆不彻底,纸面上有许多碎字,后来几年才改善。

小学的作业不多,下午放学早,大家课外活动多。男孩子玩耍的花样丰富,如乒乓球、足球、滚铁环、打陀螺、滚玻璃珠、甩烟壳、刻纸、弹弓、铁丝或木头手枪、子弹壳灌铅塞火柴头放响、爬山、钻洞、钻沟、爬树、翻墙,还用皮球当简易棒球,我都玩过。夏天偷偷到白城海边游泳,游泳裤顶在头上晒干了才回家。当时不像现在小学这么多近视眼,全校学生好像只有我戴眼镜,经常被人叫作"四锐目"(闽南话)。有次我们放学后到厦大大操场踢足球,我当守门员,眼镜放在口袋里滑出来丢了,回家后受到外公训斥,又回头去找,天快黑了才在草丛中找到。

学校也有少先队组织的活动,有次两个小队在南普陀后山玩攻守,我是守方护旗员,旗放在和尚塔边,攻方一人将我引开,郑启五匍匐埋伏在塔下一块陡峭的岩石上,趁机跳出来,大叫一声,夺走我方队旗。启五将此次活动写入作文,底稿保存至今。少先队聘请校外辅导员,我们班的校外辅导员名叫肖昌贵(图 2),是驻扎在大操场边磐石炮台连队的解放军战士。记得他给我们的通信地址是江西省赣州专区安远县心怀公社仰湖大队,我在网上查了一下,现在改为安远县天心镇仰湖村,不知他现状如何。

小学还有课外兴趣小组。我的兴趣是数学,但陈平同学邀我一起

图 2　我们的辅导员肖昌贵叔叔

100

参加缝纫兴趣小组,说那儿都是女生,没有男生,要我做伴。上课时这个组果真只有我们两个男子汉,林友梅校长亲自施教,第一课讲打补丁的针法,学生现场练习。看来陈平从那时就打下了后来从事服装业的基础。我也不赖,后来下乡插队期间自己剪裁缝纫衣裳。

学校还组织文艺表演,全校师生观看。集体合唱是少不了的,有一年六一节前夕厦大广播站还专门前来录音,但我注意听了几天广播都没听到播出,很遗憾。我们年级与低一年级还跳过集体舞,记得在南普陀大雄宝殿前的庭院里练习,男女同学手拉手结对跳,小小人儿挺封建,很不好意思。我与子鹭同学在台上讲过相声,还朗诵过诗。启圻同学的妹妹丽燕前些年见到我,还记得我朗诵的诗中有"当你胡子老长老长的时候,追悔莫及"的意思,说我比画胡子动作十分夸张,给她留下了深刻的印象。

记得这首诗的题目叫《明天》,讲的是要珍惜时间。它是我代表学校参加厦门市小学普通话比赛的节目。我在三、四年级两次参加市里比赛,先后获得市教育局颁发的三等奖、二等奖(图3)。一次朗诵的是《爸爸要出卖眼睛》,

图3 厦门市普通话比赛二等奖奖状

是写《狐狸打猎人》的著名儿童文学家金近的作品,讲的是美国黑人的凄惨遭遇,另一次就是这首《明天》,是谁的作品尚未查明。遗憾的是两首诗原文现在都没找到。记得一次在小走马路青年会礼堂比赛,是吴秀英老师带去的,还在镇邦路她母亲家吃午饭和午休,我外婆特地给我粮票和钱交给老师。在小学还参加市里区里的手旗、查字典等比赛项目,都获了奖。

# 往事如烟

郑锡平

## 从幼儿园的集体照想起

看到同学发来 1959 年厦大幼儿园全体师生集体照片和名单,很惊喜。年代已远,却能够回忆出那么多幼儿时期园友的名字,十分难得。不过其中标注"陈和妹"的那个孩子应该不是和妹,而是我大妹。我向母亲郑淑(日本名松田郁)确认,母亲说大妹小时候就是剪日本娃娃齐眉压耳发型的那个样子。

当年父亲郑南金在物理系被打成右派以后,我们一家 1960 年从厦大国光三 8 号给赶到大生里厦大宿舍。大妹记得当时坐牛车,老牛拉的破车,慢条斯理,走了很久很久。我记得,那是中午时分,父亲在左邻右舍午休时间,路上没有人的时候,抱着他从日本带回来的 8 管收音机,头也不回地走出国光三。哥哥一早就上东澳小学去了。最后是母亲提着一个布包,抱着小妹,上好门锁走下石梯,我紧紧跟在后面,穿过小院,四周静悄悄的。走到大门口我们碰到和妹的妈妈孙桂华,不知是正巧经过,还是特意来送行? 她热情地帮母亲抱小妹,送我们斜穿地瓜田走近道,朝南普陀方向走去。母亲中文说得不好,她们之间好像没有说什么话。和妹妈妈送我们到南普陀放生池的柳树下,就和我们摇手告别了,不是挥手。在谁都害怕和右派家属打照面的年代,和妹妈妈的人心温暖,给我幼小心灵留下人性本善良的美好一面,让我难忘。

102

照片的背面有父亲题字：一九五三年三月十二日摄于厦门大学宿舍。我年三十四岁，淑年二十六岁，泽民年三岁零两个月，锡平年两个半月

启五同学说他记得曾多上一年幼儿大班没有错，所以照片上有他。我大班读完，以为毕业，没再续读，就到第三中心小学的分校读了一个学期的书。所以1959年的厦大幼儿园照片上没有我，只有我大妹。幼儿园在我的印象中有一棵很大的杨桃树，结满小杨桃。小朋友们"排排坐分果果，你一个我一个，大家快乐吃果果"。

## 学画空心五角星

在三小分校读书时，我唯一记住的一堂课，是老师教我们画空心五角星，就是中间没有线条连接的五角星。老师要我们自己动手，并且只能用笔画不能用尺子，或任何工具帮助画。我们这些小孩子画来擦去，结果一堂课的时间过去了，没有一个孩子画得完整，或者都画的不像样，不是画的歪歪斜斜就是根本不像五角星而像没有树叶衬托的五瓣花朵，祖国的花朵。老师说带回去继续画，一定不能让家长代笔画，我们乖乖地背上书包放学回家

画五角星去了。不知是我那不甘示弱的脾气在作怪，还是鬼迷心窍，我害怕画得不好，有辱五角星的光辉形象不能得满分，最终还是恳求母亲帮我代笔了。

我印象很深，母亲很认真地用笔点线用尺子画线，很快一颗像电影里一样棱角分明、会闪亮的五角星跃然纸上，我在一旁看得满心欢喜，以为这颗五角星一定能得满分，早忘了老师叮嘱不能代笔的话。结果可想而知，在课堂上画不出来，拿回家后就能画出来，不是大人代笔就是用了尺子工具。老师当然心中有数，一目了然，当场给交上来的画评分，画的最漂亮最完整的全部被打零分，画的歪斜不均的全部勉强及格。老师批完分数，随后在黑板上表演怎么用一笔画出空心五角星来给我们看。

老师很严肃，也不看我们一眼，拿粉笔在黑板上一笔画就一个线条连接的五角星，然后把中间连接的线条擦掉，出现在我们面前的就是一个不需代笔不用尺子、连教带表演不要一分钟就能完成的空心五角星。原来这么简单的事，我们这些小孩却不知是什么原因画来擦去地画不出来？看着老师批示的这个零分，我懊恼难堪，一直在想，老师这么用心良苦教我们画五角星，是想培养我们对做一件事情的理解能力，还是要告诉我们五角星是可以画歪的？但人不能撒谎、做不诚实的事。我不听老师不能代笔的话，还敢拿母亲画的充当自己画的来欺骗老师，想想也真不知羞耻，后悔莫及。我把老师批零分的五角星交给母亲看，母亲笑了，问我为什么画得这么漂亮还得零分？

后来这个短暂如昙花一现的班级，说是要配合九月份新学年的开始，就解散了。整整一个学期，很惭愧，我只记下老师教我们画五角星这件事。

很巧，2011 年的秋天，在一次班级同窗聚会时，国平同学还问我记不记得我们上过第三中心小学分校的事，我说我记得，但只记得画五角星的事。

## 就读东澳小学

第三中心小学分校解散时，我快八岁了，在家等候重新上学。不久，哥哥建议我到东澳小学读书，为我报了名。那一年试行五年一贯制，读过幼儿园的都可以顺利进入五年一贯制班级。报到的那一天，或许因为幼儿园送来当年毕业生的名单里没有我的名字，我差点分到乙班。乙班需读六年小学，甲班只需读五年就可以毕业，对于我将近八岁的年纪，又因父亲被打成右派，工资从一百八十七元降至六十元，家境困难没有多余的钱缴学费来讲，甲乙班相差一年时间似乎很重要。

　　我记得很清楚，那一天在东澳小学小礼堂前排队分班，不知是我年纪大还是个子高，我站在最后一排。站在最后并不要紧，关键是能否听到叫名字，被叫到的才可以站出来，成为甲班的学生。一个个上过幼儿园的孩子，都被点到名字站到一旁去了，就是没听到叫我的名字。我伸长脖子拉长耳朵，看着前面被叫到的孩子，心里既羡慕又着急。我想我名副其实接受从小班到大班的幼儿教育后，还比别的小孩多读过一学期的小学，理所当然自信有能力接受五年一贯制的甲班教育的，但为什么没叫到我呢？就要结束分班了，我伸长的脖子也酸了，带着委屈而又自卑的眼神，朝前再遥望一次，正好和吴老师的眼神相遇。吴老师慈祥

全家 1961 年在中山公园的留影，是厦大老照相馆的肖先生为我们拍的

美丽的大眼睛，一定在那一瞬间看透了我的心思。我看见吴老师对站在旁边的另一位年纪稍长的老师说了什么，很快就听见在叫我的名字。没有听错吧，我有些不知所措，看着老师想确认。是的，在叫我，最后一个。我暗自庆幸终于能如愿以偿赶上末班车，挤进五年一贯制的甲班了。是松了一口气还是叹了一口气，我已不记得了。只记得我忙不迭高高兴兴地站出来，"到！"喊声特别响亮，还向老师深深地鞠了一躬，表示礼貌和感谢。

　　母亲从小就教我们九十度鞠躬，后来我一见到老师，道一声老师好的同时就一鞠躬，很受我们班主任吴老师的宠爱。开学以后，在教我们唱"一

年级，一年级，快乐的一年级。我们唱歌游戏大家多快乐，快乐的一年级，快乐的一年级"的歌声中，还让我当了一年级的班长。不过仅仅当了一年，由于我贪玩，不能胜任，母亲让我向老师请辞。当班长期间记得最清楚的一件事，是在老师的指引下，我把甲班六位同学带到隔壁乙班，把乙班六位同学带来甲班，相互成为同学。

## "智慧不起烦恼，慈悲没有敌人"

不过，对于那次分班差点没能上成甲班的经历，让我耿耿于怀，我一直以为这和我是右派子女的不利成分有关。在注重成分出身的年代里，对父亲是右派、母亲是日本人的孩子，一直是被另眼看待的。哥哥被孩子们叫成"日本头"，不服气，经常要打架。大妹人善被人欺，她把外祖母从日本寄来的洋娃娃拿出去和孩子们玩"办家酒"，结果有去无回，说是找不到了，其实是被抢走了。小妹在幼儿园里表演《花儿朵朵向太阳》的歌舞中，只能在阳光照不到的阴暗角落里，做一朵一动不动的花朵，不能像其他园友在台前沐浴阳光，翩翩起舞，自由飞翔，做引人注目的蝴蝶和蜜蜂……

离开幼儿园，离开分校，被赶出国光三，上东澳小学，那种被歧视的目光和气氛似乎随处可以感觉到。我想，如果那次分班，没有吴老师为我挡住歧视的目光，我一定上不成五年一贯制的甲班。

长大以后，我曾经向吴老师道谢。我说老师没有嫌弃我这成分不好的右派孩子，把无所适从的我从最后一个位置上领到甲班，还让我当了一年级的班长，我都铭记在心里。老师语重心长地对我说："甲班收的学生是接受过学龄前教育，要有把六年的学业在五年里完成的能力，你不是读过中心小学一个学期吗？分班时看到你探头探脑的焦虑样子，我对林校长说那站在最后的小孩是读过一学期小学的孩子。不管那时代有没有歧视你的家庭成分，我以为没有必要自寻烦恼，有句话'智慧不起烦恼，慈悲没有敌人'，意义很深，你自己去体会吧。过去的事就让它过去吧，我们应该朝前看，朝好的方面去想，才会进步，才会有自信，你认为自己有能力接受五年一贯制教育就行。"听了吴老师的话，我心里很感动。

我不知道为何老师知道我接受过一学期的小学教育，而老师并不知道我在这一学期里学到的只是怎样画空心五角星。

## 大妹转学

大妹随我们家搬出国光三后就离开幼儿园了,每天坚持不懈到东澳小学来给我和哥哥送地瓜粥高丽菜饭,有时是坐和尚载粪送菜的牛车,有时是自己爬坡走路,一直送到她就近读上第三中心小学后才中断。

大妹在第三中心小学读书时,不知是因为家庭出身还是因她爱打抱不平的倔脾气而受排挤。她喜爱运动,但不管什么文体活动她都被冷落在一边,不让她参加,把她归在坏孩子班组,还总是接受老师的训话。母亲知道后和父亲商量,决定让她转学。我记得很清楚,当我把她带到东澳小学办公室,恳求学校收下时,教导主任不知为何面呈难色不愿接收。我不知如何是好,更不想败兴而归、让大人再跑一趟,带着大妹站在那里不走。这时,林校长从右屋走出来,对教导主任说:"孩子无辜,我收下,我来担保。"还说:"学校是教学育人之地,不能拒人门外。"我听了虽然似懂非懂,但校长出面保护,不惧反对意见,让我心中顿释重负。林校长还对旁边的黄老师说:"就到你们班",一锤定音,决定了大妹的转学成功。我和大妹立正,向林校长深深鞠躬感谢。回去以后,我把这件事讲给父亲听,父亲念念不忘,到老都记着林校长出面保护的恩情。林校长公平公正,坚持人人平等、有权接受基础教育的信念,人性的光辉像五角星一样闪亮,给我们留下刻骨铭心的记忆。大妹转学成功后编入东澳小学三甲学习,和兰荪、高宏、章红同班,低我一级。

其实,孩子天真无邪,不都是祖国的花朵吗?后来我才明白,在那个血统论盛行的年代,成分不好的孩子是没有资格做祖国的花朵的。出身成分的好坏,主宰一代人的成长。我成分不好、低人一等的阴影,一直伴随着我的成长直至离开中国。

## "业精于勤荒于嬉,行成于思毁于随"

长期以来的自卑心理,让我有些自暴自弃,"算了,随便……",不想认真读书,总是责怪命运捉弄人。父亲告诫我,"业精于勤荒于嬉,行成于思毁于

随"，要想出人头地，你务必要下苦功夫，花费比别人多一倍以上的努力才能成功。虽然我一直都在努力，但也许努力的方向不对，走上从商的路，没有成就什么，倒是两个妹妹的表现可以表一表。

1973年，在中日邦交正常化后的第二年，母亲带大妹离开正在搞"一打三反"运动的华侨中学去日本。她们出国时，我正在武平农村夏收夏种接受贫下中农再教育，因为哥哥先行招工到杏林电厂，所以我直到那年年底才因外籍子女政策被照顾回城，后到厦大化工厂实验室做临时工，曾给兰荪做实验时当过下手。小妹1976年在西安交大进修学习时得到批准也去了日本。两个妹妹到日本后，努力学习，分别考上日本庆应大学、东京外大（小妹同时考上三所大学，即早稻田、东外大、法政大，因为学费问题选择了国立东外大）。

当时正是日中关系蜜月期，日本政府为感谢中国政府放弃对日战争索赔，积极援助中国各方面建设。两个妹妹在此期间脱颖而出，有机会参与其中一些技术合作项目，长期驻北京做协调员，搭桥梁做贡献。文化交流方面，她们曾给访日参加宗教峰会的赵朴初，给来日参加国际笔会1984年东京大会的周扬、巴金，在与日本作家野间宏等做交流时，以及给应邀参加明专会（夏衍早年留学的九州工业大学同窗会）七十周年纪念大会的夏衍等著名人士，做过翻译，获得他们的赠字（赵朴初题字"和平 平和"）、赠书（巴金签名的《随想集》，夏衍的一本散文集，书名忘了）、赠笔（刻有野间宏名字的钢笔）。大妹还作为日本官方的随团翻译，在人民大会堂、钓鱼台宾馆为中日民间和官方的交流服务。在不同的环境中，展现她们的语言能力，为中日友好尽心尽力，得到中日两方的肯定和奖牌表扬，让父亲自豪而倍感欣慰。

父亲因为自己在厦门大学没有机会展现才华，而把希望寄托在我们身上，希望我们从小事做起，为中日友好尽己所能尽力发挥。父亲是20世纪40年代的官费留日学生，来日后只用半年不到的时间就考进东京第一高等学校，然后又进京都大学物理学部，师从汤川秀树先生，毕业后到原东京教育大学大学院（现筑波大学）进修，师从朝永振一郎先生，两位先生分别在1949年和1965年获得诺贝尔物理学奖。父亲回国前在日本宇宙线研究所从事研究工作时为朝永先生翻译了《量子力学》著作，后来还在中国科学出版社等相关杂志上发表过专业论文并翻译日本原子物理杂志关于基本粒子研究的论文多篇。1979年移居日本后他没有再涉足物理学，而是成为勤恳努力的中英日德语言翻译者，夜以继日，翻译了几百万字的日英德语技术资料。他是最早把日本丰田、本田、小松等的最新技术资料和操作维修说明书介绍给中国的翻译者之一，还给前大平首相访华时的文章做翻译修改。父亲曾对我从商很不以为然，说我们家是读书人，不知怎地出了你这个小商人，却对我到厦门办服装厂为我们生活了二十七年的第二故乡厦门做贡献寄予希望，书写"天将降大任于斯人也，必先苦其心志，劳其筋骨……"送给我。

## 小学琐事

时间过得真快啊，今年是我的本命年，还没回过神，已到可以回头体味人生的"还历"年了。看到这份幼儿园名单，不免浮想联翩，翻起旧事，啰啰唆唆。回望这半个世纪前的情景，历历在目，几许辛酸，几分温馨。在南普陀晨钟暮鼓的抚慰下，哥哥、我、大妹有幸在南普陀旁边的东澳小学得到启蒙、得到书读，我更是顺利读完五年一贯制的全部课程。在老师同学宽厚的爱护下，度过值得记忆值得珍惜、令我难忘的小学生活。

吃食堂（闽南语，在食堂用膳的意思）。在大妹上小学没法再给我和哥哥送午饭后，我和哥哥的午饭在厦大食堂吃，碗寄放在明宜家，明宜阿嬷常给我们吃配给额外的侨券食品，还给我口袋里放南洋来的椰子糖。后来，哥哥上八中，我就和会理一起吃食堂，她常给我饭票菜票买包子，还给我吃荷兰寄来的巧克力。还有吴老师、陈秀霞老师，看见我从食堂回来，就差我去校门口的小店买橄榄冬瓜糖，也分我一份，还有很多……那些个香甜美味，至今口齿留香，温暖我心！

理想课。大概每个小学生都有一堂讲"长大以后干什么"的理想课吧。记得我在回答老师"你长大以后的理想是什么"的提问中，不知天高地厚地说，"我长大了当医生"，悬壶济世，治病救人，多么有志气。但是错了，"我长大了当农民"，才是那堂课要讲的中心内容。很遗憾，我没有跟对形势，与表扬"有志气"再次擦肩而过。不过，长大以后，农民也当过，工人医生也当过。在卫校培训实习后当了一回没有医生执照的"赤脚医生"，打针缝合开药方，

在工厂的医生去进修中医时,管理过工人包括家属两百多人的健康保险,没有出事故。尝到当农民的艰辛,也尝到当"医生"的职责和重任。其实,实现理想并不难,难的是坚持不懈地努力和问心无愧地做事,当然天时地利机缘也是不可或缺的关键因素。

得小奖。记得三年级的时候,学校评比德智体全面发展优等生,我竟然和安平、珞平荣幸地获得此殊荣,没有被视为另类,还获得三支铅笔奖励,母亲可高兴了。以后还和魏红、平平、丽敏打手旗获个人总分199分,吴老师奖励我们到绿岛饭店吃冰激凌。和安平、锡强去区里比赛书法获一等奖,奖品好像是狐毛毛笔(当时多用的是便宜的羊毫毛笔)。和亚萍、卫平、小蓉打乒乓球获区团体比赛二等奖,但只拍了纪念照。

拍照片。记得在为东澳小学争得思明区乒乓球团体比赛获二等奖锦旗拍照时,头一次尝到"被作假"之苦涩经历。也许有些夸张,但是印象深刻。那次拍照,三小的带队老师说因为排列问题,把我手中拿的二等奖锦旗和三小队员拿的三等奖锦旗对调。拍照完后,忽然悔悟,何为排列问题?这下可好,我们明明得的是二等奖,照片上留下的可是白纸黑字,变成三等奖了!人家要问起,我可是有口难辩啊。每当我到办公室,仰头看到我们为学校争回来的二等奖锦旗和其他奖旗、奖状一起高高挂在墙上,很有成就感,但是一想到拍照留影的照片上拿的是三等奖锦旗,有照片为证,心情顿时忧郁起来,后悔没有保护好锦旗不被对调,但是这种事后诸葛亮的自责又有什么用,吃一堑长一智,以后,我接受教训,不被作假,也不作假,实事求是,不再做这种自讨没趣后悔来不及的事了。至今,我也不明白何为排列问题。

乒乓球。对于成长中的孩子,一个获奖,一个失误,是鞭策,也是警钟。对于长大后的我来说,亦是很好的经验积累和教训。因为有小学时代打下的乒乓球基础,后来到日本读高中,曾三次代表荻窪高校(高中)参加东京都高校乒乓球比赛,一次获新人冠军、一次获个人冠军、一次获团体三等奖。本能让我喜爱炫耀,却从自我欣赏、自我肯定中增强自信。

这些事情虽然过去多年了,但仍然从记忆深处不断涌现,五味杂陈,酸甜苦辣。不管怎么说,作为东澳小学吴老师的启蒙学生和三年级以后王老师的学生,我感到幸运。虽然很惭愧,我中考没能如愿考上志愿学校,可能有负老师期待,但被没有填志愿的华侨中学收留下来,感恩华侨中学没有嫌弃我,给了我继续升学读书的机会,没有流落街头。随着升上中学,我在东澳小学五年的学习和生活永远结束了。

## 我的五甲同学

感谢老天垂怜,让我在快满八岁的那一年,赶上东澳小学五年一贯制的第一个班级。让我有机会向人们炫耀年龄比我小一岁两岁的同学们,个个都是那么的优秀。如安平、世建、魏国、子鹭都是省市优秀的领导干部,努力作为,关心民生,曾看见过世建在建设海沧大桥时的照片,大幅登载在日本经济新闻日报上;启五、徐学、珞平、致远在学术界都很出色,他们是享誉海内外的作家、教授、科学家和出版家;平平、卫平、罗平、李真、丽玲、丽容、文燕、漪平、陈平、思义、霄荣和画家一黎,多位同学都是优秀的教育卫生科技工作者,脚踏实地,勤恳耕耘;在国内的企业家、老总有洪河、立明、启圻、丽敏、玉真、逸萍、国平;在国外的科学家和创业者锡强、吴翔、中维、吴桦、邦杰、锡平;再加上留在家乡的丽红,一共三十四位同学。大家在各行各业都曾经努力为社会做过贡献,展现一个时代的亮丽风采。

张腾辉老师调离东澳时,特意把重远、我、致远、徐学和小妹带到厦大老照相馆拍照留念

这些亮丽的成绩,我想和东澳小学林校长、吴老师、陈老师、王老师、邵老师、曾老师(听邵老师说曾老师曾经把贪玩的我不小心刺进大腿的钩针拔出来,在此深表谢意)、林老师、黄老师……应该还有一位张腾辉老师(他在调离东澳小学前是我们的算术老师),以及其他各位坚守师道尊严的老师们

辛勤培养教育是分不开的。

## "夕阳无限好,只是近黄昏"

　　岁月匆匆流逝,往事如烟消云散。当我走在"夕阳无限好,只是近黄昏"的人生道路上,幼儿园、小学、中学、上山下乡,回城工作,出国……一路走来,有高山有低谷,而东澳小学五年的识字学习和友谊,让我在扬帆起航,走向社会走向人生时,奠定了吃苦耐劳、勤俭努力、为人处事的基础和信念。人的一辈子就如翻山越岭,有烦恼也有快乐,被时代的潮流推着一路前行,几乎顾不上停下来看看路边不同的景致。光阴似箭,岁月如流,转眼已到了花甲之年。我告诫自己,要怀着感恩之心,淡定谦卑的心态,保持健康的身体,不要犹豫,做自己想做的事,及时行乐,随遇而安,少说后悔,虽然往后的路还很长,但那句"长大以后的理想是什么?"是下辈子的事了。

写于 2012 年春分日

补充修改于 2014 年 10 月

　　(注:为响应章慧学妹编撰厦大子女篇和东澳小学篇的提议,我将两年前写给同学的信修改整理后赶在投稿截止日之前交付。)

# 我的乒乓球启蒙地

## ——东澳小学

李卫平

　　一座东西向的小平房，山墙之外就是南普陀的院落。昏暗的灯光下，一张墨绿色的乒乓球桌上，雪白的乒乓球跳跃着。几个少年男女追着球，奔跑着、扣击着……这是我们东澳小学乒乓球队的训练场景。

　　当年的东澳小学，硬件条件并不好，也没有因为厦大子女集聚就读，而得到厦大物质上的赞助和支持。石条砌墙、瓦片铺顶的简易平房就是我们的教室。我们就读的那排平房，在教室与教室之间，有一个隔离空间，刚好放得下一张乒乓球桌，每到课间休息，球桌前都挤满了跃跃欲试的同学。为了让更多的人得到打球的机会，当时在乒乓球桌上实行了一个颇为公平的"考皇帝"制度，其实就是今天常说的"打擂台"。其规则是：每个人依次排队，排上队的人向擂主发一个球，如这个球进攻得逞，则可以获得一场六分制的攻擂机会，如果这场六分制的比赛是由攻擂者获胜，则攻擂者将取代老擂主成为新的擂主；当然，如果向擂主进攻第一个球失败，则连攻擂的机会也没有；如果攻擂失败，则由老擂主继续迎战下一个"挑战者"，由此周而复始。这样，在短短十五分钟的课间操时间里，好几个同学都能摸上球拍，达到了群娱群乐的目的。

　　从二年级起，就在一次又一次"考皇帝"的过程中，我渐渐地也有了当"皇帝"的时候。再后来，我参加了东澳小学的乒乓球代表队。

　　当时的东澳小学对学生的素质教育极其重视，依托学校人文地理环境的独特优势，除了教授基础知识外，还办了许多兴趣小组，诸如手旗、田径、跳绳、诗歌、歌唱等。记忆最深的还有女红组，而且是由时任校长的林友梅

老师亲自担纲,我很向往,但是没能参加。我们乒乓球队的领队是黄木妮老师(路娃的妈妈),教练则是邵江涛老师。当时举国上下兴起一股"乒乓热",学校也很重视乒乓球队的训练和比赛。黄老师可谓尽职的领队,不管是训练还是外出比赛,她总是用母性的细致,关照、呵护着我们。记得每次外出比赛完,黄老师总是带着我们到周边小店里用点心,常常是经典的厦门小吃——豆浆+"免煎糕"(闽南语)。虽然简单,但那香甜、温暖的味道,在物资匮乏的年代,以及在我之后的生涯中一直偎贴着我的味蕾和肠胃。至今我也不知道,那是学校授权黄老师给我们的点心,还是她自掏腰包慰问我们的。如果是学校授权,那可是我生平第一次的"公款吃喝"!

到了三下和四年级,全国"乒乓热"继续升温,市里面和学校更是重视"国球"——乒乓球活动,我们赛事不断。记得锡平、小蓉(石允中)和我组成了学校的女子代表队(锡平说还有陈亚萍,但我的印象中她好像是第三中心小学代表队的),重远致远兄弟俩、启坼、启五组成了学校的男子代表队,主要是参加小学联赛等。当时的东澳小学乒乓球代表队在各校中颇有名气,经常获得各种赛事奖项,成绩名列前茅,这可得记教练邵老师一大功劳!三年级暑假,我们还参加了在第三中心小学的乒乓球夏令营;四年级暑假,又参加了市少年体校的普通班训练。在夏令营、训练班,以及外出参赛中,我们交了许多外校的小运动员朋友。

在黄老师和邵老师的悉心培养下,我的乒乓球技日益见长。升入双十中学后,自然也就成了中学乒乓球校队的一员。下乡后调到建设兵团,在六团的女子乒乓球比赛中我获得单打冠军,又代表六团参加师部的比赛,继而参加了省兵团总部的乒乓球比赛,一直打入省兵团女子单打四强。直至到了工作单位,乒乓球技艺时常还为我带来奖品。如今,乒乓球已然成为我闲暇体育锻炼的最佳选择。

东澳小学给予我的乒乓球童子功,不但为我一路走来的生涯增添了色彩和趣味,也让我可以顺应同代人的特殊成长历程。不论是插队、下厂、下工地、出差,在任何艰难的环境里,小学的乒乓球基础训练,为我打下了健康的身体基础,也让我时时怀念我的乒乓球启蒙地——东澳小学。

# 东澳小学二三事

邹友思

看了安平兄小学时期的堪称文物的诸多奖状，勾起了我些许回忆。

我们厦大小孩大多就读于南普陀寺旁的东澳（沃）小学，亦自称和尚小学。历年来填简历时均写成"沃（wo）"字，但又读成"澳（ao）"字，成人后虽时有疑惑，但究竟以哪个字为准，始终未加考证。经过"文革"浩劫，我和小学有关的文字材料仅存有盖着周慧珍校长私章和东澳小学章的小

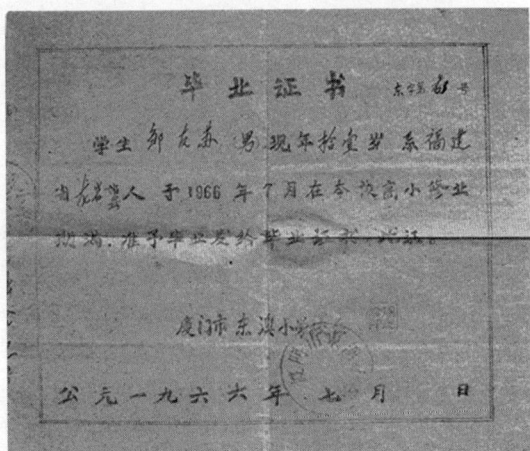

图1　我的东澳小学毕业证书

学毕业证书，时间为公元 1966 年 7 月（图1）。今天细看此官方文书，油印的校名和校章一致，确证为东澳小学；百度上也明确说明：厦门演武小学的前身为东澳小学。这才发现我过去三十多年都把母校的校名写错了，罪过罪过！愧对母校的恩师和沃土。但再细看安平兄的几张小学奖状，发现校方也有不当或疏忽之处，油印的奖状上署名均为"东沃小学"，而校章上均为"东澳小学"，明显不一致。这下才松了一口气，内疚之情有所缓解。不知各位兄弟姐妹们是否也读"澳"写"沃"？

我们四甲的语文是林蔡桐老师教的(图2),何时开始教的我忘了(兰苏、林麒和章红记忆力好,想必知晓)。但一直教到毕业是没错的。林老师,两眼深邃,目光炯炯,鹰钩鼻,瘦削脸,门牙略长,头发卷曲,颇有苏联电影中契卡头子捷尔任斯基之风采;教学水平很高,上语文课如庖丁解牛,清晰透彻;小人儿无不聚精会神,小捣蛋们亦规矩许多。林老师还拉得一手好手风琴。他坐在椅子上,斜挎手风琴,音乐响起时,额头卷发一甩,和小人书中的保尔·柯察金很有几分相像。2002年我们四甲第一次聚会时还有幸请到林老师,三十六年不见,林老师仍然精神矍铄。

**图2 四甲女生与林蔡桐老师合影**

前排左起:程美霞、张玮;中排左起:何瑞婷、章慧(三乙)、季秋英、何茹;后排左起:林老师之子、林老师、张玉珍、章红

四甲原应于1966年7月毕业,但最后一个月已陷入"文革"的污泥浊水之中,一片混乱,原定的中考先是推迟,后来又通知必须参加。考场设在区第三中心小学。第三中心小学的校舍气派许多,红色的砖墙,三层大楼。记得作文的题目好像是"写给越南小朋友的一封信",林老师也去了,在走廊里耐心等着考完出来的小人儿。大家好像都考得轻松。记得数学也不难。但最后都不作数了,白考了。

我们一、二年级的数学老师是黄珠美老师。黄老师是厦大家属,丈夫陈世民时任外文系副系主任。黄老师颇具贵族气质,举手投足均显大家风范,标准的好老师。现在和大儿子重远住在海滨。2002年我们四甲第一次聚会时她仍光彩依旧。三年级以后,我们班的数学由陈秀霞老师教。陈老师短发,漂亮,和蔼可亲,笑脸盈盈,善待小人儿。可惜后来因病失踪,迄今无消息。

教我们体育的邵老师极受男小人儿的喜爱,记得当时大家都只能跨越式跳高,只有邵老师会漂亮的俯卧式跳高,动如脱兔,燕子般轻盈,如行云流水,轻飘过杆,总引来喝彩阵阵! 和我们踢球,他矫健无比,可带球从后场到前场,任凭四五个小人推拉挤抱,死缠烂打,球总安然于脚下。我就拉过邵老师的衣角,一边笑得喘不过气来。

那时的校门在南普陀的右侧,出了校门,不远处就是南普陀旁的排洪暗沟,直连科学楼旁,是四甲男小人儿最喜欢的探险之地。进去不见五指,出来蛛网满头,但仍乐此不疲。有一天我又钻了进去,疯玩后回到家已天黑,一摸书包盖,心中一阵发紧,别在上面的手旗丢了! 因有找打之虑,自然不敢吭声。第二天到学校,仍遍寻不着,毫无踪迹。正山穷水尽之时,恰逢第二天又有人去钻沟,居然捡到了我的手旗。

南普陀的左侧是一个篮球场,沙土地,时常有和尚养的牛懒卧一边。四甲的小人儿常在此处踢足球和上体育课。正好以篮球架的两根杆为球门,不必像放学后在卧云山舍(造反楼)院子内踢球,必须用书包垒成球门。由于是沙土地,常见的坏处就是跑起来刹不住,摔倒后伤痕累累。一次踢球,鏖战正酣时,不知是哪位猛将的一个大脚,足球出了球场,直奔道路而去。当时厦门仅有的两路公交车(厦大到轮渡,厦大到火车站)经过南普陀,足球不偏不倚,正好滚进一辆公交车的两个并联后轮之间,压个正着。好像还有几人(其中肯定有阿肥王诠)去和司机交涉,要求赔偿,自然无果。众小人儿只得从非常有限的零花钱中挤出钱来,共同买了一个新球。

1966年6月初,仅一两天功夫,厦大校内就出现了铺天盖地的大字报,东澳小学也迅即卷入混乱之中。一些小流氓对父母落难的小人儿落井下石、百般欺凌,老师们被批斗污辱、斯文扫地。作为毕业班的四甲和五乙,没有毕业的集体合照,未及对母校及恩师道别,就此各奔东西,四散而去。

# 学习小组

郑兰荪

大概已是小学五年级（毕业班）的时候，学校（或是班主任林蔡桐老师的想法）建议我们课后自发成立学习小组。如此，我们在放学后又多一个聚在一起的机会，所以就积极地行动起来。学习小组需有活动地点，当时我父亲郑重和母亲顾学民都去上杭参加"社教"，家中只剩我与保姆（我称为阿姨，当时厦大不少家庭都有一位如同家庭成员一样的老保姆），因此就商定设在我家。

学习小组开始的那天晚上，我家极其热闹，班里大部分男同学可能都来了。那么多同学聚在一起，肯定无法好好学习，有些同学甚至是在家里做完作业，带着飞行棋等游戏用具来的。那一夜家里自然闹得不行，其中声音最大、闹得最欢的自然是李勃宁。最后连脾气最好的我家阿姨都不能容忍了，大家才悻悻而散。

第二天晚上，我正在担心是否还会这样大闹，或是学习小组就此寿终正寝时，黄辰只带了两位同学（记得其中一人是云良）来了。他们在来的路上已经商议好，到我家后就拟定了自我约束的几条规定。黄辰在小学时一直是我们班的"头"，这件事也体现了他的领导能力。此后，我们这个学习小组一直非常规范，每天大家来后都一起先做完作业，然后再安静地打几轮扑克，大约九点结束。

如此几个月后，我父母"社教"回来，我家就不适合再作为学习小组的地点了。这时高宏提议可以移至他家。高宏当时也是班里比较淘气的同学，其情形可以预料。第一天晚上我并没有参加，第二天得悉那天晚上闹得不行,而且还打闹到他家附近的招待所门口的空地和与南普陀接壤的篮球场(现在成了南普陀素菜馆的一部分)。在黑暗中,勃宁与另一位同学(明强?)的头狠狠撞了一下,头上肿起了一个极大的包。

之后的一个周六下午,我也去国光二高宏家参加了一次"学习"。当时有五人,分成两组:高宏与黄辰一边,我与友思及另一位同学(史宏?)一边,玩起了"打仗"的游戏。我们以扫把等为武器,堵门爬窗,逐间争夺地盘,把他家闹得底朝天,真不知道他父母回来后如何收拾。幸亏当时高宏家只有几件从学校租来的很简陋的家具。

# 让我爱恨交织的东澳小学

## 章　慧

正如傅顺声大哥《南普陀寺和东澳小学》一文所述,东澳小学存在的时间仅为十四年(1952—1966)。这所简陋的"和尚小学",伴随着我们这一批"厦大孩子"走过童年和少年时光,它既没有百年名校的辉煌,更不会被教育史学者津津乐道。如今,当初教我们的那一辈老师已经渐行渐远,彼时天真烂漫活泼的我们,也陆续迈进老年,将来完全有可能被历史浪潮所湮没。所幸的是,有我们这一批"厦大孩子"的集体回忆,为它的存在提供了鲜活的历史资料。

很长一段时间,对于在东澳小学的学习经历,我一直是有选择性地失忆,刻意回避了不堪回首的"文革"阶段。最近,兄弟姐妹们的美文让我打开了记忆的闸门,开心的、烦恼的、愤怒的、痛苦不堪的,各种彩色和黑白片镜头交替回放。我终于明白,自己所经历的一切,包括那些没有美感的事,都是不可能绕过去的,应当正视它们,并将它们记录下来。正如北大化院一位老师在给我的来信中所说:"看到您给我的厦大'跟屁虫'实录,我更加明白了生活的苦也好、累也好、快乐也好、悲伤也好,都是我们生命的组成,细细品味,就像吃山珍海味一样,慢慢品尝才有滋味。当初在幼儿园时王小牧心爱的小辫子被剪了,那悲愤不亚于今天某个研究生花费一个月辛辛苦苦合成的产品被别人误倒入下水池,可是现在看来是那么'有趣'。过去经历的一些认为难过或者想不通的事,以后回首何尝不是像被剪了心爱的小辫子一样值得回味呢?没有了这些当时'悲痛欲绝'的事,后来的回忆也就没了滋味。"

是的，我们所遇到的一切事情，开心的、幸福的、烦恼的、愤怒的，都是根植于心中的刻骨铭心记忆，都是大树的一圈圈年轮。

最近在整理《永远的厦大孩子》文稿时，见到启平和启五兄弟俩不堪回首的痛苦回忆，不由勾起我的一段伤心往事。

我是1962年秋季进入东澳小学的，由于东澳小学已经试行了两届五年一贯制（五甲和四甲），教学效果相当好，轮到我们这一届学校也打算办一个五年一贯制的班，但妈妈章绮霞考虑到我自小体质较弱，担心我承受不住繁重的学习，就让我报了六年一贯制的乙班（跟随1965年东澳小学五甲和四甲班的称呼，我们自称为三乙班）。后来因为"文革"停课"闹革命"，不仅无法实行五年一贯制，而且上中学时有关部门将小学的1966届和1967届，1968届和1969届毕业的学生分别合并成两个年级，即1973届和1974届高中毕业生。因此1968届和1969届同学的小学学历极其混乱。三甲和三乙同学的小学毕业，居然被七二七小学（东澳小学"文革"中的校名）向家长发的一纸毕业通知书给草草打发了，这就是三年级同学至今没有留下像五甲和四甲哥哥姐姐那样的红领巾毕业标准照的原因，实属憾事。

我上小学时还不满七周岁，属于班上年纪比较小的学生，当时东澳小学办学条件极差，连课桌椅都很匮乏，记得开学头几次上课都是坐在教室的红砖地上。我这初生牛犊年幼胆大，老师一提问我就主动举手发言，功课学得不错，人小活泼且能歌善舞，深得班主任的好感，让我担任班长。这个班长一直当到三乙结束，一切都还顺利。

那时候的我，家住敬贤楼，每天清早晃悠着两条细细的羊角小辫，蹦蹦跳跳地去上学，沿着"小房子"—丰庭一、大南一国光一、招待所—科学楼之间的沙土路，进入南普陀寺山门，然后从它的侧门钻进学校教室。那时的生活就像一首儿歌所唱的："太阳当空照，花儿对我笑，小鸟说早早早，你为什么背上小书包？我去上学校，天天不迟到，爱学习爱劳动，长大要为人民立功劳。"充满了阳光、雨露和鲜花，好似一个个彩色镜头……

彩色镜头回放之一：一天早晨，高年级刘闽生大哥在招待所大榕树下的路口拦住独自上学的小丫头，笑嘻嘻地说：小妹妹，你的脸蛋真圆，就像红苹果，吓得她一溜烟跑了。

彩色镜头回放之二：低年级的三乙同学对高年级大哥哥大姐姐充满膜

拜和仰慕,我们从老师那里得知,子鹭和子榕、重远和致远、何笑松家三兄妹等学业优秀,五甲以上学长小升初大都考上双十、一中等名校,笑松学长是东澳小学建校以来的第一位跳班生,是我们学习的榜样。何方很调皮,老师经常教育他要向哥哥姐姐学习,将来考清华北大。而小丫头们,则暗中偷偷模仿林之愉姐姐公主般的优雅举止。

　　彩色镜头回放之三:我和陈慧在三乙班上与小男生 A 和 B 玩得最好,A 学《林海雪原》中少剑波的口吻,称我是"丫头片子",而陈慧是"病号蛋子"(我还是最近才搞懂其出处的,说明 A 早就看过大部头小说了),放学后或课余我们经常在学校操场的滑滑梯前嬉戏或荡秋千;有时我们会和同学们一起到敬贤楼的后山上打野战,模仿电影《红日》,B 说,他就是刘团长,让我们每个人都扮演《红日》里的一个正面角色。

　　细数起来,小学低年级生活还是有不少彩色镜头可回放滴……

图 1　章慧在东澳小学三乙(左)和四乙(右)成绩单

　　接下来就是没有任何美感的黑白镜头了。从四年级成绩单(图 1)可以看到,我的小学成绩记录在四乙下学期的一半戛然而止,没有期末考试成绩和学期总评成绩。不谙世事的我们也感受到一场暴风雨即将来临。血雨腥风的"文革"一开始,我们家就被造反派赶出敬贤楼,一辆破板车拉走了我们的所有家当,到大桥头筒子楼安家,在那里一住近十年。

　　2012 年 4 月我在成都开第二十八届中国化学会学术年会时,看到钱婉约(北京语言大学人文学院中文系系主任)的回忆文章《远方的山——怀念祖父钱穆》,其中有一段"文革"期间的描述:"由于我学习好,经常受到老师的表扬,引起一些同学对我的不满。我走在路队前面,身后常会有同学的恶作剧,高声怪叫我父母亲的姓名——我上大学后,才知道这是以触犯'避讳'来羞辱人,一种很见历史文化遗痕的骂人方式。"

与钱婉约老师类似,由于"文革"之前受到老师的宠爱,引起厦港沙坡尾和下澳仔一帮小混混(里面甚至混有某些厦大子女)极大不满,爸爸妈妈被打倒在地成为"牛鬼蛇神",他们乘机欺负我。平时在学校里,饱受拳头、粗话、扔石头加吐口水的肮脏伺候(这一点与友思哥哥类似)!与钱婉约老师不同的是,我那时就知道,在背后高声怪叫我父亲的姓名是对我和父亲的极大羞辱。

小混混欺负我,一直延续到上学和放学的路上,连回到大桥头的家里也不放过。他们往我家的窗户扔石头,爬上窗台乱敲玻璃窗并往里面张望(我们不敢开窗睡觉),骂令人不堪的、最粗野的厦门粗话。

最令我不能忍受的是,原先对我那么好、那么疼爱我的班主任,一夜之间来了个一百八十度的大转弯,她非但没有制止那些小混混对我的侮辱,反而与他们站在一起。这种侮辱最终达到了登峰造极的地步。这天,当我来到那间靠墙的破教室(图 2),里面已经没有我的位置了——我的课桌上叠放了几层桌椅,抽屉里扔着令人作呕、臭气熏天的几只死烂青蛙。可是,老师仍不闻不问。那一天,一向乖巧和气的我愤怒极了,也不知哪来那么大的力气,当场推倒那一堆桌椅,头也不回地走出学校,回家对爹娘宣布,从今以后我不再上学。再后来,爹妈把我们姐妹俩送到上海外公家去避难了半年。

在"文革"期间乌云压顶的黑暗年代,我们姐妹俩看不到任何出路,成天生活在恶心和恐惧中,还担心着被批斗关牛棚劳动改造的父母。彼时的我,非常羡慕允中、瑞玲、小波、和妹她们,幻想能有一个兄长能挺身而出保护我们小姐妹俩。殊不知,在那样一个恶棍横行的世道,善良好心的大哥哥小哥哥也都是自身难保的。

就这样自我停学了一段时间,我又回到学校上学,彼时学校借用金工厂(现为北村)的教室上课。小混混仍不放过我,有一天教室的墙壁上写满了打倒××(我父亲名字)的标语,我愤慨至极,等到大家都放学后,我返回空

南普陀寺

| 一排教室 |
| --- |

1965届照相的师生们

沙坑
滑滑梯
秋千

操场

卫生间

旗杆和主席台

全校最破烂的教室

章慧的四乙，在这里被迫离校成为失学儿童

学校大门

1963届和1972届照相的师生们

南普陀寺

长廊

大教室
三乙曾经在这里上课

1962年章慧的一乙班在这里读书

活动场所

通往南普陀的边门

| 四甲班教室 | 五甲班教室 | 乒乓球桌 | 五乙班教室 | 办公室 | 办公室 | 杂物间（办公室） |

南普陀寺前的马路

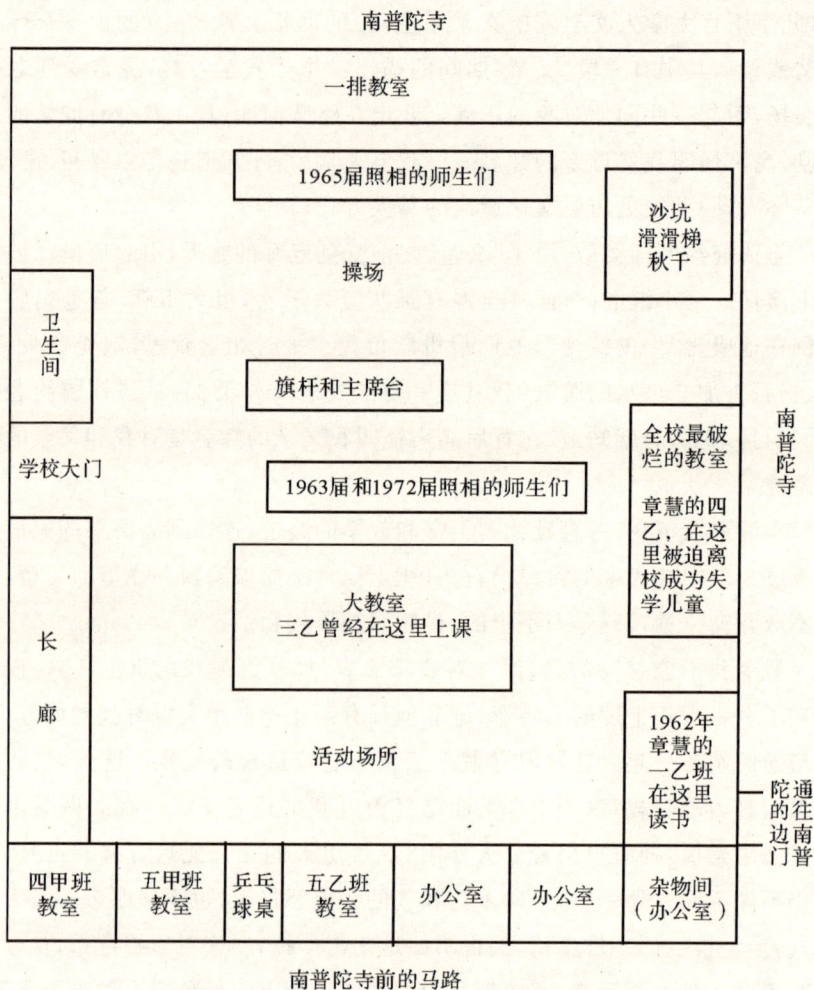

**图 2　林麒和章慧共同回忆的东澳小学平面图**

无一人的教室,拿起粉笔,在那些标语旁边恨恨地写道:写的人他妈妈死掉。隔天上学,班主任当着全班同学的面批评我,让我打水来,将我写的字抹掉,同样没有指责那些肇事在前的小混混。我当着全班同学的面,一边抹去我写的字,一边大哭,羞辱啊,心里充满了对这位班主任的无比怨恨。从此,我再没有理她⋯⋯

　　因此,我对东澳小学的尚好回忆,只限到四乙上学期。后来我与另七位同年级小女生参加挂靠工宣队的水产造船厂组建的毛泽东思想宣传队,倒

124

是有一段快乐的时光,因为我终能摆脱那一群小混混的骚扰。如同启五大哥所说:"英姿飒爽跳向前,不知当年愁滋味……"

我们受到的小学教育是不完整的。三乙班主任没有王洁治、吴秀英老师好,那些小混混男生很坏,我一点都不爱四乙以后的东澳小学生活!

从 1966 年的四乙到现在,将近半个世纪。我在 1974 年高中毕业后下乡插队,三年半后于恢复高考的 1977 年直接从知青农场考入厦大化学系,毕业后留校当了老师。尽管失学、受辱对老师怨恨的印记还在,而且我们在中学时并没有学到多少知识,但三乙班后来考上大学本科的同学有十多位,还出了一位中科院院士;此外,三乙班同学的书法明显好于其他班级,让我们不得不感恩于四年级之前系统的小学启蒙教育打下的坚实基础。

小学时代的章慧

一些彼时看起来比天还大的事,回首起来不过是过往云烟……

最后,以我妈妈章绮霞的母校江苏省立灌云小学的《夕会歌》与兄弟姐妹们分享:

功课完毕要回家去,

先生同学大家暂分手。

我们回去不要悠游,

需把今天功课再研究。

明早会,好朋友! 明早会,好朋友!

愿明早齐到无先后。

# 忍辱坚强的厦大孩子

何瑞玲

"文革"时,工宣队进驻了学校,并实行军事化管理。我们"和尚小学"的各年级也改成了排,我是四排的,也就是上四年级。孩子们天天上学就是学《毛选》、背《为人民服务》。红五类子弟趾高气扬,我们这些黑九类子弟不敢怒不敢言,任人欺负。一天,男孩子先霸占教室,并在里面起哄不让女生进去,我们全体女生只得在外头干着急。我跟排长说:你带头进去,我们都跟你进去。她不敢。我就对女同学说:我先进去,但大家一定要跟我进去。她们都说:好。结果,当我一进教

改革开放之初父亲何启拔在厦大敬贤二
**102 书房兼卧室照**

室,一个红五类子弟就带头高喊我爸爸的名字——何启拔、何启拔!接着就是全体男同学整齐、短促、有力、不间断地喊"何启拔!""何启拔!!""何启拔!!!"……我恨在心里,英勇就义般地挺直腰板急坐到我的座位上(还好我个子矮,就坐在第三排),任凭他们起哄。也许他们的喊声,在两里地外住着的父亲都会被震惊。

当时的大字报铺天盖地,厦大也就那么方圆几里地,我们这些走资派的

我们班女同学在纪念碑前的毕业照（我在第二排左三，李慧华在后排左二）。她们见证了我当时的壮举，但不知有几人还能记得

小学毕业三十九年后的聚会上，我与当年同桌罗志强的合影

子弟，怎能不让那些跃跃欲试的红五类子弟知晓父辈的所谓鼎鼎大名？

儿时的一切早成过眼烟云。几十年后的小学同学聚会上，我"声讨"了这个同学当时的作为，那"声讨"并非特别的责怪，只是对特殊年代中一次特殊事件的深刻记忆和叙旧。

我一直想感谢的是我的

同桌罗志强，他虽也是红五类，但当时从来没有欺负过我，最"恶劣"的行径不过就是在桌面中间画道三八线（当时男女授受不亲的不可侵犯线），我一"越线"，他就用胳膊肘把我顶回去，仅此而已。其他女同学可遭罪了，不是常被掐大腿，就是被人追着用沾墨水的毛笔点黑痣，还有用刚刚熄灭的火柴头粘牙垢"叮黑叮蜂"（闽南语），烫你夏装外露出的胳膊或其他裸露的部位，让你触电般嗷嗷叫……

小学时代的何瑞玲

孩提时代的一切已成历史，但这非常时期下成长的经历，造就了我们这些特殊群体里的人坚强的性格。改革开放后，这些厦大孩子们以他们坚强的毅力、执着认真的工作态度，在各自的岗位上焕发着活力，并显示出独特的魅力。

写于 2013 年 2 月 23 日

# 童年小伙伴

## 钱共鸣

今年春节,我回厦过年。中学同学相聚茶馆,海阔天空,神聊胡侃,无拘无束,悠然自得。令我惊讶万分、啧啧称奇的是,陈劲毅同学(也是我的小学同学)带来一张小学六年级的小组合影照片,一下子勾起我尘封许久的回忆。

**小学六年级小组合影**
前排左起:梁岗、陈劲毅;后排左起:笔者、林之谐、钟伟钢

时光倒流,思绪宛如一列古老的蒸汽火车,"哐当哐当"地驶进悠长、狭窄的时光隧道,把我带回到那纯真的童年时光。

照片拍摄于 20 世纪 70 年代初,照片上的五个人都是厦大子弟,就读于"七二七"小学(即"文革"前的"东澳小学",现在的"演武小学"),又凑巧编在同一班同一小组。我们不仅自幼儿园时就为同窗,而且都住在同一生活区,有的还是楼上楼下的邻居,所以从小关系就特别"铁"。我们每天一起上学放学,一起游乐玩耍,虽然身处"文革"的"严冬",我们仍一同快乐地成长。

有一天,听说林之谐将随母亲姚慈心下放农村,我们怅然若失,落寞之情许久挥之不去,担心这么一别不知何时才能相见。陈劲毅当场提议说为了永久的纪念,不如大家一块照个相。说干就干,我们立马行动,回家换上学生"标准装",别上当时最时髦的大号毛主席像章,舍近求远,不上近在咫尺的"厦大照相馆",而是一行"浩浩荡荡"地开赴位于中山公园东侧的"人民照相馆",那可是当时厦门最好的照相馆呀!时间急促,"相资"不菲,又不好意思开口向大人索要,于是大家共同"集资",纷纷掏出"私房"钱。那些钱,有的可是多年的积蓄啊!

到了照相馆,一位面相和善的小师傅盛情接待我们,与我们拉呱唠嗑,问照相的缘由。我们如实作答,他听后马上承诺一定拍上一张令大家都满意的"全家福"。我们看他这么年轻,虽将信将疑,但也不知要说什么。很快就进入拍摄的"实战"阶段,年轻的摄影师不厌其烦地耐心启发,一遍又一遍地调动我们的兴奋点,左挪右腾,不断捕捉刹那的一瞬间。经过数次的反复,终于大功告成,五个童年小伙伴的"倩影"永远定格在这一历史的瞬间。

小学毕业后,照片中的四人又进了厦门第三中学(现为华侨中学),其中三人又分在同一班级。以后大家各奔东西,这次新春相聚,得悉钟伟钢同学不久前不幸罹难,大家悲恸感伤。愿他一路走好。

时光匆匆,岁月悠悠。望着四十三年前拍摄的这张老照片,睹物思人,心中有无限的遐想与感慨。人生易老天难老,如今我们已步入了人生的中年,但愿我们还能有童年般的美好梦想。

(本文发表于 2015 年 3 月 14 日《厦门日报》城市副刊)

# 那是我的 1965 年

周　跃

我父亲周绍民 20 世纪 50 年代初出国留学,就读于苏联门捷列夫化工大学。1957 年回国后,他评上副教授,家里的生活条件越来越好。

1958 年,当时大姐九岁,二姐八岁,家里还有一个老家来的保姆。这年 2 月,在母亲傅素文腹中孕育刚满二十八周的我,据说都等不及接生婆到家,就早产呱呱坠地了。母亲看一眼瘦小如猫的我,就顺手交给了保姆。从此,周家就有个含着金钥匙出生的小公主。因为俩姐姐与我的年龄相差甚远,根本就玩不到一块,所以我一直是跟着保姆长大的。

1965 年,到了我该上学的时候了,父亲把这当成一件大事,带着全家人去照相馆,拍了一张很正规的全家福(图 1)。记得当时母亲告诉我:七岁以前的饭好吃,七岁以后的饭就不好吃了。意思是上了学的孩子日子就要过的不一样了。没想到读了一年多的书,就开始"文革",除了吃饭还真没其他事情可以做了。

因为住在大生里厦大宿舍,我就近读了第三中心小学。那时教导主任叫张有德,是个戴着眼镜、略微发胖的中年男老师,每次看到他时,都是胸口横挎一个背包,笑眯眯,慢悠悠,踱着方步,似乎在闲逛或者是在"收电费"。后来"文革"革到了小学,校名也改成了朝红小学。一天,我看到几个大哥哥把他按在地上,他硬是要抬起头来,挣扎着,绝望的眼光正好跟我对视。我的心一阵紧缩,吓得不敢走,也不敢再看他。我的父母在"文革"中受到的冲击较少,那次是我一生中最近距离看到的"文革"。多少年过去了,忘却的人和事很多,不知道为啥,这个名字和这个场景,我到现在都没有忘记。

图1　1965年的全家福

"文革"开始后,我们的课程大多都是朗读毛主席语录,到现在我都还能背诵出大部分呢。课程的单一,让我们有很多的时间游玩嬉戏,我们同学三五成群结伴,摸遍了厦大的每个角落,在阳光中奔跑(图2),在校园里长大。

图2　在厦大建南大礼堂前快乐奔跑的我

图3　朝红小学的师生合影
前排左一许亚德老师,后排左三作者本人

从小就营养过剩的我,个子长得高大,到了三年级,由于手脚长有优势,就被体育老师许亚德(图 3)选中去打乒乓球。许老师瘦高个,也是个戴眼镜的,脾气可真不好,时而狂叫,时而挥拍,拿球拍发出呼呼的风声来吓我们。但也因为他的严厉,我们朝红小学校队多次获得了全市小学生比赛的冠军呢。

　　岁月如梭,光阴荏苒,转眼整整过去了五十年,物非人也非啦,朝红小学由于建成功大道也被拆迁了。在图 3 所示照片里,许亚德老师已经不在了,还有后排右一的林佳妹同学也不在了。留下的只是历史记录中曾经有过的美好和难以忘怀的记忆。

# 从孩提趣事走过来的情谊

## 周 跃

永远如虞大孩子

我和锡安一起读书的时间，是在幼儿园。不知道为什么五十多年前的事，我的记忆至今仍是这样的清晰。

当时我家住在大生里靠铁路这头，她家住在靠鸿山公园那头，我们都住在二楼。年幼无聊，没有任何的思想负担，生活好单调，却是腿脚利索，一天多次溜溜地跑来跑去，她家、我家，跑几趟都不嫌累。记得最好玩的是，我们几个小女生，翘起小嘴，压在肥嘟嘟的小手上使劲吹气，会发出啵啵的响声，看看谁的声音更抑扬顿挫，更像"放屁"。一天有个女孩吹着吹着竟然从鼻孔里冒出了个鼻涕大泡，惹得我们笑弯了腰！

记得锡安有个大姐叫锡平，但我印象比较深的，还是那个叫芙美的二姐，或许是因为她与我们的年纪比较相近吧。但后来不知道什么时候起她们全家人都不住在那里了。也许因为那时真的还是年纪小，很不懂事，也不知去深究原因。但不知道为什么，我始终就没有忘记过锡安。儿时的很多事情，随着年纪的日益增长，越来越淡忘了，但对她的思念，却是随着年纪的增长成了正比。

前些年，我父亲周绍民担任厦大校友总会的理事长，一次代表厦大出访日本。不知为什么，平时不善言辞、不善交际的父亲竟然会想起打电话和锡安的爸爸郑南金联系。我只知道，厦大的数理化历来联系密切，早年还同属理学院。这么说，他们还是同事呢。

父亲回来时，带了一件粉红、白色相间，可以两面穿的毛衣，说是锡平大姐送给我的。多少年了，那件衣服我一直没怎么舍得穿，至今仍然全新，一点都没有变样。

因着 2013 年厦大孩子聚会,我找到了锡平大姐的邮箱,给她发了份邮件。由此,我和久违了的锡安联系上了。可喜的是,她也还记得我,说我从小就很"大条"(闽南话,个子高),还记得我很保护她呢!

那天锡平大姐回厦门,和章慧、我见了面。饭后,她带我去她的住处小叙。锡平大姐带着我,娴熟地横穿竖钻,走在厦港的巷子里。我紧紧地跟着,生怕自己走丢了,心里真是有说不出的好笑,那种感觉真是奇妙……

一路上,锡平大姐跟我说了锡安的近况和很多鲜为人知的往事,让我惊愕,也让我非常感动。

锡平大姐讲述了当年她父亲遭受冤屈后全家人经历的磨难。她说,后来她们姐妹跟随母亲先后去了日本,她们逐渐驱散了心中的阴霾,尽力发挥自己的特长和对中国人民的友好感情,为日本政府援助中国的 ODA 项目做协调员,大妹芙美更是成为日本官方的随团翻译,姐妹为中日人民友好搭桥梁、做贡献。

听到这些,我是悲喜交织。悲的是:当年的历史曾经对她家造成过巨大的伤害;喜的是:历史已经翻开了新的一页,大家内心仍然留住了孩提时代的美好记忆……

# 亚池和阿文

郑启五

　　林麒发来厦大幼儿园 1961 年的毕业照，这张照片太珍贵了，他们当时居然可以浩浩荡荡全班开拔到南普陀照相，太爽了，特殊待遇呀，应该是新园长章妈妈的伟大创意吧。小朋友们大夏天排排坐在如来佛祖前冰凉的石阶上，真是爽歪歪呀。

**厦大幼儿园 1961 年毕业班和老师在南普陀大雄宝殿前留影**

后排是老师和护士，左起：柯碧黎、陈燕、章绮霞、陈东东、关玉英、陈美美、傅护士

我们1960届的厦大幼儿园的小朋友也曾有过一张单独的毕业照,印象中我们都穿着印有"厦大幼儿园"字样的白色T恤,我们到东澳小学时还一直穿着,看来从小就有"厦大幼儿园"的优越感。可惜这张照片至今没有露脸,如果连厦大幼儿园六十周年庆典的盛会都没有办法让它拂去岁月的尘埃,那么它注定是已经在"文革"的烈火里灰飞烟灭了,那时厦大幼儿园的老楼与厦大武斗的重镇"革命造反楼"只有一路之隔……

每一届都会有每一届的遗憾,不要一直唠叨我们"老三届"生不逢时,就毕业照来说,他们1961届的园友根本就没有小学的毕业照,甚至连中学都是一片空白……

林麒请我辨认一些辨识不清的人头,我自诩"电脑",可惜这次"鼠标点击"之后"屏幕"空白依然,只有影影绰绰的几个非常模糊的影子,看来"内存"还是不够。但影子中有两个却慢慢清晰了起来,额滴(我的)神啊,他们就是亚池和阿文。1960年上了小学□□□□□□□与幼儿园的两个玩伴阿文和亚池密切来往,中午常常□□□□□□□起包捞蝌蚪、捉金龟、采龙眼、逮草蜢,还穿梭在"矮房子"□□□□□□□□"黑苞穗"(玉米或高粱的一种病态结果,内有黑粉,可以□□□□□□面茶)。对了,你们还记得"矮房子"吗?这是厦大子女"芊庭一"女生宿舍后面那片民房的特殊称呼。

亚池和阿文不时闹矛盾,但我的斡旋能力当时已初露端倪,所以"三人帮"还是玩得很好,特别是"翻地瓜"再到后山烧烤,三人匀着吃,那是1961年啊,最没有东西吃的时候,厦大商店五毛钱一个凭饼票供应的"高级饼"都没有我们热乎乎的烤地瓜来得香糯绵软……

亚池当时来厦门投靠他姑姑陈老师,住国光三21号,与我家17号一墙之隔,我们翻墙来去,联络极为便利。若干年后他回他莆田老家去了,我还伤心了好久。有一次实在忍不住,就直接询问陈老师"亚池什么时候可以回来?"她居然说不知道有一个叫"亚池"的人,经我反复解说,她大人家才恍然大悟:"你说的是陈国荣啊,他不会回来了。"至此我才明白他的大名。至于"亚池"是他的小名"阿弟"的莆田话的音译,是我们孩童间的儿语,难怪连养育他多年的姑姑都被我问住了。

印象中好像阿文的母亲对他不大好,而亚池身份特殊,因此多少成为幼

第一章 童年时光·东澳

儿园 1961 届原班人马中的边缘人物……我上山下乡在武平那阵子,好像阿文在杏林上班,有次偶遇,我热情招呼,他满脸漠然,冷淡得几乎没有反应,那大约是 1972 年的事情了……

写于 2012 年 2 月 6 日

永远如康大孩子

# 我是厦大孩子，我骄傲

王　诠

　　五十多年前，在厦大校园里有这样一群孩子，不论年龄大小，相互之间几乎都能叫上名字，或者谑号，他们的父母亲都是 1966 年以前就在厦大工作的。他们上的是同一所幼儿园——厦大幼儿园；读的是同一所小学——东澳小学。在厦门老百姓口中，他们统一被称为厦大孩子。

　　光阴似箭，岁月荏苒。当年的厦大孩子再聚首。如今，当年的厦大孩子，他们当中有的已七十上下，最小的也已接近老年。但是，每一次相聚，都能勾起每个人那永不泯灭的童心；每一次相聚，都会有久违了的往事被回忆；每一次相聚，也还会因某个小朋友孩提时的糗事被提起而引来阵阵善意的笑声。在这回忆和笑声中，散发出了清和纯，展现了真和诚。正是有了这种情愫，才有了一次又一次范围不断扩大的聚会。从原来的五甲、四甲单独的班级聚会，到 2012 年正月初五的五缘湾联合聚会，再到 3 月 23 日有我们的大哥哥大姐姐也参加的大聚会，到了 2013 年正月初五的聚会，不但大哥哥大姐姐参加，大哥哥大姐姐的哥哥姐姐也来了。虽然几十年都不曾碰面，但，还是那样熟悉，还是那样亲切。这，就是厦大孩子。

　　在厦大校园里，厦大孩子的称谓不是身份地位的显摆，也没有任何人可以特殊。孩子们之间的友谊并不以家长的职位高低而厚此薄彼，他们之间的友情没有尔虞我诈，没有钩心斗角，更没有如今社会上流行的物欲横流、权力交换的陋习。他们之间有的只是父母辈同事之情，相互之间的同学之情、邻居之情。温良恭俭让的中华民族的传统美德深深根植在他们心中，温文尔雅，文明有礼。这，就是厦大孩子。

　　我是厦大孩子——我骄傲！

当年在厦大幼儿园穿海魂衫背带裤举小旗的王诠（前右二）

岁月·历程

第二章

# 不是峥嵘的岁月

## ——养病中的回忆

何大国

传说每个人在天上都有对应的一颗星,当他(她)离开人世时那颗星就会坠落。尽管这不是真实的,但在我童年的幼稚心里却曾迸发出好奇的火花。那时我常常望着满天星斗的夜空思索着,并好奇地自问:"我是哪颗星星呢?""人离开尘世,天上真会有颗流星坠落吗? 真会有天堂或极乐世界吗? ……"

然而我渐渐长大,并上完小学、中学、大学,一晃过去几十载,识文断字的我肯定不会去相信小时候听来的传说,孩童时的思想火花似乎也渐渐暗淡逝去。

前些年《圣斗士星矢》的播放却勾起了我对童年的回忆。当年幼稚天真的我托腮凝视夏夜星空遐想的情景浮现在眼前,我的思绪又飞向遥远的故乡,飞向充满欢乐的童年……

1946 年农历正月初一,我降生在一个贫穷的职员家里。这是个大家庭,除了爸爸妈妈外,兄弟姐妹八人,我排行第七,最小的是弟弟。爸爸何励生是厦门大学的职员,妈妈叶月瑚是普普通通的家庭妇女。解放前一家人靠父亲的工资收入糊口。我家的生活极为艰难。因为营养不良,疾病常常袭击着家里的每个成员。幼小的我发了烧,体温烧至四十多度,险些让病魔夺去了生命。爸爸、妈妈、大姐、二姐都曾不止一次对我讲述过此事,他们都说我命大,只是因为我太小,根本不记得,当然更不知当时家里一贫如洗,有病没钱医治的情景。可以说,小时候我是靠老天爷养活的,也许是菩萨的大慈大悲,那回的疾病我得以幸免。听妈妈说,我是靠稀粥养大的,因为爸爸

第二章 岁月·历程

的工资少得可怜，无法顾及营养，那时能填饱肚子就算不错了，所以我们家每顿饭是煮得比稀米汤多不了几颗米粒的稀饭。这些稀饭盛在木质的小桶里，每顿我们这些孩子就吃这么一桶稀饭，不管够不够，吃完就没了。为了多吃点，我们都狼吞虎咽地吃着，设法比别人吃得快，好再多盛些、多吃点。菜呢，就是炒盐巴，为了把盐巴分得均，大哥用自制的"秤"来均分，如果不这么办，分不均了，其中就有人会哭鼻子，甚至还会打起来。

小时候我从未穿过新衣裳，全是穿哥哥姐姐们穿小了、穿旧了、穿破了的衣服。脚上的鞋更不用说，常常是光着小脚丫。听妈妈说，小时候的我是很听话的，很少让大人们操心。因为有了弟弟，我不能和妈妈睡一张床，妈妈把我交给了大姐，让大姐晚上来照顾我。我还依稀地记得我与大姐同床睡觉的情形。我记得那时我经常哭，大姐把家里可以装开水的器皿全摆在我跟前，可我还是哭，不住地用闽西（长汀）话嚷着："我不要，我找妈妈去，让妈妈打你。"当时我为什么会这个样子，我是记不得了。等后来长大了，大姐告诉我之后才明白，原来是因为晚上我饿了，半夜起来闹着要吃的，可家里又没有什么吃的给我填肚子。大姐没法子，只好让我喝水，哄我，我不干。大姐说，偶尔有剩粥的话，我只要喝了它就能安静地入睡。因为下边还有个弟弟，妈妈也没有更多的精力来照看我，幼小的我真可谓是听天由命地长大。

直到解放了，我们家的生活慢慢地好起来，大姐、二姐相继离家北上（一个往东北，一个往北京）参加工作。大哥也工作挣钱了，家里还有二哥、三姐、四姐、我和弟弟，我们都在上学。在我的记忆中，我的童年是最快活的，那是充满欢乐的金色童年。

我五岁上小学，记得开始是在福建龙岩县上的，但是时间不太长。那阵子我还小，不愿上学，经常和姐姐们一道走到学校后就借口肚子疼回家了。后来回厦门就在附近的南普陀办的学校（当时叫养正小学，后改为东澳小学）上学。

那时每天除了上课学习，课余时间十分好玩。南普陀本来就是个很幽静美丽的寺院，它坐落在五老峰下，前面有个大放生池，池边还有两个不大的圆水池。山上还有不少清泉，潺潺的流水由山涧流入寺前放生池和那两个不大的圆水池中。山上长满了郁郁葱葱的树木，还有无数野花、小草。山

144

下一片绿油油的农田,农夫辛勤地耕作,寺院的和尚也种田。记得当时还有一个放牛的老人梳着一条小辫子,这大概是清朝灭亡之后残存的清代头型了。课余时间我们就在这片天地里玩耍。

南普陀的正门朝南,门前是一块较大的空地,空地的南头有几株木棉树。我们小学的院落中也有一株木棉树,每当木棉花开时,满树火红火红的,如同夕阳照耀的晚霞,十分招人喜爱。每天上学的路旁,在寺院房屋墙下边还可以看到几个石雕的乌龟脑袋伸出来,很有趣。有时候我们会不由自主地爬上去骑着它。踏进南普陀的正门,就是天王殿。这里有栩栩如生的四大金刚、弥勒佛和托塔李天王,平常课间我们都喜欢在这里玩耍,如跳格子、拔出香炉中剩余香火的小棍来排着玩、丢手绢、玩小沙袋、踢毽子、跳绳。放学后做完作业,小伙伴们又聚到一起玩"藏猫猫"或者类似棒球的游戏,这个游戏只要有一个小皮球或沙袋就可以玩。女孩子有时候跳皮筋,男孩子淘气点的则爬墙上树,玩得十分起劲,经常是玩到吃晚饭才依依不舍地分手。晚饭后在满天星斗下乘凉,我们还是玩。遇上放假,老师还会领着我们去远足或玩军事游戏,举行篝火晚会,到海边去拾贝壳等等。

那时,小学旁边驻扎着解放军部队。小学墙外有个大操场,部队常在这里进行军事训练。每隔一段时间解放军的电影放映队会在这个操场上为驻军放映电影,只要见到操场上搭起电影布幕,就知道当晚要放映电影了,于是我们就可以不花钱地看上一场电影。尽管是露天场地,条件不好,但在那时我们已经觉得十分满足了。

在小学四、五年级时,我还有幸作为我们小学的学生代表参加厦门市举行的新年晚会。当时是和另外一个女孩子一起参加的。因为她平日梳辫子,所以她在晚会上扮演成新疆维吾尔族女孩,梳着十几条小辫子,而我则是剪短头发扮成汉族的小姑娘,穿着白衬衣和借来的红底白花漂亮小裙子。晚会是由我们的班主任——何殊老师带着参加的。记得在晚会上新年老人还给每个到会的小朋友一包装着饼干糖果的礼物。我们唱歌跳舞十分快乐,我还准备了一首诗在晚会上朗诵。诗句我记不得了,但还记得诗名字叫《小五年计划》,写的是少先队员们的小五年计划,要为祖国的社会主义建设多种油料作物,种向日葵,收集蓖麻籽,采松子。还有一次,我们班主任别开生面地办了小夏令营,我们就在本来是课堂的小教室里吃住了几天。这短

短的几天里我们第一次尝试了离开父母独立生活的滋味。从那里我们学会了自己料理自己,自己安排生活……

总之,童年时觉得日子一天天过得较慢,我总是盼着长个子,盼着过年。常常想:"为什么时间过得这么慢,春节为什么还没到?"抱怨自己的个子长得太慢,为什么个子总长不了多少呢?我盼着长大,快快长个子,长大成人。

童年哟童年,可以说我的童年是在鸟语花香中度过的,它充满了欢乐幸福,充满了梦幻般的美好情趣,无忧无虑地成长。

六年的小学生活结束了,我是全班唯一保送上初中的,不用经过考试直接升入中学。我选择了离家较近的厦门双十中学。"双十中学"早年是私立学校,全称是"厦门私立双十中学"。等我上学的时候早已改为公立。那时的校长是李永裕。

进了中学我才发现,这里比我上的小学要大得多。东澳小学一个年级一个班,而中学一个年级有好几个班。我们年级有八个班,我被分到了四班,班主任是一个戴眼镜瘦瘦的年轻男老师,叫薛文雅,教地理。他虽然不教主科,但很关心我们,从不以师长自称,十分和蔼,经常与我们交谈。他见我们年级有不少爱蹦爱跳的女孩子,就征求我们的意见,把我们组织起来成立一支体操队,教练就是薛老师自己。每天早晨提前到校或下午放学后进行训练。训练的项目有体操、平衡木、跳箱(木马)、单杠、双杠和高低杠。先从基本动作练起,劈叉、倒立、金鸡独立、翻跟头、前滚翻、后滚翻、侧手翻、作平衡动作……尽管不是专业训练,但我们也练得很认真,一点也不怕苦不怕累,摔倒了又爬起来重新做。就这样,我们居然把几个项目都练得有点体操运动员的样子,每个人都会自如地完成成套的规定动作,而且完成的动作质量还很不错。记得那年假期我们还和市体操队一起集体训练过,市体操队还想让我们参加哩。可是后来不知道是什么原因,我们的体操队解散了。

初中刚开始,业余时间大部分是练体操,还有的时间花在步行上学和放学回家的路上。每天从家里到学校要走半个多小时,中午带饭,下午放学练完体操才回家。尽管课余时间比小学少些,但是我们的生活却很充实,觉得时间过得比小学快多了。记得我在一次校作文竞赛中写的《我的母亲》一文在学校获得了好评,语文老师还将我的这篇文章当作范文进行了讲解。

我不再是东澳小学的学生了,假期里我也不常去南普陀,只是到厦门大学为教职员工子女建立的"儿童之家"去玩。那里有孩子们爱看的小人书和故事书,还有游戏场所。室外有秋千、跷跷板、浪桥、滑梯和滚筒;室内有乒乓球台供孩子们玩。我最喜欢看小人书和打乒乓球,有时也荡秋千。每个星期六晚上还可以到厦门大学建南大礼堂看电影。初中的生活还算是丰富多彩的。1958年"大跃进"时期,我校成立文艺宣传队,我也参加了。后来,人民公社相继成立,城里也叫某某人民公社。那时我还小,不懂得更深的事,认为大跃进就是"五年计划看三年,苦战三年看头年,赶上那个美英用不了十五年。人民公社是金桥,是通往社会主义的金桥,共产主义通过人民公社的组织形式很快就会实现"。那年为了生产一千零七十万吨钢全民大炼钢,还开展除"四害活动"。大炼钢铁的热潮掀起,我们这些不大的初中生也卷入了。我有好几个夜晚都是在学校度过的。我们把捡来的废铁交给老师,晚上和老师一起炼钢。我还记得我们用木制的风箱拉着风,炉子里烧着焦炭,上边用坩埚装废铁炼着,老师指挥,我们学生就轮换着拉风箱,困了就回教室用桌椅拼成的床睡一觉。看着坩埚里的钢花四处飞溅,我们心里很高兴。几天的奋战只炼出那么一丁点的小铁块。有首音乐老师编的歌至今我还记忆犹新:"土法炼钢用坩埚,大炉小炉满山坡,保证钢帅升了帐,滚滚钢水流成河。"为了支持"全民炼钢",记得妈妈还把家里铁床架子拿出来,厦大家属还把院子的大铁门拆下来用于炼钢。那时的"四害"是苍蝇、蚊子、老鼠和麻雀。除了拍苍蝇、灭蚊子、捕老鼠,还打麻雀。全市统一行动,规定一个时间,房顶、小山头到处响起锣声、鼓声,用喧闹声去干扰它们,并追逐它们,不让它们停下来休息。借此来消耗它们的体力,好打下它们。记得这一天我起个大早,天还漆黑漆黑的,爸爸为我做好了饭,我吃完饭,拿着爸爸交给我的一副小铙,独自一人从家里赶到学校去参加灭麻雀的行动。从家里到学校要经过蜂巢山山脚下一片教堂的坟地,白天行人不少,经过坟地还没事,可这三更半夜路上没有别的行人,心中很害怕。胆小的我只得硬着头皮走过去,可也真怪,我这自我壮胆的女孩走过坟地竟然什么事情也没发生。打这以后,我就不再怕鬼了。世上并没有什么鬼,怕的是人吓人。一年之后不再打麻雀,改成灭臭虫了。

我渐渐地长大了,由初中又保送进高中,仍在双十中学。我们学校高中的目标是为大学输送更多的优秀人才,设有理工班、文科班和医农班,我读

理工，分在高一（二）班。这个时期功课紧了，每天除了正常的上课外，还要求在学校上晚自习做功课。

那时老师给我们上课十分认真，辅导课也不例外，讲解得很详细。老师要求我们能举一反三，不要死记硬背，而是能灵活运用。每天做大量的习题练习，尽管时值三年困难时期，人们吃得不好，记得经常肚子饿得咕咕叫，但我们还是熬过来了。我想大概是我们这一代高中生都有相同的经历吧。吃惯了苦，我们没有一个掉队的，全都顺利地毕业了。这三年真可谓拼命读书，目的是在高考中取得优异的成绩。三年中几乎一场电影都没看，高一时还曾经下过乡，去劳动一次。另外班主任黄文宪老师和我们一道到集美与侨校高一学生联欢过一次。以后还有什么大的活动我就记不得了。那时老师为了训练我们答题的速度，总是在临下课前十分钟左右叫我们拿出纸来小考一次，老师掐着钟点，时间一到就交卷，卷子由座位后边的往前传交给老师。由于这样无数次地训练，我们对考试也习以为常了，尽管很累，但我们很惬意。功夫不负有心人，果然高考成绩不坏，我们班考上重点大学有五个，其他一般院校也不少。只是发榜的时间不同，我也不了解具体人数。我考上了北京农业机械化学院（现在成为中国农业大学的一部分）。

拿到了录取通知书，我心里很高兴，回家给父母看，他们也十分高兴。尽管我的家境不十分好，但母亲还是极力为我筹划上学的盘缠和北上的衣物（父亲1958年就退休了），因为北京比厦门要冷得多，要准备些御寒的衣服。

就这样，1963年8月末我踏上了北去的旅途，我也没想到从此以后竟成了北方的居民、南方的客人。这也是我人生道路的转折。从那时起，我把童年的欢乐、少年的风华留给了美丽的鹭岛，留在记忆之中，去迎接新的生活。

那时的我十分向往北京。因为北京是我国的首都，也是敬爱的领袖毛泽东居住的地方。小时候学会的《东方红》使我对领袖十分崇敬，把毛主席当作我们的大救星。是的，我们这一代尽管生在旧社会，可童年大部分时间还是在新社会成长的。有了毛主席，我们才能有今天幸福的童年、幸福的少年。有了毛主席，穷人的孩子才能有机会上大学，毛主席他老人家是我们的大救星啊！少年时代我就想见毛主席，但只是在电影中见过。我想："如果有机会,我一定要见毛主席。见到他是我一生的荣光。"如今我要到首都读书上大学,一定会有机会见到他老人家的。

果然,上学之后的第一个国庆节我就见到了毛主席。他在天安门城楼上检阅首都民兵师,我就是首都民兵师队伍中的一员。第一次见到毛主席,心中那高兴劲就甭提了,当然我们谁也不会料到以后会有"文化大革命"发生。从1963年到1966年的"五一"游园和"十一"国庆游行活动,我们这些高校学生差不多都是参加者。我最喜欢观看焰火,尤其是首都天安门广场节日夜空中的焰火。

1966年"5·16"通知发表,实际上也是"文化大革命"开始。学校里正常的教育教学秩序打乱了。高校学生作为"文化大革命"的小将理所当然地参加。一直到1967年的复课闹革命,实际上我们这些学生的心已让革命的浪潮冲击得收不拢,复课不过是形式而已,心已不在学业上。"你们要关心国家大事,要把无产阶级'文化大革命'进行到底。"这句毛主席的话成了革命小将的行动,结果这种情景一直持续到毕业。我们这批六八届的毕业生在1968年的11月进行分配,当时有"工宣队"和"军宣队"参与。

我们就这样匆匆结束了五年的大学生活。同学们互相告别,甚至连同学录也未留下,便各奔工作岗位。我被分配到沈阳拖拉机制造厂。和我一起分来这里的同校同学有十多位。以后陆陆续续调走了不少,余下的同学不多。我们班五位中调走了一位,余下四位,大概要算最多的,我也没料到我会从此定居在沈阳。

开始我被分到工具车间当工人,在磨工组。那个时候我对当工人心中十分满足。认为凭自己的文化程度当个工人一点也不费劲,省心得很。每天上班干活,下班时间就自己支配,自由自在,不用再去费脑筋学习那深奥的知识。当时一股"读书无用论"邪风甚嚣尘上,我也乐得与白专道路少沾边,在磨工组一干就是六年半。后被转做车间磨具段记录员,又做了一段车间计调组夹具计划员,最后调到车间技术组担任刃量具工艺员。

担任工艺员后我把大部分精力都放在工作上,年华在悄悄地流逝。我每天上班想的是怎么做好本职工作,怎么胜任工作,不图什么,也无太大的抱负,只是想着将自己所学得的知识用在事业上,去实现自己上大学的理想,为祖国的社会主义建设添砖加瓦,为攀登农机高峰努力奋斗!心里只想

做个对党对人民有益的人。

时间过得飞快，花开花落冬去春来，转眼走向生活三十余载，走上工作岗位二十多年。正当我事业上有点成绩，对自己的工作较熟悉做得顺手时，不幸患了尿毒症。拿到诊断，我实在不敢相信，因为平常我的身体一向是好的，而且在1985年还曾献过血，怎么突然成了尿毒症患者？大概是急性肾衰竭，确诊时已经是晚期氮质血症期。这一消息给我的打击是相当巨大的。1991年春节，我的病情恶化。在我生命垂危的时候，同事们纷纷来看我，安慰我。这使我感觉到了温暖。1991年9月我终于战胜了死神，获得了第二次生命。这期间我体会到了人间的温暖，我从死亡的边缘挣扎过来，也体会到人在弥留之际的那种无限眷恋心情。尽管我获得了新生，可是我或许不能再工作了，我是多么想再去上班，多么想再做点什么来报效祖国。

回忆自己的过去希望没有白过，但愿我的过去能像天上的那颗无名星，留给人间点点星光，尽管不是那么耀眼，但毕竟是光照人间。我自己可以说：我是尽力发出了光和热。世人若能给予公正的评价，我心满意足矣。

古人云：夕阳无限好，已是近黄昏。病痛中的我说：夕阳无限好，更作黄昏颂。我仍要和病体做斗争，争取活得更美好。我尚需努力，还要奋斗！

1993年8月成稿于沈阳

150

# 难忘的厦大海滨浴场

## ——忆"狗崽子"游泳队的兄弟姐妹

### 钟伟良

想当年,厦大海滨浴场最雄伟的建筑当属沿岸而建的海水游泳池。一溜两百多米长高大的花岗岩堆砌的围墙内,分别建了大小不一的比赛池、练习池和水球池,另外还有一个浅浅的儿童池。那里饱含多少厦大子弟成长过程中的欢乐时光啊。

我们家1961年调来厦大,当时住白城11号,由于离海很近,下海游泳很方便,穿个小裤衩光着脚丫就去了。记得我的泳技就是在爸爸钟明强制性教学方法的逼迫下,用了不到十分钟在游泳池里"强行"毕业的。在厦大海滩似乎有一条不成文的规定:只有敢在两百米外立着标杆的礁石和海滩之间穿梭的人,才算是会游泳的人。而才七岁多的我,那时只敢和小伙伴在海边嬉戏打闹,浅水漂浮,根本没胆量往深海里游。老爸见我已经会浮水了,便将我拉到水球池边上,指着二十米宽的水面说:"游过去。"父命难违,游吧。嘿!还真划拉过去了!接着,老爸又让我游过三十米的池长,我也扑腾过去了。可老爸一点没有就此停下来的意思,直接将我拉到比赛池的跳台下,指着对面的出发台说:"游过去吧。"天呐!这可是五十米啊!"你没问题,我在后边跟着你。"老爸的语气亲切而坚定。看来是没商量了。唉!那就游吧,谁让咱是儿子呢。憋足了气,鼓足了劲,尽管呛了好几口水,我居然也游过去了。当时心里别提有多高兴啦!真为我自己骄傲!其实,学游泳就是这么回事,只要熟悉了水性,至于距离就只是体力管的事喽!从此,我也成了厦大海滨的一条小蛟龙,也能翻波戏浪来去自如了。每每回忆,还挺感激老爸当年的强化式教育呢!

但那场令人诅咒的大动荡,搅乱了人们的生活,也搅散了游泳池的欢

乐。无人光顾的游泳池没人管理，也陷入一片死寂。海潮无情地发泄着她的愤怒，大片池壁在海水无情的冲击下剥落，厚厚的泥沙在池底堆积，猎猎的海风刮过池边的木麻黄树，发出"呜呜"的鸣响，仿佛游泳池也在和我们一起悲鸣哭泣。

　　1968年的夏天，游泳池成了我们这些舅舅不爱姥姥不疼的"狗崽子"（即"可以教育好的子女"）躲避烦恼的地方。没有管理员，我们就自己动手，从学校车库找来废旧的机油，将锈住的闸门重新开启，根据潮汐变化为游泳池换水。游泳池里重新荡起了碧波，这里再次成为我们自娱自乐的天堂。

　　没多久，一位常来游泳的"中年人"引起了我们的注意。他游泳的姿势很好看，速度也极快。于是大伙主动与他套近乎，了解到他姓王，是个北方人，原来是"八一"游泳队的主力队员（他是20世纪60年代初中国蝶泳第一人），因钻研泳技被扣上"白专尖子"的帽子而落难，被强行转业下放到厦门（因他夫人是厦门第一医院的医生），当时还没安排工作。其实他的年龄并不大，只是过度的训练以及不公平的遭遇让他早早地脱发了。共同的经历引发了情感上的共鸣，于是大伙提出拜他为师，学习泳技。王老师也爽快地答应了。从那时起，我们都亲切地称他"王教头"。我们的教学训练充满了激情，老师教得非常认真，学生练得异常刻苦，特别是那些大哥哥更刻苦，只要一下水，三五千米不在话下。渐渐的，一群生龙活虎的游泳高手就出现在厦大海滩上，而且人人都能露上两手标准泳技。最令人开心的是每个人都能来几下那个年代最时髦的海豚式蝶泳。

　　我们这些人年龄跨度十几岁。我记得其中较年长的有稳重的抗生大哥，说话和气的小傅哥哥（顺声），总是一脸严肃的黄家二杰（黄晞、黄诚），性格各异的陈氏三雄（亚平、亚保、亚卫）和不善言谈的洪家兄弟（钦民、新民），东村的世平、世建兄弟，致远、重远师哥（他们的妈妈是我的老师），国光楼的肌肉男黄力兄、故事大王锡强哥哥以及脾气比较暴躁的宗伟兄（小名"阿啥"），还有不太把我们这些小弟弟放在眼里的启平老哥和奕龙兄，当然还有至今让我很思念的"猴子"哥哥（启五兄）。年龄小点的有建东、王成、红光以及我们兄弟俩。当年的女生略少点，但也是个顶个的高手。我记得有允中、和妹、瑞婷姐姐，东村的娜莎以及白城的洪笙、洪熙、洪群三姐妹，还有年幼淘气的亚星小妹。年龄的差距并没有拉开大家心灵的距离，因为我们都有着同样的生活背景，背负着同样的政治压力，我们是一群活泼可爱的厦大子

永远的厦大孩子

弟,一帮坚忍顽强的"狗崽子"。

　　经过一段时间的训练,大家不禁萌发了想与他人比试的冲动,有人提议:我们干脆组建一支游泳队吧。想要组队好歹得有个队名吧,也不知谁说了句自嘲的玩笑话:就叫"狗崽子"游泳队吧。逗得大家酸楚地一笑,这事儿也就算过去了。在那个讲政治论成分的荒诞岁月,参加正式的比赛对我们来说只能是一种奢望。说来也巧,游泳池优越的环境吸引了不少地方驻军的游泳集训队在此训练。王教头很理解大伙的心思,同时他也想通过比赛检验一下他的教学成果。于是在他的努力撮合下,我们还真的组队与驻军的集训队进行了几场友谊赛。当然,没敢用"狗崽子"这个名称,用的是另一个响亮的名字"厦大子弟游泳队"。现在想来,那些比赛不算正规,但对于当年的我们来说,那架势就好像是参加奥运会!认认真真地研究对策,认认真真地安排赛手,反正是认真极了!真不愧是名师出高徒,几场比赛下来,对手纷纷落马,我们赢了!还真有点"土八路"战胜正规军的意思。就是这些小小的胜利,让我们饱受摧残的心灵得到莫大的抚慰,极度压抑的情感得以悄悄地宣泄:谁说我们不行,是这个世界对我们太不公平!

　　如今回忆起来,在大海里游泳总会有逆流和顺流。正是这种逆和顺,练就了我们健康向上朴实阳光的身心,坚定了我们劈波斩浪勇往直前的信念,教会了我们无所畏惧逆境生存的本领。这段经历让我终生难忘,所学的泳技也让我终生受用。在外工作多年,每每下水游泳,我总会有展示一下泳技的冲动。好朋友聊天谈及儿时趣事,我都会向他们说起这支由前国手教出来的"狗崽子"游泳队。兄弟姐妹们

**厦大子弟游泳队**
站立者左二为笔者

是否和我有同感呢？我刚得知：钦民老哥在今年国庆前夕，还参加了厦门市组织的游泳比赛，并荣获老年组 100 米自由泳的一等奖呢！为他点个赞，祝贺他！

我感恩大海，我感恩厦大海滩，我感恩如今已不复存在的海滨游泳池！每每回家探亲，我都会静静地站在海滩上，陷入一片遐想：当年的"狗崽子"何时能再聚集海滩，回忆当年往事，追思逝去亡灵？共同击打敲响水鼓，让那"嘭、嘭"的鼓声在海空震荡、告慰天地英灵；一起挥臂破浪前行，挑起朵朵水花在海面荡漾，再展当年雄风。若真能如愿，那种感觉绝对是"倍儿爽"！

附：谨以此文告慰已经离我们而去的亚卫兄、宗伟兄、洪熙姐姐和我弟弟伟钢的在天之灵。我从没有忘记你们，我将永远怀念你们！

永远的厦大孩子

# 快乐的救生员

## 钟伟良

  在 20 世纪 80 年代以前,厦门岛内的海滩基本都是军事禁区。但是在背靠五老峰、面向厦门湾的美丽学府厦门大学的东南面,有一片弯刀形的海滩,这是当年全岛唯一对普通百姓开放的海滨游泳场。那时候的海滩,岸边绿树成荫、沙滩松软干净,海天一色,十分秀美。对于我们这些在海水里泡大的厦大子弟,这里就是我们儿时的天堂。即使离开多年,伴着大海成长的经历,仍经常闪现在我的脑海中。

  海滨游泳场坐落在两片军事禁区的中间。如今白城下面的环岛路,当年是 8 米宽、能跑坦克的战备公路,海滩东部的公路边上设有一个民兵岗哨。岗哨正南方海中的大礁石上,立着标有"200 米"字样的金属标杆,这是游泳场东边的界标,标杆以东就是军事禁区。海滩西边驻军的小山包下有厦门大学修建的四个内部游泳池。海滨游泳场的开放区就到此为止。游泳场的纵深也是以标杆为限,但当地人一般不会游得太远,因为外边海流速度加快,水温变化也大,容易出意外。而且岗哨会鸣枪示警,甚至驾船将你抓回来,由此惹上"投敌"的嫌疑,麻烦可就大了。当然,有时也有个把愣小子满不在乎地闯出去,游得很远。一旦鸣枪示警,哈哈,那些爱看热闹的人就该高兴喽!

  海滨游泳场虽不大,但对于市区人口不过二十多万的小城来说,它基本满足了人们下海休闲的需要。游泳场委托厦大保卫科和体育室共管。学校设了救生站,配了救生员,还建了淡水冲澡房,就在今天白城天桥的下面。救生员由体育老师轮流兼任。每年 4 月到 10 月,一到涨潮时,游泳场可热

闹了。赶上节假日,更是人声鼎沸,喧闹非凡。玩水的、游泳的、打水球的、玩沙排的、晒日光浴的、堆沙雕的,成了一个天然的海滨游乐场。然而,在令人诅咒的大动乱的日子里,有的老师成了"牛鬼蛇神",不准担任"革命工作";有的下放改造,离开了学校,救生站干脆没人管了。后来总算开始"复课闹革命",可人手又不够了,只好从社会上招募一些救生员顶岗。赶上老师放暑假时人手更缺,还会增招一些暑期临时救生员。

救生员负责海滨游泳场的安全,同时还要兼顾游泳池的管理。管游泳池的人按上课时间上下班,比较轻松但不自由。管游泳场的人跟着海潮时辰上下班,随高潮时间的变化而变化,高潮前三小时上岗,退潮后三小时下班,碰到早晚高潮,一天要上两个班,虽然辛苦但比较自由。除了每月两次给游泳池换水外,平常是不上夜班的。因为海滩夜晚是禁区,傍晚就要清场。联防巡逻队用两米宽的拉耙在沙面上拉出一条长长的安全带,有人走过就会留下印记,那是专门对付敌特水鬼和坏人的。救生员每天有八角钱的工资,赶上游泳池换水还有夜班补助,这在当年算丰厚的。戴上公家发的墨镜,挎着印有"厦大救生"的泳圈,像模像样地在海滩上巡视,俨然一副"公家人儿"的派头,这在当年特酷,遗憾的是当年海滩禁止照相。救生员大都是厦大职工子弟,其中就有我的好伙伴宗伟兄和亚卫兄。架不住两位哥哥的鼓动,当时还在上高中的我也过了一把"既能赚钱又能玩"的瘾,当起暑期临时救生员。

救生员救人本来是平常事,可我头一次救人的经历真称得上"惊魂动魄"。那是8月底的一个早上,台风刚过去,海面水浑浪大,一米高的海浪不停地拍打着沙滩,发出阵阵轰响。这样的天气一般是没人来游泳的,因为海浪下的沙滩会形成一道道沙沟,在海浪的冲击下人很难站稳。但是为了防止意外,救生员还得值班。我和宗伟兄八点刚上班,就看见不远处一胖一瘦两个女孩(后来知道是八中的学生),正手拉着手深一脚浅一脚往海里走。浪花没过了女孩的膝盖,面对汹涌的海浪,两人胆怯了,转过身拉扯着想一起上岸。就在此时,背后一个巨浪打来,一下就将两人卷进海里,不见了。宗伟兄见状用闽南话喊了声:"坏势啦!"便冲了过去,我也赶紧跟过去。到了跟前,只看见瘦女孩已挣出水面,宗伟兄说了句:"你先别下去。"便一头扎进了海里先去救她。他的意思是让我在岸上做接应。我当时没明白,常言道:"初生牛犊不怕虎",你能救人我也行!好胜的我想都没想也跟着一头扎了进去。等到水里一睁眼,水下浑得什么也看不见。没有一点救人经验的我当时就傻了,刚想钻出水面,有人跟我撞了个正面,并一下子抱住了我的头,下面的双脚还在乱踢,我马上感觉自己在往下沉。当时脑子里"嗡"的一下,什么豪言壮语也找不着了,就想着赶快弄开她,要不我俩都得玩儿完!我下意识地一搂,正好抓到了游泳衣的背带,抬手照着前方就是一拳,还挺准,打中腮帮子了(后来知道的),她手一松,我趁机一蹬海底,揪着泳衣将她也带出了水面,拖着就往岸边划去。此时,宗伟兄已救出另一个女孩,正赶过来帮忙,我俩合力将女孩拖到了沙滩上(太胖了,浑身发软,只能拖)。女孩喝了不少海水又挨了我一拳,已经迷糊了。宗伟兄让我弯下腰,他将女孩俯趴在我背上,有节奏地按压着女孩的后背。女孩吐了几口水,总算清醒了。路人渐渐地围了上来,宗伟兄拉上我钻出人群,悄悄地离开了。回到救生站,我好半天才缓过劲儿来,想想刚发生的,后背阵阵发凉。乖乖,差一点儿就光荣啦,真悬哪!

几天后,女孩的家长特地带了礼物前来感谢了一番。幸好那天我没在,要不然,真不知道该怎么解释腮帮上的那一拳呢!事后,听宗伟兄谈起那天被人感激的事,那滋味还是挺不错的哦!只可惜,人家送的馅饼我连见都没见到,就让弟兄们全给吃了。在我当救生员的那段日子里,大家先后救起过七八个遇险者呢!不过那都是其他弟兄们的功劳。

每月两次给游泳池换水是救生员最高兴的事。农历初三和十八,海潮水位最高,也是给游泳池换水的最佳时机。每逢大潮的头一天,下午游泳池就清场关门,两点钟开闸放水。五点钟下班时,游泳池的水也基本放光了。关好了闸门(防止坏人趁夜色从出水口钻上岸),大伙拿起事先准备好的铁耙子和水桶,争先恐后地下到池底,每两人一组,一个人拿铁耙子,另一个人提着大水桶,准备开干。在出水口附近的池底结着一层厚厚的泥沙,里面可藏着宝贝呢,只要铁耙子从上面深深一把,奇迹马上就出啦!那些躲在泥沙里的小虾小蟹,一只跟着一只,自己蹦了出来。这些"野生放养"了半个月的虾蟹肥着呢!这可是上天的恩赐啊。只见大伙有说有笑,耙的耙,捡的捡,快乐地忙活着。不大一会儿功夫,游泳池的两个出水口就能弄出小二十斤虾蟹。瞧大伙乐的,今晚又能加餐喽!到了晚上,负责灌水的人十点钟就

得赶到游泳池将闸门打开,并且要留下来监视进水口的动静,防止敌特水鬼钻进来。提高警惕,保卫祖国嘛。一旦发现敌情,立刻向西边的驻军或民兵岗哨报告,这就叫军民联防保海疆!将游泳池灌满要将近五个小时,这时候就可以掏出从小卖部买来的散装葡萄酒,就着下午刚捉的小虾蟹,美美地小酌一番。沐浴着银色的月光,坐在静静的海边,喝着飘香的小酒,吃着美味的海鲜,这不就是神仙过的日子嘛!一边喝着酒,一边聊着天,不论是国际的还是国内的,高兴的还是苦恼的,想聊什么就聊什么。有时碰到敏感的话题,哥儿几个还会面红耳赤地争论一番,那可是相当激烈啊。无拘无束,一通神聊。那才真叫一个惬意!

　　一晃四十多年过去了,当年的标杆如今已经不见了踪影,当年的好伙伴各奔东西,有的已经离我们而去。每当看见那块立标杆的礁石,想起当年救生员的经历,欢乐的景象和熟悉的身影,总会一幕幕地浮现在我的眼前。真的很怀念那段快乐的时光,很怀念那些好伙伴!

永远如愿大孩子

# "爱泳"岁月永难忘

郑启平

　　这是四十多年前,我与六位朝夕相处的厦门大学教职工"第二代"子女中的游泳爱好者,在白城海滨浴场天然的"跳水台"上的珍贵合影。

**游泳爱好者合影**
　　前排右一为胡振民,右二为郑启平,右三为黄晞。后排右一为陈亚平,右二为郑宗麟,右三为季开明,右四为陈亚保

　　当年的白城经常可以看到这样一幅画面:一群由我们"第二代"中的游泳爱好者组成的队伍,从"跳水台"上鱼贯入水后,离岸数十米的海面,突然绽现一列由多人组成的纵队,整齐划一的挥臂和击水,加之错落有致的腾跃

和压浪,在湛蓝的海水中,令人目不暇接地演绎了一场劈波斩浪高速前进的"蝶泳秀"……

那时,我们还是一群朝气蓬勃的中学生。炎热而又漫长的暑假,家中既无电扇,更无空调,唯一可以消暑又可健身的去处,自然就是近在咫尺的白城海滨浴场了。

背山面海的白城,当时仅有八幢居住着十多户厦大教职工及其家属的旧别墅,附近更没有工厂、商店和宾馆等污染源。真是"青山绿树环抱,碧海蓝天一色"啊。每当涨潮时节,延绵数百米的海滨,总是挤满了熙熙攘攘的泳客,五颜六色的泳衣泳裤及其包裹着的一尊尊晃动的健美身躯,构成了当时厦门海滨一道最绚丽的风景线。

记得当年难忘的"爱泳"岁月中,我和我的"第二代"泳伴们在起伏的波涛和茫茫人海中,有幸结识了一位每年都要回厦度假的"八一"泳队的王教练。这位身高肩阔、操北方口音的中年人既健谈又豪爽,与我们这些素昧平生又涉世不深的游泳爱好者一见如故。他不但用专业的水准,迅速纠正了我们这伙"白城土著"曾自诩得意的"狗刨式"和"关刀撇",把正确的蛙泳和自由泳的"国标"动作,毫无保留地传授给我们,还一遍一遍地在海水中为我们演示当时难度最大又最酷的泳姿"蝶泳"的手脚分离动作,直到我们这批特殊的"学员",也能像"八一"泳队的队员们一样,在海中自由地"蝶翔"……

20 世纪六七十年代,我们这批曾被许多泳友戏称为"王家军"的游泳爱好者,曾经五度与厦门成千上万的军民一道,高呼着"锻炼身体,保卫祖国"等口号,浩浩荡荡地横渡了故乡的厦鼓海峡。在波涛滚滚的鹭江中,一次又一次经受了大风大浪真正的洗礼,也在我们的人生历程中,留下了永远难忘的一页。

这张由后来的留美博士傅顺声当年用 120 相机亲手拍下的珍贵的黑白照片,至今仍珍藏在我的相册中。

(本文发表于 2012 年 8 月 27 日《厦门日报》城市副刊)

# "海子"们的"甲板"

## 郑启平

　　我和我的小伙伴们,从记事开始,家就住在厦门大学的海滨附近。最近的离海边只有几十米,最远的也不足五百米。那时夏秋两季的课余时间和假日,只要你穿上一条小短裤,可以随时到海边戏水和抓蟹。每到深夜,四周静寂,躺在自家的木板床上,就能清晰地听见潮起潮落的涛声。就连儿时的梦呓,也大都与"游泳"和"鲨鱼"有关。无怪乎当时许多大人都说:"你们是厦大的孩子,也是大海的'海子'……"

　　当年每当炎热的暑假,"海子"们几乎都在海水的浸泡中度过。每个人的孩提时代,都充溢着各种幻想。记得当时我和我的小伙伴们,都乐于把当时朝夕相处的白城海滨浴场幻想成一艘泊港待发的巨轮,而我们在海滨戏水时的最佳去处,则是这艘巨轮的"甲板"——原厦大海水泳池进出水"隧道"的顶盖。

　　这条用花岗岩砌成的长约二十米、宽不足两米的"甲板",是当时蜿蜒数百米平坦洁净的白城海域中,唯一高出海面的建筑物。虽然由于海浪的长期冲刷而高低不平,表面还长满了尖利的海蛎壳,但仍是"海子"们戏水的跳板、潜水的基地、捕蟹的战场。在蓝天、白云、沙滩等的联手映衬下,那窄短的"甲板",不但使"海子"们身体强健、皮肤黝黑、泳技高超,而且"甲板"还是"海子"们认识海洋、热爱海洋最早的课堂……

　　在 20 世纪物资匮乏的 60 年代,"海子"们在"甲板"上跳水和游泳的同时,有时也有意想不到的收获。有一次,我的同伴黄晞忽然"乏则思变",忍着脚板被海蛎壳扎破的疼痛,用一把旧起子,在浪花四溅的"甲板"上,率先

成功地剖开了一堆"遍板"都是，但外壳坚硬的"珠蚵"。当他在同伴们的簇拥下回到家中的厨房，把一满罐装在罐头盒里的鲜"珠蚵"，变成一盘当时难得一见的"海蛎煎"时，围聚在餐桌旁的"海子"们，响起了一片整齐的掌声。

而在游泳的间歇，沉着地站在"甲板"上，用简陋的"大头针"渔钩，在当时几乎清澈见底的海水中，成功地钓起第一条重达三两的"黄翅"的小傅，更成了"海子"们"有口皆碑"的楷模。此后我到"甲板"上跳水时，也经常带着"大头针"渔竿。我的第一次"渔获"，是今天厦门渔市上已经难得一见的三条活蹦乱跳的野生小海鲈。当我把一碗撒满葱花的鲈鱼汤，小心翼翼地端到当时已饱经风浪的父母面前时，他们那遍布皱纹的脸庞上，露出了难得一见的微笑……

在以后的岁月中，当年曾在"甲板"上戏水、剖蚵、钓鱼的"海子"们中的许多人，和其他的"老三届"一样，都经历了历史惊涛骇浪的严峻考验，成了厦门特区各行各业的佼佼者。而当年也曾与我一道在"甲板"上风雨相伴并经常提出"为什么'甲板'上的小蟹长不大？""为什么'珠蚵'特别甜？""为什么海水总是咸的？"等问题的小伙伴们，后来则辗转前往美国留学，成了真正的海洋生物学和海洋物理学博士。

（本文发表于 2012 年 7 月 9 日《厦门日报》城市副刊）

永远的厦大孩子

# 大年初一"自骑游"

### 郑启平

1969年春节,当时饱经沧桑的厦门老三届,已经能够清晰听到全国知识青年大规模上山下乡的脚步声了。大年初一上午,我们九位厦大教工子女中的老三届,在奔赴闽西山区接受"再教育"前夕,瞒着我们正在校区各个角落被"斗批改"的父母,再一次相聚在一起,并艰难地完成了一次策划已久的"自骑游"。

**杂牌"车队"**

从左往右的九位依次是:陈亚平、陈亚保、陈肖南、潘世平、黄晞、陈宗泽、顾文玮、傅顺声、郑启平

我们用连借带租凑集的九辆陈旧的自行车,组成了一支当时蔚为壮观的杂牌"车队"。我们先在校园内野草遍地的"上弦场"快速试车一圈后,然后分成三组,骑向二十公里外的集美。

　　由于当时路况和车况"双差",我们一行"九骑"的车队,竟先后有三"骑"在坎坷的路上颠簸时掉链和"卡壳"。我那辆老"永久"更不争气,在途经高集海堤中段时,两个车轮同时"漏风",几位哥们只得轮番肩扛手提五百多米,终于把这辆老车拽到了海堤的彼岸。如今便捷的BRT只需二十分钟的行程,当年的我们一路推推扛扛,竟整整耗费了近三个小时……

　　我们的"车队",终于在那年大年初一的中午,平安地到达了心仪已久的集美学村。九位即将上山下乡的"哥们",在瞻仰了曾经庄严肃穆的鳌园、游览了已是空寂无人的南薰楼,以及近眺了漂浮着各种垃圾的龙舟湖后,倍感饥肠辘辘。于是我们九人不约而同地掏尽了袋中所有的"压岁钱",总共也只有六元五角。还好当时物价便宜,我们尚能在体面地享用了当时集美一角钱一个的大肉包和五分钱两颗的小土笋冻后,留下了这张弥足珍贵的"自骑游"合影。

　　在后来的岁月中,九位当年的"骑士",有的成了旅美的博士,有的成了香港的商人,有的则成了海峡西岸某大学的党委书记及厦门特区各行各业的建设者……

　　(本文发表于 2012 年 1 月 23 日《厦门日报》城市副刊)

永远如虞大孩子

# 我们的"长征"

## 郑兰荪

时近 1966 年底,"文革"的"大串联"已使得全国的铁路系统不堪重负,转而鼓励大中学校的师生们步行串联,即所谓的"长征"。那时我们的家庭大都受到冲击,心情极其压抑;小学已经毕业,不知道何时甚至是否能够进中学,整天闲在家里,除了看大字报和传单外,没有其他事可做,内心又十分空虚,非常羡慕比我们大的学生们能够出去串联,到处看看。这时传来喜讯:我们这届"文革"开始时小学毕业班的学生也可以步行串联,但是限在省内,而且组队人数必须在五人以上。于是,已经很少有机会见面的同学又为此联系起来。

我们这班同学当时才过十二岁,所以大多数家长都不放心孩子出去。我是当时厦大少有的独生子女,难度自然更大。但是我母亲顾学民一向紧跟形势,而且在家里一直处于主导地位,虽然当时还是"牛鬼蛇神",她的意见还是占了上风。最终我们凑到了八个人:我、友思、于虎、锡雄、李涛、以同、王铨、勃宁,满足了组队的要求。我们将目的地定在福州(当时似乎也没有其他选择),跑了几趟,总算将证明开了出来,每人领到七块五的补贴(根据里程计算,是包括回程的)。这笔钱刚好够买厦门到福州的长途汽车票,因此勃宁在出发前退出,直接坐车去了福州,还剩下七人。我们先为我们的"长征队"取名,争了一阵以后,大家同意还是"毛泽东思想最大",因此取名"毛泽东思想长征队"。觉得还必须有一面旗帜,由以同家贡献了一块红绸布和一根竹竿,我父亲郑重在白纸上写下队名的八个大字,贴在一张"金纸"上刻了下来,将"金字"贴在绸布上面。出发前,我还与友思花了一下午的时

间走到集美(大约二十公里),以为演练。

基于演练的结果,我们选定某日(确切日期已记不清楚,大约在 1967 年 1 月上旬)午饭后出发。我们排着队,打着旗帜,穿过市区时还有人围观,关心地问我们要走到哪里,让我们很有些得意的感觉。记得于虎(或锡雄)还搞到一个印有队名的红袖箍,当时我们其他人都是"牛鬼蛇神"的孩子,参加不了"红卫兵"或"红小兵",因此十分羡慕。然而高昂的状态没有保持太久,走出市区之后队伍很快就不成形了,原先抢着要举的队旗也成为负担,只能将旗帜收起,竹竿先用来扛行李,后来也丢了。天黑走到集美的接待站(是集美某学校的教室),我们七个人只分到了两床被子,当然是睡在教室的地上。以后几乎每天晚上,我们都要为挤被子而争斗。

我们那时的年龄毕竟太小,并不像后来高中"拉练"时那样可以逐渐适应,因此之后每天的路都走得很艰难。第二天到同安虽然只有二十公里出头,但是直至下午三点以后才走到,中间无处吃午饭,狼狈不堪。第三天中午到了马巷,晚上计划走到南安的水头,但是直至天已经完全黑时,仍然还在同安与南安交界的山里。这是第一次走夜路,也是第一次走进"山区",又没有吃晚饭,既紧张又疲惫。在路上其他"长征队"中学生的鼓动下,我们开始在路上拦车。经过数十次的"努力",我们终于拦到了一辆车,而且这辆车一直将我们拉到泉州,居然使我们的行程提前了两天!

我们在泉州玩了一天(逛逛街而已),第二天到惠安后又停了一天(因为锡雄有亲戚在那里)。以后逐日走到郊尾、涵江和渔溪。其间以同、王铨和于虎分别离队在泉州、惠安和莆田搭长途汽车先去了福州,我们留下的四人决心坚持到底。最后一天从渔溪出发,在宏路用午餐后,发现在到福州之前没有合适的接待站,因此又下决心拦车,并且幸运地拦到一辆去福州的卡车。我们随车上了过乌龙江的轮渡、想到由厦门至福州的"长征"即将"胜利"结束,心情确实十分激动,不禁吟诵起"今日已到福州,何日再到广州"(篡改毛泽东诗词)。到福州后住进设在福州师范学校的接待站。一路的接待站,记得在郊尾睡在一个很大的礼堂里(将部分座椅拆掉),在涵江睡在教堂里,当然都在地板上,在渔溪还有床睡。

到福州后的首要任务是购买"毛主席像章"。那时的"像章"还很小,而且很紧俏,要凭"串联"的证明才能买到,凭证明上的人数一人一枚。在福州记得玩了动物园,去温泉澡堂泡了几次。那时福州的温泉澡堂一毛钱一次,还给一块很小的肥皂。到福州后不久,友思就病倒了,感冒发烧。接待站有个医务室,"医生"是位医学院的女生,印象中她所有的药就只有一大瓶甘草片,因此只要找她看病,她就极力宣传甘草片的疗效。还有次在路上雨中遇到一位卖麦芽糖的小贩,他恳求我们卖点粮票给他。那时候的粮票自然很珍贵,我家里的粮票相对比较宽裕,随身带得较多,但是不敢"卖"。禁不住小贩的再三恳求,同行的队友也看不下去再三动员,就给了他三斤粮票。但是那小贩坚持塞给我们三毛钱,我们随后就用这笔钱去了温泉澡堂。此事后来竟成了我的一件心病。进中学后,在"一打三反运动"的高潮中,经不住黄长华的反复恫吓,主动将此事作为"犯法"的罪行交代了(后来得悉他恐吓的对象是芙美)。"长征"使我们第一次有机会自己在外面吃饭,那时候三年困难时期已经熬过,"文革"对生产的破坏还没有开始,食品供应充足,价格低廉,每顿饭花一毛至一毛五就可以吃好。记得当时厦门的扁食一分钱一粒,五分钱就可以吃一碗;莆田一带五分钱一个煎包;惠安一毛钱买的发糕多得吃不完;在马巷用餐时,因为一毛钱一罐的炖罐等得太久,我就买了一毛五的炖罐,记得品质很高,却因为太奢侈而遭到王铨的批评。

到福州后不久,"步行串联"也宣告结束,所有在外的学生可以坐车回家。我们(于虎在福州街上遇到我们又归队)凭串联证领到了回厦门的火车票。这时与我们住在同一接待站的几位苏州来的高中生提议与我们交换车票,他们可以来厦门,我们则可以用他们回苏州的车票去上海(在上海下车,由于是到北京的火车,如果到苏州不下的话,甚至有可能坐到北京)。这对我们诱惑当然很大,而且除了李涛与我以外,其他人都没有去过上海。当时我拍电报回家请示,家里回电不同意,加上我以前常去上海,所以还是决定回厦门。其他人或者得到家里的同意,或者根本不请示,都换了车票准备去上海,全不顾钱(当时家里都不敢让我们带太多钱,我父母怕我急需,临走前在我穿的棉袄的内衬里缝了十元钱)和衣服是否带够。我比他们迟一天走,但是上车前专门有工作人员查核是否是厦门的学生,方法是让我们说厦门话。那几位苏州学生自然说不出来,不让上车。其实我也不会说厦门话,但是工作人员又让我说了一些厦门的情况,认为我不是假冒的厦门学生,终于在开车前让我上了车。我虽然已是孤身一人,但是进车厢后很快就有一位

年长的女生主动关照我，让她的同伴为我挪出位置坐下。在车上睡了一夜回到家里后，方得知其他同学反而比我早一天就到家了。他们因为说不出苏州话（我倒是会说的），上不了北去的火车，而改乘当天回厦门的火车先回来了。

当时"文革"虽已开展得轰轰烈烈，但是社会风气还没有彻底变坏，我们一路上得到许多帮助，没有遇到太大困难。可以想象，如果没有"文革"及其他一系列运动，中国当时依靠精神的力量，也许还可以维持相当一段时间的发展。

"长征"的十几天，是"文革"漫漫十年极度压抑、耻辱和绝望的黑暗中，唯一被折射到阳光的瞬间。因此，我特别怀念这段短暂的日子。

# 逃难上海的历程

郑兰荪

　　"文革"中厦门的武斗,自 1967 年"8·2"、"8·19"后,形成了"促联"占据市区、"革联"占据郊区的对峙局面。11 月武斗再起后,"革联"由于武器上的优势,节节向市区推进。在厦大,"革联"占据了校园周边的山头,每天天亮时起向校园内的各种目标开枪,仍然生活在校园内的师生员工自然十分危险。我家所在东村位于山坡上,处在"前线"的位置,因此感觉更加危险,尤其到了晚上。为此,我父亲郑重先带我晚上住到大南的经济系肖贞昌先生家。之后经田昭武先生介绍,全家住到国光楼田中群的表哥郑尚毅家,以后又搬到鼓浪屿的周祖燨先生家。

　　周先生家住在鼓浪屿鹿礁路厦大宿舍,是原日本领事馆。虽然他也受到冲击,但是由于远在鼓浪屿,所以住房未受影响,仍然比较宽敞。我们住进去不久,姗姗(芮茜)一家也搬了进去。在那里待了几天后,我父亲遇到经济系余大纲夫妇(我们两家都是上海人,余先生夫人是我母亲顾学民的中学同学,关系一直很密切),他们准备去上海,并鼓动我们同行。我有两位姑母和一位舅父住在上海,以前暑假时常去上海,1962 年"疏散"时我还在上海住了几个月。因此,我父母即刻决定同去上海。

　　但是,当时厦门火车站已在"革联"的控制之下,我们不可能穿越"火线"去火车站。不过余先生已打听好去上海的路线。我们在出发前一天的晚上,住到邻近第一码头的旅社,第二天一早坐轮船至石码镇。这是我第一次坐船出行(除了厦鼓轮渡以外),轮船逆九龙江上行,可能是冬天水浅的缘故,船底几次擦到江底的泥沙,造成不小的震动。到石码后,还必须前往漳

州,才能坐到火车。不知为何,当时石码至漳州并不通汽车,唯一的交通工具只有"单车"。所谓"单车",类似于现在的"摩的",只不过是自行车而已。这是我们出发以前最担心的一段行程,不仅担心摔倒,更担心在当时"无政府"的状态下,会在荒郊野外发生抢劫等可能。然而,这一路却很顺利,每辆"单车"搭载一人和若干行李,虽然我们都是第一次搭载这样的交通工具,但是车夫把车骑得很平稳,没有其他意外发生。

漳州并不在鹰厦线上,因此我们到了漳州火车站后,还需要坐一小段火车到鹰厦线上的郭坑站。就在这一段路上出现了意外:火车到郭坑站时并没有靠上站台,从车厢到地面还有一定高度。我们每人只能坐在车门口,先将行李抛下车,然后跳到地面。我家的保姆腿脚没有那样利索,在跳的过程中被人挤下了火车,扑倒在地上,鼻血不止。而且当时我们都已被挤散,还是一位在车站才认识的同行的好心人将她扶了起来,搀扶到车站的候车室。当时没有其他医护手段,只能由我和景东(邻居赵修谦先生的儿子,他母亲也是上海人,已记不清楚怎么会在那里遇到)轮流将毛巾在水中浸冷,敷在她的脸上止血。

到鹰潭后还需要转乘去上海的火车,而且只能搭乘在鹰潭停靠的过路火车。在鹰潭候车时已是夜晚,站前广场上黑压压地挤满了人,连那位同行的好心人也担心挤不上车。果然,直至开车铃响时,我们还没有挤上火车,而且一行人又都已挤散。所幸列车并没有就此开走,我们最终还是都上了车。上车后当然不会有座位,好在我带的行李是一个装了棉被衣服的大口袋,刚好可以放在过道中充当座位。

第二天天亮后,车厢内才宽松一些,我父母这时才凑到一起,商量到上海后住到哪里。以前我们去上海都是住在我姑母家,我在上海的两位姑母的住房原来都很宽敞,但是在"文革"冲击后,我大姑母夫妇被挤到了"假三层"(上海老建筑的格式,利用屋顶的斜坡隔出来,楼层较矮),另一位姑母家则被"扫地出门",每人携带两套最旧的衣服,住到了棚户区。我舅父家虽然也受到了冲击,我舅妈因为婚后在乡下住了两年(当时在上海没有找到住房),被戴上"地主分子"的帽子(在以后的"清队"运动中,我舅父和我母亲也都被戴上同样的帽子),但是他们家(还有四个孩子)的住房只有一间"假三层"与隔成两间的"亭子间",无

永远的家大孩子

法再挤进人家,因此我们一家到上海后就挤进了他们家的亭子间,而且一住将近四个月,总算在"文革"的高潮中逍遥了一阵,至 1968 年 5 月初才回到厦门。

# 忆往事

邹友思

回忆了下放，想起了侨中，"文革"中一些印象深刻的事愈发鲜明，难以磨灭。

弟弟潮逢看了我写的《下放武平》和《"文革"进侨中》后说："'文革'和'下放'可说是雕塑了我们这一代的重要的经历，还有好多东西你还没写入呢，更加痛苦的……"

是的，我们这一代人小小年纪就经历了"文革"的血雨腥风，痛苦不堪，每逢回首必流泪；"文革"早已有定论，本无须我辈多嘴；但我仍以为，用"丑恶"二字描述，最是恰如其分。趁还记得的时候，把我们经历的"文革"往事写下来。

## 敬贤楼抄家

"文革"开始后，家里被多次查抄，厦大红卫兵总部、红色厦大、厦大红卫兵独立团、新厦大公社、新厦大公社革命到底联合司令部（革联）、厦大促进归口联络委员会（促联）等不同时期的几大红卫兵组织轮番上阵，常常是你才抄罢我登场，走马灯似的没完。每个新成立的组织均以抄走资派的家、开黑帮分子的批斗会为奠基式，不如此不足以彰显革命的坚定性。前面的较有斩获，对各种文件、文稿相片、日记本、工作手册、来往书信等，均如获至宝，绝不放过；后面的大多一无所得，往往只能从书架上胡乱抽几本所谓毒草的书作为战果，败兴而去。

记得是"文革"初期,还住在敬贤四的 301 时,一天中午,一伙红卫兵高喊着父亲邹永贤的名字,用脚踹门,凶神恶煞,大呼小叫地闯进家里,先喝令四个小人儿面壁而站,再限制老阿姨于厨房内,不准乱说乱动。然后开始抄家,先问父亲有没有金条,扬言不主动交出来,查到了绝不客气;接着翻箱倒柜,恨不能掘地三尺,怒骂声和物品损坏声此起彼伏,不绝于耳。小人儿当中,大的文燕姐才十三岁,小的学先妹才七岁,无不惊恐万状,手足无措。不让我们转头看,想尿尿不让,急得我夹着脚直跳。小妹累得站不住了,只能蹲在地上。

那天,抄走了两麻袋材料,遗下一地残纸碎片在风中飘荡。书房中一个书架的书散落于地,只见被推倒的书架背后,赫然大书着:革命无罪,造反有理! 墨汁犹未干。

## 造反楼送饭

一段时间,父亲和其他几位叔叔被关在造反楼二楼隔离审查,写材料交代问题。每天的三餐只能由我们三个大小孩轮流送(小妹妹学先有时也跟着去)。那时我们已经被赶到大桥头两间半的平房里,没有厨房和卫生间,缺乏起码的居住条件;在鼓浪屿区工作的妈妈刘芳也天天被批斗,自身难保,亦无暇顾及;附近的小混混落井下石,猖狂至极,常用砖块砸门,大喊打倒和砸烂,和造反派保持高度一致。家政全靠年过六十的老阿姨鼎力主持。她每餐早早煮好饭,装在饭盒中,让我们给父亲送去。一出家门,就得警惕小混混的行踪,避免被发现是为上策,否则突破围追堵截绝非易事。记得一天晚上我去送饭,天下大雨,既要打伞,又要顾饭,全身湿透,狼狈不堪。凄风冷雨中,只觉得大桥头到造反楼的路老走不到头,无比漫长。

一进造反楼,心跳骤然加快,轻手轻脚地上到二楼。看守的红卫兵并不因为我们小而态度有所缓和或简化讯问程序,总是声色俱厉如临大敌,一丝不苟忠于职守:给谁送的,送的啥饭,打开检查,不准交谈! 四大基本格式一样不落。见到父亲,已被吓坏了的小人儿往往无语,问候一声也不敢;稍候片刻,收拾碗筷,急急忙忙往家赶。

大概半个多月的送饭历程,我觉得日子过得好慢,就是没想到父亲在里面挨打受骂,饱受欺辱,他有多痛苦、多艰难……

## 史叔叔遇难

1968 年 5 月,四甲同学史岩和史宏的父亲史晋叔叔(时任厦大党委办公室副主任)被抓到招待所,毒打致死。尽管早已习惯大喇叭中震耳欲聋的"文革"歌曲《革命不是请客吃饭》,对死伤无数的武斗场面屡见不鲜,听到这血淋淋的消息后我仍受到极大的震撼。小学时,我在史宏家看过史叔叔穿着军装的相片,一杠四星,大尉军衔,高大挺拔,英俊潇洒,小人儿均赞叹不已,无比崇拜。

我们熟悉的史叔叔就这么被活活打死了……

记得是在文化宫广场召开的追悼大会。会后在一片混乱中,我逆着退场的人流往前钻,居然就挤到了家属坐的吉普车旁。隔着玻璃,我从后排窗口看到了史岩和史宏。小人儿泪眼相望,无言以对,瞻望前程,不寒而栗……

## 全市大游街

1968 年 10 月,军宣队和工宣队分别进驻厦大。苦难中的善良人看到了一丝曙光。但很快就发现实属幼稚之想。

大概是 1968 年底的一天下午,全厦大的走资派、黑帮分子、反动学术权威和所有受冲击的对象均被赶上厦门街头游街示众。人数达到两百多人,脖子挂着名字上打着红叉的木牌,被用绳子绑成一大串,拖着从厦大沿着思明南路、镇海路、文化宫、中山路、轮渡,再经厦港走回厦大,鞋子袜子都不准穿。一路上,红卫兵喊杀喊打,棍棒交加。泼墨汁,吐唾液,大打出手,肆意凌辱。

天黑了,父亲才无比艰难地回到家里,头上和衣服上的血迹和墨迹触目惊心,惨不忍睹。他告诉我们今天被打得厉害,全身都痛;还说张副校长也被打得很惨;兰苏的妈妈顾学民教授(时任化学系系主任)赤脚都走不动了,还硬被赶着走。

父母的好友武杰叔叔和阿好阿姨在厦港看到大游街的队伍后,马上找地方打电话到鼓浪屿区机关告诉妈妈。妈妈赶回来后,流着眼泪帮父亲洗净身上的墨汁和血迹,并按人们所教的,在厦门高粱酒中加入白糖冲出的酒,让父亲服下。这是专治棍棒伤的厦门土药方。父亲说要给张副校长送一点,妈妈拿了一个有盖的搪瓷杯,装了半杯叫我送去,小人儿比较不会引起红卫兵注意。我擦干了眼泪,在夜色的掩护下,捧着杯子,从大桥头走到西村,大约也就五分钟,记得是在新西村,即旧西村对面的三层黄色楼房,一楼,号数忘了。朱红阿姨开的门,我把酒拿给她,说是父亲叫我来的,交代要马上喝下治伤。怕被人发现,我没进门就赶快回家了。父亲则一直等我到家后才上床睡下。

那悲惨的一幕,姐姐文燕仍记忆犹新。她说那天她们放学后(已经开始复课闹革命了),刚出双十中学校门就遇到游街队伍,一眼就看到倍受折磨的父亲就在队伍的前列。和她同行的还有玉真姐,她父亲刘贤彬教授(时任外文系系主任)亦受此难。

姐姐每忆至此总要流泪,目睹自己的亲人被欺辱而无能为力,连哭都不敢大声,世界上还有什么比这更难受和痛苦的?

除了我们四家,还有多少厦大的前辈或后代记得那次臭名昭著的大游街?

我估计章红和章慧的父亲、林麒的父亲、卫平和慧华的父亲、李涛的父亲、小波的父亲等都难逃此劫,还有更多厦大小孩的父辈们亦无法幸免……

实际上,比起"文革"中发生在厦大的种种暴行,那次全市大游街仅是冰山一角,九牛一毛。但耸人听闻,令人发指的是如此丑恶的事情竟然发生在军宣队和工宣队进校后的1968年底,两队制定"以斗争走资派和反动学术权威促进斗批改运动深入开展"的方针,助纣为虐,变本加厉且更有组织地残酷迫害厦大的干部和教师,罪责难逃!

校史里是这么记载的:1968年11月23、24日两天,"革"、"促"两派为表现自己的路线斗争觉悟,分别把全校的数百名被审查的教职工、干部押到市区及校内进行大游斗。这些同志在被挂牌游斗的途中,不断受到污辱和体罚,甚至对他们进行人身摧残,有的同志在这场折磨中还被打伤而留下痼疾(厦门大学校史研究室编:《厦门大学校史》,厦门大学出版社,2006年版,

第二章 岁月·历程

第 165～166 页）。

　　之前两派召开的全校批斗大会，甚至把全校师生敬仰的王亚南校长揪上台，搞"喷气式飞机"体罚。一年后，王校长病逝于上海。

　　岁月悠悠，往事如烟，但父辈们在"文革"中遭受的屈辱和折磨让我刻骨铭心，永世难忘！

2012 年 4 月

　　（注：上文完成后，发给了文燕姐、潮逢弟、学先妹，以下是他们的回复）

　　友思写了很多，我也补充一点，为了我们的后代不忘当年的苦难。我还记得抄家时，爸爸办公桌有个橱子是锁住的，红卫兵命令打开，他回答那是保密文件，必须归还的。为首的红卫兵眼睛一瞪，恶狠狠地说："你牛鬼蛇神能看，我们革命小将不能看吗？"蛮横至极。大游街时，不单不准穿鞋，还把爸爸的两只解放鞋用鞋带绑在一起，挂在爸爸的脖子上。爸爸赤着脚，胸前挂着大牌子，牌上写有打上红叉叉的姓名，脖子上还挂着鞋子，脸上被涂满墨汁，构成一幅受难图，多少年来深深留在我的记忆中。至今想起当时情景，依然觉得心如刀割。

姐姐：文燕

　　谢谢哥哥花时间写下这些"文革"往事，我读的时候没法控制住自己的眼泪。说实话，读不读哥哥的回忆都没关系，"文革"往事早已铭心刻骨，会伴随我直到生命的末日。

　　"文革"毫无疑问也给中国和我们带来某些"好处"，哥哥有空可以就此继续施展文才。

　　对我来说，"文革"使我从顶峰跌到深渊的幅度在四个兄弟姐妹中也许最大。痛定思痛，引起的思考和看法对我后来受益匪浅。

弟弟：潮逢

　　"文革"不但给我们留下了太多痛苦的记忆，而且使我的心灵受到了极大的创伤！

"文革"期间,除了全校性的批斗会要斗原校领导这几个"走资派"外,其余不管哪个系开批斗会,批斗对象都是本系的"走资派"再加上原校领导这几个"走资派",因此,爸爸被批斗、游街的次数相当多。我经常听到"打倒陆未张邹、打倒邹永贤、打倒×××……"的口号声;时常看到爸爸和其他叔叔阿姨挨斗的情景。后来,我只要一听到游行人群的口号声,立刻惊恐万状,迅速逃避。

　　如今,"文革"虽然早已结束,但我却落下了一个听不得口号声的毛病。每当听到人群喊口号声,不管喊什么内容,我立刻会一阵心悸,随即脑海中浮现出爸爸被斗的悲惨情景。这个毛病已经出现过几次了。我想,它可能将伴随我终身。

　　"文革"的后遗症本不该发生在我们这些孩子身上,但我相信,与我有类似遭遇的人绝不在少数!

妹妹:学先

# 侨中二三事

## 邹友思

"厦大小孩再回首"聚会的那天,我和同班的四甲同学,兰荪、章红、王诠、勃宁、逸佳、于虎、锡雄、秋英等聊起"文革"中在华侨中学的岁月,竟都百感交集,嬉笑之余又暗含辛酸。

### "可以教育好的子女"

记得是1968年底,开始复课闹革命了,晃荡了两年多、无所事事的我们——东澳小学1966届毕业生,五甲和六乙班的小孩都接到通知,填表准备上中学。1966年夏天我们在第三中心小学参加的升学考试无效了,全部划片进华侨中学。一些家里没受到冲击的小孩很快就进侨中上课了,但五甲班里这些人反而是少数,大部分人和我一样,均惶惶然不得其门而入。过了多久没印象了(兰荪可能记得,好多小时候的事他记得很清楚),盼星星盼月亮中总算接到通知,我们这些已入另册的小孩也能进中学了。

记得是一个下午,我们进了侨中,几十个小人儿,坐满一个教室,放眼望去,厦大小孩占了大多数,仅五甲班,就有兰荪、力平、王诠、高宏、林麒、章红、玮萍、史岩、史宏、逸佳、姗姗、瑞婷、路娃以及我等十多人。许久不见的同学相见于教室,竟像是打了败仗的战俘偶遇于集中营,毫无重逢的喜悦,却有乌合的尴尬。小人儿面面相觑,哑口无言,宛如重案在身的囚犯,充分领略了乌云压城城欲摧的阴霾之气,亦对暴风雨压不倒英雄汉(当时风靡全国的样板戏《沙家浜》中英雄郭排长的唱段)的说法倍生疑虑。那种只可意会不可言传的压抑气氛,四十多年后我仍记忆犹新。

讲台上站着某大胡子(名字忘了,当时是年段主任,一脸的络腮胡子长得甚是茂密威猛),开口就是:你们属于可以教育好的子女,在三个月的试读期中,一定要……不准……否则……云云。台上大人气势如虹,目光如炬,声色俱厉;台下小人儿诚惶诚恐,低头不语,战战兢兢,幼小的心灵被反复打上屈辱的烙印。某大胡子通俗易懂地反复阐明:出身不能选择,道路可以选择,重在划清界限,勇于大义灭亲。加上连篇累牍但都耳熟能详的最高指示,语重心长,欲挽众生于水火中;口若悬河,却拒我辈于千里之外。某大胡子口不干,气不喘,驾轻就熟,得心应手,巧舌如簧,诲人不倦,整整训了我们两节多课,快天黑了才放小人儿作鸟兽散。第一印象如此令人恐怖,从此见到某大胡子我都胆战心惊,不敢正视,大老远就往墙根躲。

## "政治事故"

第二天,宣布了分班名单,只记得兰荪、史岩、逸佳和我被分到一排,林麒、王诠、高宏分到三排,章红分到四排。一排的班主任姓某,是个四五十岁的女老师,对我们几个试读生没有过好脸色。但对她留下的深刻印象源于一次"政治事故":一天下午通知,晚上有老人家的最新指示发表,晚上十二点要上街游行欢呼,必须戴毛主席像章。晚上打熬不住,先自睡了一觉。突然惊醒时,已然迟了,耳边传来不远处司职叫醒的阿婆节奏均匀的平稳鼾声。连滚带爬冲到学校,自然就忘了戴像章。半夜的侨中广场,红旗猎猎,众小人儿正整装待发。正在鬼头鬼脑想混进革命队伍之时,某老师从队列后跳将出来,一把揪我进队尾,且明察秋毫,立即发现我胸前没有像章。游行后,已是清晨四点多了,某老师专门把我留下来,耗时一个多小时,深揭导致我如此不可饶恕劣行的思想根源,杜绝再犯此类同样错误的任何可能。记得大意是:像你这种家庭出身的,本该谨小慎微,竟犯如此错误,属于典型的政治事故……可能是许久没上课了,可能是那些小混混出身铁硬她也不敢惹,无聊和寂寞使某老师说话失控,完全刹不住,颇有小题大做,借题发挥之嫌。言者谆谆,听者渺渺,窗外已露鱼肚白;又累又困,时光宝贵,就是不让小人儿睡。

179

第二章 岁月·历程

检讨隔天必须交,认错态度要诚恳,产生根源需明确,某老师毫不含糊。无奈之下只好无中生有牵强附会,上纲上线狠批灵魂一闪念。把个可怜的小人儿整得一佛出世,二佛升天。

## 饱受欺凌

开始上初一后,班里的一些家住厦门港一带的小混混恃强凌弱,专欺负厦大的小孩,特别是我们几个不幸的试读生。男小人儿最为不幸,首当其冲;女小人儿虽也郁闷,倒还安全(和后面所说的男女授受不亲有关)。打骂是家常便饭,各种恶作剧更是屡见不鲜。不幸的是我的同桌就是此类小坏蛋。大名忘了,外号却让人印象深刻,厦门话的"某某"是也,整天无事生非,以欺负我为己任。

那年头吃的亏多,也许是司空见惯,也许是麻木不仁,大都淡忘了,仅聊述一二。

一天上午下课后,该我们两个扫教室,他骂我是不可教育好的"黑五类",大概是长时间憋屈实在气不过,那天不知吃了啥壮了胆,居然有勇气和他打了起来。生平第一次打架,水平实在低下,和女生相殴无本质区别,说出来都丢人现眼,两人很快就在互相撕扯中翻滚在地。唯恐天下不乱的众混混(其中就有一个全班最坏的魔头,兰荪和勃宁想必还记得此人)兴奋不已,一哄而上,浑水摸鱼打冷拳,几把扫把劈头盖脸地痛打还在地上自顾不暇的两个小人儿……

灰头土脸地回到家,阿婆还问我,全身这么脏,今天大扫除了?

还有一次到厦门郊区支农,晚上睡的是学校的教室,一间二十多男小人儿,夏天打地铺。小坏蛋们天天晚上都如遇佳节,兴高采烈,无恶不作。最常见的手法是将火柴烧着后压熄了制成的木炭杆,用牙垢粘在已入睡者的脚上或手上,再用火柴点燃后,小坏蛋们迅即跳回铺位,得意扬扬地看着红色的火星逐渐向皮肉逼近。受害的小人儿于沉睡中被烫醒,或痛苦大叫,或跳脚不迭,众混混拊掌大笑,开心不已。甚至还有直接用蚊香烫人的、用水泼床的,劣行种种,罄竹难书。作弄人的各种花样此起彼伏,常闹腾到两三点才能入睡,天天如此,苦不堪言。有一天晚上我睡得太死,第二天惊见脚

永远如厦大孩子

上被烫了三个水泡。问起何人所为,邻床皆环顾左右而言他,人人一脸无辜相。

那年代,戴着"可教育好的子女"大帽子,又是试读生,先自矮了三分。虽备受小混混欺负,却从来没有告诉老师,连想都没想过;更不会告诉尚处在磨难中的父母亲,让他们徒增烦恼。好在也几乎没有正经上几天课,迟到早退旷课全无所谓,我在侨中的初一和初二大半就这么混过去了。

1970年4月,我随刚被解放的父母亲下放到武平县桃溪公社,在桃溪中学继续念初二,结束了在华侨中学一年多充满屈辱和痛苦回忆的初中生活。办转学手续时竟无一丝不舍,反有几分高兴。

## 男女授受不亲

那岁月,人际关系严重扭曲,男女同学绝对授受不亲。同桌一定是同性,敢和女生交谈来往必被讥讽嘲笑,厦门话"爱查某"是个比天还大的罪名。教室里通常只有女生,上课铃响不管用,老师再三催促也白搭,男生们挤在走廊里,就是不进去,酷暑严寒无所惧。相持既久,必至有一人被推进教室后,其余的方才一拥而入。

诸如此类的咄咄怪事比比皆是,不胜枚举;小小人儿对异性均目不斜视,绝对正经。

尽管我也清楚,在"文革"的丑恶环境下,哪里都不可能有安宁的港湾;特别在自己也当了老师之后回想,某、某二位老师也未必有意和我们这些"可以教育好的子女"作对;而社会上的小混混本就顽劣成性,浊流席卷之下,落井下石、火上加油、丑恶人性暴露无遗也在所难免。但华侨中学给我留下的印象就是这么恶劣和不堪。

前两年华侨中学校庆时,尽管四排的班主任某老师(已退休,参加侨中校庆筹备,负责联系往届校友,章红等都知道)既送请帖又来系里请,我最终还是没去,实在不愿意为印象极差的、令我回忆起"文革"阴影的母校唱赞歌。

话说回来,比起我们的父母在"文革"期间经受的非人遭遇,四甲班小人儿所吃的苦实在是小菜一碟,无足挂齿;较之五甲班及中学的哥哥姐姐们多

第二章 岁月·历程

年蹉跎于贫瘠的三县，我们进侨中后所受的种种歧视和欺凌虽也难以忍受，但毕竟在数量级上有明显区别，尚属万幸。

但四甲班的小人儿在"文革"中的遭遇仍有其鲜明的独特性，比上绝对不足，比下难说有余。五甲班完整地完成了小学教育和中考、初中一年等必不可少的重要环节，"文革"开始后不上课了，没有遭受我们所忍受的"全日制"精神歧视和欺凌；三年级以下的小孩们，虽然小学教育略有欠缺，但进中学后对所谓"可以教育好子女"的精神歧视和欺凌的歪风已大减，很多老干部已经解放并重新工作。中学阶段所学的知识要比我们扎实得多，特别是1973年1月我们毕业后，邓公开始拨乱反正，教育界收益良多，小孩们如沐甘霖，飞快成长。我弟潮逢（三乙班）就是如此，觉得在1973—1974年学到的东西最多，高中阶段尚属完整。

忆过去，"文革"灾难，生灵涂炭，每一茬人均有各自的苦难，比较已无实际意义；

看今朝，天开云淡，月白风清，容我阿Q一把，怀旧几段，供兄弟姐妹一乐耳。嘻嘻！

# 下放武平

## 邹友思

今天才知道子榕兄一家当年下放到武平下坝。我原来以为我们家下放到武平桃溪公社是最偏远的了，公路只通到公社。现在看来错矣，纯属孤陋寡闻。

1970年初，我们全家随父母下放到武平县桃溪公社亭头大队。为何不能去姐姐文燕下乡插队的象洞公社，一家人好相互照应？我至今仍疑惑不解。从公社到我们的大队亭头，约五公里远。有羊肠小道可供人行，重物可用船载走水路，但必须沿着桃溪逆流而上，只能拉纤、手推或用竹竿一路撑着船走，劳动强度之大可想而知。我们家的行李极多，从厦门出发时整整装了一辆大公共汽车的大部分，仅留前面的几个位子坐人。装到约十米长的木船上，赫然满满一船。

行李中父亲邹永贤视为珍宝的书占了重量的大部分，其中最重的是书架的几十本大部头的马恩全集，黑色封皮，红色书名，精装本，死沉。其他杂书也不少，不轻。离开厦门时，还卖掉了实在无法带的许多书，记得有一套三本的《第三帝国的兴亡》也惨遭不幸，那是"文革"中没事时我老看的，里面激烈的二战情节至今难忘。

行李中还有细心的母亲刘芳准备在下放地安家落户、长期"抗战"所准备的大量物资储备。其中有一大缸临离开厦门时腌成的上好白带鱼，均有巴掌宽，现已罕见。不幸的是，虽经千辛万苦运到亭头，却因制作匆忙、工艺不良而发出阵阵异味无法食用，给当地农民吧又怕造成不良影响，找不自在，刚"解放的"父母哪敢造次。只得在一个晚上，趁风高夜黑，我和弟弟潮

第二章　岁月·历程

逢,鬼鬼祟祟、极其艰难地把一大缸臭咸鱼半抬半挪搬到河边,倾入桃溪,付之东流。还有从厦门农场要来的一些莱克亨种鸡蛋,历经颠簸,破损不少。但后来还真孵出了一批当地少见的大种鸡。原本还计划带一只能产奶的母羊,后因实在太麻烦而作罢。还有大罐熬好的猪油,数十包的奶粉,再加上70年代的大件物品:缝纫机、自行车和一台收音机。林林总总,不一而足。

虽说有备无患,心里不慌,但后来却发现当地鸡蛋一元可买十来个,鱼也常有且极便宜,不缺物资,缺钱也。即便如此,每当回忆起下放岁月,仍为母亲当年的用心良苦和大爱无疆而感动,特别是为人父母之后。

偌大的一只船,彪悍的大队长(大名李仁耀)仅带另一个农民,就能一前一后撑着往上游而去,耗时约四个小时,把一船行李运到我们的落户地亭头大队。简陋的码头上(同时含洗衣、打水、杀鸡、刷马桶等多种功能),簇拥着一大群当地的乡民,新鲜,好奇,友善,淳朴。

我家两年半的下放生活(1970年4月—1972年10月)就此开始。

多少年后才知道,厦大小孩不少人当年也随父母下放到武平等三县,除了子榕三兄弟家,王诠家在永平公社,算是离我们最近的。刚到桃溪中学念初二时,学校组织步行到武平县城义务劳动建毛主席雕像,来回一百多公里,走两天,就沿着公路走,途中必经永平和冒村公社,那时还不知阿肥就在路边,近在咫尺却失之交臂。当地学生极能吃苦,一个个健步如飞,很快就全无踪影,独剩我一人在漆黑的公路上咬牙苦熬,惨不忍睹。回想起1966年底步行长征前往福州,和兰荪、王诠、锡雄、于虎、李涛等人一路淘气,走走停停,嬉笑打闹,大部分路程以车代步(拦车),此时的情景和心态,真是不可同日而语。

# 难忘的知青岁月

陈亚保

　　这是一张四十多年前的旧照，珍藏着我们这代知青当年下乡奉献青春的温馨时光。

　　这张保留下来的当年留影，记述了我们这代老三届知青当年艰苦岁月里的一段美好回忆！笔者在前排左二

　　在闽西山区这块红土地的怀抱里，当时那里的生活还很单调，有条件的知青收工后晚上可以听听收音机，大部分还是在疲劳和困惑中投进梦的怀抱里。我则与心爱的小提琴相伴，时常在宁静的大山深处拉奏美妙动听的

思乡曲,表达心中对故乡亲人的思念,有时在微弱的油灯下学习中国的古典诗词。每当我看到墙上悬挂的那副"少壮不努力,老大徒伤悲"的对联时,总是心潮起伏地自问,难道就这样度过自己的青春吗?!

后来我利用赶圩的机会到公社的五七干校,通过熟人的关系在学校的仓库里偷偷地借出许多禁书,有乐理知识和曲式对位法等有关声乐创作的书籍,那都是我的精神食粮啊,真可谓收获不小也!于是我开始自学写作和谱曲,并利用回厦探亲的机会向我的邻居——师大小提琴大师徐世德老教授请教有关写作的知识。通过系统的学习和不断的努力,结合向本地民间艺人学习当地的民间艺术,我创作了一些群众喜闻乐见的文艺作品,如《贫下中农心向党》歌舞曲,还有结合当时开山修路建造岳阳水渠的联唱歌曲等,在公社的组织下到各个大队巡回演出,深受广大农民群众的欢迎。

1973年公社组织文艺队参加武平县的文艺会演,我忙碌了五天五夜,创作出合唱曲《高高的梁野山》。在演出前夕,因为疲劳过度和营养不良,我突然病倒了。公社党委书记练思源同志得知后,亲自将煮好的一碗猪肝面条和两斤白糖送到我的床前。一个远离父母的少年在异乡得到这久违的温暖,我当时感动得半晌说不出话来,只觉得眼眶里的泪水不停地往外流。后来演出获得很大成功,我创作的合唱曲也得以在当时的闽西文艺杂志上发表。

# 心灵深处的墓碑

陈 亚 保

当夜幕降临的时候，一阵阵寒风吹拂着大地，落叶被刮得四下飘散，缥缈的星空没有月光的照耀，此时此景不禁使我回忆起往日的蹉跎岁月。

还记得那时我才刚满二十周岁，可已经有三年的务农经历了。头一年有"皇粮"吃，每月八元人民币生活费和粮油供给。可是好景不长，第二年就得靠自食其力挣工分养活自己了。虽然身强力壮整天埋头苦干，可对于当时的再教育外乡人，所得的工分却是微乎其微，每天辛勤的劳动所得只有五个工分，价值一毛多钱，根本无法维持基本的生活水平，只能靠家里每月寄点物品和钱粮凑合着共渡难关。我们兄弟姐妹五人根据当时政策只能留城一人照顾父母，其他四人都在毛主席挥手的号召下接受了再教育，所以家里的支持也是非常有限的。好在经过磨炼，我们也学会了一些吃苦耐劳的求生之道。那就是搞点副业，种好自己的菜地以节省买菜的开支，再养几只鸡鸭生蛋给自己调补身体，这就是再教育的第一收获："勤俭节约"。谁知第三年情况更糟了，生产队的粮食收成不景气，我们的口粮每月只有十多斤谷子，也就是每天有二两大米，这对正在长身体、每天起早摸黑的知青太不公道了，可又能咋办，还有比我们更困难的地方呢。那时候白天出工带的粮食是地瓜、糠饼和酸菜，晚上回来才能喝上一碗稀粥。

有一天，我们到山里施化肥，天黑了才收工回家，可是回到家却发现自己养的两只番鸭不见了，当时也顾不上做晚饭，便四处寻找起来，那可是我精心培养的希望，准备养大了春节带回家孝敬自己的父母，这下丢失了可怎么是好。小小的丢鸭事件很快就传遍了村头村尾，自然而然也就传到了村

支书的耳朵里。第二天他根据群众举报，带着两位民兵把我的邻居"疤头"抓到大队部，因为在他家还发现有吃剩下的鸭骨头的残渣。没想到这小小风波却使我彻夜难眠，大队支书派了四位民兵干部把"疤头"捆绑起来，并戴上高帽，到各队各村游街示众，当天晚上还在大队部召开了村民批斗大会，罪名是偷盗知青番鸭，破坏毛主席的上山下乡政策。看到"疤头"被吊在梁上，嘴里不停地流出白沫，双手被绑

当年留下的水烟斗

得发紫发青，我真是于心不忍，在我年轻的心灵里留下了深深的烙印，那都是饿慌了才做出的无奈选择啊。后来大队领导决定要"疤头"赔偿我的损失，对于他这种穷得没吃的农民，哪来的钱赔啊，只好把他家中唯一值钱的水烟斗拿来抵债，现在这支烟斗我一直保存着，留作那个年代的珍贵珍藏品。

　　在那艰难困苦的岁月里，知识青年在饥寒交迫的生活中挣扎着，粮食没了吃糠饼，没有蔬菜配盐巴，再加上年头不好粮食减产，那真是叫天天不应、求地地不灵啊！许多知青都把身上仅有的粮票、布票拿到圩上换取生存的保障品。还记得那是5月的一个周末，家里给我寄来了十元汇票，我兴冲冲地赶往二十里地外的公社邮局，正当我领取汇款时，就听到远处一片喧闹声，我赶紧抬头望去，只见远处一帮社员拖拉着什么东西缓缓走来，边走边高呼着口号，手里还持有木棒和扁担，走到跟前我才看清楚原来是一个被五花大绑的年轻人，满身的血迹和遍体鳞伤的青瘀，走走摔摔地被拖到公社门口。当看到他的面孔时我惊呆了，那不是五坊大队的知青"阿龙"吗？只见愤怒的社员依然操着黄胆木扁担往他身上死捅，我赶紧冲进人群护着他的身体向大伙哀求道：别打了、别打了。这时公社书记和"四面办"干部也赶到了，立即召集民兵维持现场，但阿龙已奄奄一息了，口吐白沫，无神的眼光还在寻求着最后的希望，只听到他嘴里微弱的呻吟和"阿姆啊、阿姆啊"的痛苦呼唤。后来他被民兵用抬猪的竹篓扛到公社防保院抢救，我从社员口中得

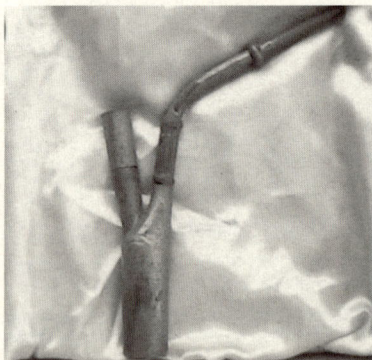

永远的广大孩子

知,他是偷盗农民田里的地瓜被逮住的。那时候因为没吃的,队里时常有偷鸡摸狗的事情发生,据说阿龙是饿得睡不着觉,半夜三更跑到田里偷地瓜吃,被社员发现抓到,在大队受难一整夜,今天才送交公社。后来我到防保院打听情况,那里有民兵把守不让进去。我从一位赤脚医生那里了解到,阿龙已经永远地告别了红土地的怀抱,到九泉之下寻求温饱的恩惠去了。如晴天霹雳,我半晌说不出话来,不知不觉中泪流满面。望着四面环山的茫然山野,伴着暮色中寒冷的山风,失声痛哭,拖着沉重的步伐向大山深处走去。

当年在山区跑运输,左二为笔者

　　痛苦的蹉跎岁月损伤了一代知识青年稚嫩的心灵,面对死亡的挑战,许多知青选择了返城渡过难关,我也加入了"逃亡"的大军。那时候回家不像现在这样便利,到县城买车票必须要大队出证明,然后公社同意后盖了章,

才能到县"四面办"申请购买汽车票,这对于私自逃难的知青来说犹如雪上加霜,谈何容易。为了生存、为了摆脱困境,有些知青到公路上拦车,有些知青涂改证明前往购票,而我和多数返城知青一样选择了"长征",步行回家。我永远都会记得那个漆黑的夜晚,寒冷的山风吹得人直打哆嗦,我匆忙地收拾好行装,偷偷地溜出了村庄,远处还听到村狗在不停地哀叫,当时真是归心似箭,独自在乡间的小路上奔走,犹如神行太保在黑暗的山道里穿行,累了就吃块地瓜干,困了就喝点溪边的山泉,也不知哪来的勇气,只觉得心在流泪。第二天下午走到了武东的炉坑村,投宿我的好友阿土处,当时阿土也正准备回去,我们几个人准备了一些松明火把,连夜摸黑往厦门方向挺进。我们明知穿着"虎皮"(即知青穿的旧军装)回家会遭受社会歧视,但是还是义无反顾地选择了回家,因为那里有妈妈!

后来听说李庆霖上书,毛主席亲自提笔写下"寄上三百元,聊补无米之炊。全国此类事甚多,容当统筹解决"。这一决策多少减轻了一些知情的苦难。现在时光一晃过去了四十多年,但我的心中永远铭刻着当年知青的一句话:把青春奉献给山川,让血泪融入江河。

190

# 舌尖上的知青

傅顺声

## 焖饭

一般来说，知青是最没有美食可尝的，谈"舌尖上的知青"有点可笑。下乡插队的时候，三餐中每顿只有一样菜，无论是青菜、地瓜叶还是南瓜花之类或者有家里带来的一条巴浪鱼干，只要没有落到酱油或者盐巴配饭的地步，也就算是可以了。有时加餐能有老鼠干、野猪肉或者罐头肉，那当是好日子了。有一次一位从三明军分区下来做民兵工作的干部看我吃晚餐只有一碗清炒地瓜叶配稀饭，非常惊奇地问：你们就吃这个？我说：每天大概如此。结果他一直摇头不忍看我吃饭。

不过要说知青完全没有美食也不对，我至少可以想到一种，那就是焖饭。我下乡的山区是客家地区，村民吃的是蒸饭，不会焖饭。一般来说，村民早晨就煮好早午两餐的饭。先在锅里放很多水，把米煮成半熟，其中大部分捞起来放到蒸笼里去蒸，作为中午的干饭，小部分继续熬成稀饭，米汤就拿去喂猪。知青没猪可喂，倒掉那新米煮出的黏稠的米汤极可惜，那米汤会显出一种淡淡的蓝色，所以我们吃焖饭不吃蒸饭。

山区的晚稻在地里生长的时间长，要比沿海地区的晚稻好吃得多。新米黏稠，但要用柴火焖饭却是一种挑战。一是要省柴，二是焖饭既要焖好又不能有锅巴，最高境界就是能用少量的柴火焖好糯米饭。我们那里的糯米

第二章 岁月·历程

稻一般种在烂泥田里,这种田里的水永远干不了,土质很肥。那糯米稻长得有一人高,夏末砍畦草时,整片梯田只见畦刀飞舞,不见人影。糯米又香又黏,打出的糍粑能拉出二十多厘米长而不断。如果有本事焖好这样的糯米饭,那焖饭技术就算到家了。

知青不像本地村民,他们土生土长有家庭,家务事可以分工去做。而知青砍柴、种菜、洗衣服、做饭、出工劳动一切都要自己来,所以哪样都做不好。洗衣服,把衣服泡在洗衣粉水中一个小时,然后拿到河边石头上随便甩一甩,再搬一块石头压住在河水里任水漂,过一个钟头拿回来,管它干净不干净,就吊起来晒。知青是最懒于砍柴火的,经常到了没有柴火煮饭的地步,只好做饭前在村前村后路边随便拣一些柴火来做饭。所以做饭省柴火对知青来说是很重要的一件事。

村民们不焖饭也不懂得焖饭,没有经验可学。山区的新米又黏又稠,知青既要焖好饭还要省柴火,所以对我们这些从城市来山区的小青年来说也是一个很大的挑战。开始时怎么也焖不好,要不夹生,要不锅巴一大堆,要不烧焦。

有一次,村里来了铁匠修犁耙。这些铁匠每隔一两年就会来村里一次,修理全村的农具、打新柴刀。村里负责提供打铁的木炭,我就上山烧过好几次木炭。铁匠在村里打铁的日子里,村里给他们每人每天两斤大米和一些青菜,铁匠们自己做饭做菜。村民说,这些铁匠是最会焖饭的,三根柴就能焖出一大锅饭。

这可是我学习焖饭的好机会。我是村里的保管和出纳,钱粮的事都由我来付,所以和铁匠们在一起的时间多。他们做饭时我就在旁边看。只见他们拿一口铁锅架在一个铁架子上,拣几块石头围住就是一个柴火灶。他们只用三根柴,一开始就尽可能地把火烧旺,等水一开,立即把明火熄灭,然后用余火慢慢焖。这样烧出来的饭又香又没锅巴。

焖饭学会了,这至少能为我解决吃饭缺菜的问题——一锅很好的焖饭,即使没有菜也很美味。后来我焖出的糯米饭,其他知青都说好吃。北方人会做面条,南方人会做米饭。对我们知青来说,焖饭可能就是每天三餐中最好吃的食物了。

## 采红菇的日子

过了立秋,处暑就来了。天常常是阴的,远处一片黑云飘了过来,一声惊雷没准就在你的头上突然炸开了。那近处的惊雷的第一声就像一声很响的枪声,然后就轰轰地滚过。接着雨就哗哗地下来,突然它又停了。空气似乎停滞起来,没有了风,气温并没有因为刚才的阵雨而让人有凉快的感觉,反而更加闷热了。

在这森林地区,原先水稻只有一季,所以也没有酷热夏天里的"双抢"大忙。后来上面下了一道命令,说是为了"深挖洞,广积粮,不称霸"的战略任务,村民们不得不种起了双季稻。现在,第二季水稻已经开始分蘖,稻田里除完了第一遍草。这给了不久前刚刚经历过要脱了一层皮的繁重"双抢"的村民们有一个喘息修整的时间。早在几天前,村民们就已经悄悄地准备好了晒红菇的竹床和采红菇的竹篓。

天气越来越闷热,空气中的热量和湿气慢慢地扩散到密密的森林里,它们被森林中铺满厚厚一层的腐叶下的土壤所吸收。这是森林里的地气,它们正在孕育着红菇,这是大自然恩赐给森林居民的礼物。村子里似乎比平时更加安静,大家都在等待,等待着森林里红菇暴长的那一天。天天都有村民悄悄地上山,看红菇出土了没有。每年,大自然都遵守着它对子民的承诺,都会在这些日子里给红菇十天暴长的时间。

红菇暴长的日子越来越近。终于有一天早上,一个村民带回了第一篓红菇,整个村子都沸腾了,家家户户能上山的人都上山了。每天清晨,天还是黑漆漆的,松明火把点了起来,人们三三两两,以家庭为单位钻进密密的森林中。原先寂静的山林小路上,闪烁着点点火光。天亮了,森林里,一朵朵红艳艳的红菇被装进篓里,这是一次美好的收获。村民们小心地保护着自己的红菇窝,这是家庭的秘密,路过时被踩倒的茅草都要小心地扶起来,就像没有人走过一样。

几个钟头后,村民陆续回到村里,他们的篓里装满了红菇,女人们马上端出饭菜来,也许男人们还要再次进山到森林的更深处争取当天的第二次收获。

每家每户门前都有几张红菇床,把刚采摘下来的红菇铺开来,菇伞是红的,菇柄是白的,红红白白,就像一床美丽的鲜花。

十天很快地过去了,莽莽的大森林又恢复了往常的寂静,林子里的动物又可享受它们欢乐的时光,不被人群干扰。再等到明年的同一时刻,松明火把会再一次照亮森林。干的红菇开始装坛保存好,秋后再卖出。红白相间的红菇让孩子们做了很多美梦,梦里孩子们都穿上了新衣。

永远如凉大孩子

# 插队漫忆

钟安平

至 2014 年 4 月是我下乡插队四十五周年,回忆五年半的农村插队生活,当时的情景历历在目。

## 一、随小舅插队永定

1969 年 4 月,在席卷全国的知识青年上山下乡浪潮中,我作为厦门八中(现厦门双十中学)六八届初中毕业生(图 1),到永定县龙潭公社枫林大队第六生产队插队落户。

图 1　1969 年 4 月下乡插队前夕厦门八中(现厦门双十中学)发给钟安平的通知书

第二章　岁月·历程

195

厦门八中知青被划到武平县插队。当时我才十五岁半，听人说永定比武平好，加上能互相照顾，我就随同在集美中学的小舅何大汉，与集美中学知青一起去永定插队。4月12日一早，我们集体乘上长途客车，从集美出发，途经龙岩去永定。由于龙潭公社不通公路，我们的车下午开到毗邻的坎市公社东中大队停下，枫林大队的社员们早已在此等候。他们七手八脚地从车上搬下行李，带领我们翻山越岭，走了十五里山路，在暮色苍茫中到达枫林大队六队所在的坑头村。

第六生产队有三十多户，都姓严，有一百多人口。分配到此队的知青有九人，六男（图2）三女，那三位女知青是几年前因印尼排华归国后在集美求学的女侨生。

刚开始我们都被安排在生产队干部或贫下中农家里食宿。我的户主是生产队出纳严学华，不久又调整到严富林家。后来知青办工作人员张章英同志来看了几次，拨了专款，生产队组织我们将早年祭神的回屋进行维修，给屋

图2　枫林大队第六生产队六位男知青1973年1月回厦探亲时在南普陀合影

前排左起王自立、方文松，后排左起林建南、何大汉、陈志雄、钟安平

子正面装上松木板和门窗，改成三间平房，让我们六位男知青住进去，并在隔壁的一间旧房里打了灶台，开始自己开火做饭。三位女知青还住在农民家里。我们就这样开始了插队生涯。

第二年又有两位厦门知青投亲来我们生产队插队，其中包括我哥哥建

196

平。在长期的劳动生活中，我们与农民群众结下了深厚的友情。在艰苦的环境中，我们生产队先后有三位知青与农民结婚，这在全省农村生产队中不是唯一也是罕见的。女侨生程梅英与她的户主严树能喜结连理，并喜得贵子，不久就双赴香港定居。方文松也与他户主的女儿严秀菊恋爱结婚，林建南是与我户主的女儿严春姑相恋成家，他们都找到了自己的"小芳"。他们两人后来都留在永定工作，生儿育女，直至退休。

## 二、艰苦的生活

知青刚下乡时还有粮站的回销粮供应，当年秋后就改为与其他社员一样，吃生产队分配的口粮。我们生产队口粮水平很低，一年只有两三百斤稻谷，加上工分粮也只有四五百斤，折成大米每餐只能吃三两饭，天天从事繁重的劳动，总是觉得饥饿。直到1973年4月，毛主席给写信反映知青困难的莆田教师李庆霖回信后，政府采取措施，给我们补足每月五十斤稻谷，才基本解决吃饭问题。

吃菜靠自己种。每个社员分得一小块自留地，其中有一块耕地可以种菜，在农民的指导下，我们种了芥菜、芋头、四季豆、豇豆、萝卜等，其余自留地是山坡地，种番薯。自种的菜不够吃，豆叶、萝卜叶、番薯叶也摘来炒着吃，还经常上山采菇摘笋补充。肉类稀少，每月买一斤肉都挑肥的，主要用于熬油，留着煮菜。

最大的威胁来自病痛。水田里有钩端螺旋体病虫，邻队有位张姓知青刚下乡三个月，就得了钩端螺旋体病去世了，葬在坎市。上面赶紧给我们所有知青都打了防疫针。我曾有一次劈柴砍伤了小腿，好些天不能参加劳动。平时小病就扛一扛，不行再找赤脚医生开点药。

过年回厦门要步行到龙岩的适中乘班车，还要凭证明买票。1970年春节前夕，我们到大队开了证明，半夜就起身，走了四十里山路，天亮时赶到适中的坂寮等候班车。车来了只卖两张站票，而我们共有四位知青，只好抽签。我与邻队一位知青没抽到，后面又没班车了，只好步行。我们俩沿着公路往厦门方向走，一边走一边拦过路货车，不知挥了多少次手，没有一辆车停下来。一直到当天半夜，走到南靖县的龙山，才有一辆货车被我们拦下

来。车上已搭载了一位在上杭插队的厦门女知青,她见我们像知青,半夜三更还在步行,动了恻隐之心,恳求驾驶员把我们也捎上。就这样,四个人挤在狭窄的驾驶室里,又累又困一觉睡到天亮。到同安时,我们才下车乘公共汽车回厦门市区。这天二十四个钟头步行了两百里路,是我走路最多的一天。

### 三、烧石灰挑煤炭

户主严学华带着我到队上的石灰窑干了一段时间。他会打钎放炮烧窑,我负责挑石头,当小工。一起干活的还有一个历史反革命分子严定钦,他是我们生产队唯一的四类分子,据说解放前在平和县芦溪当过警察所所长,解放后"戴了帽",每逢政治运动都被拉出来作为阶级斗争活靶子,日子很难过,有次还喝了农药但未死。改革开放后,他因在解放前夕起义,平反落实了政策,成了离休干部,才过上好日子。

烧石灰需要用煤,永定是产煤县,第七生产队在小坑有个小煤窑,但产量少。我们大多到十里外归坎市管的狗仔斜煤矿挑煤。来回都是崎岖不平的羊肠小道,我个头小,一开始只能挑六十斤,经过锻炼后也能挑一百多斤。每百斤十个工分,按年终分配值每个工分只有人民币两分多钱,挑一担煤赚两毛钱,仅够赶圩时吃一碗面。

开采石头要雷管炸药,生产队到大队开了证明,派我去县城买雷管。我到永定城关外找到物资仓库买了货,把一捆雷管装进铝饭盒,放在书包里,然后坐班车到抚市,再走二十五里地回队。当时也没有安全观念,竟然揣着易爆品乘班车,好在没有发生事故,否则也没有现在的我了,回想起来还有点后怕。

### 四、当生产队记工员

当时农村人民公社实行的是"三级所有,队为基础"制度,生产队是最基本的核算单位,对社员实行评工记分,按劳计酬。每年年终,生产队的当年总收入扣除总成本和提取的公积金、公益金后,余下就按全队社员的工分总数平均,算出每个工分的分值,再乘以每户的工分数,得出这一年分配给该户的收入数。因此每个社员的工分记得是否准确,直接关系到每户的收入,记工员成为社员群众十分关注的生产队干部。

我们生产队原来的记工员,群众对他有些意见。主要是不够认真,会漏记工分,等别人发现了找他对工,他又很爽快地补上,被有些人钻空子,借机虚报工分。大家看我做事认真,又是外地人,与谁都不沾亲带故,就改选我兼任生产队记工员。

我兼职后,针对大家的意见,改进了记工办法。每天在田头登记社员出工情况(这要求我自己有较高的出工率),对没有出工的人也一一向他家人或邻居问清去向,登记在本子上(图3)。每月在村头公布每个劳动力当月每天的出工情况和工分数表,接受群众监督。一开始有些人故伎重演,还来找我想多补工分,说他某日出工,被我漏记了,我把记工本一翻,指出他那天是去别的大队探亲(或者是赶圩)去了,他只好承

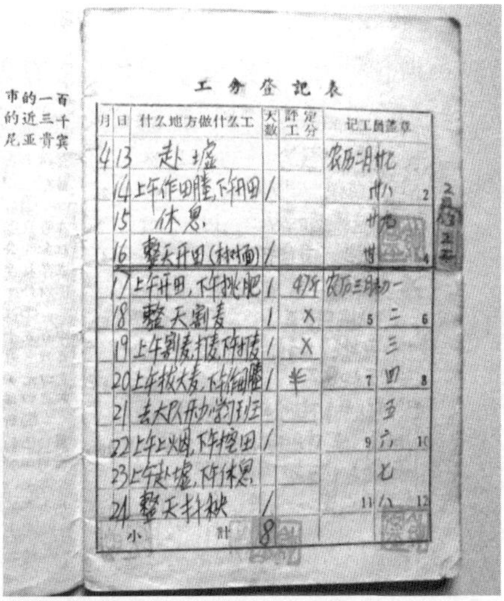

图3 钟安平1969年4月插队记工本

认事实。有些人自己也记工,但总会漏记,到月底与村头公布的工分表一对,还不如我记得多,干脆自己就不再记了。这样,我的工作质量得到了社员们的信任,大家相信我记得最准确,不久就没有人再来找我对工了。

那时实行评工记分,最高的强劳力每天8个工分,接下来有7.8分、7.6分……直到6分甚至更低(如半劳力)。但这种按日计酬的办法与劳动数量结合不紧,调动不了劳动积极性。每天生产队长出工哨子要吹好几遍,人们才三三两两地走出来。到田头干不了几下,又坐下休息抽烟,出工不出力,劳动效率很低。后来经过社员大会讨论,对能够按量计酬的工种如插秧、犁田、耙田、耘田、锄田等,改为按亩记分,以调动劳动积极性。这就要求记工员必须知道每一丘田的面积数。生产队没有田图,我就绘了一本,把全队两

第二章 岁月·历程

百多亩田地按片按丘绘出来,逐丘标上面积,一目了然,原来社员要讲老半天才知道是哪几丘田,现在只要在田图上一指就知道了,按亩记工分的办法推行得很顺利。我离开农村去上学时,这本田图移交给下任记工员,据说后来还发挥了很大作用。2009年户主严学华的儿子万康(时任村支书)来福州时告诉我,乡里开煤矿公路占了村里一部分田地,对于占地赔偿面积有争议,好在有我绘的田图,村干部找出来作依据,才如数拿到了补偿款。

我干了近四年记工员,不仅得到少量补贴、增加一点收入,而且培养了认真细致的工作作风,为后来的各项工作打下了基础。特别是通过记工,生产队每个劳力,不论男女老少,都给我留下了深刻的印象,以至于离开那里四十五年之后的今天,我还能记得起他们每个人的名字,脑海里同时浮现出他们的相貌。

## 五、扑救山林火灾

1972年3月13日,我遇上了一次山火,并在日记里作了记载。那天下午,我正在浇秧,听见生产队长在山坡上呼喊,叫民兵和青年团员快去小坑救火。我马上回家,拿起柴刀就往小坑飞跑。

到了小坑草寮再上去,只见山上浓烟卷着烈火越烧越旺,我一个人打不了,只好先割防火路。这时,几位青年包括我哥哥、王自立等知青也赶来了,我们砍下松枝做工具,齐心合力向着火焰扑下去。经过一番努力,终于把这片山火扑灭了。我回头一看,原先放在一边的柴刀已被火烧得没了刀柄。

正当我们在草寮里休息时,大队干部又跑来叫我们去另一个山头救火。路上遇见一队救火的小学生正在回家(现在回想起来,当时大队动员小学生救火,是多么危险啊)。残阳如血,已经落在山巅。翻过山梁,到了火场一看,火势非常大,一条火龙从对面山卷下山坑,又卷上来。风助火势,火趁风势,一丈多高,许多大松树烧着了,噼里啪啦,响声像放鞭炮一样连成一片。有人动摇了,大队支书严启水在指挥,他鼓励大家说:"我们要守住! 只要有机会就要扑灭它!"

夜幕降临,几颗星星在眨眼,山上仍被烈火照得通亮。大伙儿打呀、扑呀,一直坚持到深夜,才扑灭了这场山火。当我们摸黑下山时,才觉得穿单

200

衣的身上有些冷了,肚子也咕咕地叫起来。到了山下,正逢邻队社员挑粥进山,真是雪中送炭,我狼吞虎咽地喝了一碗。那粥呀,真是这辈子吃过的最香的粥!

## 六、兼大队干部

1973年大队选我做大队团支部书记,兼大队民兵连副指导员。这是一个不脱产岗位。我任职期间,团支部开展了不少活动,组织团员青年业余排练文艺节目,到每个生产队轮流演出,很受欢迎。还办夜校,给辍学的青少年上文化课。建南的妻子春姑告诉我,她至今还记得当时我在夜校里讲过"树上十只鸟,枪响后剩下几只"的灵活问题。我还到县里参加过团干会、知青代表会和民兵会(图4)。

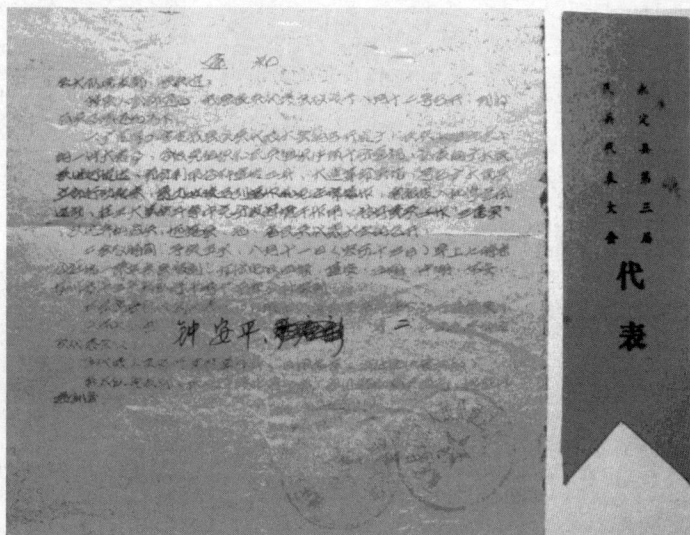

图4 1973年抚市公社发给钟安平参加县民兵代表大会的通知和代表证

当时龙潭公社已并入抚市公社,公社书记是江树榕同志。他对青年工作较为重视,培养了东安大队林瑞蓉、龙潭大队何文进等知青干部,对我也很关心,还安排一批永定一中1972届高中毕业回乡知青任大队干部。1974年2月8日我在县里开团干会时,与抚市公社各大队团支书在县委礼堂前

合影(图 5),其中有回乡知青姜初炎(现为福建省能源集团公司副总经理)、黄志成(现为龙岩市人防办主任)等。当天还与各公社来参加会议的厦门知青团干合影(图 6),其中有龙潭的何文进、许春来,厦门二中的陈继祖等,以及团县委书记吕美森。江树榕同志办事公道正派,关心群众疾苦,1978 年当选永定县长,后来到福州五一广场边的省体育馆开会时我还见过,可惜因积劳成疾不幸于 1981 年英年早逝,享年仅四十八岁,令人惋惜。

图 5　1974 年 2 月 8 日抚市公社各大队团支书在县礼堂前合影
前排右三钟安平、左一姜初炎,二排左三黄志成

202

图6　1974年2月8日永定插队的各公社厦门知青团干在县礼堂前合影
后排左起何文进、钟安平、吕美森(团县委书记)、陈继祖,前排右二许春来

# 关于"四天变成四小时的天方夜谭"的对话

郑启五　罗　平

1969年我们思明区的七千余名厦门知青上山下乡，被分到闽西的武平县，十六岁的我居然被流放到全县最边缘的村子——唐屋，位于闽赣交界的大山里。记得当年从厦门前往唐屋村，路上要足足颠簸四个整天：先从厦门坐火车到漳平，然后转车到龙岩，隔天搭乘长途汽车到武平县城，再隔天转乘县城到公社所在地——帽村的县内班车，然后再步行二十五里路到唐屋。由于班车少，车票往往买不到，所以四天还只能是一个最顺利的折腾。

四十三年来，前二十余年几乎没有多少变化，而近二十年则日新月异，路程耗费的时间不断被缩短。最短的就是今天了：清早六点我从厦门出发，商务车一路顺风，高速路经漳州、龙岩、上杭，直到武平的十方出站，然后改为省道到永平乡的乡镇所在地——帽村，再改村道抵达唐屋，全程四个小时多一点，一路青山，满目新绿，好一个美不胜收的闽西之春！

在武平县永平乡昭信村参加了"厦门知青之家"盛大的开幕剪彩。昭信有幸，十五年前厦门老知青林春辉在这里全资捐建了知青"春晖小学"，现在又有厦门老知青牵线搭桥厦门爱心人士慈善捐资一百五十万元，在这个福建最偏远的山村建起了全省规模最大的村级文体活动中心——"厦门知青之家"，呵呵，有情有义厦门郎！

活动结束后我再到与昭信村相邻的唐屋村拜访了当年的老农朋友，并在昭信品尝了中、晚两餐极为丰盛的客家大餐，土鸡、土鸭、土猪、溪鱼、山羊、无公害菜蔬等依次上桌，而后到武平县城接受县政府的问候……暮色中我从车窗远眺苍茫的梁野山高耸云端，深情道一声再见，星夜返回，晚上十点多一点,那部奔波了一天的商务车把我一口气送回厦大。

厦门—武平,武平—厦门,一天来回的传说我作了身体力行的见证,感觉好像天方夜谭却又顺理成章,而四天变成四个小时并非这个神话的结束,随着即将运营的龙厦动车,三小时乃至两小时已经指日可待了!

郑启五写于 2012 年 5 月 3 日

启五:

看了你写的《四天变成四小时的天方夜谭》,内心又是一阵激动!你提到的昭信村当年是昭信大队,和我下乡的杭背大队同属永平公社,因为我的好朋友锡平在昭信,这个比我大队更为偏远的山村我去过好几次。通常是收工后步行到昭信已是晚上了,打着手电摸黑走进锡平"家",很暗、很破。我们在昏暗的煤油灯下,那半煎半烤的面饼和半炒半煮的黄鳝配着农家米酒边喝边聊天,还是很惬意的,不亚于农民的"打平伙"(那时知青对生油的珍惜程度不亚于黄金。断油时,学着农民用肥肉抹一下热锅底而后倒进蔬菜,这是常有的事。在菜和肥肉都没有时,只能在热锅里下点盐巴当"菜"配饭)!

大概是六年前,我还与锡平一起到了昭信,盐水肥猪肉、嫩姜淋鸭、白斩鸡全是当今时兴的"土的",还有各色的棒子、无污染青菜……与你这次享受的没太大区别。昭信知青今天真有福气,过腻了城里喧嚣、嘈杂的生活,可以回到大山里,那里清静、清新、清澈……尽他们享用,还可以住在知青之家!正像你说的,路途四天变成四小时。等锡平回来,真想建议再去他们大队一趟。我也好像你一样趁机回大队看看我的老队长。这次瑞苹也去昭信参加落成典礼,与老队长通话时,老队长把瑞苹当罗平。其实瑞苹在队里劳动大概近两年就调去当民办教师,我可是始终跟着队长风吹日晒、上山下地近五年。谈起下乡,话就多……

最近看了不少厦大土著孩子对"文革"回忆的片段,经历都是何等相似。当时我爸爸罗郁聪关牛棚,叫我帮提东西过去,我害怕不敢去,妈妈杨菊卿只好叫弟弟去:你是男孩,要勇敢!爸爸说,弟弟把东西一放头也不回,含着泪赶紧离开;妈妈被斗回来,胸前挂牌、头发凌乱、眼含泪水、一脸憔悴;家门

前各色的大字报、勒令、对联，唯独没有红色，令人毛骨悚然；孤身的保姆被驱赶，保姆与红卫兵论理："我们家先生娘没有剥削我，待我很好。"结果红卫兵说妈妈"煽动保姆对抗红卫兵"罪加一等！保姆只能含泪离开……

"文革"让多少人有泪不敢流，但总是泪水盈眶！心灵深处的伤痛一触即发……回忆"文革"，带给人更多的是伤痕；回忆下乡，带给人更多的是坚强！到了这把年纪，我以为：回忆过去，应该是为了珍惜当下！赞同你"说一件快乐的事情吧！"你说一件，我说一件，快乐就无数啦……启五，你可是大文人，我不会写也不善写，今天是有感而发，壮着胆子与你交流，别见笑……

五甲同学　罗　平

206

# 我的青春岁月

李晓琴

　　1969—1971年间,我上山下乡到德化,在那里度过了一段难忘的青春岁月。当年我们兄妹三人都是泉州知青,哥哥于1969年1月第一批插队德化山区,我与妹妹是第二批。1969年11月18日早上,我与妹妹肩背背包,手提旅行袋到泉州体育场集合出发。广场上彩旗招展、锣鼓喧天,电喇叭播放着毛主席语录歌,来自各中学的知青们有序地排队上车。在长途客车上落座后,大家纷纷起身,趴在车窗边与送行的亲人话别,我不由地想起自己的父亲谢白秋和母亲李业珍尚在"牛棚",未能前来,心中一阵酸楚……车子启动了,一片呜咽声响起,我心头一震,泪水夺眶而出……再见了泉州,再见了亲人……汽车前行,景物后移,我心随之飞向远方。

　　我们来到离德化县城五十多公里的汤头公社汤头大队二小队插队落户,我与妹妹还有一对兄妹一行四人被安顿在小队闲置的粮仓里,四人搭伙烧饭。不久,我和妹妹搬到哥哥的知青点居住。这个点共有十一位知青,都是泉州一中的"老三届"。我们分住在几间小木屋里,砍柴、烧饭、洗衣……生活上大家互帮互助。

　　汤头大队位于戴云山北麓,是贫穷的山区。我们一日三餐通常是咸菜萝卜干就地瓜稀饭、咸菜饭。夏天常吃佛手瓜,冬天吃芥菜。断菜时,就炒些地瓜叶放点盐当菜吃,鲜有肉吃。实在饿得慌时,就用父母亲给我们的零花钱到供销社买些白糖回来冲开水喝或私下向农民买些鸡蛋煮了解嘴馋。吃饭时,大家聚在一块,聊天、说笑、讲故事,生活虽然艰苦,却也其乐融融。我们远离了城市的喧嚣、嘈杂,来到偏远宁静的山区乡村,与淳朴、善良、热

情的村民和睦相处，关系融洽，过着简单纯粹的农耕生活，挺好。

越是贫穷的地方，农活也越重。记得我第一天出工，一个村民带我们三个知青去锄田。生产队只有一头牛，还是借来的，牛犁田忙不过来的地和那些小的梯田，只得靠人工用锄头翻田。初春的山区，春寒料峭。我们赤脚站在齐小腿深的烂泥田里，透心寒。村民告诉我们，泥水深的地方，人会陷下去，十分危险，要铺垫着木板才好行走。踩在晃动的木板上极不稳定，我步履蹒跚，小心翼翼，生怕摔进烂泥水中，遭灭顶之灾。村民身系深蓝色围裙，双臂套着袖套，抢起锄头往下一刨一翻，一个翻田动作完成，锄落锄起。我们知青既没装备，又从未干过，全凭一股蛮劲。我奋力抢起锄头，一锄下去，泥水四溅，脸上、头上、衣服上沾满了泥水，一副狼狈相。相互一看，我们都笑了。村民耐心传授我们经验，告知我们双手一定要握紧锄柄，不要着急，一下一下地刨下翻起，我用心体会，似乎有些起色。一天下来筋疲力尽，我累瘫在床上。

还有一个活儿就是劈田岸。用一把带长柄的砍刀，把梯田边的杂草劈干净，这活儿不但要力气，而且要劈得准。我们站在梯田边，抢起砍刀，砍劈田边的杂草，一刀不行再补一刀，直至草尽。我双手握紧刀柄，虎口震得生疼……

山村水稻田多是面积不大的梯田，且分散在各处，所以农耕是以小组为单位，若是到较远处耕作，就要自带中饭。中午在田边吃饭休息后，继续干活，直到太阳西下方才回家。

山里布谷鸟叫的时候开始插秧了。我们来到田里，村民分配我给他们传递秧苗，我猜是怕我插不好影响秧苗成活。可我太想插秧了，就偷偷插了几株，村民见状，干脆就教我插了。我记着村民所说，很认真地插开了……望着一排排插得横竖整齐、挺拔的秧苗，村民笑了，那是赞许，我的成就感油然而生。收工啦，我哼着歌曲一路走来，望见远处青山脚下，我们的小木屋炊烟袅袅。那是当值知青在准备香喷喷的饭菜，等我们归来。我有家的感觉，心中充满温暖。

春种秋收。稻谷成熟了，我们忙着收割、打谷、晒谷。早上太阳还未露脸，我们就上山。太阳西下，我们挑着沉甸甸的谷担，行走在崎岖的山间小路上。一路欢笑一路歌，那是收获的喜悦。

在农村劳动是按工分计报酬的,一个工分约两毛钱。那时我们女知青一天就记三个工分,合人民币六毛钱,男知青八个工分合一块六毛钱。男女知青的工分合在一起仅够买大家的口粮,我们的口粮是每月每人二十五斤谷子加上一些地瓜。

贫困的生活,艰苦的劳动,似乎更激发了大家的青春热情。平日里欢声笑语不断,进入农闲更是歌声、琴声悠扬。公社大队干部邀请知青给村民表演节目,丰富农村文化生活,大家都认真地排练起来。我们知青点出的节目是现代京剧《沙家浜》选段"智斗",我饰演阿庆嫂。演出那天晚上,来了许多村民与知青。到我们上场了,我们在台上卖力地演,台下村民掌声、笑声不断。1970年11月初的一天,公社领导通知我到县文艺学习班报到。我兴冲冲地到了县城,见到了各公社来的泉州知青,虽不相识,却感觉亲切。我们在县影剧院舞台,跟着老师学跳了一些舞蹈动作后,就回招待所了。第二天中午在餐厅,我们边说笑边吃饭,这时来了两位男干部,自我介绍姓吴、姓曾,在文宣队工作。他们与我们寒暄并问了我们姓名、所在地后就走了,大家都没在意。很快文宣队领导召集我们开会,告知德化文艺宣传队将排演现代芭蕾舞剧《红色娘子军》并宣布了入选知青名单。当听到自己名字时,我惊呆了!从小我就想跳芭蕾,今天真要跳了,不是做梦吧?惊喜之余,忐忑不安:芭蕾是舞中之王、高雅艺术,对舞者有极高的要求,要从小系统严格训练,我行吗?我们行吗?

据我所知,文宣队没人跳过芭蕾,三位厦门歌舞团的专业舞者、泉州高甲戏剧团的学员们都不是专业的芭蕾舞演员,而我们这些知青更只是在学校念书时跳过民族舞的业余舞者。顾不了那么多了,既然来了,就好好学吧。音乐是舞剧的灵魂,我们红剧的乐队里,首席小提琴手、手风琴手、小号手、笛子手、大提琴手、萨克斯手、鼓手……也多是泉州知青。相同的兴趣爱好,为了一个共同的目标,我们走到了一起。我真心期望,泉州知青这支生力军在专业人员的带领下,能像一颗冉冉升起的新星,在舞台上熠熠生辉。

紧张、艰难的排练开始了,三位厦门歌舞团的专业舞者是我们前台总指挥。学跳新舞蹈不难,练习足尖立、行、舞,是我们最大的难关。老师说:这一关我们一定要过。刚穿芭蕾舞鞋站立时,疼痛难忍,心想,我的天啊,这怎么走?还要跳?我咬牙坚持。起初练习扶墙站立,然后一步、两步……练行

走,练着练着貌似有些进步。一天下来竟发现脚趾头红肿、破皮、瘀血,第二天练时疼痛加倍。时间就在这周而复始的排练中过去,脚趾已磨出了厚厚的茧子。每天排练结束后我常看见饰演吴清华、连长的队友还在加班加点,她俩也是泉州知青,功底好,已能完成许多高难度的舞蹈动作,可还是不停地练、练、练,比我们这些饰演普通战士的队员更苦更累。她俩的顽强,给我们做出了表率,更加激励了我们的斗志。她俩不愧是知青中的佼佼者!"红剧"团队奋力拼搏,各司其职,恪尽职守,精诚合作,没有标语口号,没有信誓旦旦,用了将近两个月的时间,终于一切就绪,完成全剧排练。

　　1971年元旦来临之际,文宣队在德化影剧院首次演出了现代芭蕾舞剧《红色娘子军》,多么激动人心的时刻!首演那天,我身着红军军装,脚穿芭蕾舞鞋,兴奋之情难以言表!我在舞台侧幕边静静地候场,洪常青、连长带领我们整装待发。嘹亮、雄壮的娘子军军歌主旋律响起,红军战士迈着整齐矫健的步伐出场了。我双手紧握娘子军军旗走在队伍的最前面。红军战士英姿飒爽,在连长的指挥下,精神抖擞地跳起刚劲有力的练兵舞,足尖顶立,舞姿挺拔……"万泉河水清又清",音乐旋律响起,我饰演的另一角色黎族姑娘登场了,姑娘们手持斗笠跳起优美抒情的斗笠舞,足尖灵动,舞姿飞扬,"军爱民,民拥军,军民团结一家亲"红军战士与黎族姑娘欢乐共舞……演出顺利进行直至结束。

　　演出成功,众人欢庆。更有佳音传来,德化文宣队被选定参加1971年晋江地区春节慰问团,慰问驻泉州地区广大解放军官兵。春节前,在泉州影剧院隆重演出现代芭蕾舞剧《红色娘子军》。演出当晚,剧院门前,场面壮观,人头攒动,一票难求。我是"红剧"团队的一员,我骄傲,泉州知青骄傲!我实现了儿时跳芭蕾的梦想,我幸福、我欢乐!我们是一群爱跳舞爱音乐的年轻人,我们跳芭蕾是挑战,尝试了原先不敢想、也不敢做的事,并且做成了。演出任务圆满结束,我即将离去。我感谢给我机会跳芭蕾的曾老师,感谢在室外寒冷演出前送我丝袜温暖我心的李队员,感谢教我化妆术让我在舞台上有美丽妆容的林队员,感谢所有给过我关心帮助的同事们。

　　时光荏苒,如今,我已年过花甲。每当我看到电视里播放中央芭蕾舞团跳的《红色娘子军》,就会记起德化文宣队版的《红色娘子军》,我手头没有一张当年演出时的舞台剧照,也没有"红剧"全体演职人员的合影照,但我心中一直有"红剧",有"红剧"的全体同事。"青春的岁月像条河,岁月的河汇成歌,一支难以忘怀的歌",关牧村的歌声在我耳畔缭绕,经久不息……

写于 2014 年 10 月 16 日

# 恰同学少年风华正茂

## ——记东澳小学文艺宣传队

### 章 慧

2011年12月6日，厦鼓轮渡码头附近的星巴克咖啡厅迎来了一群特殊客人——东澳（七二七）小学文艺宣传队的同年级小伙伴们。自1969年小学毕业后，虽中学同校，八姐妹再也没有聚齐过。此番从海外翩翩飞回的陈慧，让其中的七姐妹在分别三十多年后首次聚拢（图1）。

**图1 文艺宣传队七姐妹合影**
左起：章慧、陈慧、郑雅玲、陈雅璇、谭建光、陈丽燕、余群

别来无恙，别来无恙？迫不及待、执手相看、热泪盈眶、百感交集：姐妹们还是那样出众，优雅时尚，被岁月的留痕打磨得愈发风姿绰约。曾记否，曾记否？我们共同拥有的这幅照片（图2）？匆匆那年，别样青涩和纯真，"巾帼不让须眉，小美女又唱又跳，东澳—七二七—华侨中学—厦门郊区，英

姿飒爽跳向前,不知当年愁滋味
……"(启五兄语)。

记得呀,当然记得。当年小学
停课,1968年厦门市水产造船厂工
宣队进驻,东澳小学更名为七二七
小学。为了给工厂造势,一支毛泽
东思想宣传队应运而生,招募的一
批文艺少年是七二七小学六年级以
下的一群能歌善舞的小伙伴们,主
要由厦大孩子组成,其中大多是"黑
五类子女"。一时间,宣传队俨然成
为"可教育好子女"的避难所,一把
遮风挡雨的大红保护伞,风平浪静
的避风港,乱世中的一方净土、一汪
清泉、一片绿洲、一处不食人间烟火
的世外桃源。工宣队师傅、带队纪

图2　即将升入中学的姐妹们对未
来充满美好的憧憬

老师待我们这些饱受欺凌的黑帮子女就像自己的孩子,点点滴滴朴实真诚
的关爱,犹如一颗颗温润的珍珠藏在心灵最深处,迄今舍不得拿出来分享。

记得呀,当然记得。七二七小学宣传队不止有八大金刚(八大金刚是陈
慧家先生对我们的戏称):彼时的六甲有郑雅玲、谭建光、余群和王小牧,六
乙有陈慧、陈雅璇、章慧和陈丽燕,共八位女生,属于一队,其中有七位是厦
大孩子;年纪稍小一点的李慧华、张琪、吴淑勤、钱争鸣、刘同支刘连支(双胞
胎)、刘端方等为二队;三队则把邹学先、李新华、罗迅、谢衍、邓力文、余祥、
林漪、何子威、张玲、万越、陈丽萍和吴乔等厦大校园内的可爱小精灵一网打
尽……毋庸置疑,我们这一支美少女组合是当红的,八个女生一台戏,节假
日慰问厦门驻军的文艺演出,是我们展示曼妙舞姿的大舞台。

记得呀,当然记得。多才多艺音色优美且高挑靓丽的陈慧是独唱演员
兼报幕,宣传队中当仁不让的主角;雅玲堪称大姐大,威信高,沉稳有魅力,
她与陈慧搭档舞起飘飘红绸,那才叫一绝;雅璇和建光,小牧和余群,靓姐妹
四枚,场上中流砥柱;陈丽燕和我人小未长成,是宣传队中个子最小的,跳舞

213

**图 3　1969 年夏天,花季八姐妹与舞蹈教练黄添炳师傅摄于水产造船厂门口**

左起:陈雅璇、章慧、郑雅玲、王小牧、黄添炳、余群、陈慧、陈丽燕、谭建光

时我们俩配对排在最前面。哦,好像忘掉一个人了,什么人? 我们的舞蹈教练黄添炳师傅(图 3)啊。啊哈,怎会忘记,下次聚会一定要请他来。

记得呀,当然记得。添炳老师特意从集美侨校请来一支侨生乐队,为我们的演唱专事伴奏,乐队的一群大帅哥,给懵懵懂懂情窦初开的小女生们留下了难忘印象。每逢演出结束,老师总要带我们到厦港沙坡尾"狮狗"小吃店每人犒劳一碗热腾腾的面线糊当夜宵;在黄厝塔头劳军时一群小妞见到香甜的红沙瓤大西瓜,完全不顾吃相;冬日上东坪山慰问部队演出时寒风刺骨,但有大鱼大肉伺候,夏日穿厚军装扎皮带跳劲舞闷得一身"香"汗。

记得呀,当然记得。当年黄教练教我们跳各种少数民族舞蹈:新疆舞欢快奔放、朝鲜舞柔婉袅娜、蒙古舞节奏明快、藏族舞活泼潇洒……在一个类似大型组歌的舞蹈节目中,一队、二队和三队大小队员悉数披挂上阵,气氛热烈,按文艺演出的行话,这种大场面叫热场。姐妹们,还记得那歌词和让人翩翩起舞的旋律吗?

幸福的伽耶琴在海兰江边激荡

热烈的达甫鼓在天山南北敲响

欢快的芦笛吹奏在槟榔树下

深情的马头琴回响在内蒙古草原上

还有这一段：

翻身的农奴献上洁白的哈达

解放的牧民捧起鲜美的奶茶

在民族舞蹈中，我最擅长蒙古舞和藏族舞，因为我天生会抖肩，无师自通，有模有样，对狂放不羁晃晃悠悠随心自在的藏族舞蹈也得心应手，但老师却经常把我打扮成朝鲜族模样，他们都说我长得像朝鲜族姑娘。唉，那还不是因为我的圆脸蛋和单眼皮的细眯眼睛。

记得呀，当然记得。那时没有上文化课，我们所有的时间都用来排练，不是在空荡荡的校园小操场，就是来到造船厂的大厂房，或是在校园里打三毛球嬉戏玩耍，无忧无虑，仿佛被罩在孙悟空的金箍棒划出的神秘保护圈里，遮挡了外界的纷繁和动乱。都排练些什么节目呢？当然有舞蹈《在北京的金山上》，还有，在《洗衣歌》中，找不到同龄男生来当解放军班长，添炳教练自己来客串；"长江滚滚向东方，葵花朵朵向太阳"那一支舞蹈，老师买来洗菜的浅竹筐，自制向日葵道具，大姑娘们在台中央翩翩起舞，学先、余祥等小丫头在前排充当小"向日葵"。二队小男生中，钱争鸣拉小提琴，同支连支等说相声、快板和三句半，还记得他们打起快板，张嘴就说：竹板那么一打，您老往前瞧……（整个段子我仍记忆犹新，但带着那个特殊年代烙印的台词，还是不说为好）

记得呀，当然记得。陈慧爸妈并不赞成她参加宣传队，经常在我们要排练的时间加派家务事给她，于是小姐妹们常到陈慧家帮她干家务活。有一次，大家一起热火朝天地搓煤球，大功告成后，甩着黑乎乎的双手，唱着歌儿，到敬贤楼后山防空洞口流出的山泉水坑洗手，而后蹦蹦跳跳地到学校排练去。不料被在那里洗衣服的李少霞妈妈瞧见（她是医院的洗衣工，经常挑着成担的衣服在那里洗刷）告诉陈慧妈妈邓春秀老师，事后陈慧挨扁，悻悻然……

可能有人疑惑，真奇怪，"黑五类子女"怎能成为毛泽东思想宣传队的主

第二章 岁月·历程

角？就连在路上恨恨地骂我"爱跳舞"的小混混也无奈我何。可能有如下原因：其一，那时的工宣队师傅和小学老师还是爱才惜才的；其二，他们或许认为参加宣传队有利于我们这些孩子的"改造"。《永远的厦大孩子》文集的来稿多达一百多篇，但是始终没有一篇详细描述在宣传队的那一段快乐时光。我之所以迟迟未动笔，是因为彼时那一群大小丫头实在清纯美妙，以自己极其有限的笔力难免挂一漏万。但奔腾的回忆思绪还是情不自禁地涌出，在键盘上流淌。

图4　第二次聚会在鼓浪屿

当年的七二七小学宣传队，女生多男生少，当我们这一群厦大孩子一起走过岁月的沧桑，回首匆匆那年，会发现彼时一队、二队和三队的姑娘们后来有的成为教授、博导、杰青、中学名师，有的跨洋过海留学工作在海外，大都学有所成。刚好看到有人引某韩剧台词："长得漂亮，学习又好，真是让人反感的孩子啊"，并说"谨以此句献给从小到大校重点班的那些校花们"，忍俊不禁。然而，当年并没有校花一说，我们也从来没有进过重点班，甚至一度还成为失学儿童。但是，厦大校园里熏陶出来的姑娘们，气质和风度确实与众不同,这也许是当年她们被工宣队和小学老师"慧眼识英雄"地挑选为文艺宣传队成员的主要原因吧。花季少女,喷薄而出的青春终将绽放,为那个压抑的年代带来了一抹亮色。

我从幼儿园开始就是演出小达人。"文革"前,为了准备六一的节目,小学班主任请来我们班蔡玉兰的姐姐教我们跳"巴格达舞",小丫头们借来妈妈们的漂亮丝巾,缠在头上,做巴格达小舞女状,那时就有了文艺少年的雏形。我们从小学毕业后,三队小丫们后来居上,在添炳教练悉心指导下,一台歌舞依然热闹。如今,添炳老当益壮,一直活跃在舞蹈教练的岗位上。因为有宣传队的底子,小伙伴中,陈慧和慧华把她们的文艺青年形象一直持续到上山下乡和上大学,建光现在还是自己创办的交谊舞学校的教练,丽燕更是终生从事文艺工作,见她们生活得潇洒快乐,真为她们高兴。

亲,想念你们,盼今后常相聚!

图5　六年级五姐妹

图6　多年未练习,姐姐们的技艺有点生疏,添炳教练不愧技高一筹,
他的舞姿最给力(陈慧的评价)

图7　2012年2月17日章慧、何瑞玲和澳洲归来的王小牧合影

图8　2013年5月6日王小牧携小儿子再回故乡,小帅哥像极了当年的小牧

218

**图 9　2014 年春节五姐妹再次相聚,丽燕(左一)即兴表演了精彩节目,唱作俱佳**

**图 10　陈丽燕(左三)依旧活跃在文艺战线,是厦门新知青艺术团的主角**

### 洞仙歌

友人赋词

春节前后,姐妹脸如春。翩翩美女喜相逢。追少女一梦,几次集会,心安慰。兴到而今未尽。

分明都是情,教练纯真,身伴佳人不觉闷。记当年、得意处,文艺青年,苞待放、玉肌香润。看今朝、情怀开难禁,丽燕舞姿轻,春暖声韵。

# 趣谈做饭

## ——炒酸菜

### 章　慧

　　马年春节,女儿回家过年,回香港时,行李中除了过年给她买的新衣和新鞋,还有带给亲戚的藤茶和芦笋茶。今年与往年不同的是,我还让她带回一小盒炒(潮州)酸菜。

　　不就是炒酸菜吗?小菜一碟吧?这些年的年货中总有一小箱小包装酸菜笋、酸菜菌菇等调配好的土特产小菜,平时用来佐以白粥,但可能是原料不地道,总觉得不好吃。于是,特别想念小时候妈妈做的炒酸菜。在那个物资匮乏的年代,炒酸菜俨然是一种美味,彼时我和姐姐玩耍之余,时不时从菜橱中的一盆炒酸菜中挖出一勺来,一口一口慢慢品味,就像今天的孩子在吃零食。

　　后来当了知青,乡下没有现成的酸菜。在带队干部老王的示范和启发下,我和国英姐有模有样地学着用知青的自留菜地种的萝卜缨子(闽南语称"菜头鬃")来腌制咸菜:先把萝卜缨子洗净晒干,然后放在瓦缸中一层萝卜缨子一层盐交替堆叠,顶上压一块石头,放置几天就成了。那时的生态环境好,没有用杀虫剂或除草剂,萝卜缨子的细杆和叶子上爬满了密密麻麻的蚜虫,怎么洗都洗不干净,只好直接进入下一道工序了。老王笑称,没有关系,可以让大家尝尝"多种维生素"嘛。

　　刚刚下乡时,海埔知青农场的宿舍还没有盖好,我们这一小批"9·16"知青(指1974年9月16日下乡的厦门造船厂和交通局员工子女)就暂住在山尾村(图1,即今天厦深高铁的始发站厦门北站所在地),每天步行到海埔去干农活,早出晚归,大家轮流当炊事员。当班炊事员每天上午必须在山尾

220

图1　1997年10月我留英归来后,想念小伙伴们,组织"9·16"农友返乡,在山尾旧厝前合影。我们身后的那一扇门,即当年闹鼠患的厨房,萝卜缨子就种在我们前方的菜地里

做好这十几个人的午饭,然后送到海埔去,早饭和晚饭则在山尾就地"享用"。

没过几天我也被轮上当炊事员,起先,小伙伴们不太看得起我这个娇小姐也会当"火头军",我自己心里也没底。记得有一次,临要做饭时,发现米缸没米了,赶紧抓起空米袋沿着窄窄的田埂走山路一溜小跑到后溪公社所在地去买米,一路走一路抹眼泪,四下看看没人,大哭,心想我若是留城待在家里,这些事一定是爸爸或姐姐做的。还有几次赶早去买肉,肉摊子前拥挤不堪,肉贩子对在一旁怯怯生生手持肉票的我,爱理不理,让我好生难受,又想家了,再痛哭一场。

哭也好,想家也罢,饭还是要做的。幸好我对做饭无师自通,含"多种维生素"的萝卜缨子咸菜也被我伺弄得有滋有味,受到小伙伴们一致称赞。后来有一位已经待在海埔的"9·16"农友还特意回到山尾来吃我做的饭,夸我做的菜"即便是炒一把咸菜,也比其他人做得好"。很快炊事员要"换届"了,他们都希望我连任。

从炒咸菜的事,我得出一个结论:做什么事都要动脑筋,要用心。比如炒萝卜缨子咸菜,我多放了一点油,并贡献出自己限量供应的一份白糖,还

加了些许味精,当然比其他人做的干巴巴的炒咸菜好吃。

不过,这种含"多种维生素"的炒萝卜缨子咸菜,我自己是不吃的,因为我的脑海里会回放那些挥之不去的紧紧爬在细杆和叶子上的无数小蚜虫……

希望"9·16"农友们(图2和图3)看过这篇文章不要骂我。事实证明,他们个个被我的饭菜和"多种维生素"炒咸菜滋养得身宽体壮,干农活倍儿棒。

图2 "9·16"农友是第一批厂社挂钩的厦门市交通局和造船厂员工子女,几乎清一色的高中毕业生

如今已成为厦深高铁始发站的小小山尾村,据说早年曾经爆发过鼠疫,致使其村民逃离一度成为空村。我们入住山尾村时,见到那里的老鼠,肥硕无比,在房屋中四处乱窜,果然名不虚传。为了方便当"火头军",我和丽华姐就住在厨房隔壁的一间屋中,那年夏秋之交夜晚身着短衣裤睡觉,有一只老鼠从房梁上一跃而下,居然把我的身体当作跳板,以右手心为落脚点,腾腾腾地沿着我摊开的右臂窜向左臂后逃离,睡梦中似乎感觉有利爪从身上

挠过,还伴随着沉甸甸的质量。有洁癖的人,清醒过来时那一个恶心和后怕啊。

为了给在外辛劳的丫头做一次"妈妈的炒酸菜",马年春节前我就在寻觅潮州酸菜。但是,我们家楼下的新华都超市没有卖。终于在姐假期的最后一天,我们在沃尔玛超市中找到了潮州酸菜(腌芥菜心),花了五元多买回两袋,如获至宝。

制作炒酸菜时,先取酸菜细细洗涤几遍,去除老叶子和包在菜心外的筋络,在清水中浸泡一会,取出将其切碎、剁细,用手挤去大部分酸菜汁,形成菜团样;在铁锅里搁油,让葱头煸出香味,放入酸菜团翻炒,加白糖、些许好酱油(我用的是厦门超级酱油)和蘑菇精(喜

图3　当年一起在山尾村插队的"9·16"姐妹们

前排左起:田国英、章慧。上山下乡两周年纪念,摄于1976年10月

欢食辣的,可放入剁碎的红辣椒),炒制的过程中就不要再加水了(因为酸菜汁未完全挤干)。

如此手工制作的炒酸菜,佐粥开胃,下面条可作为配料,女儿尝过几口后,欣然同意打包带回香港去。

通过这件事,我和姐爸得出结论:今后应该把能否买到潮州酸菜,作为衡量一个超市是否合格大超市的标准。

后记:本想写一则炒酸菜的小文,一不小心,就写成上山下乡回忆文了。文中附上两幅"9·16"农友的老照片。不幸的是,照片(图2)中有一位"9·16"农友于2014年过早地离开了人世,另有几位后来的经历颇为坎坷,也已经失联,给这篇原先基调轻松的回忆文带来了些许沉重和沧桑。

# 希望的田野

## ——忆 1977 年高考及我的知青农场

章 慧

1977 年 12 月 16 日清晨,我与后溪公社前进大队知青农场的十几位农友,沿着窄窄的田埂,穿过冬日的田野,走向当时设在厦门郊区后溪公社的考场——后溪中学。当我站在中学操场排着队的拥挤人群中等待高考前的那一刻,环顾周围的考生(大多为下乡知青),心里突然闪过一个念头,在这些人当中,最后究竟会有多少人能脱颖而出、跨入大学校门? 据说当年的录取率不到百分之五(在五百七十万考生中只录取了二十七万),而"文革"至 1977 年已经积累了近十一届的新老中学毕业生。

考场上忙着答题,细节已经忘了。唯一记得的是,我所在的考场是一间破教室,玻璃窗破损,一阵阵寒风吹在身上,再加上心情紧张,我一直瑟瑟发抖。

以我之前在中小学读书时总是名列前茅的学习成绩,我本不应该如此紧张。但是,当时我确实感到"压力山大",因为,"文化大革命"的"打倒一切",使得自小学四年级下学期开始,我就被一帮"根正苗红"的同学唾弃,成为"黑五类"和"狗崽子",在学校受尽欺侮,愤而弃学,被迫中断了小学学业。小学五六年级的功课,迄今在我大脑中仍是一片空白。我所受的小学教育是不完整的,这种缺失是后来读再多书也无法弥补的,以致后来作为一名大学教授,居然不能胜任辅导女儿小学高年级的功课,使我一直耿耿于怀。我经常感慨地对女儿说,我曾经是失学少年。后来在中学的六年学习中,虽然刻苦用功,被老师视为学习尖子,另开小灶,格外喜欢化学,但所学到的知识仍然极为有限。自 1974 年 9 月高中毕业上山下乡奋斗三年多,风里来雨里去,挥汗如雨种水稻、甘蔗和蔬菜等,辛苦劳作(图 1),几乎将所学知识都还

图 1　丰收的喜悦（中排右一为笔者，身后远景为知青农场）

给老师，考前一个月才在姐姐的帮助下，脱产参加了厦门市水产学院为教职工子女，举办的一个高考辅导班，准备得很不充分。另一个使我紧张的原因是，1976年，我被所在的知青农场推荐上大学，参加了在郊区集美镇举行的招考工农兵学员的"开卷考试"，据说当时考试的成绩是全郊区第一名，但是最后上大学的名额却被后溪公社的另一位考生吞掉，并且农场里还有人对我上大学的事说些风言风语，这件事曾使我一度感到心灰意冷。

凭着多年来的好学和骨子里不服输的精神，我终于如愿以偿地考入心仪的厦门大学化学系。这是我人生中一个最最重要的转折点。如今仍使我感慨万千的是，如果我在初中阶段没有听从班主任林可庄老师继续学业的劝告而辍学当学徒工，或者高中毕业时作为"照顾对象"留城不走上山下乡这条路，那么我的人生经历将可能完全不同。我对自己选择的道路无怨无悔。

我迄今仍保留着当年高考填报志愿的那份《福建日报》招生简章和目录（图2）。1977年高考前后的花絮，历历在目。我最感激的一个人是我的父亲，他亲手为我准备了一份政治复习提纲，在一本练习本里密密麻麻工工整整地写满可能出现的政治考题及相应答案供我参考，可惜这个本子再也找不到了。另一件有趣的事发生在考试前夜，我们农场的几个考生聚集在一起，猜测第二天会出什么样的语文考题，不知谁说，恐怕会考毛主席诗词吧，于是我就拿起早就背得滚瓜烂熟的毛主席诗词翻看了一遍，果然，1977年福建省高考语文试卷中有一道考题是默写毛主席诗词《蝶恋花·答李淑

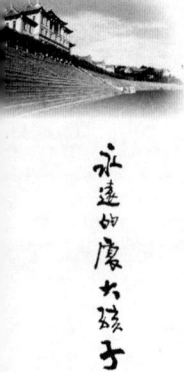

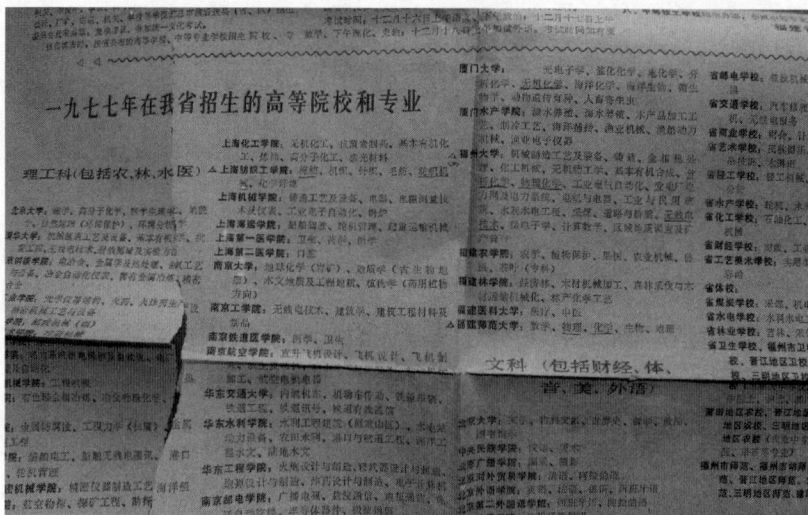

图 2 1977 年 11 月 5 日《福建日报》第四版刊登的一九七七年招生简章

一》。感觉人生中几次关键的考试似乎有如神助，包括 1996 年被国家教委公派留学英国的雅思考试，也是在考试前夜被我押中了作文题。

1978 年 2 月 21 日的日记铭记着我一生中最难忘的时刻。那是一个农闲的日子，春寒料峭，一直盼着大学录取通知书的我，前一夜做了个好梦，欢欢喜喜地早早起床了。因为身兼农场会计需要做年终结账，但那个上午一直沉浸在梦境中，心不在焉，老是把账算错。忙碌半天，正想掩门午睡，农友丽卿急急忙忙冲进来，没头没脑地对我说：章慧，太好了！见我莫名其妙，平时说话有点口吃的她才把话说得连贯一些：你已经被录取了！直到今天，我还是不明白为什么是丽卿来告诉我这个好消息，也忘了那份录取通知书究竟是怎样来到我手上的。只记得自己后来端起一盆衣服，站到溪水中细细搓洗衣裳，感觉浑身热乎乎的，仿佛冰冷刺骨的溪水也变得暖洋洋，轻拂过赤裸的双脚。圆梦一刻的激动和欣喜，难以言表。接下来的几天，我忙于整理那几年业余时间为知青农场当会计的账目，2 月 23 日，在带队干部汪守土师傅的主持下办了简单的移交手续（图 3），打点行装踏上新的征程，对未来充满着兴奋和期待。

2008 年 1 月 19 日的最后一次返乡，是在得知园博苑的规划将我们当年的知青宿舍（坐落在杏林湾）纳入其中，一群知青相约回去凭吊遗址。尽

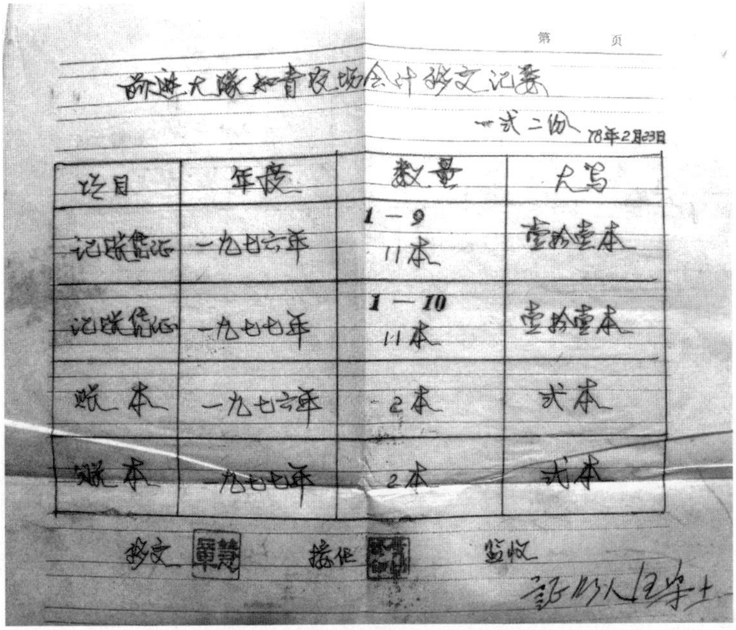

第　　页

[illegible]大队知青农场会计移交记录

一式二份 78年2月23日

| 项目 | 年度 | 数量 | 大写 |
|---|---|---|---|
| 记账凭证 | 一九七六年 | 1－9 11本 | 壹拾壹本 |
| 记账凭证 | 一九七七年 | 1－10 11本 | 壹拾壹本 |
| 账本 | 一九七六年 | 2本 | 贰本 |
| 账本 | 一九七七年 | 2本 | 贰本 |

移交　　接收　　监收

证明人 [illegible]

**图 3　1978 年 2 月 23 日移交知青农场账本等文件的记录**

管知青楼已经破败不堪(图 4),但农友们对当年抢收抢种、抗洪救灾的艰苦奋战情形仍记忆犹新！三十几年过去了,听说农场知青中有好几人已不在人世,与我同一批下乡的十几位“9·16”农友,大都饱经坎坷和沧桑,已有一人不在人世。虽然知青楼将不复存在,但它见证了我们抛洒在这片土地上永远逝去的汗水、热血和青春。那一天,我是一步一回头、恋恋不舍地离开农场的最后一人。图 5 所示照片是最后的定格。我身后的平房是当年的牛棚,下乡到农村的第一天,我被老场长安排在那里清理牛粪。当一位在城市里长大的娇小姐硬着头皮赤脚站在厚厚的一层陈年稀牛粪中,你能否想象出那一种下马威是什么样的感受？

四十多年来,不论是在刻苦学习或努力工作中,或是在远离祖国的异国他乡留学求知时,曾经的知青经历让我身心强健、乐观地面对纷至沓来的挫折和难关,自强不息、止于至善,从不言放弃。

**图 4　后溪公社前进大队知青农场远景(两层石头房是当年的知青宿舍)**

**图 5　章慧是一步一回头、恋恋不舍地离开知青农场的最后一人**

(本文发表于 2007 年 4 月 6 日《厦门日报》城市副刊,原题"考试时,我瑟瑟发抖")

# 英村"厦大知青点"的往事追忆

## 刘学军

我于 1964 年毕业于厦大幼儿园,小时候不住在厦大,而是住在厦港。后来随父亲刘华和母亲陈淑女搬到厦大北村,那已是参加工作后的事了,所以曾自认为只能算半个厦大孩子。但再想想,我还有厦大知青点的下乡经历呀。这里就说说下乡那些事。

### 一、下乡

1975 年夏,我从华侨中学(当时叫厦门三中)高中毕业,响应号召上山下乡,来到郊区后溪公社英村大队厦大知青点当新型农民。

1974 年兴起厂(校)社挂钩,厦大为了方便厦大子女下乡,分别在郊区英村和同安设了挂钩点,当年就有二十名厦大子女来到英村大队,分别在几个生产队插队。

我下乡这年,厦大派出的带队干部(管理大队全体知青)李玉草老师和大队领导商量,将当年下乡到英村的厦大子女集中组建知青点。

下乡当天,厦大用车送我们知青及家长代表到英村大队。从这一天开始,我们知青共同经历了刻骨铭心的下乡生活!

我们知青点共有十五名知青,其中男知青五名,女知青十名,有点阴盛阳衰。我们全部知青编入果林专业队,占了当时果林专业队的"半壁江山"。不过队里有水田、果林,我们要喂猪、养牛、采石,还要护林,"专业队"其实不专业。

下乡劳动是艰苦的，特别是我们这些长期生活在城市的学生，刚来时真是肩不能挑，手不能提。何况我们队和其他生产队不一样，天天都要出工（因地少人多，有的队靠派工，农民及知青无须天天出工）。我们努力适应这千百年来农民日出而作、日落而息的呆板生活。我们知青干的活儿也是很杂的，无论是技术活儿还是体力活儿，我们都得干，犁田、插秧、割稻、采石、抬木头、挑大粪、种果树等等，都干过。最令人胆战心惊的是到"海埔田"参加双抢。时值盛夏，烈日当空，先是要抢收——割稻子，十天半个月下来，又要抢种——种夏季稻。"海埔田"是围海造出来的田，特别大，当时都是手工割稻，割了好久，仍然看不到地头。半天下来，大家都累得腰酸背痛，巴不得太阳早点下山，好早点回去休息。更可怕的是水田里还有蚂蟥，直往你腿上爬，把它弄死了，但还有半截在你腿上，吓得女知青们都要哭了。

农忙时唯一可安慰的，是午饭吃菜不要钱。大队补贴给各生产队，午饭就在地头解决，生产队统一做饭，还可吃到一点肉。我们每人带了一斤米做午饭吃（千真万确），吃得一点都没剩下，还没收工，肚子早已饿了。当时我们多能吃呀。

经过几个月脱胎换骨的磨炼，我们基本上适应了农村的劳动生活，也赢得了当地农民的赞赏。1976年我出工三百五十天（不计加班），可能是历年来全大队知青出工的最高纪录。

## 二、知青生活

刚下乡时，知青点未盖房子，我们十五名知青暂时住在离大队部不远的一座老宅子里。下乡不久，大队将我们知青点宿舍定在我们果林专业队的领地里。专业队廖队长当过泥瓦匠，他亲自为我们设计宿舍，并组织施工，我们知青也轮流当小工，为宿舍添砖加瓦。1976年3—4月间知青点的宿舍终于落成，我们全体知青乔迁新居。宿舍坐落在天马山边上（现厦门理工学院旁），远离大队部及各个自然村，是一座门字形的房子，共有五间住房，另有一间仓库，一间厨房。考虑到以后还将加盖，所以没有围起来，虽有大门，其实只防君子，不防小人。大门外还建了一个旱厕，雨天想上厕所，必须穿雨衣或戴斗笠。回城多年，这种厕所现在怕是再也不敢进去了。

新宿舍最大的问题是没有电,只能点煤油灯。在用罐头盒子自制的煤油灯下看书,一不小心就会烧了头发或熏黑了鼻子,看一会儿眼睛就酸了。我的近视眼估计就是那时患上的。

过了七八个月没有电灯的夜晚,时任带队干部邱老师多次向校政治处领导反映,厦大终于慷慨地出钱出力,派校电工班从邻近的生产队拉了一条专线,解决了我们用电难题。虽然电压不稳定,电灯时明时暗,但总比点煤油灯的日子强多了。

我们知青点是合伙吃饭,每个知青轮流买菜做饭。刚开始,有的知青比较会做饭,有的不太会做。我刚下乡时情愿出工也不愿做饭,但没有办法,必须遵守轮流做饭这一规则。还好当时只要能吃饱,大家也没有多少怨言。由于当时劳动量大、油水少,大家都很能吃,胃口大得吓人,粮食又有定量,基本上每天只吃一顿干饭,早晚都吃稀饭。大队两天卖一次猪肉,所以我们只能两天或四天吃一次肉。众口难调,我们合伙吃饭坚持到全体知青返城,这也属相当不容易了。


### 三、参加高考

到 1977 年下半年,我下乡已两年多了,有条件返城,当时愿望就是期盼着回城当个国营厂的职工。但这也不是件容易的事。我们大队的知青,1973 年下乡的只调回了一部分,1974 年下乡的知青绝大部分还没走,猴年马月才能轮到我们 1975 年下乡的知青返城?人人都在想,前途在哪里?大家心里十分惶恐茫然。

这年深秋,传来了恢复高考的消息,知青们奔走相告,兴奋不已,这可能是我们离开农村的一条生路,也可能是我们人生的一个重大转折。

我们知道,大学招生考试制度中断了十多年刚恢复,竞争必将十分激烈。在那读书无用的年代里,我们上小学、中学,学到的知识其实不多;中学毕业两年多,所学知识也忘得差不多了。但我们知青点还是有一多半的人准备报考。当我们去找生产队领导商量可否请假脱产复习备考时,队领导面有难色,说:如果报名考试的都脱产去复习,生产队一下子减少这么多劳力,必将影响生产,希望我们考虑。知青们回来商量后决定轮流回去复习。

当时我们主要是利用晚上的时间复习功课。大部分知青白天都还要参加生产劳动,我只在高考前十天请假回厦门脱产复习。

1977 年 12 月 16 日,福建省"文革"后首次高考正式开考,我们及附近几个大队的考生在后溪公社珩山中学考试,离我们大队还比较远,我们都借了自行车,早出晚归赶考。我心态平和地参加了两天考试,自觉考得不太理想,准备安下心来,继续回队干活。没想到 1978 年 1 月上旬通知高考初选人员体检、政审,我是我们知青点上线的三个人之一!转眼春节到了,我仍留在知青点值班,初四(2 月 10 日)回到厦门。在家休息了三天,回队前,父亲专门跟我谈了一次话,他一改往日的态度,亲切和蔼地让我一颗红心、两种准备,考上了怎么办……没有录取又怎么办……有过多年军旅生涯的父亲,为人一贯较为谨慎,跟我这样谈话,我理解是侧重于"考上了怎么办……"猜想他一定从何处听到了较为可靠的消息。我当时心情比较兴奋,虽然还不是十分踏实。

多年来,我一直很想知道老父亲当时是如何得到未公开的信息的,但几年前老父亲走完了他八十八年的人生历程,已没有机会从他口中得知真情。我曾就此事询问过母亲,但她不知是忘记了,还是父亲也没将内情告诉她,这谜底看来是永远无法揭开了。

过完节,大队派我和其他生产队两位青年民兵到灌口公社参加郊区的民兵骨干集训,吃住、训练都在灌口坑内大队,不去不行,只好去了,但心思已不在那里。

那几天,我经常打电话回大队,问是否收到录取通知书。

大约是 2 月 22 日吃过午饭,我借用坑内大队的电话打到英村大队,接电话的大队播音员(1977 年下乡的厦大知青)告诉我,说有我一封福建师大录取通知书,还有一封也是我们知青点蔡彬的厦门大学录取通知书。我虽录取的是第二志愿,但也从此不用再穿草鞋了。真是太高兴了,谢天谢地!我按捺不住激动的心情,决定不参加下午的训练,立即请假回大队拿录取通知书……

这样,我结束了两年零七个月的知青生涯,开始了另一段人生新篇章。1978 年底,还未回城的厦大子女,全部被厦大招工,回到了厦大。虽然时过境迁,但这是我们知青一段重要的人生经历,在特定的时代、特定的环境里

永远如虞大孩子

让我们得到了锻炼,培养了吃苦耐劳的精神,更加成熟了。我还在知青点光荣加入了党组织。这一段经历,有蹉跎,也有磨砺;有情结,也有理想,是人生不可多得的一笔财富。我们知青点的知青,还有两对有情人终成眷属,结为伉俪。时至今日,我们大多数知青还一直保持着联系,深深怀念那段难忘的时光。

# 同学情

李跃年

2014年9月年休假,我带一家人到港澳地区自由行。在香港中环与刘夏萍、饶伟晨、黄波三位老同学一起小聚。

我们几位同学都是厦大子弟,从厦大幼儿园、厦门市东澳小学到厦门华侨中学初中、高中都是同学。我和刘夏萍、黄波还是1976年7月20日一道前往同安县洪塘公社塘边大队插队的下乡知青。蹉跎岁月,我们一同在广阔天地修理地球多年。

同学合影

前排左起第二位郑雅珍,第五位石郎,第六位潘素珠;后排左起依次为:郑锦溪、徐建伟、李跃年、何淑珠、张红。其中,郑雅珍、潘素珠、郑锦溪、何淑珠的父辈在厦大后勤部门工作;徐建伟、张红的父亲在图书馆,李跃年的父亲在物理系,石郎的父亲在中文系

黄波同学 1980 年到香港定居。从那时算起,我们已经多年没见过面了。她年轻时在香港创业开公司,事业有成。我们都为她感到高兴。

　　趁着见面兴奋之时,我邀请香港的同学有空回厦门,到五老峰登山,再到厦大情人谷游玩,共同回忆少年时代的美好岁月、同学的友情。我们都是"奔六"的人了,衷心希望同学们多保重,让征程不断延伸,愿我们一路前行。

# 在厦大工作的日子

陈亚保

## 厦大"微生物工厂"

这是历史的回顾,也许有些人还没听说过这桩往事,但它却是厦大发展和建设中的一段插曲。

1976年夏天,我刚从武平招工回厦。当时有十位知青被分配到学校新兴的校办工厂工作,大家的心情可想而知,因为我们的身份变了,从"农哥"变成了"工人",还领到了梦寐以求的十八元学徒工资。当时工厂有五六十人,都是厦大的家属和子女。厂领导是生物系的老师,陈大靖担任书记,蔡元寿担任厂长,还有高级技术员郑智成负责全厂的生产指导。

彼时校办工厂十分时兴,一时间全国各地如雨后春笋兴办了许多校办工厂。我们的工厂由学校投资兴建,坐落在校区最好的地段东大沟旁,与美丽的大海沙滩紧紧相连。厂里有四大车间:发酵车间、针剂车间、药检车间和机修车间,各自承担着不同任务。我们生产的是庆大霉素针剂,工厂组建后面临着许多生产问题,学校还专门组织我们学员到省里制药厂和抗生素厂培训学习,回来后准备开工投产生产,那段时间大伙儿加班加点地忙乎着,犹如在农村时的夏收夏种场景。

我在厂里负责针剂车间的工作,新的工作岗位带给我很大的压力。对我这个刚从农村返城的"农哥",一切都要从头学起:设备的使用和维修逼迫

图1　微生物工厂的女工友

我自学制图工艺和钳工技术,原料的分析需要学习很多化学知识。但我们经过下乡的磨炼,回到城里吃点苦算不了什么。为了做梦寐以求的光荣工人队伍中的合格一员,更为了工厂的试产和肩负的责任,我放弃了参加1979年补习高考的机会,有点遗憾。最遗憾的是这年底教育部通知校办工厂一律停办,我们仿佛又一次体验了上山下乡的命运:全部设备转让出去,全体人员校内重新安排。我被分配到后勤车队驾驶班,从此走上了"一司机二杀猪"的生活道路。

厦大微生物工厂是校办产业的

图2　微生物工厂的男工友

一个试点，也是厦大孩子走进社会的一个起点，当时有三四十个厦大孩子从这里拿到了人生的第一笔工资，学会了为人处事的本领。虽然从建厂到下马只有短暂的三年时光，但它展现了厦大孩子朝气蓬勃的精神面貌，浓缩了厦大孩子的辛勤和汗水，也珍藏了厦大孩子之间的友谊和情感，在厦大改革开放的历史进程中留下了难以忘怀的一页。

## 快乐的"车夫"

过去每当听到"车夫"这个名字，人们就会联想到解放前拉黄包车的脚夫。如今社会变了，过去的歌女现在叫歌星，艺人叫明星，"车夫"也随之变成了司机，现在有的已经成车主了，这是时代发展的必然变化。

图 3　笔者与二位小师弟

我的工作证上标注的是驾驶员（国家事业单位高级技工证件），从 1974 年领取驾照到现在，整整四十年的"车夫"生涯，虽说不是一个好司机，但绝非是个坏司机，因为我开车从未发生过责任事故，就像我的师傅对我的评价，属兔的胆子小，谨慎驾驶安全第一。在我的"车夫"生涯里，磕磕碰碰总是难免的,甚至还有违章罚款的记录。这都不奇怪,因为没有犯规的球员不是好球员,没有违过章的司机绝对成不了一个好司机。

**图 4　当年开车的风采**

我是 1979 年调进厦大车队的。当时开货车,为学校的基建项目到山区拉木料、水泥和石灰,一跑就是几天。虽说很辛苦,但其中也有不少乐趣。因为每次回来都能带点山货,在当时算是社会上紧缺物资,如木板、家具、木炭、草纸等,大部分都是替亲朋好友和邻里乡亲代购的。后来因为开车稳

妥,被调到小车班为领导开车,一晃就是三十年啊。那时候我住在车队的宿舍里,清晨五点要送出差的老师到机场乘飞机,白天为领导开车,晚上还要值班兼开救护车,为全校的教职员工服务,接触了很多校内的家庭,尽量做到有求必应,因为这里是我的故乡,作为一个厦大孩子理应无私奉献。彼时我就有"公车私用"的行为:每当学校里有人结婚办喜事,生儿生女,或是病痛求医的,只要是学校人员,即使三更半夜我也尽力为他们服务,大家都说我人缘很好。有一次清晨我送物理系的教授到机场,返回途中在东渡大道看到一位环卫工人倒在血泊里,急忙停车把他抱上来,送到附近的医院抢救,并打电话与环卫处的领导联系,请他们派人或家属过来照看。后来环卫处派了两位员工过来查看,确认是他们单位的工人,当时我赶着上班,把人交给他们就离开了医院,没有留下联系方式。没想到第二天《厦门日报》就刊登了《寻找好司机》的文章,是环卫处写的。三天过后《厦门日报》又刊登消息说,群众看到停在医院门口的车辆有厦门大学的字样,经过联系才确认是厦大行政科的陈亚保同志。后来环卫处的领导还组织人员到我们车队送慰问信,当面向我致谢。我谦虚地对他们说都是老班长(雷锋)教育得好!

厦大是我的故乡,五十多年在这里生活,对这里的一草一木都倍感亲切,在我的"车夫"经历里与学校结下了不解之缘,在领导的眼里我是个合格的司机,在老百姓的心中我是个贴心的汽车驾驶员。

永远如厦大孩子

# 改革开放圆了我们的大学梦

郑启平

我是共和国的同龄人。生在大学校园,长在大学校园。从小耳濡目染加之父母和莘莘学子的熏陶,长大了也要像他们一样进大学教室深造,成了我孩提时代最大的心愿。该上高中的时候,由于父亲郑道传是"大右派",我的毕业鉴定中又被人强加了几条莫须有的罪名,因此,虽然中考成绩优秀,但是全市十多所中学没有一所愿意录取我。万般无奈,只得上了一所名为"半工半读"、实为充当泥水小工的"中技学校"。到了该上大学的年龄,又遇上"十年动乱"和"上山下乡"。在那蹉跎岁月中,厦门大街小巷的建筑工地、闽东的深山老林、闽西的穷乡僻岭、杏林湾畔的简陋工棚,都留下我探索人生的艰辛步履。但无论生活的脚印如何蹒跚,随我四处漂泊的行囊中,必定珍藏着我用平时省吃俭用,攒下零用钱购置的全套高中课本,以及当时被称为"黑书"的《牛虻》《安娜·卡列尼娜》《儒林外史》等中外名著。夜深人静,结束了一天的颠沛流离和繁重的体力劳动后,在昏暗的灯光下伴我度过漫漫长夜的,就是那一本本内蕴厚实却又不会开口说话的"良师益友"……

1977年12月,高考制度恢复,考试由各省分别命题。时年我年逾二十八,已在杏林一小厂当了七年铁匠,且刚当上爸爸几个月。面对这突如其来的喜讯,命运之神却又一次残酷地阻拦了我。一次意外的工伤事故使我错过了报考的时间,与这期盼已久的机会失之交臂。

难忘的1978年夏天,"十年动乱"结束后,第一次规范的全国高校统一招生考试即将举行。听到这振奋人心的消息,我兴奋得直想把手中沉重的大锤,抛向通红的炉膛中。办完了繁杂的报名和请假备考手续后,离考试时

间只有二十多天了。在那二十多天里，我在杏林湾畔披星戴月，日夜苦战：凌晨念英语，下午做代数，晚上练作文，深夜攻地理……我竭尽了全部的心血和毅力，以每天二十小时的进度，向大学校门发起了最后的冲刺。

临考的前两天，我突然接到妻子打来"孩子发烧住院"的电话。对这位承担了照料公婆和孩子的全部重担的老三届贤妻良母，我还能说些什么呢……

苍天不负有心人，多少年孜孜不倦的追求，多少个不眠之夜灯下的苦读，终于化成了高考成绩通知单上超过"省线"的阿拉伯数字。然

妻儿送我上大学（摄于 1978 年 12 月）

而好事多磨，我和厦门市的数百位考生，却因招生名额限制等原因，迟迟收不到录取通知书。我们像一群历尽千难万险的长途旅人，长途跋涉却看不到终点……就在这关键时刻，市政府和教育主管部门中的许多有识之士，为我们四处奔波、齐声呐喊。当年年底，我们这一大批"上线"考生，终于踏进了"扩招"的大门。就在党的十一届三中全会胜利闭幕的第三天，我幸福地收到了迟到十多年的某大学中文系录取通知书，抱着刚满周岁的孩子，挤上了通向大学校园的最后一班车。

有人说："老三届的子女早懂事。"这话很有道理。也许是老爸坎坷的求学经历从小就在儿子幼小的心灵上烙上了深深的印记，自幼儿园开始，我儿子就十分珍惜学习机会，并有很强的上进心。从五岁起，每当我问他："长大要干什么？"他总是乐呵呵地回答："上大学！"而且会歪歪斜斜地在图画本上"写"出"厦门大学"四个大字。

迎着"把厦门经济特区办得更好些更快些"的晨曦，踏着《春天的故事》的旋律，儿子真是赶上了好年头。从小学到高中，不但一切顺顺当当，而且

一贯品学兼优。太平盛世喜事多。1995年夏季，也就是儿子刚满十八岁那年，他被保送进入厦门大学法律系国际经济法专业。比他爸爸提早近十二年，"正点"地圆了大学梦。

今年是改革开放三十周年。改革开放给厦门特区的千家万户，带来了许多翻天覆地的变化。如果有人问："三十年给你家带来的最大变化是什么?"我和我的孩子一定会异口同声地回答："圆了我们的大学梦!"

(2008年6月2日，本文获厦门网"改革开放30周年"有奖征文二等奖)

# 我的大学我的班

郑启平

厦门师专 1978 级中文班毕业留影

　　1978 年是恢复高考的第二年。那一年夏季，我（中排左四）以二十九岁的高龄，带着刚满周岁的儿子，勇敢地跨进高考考场，并幸运地被集美师专中文系录取，挤上了通往心仪已久的集美学村的最后一班车。当年我就读的 1978 级中文班，是一个深烙浓烈时代色彩的班级。全班三十三位同学，就有二十一位是来自闽南各地的"老三届"。这二十一位"老同学"之中，已婚的就有十八位。除了我只有一个独生子外，其余的十七位都是多子女的爸妈。据当时校团委书记潘世平老师在迎新会上的统计，我们全班的"老三届"共有子女四十一名……

　　我所在的这个以老三届居多、年龄偏大、子女众多的特殊班级的同学，和那个年代许多从蹉跎岁月中走过来的同龄人一样,特别珍惜来之不易的学习机会。我们克服了许多当代大学生无法想象的困难,全身心地投入到紧张的学习中。学校也委派了当时我省优秀的作家和学者傅子玖(前排左五)、曾传兴(前排左六)、林懋义、傅转南(前排右六)等担纲"现代文选"、"现代汉语"、"写作"、"文学概论"等各门主科的教学。为满足同学们强烈的求知欲望,学校每周排满三十多节课。据说,我班的周课时,超过了当时的福建师大中文系。每天早晨,最早迈进教室门槛的,是我们班级的学生;每天晚自习最早亮灯、最晚熄灯的,是我们班级的教室;课堂讨论最热烈、思想最活跃的,还是我们的班级。当年,老师们对我们班级的共同评价是:"经历最丰富,学习最刻苦,成绩最优秀……"

虽然集美师专创办初期,各项办学条件还不尽如人意,但师生关系却十分融洽。记得一个细雨绵绵的下午,张克莱副校长(前排左七)把到杏林某厂拉回校梯形教室窗户防护栏的紧急任务,交给我和苏效明(中排左五)、陈金山(中排右一)、游怀忠(后排右二)四位同学。当浑身湿漉漉的我们用板车把防护栏拉回校区,已经是晚上八点多了。在学生食堂前等候多时的张副校长,亲手把热气腾腾的"加料"阳春面,端到了我们面前……

当时学校的课余生活也很丰富。篝火晚会上,最难忘的节目,是全校师生一同聆听外文系安俏燕同学甜美的女声独唱《小城故事》;最有成就感的,是在校区大礼堂,有声有色地排练由傅子玖教授任导演、我班同学任编剧和演员的独幕话剧《淡水河边》;而由我和另外三位同学组成的集美师专"疾风"乒乓男队,曾在墨绿色的球台前,用弧圈加快攻,一次又一次击败实力强大的集美航校"和尚"队……

改革开放初年,我们1978级中文班的三十三位同学,就这样在嘉庚精神熏陶下,在集美师专老师们的辛勤教诲下,在集美学村这方世界上最绚丽又最朴实的校园中茁壮成长。难忘啊,我们曾在肃穆端庄的鳌园,追寻校主爱国爱乡的艰辛足迹;也曾在龙舟湖畔海风习习的清晨,细细品味《论语》的真谛和《离骚》的意蕴;还曾在南薰楼下一条绿荫馥郁的小道上,学知识、学做人、学感恩……共同度过了我们人生旅途中的一段最美好的时光。

三十多年弹指一挥间,如今1978级中文班健在的同学,还有三十位。2007年入选厦门首届十位优秀校长的厦门一中校长周君力(后排左六)和

原五显中学校长林茂友（后排右六），就是我们班级当年率先垂范的团支书和以身作则的劳动委员。而我们班当年的两位女同学郝秀丽（前排左三）与缪红玉（前排右三），则是当今岛内两所名校的副校长。魏有春（后排左一）同学现任市文化市场综合执法支队大队长。当年在雨中用板车拉防护栏的四位同学，也都是所在学校的骨干教师。我和苏效明与陈金山，先后加入了省作家协会，在做好本职工作的同时，共出版了各类著作十余本；游怀忠则成了思明区教育局副局长。其余各位同学，或从教，或从政，或从商，或在职，或退休，都以各自力所能及的方式，为实现校主陈嘉庚先生的遗愿、为海西地区的各项事业奋斗不息……

啊，我的大学我的班！

（本文发表于 2013 年 7 月 5 日《厦门日报》城市副刊）

# 我的洋老师吴玛丽

郑启五

吴玛丽女士是改革开放后厦门大学引进的第一位外教,她的一头银发说不清是因老发白,还是洋人天然发色,但绝对是标志性的。然而这位洋老师走近时,让人感到最亲切的是她慈爱的微笑。她总在微笑,那种长者式的、非常善良的、发自内心的微笑。当她顶着一头标志性的银闪闪的头发、带着会心的微笑走进教室后,最令我倾倒的却是她的声音,老奶奶讲故事一样的嗓音,带有些许磁性的、微微沙哑的、慢条斯理又抑扬顿挫,仿佛后来《狮子王》等卡通电影开始的道白"Long long ago……"就是模仿她的声音,听这样的天籁之音诵读英语课文简直就是一种享受。吴玛丽老师不仅是大一时老天赐给我们的最好礼物,也是上苍对这所饱受磨难的海防前线的高等学府的眷顾。外文系的电教室把她的声音一课一课录起来放给全系乃至全校的同学听,十几二十年后,她的声音还不时在校广播电台响起,让我深深回味,更感到很幸运,毕竟我们当年听的全是"历史原声"。

大二的时候,吴玛丽老师教我们英语作文课,她老人家不但上三个班的课,更要改八十几号人的作文,每周一篇。大部分的作文都被改得星星点点,不仅拼写和标点的错误她不放过,更多的是语法表达的错误,或如何表达得更地道更简练。在作文后面她还用红笔写上好几行评语,或批评或鼓励或兼而有之,她的一句评语甚至一度诱发了我改用英语写作的梦愿。

吴玛丽老师也有相当性急的一面,常常在中午就迫不及待地叫一位名叫毕建军的女生到她的住处去,把已经批改好的部分作文带回到教室来,以便让同学尽快看到结果。不料引发了新的问题,许多同学争相翻看别人作

外文系师生与吴玛丽老师的合影,笔者在最后排右六

文本上的批语和评分。后来东窗事发,吴玛丽老师在课堂上第一次生气了,斩钉截铁地说:这样的事情再也不能发生了。同时她又非常真诚向被翻看作文的同学表示了歉意……也许这是我接受的关于"尊重隐私"的启蒙教育,尽管当时我已经二十六岁"高龄"。可惜到了大三时,吴玛丽老师让七八、七九级的同学抢走了……

"吴玛丽"应该可以视为她的中国名字,她的英文名字是 Marian Wu,直译当为"玛丽安·吴"。她老人家的身份似乎有点特别,或者有些传奇,我记不清她是英籍加拿大人还是加籍英国人,她的国家发给她丰厚的养老金,她并不缺钱,可以感受到她在教书时发自内心的快乐。假如没有记错的话,她已经去世的丈夫是一位姓吴的四川画家,所以下课时与她聊天,她会说几句四川话逗笑大家。她的随身行李中有几十幅裱好的中国画,都是她丈夫的遗作,记得她还在厦大的工会俱乐部,为她丈夫举行过一次小型画展。

我们大学毕业后不久,好像就是在同一年,吴玛丽老师离开厦大到上海去工作,我到她在厦大招待所的住处去话别,送给她一本 1981 年第 4 期的《现代外语》杂志,上面有我写的一篇谈英汉翻译的论文。我真的很舍不得她老人家离去,但还是祝福她到生活远比厦大安逸的上海去。她半开玩笑地告诉我:"你们外文系是怕我这个孤老婆子老死在这里。"她过去谈到厦大

248

外文系用的都是"our"，这次却有点伤感地用了"your"……

　　后来听说她去了刚刚成立的上海大学，暂住锦江饭店，上下课都有汽车接送，真是好消息，我感到很欣慰。这是我听到关于吴玛丽老师的最后信息。

# 我的大学梦

林　麒

## 一、儿童时代的大学梦

大学校园里长大的孩子，从小就自认为，长大了上大学是天经地义的事。我也不例外。不过那时，上大学还只是个心里的梦，觉得很遥远，不可及。

但是不知什么时候开始，应该是三年级的时候吧，那时曲解"与工农相结合"，使得我们甚至不敢谈长大后想上大学当科学家、工程师的理想，担心被说成是歧视工农而被批评和耻笑。记得有次作文考试，题目大约是"我的理想"。这种作文看似老生常谈，但我在当时却很难下笔。我真想写长大后要上大学，要当科学家。但因害怕被批评不爱劳动，轻视工农，最后竟然违心地写了长大要当扫马路工。

20 世纪 60 年代初，"文革"之前几年，厦门开始有了柏油马路，那是铁人王进喜带给我们的新事物。早年的柏油马路，一经太阳暴晒柏油就发软熔化，脚踩上去会黏黏的，又黑又臭，还时常把它带得到处都是，洗都洗不掉，很烦人。当时解决的办法是往马路上铺沙子。沙子被汽车轮子压进软化的路面后，柏油就不再冒出来黏人了。但是车轮子碾过时，轮缘处的沙子喷向轮子两侧，以致沙子或集中于路面中央，或跳到两侧路边缘。为了使沙子回到路面车轮轨迹上，必须经常有人去扫沙子。这也催生了一种新的职业:扫马路工(不是环卫工)。

现在的北村门口马路对过,曾是厦门大学的主校门(这个校门早已不复存在。在《永远的厦大孩子》里,我还写了一篇《厦大校门有几多》,对此校门有详细的描述),那里有一个三拱的大门。中央的拱横梁上书写着鲁迅体的"厦门大学"四个大字。凡 20 世纪 60 年代及之前出生的厦大孩子,应该都记得这个厦门大学真正的主校门。那是厦门大学的标志性建筑物。

在"与工农相结合、劳动光荣"的口号下,学校组织我们小学生上马路扫沙子。我扫过这个老厦大校门到东澳小学门口(现在的南普陀西门)的一段柏油马路。那天的作文考试,把我急得一身汗,一时不知写啥好。可以说是急中生智,竟然写了要以扫马路为生。后来我还经常想,如果一辈子扫马路,读书有什么用呢?那时还小,想不通。

作文交上去后,我在很长的一段时间里就像个说了谎的孩子,羞于见到我们的班主任黄珠美老师(她是我们的语文老师),生怕她批评我虚伪、撒谎。这件事就这样深深地记在我的脑海里,直到现在都难以释怀。

## 二、少年时代的大学梦

小学还未毕业,"文革"来了。不仅大学梦被粉碎了,连中学也不能上了。停了两年课,好不容易到 1968 年底盼来复课闹革命,却因是"黑帮"、"牛鬼蛇神"子女,不能上学,只能眼巴巴地看着周围一些小伙伴去上中学。虽然那时不能上中学的厦大孩子也不少,但是仍然对上中学极其向往,羡慕能上中学的同学。

1969 年初,中学对黑五类子女开了条缝,我们终于走进了盼望已久的中学。那时上中学,并不学文化,成天开批判会。上学只要带一本小红书——《毛主席语录》,学语录、写大批判文章是主要任务。我写论说文的能力就是那时练出来的。还有就是上山挖防空洞,备战。印象最深的是,经常半夜三更上街游行。1969 年经常在半夜发布毛主席最新指示。一有毛主席最新指示发布,厦大校园里的高音喇叭必定广播。一听到广播,再晚也得起床赶往学校,参加上街游行欢呼。中学一年级就这么稀里糊涂地过去了。

"文革"期间,大多数省市建了很多"五七干校",干部都上干校(更确切

地说,应该是"关进干校")去,家人、子女仍住在城里。但是,福建省别出心裁,让干部与知青一样,下放农村去插队,全家一锅端,连户口都迁到农村去。

在"文革"前,福建省是连年的"高考红旗"。人们奉行"学会数理化,走遍天下都不怕"。但是到了"文革",这句话成了打人的工具,受到严厉抨击。很多学生因为学习成绩好被打成"白专典型",老师也因此而无休止地被批斗。"读书无用论"甚嚣尘上,再也没人敢说要学习文化知识。在这样的思潮下,高校教师全按干部下放到山区插队去,一时间校园里变得冷冷清清。有的高校还被撤销了,记得漳州师院就是一家。

于是在1970年初的干部下放大潮中,我们家也与其他厦大孩子一样,举家插队。下放时,爸爸林鸿庆还是戴着"阶级异己分子"的帽子、背着党内处分去的。因父亲是广东人,我们家被"照顾",去与广东大埔交界的平和县九峰公社福坑大队插队。但凡地界,多以山或水为标志。只要看到公社名称——九峰,就知道其实那里是个大山区。20世纪30年代第二次国内革命战争时期,此地是红军的革命根据地。直到我们下放时,路边的一些民房墙上还留着红军当年刷写的"打土豪,分田地"的革命标语。九峰镇在解放前是平和县的旧县城(解放后,县城移至现在的小溪镇)。早年的九峰是个大土匪窝,据说解放初剿匪时,枪毙土匪把九峰镇旁的一条溪水都染红了。

下放到九峰公社,我和妹妹林健自然进了九峰中学(原平和二中)。由于九峰地处山区,山高皇帝远,"文革"的影响较小,学校还按部就班地开着各种文化课。刚到学校时,我们所有的文化课都落后。记得当时数学老师正讲一元二次方程的解法,我听得一头雾水。好在课程进度较慢,经过努力,很快就赶上了。进九峰中学的厦大孩子除了我们姐俩,还有黄洵。我们三人很快在学校里就成了学习"明星"。虽然我们都"出身不好",但在淳朴的山里人眼中,一点都没被歧视,还很被人钦佩。农民怎能接受向学校交学费而让孩子在学校里混日子?记得当时黄洵背"老三篇"(毛主席的三篇著作:《为人民服务》、《纪念白求恩》、《愚公移山》)背得好,年段长朱敬发老师还在全年段表扬她呢。农村的学校,称呼老师也特别亲切。如朱敬发老师,大家用闽南话尊称他"敬发先",而不是"朱先"。

在山区的农村,虽然文化课照上,但是劳动课也很多。我们学校在附近有一片水田（那是曾经的学校篮球场），需要学生去种田。我就是在那里学会了插秧的。学种白木耳也是一门课，也许本应是生物课吧，当时称为"农业基础"课（简称"农基"课）。数学课还教会计和出纳的基本知识，我在九峰中学学会了记各种明细账（农村生产队的账），虽然后来从未用过，但至今仍有印象。这对农村的孩子是很实用的一门课。

九峰中学里，还有几位出自厦大或厦门籍的老师。其中一位数学老师，课讲得很好，原是厦大数学系的学生，因被定为右派毕业后发配到此。听爸爸说，他成绩很好，是个高才生。正是下放期间在学校里学的各种文化课为我日后考大学取得优异成绩奠定了初步基础。

值得一提的是，在九峰中学学习期间不仅学习上收获很大，在体力、毅力和精神上也得到了巨大的锻炼。学校有个农场，在十几里外，那里原是茶场，我们去采过茶、制过茶。影视上常看到采茶女边采边唱，充满诗情画意。实际上那可是个辛苦活，是连农村女孩子都叫苦的活。采茶时，茶叶篮反系在腰后，不仅需要整天半弯着腰，双手还要不断地摘采（其实是半摘半拔，茶叶芽枝韧性很大）。采一天茶下来，腰都累得要酸断了，大拇指和食指都磨出大血泡。制茶也很辛苦。一道又一道的工序，需要手脚并用，连男同学都叫苦不迭。

后来学校决定在农场附近的山上种甘蔗。我们先把山上的茅草和灌木砍了，烧山，再挖大坑种甘蔗。大热的天，火烧烟燎，汗流浃背，只好拼命喝茶水，由于喝了太多提神物质，彻夜难眠，虽然白天累得半死。最考验人的是，茅草割断后，露在地面上的一小段余秆是空心，被火一烧，又硬又烫，踩上去直插脚底，在脚底板上留下一个个洞眼，甚至折断留在肉中，满目疮痍。在山上，没有任何准备，也无法去挑它。劳动结束，无法住农场，没有任何交通工具，只能咬着牙忍痛走十几里路回家。第二天还得再继续走去农场上山劳动。我们下放干部子女，虽然也都学了打赤脚上学，但脚板还是比较嫩，那惨状、那一个痛啊，真是不堪回首！

这还不算，甘蔗、茶树都是需要浇肥的。学校经常安排我们学生从学校厕所挑大粪去农场，从山下的溪里挑水上山浇甘蔗。若遇生理周期，那才叫苦不堪言。也就是那时，我从不会挑担到能挑七八十斤大粪走十几里路。想想，那时才是16岁的女孩子呀。妹妹林健比我还小两岁！

当然,在下放期间,上大学,那是连想都不敢想的事。下放后不久,1970年4月24日,我国发射了第一颗人造卫星——东方红一号,听着广播喇叭里从天外传来的"东方红",心情既激动,又感觉神秘。想象着卫星长什么模样,幻想着如何在天上翱翔飞行而过,却从未敢奢望有朝一日能从事神圣的航空航天事业。大学梦,仍是遥不可及。

正是在山区吃了不少苦,后来自己插队当知青时很快就习惯了农村的生活。更重要的是,不怕吃苦了。再苦哪有下放时苦?从中获得的是享之不尽的吃苦耐劳精神和坚持不懈的毅力、坚忍能力,也是人生之最大收获,所以下放是上了个"精神大学",收获的是精神财富。

### 三、青年时代的大学梦

1972年,学校开始恢复教学秩序,厦大下放教师也逐渐调回学校。年中我们随父母回到厦门,又进了阔别已久的母校——厦门市第三中学。这所母校,命运随着"文革"跌宕起伏。"文革"前,是"华侨中学";"文革"初期,是"前线中学";"文革"后期,是"第三中学";"文革"后,又改回"华侨中学"。"文革"恢复高考后,曾经有几年是全市的"高考红旗"。从对学生的培养成果看,走出了两位科学院院士、两位省政协副主席,还有众多大学教授、省市领导等,他们大多是厦大孩子,其中有不少是本书的作者。

下放返城回到厦门后,中学的教育也已日趋正规。实实在在地学了近一年的数理化、语文、工基、农基等课程,奠定了五年后考大学的基础。那一年的学习是快乐的。虽然不再批"学会数理化,走遍天下都不怕"的"白专道路",但也不提"读书无用论"了。

我的小学读了五年,五年制小学毕业。"文革"失学了三年半,又读了四年中学。1973年1月我们这一届高中毕业,拿了个高中毕业证书(见图1)。"文革"中被抄家后,我们家的许多资料都丢失了,我小学时代的东西早就没了。但是,我的这本高中毕业证书终于保存至今。

(a)高中毕业证书封面　　　　　　　(b)高中毕业证书内页

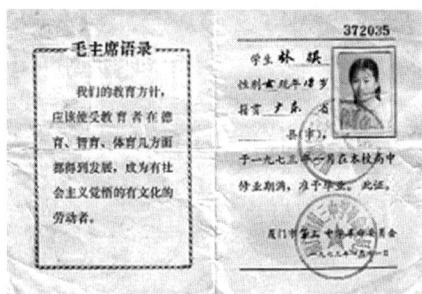

**图 1　我的高中毕业证书**

毕业走出学校，但也同时失去继续学习的机会。年底市里组织上山下乡，我和众多同龄的厦大孩子一起成了知青，插队到郊区灌口公社的坑内大队第十三生产队（位于下前山村）。同一生产队的另三位知青全是厦大孩子：陈和妹、黄一伍、卢先娟。

当知青期间，最用功的当属一伍，她带了个收音机，买了许琳编的广播大学英语教材课本，利用工余时间学习英语。那时高校已开始招工农兵学员。她出身好，"屁股红"，父母后来都是离休干部，有上大学的希望。我则因父亲还戴着"黑帽子"，对上大学是完全失去了指望。生产队分配我种蘑菇，我把所有的热情倾注于其中，把种蘑菇的体会记于笔记本，钻研技术，蘑菇获得了丰收，为生产队增加了不少收益。不过很可惜，后来我没有从事生命科学领域的工作。

上山下乡期间，上大学、回城……各种机会都要靠"关系"。社会上又"发展"了新的流行语："学好数理化，不如有个好爸爸。"中文语言很丰富，几十年后的今天，这句流行语已被"拼爹"两字所取代。由于爹"无能"，我直到1976年底才获得我们这一批下乡知青的最后一次回城机会，于12月31日匆匆忙忙赶在下班前到厦门市外贸局报到，成为土畜产进出口分公司茶叶加工厂机修班的一名电焊工，过了一个舒心的新年。无论如何，当工人的工龄从1976年算起，还领了半个月的工资——九元，这些钱在当时已经可以养活我自己了。

对来之不易的工作，我倍感珍惜，很努力，也很拼命，把几年中学学到的

不多的知识用于工作中,得到了班里老师傅的称赞。本以为我将在电焊工的岗位上干一辈子,与大学无缘了。

## 四、圆梦大学

1977年下半年,不断有传闻:可能要恢复高考了。幸福来得太突然,虽然渴望,但也不免半信半疑。终于,梦想成了可以抓得住的东西。1977年9月,传来教育部在北京召开全国高等学校招生工作会议,决定对广大学生以统一考试择优录取的方式选拔人才上大学的消息。大家奔走相告,积极行动起来,借书复习。厦大还请了各系的老师为孩子们开办补习班,辅导考试科目,教室就在群贤二阶梯大教室104。

我白天要上班,只得利用中午休息等工余时间依着小小的电焊桌看书做习题,全然不顾桌上布满焊渣、焊珠。为了提高效率,我和妹妹林健每晚下班后到吴玫家,与她一起复习、讨论。她报考文科,我们姐俩报考理科。

高考前便通知报志愿。那志愿表就是一张大约16开的纸,上面一排四栏,只能填三个志愿,最后一栏是"是否服从组织分配"。当时所有的招生信息,如招生学校、专业,全都公布于报纸。粉碎"四人帮"后,徐迟写了篇报道文学:《哥德巴赫猜想》,于是陈景润成了人人崇拜的著名数学家,全国掀起了学数学的热潮。因此数学专业也就成了无数高考学子的第一志愿。报志愿时,爸爸说,志愿一定要报得专一,招生老师喜欢志向专注的考生,哪怕成绩稍微差些。他自己"文革"前做招生工作就是如此挑选考生的。妹妹喜欢无线电,报的都是无线电专业。她从未离开过家,所以报了外地的大学,当然第一志愿还是厦大。我则都报数学类专业。由于我上山下乡离开家过,比较恋家,填了厦大和福大,又特别在第四栏填入了一个志愿。

我的高考准考证还保留至今(见图2),遗憾的是,那上面的照片被我一次情急中挪作他用,结果开了天窗。或许是被用去放在硕士生入学的准考证上了。

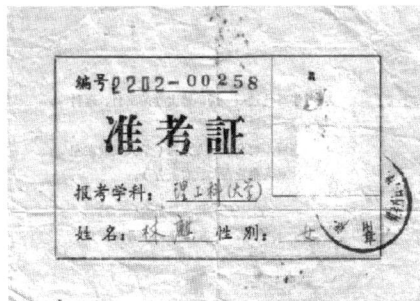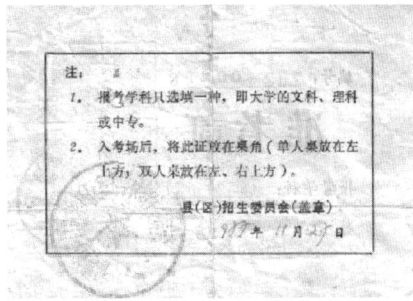

(a)正面 (b)背面

**图 2 我的高考准考证(1977 年 11 月)**

现在的高考得全市"静音",还要家长、警察、的士护送。家长冒着烈日在考场门外苦等。那时参加高考哪有现在这么隆重。我们的高考就是一件很平常的事,各人自己想办法去考场。我的高考考场在厦门第一中学。那时的公共交通很落后,全市才有三路公共汽车。我家住大白城,得花近半个小时跑到大南校门口乘到火车站的 1 路公共汽车去一中。也没有谁是家长陪着去考试的。现在的孩子真的是被宠得太过了。

经过两个多月的努力,当年的三人复习小组个个如愿以偿。吴玫考上了厦大历史系。1989 年她与夫君远赴重洋,至今定居美国。

命运总是作弄人。最后林健考进了厦大物理系无线电专业,还是在家门口上学。而我却以 320 多的高分被南京航空学院录取,还是要远离家门求学。我在取得博士学位后回到了厦大任教,就在父母身边,顺应了"父母在,不远游"的传统思想。我们家三姐妹,小妹林峰后来也在家门口上大学,女承父业,读了数学系。

说到被南航录取,还有段故事。记得那天我正在为厂里技术革新的设备进行焊接工作。厂办秘书匆匆来找我,通知说市教育局打来电话,要我马上去一趟,是关于高考录取的事。我问清了教育局地址,向班长请假后,急急忙忙往教育局跑。我们厂在海军司令部的虎头山对面(即现在的市妇幼保健院后面),教育局在实验小学边上。我很快跑到。教育局有关领导告诉我,南航招生老师从福州打来电话,问我是否愿意去读"航空发动机"专业,必须在中午 12 时之前回复。

人的一生，往往有那么一种冥冥之声在召唤。生物系颜思旭老师当时住我家附近，因是广东潮汕老乡，常来串门。当他得知我在复习准备高考时，曾建议我报考"航空发动机"专业，说那是高精尖科技，国家非常需要。而我对航空发动机毫无概念，以为与电动机没什么差异，没有听从颜老师的建议。想不到，航空发动机竟向我招手了。

在教育局得到通知时已是十点多钟。去不去南航？我得回家征求父母的意见。当时通信技术极其落后，不说没有手机，连固定电话都是奢侈品；而且公共交通也很落后，没有从教育局到厦大的公共汽车。那年月，自行车不仅是奢侈品，还得凭票供应，还是结婚三大件呢，是配给物，没有供应票是买不到的。我从教育局出来，一路徒步拼命往厦大跑。跑回大白城家里，爸爸妈妈都不在家，也无法联系上。我马上又跑出门去找，漫无目标地在厦大校园里乱窜。终于在鲁迅广场旁偶遇爸爸，像见到救星似的扑过去，紧急商量一番。考虑到"文革"刚结束，政策还不稳定，担心以后高考会有变数，不再举办，好不容易有一个上大学的机会，不管读什么专业，都不应错过。于是我又匆匆跑回教育局，表示愿意去南航。就这样，我误打误撞进了南航，从此与航空结下不解之缘，终生为之奉献。

在1977级高考中，征求我是否愿去南航的电话是市教育局接到的第一个指导志愿的电话。这在当时还引起了不小的轰动。在厦大校园里，不少长辈遇到我，都竖起大拇指，夸我是女状元。后来才知道，由于福建省的大学比较少，为了让省外的大学对福建考生留下好印象，以后来福建招更多的学生，所以省招办就让外省的大学先招生。而南航来福建招生的老师因与省招办的负责人是厦门一中的校友，在开始招生的前一晚就捷足先登，选了一批学生的档案抱回房间，抢先挑选了一批高分考生。那年高考总分是400分，厦门市300分以上的考生只有50名，而南航在福建招收的14名学生的考分都在300分以上，而且其中有11个考生报了厦大数学系的数控专业。1977级入学厦大的福建考生的考分比我高的不多。这种招生做法弄得厦大数学系的招生老师急得直跺脚，担心好学生都被外省挑光了，招不到好学生。

1977级高考，全市第一名是何笑松，物理系何铭朝先生的儿子。他以350的高分考入复旦大学生物系。后来他去了美国，成了斯坦福大学的教授。那时填报高考志愿不像现在的学生目标定得那么高，非得考清华北大

258

不可。1977 年,有十一年没高考,十一届学生一起考,互相之间不知底细,又是高考前报志愿,大家都比较保守,也比较实际。而且厦门在中国的最南边,其他大学多在内地,地处厦门以北。要去内地,特别是北方上大学,交通不方便,还得准备冬天的被服,出门读书的各种费用比较高,当时人们普遍收入较低,负担不起,所以多以报省内大学为主。

厦大有不少孩子考分在 300 分以上。笑松的妹妹笑杉(与我小学同班)考上清华大学自动化专业,大学毕业后去了德国,现定居于德国。有位厦大孩子考了 300 多分,上海化工学院(是当时石油工业部所属的重点大学,后多次改名,现为华东理工大学)来电话征求他的意见:是否愿意去就读。他不愿意去。人各有志,不好勉强。第一次高考录取纪律严格到不通人情。他回复不去上海化工学院后,档案随即被挂起来,再也不放出来投档。厦大与省招办多次交涉,但省里硬是不放。想想我当初如果不去南航,估计也是此后果。无奈,这位厦大孩子在 1978 年再次参加高考,以高分考入厦大就读。

很快,我接到了南京航空学院寄来的录取通知书。录取通知书在报到时上交了,但寄发通知书的信封和所附的大学"入学注意事项"我至今都保留着,上面"革命委员会"的字样留下了历史的痕迹(如图 3 所示)。"入学注意事项"中还可看到国家对 1977 级大学生的一些政策。虽然理论上我可以在招生的专业计划中选择一至三个志愿,但我就读的专业已经在入学前被招生老师指定了。

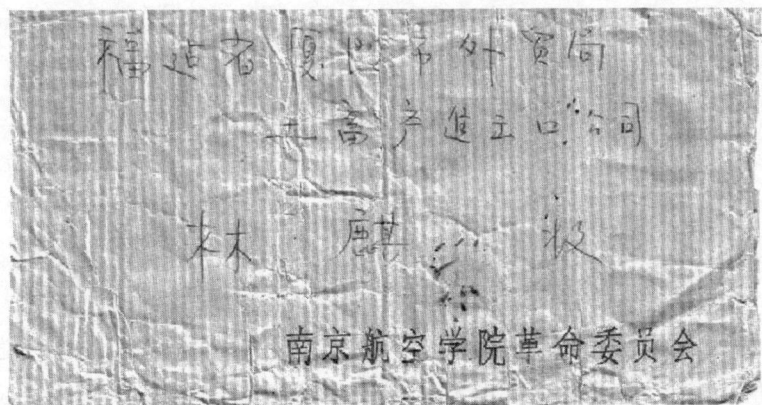

(a)大学录取通知书信封

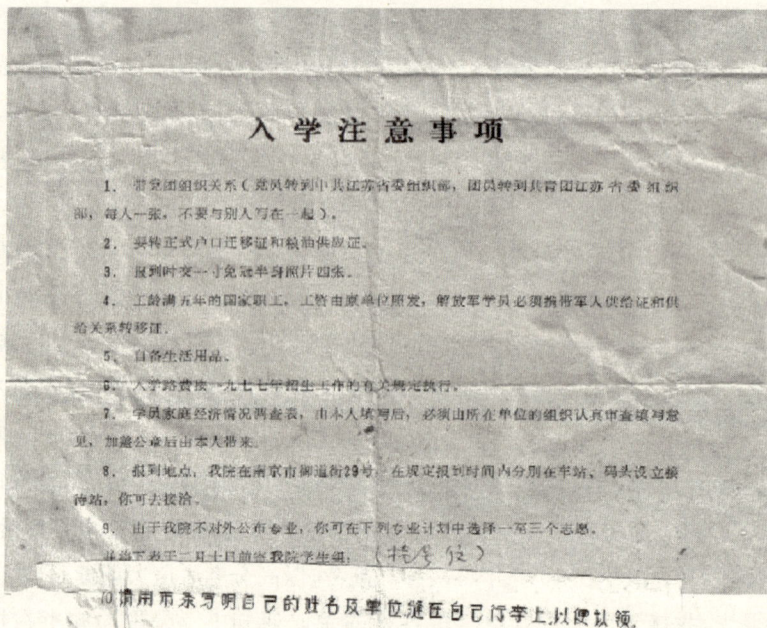

（b）大学录取通知书内页

图 3　我的大学录取通知书

很多厦大孩子在 1977 年考上大学。厦大孩子的 1977 级学生中人才济济，出了两位中科院院士、十来位教授，不少人在各行各业中均有所造就。我们真是为厦大争了光，没有辜负厦大的养育之恩。

## 五、大学筑梦

考上了大学，兴高采烈。随着形势的变化，校园里的流行语变成了"学好数理化，建设四个现代化"。四个现代化指的是工业、农业、国防、科学技术现代化。现在"四个现代化"的口号不流行了，三四十年过去，许是已实现了。

进校后全班第一次集合，就听见一位来自上海的同学得意地高声说道："航空发动机，飞机的心脏！"听了令人热血沸腾！自己也为成为这个专业的学生，将来能成为航空工程师而感到骄傲，发誓要珍惜学习机会，努力学习，将来为国家做贡献。

工科院校,加上专业性质,我们班40位同学,只有4位女生,但个个了得,全都是班上的佼佼者,男生对我们可是不敢小觑哦,不单单是"物以稀为贵"。不好意思,在这里厚着脸皮稍稍地吹一下自己。我们四甲班在"文革"后35年再聚首时,有男生说我"小时候是又漂亮,学习又好"。在四年的大学学习中,我以门门功课优秀、全班第一的成绩毕业。那时系里有位教授,厦门人,还是解放初的厦大航空系毕业生,他听说我来自厦门,特地跑去系里查我的平时学习成绩,看到我连体育课成绩都是优秀时,惊讶不已。不知何故,当年理工科的女生普遍学习成绩不太行,不像现在,理工科经常有女生的学习成绩位居前列。那时有女生学得好,就会出名。大学四年下来,我的成绩弄得我们班的男生很没脾气。他们说,别的班级听到有不及格的,都会想到是女生;而我们班,听到有考100分的,都会想到是女生。直到现在,很多当年学校里其他系或年段的同学还认得我或记得我,我却不认得他们。我读博士期间,我先生去了一趟南航,回来时说:"到处是你的烟火。"如此学缘关系,使我在后来的工作中受益匪浅。

图4　南航学习期间留影一

图5　南航学习期间留影二

这两张照片中左图是我在南航图书馆门口留影。看得出我背的书包是军用书包。那时几乎人人都背军用书包,轻便好用。商店里卖的书包也以军用书包居多。右图是我们班四位女生入学后不久在周末去学校附近的明孝陵踏青。南航位于中山门下,出了中山门,就近的景点有梅花山、明孝陵等。

大学期间我们的学习任务特别繁重,比别的专业,也比北航、西工大同专业的学生都辛苦。航空发动机是一个非常复杂的机械,涉及气动和结构,

知识系统可相应地分为"气线"和"力线"。大学四年要通修气线和力线,是难以完成的。北航和西工大是把学生分为两条线来培养的。而南航为了使学生掌握的知识更全面,要求我们两条线的课程都得修。南航的主管部门(国防科工委)针对这样的安排,要求把学制延长为五年。但南航不同意,因为那时迟一年毕业,对毕业后的工资,特别是调工资会有影响(又是历史因素),坚持我们学四年就毕业。五年的课程要四年学完,可想而知我们有多忙。那时学校的公共教室不熄灯,晚上 11 点过后,留在公共教室里夜读的学生全是我们系的。虽然学习辛苦,但我们还是会苦中作乐。

大学毕业证书内页

**图 6 我的大学毕业证书(1982 年 1 月)**

我们班四位女生现今还有三位的工作与航空有关,这个比例不可谓不高。1977 级被南航录取的四位厦门籍学生,现在只有我的工作与航空有关。

图 6 是我的本科毕业证书。红色的外壳(硬纸板外包红绸布),白色的内里。那时的大学毕业证书是各校自己印制颁发的,学士学位证书则全国统一印制。我先生本科毕业于厦大,我对比了下他的大学毕业证书,大小一样,体式一样,不同的是,他证书上的"毕业证书"四个字是横排的。内页的表述也基本相同。但厦大的证书没有说明毕业生的性别和受教育层次(本

科或专科),稍显缺失。现在全国各种教育层次学生的毕业证书和学位证书都是全国统一印制的了。

我还保留了硕士研究生和博士研究生入学的准考证。我的三张准考证用的是同一张照片。由于当时是用底片冲洗照片,所以就有了镜像照。

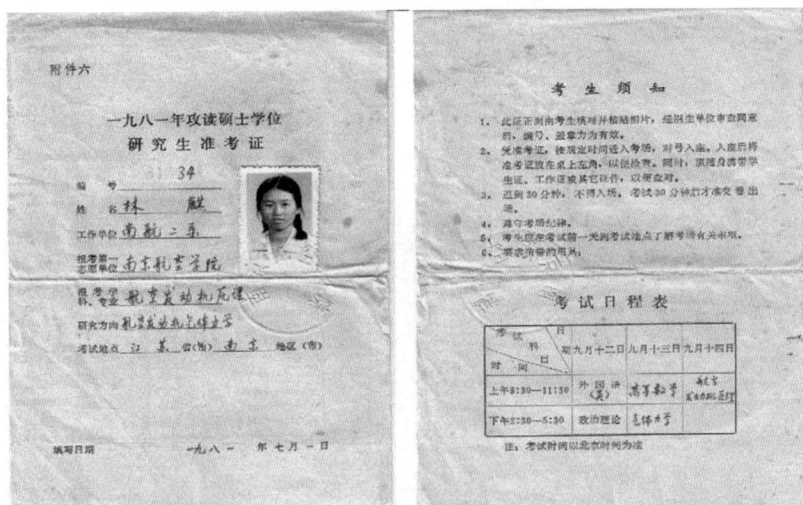

(a)正面　　　　　　　　　　(b)背面

**图 7　我的硕士研究生入学准考证(1981 年 7 月)**

大学毕业前,我报名考研。那时没有推荐免试读研之说。不然我应该可以免试读研。很不幸,在考研前一周,我染上了红眼病,不能看书复习,特别是考试时,看那"豆芽菜"英语试题,更是难受。好在系里交代了监考老师,允许我考一会儿,趴着休息一会儿。就这么着,我考上了研究生。

当时的研究生和博士生都很少。硕士研究生也很难考。我们那届,南航还有班级考研剃光头的。我们班有80%以上的同学考研,最后8名同学考上,是全校录取率最高的。我们学校1982年春季入学的硕士研究生全校不满50名,除了专业课外,都在一起上课。博士生前几届则都是个位数,一只手可以数得过来。那时的工作是国家包分配,一个萝卜一个坑,走出学校的同学到各航空单位工作,坚持留下未调离航空领域的都成了顶梁柱,不是这个"总(或总经理,或总师)",就是那个"总",见到称其为"某总"不会错。

读完硕士,我本可以留校工作,于是不想再读博。可是我的导师去查博

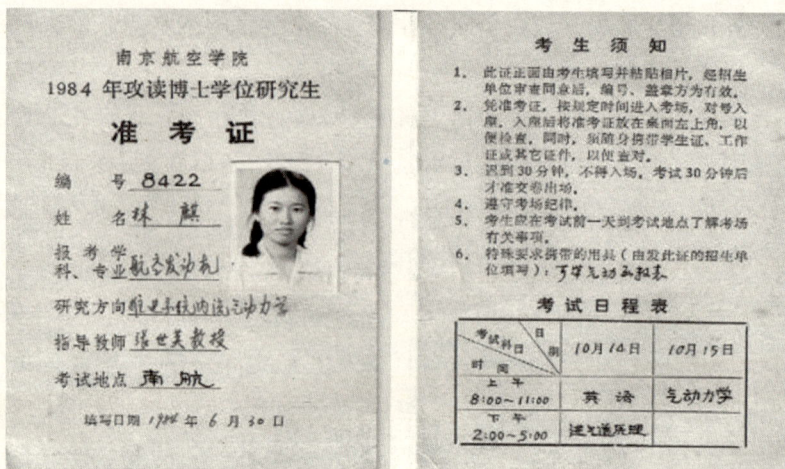

(a)正面            (b)背面

图8　我的博士研究生入学准考证(1984年6月)

士生报考的情况,发现我没报名,动员我再读博。在师兄弟和同学们的鼓励下,经过激烈的思想挣扎后,我终于在报名截止的最后一刻报了名,放弃工作再攻博。

由于1977级、1978级入学差半年,导致1982年入学的硕士生也有两级,差半年。学校为省事,把这两级硕士毕业生考取的博士生合成一个班,我们班18人。不过我们1982年初入学的硕士生1984年9月就答辩毕业了,而1982年9月入学的硕士生1985年3月才毕业,所以学校让我们这届学生先工作半年,到1985年3月再一起入学报到。这样我就有了半年留校工作的教职经历。顺利完成学业后,我回到厦大任教,是在厦大任教的土博士中第二个取得博士学位的。

读博虽然少了三年教龄,但是收获却远远大于失去的东西。我从心底感谢我的导师。没读博士,可能就没有我今天的成绩。现在我也常现身说法,开导学生,凡事应该放眼量。

我就这么一不小心,从对航空发动机一无所知,到结缘,到炼成我们国家第一位自己培养的航空发动机专业的女博士。

读完博士,我回到厦大,想不到却"从天上掉到海里",任教于海洋系。更想不到的是,1994年厦大复办飞机维修工程专业,我又回到航空学科,从事所热爱的工作和事业,在厦大校园里,继续圆着我的大学梦——培养学生,帮他们实现自己的梦想。

写于我的本命年,马年之岁末

# 我的厦大化学系 1977 级无机班

章 慧

2008 年元旦,厦门大学纪念恢复高考三十周年活动,受到海内外 1977 级和 1978 级共一千五百五十八位校友的空前追捧,校友们纷纷从五湖四海、大江南北乃至世界各地聚集母校,盛况空前,堪称史无前例。原本默默无闻的化学系 1977 级无机班同学(图 1),在这次大型活动中风头甚健,在建南大礼堂的舞台(图 2)、明培体育馆的老照片回放(图 3)和芙蓉餐厅里(图 4)铺天盖地展示的一组组青春无敌的 1977 级无机班老照片,羡煞了海内外校友们。

恢复高考后的 1978 年,厦门大学 1977 级和 1978 级两届在校学生共三千三百五十八名,其中本科生三千二百九十五人,按平均三十人组成一个班级来估计,全校大致有一百多个班级,但为什么这些铺天盖地的老照片主要来自于化学系 1977 级无机班? 这个 1977 级无机班与厦大孩子有怎样的密切关系? 且听我一一道来。

## 回望高考,诚惶诚恐

厦大化学系 1977 级无机班共有三十六名同学,均为福建生源,班里有十位厦大子女,大概是在整个年段乃至全校厦大子女最多的一个班了。1982 年 1 月,本科毕业的我,幸运地留校,正式成为厦大教师队伍中的一员,迄今已在母校度过三十三年的教学生涯,其间还被母校选拔公派出国深造。母校为我们营造了所有教学和科研的优质条件,让我能心想事成,得心

266

图 1    1977 级无机班同学在毕业前夕合影

图 2    厦大化学系 1977 级孙勇奎同学接受访谈,舞台背景照片有我和同组的伙伴们

图 3　明培体育馆内的老照片电影回放

图 4　1977 级无机班部分同学与自己的老照片合影

268

应手地做好每一件事情,心中的感激之情不禁油然而生!!!

虽然曾经拥有东澳小学三乙的全优成绩单和几份三好学生奖状,但我在小学四年级下学期却因不堪忍受"文革"之辱愤而逃学成了失学少年。尽管在中学期间有一批厦大各个学科的优秀老师(例如安丽思、吴宝璋、林明玉、江素菲等理科老师)下放到中学任教,以及有江克英等物理名师被华侨中学收留,让我们在那样一个"读书无用"的年代多少学习了一些数理化知识,然而,要以这样的功底于1977年恢复高考时在积累了十一届新老中学毕业生的五百七十万考生中脱颖而出,谈何容易?我曾经对《厦门日报》编辑将我的高考征文标题擅自改为《考试时,我瑟瑟发抖》耿耿于怀。现在回想起来,这何尝不是当年我在乡下中学的一间破教室里参加高考时的窘境?而这种诚惶诚恐的心情,一直延续到我拿到录取通知书上了大学。几十年后,当我和无机班同学一起回忆高考时的战战兢兢,并没有林麒姐姐那种拿高分的意气风发。看看近年来班上同学回忆当年高考写的几份邮件吧。

H同学(厦大子女):我总会想起我们还未相识就共同参加的那次考试——高考。你们有印象吗?语文考试,前面是一些小题然后是默写毛泽东诗词,最后是作文,好像是写读后感,题目忘记了,只记得要求:八百字以上。我很快就写完了我的感想,可发现大半张考卷还是空的,数一下,只写了七百字(难怪那么快)。我憋了好几分钟也没能再挤出几个字,我又通篇看了一下,在所有可以加标点符号的地方都加上,这时我想标点符号都变成省略号、破折号就好了。考试结束,我总共只写了七百五六十字,还是连标点符号一起算的。我只能祈祷改卷老师懂得四舍五入。我总是想得很多,写得很少。

Z同学:我们班都是来自福建的考生,所以考题应该都是一样的。我的情形要糟得多。关于那篇作文,我先打草稿,时间还剩下不到半小时,草稿还没写完,不得不开始抄写正文。结果,考试结束时,文章才抄写了一半。至于那首毛主席诗词,我连一个字也没写。当时我想,这下子可彻底砸锅了,因而非常灰心丧气。

C同学:记得呀,那是这辈子关系最重大的一次考试。先是默写毛泽东的《答李淑一》,记得当时我是心中默唱着写出歌词的(写这封邮件时欣喜地发现自己居然还能完整地唱出那首歌)。然后是一篇关于铁人王进喜错怪

幼儿园阿姨一事的读后感,当时看到题目我就笑了,那个文章以前在报纸上看到过,然后就什么实事求是啊、严于律己啊、密切联系和关心群众啊之类的大写一通——似乎这些也是十八大后习总的要求呢。历史的车轮滚滚向前,而这个党风、作风什么的确实是该要倒车回去好好补补课了——正面说法是应该保持和发扬革命传统。

章慧:难得 H 同学能把作文写得那么快,高考时我觉得时间远远不够用。可是我记得,上大学期间,H 同学不论做实验、考试还是吃饭,都很慢啊。彼时我和同组的闺密林立经常在一旁看 H 同学做实验,或在紧张的考试之余瞄他一眼,觉得他的速度奇慢无比。H 同学向我们解释:不是我不会做,而是我动作慢。

尽管同学们对自己高考的临场发挥都不是很满意,但是被厦大化学系录取的结果表明,因为残留的一点三脚猫文化底子和临时抱佛脚的拿来主义复习,我们在千万人过独木桥的激烈竞争中还是脱颖而出了。记得当年在海埔知青农场接到的体检通知是分两拨下来的,考生之间会互相询问,你是第一批还是第二批体检?那时我们都不知高考时的确切分数,但落在哪一批体检可能就相当于现在的本一或本二分数线了。无疑,能考上教育部重点大学的我们,都上了本一线。

## 科学险阻,苦战过关

迎着灿烂的阳光/肩负着人民的希望/我们是年轻的大学生/来自祖国四面八方/青春红似火/豪情满胸怀/长征路上迈大步/昂首阔步进校来(摘自辅导员王豪杰创作的《组歌》)。

带着薄弱的底子上大学的我们,进入大学校门之后,来不及得意自己的天之骄子身份,马上进入紧张的学习生活中。我们豪情满怀地朗诵叶剑英元帅的诗句:科学有险阻,苦战能过关!改革开放,百废待兴。我们用的教科书几乎都是老师自己编写的讲义,参考书少得可怜,同学们学习的热情空前高涨,持续始终,占位子上大课、一丝不苟做实验、认真细致写作业做实验报告,学得废寝忘食,逮住机会就请教老师,刨根问底,逼得多年荒疏了教学的老师也啃起了书本,生怕一不小心就被我们问倒。但姜还是老的辣,刚开学不久,老师就用一份看起来很难的化学卷子来了一个下马威,把大家考得落花流水。评卷时讲台上的无机化学主讲老师姚士冰和辅导员王豪杰老师用了激将法:不要以为你们分数考得高才进了厦大化学系,你们是靠政治和语文两科考得好,把总分拉高才上了厦大分数线的!从此,我们个个都夹着尾巴,埋头学习。

图5　厦大化学系1977级无机班女生的入学照和毕业照,形成鲜明对比

在厦大化学系求学四年的一千四百多个日日夜夜究竟用功到什么程度?听说有的同学入学不久就做完了高数五百道题,同学们的生活轨迹是教室—图书馆—实验室—食堂—宿舍,夜以继日,马不停蹄。我虽然可以住校,但觉得回家学习的效果会更好,在家每天看书学习到深夜,坐坏了家里的一张藤椅(下乡辛苦劳作落下的腰疼,需要背靠垫子顶着藤椅才比较舒服。妈妈嗔道,你将来赚钱了要赔我的椅子!)。记得那时有一部电影《噩梦醒来是早晨》,调皮的C同学把我们的学习状况描述成“早晨醒来是噩梦”。每天早晨眼睛一睁开,就有各种严苛的考试,难做的分析、有机和物化实验在等着大家。

功课难基础差,怎么办?唯有苦读再苦读。1977级无机班女生的入学和毕业照(图5),如今已成为我对化学系本科生和研究生进行励志教育的样板:你们瞧,我们入学时大都经历上山下乡,个个腰圆膀粗,堪称大寨铁姑娘;四年寒窗,姐妹们瘦了一圈,我的体重也从高考体检时的一百二十多斤掉到了毕业前的九十几斤。功夫不负有心人,我在大四的成绩达到了全优,交上了一份满意的成绩单,几门主要课程的成绩分别是:络合物化学97,无机物研究方法96,专门化实验优,本科毕业论文优。在所有课程中,我特别喜欢结构化学、配位化学、量子化学和谱学分析等，这为自己后来从事手性立体化学和手性光谱研究打下了坚实的基础。也许，这得益于曾经和卢嘉锡先生一家先后住过敬贤三203，从那时起就沾染了卢先生擅长结构化学研究的仙气吧。

## 裕明同学，摄影达人

话题回到本文开头，为什么在厦门大学纪念恢复高考三十周年活动中，铺天盖地的老照片展示主要出自于我们1977级无机班呢？这要归功于我们班的摄影达人刘裕明同学。进校伊始，裕明同学就表现出不同于常人的能干和热情，他爱好摄影，也擅长洗印和放大黑白照片，经常主动提出要帮我们女同学拍照，而这一班八个傻丫头被繁重的学习早就弄得焦头烂额以致魂飞魄散的边缘，谁还有心思去欣赏美景和留下倩影，都嫌裕明烦！几十年过后，全班同学，特别是女生们，对裕明同学真是感激不尽，是他的镜头，摄下了我们匆匆的脚步，留住了我们清纯的岁月，见证了我们美好的青春……

图6　1977级无机班三组同学入学和毕业前合影

左图摄于鼓浪屿郑成功纪念馆，右图摄于集美鳌园众星捧月

图 6 是我与同组同学入学初和毕业前的合影,我们组里共有四位厦大子女,陈明旦、黄力凡、薛坚和我(明旦同学和我一起留校,退休不久即患胰腺癌,英年早逝,让我们痛惜不已)。前不久与大学同学聚会时,只有我一位女生在场,男生们说上学时不敢正面看我。H 同学笑呵呵地说,我们同组,经常看。C 同学的描述尤其生动:"小组会常在我们寝室开,每次泽民班长或姜敏组长说下午要开会,早上寝室里就开始一番鸡飞狗跳,这班小男生力图给妹子们留个好印象。你们(指我和林立)常坐在朱仲的床上,我们九个男生则分坐在姜敏、建化、泽民的床上和凳子上,众星捧月!好单纯哦……"

"不敢看"的特写同样发生在女生身上,毕业前一年(1981 年)的五一节,班上组织了一次骑车远足游集美活动,在龙舟池旁男生起哄着让女生表演节目。以老大姐黄金英为首的姑娘们很不大方,不敢正眼瞧围在旁边的男生们,留下了这一幅羞答答的合唱照片(图 7)。

图 7　1977 级无机班女生游集美时羞答答地表演节目

不可否认,四年大学生活是比较单调的,刻苦学习之余并没有太多的兴趣爱好,妈妈为我冠上"书呆子"之名。尽管我在花季时曾经是东澳小学毛泽东思想宣传队队员,唱歌跳舞四处巡演,但骨子里还是没有音乐细胞,以致上大学后仍不能为班级编排文艺节目效力,可能遭到其他同学抱怨。嫁

入鼓浪屿音乐之家近三十年了，迄今仍无一点长进，还好并没有被人家嫌弃。之前，对自己既没有数学和物理细胞也没有音乐细胞相当纠结，好像是人生一大失败。后来在参考消息上看到一则报道"科学家未必擅长数学"，遂暗自窃喜，它解释了我之前的困惑。对我这样一个"文革"失学少年，连小学高年级数学题都做不来的大学老师，为什么弄起专业来，特别是遇到手性立体化学问题时，不会觉得棘手呢？这篇报道中回答："幸好，需要出色数学能力的只有少数几个学科，比如量子力学、天体物理和信息理论。在其余学科中，更为重要的是概念构建能力，而这个过程中，研究人员是在大脑中浮现图像与过程的……"之前很羡慕有音乐天赋的人，但现在觉得有化学天分和立体思维的人也不容小觑。

　　裕明同学为我们拍摄的照片远远不止这几幅，这些照片在厦门大学纪念恢复高考三十周年活动的老照片征集中皆为上乘之作，一些照片后来也

图8　被院庆纪念册收入的老照片，感谢裕明为我们留下毕业前的美好镜头

一再被选入各种纪念册中(图8)。至于为什么民兵照(图9)中只有我们四位女生和八位男生参加？可能是选出枪法好且操练正步姿势标准的同学吧。这幅照片中也有四位厦大子女：陈明旦、邹潮逢、蔡彬和我。说起打靶，

图 9　1977 级无机班部分同学参加民兵训练合影,站立者右三为陈明旦

在军训中明旦兄和我曾经都是神枪手呢。

1981 年暑假,二舅章济沧当导游兼摄影师带我和章家亲友团的几位 1977 级学生到江浙一带游山玩水,在黄山时舅舅为我拍了一幅文艺照(图 10),我在照片背后自题:

图 10　我在黄山的留影

图 11　我的大学毕业照

花的世界,梦幻一般

追求理想,心如透明的水晶

即将告别紧张的大学生活

迎接你的,是险峻的山道,还是山下的坦途

半年之后,我参加了本科毕业论文答辩,题目是"分子轨道理论在金属络合物电子传递反应机理中应用的初步探讨",毕业于厦门大学化学系无机化学专业,留校任教,从此为成长于斯的母校效力和尽责,是为记。

完稿于 2015 年 1 月 18 日

# 一朵欢乐的小浪花

## 章　慧

> 我终不忘
> 海潮扑打过我欢乐的心扉
> 我们一同觅拾人生的珠贝……
>
> ——诗人晓刚《友谊》

我在上大学时,手抄过《友谊》这首诗,毕业前夕把这几句赠给了分离在即的同学。是的,在人生的不同阶段,能陪你在海边觅拾贝壳的,经常是不同批次的小伙伴们。

因为缘分,我顺理成章地成为鼓浪屿一个原住民家庭中的一员,而这个家庭,与厦大孩子之间有千丝万缕的关系:婆婆阮鸣凤与紫容阿姨、爱华阿姨和张曼英阿姨,是鼓浪屿教会学校毓德女中的同学,爱华阿姨和张曼英阿姨都是妈妈在厦大教务处的同事,紫容阿姨的女儿李小波后来成了我家的亲戚,小波与我和姐姐章红是从小的玩伴,20世纪60年代初期海峡两岸关系紧张,学校组织疏散,我们和小波家一起到她爸爸李维三叔叔的南安老家避难了一段时间;公公郑约惠与鹿礁路厦大宿舍的方德植先生是世交;先生郑兴文的同学李炎、葛征平、周孔祎等,都是厦大孩子,而这几位又都是我上山下乡在知青农场的农友;李炎和孔祎的母亲都是兴文的中学老师;再后来,我的闺密C、大学同学L和W都嫁给了厦大教授的儿子,世界真是太小太小。

说起早年的厦大孩子与鼓浪屿孩子,有一个共同的特点,见面即互相询

问是否会游泳。与我家先生认识伊始，也谈起这个话题。若不会游泳者，真是无地自容，愧对厦大孩子或鼓浪屿孩子的称号。鼓浪屿孩子可以不会骑自行车(因为岛小路窄坡陡，没有自行车)，但不会游泳则要受到小伙伴们的鄙视，厦大孩子也一样。

在这种氛围下，每一个厦大孩子，无论如何都要学会游泳，否则就要被排斥在圈外。于是就催生了鲜活生动的美好回忆：亚保大哥、启平大哥、伟良兄和小婵姐姐都讲述了当年与厦大白城海滩和鼓浪屿沙滩相关的故事，我也回顾了小时候与小伙伴们结伴到白城海滩游泳和在厦大海水游泳池里救人的往事。

矜持的小丫头们既不像亚保、启平和伟良兄等那样幸运，得到"八一"泳队王教头的真传，练就一身过硬的"浪里白条"功夫；也没有会游泳的家长给予现场指导，完全是靠在海边，不惜把自己烤得像个黑泥炭晒脱一层皮，"自学成才"，硬是学会了游泳。

虽然那时各个家庭都对孩子们采取了放养管理(兰苏和我的表弟徐频等独生子女家庭除外)，但是在游泳安全的问题上东澳小学老师和家长们的步调出奇的一致，他们下了死命令，如果没有学校组织或家长跟随，学生们不得自行下水游泳。

小时候家中订了一套《小朋友》、《儿童时代》和《少年文艺》，让我爱不释手。记得有一期《小朋友》上刊出一首诗，还配了一个小女娃在海水中嬉戏的照片，诗曰："浪花花露白牙，大海对我笑哈哈，我是勇敢的小海娃……"我对这种场景心向往之，天天吵着妈妈带我去游泳。但是爸爸妈妈天天忙工作哪有时间？再说了，爸爸从小在江阴乡下运河里只学会了"狗爬式"，妈妈则从小被她的外婆严格看管，是旱鸭子。纵使去海边，他们也只能让我待在岸边的浅水区，在他们的监看中扑腾两下子。

怎么办？每逢夏季来临，约上几个小伙伴，偷偷跑去游泳(请小读者不要效法)。算好潮水，有时一天可以游上两次。天气不好时，我们会摘下一种特殊的草茎，把它小心地扯开，若它的纤维可以撕成菱形环状且没有断开，就预示着不会下雨(不知谁传下来的说法，没有任何科学依据)，于是我们高高兴兴地收拾好泳衣，跳跳蹦蹦地来到白城海滩，一头扑进清凉的大海怀抱，那真叫一个舒爽！

永远的厦大孩子

王诠和小牧兄妹俩的爸爸王光远是国家级游泳教练,有一次在海边偶遇他带小牧游泳,教会我在海水中闭气浮水,还教给我标准的蛙泳姿势。在小牧父女的熏陶下,我渐渐懂得了一些关于游泳的术语,也学会欣赏帅哥和靓妹们因为研究学习游泳练就的"倒三角"健美身材。但由于没有持久的训练,也可能我那时体力较差肺活量不够,游泳水平一直停留在才游了十几米就筋疲力尽需要停下来大口喘气休息,看到大哥哥大姐姐敢劈波斩浪地徒手"游出去"(即游出离开白城海滩浅水区约两百米处立着标杆的礁石之界外),或轻松地横渡厦鼓海峡,心里充满了羡慕和嫉妒。在我的一再央求下,爸爸在第一百货公司买了一个游泳圈,带着我"游出去"到了深水区,领略到那里的风光无限。

纵观自己大半辈子的学习过程,总是比较慢热,学游泳的过程也不例外。在很长的一段时间内,自己的游泳水平没有得到根本的提升。甚至有人对我说,这是由于你自身的条件不好造成的。一度感到很悲观,也许自己这一辈子就不会游泳了,永远也别想徒手游到深水区或横渡厦鼓海峡。上中学以后,突然有一天,感到自己在碧波荡漾的海水中游起来很轻松,"成了厦大海滨的一条小蛟龙,也能翻波戏浪来去自如了"(伟良兄语)。这个突跃使我跻身"会游泳的厦大孩子"圈子中,此后我经常可以在旱鸭子们的赞叹中,纵情游入远离海滩的深海中,在那里仰望蓝天,独自享受一个人的清静。

再后来,我上山下乡来到郊区知青农场,那里是鼓浪屿区知青下乡的定点,一大群鼓浪屿孩子因缘际会地成为我的小伙伴,不乏几位原先并不认识的厦大子女。游泳依旧是我们的共同话题,游泳的嗜好持续在流经海埔农场旁波澜不惊的后溪。下乡第二年,当知青们得知厦门市在7月16日毛主席横渡长江纪念日又要举行横渡厦鼓活动时,纷纷向厂社挂钩的厦门造船厂领导和带队干部提出,请求回城参加这一活动。当我们一群人浩浩荡荡地跳上造船厂为我们特意准备的回城卡车时,心里别提有多高兴了。人群中最激动的是我,因为我将一圆横渡厦鼓海峡之梦!

那一日,我们参与厦门造船厂的大部队从鼓浪屿帕鼎沙滩下水,排成方阵,很轻松地游到了对岸的厦门轮渡码头。当中有一个小插曲,当地有一位农家小伙子叫军螺,是种田好手,他也好奇地随我们来到厦鼓海峡试水横渡,甫一下水他就惊慌地大叫:hanxiao(闽南语,瞎扯,这里表示惊讶)啊,怎么海水是咸的？引起身边知青一阵狂笑，成为大家日后在辛苦劳作之余调侃他的保留节目。

说起厦鼓海峡的横渡，只要参与者具备能游上两三百米的实力，已经足以应付。因为那一天是算好潮水的，从鼓浪屿帕鼎海滩下水，稍许划动几下手臂，就游到了海峡半当中，接下来顺流顺水，只要掌控住自己的方向很快就可以顺利抵达对岸的石阶(有人形容比骑自行车还快)。当然也有一些菜鸟在海流中无法把握自己，失控中被冲向下游不能靠岸，需要收容队解救，那就比较“悲催”了。

游泳的好习惯一直坚持到我上大学和毕业留校后，虽然水平远不及我们1977级无机班蔡彬等少体校训练出来的系队游泳好手，但耐力却还是有的。最伟大的一次战绩是在留校工作后，厦大组织了一次横渡厦鼓活动，那一次的挑战远远不止鼓浪屿和厦门轮渡之间的厦鼓海峡之距离——从厦大医院海滩下水，到鼓浪屿菽庄花园旁边的福建省干部休养所的小码头上岸，大概有几千米，当中还有捉摸不定的海流。为这次横渡我做了充分准备，每天都在海水里浸泡多时，一直游到筋疲力尽为止。

笔者在厦大白城海滩游泳的留影

长距离横渡厦鼓的那一天，学校体育室如临大敌，准备了足够的救生设备，游程中前前后后有多艘船只紧紧跟随着我们。我在教研室林永生和杨森根老师的陪护下，徒手完成了这一次横渡壮举。最艰难的是在鼓浪屿大德记沙滩附近海域遇到一股涡流,让人寸步难进。闯过海流之后,我们又游了一阵,终于哆哆嗦嗦地顺着福建省干部休养所旁海滩上布满海蛎壳的一处礁石群爬上岸。上岸后双脚发软站立不稳,回望已经几乎不在视野中的远远的厦大医院海滩,那一刻,真英雄!

回想起来,我的学游泳和长距离横渡厦鼓的过程,与多年来所从事的手性立体化学研究,有异曲同工之妙,当中都经历过迷茫、徘徊,甚至停滞不前,一旦坚持下来,闯过激流险滩,便豁然开朗,进入柳暗花明的新境界和自由王国,信心十足地在深水区探秘寻宝,其乐无穷!

比起风光旖旎的五老峰,我更喜欢厦大海滩。特别在天气晴朗的清晨,清澈的早潮海水把一枚枚美丽的贝壳轻轻推上海岸线,那是我个人独享的最快乐时光。无论在上山下乡回家休假时,或在上大学和初始留校工作的闲暇之余,厦大海滩都是我心旷神怡之处,海天一色,海阔天空。而我,就像茫茫大海中一朵跳跃的小浪花。

# 走向海水游泳池

郑启平

　　1980年初,我是集美师专中文系大二的学生。在校主嘉庚先生"努力读书,好好做人"的精神感召下,经过一年半紧张又刻苦的学习,我与全班三十三位同学一道,按学校制订的教学计划,提前半年,修完了当时两年制中文大专的全部课程。毕业考后,全班同学将到厦门岛内外各中学实习半年。

集美的海水游泳池

　　毕业考成绩公布后,我的"文学概论"、"写作"、"现代汉语"等"主科"门门全优,但意想不到的是我的"考核"科目体育,却亮起了全班唯一的一盏"红灯"。

　　原来,当年集美师专男生的体育考核只考两项:一千五百米与跳高。我已坚持晨练长跑多年,且耐力尚可,因此轻松过关。而我的左腿上大学前在工厂工作时,曾不慎有过一次中度工伤。后虽痊愈,但左腿的爆发力却大受影响。其结果是我在 1965 年初中毕业时,能用娴熟的"俯卧式"轻松跃过一米二横杠,十五年后却成了我在大学体育考场上不可逾越的"珠峰"。这给在困境中等待了迟到十年的高考才得以跨进集美师专校门、并力争要在毕业时门门课程皆"优"的我,带来一个大难题。

公布成绩那天的中午,我班的体育老师小陈悄悄来到我的身边。他把一张实习前的"补考通知",轻轻塞到我的手中。这位当时比我年轻八岁,同时也不知道我左腿有伤的善良又严格的老师,在我耳畔低声说道:"一周后补考跳高,我会给你六次试跳机会……"

"人到集美必有路,寻路还得学嘉庚",这是当年在集美学村广为流传的一句口头禅,也充溢着师生们对校主嘉庚先生的深切缅怀与崇高敬意。

在准备补考跳高的一周里,每天清晨,我仍坚持千米长跑。每天长跑,我都要先后经过嘉庚先生于 1922 年与 1952 年分别在龙舟池旁与延平楼前建造的两个海水游泳池。望着这两座当年嘉庚先生为莘莘学子呕心沥血建造的泳池,一种从未有过的思绪,突然涌进我这个曾经多次横渡厦鼓海峡的游泳爱好者的心扉……

这天的晚自修下课后,我跑步来到了分管教学工作的张克莱副校长的办公室,这位通晓四国语言且著作等身的学者热情地接待了我。他听完我的毕业考汇报及左腿伤情和跳高成绩的陈述后,又详细地听取了我提出的将在操场补考跳高改为在海水游泳池加考一百米混合泳的恳切要求后,张副校长沉思了片刻,然后笑容可掬地点了点头:"你的要求是可以研究的特殊个案,而且从另一方面提醒了我,厦门四面环海,将传统的体育考试项目,从陆地延伸到海水中,对全面提升学生的身体素质及遇到意外事件时的生存能力,都有重大意义。这肯定也是当年嘉庚先生在集美和厦大打造多个游泳池的初衷啊……"

一周后的下午,集美学村海风飒飒,气温仅在十度左右。当时,我已在学校用篱笆围起的露天简易男浴室中,整整练过十八个月的"冷水浴",完全能够适应海水泳池的水温。我在监考的陈老师带领下,按校体育组的周密部署,由同班的翁同学与苏同学两位游泳健将陪同,满怀信心地迈着坚实的步伐,沿着嘉庚先生指引的"德智体三育并重"的道路,快步走向延平楼前的海水游泳池……

# 蓝天上的"特效药"

郑启平

厦航空姐

　　1987年在我的教师生涯中,是特别难忘的一年。那一年的夏季,我完成了从初一到高三的首轮"大循环",第一次把与自己朝夕相处六年的两个理科班学生成功地送进了高考考场,也因此第一次拿着黄校长特批的"准予乘机赴榕批改高考试卷"和盖有"厦门一中"鲜红大印的"乘机证明",顺利地买到了我人生旅途中的第一张飞机票……

飞机平稳地起飞了。十分钟后,我与许多首次乘坐飞机的旅客一样,那种"提心吊胆"般的兴奋和新奇感,在厦航空姐温柔的话语和悦耳的轻音乐陪伴下,已逐渐归于平静。也不知是何因,正在望着窗外蓝天飘浮着的白云和陆地上缓缓而过的山川的我,脑袋突然感到一阵眩晕,随后的症状就是气喘、胸闷、额头冒出了冷汗……周围刚相识只有几分钟的男女旅客见状,纷纷热情地把手中的"十滴水"、咸橄榄、榨菜等各种抗晕机的"灵丹妙药",一起放到了我胸前那张可折叠的"桌面"上……

　　"您好,先生,需要帮忙吗?"就在我的胃也开始翻腾时,只见一位身穿厦航蓝色制服,年约二十,身材匀称,五官端庄,脸庞圆润的空姐,及时来到了我的身旁。她一边笑容可掬地帮我系紧安全带,一边用厦航空姐特有的嗓音,在我身旁轻声问道:"有心脏病和高血压病史吗?"

　　"从来没有……"

　　"那就没事……"空姐圆润的脸庞上紧锁的双眉顿时舒展了许多,看着"桌面"上的东西,她只是微笑着一言不发。

　　"阿姨,这是我们送给叔叔的抗晕机药,爷爷说可灵着呢!"我身旁的那位小女孩,一手紧紧拽住"圆脸庞"的衣袖,另一手天真地指着"桌面"上的东西:"阿姨,您也能帮帮忙吗?"周围立刻泛起一片赞许的笑声。

　　我的晕机症状又加剧了:"小姐,我有想呕吐的感觉,能给我一片特效药吗?"我在六千米的蓝天上忐忑不安地连连揉着胃部:"下午就要开始今年高考作文的试评卷……"

　　"圆脸庞"仍然微笑着:"老师,放心吧,我会想办法的。"一分钟后,她又来到了我的身旁,随手递给我一个透明的小瓶子,瓶中只有一片白色的小药片:"这是我为自己预备的,在万一晕机时用的特效药……"说完,她又胸有成竹地迈着轻盈的步履,向其他需要帮助的旅客走去……

　　遵照"圆脸庞"的"医嘱",我用半杯白开水,虔诚地咽下了那片神秘的"特效药"。然后,又按照她的吩咐,闭上眼睛,将自己的脑袋,靠在柔软的航空椅背,配合着慢节奏的深呼吸,缓缓地从一数到五百……

　　飞机真快,十多分钟后,当我睁开双眼的时候,飞机已经平稳地停在福州机场的停机坪上。奇迹出现了:我既没有呕,也没有吐,各种不适的感觉也都烟消云散了,我终于可以健健康康地直奔福建师大的高考评卷场了……

当我最后一个跨出机舱大门，并再三向站立在大门两侧的"圆脸庞"和厦航空中乘务队的其他姑娘致谢的时候，她只是微笑着挥着"V"形手势，并轻声在我耳畔，说出一句足以令我"汗颜"的悄悄话："谢谢配合，也敬请原谅，那只是一片维生素 C。欢迎您下次旅行……"

啊，蓝天上的"特效药"！

（本文发表于 2014 年 6 月 8 日《厦门日报》城市副刊，并获得厦门航空有限公司与《厦门日报》社联合举办的"情系厦航 梦圆蓝天征文优秀奖"）

永远如厦大孩子

# 我曾在课堂讲故事

### 郑启平

**厦门一中 1984 届初三(5)班毕业留影(1984 年 6 月)**

前排左五起：笔者、政治老师郑崇明、生物老师苏宜尹、数学老师兼班主任关金瑞、物理老师林伟庆、英语老师刘玲凰

1981 年我刚分配到厦门一中语文组任教不久，那年暑假前夕，全校教师的新学期人事安排会一结束，在师生中享有很高声望的黄种祥校长，便微笑着走到我的身旁，语重心长地对我说："好好从初一年级起步吧，希望三年的'小循环'结束后，你能随着初一(5)班的同学，一同升入高中部……"

听了黄校长的亲切教诲与庄严承诺后,我备受鼓舞。暑假中,在语文教研组长傅素文、备课组长林嫣娜等老教师的悉心指导下,我不但提前备完了初一年上学期的全部课程,而且在家中的小黑板上,苦练了整整六个星期板书……

或许是在上大学前,我曾在岛外当过七年铁匠,长年的烟熏火烤,加之黝黑的皮肤、粗壮的胳膊和魁梧的身材,使我的外表长得更像个工人,而不像省重点中学的语文教师。我还未登上讲台,初一(5)班这些刚从小学跨进一中校门的学生,便开始窃窃私语,课堂秩序也有些混乱。在教室后门外为我"护航"的吴段,更焦急地从门外探出半个脑袋……

我深谙"万事开头难"的道理,更明白新教师的第一节课在学生心中的分量,便冒着违反学校"教规"的风险,"急中生智"地把原先那段公式化的"自我介绍"与"教学要求"收进腹中,脱口而出的是:"先给同学们讲一段故事……"霎时教室安静了几秒,随后是一阵热烈的掌声……

我在开学的第一节课给新生们讲的故事,乃取材于我在大学时代习作的第一部中篇小说,内容是抗战时期,厦门码头的一群搬运工人与日寇展开殊死斗争的故事。我只讲了短短三分钟,不但激发了同学们强烈的爱国情结,也向同学们清晰地展示了一位刚"上台"的语文老师"读、写、听、说"的基本功。三分钟后,我在同学们的一片惊叹声中,适时结束了"故事",然后打开了课本和教案,顺风顺水地转入了新学年的第一课。原先在门外忐忑不安的吴段,也终于舒开了紧绷的眉头,踱着方步返回年段办公室。

好的开头等于成功的一半。第一节课后,我成了学生们最欢迎的老师之一。在"深田沃土"宽容与良好的教育教学氛围中,经过老教师的鼎力扶持与言传身教,加上我的不懈努力,我的语文课也渐渐成了学生们最欢迎的课程……

1984年夏季,我任课的初三(5)班,圆满完成了初中的学习任务,当年的中考成绩也名列全市前茅。我也随着这个班级的许多同学,同时跨进了厦门一中的高中部。不但如此,而且在三年后的1987年夏季,在当时分管高三教学工作的陈大成副校长与陈文沛段长的直接指导下,我和我的同事们通力协作,又将这一届学生,全部顺利地送进了高考考场……

(本文发表于2014年6月8日《厦门日报》城市副刊)

# 一场特殊的乒乓球赛

## 郑启平

　　三十四年前,我有幸分配到厦门一中语文组任教。开学的第二周,科代表上交了我任教后布置的第一篇作文。全班只有小C同学缺交。他个子矮小,皮肤黝黑,说起话来却伶牙俐齿。他上课时经常不专心听讲,各种搞笑的小动作不断。但凭着些许"小聪明",各学科的"周测",居然也都过了及格线。加之他又是年段的"第一乒乓高手",因此在学生中相当有影响。无论是在放学路上或是下课时间,身边总有一拨球友相伴。

笔者在乒乓球室

我终于在乒乓球区三号桌前找到了小C，只见他正兴致勃勃地挥拍猛攻，用各种不规范的怪动作，将一位高中生击得落花流水。

　　"老师，要收作文簿吗？我已等您很久了。"没等我开口催讨，汗水淋漓的小C竟"反客为主"，停球舞拍，大大咧咧地向我发起了快攻："咱们赛一场，怎样？"见我有些犹豫，他便来个得寸进尺，公开向我"宣战"了："如果您能赢我，我就立即交作文。否则……"小C的脸上露出了狡黠的微笑。他身旁那帮球友见状，立即齐刷刷地挥舞着手中的球拍和脱下的凉鞋，发出阵阵掌声和喧哗："老师应战，小C必胜！……"

　　那时离上课还有几分钟时间，闻声而来的师生们，已将三号球台围得水泄不通。我这已有二十年"乒龄"的新教师，终于按捺不住了。看来，为了让小C们今后在课堂上和球桌前都口服心服，这场特殊球赛已无法回避了。

　　"怎么赛法？"我被"逼上梁山"了。

　　"我让您先发球，两分定胜负！"小C的回答，既干脆又狂妄。

　　两分制的赛事，每分都关键。我用反手发了一个看似右侧上旋，实则是右侧加转下旋的急球。这招是我在大学时代，从当时参加世乒赛的厦门一中校友郭跃华的实战录像的"慢动作"中学来的。每每在关键时刻总能出奇见效。那次也不例外，小C一个习惯性推挡，银球"当"的一声打在铁皮网底弹出界外。

　　"一比零。"我胜券在望。几位昔日在课堂上和球桌前曾饱尝过小C苦头的老师乐得连连鼓掌，小C的球友们却发出一阵很不服气的嘘声。

　　"换发球！"裁判黄老师话音未落，小C一个"骗左打右"的怪动作后，一记又狠又急的奔球直扑我方球桌的右角。对他可能的"搏杀"我早有防备，本想一个借力将球快带至小C的追身位，即可能完满结束比赛。想不到那球擦边后突然改变了方向。我见势不妙，紧急伸手引拍，一个加速并步，把即将落地的银球，高高放回对方台面。小C见机会来了，便高高跃起，重重扣下，想扳回一局。可他连续三板重扣，都被我用高球放回。面对这精彩纷呈的场面，观战的师生乐不可支。力气将透尽的小C在第十板时改变了战术，想用一个短球偷袭我的近台。怎奈他手短腿更短，挥拍的角度和力度也欠佳，回球高高地落在我的台面上。就在我两个跟步飞速由远台移至近台，准备将小C失手回过的高球重重扣回的刹那，我似乎看见了自尊心极强的小 C 那张因失望和惊恐而变得惨白的脸庞。教师的职业本能和校长段长的教诲,使我的球拍在触球的瞬间,改变了方向……

"一比一!"在师生们的一片愕然中,上课铃响了……

我虽然没赢那场球,但第二天早读课时,意想不到的事情发生了:小 C 在一帮球迷的簇拥下,毕恭毕敬地补交了作文。后来他还报名参加了我任"教练"的文学社和乒乓球队,课堂上也变得远见规规矩矩了。再后来,他和他的许多伙伴都成了我的好朋友,直到很久很久以后的今天……

# 我们结业了

郑启平

**1985 年元旦四位文学青年在福建电影制片厂省文学讲习所旧址合影，左二为笔者**

　　1985 年元旦，对照片中四位笑容可掬的文学青年来说，是一个永远难忘的日子。因为经过半年的刻苦学习，我们四位不但已经从当时广大福建文学青年最向往的特殊学校——省文学讲习所第一期小说创作班结业，而且我们四人的结业成果——四篇题材各异的中短篇小说，也全部通过了《福建文学》编辑部的严格审核……

　　我国广大观众近年所熟悉的电影《集结号》的原创小说作者，近期又有

292

《下南洋》、《突围》等六部小说先后被改编并陆续搬上影视屏幕的大名鼎鼎闽籍作家杨金远，就是照片中右二的高个子。他是当时我们班唯一的党员，也是我们班的班长。童年艰苦的渔村生涯及曾在我军当年最现代化的导弹护卫舰服役六年的传奇经历，练就他的铮铮铁骨和良好的心理素质。每天早上，他带领全班十六位同学聆听孙绍振、林兴宅等我省顶级名师的优质课，中午则伏案整理听课笔记，下午阅读中外名著，晚上笔耕到深夜。每晚十二时，他必定外出吃夜宵。因此，作为他的对床，我每晚都得起床为这位敲门时自称"共军回来了"的老班开门。但我至今不明白当年这位身高一米八、体重一百七的杨老班，是怎样躲过文讲所保安的严密巡逻，又是如何越过高达六米的围墙而安然无恙的……

有"共军"的地方，就可能有"国军"。左一的那位个子不高、体态有些发福的，是来自长汀的个体木匠游慈琛。同学们都说，他的外貌不用化妆，就酷似电影《渡江侦察记》中的国军"情报处长"。常年背着沉重的工具和《悲惨世界》、《牛虻》等一本本形影不离的小说跋山涉水的他，不但在风餐露宿中"行千里路，读天下书"，而且练就了一双"火眼金睛"。这都为他后来的专业作家创作生涯，奠定了良好的基础。他的第二爱好是唱歌，但半年仅衷情一曲《在那桃花盛开的地方》，这是何原因，至今也是一个谜。

至于右一的来自漳州的黄春林，则是当时我们宿舍四位同学中唯一的省作协会员。他最令人羡慕的"业绩"，是已在省级文学刊物发表短篇小说近二十篇。他是一位热心人，经常不厌其烦地向我们介绍加入省作协的全部程序。他的创作速度也极快，一个晚上写上三四千字是家常便饭。只是每次当他把"漳州"念成"尖州"时，总要引发我和他之间的一番"舌枪唇剑"……

2014年元旦即将来临，再次端详那年元旦我们四位文友加舍友在福建电影制片厂省文学讲习所旧址合拍的那张永远的"结业照"，我思绪万千。我是多么想再为杨班开一次门、再听老游唱那首歌、再听春林讲一回"尖州"啊……

（本文发表于2014年1月1日《厦门日报》城市副刊）

# 厦门一中百年校庆专题片解说词的故事

郑启平

2006 年 2 月,我应当时厦门一中百年校庆筹委会的重托,担任了百年校庆大型电视专题片《世纪璀璨》解说词的撰稿工作。我知道,这既是撰写厦门一中百年校史的专题片解说词,更是记录"深田沃土"世纪发展史的重要档案。

厦门一中百年校庆庆典会场

为对历史和学校负责,我耗费了整整三个月的时间,查阅了数以千计的校史档案,还走访了数百位资深校友,并夜以继日地在电脑的屏幕前敲打键盘,总算完成了解说词的初稿。在整个构思和撰稿过程中,十年"文革"一节,始终是不可回避而又最棘手的一页。为了该节解说词的写作,我曾绞尽脑汁,九易其稿,但终难获得通畅的思路……

一个风雨交加的台风夜,我正起床关闭书房的窗户,几道闪电伴随着连续的雷鸣,划过了书橱的玻璃窗,一种"柳暗花明又一村"的灵感,突然涌上了我的心扉。我飞快地从书架上抽出那本珍藏多年的《舒婷的诗》。说也神奇,仅仅几分钟,诗集中《一代人的呼声》和《祖国啊,我亲爱的祖国》等脍炙人口的诗句,伴随着长空的电闪雷鸣,迅速地激活了我迟滞的思维:一种既有深厚文学底蕴和深刻反思力度,又有厦门一中特色的全新思路戛然而生。于是我豁然开朗,重新启动了电脑。仅用半小时和三百余字,就完成了原先花费数十天时间,也无法逾越的"雷池"……

一个月后,我在厦门市作家协会会员代表大会期间,当面与校友舒婷女士商量,拟在校史专题片的解说词中,合成引用她的两首诗,舒婷女士欣然允诺。

2006年10月27日,长达两万五千字的大型电视专题片《世纪璀璨 百年风华》的解说词,在《厦门日报》以两个整版篇幅全文刊出。次日下午,在厦门一中百年校庆纪念日的十五时,厦视二套又用整整八十分钟时间,完整播出了厦门一中现代技术中心自行摄制、撰稿和编辑的大型电视专题片《世纪璀璨》。现将该专题片解说词中有关十年"文革"的一节,摘引如下:

......

正当厦门一中的事业蓬蓬勃勃向前发展的时刻,"十年动乱"爆发了。"深田沃土"也和全国千万所学校一样,成了万物凋零的重灾区。这一切到底是为什么?为什么?全国人民在思考,当时厦门一中老三届的一位小姑娘龚佩瑜也在思考。十年后的龚佩瑜同学成了著名的诗人舒婷。怎样走出"十年动乱"的阴霾,重新扯起"深田"号双桅船的风帆,去迎接新时期海平面的曙光,她终于找到了答案。舒婷在脍炙人口的《一代人的呼声》和《祖国啊,我亲爱的祖国》等诗篇中,用喷薄的激情和深切的反思,道出那一代厦门一中人深藏的心声:

我绝不申诉

我个人的遭遇

错过的青春，

变形的灵魂，

无数失眠之夜

留下来痛苦的回忆。

再没有人，没有任何手段，

能把我重新推下去

……

我是你的十亿分之一，

是你九百六十万平方公里的总和，

你以伤痕累累的乳房

喂养了

迷惘的我、沉思的我、沸腾的我；

那就从我的血肉之躯上，

去取得

你的富饶，你的荣光，你的自由；

——祖国啊，

我亲爱的祖国……

（本文发表于 2013 年 8 月 7 日《厦门日报》城市副刊）

# 重见光明在厦门

## 郑启平

　　许多著名的眼科专家都曾对我说过,残疾人中最痛苦和最不幸的,是那些终年在黑暗中摸索和挣扎的双目失明的人。对这常人难以体会的痛苦,我有过切身的感受。因为我一生最美好的时光中,就有整整十六年,是在近乎黑暗中度过的。二十多年前的那个秋季,我刚满三十八岁,时任厦门一中语文教研组副组长,且刚荣获"省优秀青年教师"的殊荣。同时作为省作家协会会员,我也常有小说及散文见诸报刊。正当我的教学工作及文学创作处于黄金时期,厄运突然降临。由于当年我从插队的闽西山区返回厦门后,曾在杏林湾畔的一家"省属工厂"当了七年冷作工。当时工厂的防护措施极差,因此,工作中我的双眼角膜常被强烈的电焊弧光烧伤,常年红肿流泪。加之当了教师后又经常用眼过度,终于有一天,我在给高三同学上课时,蕴藏已久的眼疾突然爆发,我连黑板擦也摸不着了……同事们把我送到医院时,我的双眼视力,已从入校时的一点零降至零点零五,且无法戴镜矫正。我知道,我已陷入濒临失明的深渊……

　　在后来十多年难熬的岁月中,我常年奔波在全国各大眼科医院遍寻名医,但效果却每况愈下。专家的共同意见是:我的角膜布满"大泡",并已高度混浊。只有角膜移植才有可能使我重见光明。但他们也都遗憾地告诉我,由于各种复杂原因,我国眼角膜的来源极其有限。全国每年需要角膜移植的数百万名患者中,仅有不足百分之一的人,有幸走向手术室。于是,我开始了漫长的等待……

　　作为与共和国同成长、共忧患的同龄人,在遭遇突然降临的人生灾难

为我成功完成角膜移植手术的厦门眼科中心"光明天使"团队全体医护人员

左五为主刀的刘昭升副主任医师

时,很需要有一点抗争精神。在十多年等待角膜的漫漫长夜中,在厦门一中校领导及广大师生的鼎力支持和深切理解下,我从高三语文教学的第一线,移至校电教室任保管员工作。眼前一片昏暗的人,摸索着工作自然十分艰难。我也不知摔了多少次跤、碰了多少次壁,虽然经常鼻青脸肿,但每次我都能以顽强的毅力,自己重新站起来。我不但用双手和大脑,很快地熟悉了保管员的各项工作,而且在妻儿和同事们的帮助下,克服了许多困难,学着用口述和摸索着用特大号炭笔写大字等方式,完成了数百篇有关厦门一中题材的电视新闻稿和多部校史专题片解说词,以及十多万字的一中优秀教师报告文学系列……

虽然我是不会轻易向困难和磨难低头的人,但到了 2000 年,当我的视力连几米外是一幢两层楼的房子还是缓慢移动的公共汽车都无法分辨的时候,我只能承认,刚满五十岁的我已经完全丧失了工作能力……

在黑暗中,我每天清晨都要打开窗户,用那看不见东西的双眼,遥视太阳升起的方向。我坚信,命运不会永远对我那样不公。总有一天,明媚的阳光一定会冲破层层阴霾,继续照亮我人生前进的道路。

2005 年 6 月 27 日晚上,书桌上的电话突然响了,耳机中终于传来期待已久的福音:"您预约的角膜移植手术,明天可以进行了……"挂电话给我的,不是"远在天边"的广州、上海、青岛等著名眼科医院的名牌专家,而是"近在眼前"的厦门眼科中心年轻的刘昭升硕士。刘昭升是我国当时眼科唯一院士、著名眼科专家谢立信教授的得意门生。刘硕士既有扎实的理论基础,更有丰富的临床经验。他不但善于诊治各种复杂疑难的角膜疾病,而且已为数百位患者成功地进行了角膜移植手术。为解决我的双眼角膜大面积溃疡引发的疼痛和红肿,他果断地为我的双眼先行施行了羊膜移植术,及时缓解了我双眼的疼痛。虽然只是治标不治本,但刘硕士精湛的医术和高尚的医德,深深地感动了我。在刘硕士及他的同事敬业乐业良好表率感召下,我开始反思和总结十多年坎坷的求医之路。许多耳熟能详的事实,一次又一次地告诉我,改革开放以来,包括眼科在内的厦门特区的医疗事业,已经取得了突飞猛进的高速发展。厦门眼科中心和刘昭升硕士等医师,完全有可能让我重见光明。我终于走出"舍近求远"的误区,向近在咫尺的"厦门眼科中心",递上了要求就地进行角膜移植的"预约申请书"……

2005 年 6 月 28 日晚二十时,决定我能否摆脱黑暗、走向光明的关键时刻降临了。在做好了一切术前准备后,我特意婉言谢绝了护士的轮椅推送。像往常一样,含辛茹苦照料了我大半辈子的"老三届"妻子紧紧握着我的手,我们互相勉励着,共同漫步走向通往手术室的电梯间。就像当年的蹉跎岁月之后,她曾抱着孩子,微笑着送我走向恢复高考的考场和洒满阳光的厦门一中校园一样……

2005 年 6 月 29 日上午十一时,是我一生经历中最难忘的时刻。我的角膜移植主刀医师刘昭升硕士,轻轻地揭开了覆盖在我眼上的纱布。昨晚,这位当年仅三十五岁的眼科新秀,仅用了五十五分钟,就娴熟地为我完成了一台高难度的角膜移植手术,整个过程没有任何痛楚和不适。随着他那双神奇的手匀速地"运动",覆盖着我术眼的纱布完全揭开了。我眨了眨紧闭了一晚的双眼,顷刻,期盼已久的奇迹出现了:一片久违了十六年的光明,霎时强烈又清晰地映现在我的眼前。我看见了!我看见了!我情不自禁地环顾四周,我不但清晰地看到了病房内洁白的墙壁、病床,还有排列整齐的沙发、电视、电话、热水瓶和牙杯……我更是第一次清晰地看见了微笑着站在我眼前的、多年来持续为我诊治和控制眼疾并最终为我成功进行了角膜移植的刘昭升硕士。他中等个子,身材健壮,短发下的脸庞五官匀称,特别是

那双浓眉下的大眼,既神采奕奕,又睿智亲切。紧紧握住恩人的手,一阵曼妙而又亲切的笑声和掌声,在刘硕士身后一列粉红的护理团队中,轻轻响起……

重见光明后,我重读的第一本书,就是在黑暗中常伴随我的海伦·凯勒女士脍炙人口的自传《假如给我三天光明》。海伦·凯勒是 20 世纪世界最伟大的女性之一,也是我永远崇敬的偶像。我经常思考这样一个问题:她来到人间,以她不朽的奋斗和事迹,向世人昭示着残疾人的尊严和伟大,她是一位创造奇迹的人。可号称医技发达、阵容强大的美国医生,却很遗憾地始终没能在他们的同胞海伦·凯勒身上,创造出任何奇迹。由于种种原因,他们既无法医治海伦女士全身的疾病,更没能使这位世界最伟大的女性重见光明。而我只是一位极其普通的中国公民,却有着比海伦·凯勒幸运百倍的命运。我们祖国培养的青年医生和他的医疗团队,在改革开放的年代,用最精湛的医术和最良好的医德,让我和成千上万的眼疾患者,在我的故乡——厦门重见了光明。至今,我在光明普照的幸福中,已整整走过了九年,远远超过了海伦·凯勒女士可望而又永远不可及的“三天”……作为厦门一中的教师,我重新走上了各类讲坛;作为福建省作家协会会员,我与弟弟一道,在电脑闪烁的屏幕前同时敲响了键盘;作为业余的乒乓球运动员,我又握起了直板快攻的球拍;作为海峡博客和厦门退教协网站的网友,我和广大文友们一次又一次地为自己心仪的家园添砖加瓦……

每当想到这些,我总想说:“啊,中国真好! 厦门真好!! 光明真好!!!”

(本文发表于《厦门红十字会》2009 年第 6 期,2009 年 12 月获厦门市委宣传部、厦门文联、《厦门日报》联合举办的“新中国 60 周年文学征文”优秀奖)

# 厦大孩子的骄傲

陈亚保

那是三十多年前的往事了,记得当时陈佐湟还在全总文工团工作。有一年他回家探亲,他家住在我们家的前楼敬贤二302室,与黄晞家对门,他到家的第一件事就是想找一台钢琴向母亲李荷珍汇报学习情况。我作为他的邻居,便在附近的幼儿园帮他联系好了钢琴。第二天正好是星期天,早饭过后,佐湟陪同父亲陈汝惠与母亲来到静悄悄的厦大幼儿园,在小小的教室里,他先在钢琴上弹奏了音阶练习。突然琴声终止,他抱歉地告诉母亲琴键不够用,因为那是一台儿童钢琴。母亲会意地笑了笑,望着学业大有长进的儿子欣慰地继续静静聆听着。佐湟接着弹奏了不少钢琴作品和父母熟悉的音乐,直到慈祥的母亲要为儿子准备午饭,他们才依依不舍地离开了教室。虽然当时有些作品我还不理解,但从佐湟热情认真的演奏中我听到了一位孝子那对父母养育之情永远弹奏不尽的心曲。

当天下午,学友王三邀请佐湟参加他的家庭音乐会,王三的母亲颜彩竹女士是华侨中学的音乐教师,当时音乐会来了不少市里的音乐界名人,还有男女美声演唱歌手和钢琴演奏爱好者,大家都希望能够和远道而来的北京客人交流与感受音乐。一位女士用手风琴演奏《马刀舞曲》后,请佐湟给予指教。佐湟先是很谦虚地说手风琴他不是很在行,然后便很热心地谈起对风箱力度的运用、音乐表现的处理、对作品完美的理解等,和琴手细细交谈起来。那天的音乐会始终洋溢着浓浓的音乐气氛,佐湟热情地和大家一起相互交流与探讨对音乐的感受,直到夜幕降临大伙还舍不得离散。事后厦门音乐界的名人对佐湟在音乐领域的认真探索精神和对艺术的追求给予很高的评价,音乐界老前辈杨先生高兴地赞叹道:这位少年家(闽南语,青年人的意思)很谦虚,很有文化素养和天赋,将来会是我们厦门的人才。

今天,陈佐湟被誉为"可能成为自小泽征尔之后最重要的亚裔乐队指挥家"。音乐将陈佐湟带回了厦门,音乐还将会把更多的海内外艺术家带到中国、带到厦门。这是厦门这座城市的骄傲,更是我们厦大孩子的骄傲!

图1 著名指挥家陈佐湟在厦门大学人文学院作精彩的学术讲座《我从交响乐听到了什么》

图2 讲座结束,陈佐湟与听众现场交流

# 太多的巧合欢聚一堂

郑启五

中国高中生代表队在第四十三届国际奥林匹克化学竞赛中大获全胜
左起：王颖霞、段连运、谢嘉欣、郭庆云、龚宗平、杨晓、陈毅辉、章慧

因为只读到初一，我就遭遇"文革"失学，属于世界上最背运的那拨人之一。但是我自强不息，高考恢复后考上了厦门大学。不过因为学的是文科，所以始终对化学一窍不通，哪怕是一个最简单的符号，都可以让我张口结舌。

最初读到今年"第四十三届国际奥林匹克化学竞赛"中国高中生代表队大获全胜的消息时，我是一览而过，几乎没有在意。因为在中国大陆，参赛选手是从全国热爱化学的高中生中层层选拔的精英，拿不到金牌才是新闻。

2011年四位高中生选手照例都拿了金牌,而且还得了个人总分第一、理论试卷第一(满分)以及团体总分第一,再一次震惊了国际化学界。

一个偶然的机会,我得以浏览这次大赛详细的内部图片新闻,许多细节让我窃喜良久,抑或偷偷地骄傲了良久。首先发现的是这四位选手有一位来自"厦门双十中学",有一位来自"长沙一中",这分别是我和我父亲的母校。我曾代表病重的父亲走访过长沙一中,受到该校的热情接待。

我还发现中国代表队的领队和副领队分别来自北京大学和厦门大学,副领队陈毅辉先生是我在厦门大学的同仁。紧接着我又惊喜地发现该队教练(观察员)分别来自北京大学和厦门大学,而来自厦门大学的章慧老师居然是我在厦大幼儿园和厦门东澳小学的学妹。福建省化学会和厦门大学化学化工学院化学系一批长年累月担任基础课教学的老师承担了国家队的选拔和培训工作,为这次中国代表队在国际化学竞赛中一举成功做出了默默无闻的奉献。

最不可思议和欣喜若狂地发现在最后,这次比赛的地点居然是在土耳其安卡拉的中东技术大学,这所被当地华人称为"土耳其的清华"大学我在那里工作过两年,我在中东技术大学孔子学院担任首任院长,这是土耳其历史上第一位孔子学院的院长。举办开幕式和闭幕式的场地——中东技术大学的"文化与艺术中心"我极为熟悉,我们孔子学院也曾经在这个中心举办过多次大型的中国文化推广活动,我自己还多次在此进行厦门功夫茶的演绎。

一次世界大赛几乎串起了我一生全部的关键词:"厦大幼儿园"、"厦门东澳小学"、"厦门双十中学"、"厦门大学"、"土耳其中东技术大学",从小到老,从内到外,令我惊喜得目瞪口呆,尽管有些关键词的切入或许有点牵强,但所有的关键词都是无可辩驳的事实!

太多的巧合欢聚一堂,貌似偶然,其实偶然中隐含必然。那就是我生活学习在厦门这个城市,而我们厦门市民人均占有的优质教育资源在全国是名列前茅的。"巧合门"无非就是我们厦门进军科教走向世界的一朵美丽的小花絮罢了。

附报道:

## 第43届国际化学奥赛中国队总分第一

由中国科协批准,中国科协青少年科技中心组织的国际化学奥林匹克竞赛中国代表团一行 8 人于 2011 年 7 月 9—18 日赴土耳其安卡拉参加了第 43 届国际化学奥林匹克竞赛。我国 4 名选手全部以高于 93 分的成绩获得金牌,均位居竞赛前 10 名,其中龚宗平总分第一,获"BEST STUDENT"称号,谢嘉欣理论考试成绩为满分。

我国代表队组成如下:段连运(领队,北京大学)、陈毅辉(副领队,厦门大学)、章慧(科学观察员,厦门大学)、王颖霞(科学观察员,北京大学)、郭庆云(选手,福建省厦门双十中学)、谢嘉欣(选手,湖南省长沙市第一中学)、龚宗平(选手,江苏省常熟中学)、杨晓(选手,河南省郑州外国语学校)。

第 43 届国际奥林匹克竞赛由土耳其科学与技术研究委员会(STRCT)和中东技术大学(METU)合办,共有来自 70 个国家和地区的 273 名学生参加。经过激烈竞争,决出了 178 块奖牌,其中金牌 33 枚,银牌 62 枚,铜牌 83 枚。另有 10 名选手获颁荣誉证书(HONORABLE MENTION)。

本届竞赛共分为实验和理论两部分,前者共 3 题,占总成绩的 40%,后者共 8 题,占总成绩的 60%,时间均为 5 小时。除例行的实验考试和理论考试外,还安排了丰富多彩的赛外活动。竞赛开、闭幕式热烈隆重,但与多数届次不同,未见参赛国驻土外交使节到场,只有联合国教科文组织的代表在闭幕典礼上致辞祝贺,并介绍了国际化学年已开展和将开展的系列活动。本届国际化学竞赛,赛题难度较去年稍高,但仍低于往年。在赛题难度偏低的情况下,如何保证较好的区分度是需要认真研究、实践,从而找到恰当的平衡点的问题。

竞赛期间,国际评判委员会(International Jury,每代表队领队皆为成员)举行了 4 次工作会议,讨论和规划国际化学竞赛未来的发展、推进化学教育、改选指导委员会成员、确定今后几届的举办国家、修订竞赛章程和实施细则等。

2011 年 7 月 25 日,中国科协青少年活动中心曹艳磊供稿
http://www.cast.org.cn/n35081/n35473/n35518/13165441.html

# 发现"浓度效应"的故事

## 章 慧

## 一、学术报告中产生的灵感

2010年6月20—23日,中国化学会第二十七届年会在厦大召开。6月19日,我在厦大逸夫楼餐厅因缘际会地结识了来自香港科技大学、带着弟子秦安军和高锦豪前来参会的2009年中科院新科院士唐本忠教授。之后,在闭幕式上唐老师精彩的大会报告让与会者领略了聚集诱导发光(AIE)现象的魅力。在唐老师的报告中,AIE明星分子HPS的旋转受阻(RIR)现象引起了我的极大兴趣,正好课题组有一位硕士生(志愿者)丁冬冬在会场拍下了唐老师报告的风采(图1),而这幅照片所表现的正是我当时思考的问题:如果该分子的苯环都朝一个方向旋转,是否能让我拿手的CD光谱捕捉到?

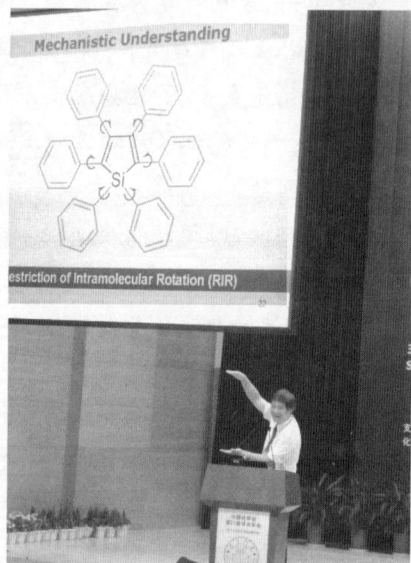

图1 唐本忠院士做报告

闭幕式隔日来到实验室与赵玉芬院士的博士生丁雷讨论,我们是否有可能用 CD 光谱表征 AIE 化合物的阻转异构手性构象?经过师徒俩激烈争论之后,丁雷同意我的看法。我们将这幅照片献给唐老师,并提出如下问题:

聚集诱导发光类系列化合物的旋转受阻,可以看作是介于某些手性晶体的分子在溶液中快速消旋(σ键的自由旋转)和 BINOL 及其衍生物的旋转严重受阻之间的过渡状态。换言之,通过改变分子所处的环境或聚集和结晶条件,可以使该类化合物分子的表现趋近于手性晶体分子的快速旋转或 BINOL 类严重受阻这两种极端情况之一。比如,在低黏度液相分散系和高温固态中,其行为更趋近于手性晶体分子的快速旋转;在高黏度液相分散系、水体系中的分子聚集体和低温晶体中,其行为更趋近于 BINOL 类的严重受阻。由于镜面对称性破缺(MSB)现象的"可遇不可求",本课题研究具有其特殊性,即,研究内容将主要围绕着已知和潜在的 MSB 体系展开,并考虑 AIE 体系潜在的同质多晶现象。根据我们的前期研究基础和经验,结合唐本忠院士团队与 AIE 体系相关的 MSB 化合物和初步的研究,拟设计由 MSB 获得手性发光聚集体固体功能材料的研究方案主要基于其晶体结构、固体 CD 光谱、粉末 XRD、变温 DSC、偏光显微镜等表征。

唐老师非常迅速地回应了我们的异想天开,于是我们开始了愉快的合作。

"Thank you for your email. It was very nice to meet you in Xiamen. Thank you for sending me the nice photos your student took for me. They remind me of the pleasant time I spent in Xiamen.

I like your idea. I have strong interest in chirality or helicity. But I am not well trained in chirality research. With your expertise in CD analysis, I believe we could achieve something with impact through collaboration.

How can we work together? If you are interested in our samples, I will ask my students to send some to you for your initial examination. Please feel free to ask me, if I can be of any assistance to you."

之后与唐老师和浙大的秦安军老师有如下邮件讨论:

"你们的这些化合物激发了我极大的研究兴趣,昨天将我的想法告诉了

研究圆二色光谱的好搭档——山西大学的王越奎教授。王老师在 CD 光谱的计算方面造诣很深，我遇到 CD 光谱和立体结构的终极问题经常求教于他。他认为：就我所知，溶液中构型旋转受阻的体系是可以产生 CD 信号的，并不是异想天开，您完全可以去试一试。

我认为附件中所示的单个分子应该是有手性的，之所以拿不到手性晶体，可能是晶胞中含有一对对映体，成为外消旋化合物，改变一下结晶条件，可能获得单一手性的具有手性空间群的晶体，这完全有可能！我们最近玩过许多类似的体系，但那些化合物多半没有特殊的性质，充其量只是用固体 CD 光谱证实了它们的空间群没有解错。现在我对后者已经不感兴趣了（典型的喜新厌旧！），有些人来找我合作被我婉拒（因我的精力有限且觉得那些化合物没有意思），我觉得你们这个系列的化合物更好玩。"

接下来我提议："如果要深入探究，可能我这里要调动一位学生，而且是能用脑子做 CD 光谱有一定经验的学生，但我也希望教会你们的学生做固体 CD，以及用 CD 谱来进行机理研究，这样你们可以在众多样品的基础上展开研究，看来两个课题组的学术交流势在必行。"我认为：测 CD 谱的制样和意识很重要！即便提供详细的实验步骤，在实验过程中也还需要有自主意识地不断修正调整。

这位"能用脑子做 CD 光谱有一定经验的学生"，非丁雷莫属！前面提及丁雷原是赵老师的本直博学生，当我发现课题组人手不够去找赵老师求援时，她欣然答应将丁雷"借"给我。因此，善解人意且能与我进行研究思想火花碰撞的丁雷在整个博士学习期间都在我的实验室度过，感谢赵老师的慷慨大度，感谢丁雷的加盟！迄今赵老师名下有两位博士生是我参与合作指导，侯建波和丁雷。侯建波的博士论文用 CD 和 VCD 光谱证实了我对五配位氢膦烷磷中心手性的构想；而丁雷的聪明和用心，直接导致"浓度效应"被发现。

## 二、在香港科技大学的学术交流

话说到了 2010 年暑假的尾声，经过多次与唐老师课题组的邮件讨论，我接受唐老师邀请，带着丁雷赴香港科技大学进行为期一周（8 月 30 日—9

月5日)的学术访问。到香港后我与丁雷兵分两路,我先与刚刚被录取为香港理工大学硕士生(MPhil 学位)的女儿郑方丹忙一些安顿事务,丁雷则直接取道科大由袁望章博士接待。从未到过香港的丁雷没顾及四处玩耍,一头扎在唐老师课题组的实验室里,并欣喜地发现在这里攻读博士学位的前国际化学奥赛金牌得主胡蓉蓉同学居然是他在湖南师大附中的学妹(图2和图3)。经过对同学们提供的 AIE 样品的仔细筛选,最后选定了胡蓉蓉学妹合成的两个样品作为欲突破的研究对象。

图2　丁雷拘谨地与胡蓉蓉学妹合影

图3　笔者和蓉蓉(左一)、望章(右一)一见如故

得知合作实验已有头绪的消息，我在到港次日(8 月 31 日)来到香港科技大学，在科大临海的专家招待所住下。那一晚先给课题组同学开了一个小灶，做了一个手性光谱和镜面对称性破缺的科普讲座(这几乎成了后来我在浙大、北大、福大、中山大学、物构所等高校或研究所访问的模式——正式报告带一个前期热身小报告，包括穿上实验服与那里的师生一起做实验)，我在科大的正式报告被安排在 9 月 1 日下午三点。

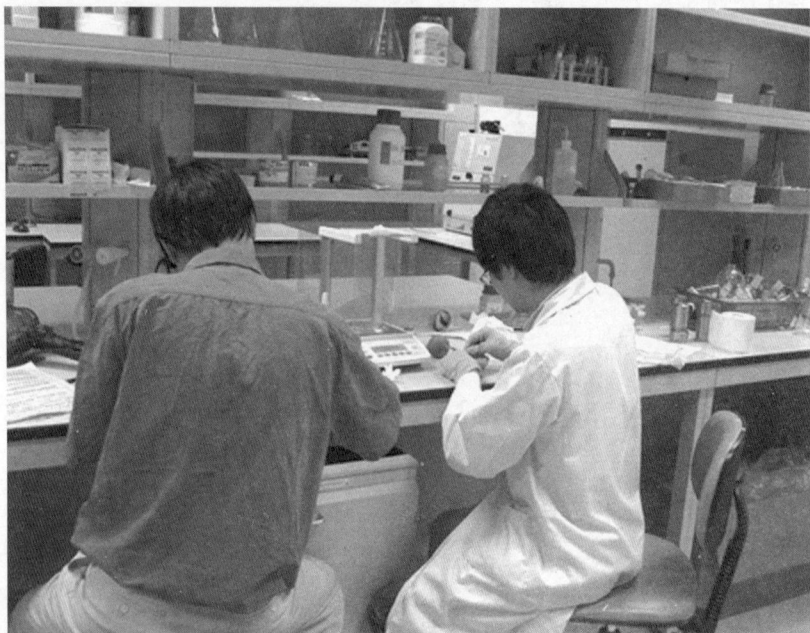

图 4  2010 年 8 月 31 日傍晚丁雷(红衣)和刘阳(白大褂)在香港科大实验室准备样品

那两日，丁雷和胡蓉蓉、袁望章、刘阳等同学开始了固体片膜的制样(图4)，因为拿不准要采用什么样的制样浓度，聪明的丁雷建议，我们就先做一个浓度梯度实验试试看。9 月 1 日午饭后，心怀几分忐忑和期盼，与他们一起来到合成实验室近旁的香港科大 CD 光谱仪公用平台，开启氮气通路和仪器开关后，我亲自上机操作，用厦大带来的自制固体样品支架分别测试了几个片膜的浓度。14 点 17 分，预期的 CD 信号出现了，这真让人欣喜若狂，随之又令人目瞪口呆，为什么 CD 信号的大小与片膜的浓度成反比呢？(图 5)

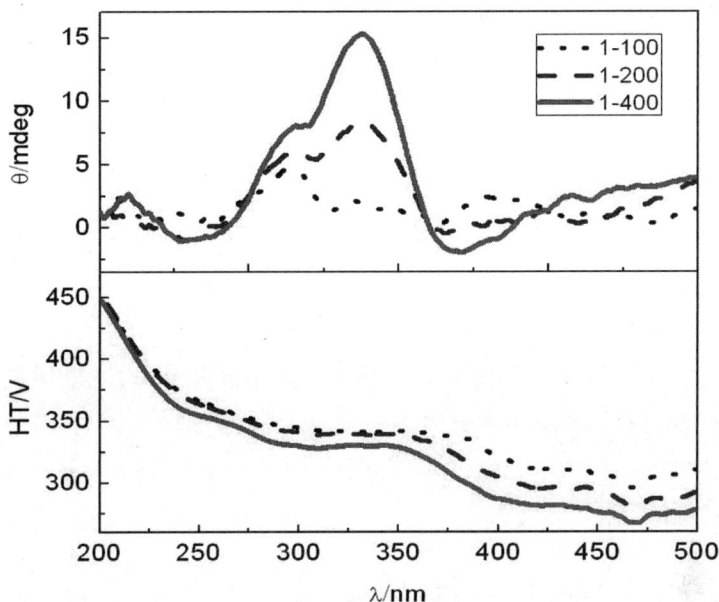

图 5　这是丁雷在香港科大期间测出的最好数据,由此发现了固体 CD 测试中的"浓度效应",并在后续研究中发扬光大。丁雷开创的浓度梯度设置,已成为研究人员测固体 CD 光谱的重要实验方法

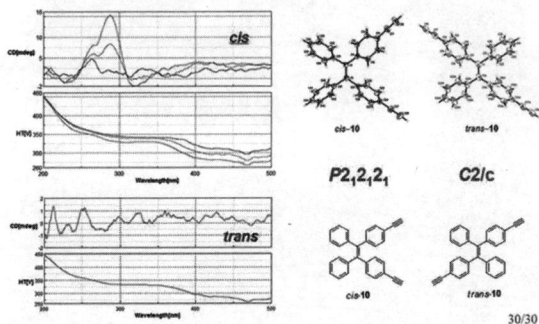

图 6　2010 年 9 月 1 日下午三点在香港科大报告(PPT)

(因为看到了预期现象,高兴得忘了写日期)

在得到确信无误的固体 CD 信号后,如释重负。蓉蓉随即带我来到本忠老师的办公室,第一时间告诉他这个好消息,他笑眯眯地说,你看到实验现象了。我高兴地说:我们不虚此行,等下报告时我将会对你展示实验结果。因为过度兴奋,匆匆补做的 PPT 最后一页竟忘了写上日期(图 6)。在这里插一句,唐老师的办公室,面积不大,但井井有条,是我见到的所有牛人学者办

公室最整洁有序的，没有之一！看到办公室后的第一感觉是，怪不得他的研究做得这么好，那是缘于高效有序的大脑啊。

2010年9月1日晚上，我们几位实验当事人嚷嚷着要让胡蓉蓉请客，她带我们来到科大餐厅，任由我们点菜，记得享用了一份超大的甜品，师生几人兴奋地谈笑风生（望章还调侃了丁雷的"土气"），共同感受和分享科学发现带来的愉悦。这里要补充一句，科大食堂的饭，很不好吃。不过香港中大和港大也好不到哪里去，香港理工的餐厅看起来稍好一些。第一次在香港科技大学的访问，就此圆满地暂告一段落。

9月3日我受女儿郑亦丹攻读硕士学位的合作导师，香港中文大学王建方教授的邀请，参观中大并做了一次学术报告（图7）。在香港的最后一天，唐老师约上建方一起吃饭，被我戏称为"唐章香港饭局"（图8），希望日后能为建方带来好运气。

图7　笔者与王建方老师（右一）、丁雷在香港中文大学

图8　章慧、丁雷与唐老师(左三)、王建方(左四)、袁望章、胡蓉蓉在香港新都城合影

### 三、继续"浓度效应"的探究

与丁雷一起返校后,即投入新学期的忙碌中。9月1日那日测试出固体CD信号的极大兴奋感逐渐消退,正如一位曾经就读于香港科技大学的清华学生所说:"当时(来到香港科大)的新奇兴奋也褪得干净,每天面对这青山海景,最后也麻木得没有感觉了。由此可以推测娶一个漂亮老婆是没有多大意义的,如果不是为了炫耀。"

由此也可以对身边的小女生说:嫁一个帅小伙是没有多大意义的,如果不是为了炫耀。他终归会变老,人到中年,可能过早秃顶,长出难看的啤酒肚,身材完全走形,结婚后再也不会对你说甜言蜜语……

玩笑归玩笑,不得不苦苦思索这样一些问题:9月1日的固体CD实验结果有什么意义?即便拿到了手性固态AIE化合物,可能有什么样的应用?

这也是丁雷在后面几天待在实验室里,体会到的唐老师课题组学生的困惑。我当时对丁雷的回答是,至少这是AIE体系首次表征出镜面对称性

第二章　岁月·历程

313

破缺现象的晶体结构和固体 CD 谱,有发比较好的文章的价值。后续还有许多待研究的问题,比如,为什么出现反常的 CD 信号随片膜浓度下降反而增大(丁雷称之为逆浓度依赖)现象?手性和非手性的同质多晶型物种在荧光性质方面是否有不同,等等?至于应用,我对丁雷说,当年蔡司盐和二茂铁结构的阐明引起金属有机化学和石油工业的飞速发展,也是人们始料未及的。

为了让当时那种兴奋的心情可以持久一点,也因为好奇心使然,我在去信中讨论到:

参加我同事学生的博士论文答辩时,有位陈同学在答辩中提及他的体系具有浓度越大,荧光值反而下降的现象。也就是说,在荧光随浓度增大变化的曲线中,出现一个最大值,这不由使我想起蓉蓉的体系,也许我们选择测 CD 的浓度点正是在过了最大值之后?如果将浓度继续按一定梯度下降,说不定低于那个极大值后,就会出现正常的"CD 信号随浓度增大而增大"的现象了。这个现象值得研究,但比较费时费事,要有耐心去做。以上提及固体 CD 信号与浓度关系极大值指的是横坐标为浓度增大的情况,如果横坐标是浓度减小的方向(如图 9 所示),则固体 CD 信号随浓度减小会出现一个极值(或平台),过了这个极值后,就可能出现"固体 CD 信号随浓度减小而减小"的正常现象了。

图 9 θ值随浓度下降出现极值的示意图

在此值得指出的是,在溶液 CD 测试时,我们还从未观察到类似的反常现象。

无独有偶,丁雷的师妹胡晓梅(赵玉芬院士的硕士生)最近在她的系列手性五配位磷化合物中的两对化合物(其中有一对已经有晶体结构表征)中也观察到我预测的极值!而在其他两个类似的体系中,都呈现正常的"固体 CD 信号随浓度减小而减小"的现象。

胡晓梅的系列化合物为什么会有其固体 CD 性质如此不同?而且在固

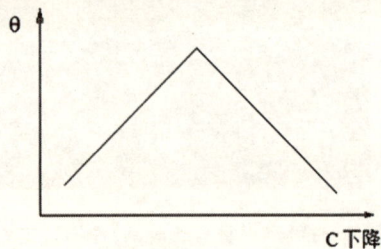

体 CD 性质上与蓉蓉的顺式化合物还有相似性？引起我和丁雷的极大好奇。

我隐隐觉得"两胡"（很凑巧，两人都姓胡）的化合物在结构上可能具有相关性。于是调来胡晓梅的化合物的 CIF 文件，发现具有极值的那一对化合物的苯环与五配位磷三角双锥平面的夹角接近 16 度，而 θ 信号"正常"的体系的化合物中相应的二面角都在 10 度（即苯环的扭转角很小）以下，接着继续看胡蓉蓉顺式化合物的晶体结构，量出其二面角高达六十几度！

至此，对蓉蓉迄今为什么还没有找到那个极值似乎可以提出一个猜测：即，苯环之间的二面角越大，则那个极值需要在浓度更稀时才会出现。

实验事实是否符合我们的猜测，还有待蓉蓉的实验进一步深入。

但随之而来的问题是：为什么会出现这个极值（章注：这是迄今还不能获得圆满解释的疑问）？二面角的大小与固体压片浓度的稀释之间有什么关系？难道稀释会改变固体（微晶）样品中化合物的二面角？

正如唐老师主持我在科大报告结束时所说的"缘分"，我觉得命中注定 AIE 体系镜面对称性破缺现象的探究需要我们这一群人去实现，胡晓梅的实验结果（章注：这个有趣的实验因晓梅的毕业而终止了，遗憾啊！）歪打正着地提供了某些启示。这个现象太有挑战性了，但又充满了玄机。让我们一起努力，耐心且不急功近利地等待谜底的揭示。

接着要求蓉蓉继续做如下实验：

我希望你能重复固体 CD 实验，将片膜浓度分别设成 1：100、1：200、1：300、1：400、1：500、1：600、1：700、1：800、1：900、1：1000，甚至更小……尽量找出浓度与 CD 信号强度之间的规律。不过，一定要找到一台更精确的天平来进行半定量研究。我很好奇你的有趣的实验结果，请随时保持联系！

蓉蓉在 2010 年 11 月 19 日发来在香港科大的测试结果，虽然从相应的 HT 值看，在片膜的制样技术上还有点不到位，但是，我们可以看到：预期的"极值"已经出现了！

由于蓉蓉的 *cis*-BETPE 是一个全新的 AIE 化合物，我们虽然由此发现了固体 CD 测试中的浓度效应，但是按照行业规矩，更深入的探究不能拿蓉蓉的样品说事。我们又很希望探测其端倪，怎么办？于是把研究目标转向

了其他阻转异构化合物，它
们与 AIE 化合物之间的共
性，皆因单键旋转受阻会产
生在溶液中或固态下稳定的
手性构象。这个工作原本交
给一位硕士生完成，但是他
一直不得要领，进度极其缓
慢。实验只好又交回到丁雷
手中。很快，丁雷对六个阻
转异构化合物进行测试，成
就了一篇 NJC 的封面（图
10）文章。

2010 年 12 月丁雷在一
个月内完成了所有样品的测
试，奠定了他的博士论文的
主要基调。其中，对于秦安
军提供的 AIE 明星分子
TPE 的测试堪称经典，这个
漂亮的浓度梯度固体 CD 光
谱图（图 11），难以逾越，成
为我们课题组的一个金字招
牌，也成为我们进一步与唐

**图 10　英国皇家化学会 New J. Chem.
期刊 2011 年第 9 期封面**

注：这个封面图的设计构思，正是基于分
子的阻转异构二面角越大，极值出现的浓度
越小的现象。但个中原因，迄今我们仍无法
揭示

本忠院士团队合作的基础。基于浓度效应的思考产生的若干基本科学问
题，成为我们在研国家基金项目"功能固体材料的手性同质多晶型调控及其
手性固定和应用"的立项依据。

## 四、"浓度效应"，探索无止境

2011 年唐本忠院士团队在 Chem. Soc. Rev. 发表综述，首次报道了
AIE 化合物的镜面对称性破缺现象（图 12）。

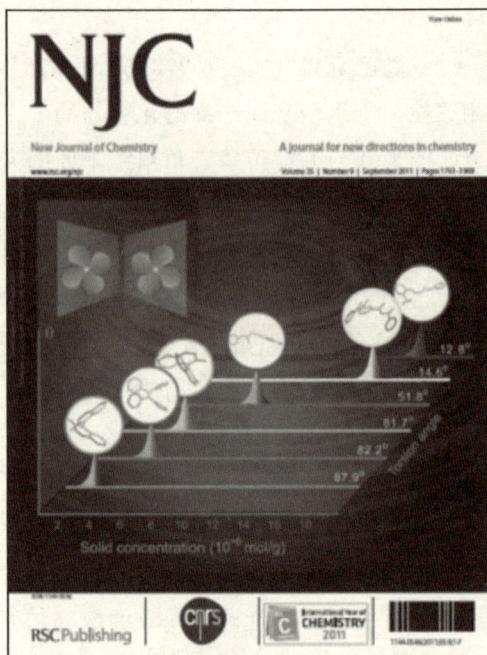

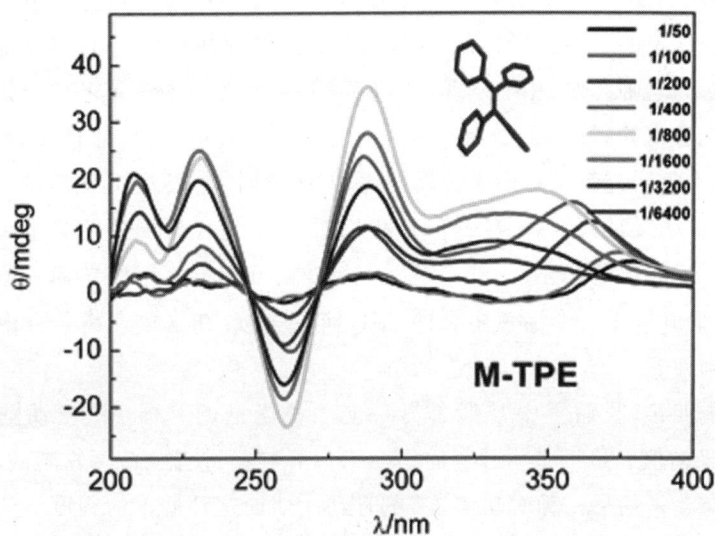

图 11　AIE 明星分子 TPE(四苯基乙烯)的浓度梯度固体 CD 光谱

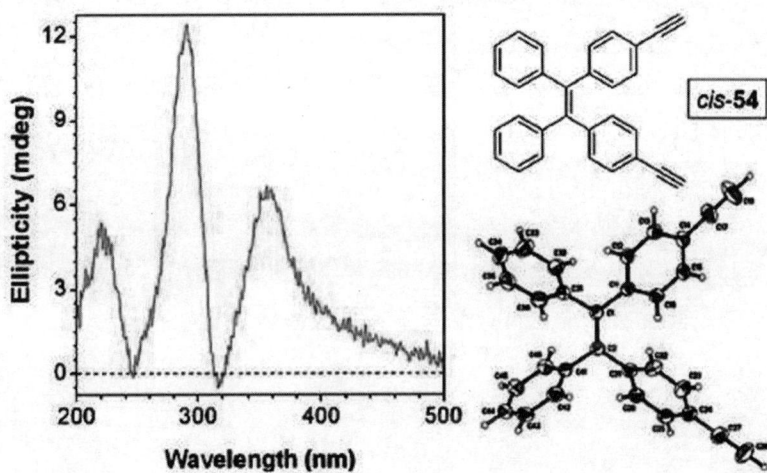

图 12　Solid-state CD spectrum of microcrystals of *cis*-54 dispersed in KCl matrix.

引自：Hong，Y.；Lam，J. W.；Tang，B. Z. Aggregation-induced emission. Chem. Soc. Rev.，2011，40：5361.

尽管在后续研究中,基于"所有的 AIE 化合物都潜在发生固态镜面对称性破缺现象的可能性"的指导思想,我们与唐老师的大团队以及其他高校和研究所的老师合作,相继发现了一系列 TPE 衍生物及多苯基化合物等阻转异构化合物的固体 CD 光谱中极具特征的浓度效应现象,并且在 2013 年暑假,集十年研究经验写成了一篇综述文章《对固体圆二色光谱测试方法的再认识——兼谈"浓度效应"》,但是我们对 AIE 化合物的手性同质多晶型和固体手性光谱的探究,还仅仅是一个粗浅的开始。感谢唐老师及他的团队,为我们开辟了一个活色生香的 AIE 研究领域,在这里充满了自由探索的研究乐趣。

　　时隔四年,我们手中掌握了另一支手性光谱的利器——振动圆二色(VCD)光谱仪。最近对胡蓉蓉的 cis-BETPE 样品进行了新一轮测试,欣喜地发现久违了的另一种对映体 A2 的存在。然而这种愉悦的程度与四年前的那一次相比,已经不能同日而语了,因为在那之后我们的发现已经太多太多,逐渐趋于淡定。但是其间终于看到了唐老师的 AIE 明星分子 HPS 阻转异构手性构象的固体 CD 光谱,未免让彼时报告会中灵感一现的人有几分得意。

　　遗憾的是,经过四年来的苦苦追寻,我们迄今还未获得 HPS 手性晶体的单晶结构,而 HPS 手性晶体的另一个对映体亦还在与我们躲猫猫,捉摸不定。

　　后记:关于最近铺天盖地的炸药奖评论,我认为作为一名学者(谈不上科学家),快乐而努力地做科研,是一个本分且自然的过程,其他一切,都是身外之物。这就是我要讲的关于科学发现及其探究的故事。

永远如康大孩子

318

我的父亲母亲

第三章

# 情思绵绵忆父亲

## 卢咸池

2001 年 6 月 4 日,慈祥的父亲卢嘉锡永远离开了我们。1951 年夏天十四岁的大哥响应党的号召"参军参干"(参加人民解放军、参加军事干部学校)离家,当时我还不到五岁。那以后多数时间,我是父亲身边子女中年纪最大的一个,再加上"文革"中曾帮父亲写过"检查交代"材料,所以对父亲的记忆和了解可能比弟妹们要多一些、更细致一些。在悼念父亲的时候,我产生了把脑海中关于父亲的记忆一点一点写下来的想法,企望通过这一段段往事的回忆,让儿女眼中的父亲、一个真实的父亲的形象呈现在世人面前。虽然零零星星,仍希望对后人有所启迪。必须强调,文中所述许多为外人所不知晓,绝大部分是我亲自经历、目睹,或是从小到大在家时听父母亲对我说的;只是为了叙述连续,从他人所写关于父亲的传记和回忆纪念文章中,少量引用了与我的记忆能相印证的零散片断。

### "我们家是台湾人"

"文革"前,我们家一直自称是"福建厦门人";"文革"后报上又说我们是"台湾省籍"。对此,社会上有人存在着一些疑问。其实,和其他许多背井离乡来到祖国大陆的台湾同胞一样,这里包含了一段屈辱的历史。

记得还在我上小学的时候,父亲就曾经在饭桌上对我和年幼的弟弟妹妹严肃地说:"我们家实际上是台湾人,祖居就在当年郑成功接受荷兰人投降的赤崁楼附近的'米街'上。甲午战争后日本占领了台湾,你们的祖父还

很年轻,他不愿当日本臣民,带着新婚的妻子——也就是你们的祖母——和年少的弟弟妹妹,陪同他年迈的祖父,和几个朋友一道渡海来到厦门定居。"他又告诉我们:"当时台湾成了日本的殖民地,台湾人在大陆被人看不起;再加上有些海盗受日本人豢养唆使,为非作歹,专干些骚扰福建沿海、杀人劫货的勾当,因为越海而来,被称作'台湾浪人',更使普通百姓加深了对台湾人的误解。你们的祖父在厦门办私塾,家塾叫'留种园',他不敢亮明台湾人的身份,自称是'龙溪卢家'(龙溪原是福建省的一个县,20世纪50年代与海澄合并,称龙海县,现在是地级漳州市下属的一个县级市)。到了我读书的时候,想到我们家确实不是龙溪人,就根据自己出生在厦门填成'福建厦门人'了。"

20世纪70年代初我在贵州少数民族山区工作时申请入党,父亲知道后非常高兴,为了便于我向组织上全面汇报家庭情况,他特意给我写了一封长信介绍家世。记得其中谈道:迁居台湾前我们家祖辈住在福建永定,到台湾后几代人都是办私塾的,仅我的曾祖父19世纪90年代任过云林"县学训导"这样的教育部门小官(父亲专门加注"大概相当于现在的县教育局局长"),祖母家则是台南附近安平镇的"土著望族"。这封信我请单位党支部书记过目,他却当成我的"思想汇报"收起,再也没有还给我。

父亲还曾告诉我们,祖辈离开台湾时,在台南留下了祖父三个叔叔的家人和一些房地产。1927年春六叔公去台湾收房租时曾带着幼年的父亲同行。但后来台湾家境败落,厦门家人与岛内的亲戚也完全失去了联系。

一直到1978年父亲以台湾省代表团团长的身份出席全国科学大会后,我们家与台湾的这段历史渊源才逐步为世人所知。

20世纪90年代初,父亲要带领农工党中央考察团到闽西老区开展智力扶贫,福建永定有关方面与父亲联系,我们才第一次听说,"永定卢家"实际上是宋代从北方迁来的"客家人"。现仍居住在永定的卢家人讲的是客家话,而我们家的祖辈移居台湾后与闽南移民生活在一起,就改说闽南话了。这些情况父亲原先是否了解,我们就不清楚了。

## 偶遇成挚友

父亲1937年夏天考取中英庚款公费生，到英国伦敦大学学院师从萨格登教授从事放射化学和物理化学研究（图1），1939年夏以论文《人工放射性研究》（后以《放射性卤素的化学富集法》为名在国际权威学术刊物《化学会志》上发表）获得博士学位。因为公费留学期限未满，经导师萨格登教授推荐介绍，他于当年秋天来到美国加州理工学院，在著名化学家、后两获诺贝尔奖的鲍林教授指导下做客座研究员（即今天所称"博士后"）。

**图1　父亲在伦敦大学学院化学系人工放射性研究实验室（1939年）**

刚到美国，好心的中国同学带着他在学校四处参观，见一个亚洲人正在实验室做实验。一看这个人脸圆圆的、长得白白的，想到日本侵略者的铁蹄正在践踏祖国的土地，父亲愤愤地对陪同的中国同学大声说："他一定是个日本鬼子！"只见这个人抬起头来，看了父亲一眼，又神情冷漠地低下头做他的实验。看到这个人似乎一点听不懂自己说的中国话，父亲更确信这是个日本人了。

第三章　我的父亲母亲

323

没想到在周末中国留学生的聚会上，父亲又遇到了这个"日本鬼子"。看到两人相见时惊愕的表情，相识的中国同学赶紧过来介绍："你们互相还不认识吧，这是钱学森博士，这是刚来的卢嘉锡博士。"一谈起来，父亲才知道，那天钱学森博士正在专心致志地做实验，根本没有听清父亲"责骂"他的话。结果，他抬头一看来人矮矮胖胖的，反也把父亲当成"日本鬼子"而不屑理睬！两人不禁相视哈哈大笑。

从此，父亲与钱学森先生结成挚友。直到"文化大革命"中，钱先生见到物构所的工作人员时还关切地问："老卢怎么样？是不是也被打倒了？"但是，一直到"文革"后父亲再次对我们谈起他与钱学森先生相识的这段"奇遇"时，还是深表不解："谁都知道我说话的嗓门特别大。他做实验怎么会那么专心，以至一点没听见我在'骂'他呢？"

当时与父亲一同在加州理工学院的中国留学生还有袁家骝、林家翘、张捷迁等许多人。大家友好相处、过从甚密(图2)。一直到四十多年后，美籍华人科

图 2　美国加州理工学院中国留学生合影(1940 年)
前排左一钱学森、左三卢嘉锡、左四袁家骝，中排左一张捷迁

学家、当年与父亲同室居住的张捷迁教授(东北大学毕业后到美国学空气动力学,后改为从事大气动力学研究,因为我是学大气科学的,他算是我的学术前辈)来华访问,我陪着父亲前去拜访,张教授还对我说起父亲的笑话:"你父亲不会做饭菜,每次中国同学聚餐,他只能'自告奋勇'饭后去洗碗。"

因为父亲在美国孤身一人,又不会做饭,平时住的吃的都有劳美国房东。好在父亲对吃住从不挑剔,只是周末去中国餐馆吃点中餐,既解思乡之情,又算改善伙食;有时还跑到小酒吧去喝点饮料,休闲一下。几年下来,他与许多中下层美国人也有所接触,还在那里学会了不少民间的口头语言。

## 心系祖国、思念亲人

父亲出国期间,母亲吴逊玉带着我年幼的大哥留在厦门,靠父亲每月留学生津贴的结余寄回国维持生活。抗战前外祖父在英资厦门太古洋行供职,可是 1938 年日本侵占了厦门,太古洋行关闭,外祖父失业在家。母亲与大姨母同住在外祖父家,大姨父在菲律宾一所华侨中学任教。日本占领厦门后,一次大姨母上街遇见日本兵,不知是未能及时让路还是没有哈腰问候,竟被罚跪在地上抽耳光。姨母面颊红肿地回到家里,痛哭了一场,不久就出国去菲律宾了。母亲也只能带着大哥逃难到福建内地。战乱中父亲的汇款往往不能按时寄达,甚至半路丢失,母亲不时还得自己设法谋生。她当过电话总机接线员、教过小学,甚至带着大哥挖过野菜,一直到临抗战胜利才返回厦门。

父亲在国外时时思念着母亲。1944 年,父亲到美国国防研究委员会马里兰研究室任研究员,从事战时军事科学研究。记得父亲对我说,因为他在英国留学时曾经从事过放射化学研究,所以参加美国国防研究时有两种选择:或是参加原子弹研究,或是常规爆炸品的研究。但原子弹研究属于美国国家最高机密,参与研究的外国人必须断绝与本国的一切联系。父亲想到母亲在国内,经济上还要依靠自己从美国汇款过去,于是决定从事密级较低的普通军事科学研究。后来,父亲由于在燃烧与爆炸方面的出色成绩,曾获美国国防研究委员会奖励。

小时候,我和其他孩子一样都爱放鞭炮玩,父亲对此很不以为然。一次

吃饭时他对我们说,他有一个朋友是研究炸药的,一天夫妻同在实验室工作,丈夫探头去看新制成的炸药,没想到上衣口袋里的一串钥匙滑落下来,当即引起爆炸,夫妻和在场的助手三人二死一伤。他以此告诫我们对燃烧爆炸品要特别小心。他还说过,有一次他们在野外进行爆炸试验,一阵巨响,一座大楼就倒下了;试验场附近有个工地正在拆楼,看到这边一下炸掉了一座大楼,赶紧派人来问是否还要试验,如果要的话,拿工地正在拆的楼房当样品就行,省得他们那么费劲去拆。这是我儿时记忆中仅有的两次父亲谈到他从事过爆炸研究。

## 回国之初

　　第二次世界大战一结束,父亲坚决地抛弃了国外的一切,满怀"科学救国"的理想和"重建升平"的愿望,也带着对亲人的思念,立即准备启程回国。他处理掉大部分私人用品,包括当时还十分珍贵的收音机、电唱机,只留下自己多年科研积累下来的研究笔记和计算尺、英文打字机等少量教学科研小用品。那时跨越太平洋的海上航线刚恢复,洋面上二战期间布下的水雷尚未清理干净,航行随时可能遭遇危险。父亲不顾一切买了船票,乘坐允许载客的第一班客货两用轮,1945 年 11 月中旬离开美国,在海上漂泊半个多月,12 月初回到上海。办完各种手续后,他又买了上海到厦门的船票,乘坐一艘小火轮(那条船吨位很小,载货又多,航行时船舷紧贴着海面,船舱全在水下,相当惊险,用父亲的话说"就像坐潜水艇一样"——没想到这句诙谐风趣的话,"文革"中差点给他带来大祸)回到厦门。这时已是 1946 年 1 月初了。

　　1937 年夏天父亲离家出国时,我大哥还不到半岁。转眼八年半过去,大哥已快满九岁,有人代他请假,直接从小学课堂上带他回家,第一次见到父亲。战争结束、全家团圆,刚满三十岁的父亲憧憬着国家复兴、家庭幸福。

　　二战结束前夕父亲还在美国的时候,就曾先后收到厦门大学校长和浙江大学理学院院长发来的信函和电报,分别邀请父亲回国后到各自学校任化学系主任兼教授。盛情难却,加上远隔万里、战时联系困难,父亲两边都没法回绝。一踏上故土,正在上海的浙江大学理学院院长胡刚复教授就亲自给父亲送来了聘书。可是回到厦门后,母校厦门大学也坚决不放父亲走。两校互不相让,父亲一时处于"情"与"义"两难的境地。幸好有人两边说和,建议父亲常住厦门、同时在两校任教,每两年在厦门大学化学系任课三个学期、到浙江大学化学系讲一学期课,这才使两校的争端得以解决。于是,父亲1946年春天先在厦大讲课(图3),11月底再赶赴浙江大学任课(浙大刚

**图3　厦大校长与系主任合影(1946年春)**

右三王亚南、右四周辨明、右六李庆云、右十卢嘉锡、右十一汪德耀

由贵州遵义迁回杭州,12月份才开学)。父亲讲课概念清楚、深入浅出、生动活泼,而且声音洪亮,深受学生欢迎;与系里其他教授也相处得十分融洽(图4)。刚到浙大,父亲就被聘为化学系代理系主任。"大概他们是想用这个头衔把我留下来吧。"父亲后来对我说。1947年春,父亲在浙大第一次讲

**图4　与浙江大学化学系部分师生合影（1947年初）**

前排右二杨士林（后曾任浙江大学校长）、右三卢嘉锡

课结束离校前,化学系学生会发起、一百四十多名师生联名写信挽留,连当时的代理校长郑晓沧也在挽留信上签了名。可是厦门有自己的家,厦大又是自己的母校,父亲还是谢绝挽留,回到了厦门。

1947年暑假期间,厦大校长找到父亲说,抗战胜利后学校刚从福建内地迁回厦门,科研教学仪器和化学药品奇缺;台湾被日本人占领了那么久,现在日本人走了,可能会有些旧的物品留下来,你去一趟台湾,设法帮学校买些便宜的仪器药品吧。于是父亲时隔近二十年又一次踏上了故乡的土地。虽然厦门家人与岛内亲戚早已完全失去联系,但是父亲对养育了祖辈几代人的这块土地仍然带着特殊的感情。

在台南,父亲抽空到"米街"去看了看,他幼年来台湾时住过的祖居已经荡然无存,原来住在这里的亲戚也不知迁居何处。一天他与人谈完公事,忍不住多说了一句:"我父亲原来就是这里的人。"不想过了没几天,有位老太太听说此事,带着一个年轻人来找父亲。老太太说:"我妹妹从小与一个私塾先生订婚,那年日本人来,天下大乱,他们匆匆忙忙结婚,不久就迁到大陆去了,再也没有回来。"她并且说出了妹妹的名字和小名。"我看她连你祖母的小名都说得准确无误,只能尊称她'大姨母',叫那个年轻人'表弟'。"父亲后来对我说。

几天后,父亲离开了台湾。没想到,这就是父亲最后一次"回故乡"。20世纪80年代后期两岸关系开始解冻时,我曾问父亲:表叔还能联系上吗?父亲叹了一口气说:"从台湾回来后因为忙,没有及时再与表弟联系。没想到不久后两岸隔绝,而且延续这么长时间,现在我连表弟姓什么都忘了。"今天,家中只留下父亲当时拍摄的一张台湾少数民族同胞舞蹈的照片(图5),见证着五十多年前他的故乡之行。

图5　台湾少数民族舞蹈(摄于 1947 年夏)

20 世纪 80 年代后期到 90 年代,父亲曾多次在北京、福建接待过来自海峡彼岸的台湾乡亲和学术同行,不少台胞盛情邀请他到台湾走走看看。他也渴望在有生之年能再次踏上故乡的土地,会晤学术同行、寻访失散多年的亲人。可是由于他的身份为台湾当局所不容,此事终成为他离开人世前的一大遗憾。

## 生活日渐艰难

父亲是抱着"科学救国"的梦想从美国回来的。他期盼着打败日本帝国主义后,祖国能走上"和平民主建国"的道路。可是眼看着国民党政权卖国求荣、欺压百姓,他对蒋介石集团很快由抱着幻想变成失望。父亲虽然在英国、美国生活了八年多,但是看到帝国主义者在祖国的土地上横行霸道,他和全国人民一样也对此切齿痛恨。1948 年,他曾和厦门大学王亚南、林砺儒等教授一起,在厦门《星光日报》上发表"笔谈",抨击美国扶植日本军国主义。一天,父亲在大街上突然听到妇女的惊叫声,一看,是几个美国大兵竟在光天化日下企图侮辱中国妇女。他义愤填膺,不顾一切冲过去,用英语痛骂这几个美国兵。美国兵在中国的土地上猛然听到他们"熟悉"的"国骂",愣了好一会才回过神来,看到的是一个西装革履、三十岁出头的中国人正与他们怒目相对,只得灰溜溜地走了。"这些骂人的话教科书上不可能有,是当年我在美国小酒吧里学到的。"父亲后来对我说。

20 世纪 40 年代后期,国民党统治下的祖国,物价飞涨、民不聊生。那时月薪讲的是每月"多少斤大米",到发薪水时再按当天的米价折算成钱币来发放。父亲是著名教授,而且同时在厦大、浙大任教,拿两份薪水,应当说家庭生活是比较宽裕的,可是也难免受到货币贬值的影响。他在浙大任课时,就"学习"其他人的做法,每回领了薪水,除了平常生活开销所需外,剩余的钱买一些金华火腿存放起来,以这个办法来"保值"。可是一个学期下来,等到从库房拿出火腿准备带回厦门的时候,发现有的已经被老鼠啃坏了!

回到厦门,物价涨得更快了。同事们一领到薪水,马上跑出去买米、买油盐酱醋、买柴火,剩下的钱就买一切可以"保值"的东西。可是父亲却死守着要办完一天的公事,晚上才回家。等第二天母亲拿着父亲头一天领到的薪水上街买东西时,物价已经又涨上去一大截了。终于有一天,家里没米下锅了!母亲只能忍痛卖掉与父亲结婚时定做的一对戒指,买回一些大米。"那上面刻着我和你妈妈两个人的名字呀!可是三十年代我和你妈妈结婚时家里也不富裕,打的那对戒指很小,换回来的米也吃不了几天。"父亲对我说。连教授的生活都这么艰难,一般百姓的日子就更可想而知了。

### 冲破黎明前的黑暗

1948 年秋天,父亲再次来到浙江大学讲课。那时,人民解放军的"三大战役"已经开始,国民党统治处在风雨飘摇中。父亲在繁忙的授课任务之余,多次在深夜和几个密友一起偷听解放区电台的广播,知道人民解放军在淮海前线节节胜利的消息。当时一些名牌大学都是著名的"民主堡垒",学生中进步势力很强,教师中也有不少同情、支持学生运动的"民主教授"。父亲在浙江大学还收到地下党给他寄来的信件,希望他尽快"返回原籍,坚守岗位、迎接解放"。于是,他加快授课进程,提前完成课程任务回到厦门。

返回厦门后,国民党曾派人劝说父亲去台湾,但他对国民党统治已经彻底绝望,设法回绝了。当时,父亲还兼任厦门大学校友总会理事长。1949年 4 月,人民解放军胜利渡江,全国解放在即。5 月,旅居新加坡的著名华侨领袖、厦门大学的创办人陈嘉庚先生宣布应毛泽东主席邀请,将回国参加新政协筹备会议。父亲即以厦大校友总会的名义致信,欢迎陈嘉庚先生回国参加新政协时顺道到厦门大学检查工作,这封信公开刊登在当时校友会的《厦大通讯》上,实际上是向海内外昭示了厦大师生拥护新政协召开的共同心愿。当时的厦门正处于黎明前最黑暗的时期,父亲的这一行动无异于"老虎屁股拔毛"。果然,在国民党厦门市政府任职的老友黄克立先生偷偷来家说,他在国民党的黑名单上看见了父亲的名字,建议父亲到香港暂避一阵。父亲何尝不知道自己的处境危险呢?可在厦门,认识自己的人太多,要想躲过国民党特务的耳目出逃,谈何容易?再加上母亲当时正怀孕,他更不能走。为了不让母亲担心,父亲白天照常工作,一副若无其事的样子。但为了避免让特务找到更多加罪的"证据",深夜母亲入睡后,父亲偷偷地把从美国带回来的从事爆炸研究的科研工作笔记一本本全部销毁了——那其中包

含着自己多少年的心血啊！

局势越来越紧张。著名人类学家、厦门大学林惠祥教授仅因公开声称反对"戡乱"，就被以"共党嫌犯"的罪名逮捕入狱。一天，坐镇厦门的特务头子毛森叫父亲去"谈话"，父亲以为特务要对他采取行动了，做好了"有去无回"的打算。幸好到那里后，毛森只是抱怨厦门大学"共党活动猖獗"，要父亲回去帮着"训导学生"。父亲胡乱应付了几句，赶紧离开了这个杀人魔窟。

1949年夏天，厦门大学成立了"应变委员会"，声明旨在"时局艰危时期保存学校文物，策划员工及学生的生活与安全"。委员会主席由汪德耀校长担任，父亲被以教授、校友总会理事长的名义推举为副主席，主持委员会的日常工作。在当时混乱的局势中，父亲领导"应变委员会"安排师生在校区巡逻以防坏人趁火打劫，并发动劳师助学活动，设法组织给困境中的厦大教工、家属买米送菜，资助困难学生。出于一个爱国知识分子的正义感，父亲不顾自己也已被列入国民党特务的黑名单，掩护、救助了一些地下党员和进步人士。

20世纪80年代初期曾经有一些文章，介绍、宣传父亲解放前夕是如何自觉、英勇地参加反蒋斗争的。"我那时的觉悟其实没有那么高"，父亲看到这些文章后这样对我说。父亲告诉我，当时他痛恨国民党，但对共产党的了解也仅限于认为共产党比国民党好，正像他当时对朋友说的一句话："我不相信共产党来了我就没有饭吃！"事实上，父亲也是到"文革"后才知道，厦大"应变委员会"这些巡逻、互助的行动，实际上是地下党组织发动群众进行的护校斗争的一部分。父亲当时之所以这么做，是因为源于一股正义感、对学校的责任感，以及对生活困难的学生和教职工的同情心。

1949年10月15日傍晚，八叔卢万金在轮渡码头边上的饭店里举行婚礼。自九叔万山少年时代夭折后，八叔成为迁厦的"留种园"卢氏家族第二十三代最小的男丁。抗战期间，年轻的八叔怀着满腔热血参加了地下抗日组织，不幸被捕入狱，抗战胜利才出狱。现在饱经磨难的小弟步入婚姻殿堂，作为"五哥"的父亲感到由衷的高兴，并担任了主婚人。新人及家属、宾客入座，证婚人讲完话，突然远处传来枪炮声，而且越趋激烈。父亲意识到：解放军开始攻打厦门了！他马上宣布婚礼结束，安排主人宾客迅速离席。父亲回到同文路厦大宿舍，已经怀孕八个多月的母亲突然感到阵阵腹痛。

他也不由得紧张起来;枪炮声中全城戒严,街上空无一人,上哪儿找车送妻子上医院呀!幸好,母亲腹痛可能只是枪炮声惊吓所致,经父亲尽力照顾安抚,她的腹痛逐步减轻,父亲才松了一口气。

当晚父亲一夜未眠。第二天,学校没法去了,父亲在家里一早就听见解放军的炮弹从房顶上飞过,准确地命中国民党军的据点。紧接着,解放军攻进城里。面临灭顶之灾的国民党反动派垂死挣扎,毛森逃跑前下令将政治犯全部"解决"。国民党特务当天在厦门监狱进行了疯狂的大屠杀,随即仓皇逃窜。厦门人民的英雄女儿、为厦门解放建立了不朽功勋的共产党员刘惜芬和其他一批革命志士被敌人残忍地杀害,在解放的炮声中永远倒下。狱中的林教授在国民党特务逃散之后才得以脱险回到家中(这里,我也要表达对刘惜芬和为解放厦门献身的其他革命烈士,以及已经去世的林教授的崇高敬意和深切怀念)。

可能是父亲在厦门的声望使国民党特务不得不有所顾忌,也可能是解放军挺进神速使他们未及下手,父亲终于渡过了黎明前最黑暗的时刻而安然无恙。10月17日厦门全岛解放。解放后第三天,战斗的硝烟还没有散去,刚到任的厦门市委书记林一心在千头万绪中约请父亲长谈,征求他对厦门大学学生复课和学校发展的意见和建议。一席交谈,推心置腹,使他茅塞顿开。接着父亲又被任命以化学系系主任的身份代理理学院院长,开始参与厦门大学领导层的部分工作。

父亲自此与林书记结下深厚的情谊。后来,林书记调任福建省委书记处书记,主管科教文卫体工作;父亲也先后担任厦门大学、福州大学副校长。组织上,林书记代表党的领导;论私交,父亲把林书记当成可以无话不谈的挚友。1981年父亲到科学院工作后,他带着我前去拜见在北京的他早年的老师、领导和朋友,第一天拜会的就有已调任国务院侨办副主任的林老,以及他在厦门大学读书时的老师张希陆教授,和已故区嘉炜教授的夫人、张资琪教授的子女等。

## 从"不问政治"到加入农工民主党

早年,父亲是一个抱定"科学救国"理想的有正义感的知识分子。解放

333

第三章 我的父亲母亲

前有人拉他参加国民党,他以自己"不问政治"推托回绝了。解放后,党和政府信任父亲、尊重父亲,同时他又看到在中国共产党领导下国家面貌日新月异、人民群众热情高涨,过去"不问政治"的信条不知不觉中发生了变化。

1950年朝鲜战争爆发后,台湾海峡局势一度也十分紧张,父亲受命率厦门大学理学院和工学院师生内迁到闽西龙岩,1952年春天迁回厦门(图6)。这时,几个民主党派组织都积极与父亲联系,希望父亲参加他们党派。

图6 厦门大学理、工学院从龙岩迁回厦门后部分教师合影(1952年夏)

前排右二卢嘉锡(化学)、右四汪德耀(生物),后排右一郑南金(物理)、右二陈国珍(化学)

当时厦门只有三个民主党派组织:民革、民盟和农工党。父亲知道各民主党派主要由知识分子和其他各界人士组成,都是共产党的友党,都有反对国民党反动统治的光荣历史。自己作为一个知识分子,既然拥护共产党,当然愿意参加民主党派。但参加哪个党派好呢?父亲费了一番心思反复考虑。

民革主要是由原国民党军政人员和与国民党有各种渊源关系的人士所组成,父亲觉得,自己解放前就拒绝参加国民党,自己的亲朋好友中也没有与国民党有直接关系的,于是他首先谢绝了民革的好意。民盟是最大的民主党派,但是当时厦门的民盟组织成员中社会科学界的知识分子居多,父亲是搞自然科学研究的,担心自己与社会科学界人士学科方面的共同语言较少,参加民盟后与其他成员的思想交流会有障碍。相比之下,农工党虽然组织较小,但成员中自然科学界知识分子相对较多,与自己可能更容易实现思想上的沟通。

父亲通过自己的深思熟虑,有了初步想法,又经过一段时间的联系,对农工党有了更多的了解。1953年初,他正式加入了农工民主党。由于父亲的影响,他在厦门大学以及后来在福州大学和中国科学院福建物质结构研究所的一些同事和学生也先后加入了农工民主党,有的还先后担任了农工党中央和福建省委的领导职务。

## 光荣加入中国共产党

解放后,父亲与共产党员、共产党的干部有了更多的接触,又参加了厦门大学的领导工作,并被选为福建省和厦门市人民代表。看到祖国欣欣向荣的一片新气象,通过亲身体会和耳闻目睹,父亲深深感到:"共产党爱人民"、"共产党关心教育、尊重科学"、"共产党了解我"。正是从这些粗浅的认识开始,在党的教育引导下,父亲的思想跟随时代的步伐不断前进,他从内心逐渐确立了"跟共产党走"的决心。事实上,厦大党组织根据父亲解放前后的政治表现,在解放初就把他列为高级知识分子中经过教育培养可以发展入党的重点工作对象之一。不过,父亲当时对此并不知情,这是1981年父亲到北京工作后当时正在中央党校学习的原厦大党委副书记未力工告诉他的。父亲没有辜负党组织的期望和教育培养,参加农工民主党后不久,他又给自己提出了更高的政治要求。

我至今还记得,小时候有一段时间,平时从不唱歌的父亲饭后踱着方步思考问题时,往往随口哼起乐曲:"索多—西来多索米拉—发……"当时年幼的我不知这其中包含着什么意义。长大后我才知道,这是一段《国际歌》乐曲,它表露了父亲的心声:此时,共产主义的伟大目标正一步一步在父亲内心深处扎根。

解放前,父亲在南方读书、任教时,最北只到过南京、上海。1953年,父亲参加教育部会议,第一次来到新中国的首都——北京。1955年夏天,他被遴选为中国科学院首批学部委员(现称院士),当时他还不满四十岁,是最

年轻的学部委员之一。这以后,父亲到北京开会的机会多了起来。1956年春天,他到北京参加全国科学技术十二年远景规划会议。有一天他在北京饭店乘电梯,突然电梯门开了,进来一位中等身材的人。父亲一看,是周恩来总理!更让他没有料到的是,周总理对他点了点头,亲切地说:"你是卢嘉锡同志吧!"父亲的心受到了强烈震撼:自己是学部委员中的"小字辈",又工作在遥远的南方,从未与总理单独晤面过,现在第一次偶遇,日理万机的总理不但和自己打招呼,而且叫出了自己的名字!父亲对总理的崇敬之情不禁油然而生,也感到自己的心与党贴得更近了。

就在父亲参加规划会议回到厦门不久,我记得大概是1956年7月1日,《厦门日报》刊登了一条消息:"科学家卢嘉锡光荣入党"。据父亲对我们说,他的入党问题本来早几个月就准备讨论的,因为他要去北京参加科学规划会议推迟了。这年恰逢中国共产党建党三十五周年,可能因此组织上就决定在6月份讨论、七一正式宣布。

## 由衷地崇敬陈嘉庚先生

厦门大学是著名华侨领袖陈嘉庚先生于1921年捐资兴办的。作为厦门大学早年的学生,父亲和其他许多人一样,对倾囊兴学的陈嘉庚先生怀着崇敬、仰慕之情。1937年父亲考取庚款公费生出国留学途经新加坡时,特意请友人引见,第一次拜会了正在新加坡的陈嘉庚先生。解放前夕父亲在白色恐怖下的厦门致信陈嘉庚先生,支持他回国参加新政协。解放后陈嘉庚先生在厦门集美定居,父亲也担任了厦门大学的领导职务,由于公务,见面的机会就多了。

父亲在家经常对我们谈起陈嘉庚先生当年捐资办学的壮举。他说,陈嘉庚先生个人生活俭朴,家中平日吃的是"番薯糜"(红薯加少量米熬成粥),却倾尽家产,不仅在厦门市区附近创办了厦门大学,而且在集美镇兴办了师范、航海、水产等几所专科学校和中学、小学,后来人们将集美的几所学校合称"集美学村"。父亲还告诉我们,20世纪二三十年代,东南亚经济危机、橡胶业萧条,陈嘉庚先生在海外的产业倒闭,个人无力再支持厦门大学的办学费用,于是把厦门大学捐给国家,改称"国立厦门大学"。陈嘉庚先生以自己爱国、兴

永远如虎大孩子

学的崇高品德,赢得东南亚广大华侨的敬重,成为著名的华侨领袖。抗战期间,他奔走于东南亚及国内重庆、延安等地,宣传、支持抗日;他以参政员身份在国民参政会上提出"敌人未退出国土公务员侈谈和平者即汉奸"的著名提案,寥寥数字,掷地铿锵、正气浩然;他募集了巨额华侨捐款,支持国内抗日战争。解放后,他又以自己的影响,号召海外华侨捐款支援祖国社会主义建设。父亲几次带着我们兄弟姐妹,来到当时正在建设中的厦门大学海滨"五大建筑"(大礼堂、物理馆、化学馆、生物馆、图书馆)工地,告诉我们,这个浩大工程的全部建设资金,都是陈嘉庚先生发动海外爱国华侨捐助的。

父亲还说,他在厦大读书时,学校尚未改为公立,全校上下从教授到学生都称学校创办人陈嘉庚先生为"校主";即使后来改为公立,但一直到解放后,陈嘉庚先生仍为厦门大学的建设和发展倾注了大量心血、捐助了巨额资金。所以父亲始终尊称陈嘉庚先生为"校主"。1956年底著名福建省籍旅美半导体专家林兰英回国参加工作,父亲专门陪同她到集美拜访嘉庚先生并留影(图7),这可能是我们家仅存的一张父亲与嘉庚先生的合影了。

图7　父亲陪同半导体专家林兰英到集美拜会陈嘉庚(1957年1月)

337

1960年夏天父亲调到福州工作,离开厦门前,他特意前去向陈嘉庚先生辞行。记得那天一早他带着我们兄弟姐妹乘车到集美,把我们留在集美华侨补习学校大伯家,自己去拜会陈嘉庚先生,一直到下午很晚才过来带着我们返回厦门大学(因为去集美时带着子女,父亲事后要向学校交纳用车的汽油费,学校坚决不收,说父亲去拜会陈嘉庚先生是公务,子女去集美亲戚家只是顺路捎带,父亲这才作罢。这是题外话)。20世纪60年代初陈嘉庚先生在北京去世,父亲非常悲痛,特意送去挽联表示悼念。20世纪90年代陈嘉庚先生一百二十周年诞辰时,父亲又一次在报上发表悼念文章,深切回忆了他当年在新加坡第一次见到陈嘉庚先生的情景。

## 艰难创业——父亲在三年困难时期

"大跃进"期间,父亲参与创建中国科学院福建分院并任副院长,同时主持创建了以结构化学为主的中国科学院福建分院福建省化学研究所一所(后改称物理化学研究所)并兼任所长。

当时,为了迎接社会主义工业化新高潮,福建省还准备创办一所工科大学,一开始称为"厦门大学工科",后改称"福建工学院"。最后可能是仿效首都北大、清华两强的格局,决定除文理综合的厦门大学之外,在省会福州创办一所理工综合的福州大学,学校的校长、书记都由省委领导兼任,而最初的师资和学生主要从厦门大学相应系科中划出一部分调过来。1959年底父亲刚被国务院任命为厦门大学副校长后不久,又被省里任命为福州大学副校长。作为福州大学的主要创建人之一,他穿梭于厦门、福州之间,主持学校建设总体规划和学校开办前教学、科研的筹备工作。

那段时间父亲更忙了。我当时正上初二,每天放学回到家,经常看见父亲正与人谈话,有教师、干部,也有学生,还有的是学生家长。多数是来商谈福州大学建设规划和干部、教学科研骨干调配的,也有一些人不希望离开已创建三十多年、在全国都小有名气的厦门大学而来找父亲"蘑菇"。每当遇到这种情况,父亲总是耐心劝说他们服从大局,到新创办的福州大学去。

不过也有例外。一天有一位老太太到家找父亲,边谈边哭。原来这位老太太早年守寡,已年老体弱,而独生子幼年时因小儿麻痹症落下残疾。她伤心地告诉父亲:儿子曾立志学医以为天下人解除病痛,但最终却因下肢残疾报考医学专业受限,而考入了厦门大学数学系。母子二人多年相依为命,现在儿子所在班级整体划入福州大学,以后母子分离,儿子生活困难,母亲生活更困难。老太太谈完一走,父亲马上就拿起电话,告诉有关同志:这对母子确有困难,应当照顾;他建议将儿子调个班级,留在厦门大学。

1960 年 8 月,父亲正式到福州大学上任。学校校址原是福州郊区一所部队医院,与寺庙相邻。创建之初,校舍还没有建好,条件十分艰苦。教工宿舍厕所不通,大小便都要去楼外农村池塘上木头搭起的露天"厕所";学生宿舍窗子来不及装上玻璃,四面透风;办公室、实验室是刚迁走的部队医院的旧营房;图书馆是借用相邻寺庙闲置的禅房;食堂是临时搭起的席棚。父亲就在这样的环境中,和全校教师、学生一起开始了艰难的创业。

父亲不仅是福州大学主管教学和科研的副校长,还亲自承担教学、科研任务。福州的工资类别比厦门低,调福州后父亲的工资标准降低了;而且这时正值三年经济困难时期,中央决定党员干部减工资。两项合在一起,父亲的工资收入一下子减少了一截。再加上居民粮油定量削减,副食供应奇缺,物价上涨,还要支持亲友,家里生活不再那么宽裕,母亲得了浮肿,父亲也瘦多了。但他照常天天早出晚归、日夜操劳,从不在我们面前说一句叹息的话。当时家里每天的菜蔬就是空心菜,偶尔再熬些海带算是加菜。我们都吃腻了,可是父亲却诙谐地说这是"无缝钢管加钢板"。今天我还珍藏着一张父亲当年搞科研时拍的照片(图8),照片上的他虽然消瘦,但神情仍然是那么刚毅、目光炯炯有神。

图 8　困难时期在书房工作,虽面容清瘦,但神情刚毅
　　　(1962 年)

父亲不仅为福州大学的建设和发展日夜操劳,也直接参与了福建省和

福州市的事务。1961年夏天闽江发生大洪水，严重威胁着福州市区人民生命财产的安全。福州大学紧靠闽江大堤，洪水期间正值学期期末，父亲在主持福州大学教学科研日常工作的同时，参加了抗洪前线指挥部的领导工作。一天深夜，睡梦中的我被一阵急促的电话铃声惊醒。一听，原来是闽江水位不断上涨，大堤随时有漫堤的危险，前方正在与父亲紧急磋商是否把大堤抗洪人员撤退到第二线来。所幸的是后来水位没有继续上涨，大堤保住了。虽然父亲没有亲自上大堤、扛沙包，但是他也为福州市抗洪斗争的胜利做出了贡献。

1961年夏天到1962年，国家为了保证著名知识分子有一定的营养，补偿他们从事教学科研时脑力的消耗，决定向他们和其他民主人士专门发放政协餐券。在政协餐厅凭餐券面额交钱，可以吃到当时市面上买不到的鸡、鸭、鱼、肉、蛋等食品。父亲是福建省当时仅有的两名一级教授之一，当然也领到了政协餐券。那时我和三弟（十三四岁），正值身体生长发育期，饭量大，对油、肉、蛋需求的欲望特别强，真希望能到政协餐厅多吃几顿。父亲理解我们的心情，为了让我们得到长身体所需的起码营养，他每隔个把月带着我们和浮肿的妈妈到政协餐厅改善一下生活。同时他又多次严肃地对我们说："我能带你们到这里来吃些好东西，这是组织上对我的照顾。但我是个党员，党和国家发给我餐券，不是光为了我和我们一家，也是为了让我可以去联系更多的知识分子。"父亲把多数餐券用于招待那些没能领到政协餐券的中青年知识分子，让更多的人和他一起感受到党对知识分子的关怀，和大家一起度过了国家经济和人民生活最困难的时期。

## "文革"的磨难

三年困难时期之后，我国国民经济形势逐渐好转。同时，经过父亲和全校师生几年的共同努力，福州大学建设也已形成规模，教学、科研逐步走上正轨。此后，父亲在继续兼任福州大学副校长的同时，将主要精力转移到由中国科学院福建分院物理化学研究所改建成的中国科学院华东物质结构研究所（即今天的"中科院福建物构所"）的建设和发展上来。为了全力搞好物构所工作，1965年夏天，父亲把我们家从福州大学教工宿舍搬到物构所居

永远如磐大块子

住。但是,正当父亲自认为可以全身心地投入他所挚爱的结构化学研究、大展宏图的时候,史无前例的"文化大革命"铺天盖地而来。

"文革"开始时,父亲和其他许多党员、干部一样,真诚地希冀赶上时代的步伐,可是又没有思想准备,总是跟不上形势,十分被动。记得1966年秋天他曾经给正在北京大学上学的我写信,说:"就连叶飞(当时的福建省委第一书记)这样的老革命家,也犯了资产阶级反动路线的错误,如果不是他亲自检查说的,我真看不出来。"可见当时他心中的惶惑。但是"文革"风愈刮愈烈,不久,父亲作为党员所长、当时全所唯一具有高级职称的老专家,"理所当然"地也被扫进了"牛棚"。

1968年春天,北大发生大规模武斗,我决定回家躲避。这时父亲正在受"审查",上午劳动,下午和晚上在家写检查交代材料。我陪着父亲渡过了最艰难、也是他思想上最苦闷的半年时光。

那段时间,每天早上,父亲吃过早饭,就端着一大茶缸水(父亲是很能喝水的),去打扫研究所大楼(当时所里除了一栋宿舍楼和一些平房外,只有一栋四层实验大楼),一直到临近中午才低着头、迈着沉重的步子回到家里。就像搞科研一样,父亲劳动是很认真的,四层大楼的间间厕所,都被他打扫得干干净净。即使这样,还是有"造反派"鸡蛋里面挑骨头,贴出大字报说父亲"劳动态度不好"。父亲回家心情十分痛苦地对我说:"还要我怎么干呢?那些厕所尿池壁上结了几年的尿碱,都是我跪在池沿上用手指甲抠下来的!"

下午和晚上,父亲就在家里愁眉苦脸、冥思苦想,写检查交代材料。他很真诚地检讨自己工作中的失误,尽量地"提高思想认识"、"上纲上线"、"深挖封资修思想根源"。我是当时在家兄弟姐妹中最大的,又在北京大学"经历了'文革'风雨",父亲很信任我。为了能够检查得"深刻",许多材料写出来后,他先让我看看、帮着修改;我觉得应该可以被认可了,他再拿出去交。

但是,父亲对"审查"、外调时问他的一些具体事情,坚持抱着实事求是的态度,有就是有,没有就是没有,忘了就是忘了,从不含糊。父亲在20世纪30年代大学毕业前后,因祖父突然去世、家境困难,曾在中学兼任英语和数学老师,其间到福州参加过一个月的中学教师暑期培训兼"军训"。"文革"中有专案组来调查某些参训教师的背景材料。父亲再三回忆,告诉他

们："想不起来了。"专案组人员见得不到他们想要的情况,拍着桌子指责父亲："你不是说自己记性很好吗,为什么想不起来?"父亲回家伤心地对我说："我当老师从来没有对学生拍过桌子,没想到今天这些年轻人竟然对我拍起桌子来了。"他又说："我是说过我的记性好,但记忆是有选择性的。化学是我的专业,平常多留心,就记得牢;有些事情不上心,当然就记不住了。再说,参加'军训'的教师来自各地各校,一个月后又各奔东西;不用说许多人名字现在想不起来了,就是记得住名字,也不知道他们个人和家庭的情况呀!"

在审查父亲的"政治历史问题"时,父亲把回忆得起来的事实和事情经过尽量详细地写出来,还根据自己的认识讲明事情的时代背景。此外,对一些明显的诬蔑不实之词,父亲据理力争、据实驳斥。跟"造反派"讲不通的,他先后写成了几封亲笔申诉信,让我带到市中心的邮电局,以我个人的名义挂号寄给当时福州军区的皮定均副司令员。

每当送出一份"检查"后,父亲经常利用"审查"的间隙给我讲他早年的经历。"文革"前他为科研教学和行政事务日夜操劳,很少有时间与我们闲聊。现在他被罢免了职务,又被剥夺了科研的权利,除了"劳动"、"悔罪"以外,"赋闲"了。以前,只要父亲在家,他的同事、学生,甚至素不相识、只是慕名而来的陌生人就来到家里,父亲总是与他们促膝长谈。现在,昔日朝夕相处的同事、学生,有的也正在受审查,其余的尽管多对父亲抱着同情心,但也只敢在路上见到父亲时悄悄地点点头、打个招呼。家里十分冷清,父亲心中的苦闷可想而知。于是我就成了父亲最忠实的听众。

对各种事情,父亲讲得很多、很细。我想,这可能是他被逼着"检查交代",冥思苦想,把多年已经淡忘的事情回忆起来的结果吧。他还把事情的前因后果也讲得一清二楚,对"造反派"不顾历史时代背景,"攻其一点、不及其余"很不以为然。我今天关于父亲早年经历的了解,许多都源于当时帮父亲修改"检查交代"材料所看到的和父亲对我叙说时听到的。

## "文革"中的几件事

我至今还清楚地记得当年的其他几件事。

"文革"前,父亲一直任福建省高考招生委员会主任。当时福建省连续多年高考录取率在全国名列前茅,自誉为"高考红旗"。"文革"中,"高考红旗"变成了"黑旗",有人希望父亲在高压下抛出"重磅炸弹",以便他们去打倒教育战线的老干部。父亲在检查交代材料中,声明自己从来不赞成"誓保高考红旗"的提法和做法,认为片面追求高考录取率,加重了学生负担,不利于学生身心健康成长和全面发展。但是对于把"高考红旗"说成是"反革命修正主义路线",他却表示自己"没看出来"(在当时的条件下,父亲说"没看出来"实际就是表示"不赞同")。

　　当时批判父亲"执行反革命修正主义路线"的重要罪证之一是"包庇重用大右派黄席棠"。黄先生于 20 世纪 50 年代初从上海交通大学调到厦门大学任物理系主任,夫妇二人很快都成了父亲的朋友。他学问很好,但平时说话没有遮拦,1957 年被划为"右派",撤去系主任职务、降低工资、下放劳动。父亲觉得他确有真才实学,于是 1960 年设法把他一同调到福州大学任教,以继续发挥他的业务专长。"文革"中这当然就成了父亲的一个重大政治问题。父亲的检查交代材料中给自己扣上"重才轻德"、"政治观念不强"的帽子;而对于黄先生本人,除了坚持肯定他"有才"外,父亲只说他是因为"玩世不恭"成为右派分子的,不肯讲更重的话。

　　即使身处逆境,父亲也没有忘记自己作为一个党员的责任。1968 年夏天,闽江又一次遭受洪水袭击。物构所围墙距离闽江大堤不过百米,我们在家就可以看到洪水汹涌奔腾而下,距离坝顶只有一两米。这时父亲已经被罢免了职务,正在接受"审查",他不能像 1961 年那样参加抗洪前线指挥部的工作,但是他仍牵挂着抗洪斗争。为此,他特意找到当时掌权的"造反派"头头,告诉他们:"我的老二、老三都刚过二十岁,如果情况危急,就让他们上!……"

　　说实在话,和物构所其他领导干部相比,父亲在"文革"中的遭遇还算是好的。尤德沣副所长是父亲早年的学生,解放前上大学时就加入了地下党,"文革"中说他是"假党员",再加上"推行反革命修正主义路线",被罚跪在扁担上挨打,连棍棒都打断了。他实在受不了,1968 年 4 月底留下遗书、触电自杀。父亲听到这个消息,痛心疾首。可是当时父亲自己也在受"审查"、挨"批判",根本不能在外面公开表露自己的想法,只能偷偷地对我说:"你尤叔

叔有缺点、有错误，可是罪不当死，罪不当死呀！"20世纪70年代初父亲刚重新走上领导岗位，一面支持自己的儿女"上山下乡"，一面积极主张设法为尤副所长的子女落实政策、安排工作，一直到最后为他正式平反昭雪。

当时物构所的科研人员许多都是父亲早些年的学生。他们对父亲的成就、为人、个人历史都有所了解，许多人对父亲采取了同情的态度，有的人还偷偷地把所里的动态通过我们向父亲"通风报信"，为争取父亲能早日"解放"、"出谋划策"。有一天父亲开完"批斗会"回来对我说，会上喊口号，"打倒"其他"当权派"的口号多数人还跟着喊，最后喊"打倒"他时声音一下小了许多，他用眼睛的余光偷偷扫了扫，发现许多人这时只是举手做个样子，嘴里却不跟着喊。父亲又告诉我，听说有人还跑到"造反派"头头那里表示："卢嘉锡是批判对象，不是打倒对象；是资产阶级学术权威，不是反动学术权威！"在群众的强烈要求下，"造反派"也只能同意对父亲"区别对待"。后来，凡是"斗"其他"当权派"时，父亲必须站在台上"陪斗"；而"批"他时，允许他坐着接受批判。群众的同情和保护使身处逆境的父亲感到莫大的欣慰，也大大增强了父亲重返工作第一线、继续为祖国的科学教育事业贡献力量的信心和决心。

父亲平常爱说笑话。即使是在挨批斗最频繁的时候，他仍然保持着幽默，以此来排遣心中的郁闷。一次父亲告诉我们，为了表示"区别对待"，研究所批斗会上给"黑帮"挂黑牌，其他人挂的是木板甚至是铁板，他挂的牌子却是纸板做的。父亲说，纸板虽很大，但很轻，他低头站在那里，听着那些千篇一律、空洞无物的批判发言，不知不觉睡意一阵阵上来（父亲没事时爱打瞌睡是出名的，为此他年轻读书时还得过一个"困桶"的外号——"困"在闽南话中就是"睡觉"的意思）。"如果真的睡着了，那麻烦可就大了。"父亲说着，脸上露出了苦涩的笑容。

## 看看"文革"中父亲"特务"的"罪证"

父亲"文革"中被扫进"牛棚"，其主要"罪状"，不仅是"执行反革命修正主义路线"，更"骇人听闻"的要算是"特务"、"特嫌"。当时"揭发"出来的重要"罪证"和"疑点"还"真不少"。

其一,有人贴出大字报"揭露"说,钱学森教授曾问物构所人员:"老卢打倒了没有?"他们据此推理:"如果卢嘉锡没有问题,钱先生为什么问这句话?"天哪,老朋友关心父亲,担心他"文革"中的遭遇,本来是一句关切的问话,经过这样砍头去尾、随意曲解,竟变成了父亲有重大问题的根据之一!

其二,有人"揭发",父亲曾经对人说,他当年在美国生活舒适、科研条件也很好,于是质问:那你为什么要回国? 言外之意就是:父亲是带着"特殊使命"被派回来的。父亲回答他们:我是中国人,我爱自己的祖国,我是为了能"为祖国服务"回来的。没想到马上又有人质问:那你为什么不早点回来?父亲默然了,回家心情沉重地对我说:"他们对我回国的动机要怀疑,没有更早回国也要怀疑,难道他们不知道当时正在打世界大战,我想回国都回不来吗?"

其三,父亲在美国期间参加过美国国防科研还获过奖,有人据此说他是"为美帝国主义研制杀人武器的工具"。为此父亲不得不一次又一次地写"检查交代"材料,给自己"上纲上线"。同时他又不断为自己辩解。他说,战争期间美国政府规定,在美国的外国人也必须服兵役,只有参加国防科研者可以例外,他不愿意当"美国兵",只能参加国防科研;再说,他在美国参加国防科研的成果,主要是反法西斯战争中用于对日作战。此事终于不了了之。

其四,有人揭发父亲曾经对人说过,他是"乘坐潜水艇从美国回来的",这不是"美国大特务"又是什么? 父亲哭笑不得,只能一遍又一遍地解释:他从来没有坐过潜水艇,他所说的原话是"回国到上海后,从上海到厦门乘坐的轮船又小又矮,像潜水艇一样",好容易才过了关。

其五,根据外单位转来的"黑帮"交代材料分析,父亲被怀疑至少可能是三个"特务集团"的"重要成员"。有人怀疑父亲1947年因公差去台湾并在那里偶遇大姨母和表弟,实际上是"特务活动"的一部分。还有一份外来"揭发"材料说,解放前南京中央研究院(现中国科学院前身的一部分)的"一号特务头子"是吴有训(著名物理学家,解放前是中央研究院院士,解放后任中科院副院长,20世纪80年代去世),父亲是"二号头子",还亲自发展过几名特务。为此,福州大学军代表、福州军区张副参谋长特意在一次会上"无意中"问父亲:"你认得吴有训吗?"父亲还被蒙在鼓里,顺口回答:"很熟啊!"大概张副参谋长看父亲神态自然,不像"心里有鬼",对这份材料产生怀疑,这

件事才没有"大张旗鼓"追查下去。几年后父亲听说这个情况，对我说："其实解放前我与中央研究院从无关系，与吴有训先生也是只闻其名、不识其人。是解放后他当科学院副院长，我当学部委员，又同属科学院数理化学部，才熟悉的。幸好当时我回答得很坦然，不然就糟糕了。"

还有一些其他的"线索"和"罪证"。不过，"文革"中追查最紧的，可能数临解放时父亲在厦门大学"应变委员会"中任职的"严重政治问题"。前面已经提到，当时的"应变委员会"主席由校长担任，父亲任副主席，主持工作。父亲对"官衔"从不在意，想当然地以为既然自己"主持"工作，那就是"主席"。解放后他抱着对党忠诚老实的态度，把这段"主席"的经历写进了个人简历。"文革"中，有人抓住这个"历史问题"，非要父亲"彻底交代"不可。父亲把所能想起的他担任"主席"期间"应变委员会"的所有活动都写出来了，还是通不过造反派的审查。有人还"启发"父亲："你说的担任主席的应变委员会是经济性质的；还有一个应变委员会，你担任副主席，那是政治性质的！""政治性质"的"应变委员会"，那不成了布置潜伏特务的组织吗？父亲搜索枯肠，还是想不起来有第二个"应变委员会"。他绝不肯顺着别人的竿子往上爬，最终坚决否认了曾担任"另一个应变委员会"职务的指控。

后来没有人再提这件事了。"文革"结束以后，父亲才知道，所谓两个"应变委员会"本是一回事，只是自己将担任"副主席"误记为"主席"了。其实造反派"内查外调"，早知道真相，但是为了"诓"父亲交代出"重大问题"，就利用父亲记忆中这么一个小差错而"穷追不舍"。幸好父亲坚决否认，他们无计可施才罢手。

1981年父亲担任中国科学院院长后，在北京见到了多年前的老友、解放前夕厦门大学地下党负责人熊德基（当时在社科院历史研究所工作，现已去世）。熊老告诉父亲，"应变委员会副主任"的职务，实际上是地下党决定推举他担任的，就是希望父亲运用自己的影响，联络、发动各方面人士保护好学校，以迎接解放。父亲去世后，在新华社所发"生平"中写道："在解放前夕他不顾个人安危，为保护厦门大学完整地回到人民手中……做出了贡献。"父亲的这一段历史不是"过"而是"功"，终于得到党和人民的正式承认。

## "桃花潭水深千尺,不及周公对我情!"

"文革"中父亲受"审查",每天写检查、扫厕所,挨批陪斗,身心备受折磨,但让他最感痛心的是被剥夺了从事科学研究的权利。他写检查、"深挖封资修思想根源",他写申诉、批驳强加在自己头上的种种不实之词,一心企盼着能早日重返科研第一线,但境遇一直没有明显改善。大约是1970年,他突然被宣布"解放",没有说明任何原因。虽然以后很长时间他还不能从事自己魂牵梦萦的结构化学研究,而只能到工厂帮助改革工艺、给工人讲"优选法"(图9),但这在当时已经使他十分欣慰了。不过为什么突然宣布"解放"他,这个心中的"谜"一直到"文革"结束后才解开。

图9 "文革"后期被"解放"后的父亲带领福州大学化学化工系师生到工厂与工人一起研究改革工艺(1972年)

原来是周恩来总理一次接见来华访问的美籍科学家,父亲早年留学美国时的好友袁家骝、吴健雄教授夫妇,在谈话时他们顺便提起父亲的名字;总理记住了这件事,会见后立即让秘书了解了父亲的状况,并亲自打电话给当时的福州军区副司令皮定均将军指示:"立即解放、安排工作。"当父亲听

说是总理在自身处境十分艰难之时出面"保"了自己时,不禁热泪盈眶、言语哽咽!他把李白名诗《赠汪伦》的末两句改了三个字,写作:"桃花潭水深千尺,不及周公对我情!"以此表达对周总理的感激、缅怀之情。

俗话说:"好事多磨",父亲从宣布"解放"到重新安排工作,还费了一番周折。1970年国庆节,父亲被点名参加省里的国庆观礼活动。家里的电话早在"文革"初期就被撤掉了,通知电话打到所里,接电话的"造反派"张口就说:"让他参加国庆观礼? 我们不同意!"可是研究所的电话就装在实验大楼的楼道里,这段对话所里许多人都听到了。马上有人偷偷向父亲"报喜":"你要上省里的'小天安门'了(那时'上天安门'就意味着恢复政治名誉)!"国庆观礼期间,省领导接见了父亲,告诉他:"你的问题调查清楚了,可以恢复党的组织生活了!"父亲的心情真不知有多么兴奋:他又要回到党的队伍里来了!

可是回到所里,父亲在党员和群众会上再三"斗私批修",老是有人作梗,就是不让他"过关"。1971年春天,福建省召开党代会。开幕前夕,省里大概不知道父亲还没有恢复组织生活,又提名增加他为代表候选人。在物构所党员大会上,父亲顺利当选。当时正是九届二中全会之后,中央开展"批陈整风",并决定审查陈伯达的历史。省党代会期间,叶帅的秘书正在福州,他到会上找父亲,想通过大伯(集美师范首届学生,1980年去世)了解一些陈伯达在集美师范读书时的情况,见父亲正在写东西,顺口问了一句:"你在写什么?""写检查。"父亲回答。"什么检查?"他十分惊奇地问。"斗私批修材料,我的组织生活还没有恢复。"可能是叶帅秘书回去后向有关部门作了反映,省党代会后不久,在省委的催促下,父亲的检查才算通过,正式恢复了党的组织生活。

此时经过一番劫难,物构所已被拆得七零八落,主要部分划归省国防工办,有人还提议将整个研究所完全撤销。1971年夏天经省领导决定,父亲在福州大学被宣布"三结合",任校革委会副主任。后来,经过父亲和其他同志反复陈情,"华东"物构所终于得以恢复,并改名"福建"物构所,重新划归中国科学院领导,父亲回到所里任革委会副主任,这时已是1973年了。

尽管父亲重新走上了领导岗位,但有人总对他心存芥蒂。1975年春天,已经担任物构所革委会主任、党委副书记的父亲奉命以中国科学院固体

永远如愿大孩子

物理考察组副组长的身份赴美国等国访问,这是"文革"后他第一次出国。有人又在下面吹冷风:"卢嘉锡这一出去就不会回来了。"这话后来也传到了父亲的耳中,他对这些流言蜚语非常气愤。一直到20世纪80年代,父亲早已不再提"文化大革命"中遭受的种种磨难,可是对这件事却仍然"愤愤不平"。他曾对我说:"要是我现在出国不想回来,那我1945年就不会回来了。1975年我出国不是回来了吗?从1975年到现在,我又出国多少次,不是也都回来了吗?"父亲就是这样,别人对他的工作、思想观念提出意见,他可以做"检查"、自我批评,提得不对,他事后也不计较;但他绝不能容忍人家说他"不爱国"、"出国就不想回来"。

1975年,邓小平同志主持党中央日常工作,他顶住"四人帮"的压力,在全国各行各业搞"整顿",并提出要直接选拔优秀的高中毕业生进大学。父亲作为物构所的主要负责人,真心拥护邓小平同志的主张,他以邓小平同志主持制定的《中国科学院汇报提纲》为蓝本,制定了物构所整顿、发展规划,并力主开展对外交流。可是不久,"四人帮"大搞"反击右倾翻案风",邓小平同志被撤销了党内外各项职务,父亲也被一些人当成了"右倾翻案风的典型"。所幸的是当时加拿大籍华人化学家林慰桢教授(林教授的祖父就是厦门鼓浪屿"菽庄花园"的老主

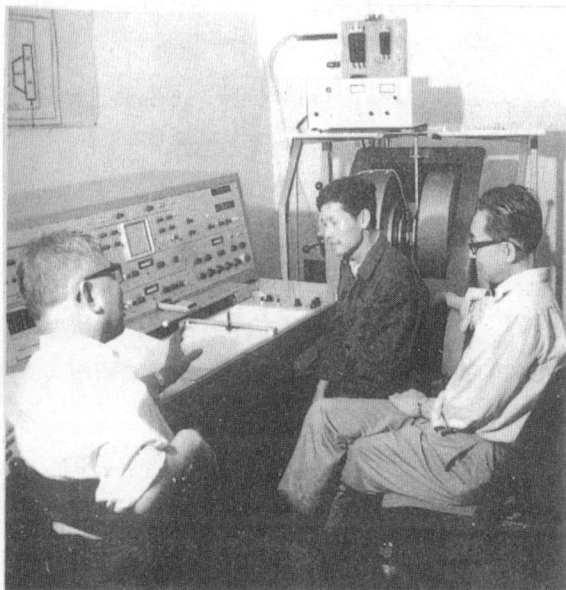

图10 父亲与加拿大不列颠哥伦比亚大学化学系教授林慰桢(右一)一起在实验室工作(1976年)

人、清末台湾著名爱国富商林尔嘉先生,图10)应邀到物构所与父亲搞合作研究,为了表示"内外有别",对父亲的"批判"暂缓进行。结果,林教授与父

亲的合作研究尚未结束,四人帮已被扫进了历史的垃圾堆,某些人对父亲的"批判"企图也"胎死腹中",父亲终于逃过了"文革"中的"最后一劫"。

## 有人行骗

父亲刚恢复工作不久,曾经发生过一件怪事。

大约是 1972 年春天,父亲突然收到北京大学原副校长、化学系教授傅鹰先生的来信。信中写道:"前日令郎老三来家借款二百,言称三月归还,大可不必介意。"看了来信,父亲大吃一惊:"我的老二大学毕业在贵州农村工作,老三下乡插队、刚参加了公社团代会还当选为团委委员,他们最近都没有去过北京呀。再说,我在北京还有其他同事、朋友、学生,老二、老三与他们都熟悉,即使到北京真要借钱,也用不着去找从未见过面的傅先生啊。一定是遇到骗子了!"父亲立即给傅先生发了一份电报,电文仅六个字,言简意赅:"惊悉受骗,憾甚!"北大听说此事,一了解,还有其他几位著名教授家也被骗过钱,而且有的行骗时同样打着我们兄弟的旗号。北京大学保卫部为此专门发了警示通报。

不久父亲到上海开会,才知道上海、南京也有假冒我们兄弟到教授家骗钱的。一天,父亲在电梯里遇到一位在西安工作的老朋友,他对父亲说:"那天你家老三……""你是第四个!"父亲没等他说完就抢白了一句。看着朋友一脸不解的神情,父亲这才详细告诉他:"最近有人假冒我的儿子到处行骗,你是第四个受骗上当的。"后来,听说福州也发生过类似事情,只是骗子没有得逞。

"骗子抓到了吗?"我回家听说此事后问父亲。"没有。"父亲告诉我:根据几个教授讲述的情况,从行骗时的谈吐来看,这个骗子对我们家相当了解,年龄也与我们兄弟相仿。父亲还认为,这个骗子很可能十分了解中英庚款公费留学生名单,因为上海、南京、西安、福州几位被骗的教授都是连我们兄弟也不知晓的当年庚款留英公费生。不过那年夏天后这个骗子突然销声匿迹,这件事最终成为一件未决的悬案。

其实早自"文革"前的 20 世纪五六十年代,一直到"文革"后的 20 世纪 80 年代父亲到北京担任中国科学院院长期间,因有人自称是"卢嘉锡的儿女"或"侄儿女"惹出事端,组织上前来调查或者到我们家告状的还有好几起。不过那些多是有人自吹自擂、借以抬高自己,至多就是想以此为个人升迁"拉大旗作虎皮"、捞取一点好处(最让人感到可气、可笑又可悲的,有人"文革"前自称"卢嘉锡的儿子"自以为得意,不想"文革"中却成了"黑线上人物"而受审查)。而要说连续在全国几个大中城市行骗、影响如此恶劣,以致惊动了保卫部门的,就数这一起了。

## 科学的春天

粉碎"四人帮"以后,党中央决定在 1978 年 3 月召开全国科学大会。这是全国科学界的一件大事,各省都由省领导任团长、由本省著名科学家组成声势浩大的科学代表团参加。父亲原准备作为福建省代表团成员参加会议,但大会开幕前领导约请父亲谈话,告诉他,中央建议由居住在祖国大陆的台湾省籍科学家组成台湾省代表团参加全国科学大会,并提名由父亲担任团长。很快,由来自全国各地的台湾省籍科学家苏子蘅、李辰、许文思、李河民、何斌、方舵等为团员,苏民生等台籍中青年科技工作者为秘书的台湾省代表团组建起来了(苏子蘅后来曾任台盟中央主席,其他人也都分别担任过各级台盟、台联领导,现多已去世),父亲以团长的身份受到中央领导的接见。开幕那天,父亲坐在主席台上,亲耳听到邓小平同志庄严宣告:"四个现代化,关键是科学技术的现代化"、我国的知识分子"已经是工人阶级和劳动人民自己的知识分子"、"是工人阶级自己的一部分";听到中国科学院老院长郭沫若热情欢呼"科学的春天来到了!"。

大会期间,分管科学技术工作的中共中央政治局委员、国务院副总理方毅由福建省代表团团长、福建省委书记林一心等陪同,特意到台湾省代表团参加讨论,并与父亲亲切交谈(图 11)。方毅同志语重心长地对父亲说:"你能够有今天,多亏了'文革'中周总理保你呀。"父亲感动得不知说什么好,只是含泪连声说:"是的,是的!"在大会上,父亲的多项科研成果得到表彰。他深切感受到:正像多年来热切盼望的那样,终于可以放开手脚,为发展祖国的科学事业施展才华、贡献力量了。

党的十一届三中全会之后不久,1979 年秋天,父亲率领中国化学会代

图 11　全国科学大会期间,方毅副总理(中)参加台湾代表团讨论后与卢嘉锡、苏子蘅亲切交谈(1978 年 3 月)

表团参加 IUPAC(国际纯粹与应用化学联合会)大会。其间,父亲以中国化学会代表团团长的身份先与大会主席协商,就联合会章程一些条文的解释取得一致;接着,父亲又亲自与参加大会的台湾化学会代表团团长、台湾大学陈教授(台湾省籍人士)和秘书长王纪五(代表团实际决策人,其父王世杰曾任国民党政府"外交部部长")多次协商、反复交涉,达成谅解。最后大会主席根据与父亲率领的中国化学会代表团和台湾代表团取得的共识,郑重宣布恢复中国化学会在联合会的合法席位,并同意台湾的化学组织以"中国台湾化学会"的名义作为单独财务结算的地区性组织继续保留会员资格,实现了我国各专业学会恢复在国际组织中席位的突破。

在 IUPAC 会议期间,父亲以大陆台胞的身份与陈教授共叙乡情,也与王先生友好往来。一天交谈时,王先生突然说:"邓副总理说过,'不管白猫黑猫,捉住耗子就是好猫',我看大陆就是耗子捉得太少了!"(父亲清楚地记得,在交谈中此君对毛主席、周总理等都是直呼其名,只有这次他尊称小平同志为"副总理")回到北京后不久,父亲应邀出席中央组织的一次茶话会,他在发言中大胆直接引述了王先生这段辛辣讽刺的话语。出席茶话会的邓小平同志听了,哈哈大笑。见此情景,父亲一方面为邓小平同志的宏量大度、平易近人所折服;另一方面他也从邓小平同志爽朗的笑声中领悟到:在祖国大陆,"好猫不捉耗子"这段扭曲的历史已经一去不复返了!

1981 年 5 月,在改革开放的热潮中,父亲在中国科学院第四次学部委员大会上当选为中国科学院院长。他来到北京,担当起全国自然科学研究最高学术机构的领导重任。

### 父亲与恩师鲍林

如果有人问我:父亲最崇敬的外国人是谁?我会毫不犹豫地说:是鲍林(Linus Pauling)(图 12 和图 13)!孩童时代,我就多次听父亲在饭桌上以十分崇敬的心情提起他在美国加州理工学院时的导师鲍林教授。

1939 年 8 月,父亲来到美国加州理工学院从事博士后研究。他在鲍林教授的指导下,熟练地掌握了从事晶体结构研究的 X 射线衍射法和电子衍射法等手段,先后承担并出色地完成了多项研究课题,也奠定了自己日后从

图 12　父亲访美期间特意前往鲍林住所拜访恩师(20 世纪 80 年代)

4

June 14, 1945

Dr. Chia Si Lu
Department of Chemistry
University of California
Berkeley, California

Dear Dr. Lu:

     I was interested to learn about the work that you
are doing from your letter of June 9, and to know that your
draft deferment problem seems to be pretty well taken care of.

     I am sure that the field of the normal vibrations
of molecules such as cyclohexane is still a very good one to
work in, and that interesting results can be obtained.

     Professor Dickinson is getting along very well.
He is regaining strength rapidly, and should be ready in a
couple of weeks for his final operation. Everyone else in
the laboratory is in good shape. Some of the younger people
are getting engaged and married, mainly to girls who are work-
ing on projects here.

                        Sincerely yours,

LP:gw                       Linus Pauling

**图 13　鲍林教授写给父亲的信（1945 年 6 月 14 日）。其中肯定了父亲的研究成果**

事物质结构研究的坚实基础。鲍林教授曾称赞父亲是他"几个最出色的学生之一"。在恩师身边,父亲特别注意观察体会导师的治学、思维方法,发现鲍林教授具有独特的化学直观能力:只要给出某种物质的化学分子式,他就能大体想象出该物质的分子结构模型。这无形中"催化"了父亲在大学时期就初步形成的"毛估"思维。后来父亲常以他所受鲍林教授化学直观能力的启发为例说:"我发现那是善于把握事物本质的能力与毛估性判断的结果,这一发现引发我更加重视'毛估'方法的训练和提高。"父亲经常以此告诫学生:"毛估比不估好!"

工作之余,父亲还旁听鲍林教授讲授的"量子化学"课程(这是当年一门新兴的学科)。他告诉导师,自己在英国时就学过量子力学,课后还认真地整理了课堂笔记。后来,父亲离开加州理工学院回国前,正思忖着送什么礼品给恩师,鲍林教授却说:"就把你那几本量子力学笔记留给我做纪念吧!"

1957 年 11 月,父亲参加中国科学代表团去莫斯科参加十月革命四十

周年庆祝活动,写信回家时特别提到,听说鲍林教授当年夏天曾访问过苏联。当时中美完全隔绝,父亲为错过了一次难得的在国外与恩师谋面的机会而感到十分遗憾。

鲍林是现代杰出的化学家,1954年以"化学键本质的研究及其在复杂物质结构分析上的应用"获诺贝尔化学奖。可是20世纪50年代末,苏联科学界却把鲍林的"化学共振论"当作"唯心主义科学"进行批判。在"一边倒"的年代,父亲作为鲍林的学生,承受了巨大的压力。但父亲崇敬导师、崇尚科学,他于1961年在刚创刊的《福州大学学报》自然科学版上发表论文,在诚恳地指出"共振论"的局限和不足的同时,更多的是论述这个理论的科学性及其在化学研究中的重要意义,他还组织力量翻译出版了鲍林教授阐述共振论的主要论著《化学键的本质》。鲍林又是一位不屈的和平战士,曾经执笔起草了著名的要求停止核武器试验的呼吁书,与爱因斯坦等共同发起并联络全世界上万名科学家共同签名,1962年获诺贝尔和平奖。此时正当中苏论战升级,国内"左"的思潮也日盛,有人指责西方国家的和平主义者"反对正义战争"。一次几个年轻人来家请教问题,父亲留他们吃饭,饭桌上不知谁提起报上称鲍林是和平主义者,父亲马上不容置疑地说:"在美国,和平主义者是进步的!"

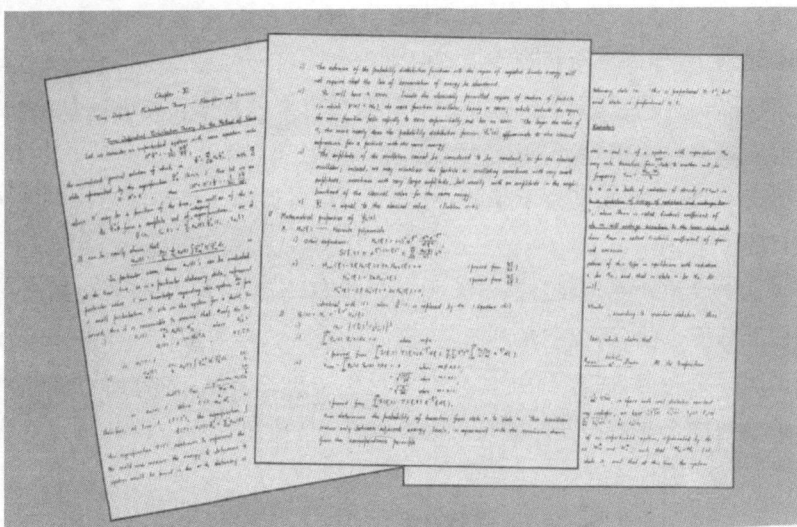

图14　鲍林从美国寄回的父亲当年的量子力学笔记(1981年)

1981年夏,八十高龄的鲍林教授应邀到中国访问。父亲到机场迎接,见面第一句话就告诉他:"I've just been elected as the president of the Chinese Academy of Sciences"(我刚当选为中国科学院院长),鲍林兴奋地当场与父亲热烈拥抱!回美国后,鲍林教授找出他保存了近四十年的父亲当年的量子力学笔记(图14)寄还父亲。如今,这几本体现了父亲严谨治学精神、也饱含着鲍林教授与父亲深厚师生情谊的学习笔记,仍然珍藏在父亲工作所在的中科院福建物构所。

## 台湾来信

1986年,父亲收到一封台湾来信。打开一看,信中写道:表哥,你还记得吗?1947年你来台湾时,到了我们家,我陪你去游玩了许多风景胜地;你要离开时,我不让你走,你安慰我说,"没买你的飞机票呀!这样吧,把你装在布袋里挂在飞机尾巴上带走,好不好?"最后的落款是"表妹"。

看了来信,父亲一头雾水。他怎么也想不起当年去台湾时有这么一个"表妹"陪着他四处游玩。说没有吧,信中提到的那些风景区他当时确实都去了;特别是最后离别时讲的那些话,父亲说:"谁都知道我爱讲笑话,这倒很像是我的口气。"没有办法,父亲回了一封信:表妹,年代太长,许多事情我想不起来了,你能再给我一些提示吗?

没隔多久,回信来了。信中附有一张父母亲结婚照正反面的复印件,照片背面题字台头是"表叔祖父大人留存",落款是"表侄孙嘉锡敬赠"。信中告诉父亲,这是她祖父留下来的。接着说:现在你不会再怀疑我这个表妹是假冒的了吧。

信中又说,"明年我就满五十岁了。根据当局规定,不担任公职的台湾居民年满五十的,可以到大陆旅游,到时候我一定来看望你这个大科学家表哥。"照这么一算,1947年她只有十岁。父亲想起来了,当时确有好几个孩子跟着他这个"大哥哥"四处玩。时隔四十年,他怎么会记得其中有这么一个小"表妹"呢!

父亲立即给表妹——也就是我的表姑——写去热情洋溢的欢迎信。后来,表姑曾几次来大陆探亲旅游,与父亲共叙亲情。可是再往后父亲身体日渐衰弱,表姑也受家中孙儿拖累,难以出远门,联系就很少了。

## 父亲和母亲

前面已有几处提到了父亲和母亲。讲到母亲,我不由得想多说几句。父亲和母亲早年都在祖父所办私塾里念书,长大后两人相互爱恋(图15)。那时,外祖父在英国人开的厦门太古洋行当华人副总经理,母亲算是富家小姐;而祖父虽然私塾办得好而在厦门"小有名气",但再怎么说也不过是个"穷教书的",两家可以说是"门不当户不对"。外祖父一开始确实不赞同这门亲事,但经不住女儿认准了非此人不嫁,再加有好心人上门说情,也就不再反对了。1936年3月8日(农历二月十五),母亲披着白色婚纱,和身着西式礼服的父亲举行了当时算是"新派"的婚礼(图16)。不过"吉日"是大伯选取的,他说农历二月十五是"百花生日",从这点看,父母亲的结合又带有浓郁的中国传统特色。后来父亲经常对人说:"本来三八妇女节是妇女解

图 15  热恋中的父母亲

(1934 年摄于厦大游泳池畔)

图 16  父母亲结婚照

(1936 年 3 月 8 日)

放的日子,可是我却是在这一天把逊玉束缚起来的。"这段话深含着父亲对母亲一辈子辛劳的愧疚之情。

婚后才一年多,大哥还不满半岁,父亲就出国留学了。抗战期间,母亲带着大哥在厦门和福建内地颠沛流离,受了不少苦。抗战胜利后,父亲回来了。可是随之而来的内战,物价飞涨、特务横行,母亲既要为家庭生活操心,更要为父亲的处境担忧。解放后,父亲受到党和人民的信任,50年代先后任厦门大学理学院院长、研究部部长、副教务长、校长助理、副校长,并被选为厦门市政协副主席,福建省人民代表、省人委委员。母亲在操持家务的同时也积极承担义务性社会工作,担任了厦门大学家属委员会副主任,还在当年的扫盲运动中当过夜校义务教师。

母亲年轻时上过初中,解放初这就算有文化的人了;她解放前曾有工作经历,解放后家委会和夜校工作都干得不错。恰逢国家经济建设大发展,厦门大学要吸收新职工,母亲当然是优先考虑的人选之一。父亲知道后对母亲说:"我的工资高,先让那些低工资职工的家属工作吧!让他们多一个人挣钱养家。再说,我们家里孩子多,也总得有人在家照顾吧。"于是,母亲最终没有正式参加工作,一直当家庭妇女。但是,她从事义务服务工作得到厦大广大教职工和家属的充分肯定,先后当选为两届厦门市思明区人民代表,还以职工家属的身份当选为福建省工会代表大会代表。

1960年我们搬家到福州时,正是三年经济困难时期,一边是通货膨胀,一边是父亲降低工资,再加上居民减少粮油定量、副食十分匮乏,母亲得了浮肿,还要为日夜工作繁忙的父亲和正在上中小学的子女们的成长操劳。从那以后,母亲身体一直不好。"文革"中,父亲进了"牛棚","造反派"跑到家里逼迫母亲与父亲"划清界限"、"揭发"父亲的"问题"。母亲与父亲从小青梅竹马,又共同生活几十年,她了解父亲、相信父亲,理所当然地拒绝了"造反派"的无理要求。但母亲由此成天担惊受怕,她又不愿意让正身处逆境的父亲思想上增添新的负担,一个人默默承受着巨大的精神压力,身体终于垮了。

1969年秋的一天,母亲在缝补衣服的时候突然昏厥倒地,当时父亲与全所职工全部被集中搞"清队",只剩十二岁的小妹妹在家吓得直哭。从那以后,母亲时而发作癫痫性眩晕,而且越来越频繁。经检查,母亲患了脑膜瘤。1982年春节,母亲病情危重,刚到北京任中国科学院院长不久、回福州

永远的厦大孩子

度假的父亲沉痛地对我们说:"现在形势好了,你们的妈妈却不行了!"说罢失声痛哭。在组织的关怀下,母亲被送到上海华山医院开刀。手术很成功,母亲身体状况明显好转,当年秋天来到北京父亲身边。

术后医生告诉父亲,他们估计这一刀可以管用十年。但他们又说,由于母亲患的是"地毯式"瘤,附着在脑细血管的部分不可能清除干净,残存的瘤组织几年后还会复发。这话不幸而言中了! 1985 年起,母亲又开始间或出现神志不清,此后病情不断加重。她于 1988 年春天回到福州,从此卧床不起。1992 年 9 月 30 日,母亲与世长辞。父亲流着泪对我们说:"都说夫妻同甘共苦,可是我和你们的妈妈结婚五十多年,共苦的时间多,同甘的时间太少了!"

父亲去世以后,2001 年 6 月 11 日,我们护送父母亲的骨灰到厦门。当我手捧母亲的骨灰盒走下汽车时,不禁含泪轻轻地说:"妈妈,到家了!"是的,自从父亲到福州工作以后,尽管福州与厦门相隔不到三百公里、几个小时的汽车即可到达,父亲曾经多少次因公到厦门,可是母亲不愿以重病之身耽误父亲的公事,也不愿给组织上添麻烦,一直到去世,她三十多年始终没有回过故乡。这就是我那身居高位、仍然两袖清风的父亲,和我那心甘情愿支撑家庭、支持父亲,一生默默无闻的母亲!

## 既是严父,又是慈父

在家里,父亲对我们既非常严格,又十分慈祥。说他严格,是他经常教育我们要老老实实做人,做一个对国家和社会有用的人。说他慈祥,是他从不赞成"棍棒"和"训斥",总是用说服、教育、劝导的方法,以自己的榜样、民主的家风和他特有的教育方式对我们"言传身教"。

记得小时候,我们兄弟姐妹和许多家境较宽裕的孩子一样,在饭桌上想吃什么就吃什么,爱吃的就抢,不想吃就扔。每当我们吃饭把饭粒撒得满地时,父亲就用温和的口气批评我们"像鸡啄米一样",要我们蹲下去把饭粒捡起来。他还经常告诉我们,他小时候在家吃饭时,不允许边吃边谈笑,不允许把饭粒掉在桌上或地上,不允许在碗里剩下一颗饭粒,不允许一个人正在夹菜时另一个人从他的手上跨过去抢着夹菜;如果谁违反了这些家规,祖父

马上会放下筷子沉着脸斥责道:"不成体统!"父母亲还常说起当年祖父吟诵古诗"谁知盘中餐,粒粒皆辛苦"的情景。时间长了,我们吃饭就规矩多了。

父亲疼爱孩子,但决不溺爱,他有自己特有的教育孩子的方式。我上小学时,他曾为我们买了一个以普通白炽灯泡作光源的小小家用幻灯机,和《米老鼠》《三毛流浪记》《木偶奇遇记》,以及青年共产党员欧阳立安在狱中等幻灯片,让我们自映自看。我们在得到美的享受的同时,也潜移默化,接受了道德品质、革命志向和科学知识的熏陶。

父亲在书房看报的时候,有时会突然把正在一旁看书的我叫过去,指着报上文章中的一个成语告诉我其中的典故,或是摘出报上一句话,分析其中语句不通顺或数据错误之处,有时还让我找出其中的错别字。

在学习方面,父亲始终是孩子们的良师益友。我上小学刚学九九乘法表时,很兴奋地背给父亲听。因为刚学,难免有背错的。第二天回到家,父亲拿出一张小小的九九乘法表给我。可是小孩贪玩,没过一两天,乘法表找不着了。没办法,只好告诉父亲,父亲很快又给了我一张,他要我贴在文具盒盖子里面,这样就不容易再丢了。星期天我跟父亲到他的办公室,才知道那是他在工作之余用自己的英文打字机帮我打出来的。

这台父亲珍爱的英文打字机是当年他从美国带回来的,黑色机箱的金属铭牌上刻有"CHIA-SI & SUN-YU LU"的字样。长大以后我们才知道,那是父母亲英文名字的合写,是父亲在美国时思念母亲,为了表示夫妻恩爱特地刻上去的(图17)。这台打字机,父亲一直使用到"文革"期间科研教学

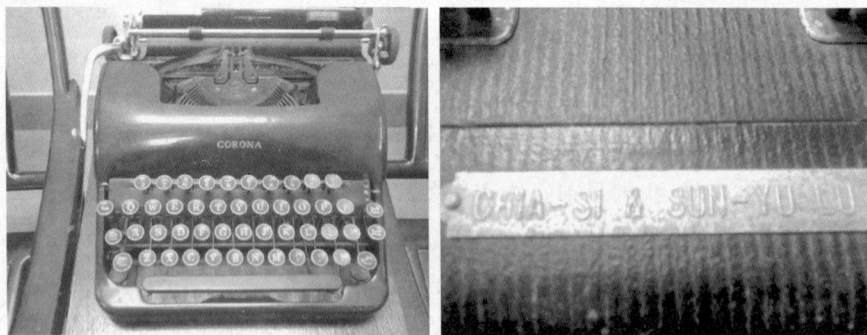

图 17　英文打字机黑色机箱的金属铭牌上刻有"CHIA-SI & SUN-YU LU"的字样

工作被迫中断为止。"文革"后弟弟妹妹又曾用它练习英文打字、打英文文章。一直到后来电脑开始普及,这台打字机也实在太"老"了,才宣告"退休"。如今,这台曾经为父亲从事教学科研立下汗马功劳、又见证着父亲在美国时思念母亲的旧英文打字机,已成为家中珍藏的父亲遗物。

父亲主张因材施教,反对拔苗助长。他既主张学生要勤奋,又提倡要用"巧劲",不赞成搞"题海战术"、"疲劳战术"。他经常告诉我们:学习最重要的是要找到其中的规律,这是关键,只要找准、掌握了规律,其余问题就能迎刃而解;同种类型的难题做出一两道,掌握了规律,其他的就没有必要都去做;当老师最好是把问题"点出"(启发学生思考),而没有必要都"讲透"。我从小学习成绩好,父亲很喜欢我。但他从不在老师布置的功课之外要我多做难题,只是在必要的时候点拨我一下。记得我上初三时第一次见到《中学生数学用表》,头几页是"对数表"、"反对数表",我看了半天不知是什么(那时到高中才学对数),就去问父亲。他觉得以我已有的知识程度和理解能力可以弄懂,就利用星期天上午个把小时的时间,从乘方、指数谈起,给我讲解了对数的基本知识,然后让我自己试算一下。我也不由回想起小时候看别莱利曼的《趣味代数学》中有"加法和乘法各有一种逆运算——减法和除法,而乘方却有两种逆运算——开方和对数"这一段文字,于是我比课程提前一年学会了对数。有了对数这件新工具,我做数学、物理、化学题就比同学快,可以腾出时间读更多的书。后来,父亲又根据我学习进展情况,及时让我了解什么是化学元素周期表,怎样使用计算尺、手摇计算机等。几个月、半年一次,每次就是个把小时,既不加重我的课程负担,又提高了我的学习兴趣,至今历历在目。

父亲支持学生创新、不拘泥于自己的思路。他经常说:一个老师要是没有教出几个超过自己的学生,这个老师就没有尽到职责。父亲的好几个学生在化学界都很有名气,但又不局限于父亲的结构化学,而是各自在蛋白质化学、电化学、量子化学、晶体化学等领域开辟了自己的研究方向,有鲜明的个人特色,有各自独特的创建,这是他最感欣慰的。父亲曾对我讲述1958年他到教育部协助厦大化学系田昭武、张乾二两名青年教师申报副教授的经过。当时部里领导认为这两位青年教师都才大学毕业没几年,担心他们太年轻。父亲却十分肯定地说,他们虽然毕业时间不长,但已经开创了自己

的研究方向,有了重要的研究成果,完全达到了副教授的水平。最后教育部终于批准他们提为副教授。"文革"后这两位教师又都被首批提为教授,并先后当选为中科院学部委员(院士)。我理解父亲对我说这些往事的意思,他不是在炫耀自己的业绩,而是希望我能够在事业上走出自己的路来。

父亲对我们子女的志向,总是充分尊重、尽力支持。1951年夏天,正当抗美援朝战争期间,党中央向全国青年发出"参军参干"的号召。临近初中毕业的大哥瞒着家人报名并获得批准。当时父亲正在外地,回来知道这件事后,他不但没有责怪大哥,还专门去给大哥送行,鼓励大哥到部队去经受锻炼。后来大哥在部队一直干到退休。

对于子女的婚事,父亲的态度是关心,但不包办。我们兄弟姐妹的婚姻大事都是自己决定的。"文革"前夕大哥在部队结婚,父亲工作繁忙分不出身,让母亲代表自己去参加婚礼。我"文革"中大学毕业,被分配到贵州边远的少数民族山区农村工作。后来在当地谈恋爱。第一次带女朋友回家,父亲正因病住院。女朋友想到自己文化低,担心父亲是著名教授,会不高兴。没想到父亲在医院见到她时风趣地说:"这下我们家工农兵更齐全了。"(因为我女朋友从小生长在农村,父亲是工人,她当过兵)女朋友心里一块石头落了地。粉碎"四人帮"后,我们结了婚。

在儿女的升学志愿问题上,父亲也是这样,既适当指导,又尊重儿女的个人志向。1962年我上高二时,学校邀请家长到校参加11月校庆活动。我回家跟父亲一说,他真的来了。老师们与他交谈,说我的数理化成绩都不错,他高兴地说:"看来咸池将来和我是同行。不过我说的是'大同行',就是搞数理化的,而不一定是搞化学的'小同行'。"1964年高中毕业前,父亲问我大学想学什么,我说想学天文。他说,天文当然不错,但我国今后一段时间科学发展的重点恐怕不在这方面。父亲认为,国家要强大,就必须发展原子能事业,他建议我报考北京大学与原子能有关的专业。我觉得他讲得很有道理,就改报了北京大学。可是由于其他原因我最后报考的是地球物理系,他虽然不太赞成,也没有坚持反对,让我自己决定。同时,他仍然鼓励我把天文作为自己的业余爱好。他认为一个学生在学好课程的同时有广泛的兴趣爱好,对拓宽知识面和个人的全面发展有益。一直到我进大学后,他还托人给我送来当时科学出版社刚翻译出版的法国天文学家弗拉马里翁的

永远的康大姨子

《大众天文学》，可惜1968年学校武斗时这本书连同宿舍里的其他个人物品一起丢失了。

我们成年以后，父亲在家更注意听取我们发表的意见、看法。1981年父亲任中国科学院院长之后常住北京。我在北大读研究生、毕业后留校工作，在父亲身边的时间比较多。父亲的字写得相当漂亮（这是他小时候在祖父开办的私塾读书时练出来的），名声又大，请他题词的单位和个人真不少。刚开始父亲是"尽力而为"，我一怕写得太多会加重父亲精力、体力的负担，二怕写得"滥"了心术不正的人也混杂其中造成不良影响，就向父亲提议：对青少年鼓励、鞭策的题词可以写；对科研院所、科研成果，父亲是内行，但题词要有节制，评价尺度要适当；为企业公司的商品和产品题词一定要严格控制、十分慎重。父亲觉得有道理，以后自己把握不好时就常常找人帮着"参谋"一下。

像父亲这样年纪的人，都习惯于写繁体字。有一次我对他说，国务院公布有《简化字总表》，这是汉字的国家规范，虽然没有强制规定题字时只能写简化字，但特别是给中小学、青少年题词，还是写规范的简化字为好。后来，父亲在为中小学题词时，为了避免写繁体字和不规范的简体字，经常让我先把题词用规范的简化字写下来，他自己照着练习几遍，觉得手顺了，再正式题写。

有一段时间，父亲给人题词，即使有初步想法，只要不必马上题写，他往往也先搁着，等我从学校回家，让我看看、帮他想想、出点主意。他对我说，题词不能太俗、要符合他的身份（一次要为一份科普刊物题词，有人为他拟了一句"科学普及一枝花"，父亲看了说：我的题词总不能像打油诗一般），又要评价贴切，还要尽可能讲究平仄、押韵、对仗。他要我从这几方面提出修改意见和建议，他再最后定夺。父亲的文字功底好，再加深思熟虑，他的一些题词，像为元代著名天文学家、水利学家郭守敬纪念馆所题"治水业绩江河长在，观天成就日月同辉"（图18），为祝贺当代著名大气科学家叶笃正先生八十寿辰题写的"叶茂根深东亚环流结硕果，学笃风正全球变化创新篇"（将"叶笃正"三字巧妙地镶嵌其中，图19）等，都为学界和世人所称赞。

图 18　父亲为元代水利学家、天
文学家郭守敬纪念馆题词(1994 年)　　　图 19　父亲为著名大气科学家
叶笃正八十寿辰题词(1996 年)

## 痛别父亲

2001 年 6 月 4 日晚,父亲的心脏停止了跳动,永远离开了我们。当我们赶回福州时,看到物构所设立的灵堂里层层叠叠摆满了花圈,哀乐低回,悼念的人流络绎不绝,全国乃至世界各地的唁电雪花般飞来。中央领导、党和国家领导机关,父亲工作过的厦门大学、浙江大学、福州大学、福建物构所、中国科学院,和许多院士都送了花圈,诺贝尔奖获得者、父亲的好友李政道、李远哲、Hoffmann 等来电吊唁,解放后厦门首任市委书记林一心、临解放时曾经冒险为父亲通风报信的老友黄克立等都送来了花圈,已故黄席棠教授的夫人、年届八旬的高怀蓉教授亲临灵堂吊唁,已故尤德沣副所长的子女们联名送来了花圈,父亲一位早年学生已成为新加坡资深外交家,也发来了唁电,厦门大学旅港校友会、台湾校友会、美洲校友会、澳洲校友会筹委会等都送来了花圈。早些年三弟曾经奋不顾身救起一名溺水儿童,当年的获救儿童现已出国留学,孩子的母亲特意来到灵堂吊唁,以儿子名义敬献的挽幛上情深意切地写着"教子有方、功德无量"八个大字。

在告别式上,父亲安卧在鲜花翠柏之中,悲痛的人们从四面八方赶来、蜂拥而入,向他的遗体致敬,一位老人边走边哭、不断鞠躬并喊着:"卢老没有走!"其情其景,催人泪下,我们感到父亲仍然和我们、也和他热爱的人民在一起。告别式后,父亲的遗体送往殡仪馆火化途中路经福州大学路口,几百名未能参加告别式的青年学生冒雨列队站在道路两旁,默默地向他们的老校长作最后送别,我们感到父亲仍然和我们、也和他的学生们在一起。当父亲的骨灰由海军舰艇护送驶过厦门大学沿海时,眼望着巍然屹立的"五大建筑",父亲的音容笑貌似乎仍在眼前,我们感到父亲仍然和我们、也和他为之奉献终生的祖国的科学教育事业在一起。父亲生前多次说过:"我生长在厦门,我的父母来自台湾,海峡两岸都是我的故乡。"舰艇驶过矗立着民族英

图20　父亲的最后归宿:骨灰撒海,情系两岸(2001年6月11日)

雄郑成功巨型雕像的鼓浪屿日光岩一带沿海，最终停泊在台湾海峡最西端的厦门—金门—大担海域，哀乐回荡在台湾海峡上空，我们把父母亲的骨灰混合在一起，象征着他们一世恩爱、永不分离，然后手捧父母亲白色的骨灰，伴着红色的玫瑰、黄色的菊花，也伴着我们晶莹的泪水，一同撒向蔚蓝的大海（图 20），我们感到父亲仍然和我们、也和他热爱的海峡两岸故乡的土地和人民在一起。

父亲没有走，他永远和我们在一起。我们子女将继承父亲的遗志，为科教兴国，为国家统一、民族振兴而继续奋斗。

永远怀念大孩子

# 点点滴滴记心头

## ——写在父亲卢嘉锡逝世两周年

### 卢象乾

两年前的今天，下午六点二十分，我还在办公室加班，妻子刚离开父亲病房回家准备晚饭不到半个小时，南京军区福州总院来电话要我立即赶去。我马上开车接了妻子赶到医院，大妹葛覃、六弟凤林也先后赶到。总院的刘院长、张政委、郭副院长都在病房门口，面色凝重，告诉我父亲正在抢救。七点三十分，尽管医生们仍不愿放弃最后的努力，但是我明白：自2月底父亲第一次病危、切喉插管后，他同死神顽强搏斗了三个多月，体能已经全部耗尽，心脏再也无力跳动起来了。望着父亲那安详的面容，我颤抖着拿起电话，将这不幸的消息通知在厦门的大哥、在北京的二哥、在香港的五弟和远在大洋彼岸的小妹，泪水情不自禁地滚下来。这一刻深深地印在了我的脑海里，永远不会忘却。

父亲逝世后，不少长辈和友人一直要求我们将父亲的优秀品格及如何教育子女的事迹写出来。说实话，自我懂事以来在和父亲几十年的接触中，我想不起他有什么伟大的业绩或是什么光辉的论述。在我的眼里，他就是一个认真的学者、一个慈祥的父亲。但是，父亲的一言一行，点点滴滴永远记在我们子女心头，在我们身上打下深深的烙印，教会了我们怎样去做人。

### 关爱他人

父亲一生给我印象最深的是他对家庭、同事，甚至从不认识的人的关心和爱护。

367

父亲对母亲的爱是最真挚、最深厚的。母亲在"文革"中身心受到很大的创伤，患了脑膜瘤；父亲找了许多医生给她治疗，但病情仍日渐加重。1982 年 2 月，我陪母亲从福州到上海华山医院开刀。当时，父亲已经担任中国科学院院长，在北京主持日常工作，十分繁忙。但他还是向中央请假，赶到上海。手术前，他亲自和医生研究方案，日夜陪护、安慰母亲。手术当天，他亲自送母亲进手术室，并在门外守候了六个多小时，直到母亲手术成功回到观察病房。三天后，母亲度过了危险期，他才匆匆赶回北京。

也就是这年夏初，物构所 12 号楼落成，我们要搬新家。此前父亲就交代让母亲住东头的好房间。搬家那天，父亲刚好回到福州。他到新房子一看，感到东房虽好，但阳光不足，他马上让我们调整，将和客厅相通、原拟作书房的房间改为卧室。他说：妈妈身体弱，阳光充足、房间暖和对妈妈有好处。父亲身子胖怕热，母亲体虚畏寒；为了照顾母亲，父亲酷暑睡觉不开电风扇，连扇子也不用，常常热得一身汗。后来，母亲怕影响父亲的健康和工作，一再坚持，他们才分成两个卧室；但父亲每天休息前都要先到母亲卧室看看她是否睡好了，尔后才回自己的卧室上床。

1992 年 9 月 29 日，父亲从福州返回北京，准备参加国庆活动。没想到第二天 9 月 30 日上午，母亲就病逝了。父亲悲痛万分，10 月 1 日他带着二哥一家从北京赶回福州，送母亲最后一程。连日的辛劳再加上过度悲伤，父亲的身体很虚弱，但在告别仪式上，他坚持要拄着拐杖站立接受人们的吊唁慰问，是我们兄弟姐妹和他的学生们含着眼泪硬把他按着坐下来的。他多次对我们说：这一辈子妈妈为他牺牲太多，他照顾妈妈太少了。父亲再三嘱咐我们，他去世后，骨灰一定要和妈妈放在一起。2001 年 6 月 11 日，我们七个子女遵嘱将父母亲的骨灰一起撒进了厦门岛东南面的大海里，让他们背靠祖国大陆、遥望宝岛台湾，永远不再分离。

记得 20 世纪 60 年代初，国家处于自然灾害困难时期。虽然父亲身为一级教授，月薪三百多元，但是除参军在外的大哥外，全家九口人（爸爸、妈妈，正在上中学、小学和幼儿园的六个兄弟姐妹，还有妈妈的一个姑姑）全靠父亲一个人的工资，还要补贴一些老家的亲戚，生活并不宽裕。可是当父亲得知物构所一位家在闽南农村的职工家庭生活十分困难后，仍和母亲商量，挤出百来元钱，资助这位职工的家庭养猪养鸡，渡过难关。有一次，父亲带全家到省政协餐厅吃饭，几十块钱就吃到当时市面上没法见到的鸡鸭鱼肉，我们几个孩子高兴极了。父亲告诉我们，这是党和国家对民主人士和高级知识分子的照顾，每个月发给他一百元面值的政协餐券，按餐券面值付钱，就能在这里吃饭。当时我正长身体，心里想，这下好了，以后起码每个月能来这里吃一次，补充一些营养。可是一年多的时间里，我们家总共只去了两三次。后来才知道，父亲认为应该让更多的知识分子享受到这种照顾，就把一部分餐券送给那些没有餐券的教授，有时还拿着餐券、自己出钱请一些清贫、体质较弱的中青年教师到政协餐厅吃饭。正因为这样，父亲的群众关系一直很好，很受大家尊重。

"文革"后期，邓小平同志第一次复出，1975年在全国范围抓整顿。胡耀邦等同志受邓小平的委托，写出了《科学院汇报提纲》。父亲到北京开会看到这份提纲，很受鼓舞，就把它带回福建，在省里积极宣传、大力贯彻。可是不久，"四人帮"大搞"批邓"、"反击右倾翻案风"，极力扼杀整顿，《科学院汇报提纲》成为批判的"三株大毒草"之一。和父亲一起赴京开会的省科委领导被批斗得顶不住，说出是父亲把这份汇报提纲带回来的。于是"革命派"将矛头转向父亲，整得他病倒住进了省立医院。1976年春节我结婚时，他还躺在医院里。"四人帮"倒台后，有些人责怪这位领导没有骨气、出卖朋友。父亲不同意，宽容地说这位领导是自己的老朋友，绝不会有意出卖别人；他在当时的艰难环境下坚持工作很不容易，大家应该爱护、支持他。父亲不但保持了他们之间的深厚友情，甚至在这位领导去世后，父亲每年春节从北京回福州还一定去探望他的遗孀。

即使对素不相识的人包括普通劳动群众，父亲也很尊重、关心。记得小时候，有一次，父母亲带我到厦门市区亲戚家去，回来时天下雨，又没有公共汽车（当时厦门大学到市区只有一路公共汽车，车子很小，每天还只有两趟），于是父亲叫了一辆三轮车。从城里到厦大要经过一座蜂巢山，到山前上坡时，父亲让母亲和我坐在车上，自己却下车，打着伞在后面帮助推车。三轮车工人很不好意思让一个穿西装、戴眼镜的先生在雨中帮着推车，到家时再三表示要少收钱，父亲仍坚持足额付了车费。他对我说，三个人都坐在车上太重了，三轮车工人很辛苦；自己下来帮着推上坡一段，车子轻了，速度快了，工人不会那么累，我们还能早到家。

父亲这种"爱心"的潜移默化，使我们兄弟姐妹在成长过程中也逐步懂得要尊重、关心、帮助他人。1985年大年初二上午，我正在家休息，忽然听到有人呼喊"小孩落水"，我跑下楼，看见省财政厅院内池塘里有个男孩挣扎着沉了下去。我毫不犹豫地跳下池塘，扎进冰冷、恶臭的池水中寻找，救起那名落水儿童。当男孩吐出水、喘上气时，他的母亲闻讯赶来才发现孩子的孪生兄弟也不见了。我和几个朋友再次下水打捞，可惜半个小时后才找到，因溺水时间过长，未能生还，至今引为憾事。

## 自己动手

也许是出生在穷私塾先生家庭，自己从年轻时候起就要负担一大家人生活的缘故，父亲的生活一贯简朴，而且他提倡和鼓励我们自己能做的事就自己动手，尽量不要去麻烦别人。

记得我上小学二年级时，1956年春天梅雨季节的一个傍晚，父亲赶回家来换衣服要去参加一个活动。他一边换衣服一边看着皮鞋说：糟糕，鞋子太脏了。他看母亲和阿姨正忙着做晚饭，就要孩子拿块抹布擦擦他的鞋子。我自告奋勇帮他用抹布擦去泥水，又匆匆忙忙地上了点鞋油。他接过去，边穿边说："不错、不错，以后擦鞋这件事就交给阿乾了。"这样，我就有了第一份家庭职业——"擦鞋匠"。母亲给我弄了个小木箱，备了刷子、鞋油、抹布，"擦鞋匠"就开业了，每周帮父母亲擦一次皮鞋，遇上父亲有活动还临时加班。父亲还让我去看街上正牌擦鞋匠是怎么擦的，很快我就摸清了擦鞋的工序：先用大刷子和抹布除去鞋面上的灰尘、泥水，再用废弃的软毛牙刷薄薄地上一层鞋油，停一会儿后用软刷子刷一遍，最后用破旧的绒布抛光。这样擦出来的鞋又黑又亮，父亲看了十分满意。那年秋天三年级开学注册时，父亲送给二哥和我每人一支钢笔，说是用我擦鞋节省下来的钱买的。那是一支翠绿色塑料杆的牡丹牌钢笔，虽然只值八角钱，可能现在用惯了名牌的城里孩子看都不看一眼，都是我的第一支钢笔。我把它当珍品一样爱惜，一直用到我小学毕业。而"擦鞋匠"的生涯我坚持干到上高中，后来才把这份"职业"转让给弟弟。

1960年8月，父亲调到福州大学工作，我们举家迁榕，二哥和我进入福州第三中学读书。因学校离家较远，第一个学期，父亲怕我们不熟悉情况，让我们在福大党委张孤梅书记家住了一段，因为张伯伯家在西门，离学校比较近；后来又让我们在校寄宿。到1961年春季，父亲就让我们自己上学了。从福大宿舍到三中没有直通公共汽车，只有从西洪路到西门一段有车，也很不方便。我们就和其他孩子一样，早上七点从家出发，穿过黎明大队的农田，七八里路要走大约四十分钟，赶到学校八点上课。虽然开始有些累，但毕竟年轻，走走也就习惯了。1963年，家里经济条件比较好了，买了一辆二十六寸的凤凰牌自行车。父亲明确告诉我，二哥明年要高考了，功课比我紧张，先让他骑，我还得再走路上学。1964年春，父亲才给我也买了一辆二十八寸的永久牌自行车。我走了三年多的路，练就了一副铁脚板。

困难时期，福州大学把家属宿舍楼前的空地分给各家种点瓜菜，弥补粮油定量的不足。我们家也分到一小块菜地。邻居的叔叔阿姨见父亲工作忙、母亲的身体不好（她当时得了水肿病）、孩子们又小，就提出帮我们翻地种上瓜菜。父亲谢绝了他们的好意，让母亲买来锄头等工具，要我们在家的四个大孩子（六弟那时七岁多，小妹才不到四岁）利用周末翻土整垅，种上红薯、玉米、空心菜和豇豆等。偶尔他得空，也和我们一起到菜地转转。但除了能帮着浇浇水外，他在这方面确是一窍不通，只能再三嘱咐我们向几位来自农村的家属阿姨请教。当我们用收获的红薯煮了父亲喜爱的番薯粥端上饭桌时，他很高兴，打趣地说：看看，你们还是很能干的嘛，我们现在和校主一样了（父亲和厦大的老人们都尊敬地称呼陈嘉庚先生为"校主"，因为是他出资兴办了厦门大学，虽然后来厦大改为国立大学，陈老先生每年仍为厦大募集大量建设发展资金。陈老先生尽管富甲东南，又贵为华侨领袖，却一生极为简朴，长年食用番薯粥和酱菜）。

父亲这种生活简朴、自己动手的作风，不仅养成了我们自己动手解决问题的习惯，更练就了我们初步的劳动技能和顽强的性格。以致1969年2月我上山下乡时，农民都不相信我是出生在"大知识分子"家的人；第一次评工分时，一下就给我定为知青最高的八分（农民全劳力为十分）。

## 诚实认真

父亲一向为人诚实，做事认真，有一说一、有二说二，绝不随波逐流、阿谀奉承。这可能是他笃信科学、长期从事教学科研的结果。即使在"文革"中被批斗的时候，他认真回顾检查自己以往工作的缺点和失误，但对没有的事，他总是据理力争，不予承认，更不肯违背良心去诬陷别人。为此，他吃了不少苦头。若不是当时周总理亲自干预、福州军区皮定均司令员鼎力保护，父亲不知要拖到什么时候才会被"解放"？!

还记得 1957 年夏初，全国"大鸣大放"如火如荼，大字报铺天盖地。有一天一个同学告诉我，厦门大学食堂墙上有一张写父亲和我的大字报，我吓了一大跳，连忙叫他带我去看。好不容易在密密麻麻的大字报堆里找到这张大字报，最后一行已经被别的大字报给盖住了，但主要内容还在，大意是说卢嘉锡应该先教育好自己的孩子再教育学生，因为他的三儿子竟然在理发室叫嚷"你知道我的父亲是谁!"，不满十岁的我当时整个人都吓傻了，害怕这件事会给父亲造成不好的影响，可是一下又想不起来是怎么回事。第二天总算回忆起来了，有天下午放学后，我到敬贤楼理发室去排队理发。轮到我时，我礼让一位认识的伯伯先理；好不容易再次轮到我，又进来一位不认识的伯伯，理发员刘师傅对我说：老三，你再让这位伯伯先理。我急了，对刘师傅说：天都快黑了，我还要回家吃饭做功课呢。那位伯伯说："小鬼，别急嘛，我知道你父亲是谁。"我反问："你知道我父亲是谁?"那位伯伯哈哈一笑："卢嘉锡嘛!"边说边坐上理发椅，我只得再等一轮。就在我们说话的时候，进来一个年轻的学生。他只听到最后这两句话，回去就写了这么一张大字报。我又气又急又害怕：这完全是断章取义、歪曲事实嘛! 晚上，我胆怯地把事情经过告诉父亲。他听后问了一句：就这样? 我急忙发誓：我说的绝对是真实的。父亲笑了：是事实就不必太在意，也不要去怪别人了，可能他不了解前因后果吧。后来不知有没有人就此责怪父亲，父亲再也没有提起过。这件事就这样过去了，却给我留下了深刻的印象：只要实实在在做人就不用害怕，即使受到误解也不必过于计较。

父亲做事认真是出了名的。他当学生时做的作业整洁、字迹工整，他当

永远如履大孩子

老师后批改学生作业认真、字迹清秀，这些后来都成了范本。就连"文革"中罚他去打扫厕所，他也是一丝不苟的。有一天他"劳动"完回家，不无得意地告诉我：几年来研究所实验大楼里的厕所都没有好好打扫过，又脏又臭；现在交给他管理，他拿一些稀酸认认真真地擦洗，甚至用指甲去抠，不仅清除了多年积下的尿碱水锈，让每块瓷砖都洁白发亮，而且臭味也没有了；就连造反派也不得不佩服他洗厕所的本事。"文革"后1982年，我调到省旅游局工作，轮值洗卫生间时，我运用他传授的技术，用稀酸彻底清洗了尿槽和便盆，效果果然不错，还得到领导的表扬。

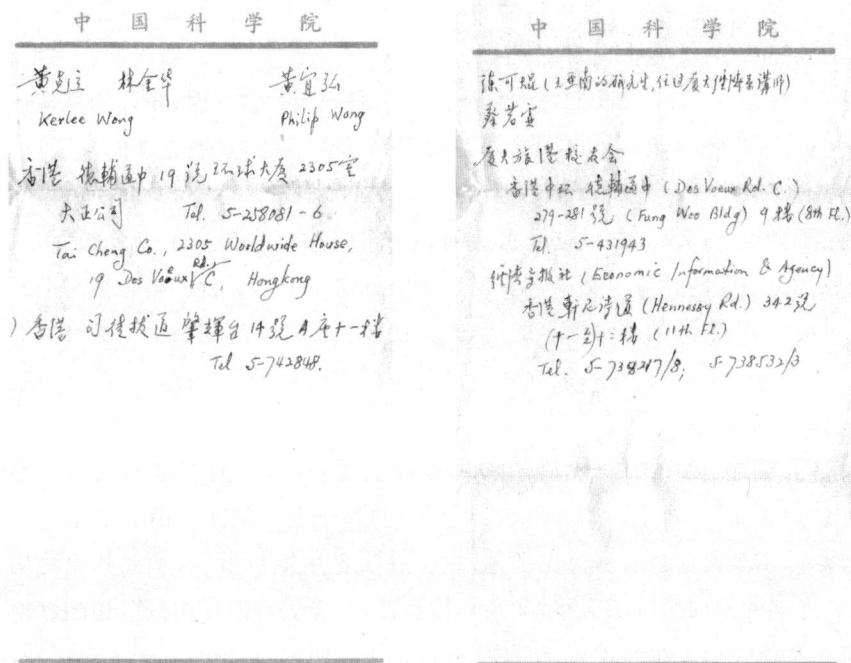

**图1** 爸爸亲笔写下黄克立伯伯和陈可焜先生在香港的地址和电话等信息的字条

　　1984年9月，我首次因公去香港。父亲得知后很为我高兴，因为当时能去境外出差是组织上的信任。行前，他要我到香港后一定要去看望黄克立伯伯，黄伯伯是父亲早年的至交，解放前夕曾冒险通知父亲躲避国民党特务的迫害；他又让我抽空去拜访陈可焜先生，说陈先生是厦门大学老校长王

亚南教授的高足,"文革"中受到不公正的对待,后来到香港定居。他怕我没有记清楚,就亲自取了两张科学院便笺,摘下眼镜,用他清秀的笔迹,认认真真地、一个一个地写下他们的姓名、他们夫人的姓名、办公室的地址和电话、家庭住址和电话。这两张字条(图1),我至今还保留着。

## 性格乐观

熟悉父亲的人,无不称他是个乐天派,更忘不了他那幽默、发自肺腑的爽朗笑声。不论在什么困难环境里,他从不叫苦、绝不怨天尤人,总是以开阔的胸怀、带着笑容去面对。

记得1960年夏天我们家刚从厦门大学搬到福州大学时,学校的基建还在进行,全家连保姆共十口人挤在乙型宿舍一套不足70平方米的屋子里:父母亲带着小妹住一间,兼作父亲的书房;二哥和我一间,兼作储藏室,堆满了箱子和柜子;大妹、外姑婆及保姆阿姨一间;五弟、六弟一间,兼作饭厅,也是我们做功课的地方。父亲笑着说这个家就像一个大兵营。当时楼房下水道未接好,家里的抽水马桶不能用,大小便要去楼外农村池塘上木板钉成的一个简易厕所,很不方便;因为厕所没有屋顶,下雨天还得打伞。父亲笑称:那是野外训练!

"文革"中父亲被打成"走资派",被挂上写着"资产阶级学术权威卢嘉锡"("卢嘉锡"三个字还用红墨水打了叉)的牌子上台批斗。由于父亲平日人缘好,不少普通群众尽力保护他,这个牌子是用纸板做的,不似其他物构所领导挂的木制黑牌那么重,父亲戏称自己是"受优待的俘虏兵",还幽默地说:造反派在台上批判发言,讲些什么他也听不明白,真怕时间长了会睡着,因为他是有名的瞌睡虫!

调科学院工作后,有段时间他兼任党组书记。一次他故作神秘地问:你知道我当党组书记处理的第一件事是什么吗?尔后看我猜不出来,又笑着告诉我:是分配住房,真是赶鸭子上架了。1987年初,父亲从科学院院长的位子上退下来。当时有一家很重要的报纸在对外报道时用了"fire"一词,这个词在英语中有被老板一脚踢开的意思,弄得父亲在国外的朋友、学生和学术界的同行纷纷追问:卢嘉锡出了什么问题?为何中国第一位由科学家们选举出来的科学院院长被 Fire？父亲听说后哈哈大笑说：没有关系，越 Fire 名气越大、官当得越大。后来，他当选为全国政协副主席、农工民主党中央委员会主席，还当过全国人大常委会副委员长，成了国家领导人。外人的疑团也逐步消除了。

　　正是父亲关心人、尊重人的真诚态度和乐观、豁达的性格，使所有的人，不论是他的同龄人，还是学生、晚辈、下属，都愿意和他接触交谈，也使父亲自己时时有股韧劲去面对挑战和曲折、克服困难、做好工作。

　　父亲离开我们已整整两年了。两年来，他的音容笑貌时时浮现在我的眼前，他的言传身教、谆谆教诲更是铭刻在我的心里。今后，不论面对什么样的环境，我都要像父亲那样去做人、去爱人、去办事。

　　亲爱的父亲，您永远活在我心里！

儿　象乾 写于 2003 年 6 月 4 日

# 他把自己交给了厦大

徐小玉

1947年初夏,联合国社会经济组织在上海举行一次会议,需要几个临时翻译员,当时正在上海的父亲徐霞村(徐元度)被介绍参加了这项工作。这项工作的任务:一是在会议正式开幕前,译一些宣传报道的文件;二是在会议开幕后,把各国代表的发言和会议的决议,赶译成中文,印发给报社和有关部门。这项工作对他而言,可称是轻而易举,因为早在20世纪30年代他就已是颇有些名气的翻译家、作家,家喻户晓的《鲁宾逊漂流记》就是他的译作。他们五、六月份工作比较紧张,会议结束后,中文组又做了两个星期的扫尾工作,把会议的重要文件汇编成册,即宣告解散。

8月初的一天,他去看望老友施蛰存。施蛰存告诉他,汪德耀正在上海。父亲回忆当时的情形,说:"施蛰存给了我汪德耀在上海的地址,过了两天我便去看他。我和他1927年在法国时曾同住在一家私人经营的寄宿舍,后来,我因学费没着落,年底就回来了,汪德耀因有官费,仍留在巴黎大学理科学习。1932年前后,我在北京私立中国大学教务长方宗鳌家里碰到他,才知他已毕业回国了,在中国大学物理系教学。不久,他结婚时,曾送给我一份请帖,我送给他一幅吴昌硕的画,并参加了他的婚礼。1940年前后,我在重庆教育部附近又碰到了他……那以后,我们又有七八年未见面了。"

他按照施先生给他的地址去看汪先生。身为厦门大学校长的汪先生,见面后就劝他到厦门大学教学,说厦门气候如何好,厦大教师生活如何之安定等等。父亲见汪先生之前,原打算不久就去北京,因我母亲已先去北京了,但听汪先生这么一说,他就"动摇"了,教书毕竟是他的老行业,他于是答应了汪先生的邀请。送走汪先生后,仅过了十天,就收到了汪先生用航空信从厦门寄来的聘书和机票,父亲于9月上旬就飞抵了厦门。

因时间紧,他甚至事先都未能来得及与母亲商量,就直接飞厦门了!

对此事母亲的反应是吃惊:"他怎么一下子跑到那么远、那么偏僻的地方教书去了?"她正等着父亲去北京呢!多年后我还开玩笑地跟汪先生说:"我和母亲都认为父亲当年是被您'绑架'到厦门的!"他哈哈大笑,表示认可。厦门这个地方,当时并不是那么有吸引力,交通不便,离内地又太远,如果为了家人团聚,从地点上来说,他首选的应该是北京!

父亲这一步迈入厦大后,一待就是四十年,是他整个的后半生。

为留在厦大留在大陆,解放前夕他还巧妙地与要他去台湾的国民党官员周旋过呢!

1949年2月,国民党海军学校退到厦门,由于未带文化教官来,向厦大借聘了一批教师去兼课(二十多人,占当时教授、副教授的一半),父亲也被介绍了去。到7月中旬,"海校"提前期考,准备逃往台湾。他们的代校长郭鳌与政训处长王道,曾分批找这些兼课教师谈话,动员教师们随他们去台湾。那天父亲去监考,也被找去谈话,他口头上不敢说不去,因为王道是个什么事都干得出来的人,父亲只好推说家属不在厦门,需把家属先接来,再一起去。不久,"海校"就发给他一份聘书和一笔作为接家属的补助费。其实,父亲根本就没与在武汉的母亲联系(母亲带着我已于1948年底由北京回到武汉)。武汉5月解放,6月母亲入工教人员讲习所学习,十四岁的我则成了中国人民解放军中的一名小兵!不过,他的"戏"还得继续演下去!

8月中旬,海校准备好船只分两批逃台。开船那天,父亲去了一趟太古码头,只见码头上和船上都十分拥挤、混乱,无法找到郭、王二人,他在码头附近的一家小咖啡店内,见到几名该校的教官,就托他们转告,说:"我的家属还在半路上,等她们一到厦门,我就搭别的商船去台湾,请代我转告一下郭校长和王处长!"父亲说完后,就离开咖啡店,躲到别处去了。几小时后,船开走了,他才返回厦大。

9月间,王道又让他手下一名回来搬运印刷器材的人给父亲捎来一信,叫父亲等家属一到立即赴台。父亲未予置理。

那时动员他去台湾的还有另一股势力,在厦大有个以教育系教授的名

义进行活动的周某，系国民党教育部训育委员会的副主任。周向他游说，保证他去台湾后工作不成问题、生活绝对有保障。父亲只是应付了他一下，对他所说的话根本不相信！

父亲清醒地处理了"去"与"留"的问题，他没有上"贼"船。当解放军解放厦门的炮声敲响后，素来胆子大的他，甚至悄悄跑到厦大附近的山头上去观战。他是怀着喜悦的心情迎接厦门解放的！

他曾这样讲述自己当时的心情："渡江战役后，全国解放胜利在望，我感到一个空前大变革的时代即将到来！我从幼年起，就盼着中国有一天能够成为一个不受外国人欺负的独立、统一、富强的国家，这一天终于盼到了！"

吴忠华、徐小玉母女

由于武汉比厦门解放早了将近半年，这半年他无法与家人取得联系，厦门一解放，他就赶紧往武汉写信。我那时已随部队去了长沙，是母亲把他的信转给我的，那信中给我印象最深的一件事是——他叫我好好学习、争取进步，早日当上少先队员！在他的印象中我仍是两年多前那个十一二岁的孩子，他希望我在新社会里茁壮成长。我在复信中得意地告诉他，这次我走得比他要求的还要远，已成了光荣的人民解放军中的一名小战士了。近日，我居然从他一直保存着的那两年的家信中，找到了一封我 1950 年 2 月 12 日写给他的信，一开头说："有一年多未能通信了，今天才收到您的这封我盼了很久的信——是妈妈转来的。您鼓励我加入儿童团受训，我却有了更大的变化！您一定没想到，我在武汉解放后的第二个月（去年 6 月），就参加人民解放军了！"然后谈了入伍后的经历，又介绍了我当时在四野十二兵团报训队的学习情况，信的末尾说："我们来个挑战，看谁进步快！"父亲那时的回信我未能保存下来，而母亲那年 1 月 26 日给他的信，我也找到了。我一定也向母亲挑过战，母亲是应战了的，她对父亲说："你应该为我们的孩子庆幸，她是一个意志坚强经得起考验的好孩子，写信回来总是表示很满意她的环境，她真经得起冷，受得了热，一直是很用功地学习报务业务，我们有这样一个孩子应该心满意足了。我现在努力工作，努力学习，也可以说是为孩子而努力呢！我不愿意她有一个落后的母亲。"

1952年底，母亲调来厦大，她一直在校图书馆工作，是一位业务精通又对读者热情的好图书管理员，曾被评为"三八红旗手"！她叫吴忠华，是一位名门之后。我的外祖父吴禄贞，是辛亥革命先烈。孙中山先生任临时大总统时，曾为他写过悼词，称颂他为"盖世之杰"，并追封他为大将军！

1980年6月，我也调入了厦大，在海外教育学院任对外汉语教师。我们一家三口都是厦大人，厦大就是我们的家！父亲晚年体弱多病，仍肩挑着外文系英语成语辞典编纂组组长和辞典编纂学研究生导师的双重重担。他于1986年春站完了他的最后一班岗，离去了！1995年母亲也离去了。不，他们没有走，他们的灵魂依然仍在厦大！他们的在天之灵正笑观厦大日新月异的变化，喜看厦大走向世界！父亲、母亲归来吧，来和我们一起共庆这热闹非凡的厦大九十周年校庆吧！

# 追寻母亲菜的味道

傅顺声

我们从小都是在厦大长大,算是厦门人,但父亲傅家麟(傅衣凌)和母亲柯在贞都是地道的福州人,特别是母亲烧得一手很好的福州菜,虽然我们这些孩子都是厦门人,口味却是福州式的。小时候,最喜欢的是母亲打的福州鱼丸和做的福州肉燕,百吃不厌。后来母亲年纪大了,身体不好,做不了菜,所以我们要吃地道的福州菜只能到福州去吃。记得以前厦门有一家著名酒楼"新南轩",做的就是福州菜,小时候父母亲常带我们去吃。后来不知怎么的"新南轩"不做福州菜了,做了也不地道。再到后来不知什么时候,"新南轩"也没了。来到美国之后,华人餐馆多是广东风味,福州菜就更难遇见了。保存在记忆中的福州菜味道,只有等回国探亲时到福州尝一尝。

在夏威夷时,曾试图带福州鱼丸来美国,但因为里面有猪肉,是美国禁止私人带入境之物,被海关没收丢弃。有一次偶然在韩国超市里发现有冷藏袋装的福州鱼丸卖,那是从福州出口韩国后再转口到美国来。我喜出望外,以后就经常买这二次出口的福州鱼丸。虽然经过长期冷冻,味道差了许多,做工也不精致,但总算大鱼没有,小鱼也将就。女儿虽然多数时间是在美国,但受了我的影响,对福州鱼丸也情有独钟,非常喜爱。

最近一次短暂回国,我们一家决定专程坐动车到福州吃鱼丸和肉燕去。过去几次回福州,兄姐和其他亲戚太热情,天天宴席,让我们都没机会好好地专门享受一下福州鱼丸和肉燕,那是我在记忆中最让人怀念的母亲菜。小时候,母亲带我们孩子回福州,最常去的就是福州塔巷口的一家小鱼丸店。店虽小,却历史悠久,母亲说她和父亲年轻的时候就经常去吃这家鱼丸店的鱼丸。我最喜欢的就是这家鱼丸店那种一碗一个的超大鱼丸。

萨君是我的老朋友，我们家是世交，萨老先生是父亲最好的朋友。萨君与我是农友，一起插队落户在明溪县的沙溪公社，他从福州去，我从厦门去，相遇在沙溪。萨君是老福州，特别是对福州地区的历史非常熟悉，在我眼中，好像福州的历史没有他不知道的。我先电邮给萨君，请他调查一下，塔巷口那家鱼丸店还在不在，还有那一碗一个的鱼丸还有没有卖？萨君回话说，塔巷口的鱼丸店现在已经移到塔巷尾，在新恢复的三坊七巷里，他为此还先去吃了一次，味道还像老鱼丸店，但遗憾的是那一碗一个的超大鱼丸已经不卖了，他们做得很少，只供应大饭店做大宴席的最后一碗压轴菜。

星期天，我们一家起了大早，先到老火车站，乘 BRT 到厦门北站，上动车到福州，到达三坊七巷已经是上午十一点了。萨君祖家就在三坊七巷的宫巷，他家是福州望族，他与厦大前校长萨本栋先生是同族同辈。萨君对三坊七巷了如指掌，重点介绍了几座和他家有关的著名民居，让作为建筑设计师的女儿倍感兴趣。

三坊七巷已经被改造成旅游胜地，主街两旁均是食铺和商家，完全失去了它原本的那种深厚文化韵味。萨君说了一句非常中肯的话：林则徐、沈葆桢他们绝不是看着商铺而成为中国近代史上第一批放眼看世界的启蒙大师，而冰心也绝不是看着这满街的小吃店而懂得如何成为散文大师，林觉民更不是看着这商业街投身辛亥革命的。这些人之所以在中国近代史上占有重要地位，是因为三坊七巷是中国的文化重镇，他们从小就在这里接受浓厚的文化熏陶。

草草结束三坊七巷的参观，因为原先的文化重镇已经失去了文化的韵味，但老塔巷口的鱼丸店却被移到这里面了，这是我们这次来福州的主要目的。记得以前老店只有五张小桌子，现在店面扩大了好几倍，有楼上楼下。我们每人要了一碗鱼丸一碗肉燕，鱼丸柔嫩而有弹性，汤的味道很好，但比不上老店那时的鲜美，估计吃的人多，质量有所下降。不过这已经是我能找到的最正宗的福州鱼丸了。福州鱼丸要加醋才好吃，这是它与其他地方鱼丸的不同之处，我吃完一碗再加了一碗。肉燕的汤却不怎么好，不如母亲做的肉燕汤，反正其他地方也吃不到，也只有这样了。以前来福州，吃的都是宴席，一道一道的菜多了，就无法专门品尝鱼丸和肉燕的味道。这次是专程来福州吃鱼丸和肉燕,其他菜不吃,所以好坏就尝得出来了。

饱饱地吃了一顿鱼丸和肉燕,就打车去火车站准备回厦门了,女儿第二天还得赶往青岛开会。萨君不解地问,你们这么简单就回去了?我说,我就是要追寻母亲菜的味道,现在找到了,这就够我回味好一阵子了,虽然花了时间、花了金钱,但很值得。

# 怀念我的父亲张玉麟

张珞平

今年大年初二，我的表哥从福州专程来厦门看望我母亲以及弟妹，并祝贺我五十九周岁生日，当晚回福州。初三他给我发了一封邮件，附有一张照片(图1)，并写道："你们全家福相片后面，舅舅写着'1973年1月27日摄于厦门。时年59周岁又二个月'，当时舅舅年龄与你现在差不多，但人比你沧桑多了。你觉得吗？"这张照片以及他的话打开了我已尘封四十年的记忆的闸门。

图1　全家人摄于1973年春节

"反右"以后，王亚南校长已完全失去掌控学校的权力，因此愤而于1958年出走上海，闭门写书。整个厦门大学的行政工作就落在父亲一人身上（其间尽管有卢嘉锡和陈国珍相继任过校长助理和副校长等职，但都很短暂就调走了）。在全校师生员工的努力和支持下，在父亲兢兢业业、勤勤恳恳，以及不知多少趟前往北京的斡旋和努力下，五年后的1963年厦门大学终于被批准成为全国重点大学。在全校师生为厦大晋升为重点大学而欢欣鼓舞之时，父亲也终于积劳成疾，不得不在1963年秋前往青岛疗养。辛勤的劳作为厦大的发展打下良好的基础，但由于在厦大十四年的工作，特别是八年主管行政工作的经历，也给父亲日后的"罪状"提供了丰富的素材——成为厦大"头号走资本主义道路当权派"。

1966—1973年是父亲最艰难的日子，历经磨难。1966年6月开始被打倒，而且是被当时的福建省委内定为厦大走资派的代表而率先被抛出去，作为全校头号（不是最大，"陆未张邹胡"他仅排名第三，却是罪状最多的）走资派开始接受"文革"的"洗礼"。1966—1968年，各造反派将父亲作为争相抢夺的批斗对象，以表现他们所谓的革命性。无休止的批斗；几乎每日连续不停地抄家（因为红卫兵派系太多，轮番抄家），以至于我们家有一段时间根本无法整理被抄家后的满地狼藉，每天就吃、睡在一片废墟之上。后来的红卫兵因查不到他们认为有用的东西，不满父亲交代的"罪行"，竟然恼羞成怒，大打出手。十三岁的我当时就坐在我家（新西村107号）前门的台阶上，听着屋内拳头打在人体上沉闷的声响以及父亲强忍疼痛的低声呻吟，没有眼泪，只有仇恨，我当时发誓长大后一定要报仇。父亲被打得躺在床上三个月无法起身。就在此时，相继传来林莺叔叔和史晋叔叔被活活打死的消息，父亲把我们三兄妹叫到床头交代后事。我同样没有眼泪、没有悲伤，只有恐惧、只有仇恨，我幼小的心灵对这个丑恶、黑暗的世道充满无尽的仇恨。是谁在我们幼小的心灵种下仇恨？是谁教会我们从小只有仇恨？但相对于林莺叔叔一家和史晋叔叔一家来说，我们家还算是幸运的，毕竟父亲捡回了一条命，我们家没有失去主心骨。这就是为什么我至今每每见到之陶的兄弟姐妹和小红兄妹时，心中总是掠过一丝悲凉，无法释怀。

1968年初秋的厦大牛鬼蛇神全市大游行，我们厦大子弟的家庭多数难以幸免。正当复课闹革命时期，那天下午放学我从五中出来，经古城东路前

384

往中山路准备乘公交车,看见游行队伍经过,心中不免有一种不祥的预感。我站在古城东路口偷看,果然看见我父母亲均在队列中。看着他们被人折磨得不堪入目的形象,再次挑起我的仇恨,这世道太黑暗、太龌龊。因此我决然报名上山下乡,于 1969 年 3 月 8 日第一批前往武平插队,逃离那生我养我的厦门,逃离那充满恐惧和仇恨的厦门大学,那时我刚过十五岁生日。没想到这一去,和父亲竟一别三年半。父亲在 1970—1971 年被连续关押审查(包括关押在福州半年),以至于我 1970 年和 1971 年两次回厦门都未见着他。直至 1972 年夏收夏种结束后我回来,我们已经近三年半未见面。当时他在厦大集美农场劳动,我骑车一个多小时到农场去看他。我第一眼看到他时的情景永世难忘:有人到田里告诉他我来了,他卷着裤腿匆匆快步走回宿舍,刚转过墙脚就呼喊着我的名字。尽管他脸上充满着兴奋和欢乐,但我从他的脸上看到的是这六年来所受的打击、磨难和摧残,以及这些磨难刻在他脸上的印记。尽管我强忍泪水(当时是下午四点多,农场的院子里还有不少人),但是还是止不住泪水悄然落下。当晚,我们坐在面向杏林湾的堤岸上聊得很晚,那父子之情从来没有这么强烈过。日后每当我看到他关注我的时候,都会想起那个情景。

1973 年春节我又回厦门,这是我们家自 1969 年以来第一次全家团聚,因此去拍了一张全家福(图 1)。尽管这时父亲已经相对自由一些,未被关押,但仍然受到较严格的管制,只能在厦门市内活动,不得擅自外出。与 1966 年"文革"前夕(图 2)相比,仅仅相隔七年,父亲看上去竟老了足有二十岁。这是谁之过?

1978 年是我家开始翻身解放的年份,在这一年中,我们兄妹三人都考上大学(虽然我在 1977 年高考时仍然因为父亲的问题没解决,遭到某些极"左"干部的刁难而未被录取,但已抵挡不住我上大学的强烈愿望和权利——尽管我几乎没上过中学)。图 3 就是欢送我弟弟赴南京大学报到前全家在大南校门口照的全

图 2　父亲摄于 1966 年初

家福。

尽管我憎恨个人崇拜，是个人崇拜导致我们家以及全中国的灾难；但我不得不要提到邓小平。是他，改变了我们全家以及全中国人的命运。尽管这是历史长河发展的必然（我坚信），但也不可否认在中国这个具有两千年封建史的国家中个人无法替代的作用。正如朱崇实校长在厦门大学庆祝恢复高考三十周年纪念会上的讲话："正当我们几乎对自己的命运失去希

图 3　1978 年 9 月中旬摄于大南校门口

望，对国家命运深感担忧的时候，一声惊雷震天而响，邓小平宣布中国恢复高考制度，拉开了中国改革开放的序幕。我们在座的每一位同学成为中国改革开放的第一批受益者，我们在座的每一位同学重新燃起了命运的希望，人生轨迹就此得以改变，邓小平给了我们每一个人贡献才智报效祖国、报效社会的崭新机会。三十年了，在这三十年里，我们每当想到此都会情不自禁地激动与感慨，我们无比感激小平同志，感激他开创了中国改革开放的新时代，感激他给了我们这一代人以新的机会和新的生命。"

考上大学后，由于父亲已办理退休，全力在家做好我们的后勤。每每买菜经过我们集美楼教室门口，父亲都要止步看我坐在教室里听课的模样。望着父亲那带着满足的笑脸，我的眼眶湿润了。尽管他从不表露，从不溺爱我们，但我时时刻刻在细微之中感受到他那份厚重的父爱。

1980年,应祖国的需要,父亲又重返工作岗位,接受和整顿"文革"期间被近于摧毁、积重难返的我国海洋科学研究和调查事务。1983年离休后还发挥余热,参加机构改革等多项非职务性工作,直至1987年彻底退休,在家享受天伦之乐。他于2000年去世,享年八十七岁。遵照父亲的遗愿,骨灰不进入八宝山公墓,撒向大海(我不知道父亲真实的意思,可能与他的海洋情结有一定关系吧)。我们将他的骨灰带回他这一生待的时间最长、呕心沥血最多、同时也是遭受磨难最多的厦门大学,撒向大礼堂对面的大海里,以了却他回到厦大的心愿,以便于我们在全世界任何一个角落只要能看见大海,就能见到父亲。

父亲1952年调到厦大,1980年离开。他经常调侃地说:"我在厦大二十八年,十四年工作,十四年被打倒。"他在厦大的是非功过自有后人评说。但这二十八年就是生我养我的年代,既有欢乐的童年时代,又有恐惧和仇恨的少年时代,也有奠定我人生道路基础的青年时代。我因此也与厦大有着"剪不断,理还乱"(父亲最喜欢的李后主的词)的永不泯灭的情结。

父亲将毕生奉献给了自己选定的事业——共产主义,兢兢业业为国家和人民奉献了自己的一切。尽管他受到许多不公,也对他所在党的不少做法多次产生怀疑,但他始终认为那是暂时的,未能动摇自己为之奋斗一生的信念。现在回想起来,或许他是对的。虽然我们兄妹三人没有一人写入党申请,但他并未责怪,给予子女更多自由选择人生道路、实现自我价值观的权利。从小他就告诫我们:我不要求你们做出多么突出的成就,只要求你们能做一个"人",一个有益于社会的人。

父亲一生清正廉洁。1980年调往北京时,我和妹妹仍在厦大读书,但父亲却将我们已住了十四年、建筑面积仅有六十余平方米的新西村107号住房还给学校,将我们兄妹俩赶到学生宿舍。所有朋友都说父亲傻。但我了解父亲,这就是父亲的人格,这就是他对子女的爱,一种常人难以理解的独特的父爱,我们就是在这样的父爱下成长,成为能抵御一切艰难困苦的人,父亲所希望的"人"。

这就是我的父亲。

2013年2月18日星期一写于
厦大翔安校区环境与生态学院A102室

又及：有关我父亲张玉麟更多的内容请见我母亲朱红2010年出版的传记式故事汇编《情澜》（厦门大学出版社）。该书出版前经过福建省委宣传部的审查。

永远的厦大孩子

# 用"心"写回忆

## ——关于《怀念我的父亲张玉麟》的两份邮件

### 张珞平

### 给几位厦大孩子的回信

谢谢各位的认可！我是在为自己写，用"心"在写。个中滋味可能只有玮萍能比较完整地体会，我弟弟都难以理解。

昨天因为要赶校车，匆匆结尾。晚上在家又做了些补充和修改，今天完善它。从初三接到我表哥的邮件到今天，我都难以集中精力干我的工作，昨晚更是难以入眠。今天开始我必须放下我的情感，将该文告一段落，回到工作中，还有很多工作等着我。

谢谢各位给我的启发和力量，使我有畅快地发泄我的情感的机会。有可能的话等我明年退休后再拿起笔继续抒发我的情感。

2013 年 2 月 19 日

### 给章慧学妹的回信

说起"文革"，我想厦大大概没有哪个家庭像我家一样被抄、被砸、被掠夺的次数那么多、那么彻底，没有哪个父亲像我父亲被批斗的次数那么多，以致我家有一段（住在中灶食堂，最多曾一天遭遇三次抄家）完全不去清理

抄家后的满地狼藉,每天就吃、睡在一片废墟之上。当我父亲被打得躺在床上三个月时,相继传来林莺、史晋被活活打死的消息,我父亲随即向我们交代了后事。所有这些在我幼小的心灵里深深地埋下了仇恨的种子,我当时发誓长大后要报仇。至今我看见那些当年的造反派头头时仍恨不得想冲上去揍他们一顿。我想是恶有恶报,我知道有几人已不得好死。但回过头想一想,这不全是造反派的错,是谁让他们变成魔鬼?本来他们不至于变成魔鬼的。我老是想不明白,为什么共产党就这样对待这些为了共产党的目标而奋斗一生的自己的忠实党员?实在是不可思议!以至于20世纪80年代我父母亲问我们兄妹三人为何都不入党,我不能否定他们为之奉献一生的信仰,只能说我不想像他们一样再被这样折磨。但是相比林莺和史晋的家庭,我们还算是很幸运的;以至于我每次听到或见到之陶或小红的兄弟姐妹时,都会有一阵暗暗的悲凉。

要不是我表哥引出,我是绝不愿意去回忆那段历史的。但一经挑起,那感情就如洪水汹涌,无法阻挡。农历大年初三我给我表哥回邮件时写到眼睛都被泪水覆盖,无法写下去。十八日一整天我是在泪水中写完我的稿件,每次修改也都无法忍住泪水夺眶而出。玮萍看了我的第一稿,哭了一晚上无法入睡,我的第二稿和第三稿她至今不敢看,甚至连提都不敢提。我还以为她会拿给我母亲看,没想到昨天我去,母亲竟浑然不知。这种感受他人很难理解。但写完后,感情得到充分的宣泄,反而轻松些。那是一段暗无天日的历史,但愿不会再重演。我们的下一代不可能理解,也没有必要让他们理解,以免玷污他们纯净的心灵。

新中国成立后的前三十年对于全中国、对于我们这些新中国的同龄人来说,有许多历史是不堪回首的,只是时期不同、程度不同而已。各人的观点和感受不一样。一般人总是从自身的经历去理解、去感受,而难以设身处地地从别人的角度考虑,没有经历也就无法感受。我的叔叔和二姨都是右派。叔叔被打成右派后被送去劳改三年,妻离子散、家破人亡,"文革"就可想而知了,右派平反的第二年就查出癌症,拖了一年去世。听到他去世的消息时我难以自拔,大声诅咒说是这个世道害死了他,弄得我的女朋友惊恐万分(我们当时刚开始谈恋爱)。我二姨年轻时是出类拔萃的共产党员,被打成右派后极度消沉,至今仍是一个消极分子。我母亲为她申冤,结果被撤职送到厦大农场(东澳农场)劳动。在那个年代,每个人都有他(她)难以磨灭的痛苦记忆。

　　但是话说回来,在中国有两千多年封建史的国家,没有那段历史上的黑暗年代,也不会有今天的大踏步进步和复兴。凡事都是一分为二的,就像帝国主义所带来的苦难以及迅速的工业化一样。这是一个哲学问题,是后话。只是我们那两代人碰上了那个黑暗的时代,但最终换回了我们下一代的幸福时光。没有我们的苦难,也就没有他们的幸福。所以我很赞同你末尾的那句话:"无须埋怨我们经历的苦难和不堪,它使我们更加懂得人世间的真情。"但是就如我上午转发给"厦大孩子"的邮件,必须让后人知道,"没有反思,就没有人性的复苏"。反思,就是那段历史给我们的财富和动力,尽管它是一段黑暗的历史,但它推动了两千多年被封建践踏的人性的复苏。

2013 年 2 月 22 日

第三章　我的父亲母亲

# 我的爸爸陈启英

陈亚保

我的爸爸陈启英是党的忠诚战士,为了革命事业奋斗了一辈子。爸爸小时候家庭贫寒,一家子在苏南农村过着牛马不如的生活。为了生活他十岁便在姐姐的带领下出门寻找求生的道路,一路上忍饥挨饿四处奔波,最终来到上海的外国租界,在一家洋人开办的英美烟草工厂里当起了童工。在那万恶的旧社会,外国资本家剥削中国劳动人民的血汗、欺压劳苦大众,爸爸幼小体弱的身体总是处在饥寒交迫的生活中。有一天,他突感头昏眼花,不小心被机器把手指轧断了,当即鲜血横流、不省人事。当他苏醒过来时,发现自己被抛弃在工厂的大门外。那时真是呼天天不应、唤地地不灵呀!由此他那幼小的心灵里产生了强烈的反抗心理:我要报仇!

哪里有压迫哪里就有反抗。1937 年 7 月 7 日,"七七事变"拉开了中国全民族抗日的序幕。8 月 13 日,日军又在上海燃起战火。整个上海沸腾起来,各种抗日救亡团体不断涌现。颐中三厂(即英美烟草公司上海卷烟三厂)工人也在党的领导下,投身到抗日救亡运动的洪流中。在苏区共产党组织的关怀和帮助下,爸爸参加了敌后武工队,在盐城一带与日本鬼子展开了艰苦的斗争。1939 年爸爸加入了中国共产党,1940 年 1 月,颐中三厂地下党支部成员陈炳南、韩翠娥先后参加新四军。同年下半年,爸爸与周晓华、喻贵明、薛善璋、徐鄂等十多位地下党员以及印刷厂的杨群宝相继离厂,从事党的地下交通和苏北根据地的建设等工作。这些同志政治上忠诚可靠,多次穿越日军封锁线,执行护送干部、文化名人、进步学生、传送上级情报等任务。爸爸在短短半年时间内往返苏沪十余次,先后护送了五十余名文化名人、进步学生进入革命根据地。1940 年党组织安排他担任上海地下交通站的工作。有一回上级领导秘密通知他护送刘少奇等一批地下党同志离开白区。在城关,他们遭遇日本鬼子的搜查,与敌人发生冲突,爆发了生死拼搏的巷战。在战斗中爸爸的亲人牺牲了,自己也负了伤,但是他完成了党交给他的任务,安全地把地下党同志转移出敌人的控制区。后来日本鬼子在城里张贴了大量悬赏布告,气急败坏地要出高价悬赏爸爸的脑袋。但最终敌人的阴谋诡计还是以失败而告终。

1941 年组织上把爸爸调到抗大军校学习,其后在新四军军部政法处工作,跟随陈毅同志一起南征北战,经历了淮海战役和渡江战役的考验,在第三野战军第十兵团(华东野战军就是后来的第三野战军)为革命事业浴血奋战,展现了一个无产阶级革命者的大无畏精神。

爸爸所在部队到福州后就转入地方搞建设,爸爸在省公安厅搞保卫工作。1957 年,因为当时对敌形势严峻,根据斗争的需要,省里派遣爸爸到厦门大学与王亚南校长共同组建"厦门大学民兵师",他从此在厦门大学扎下了根。大学是文化人聚集的地方。在这里,爸爸始终保持着一个革命军人的本色和无产阶级革命战士的气质,对工作勤勤恳恳任劳任怨,对组织上安排的工作一丝不苟,受到学校师生员工的尊敬和爱戴。

在"文化大革命"的动荡年代,爸爸也遭到了"革命浪潮"的冲击。有一回他被造反派揪去批斗,一只耳朵被打坏了听不到,眼睛差点被打瞎了,肿得像金鱼一样,回到家里动弹不得。后来爸爸的老战友项南同志来探望他,希望他好好养伤。爸爸坚定地说道:战争年代受伤不奇怪,革命时代受害不碍事。

正是凭着这股坚韧不拔的精神,改革开放时期,爸爸更加忘我地投入学校的安全保卫工作。那年邓小平同志来厦门大学视察,学校领导很重视。父亲当时是保卫部部长,深知责任的重大和光荣。天刚亮,他就出门到部里安排保卫措施,中午都没有回家吃饭。直到小平同志视察结束安然离开,他才兴致勃勃地回到家里,并且高兴地对我们说:跟着小平走没有错!如今厦门变得这么漂亮,多亏了改革开放啊。

现在爸爸已经年迈。自从离休后他十分注重养生保健。尽管体弱,他仍时常到演武场打网球活动筋骨,还参加了厦门市的老年人网球比赛。平日里,他生活十分俭朴,总是把剩下的工资积攒起来救助灾区、支援贫困地区,他把这看作是一个共产党员的光荣使命和神圣责任。

这就是我的爸爸,厦大小孩尊敬的前辈。

图1　当年的抗日战士,左二是我爸爸

图2　我的爸爸陈启英和妈妈孙桂华

图 3　厦大小孩的一家，后排左起：和妹、亚保、亚卫、亚平、亚星

图 4　爸爸(右一)陪同小平同志在厦大视察

# 一封被焚烧的信

## 何瑞芊

"文革"动乱初期,父亲何启拔的罪名不少:什么反动学术权威、封资修的典型代表、臭老九、漏网右派、特嫌等等。"游街"、"批斗"、"挂牌"、"戴高帽",自然全无幸免。一夜间,我们子女全都成了黑七类、狗崽子。"老子英雄儿好汉,老子反动儿混蛋"是当年鉴别青少年真伪好坏的唯一标准,我们成了被辱骂的对象、被唾弃的渣滓。

生性单纯、头脑简单的我弄不明白,我们没有干坏事,怎么就成了坏人?受到漫骂冷落时,我委屈地恨不得掏出心来给那些不可一世的人看看:我的血是热的、心也是红的,我多想用柔弱的肩担起点什么或者用真诚证明点什么,可漫天飞舞的宣传单上无时无刻不在警告:狗崽子,你们不要心存幻想能立地成佛,只有反戈一击,与你们的老子彻底划清界限,才是出路……

我不知道,应该从哪方面与父亲划清界限。父亲的教育很正统,"认认真真做事,踏踏实实做人"、"学习上要向高标准的人看齐,生活上应向低标准的人靠拢"不仅是他的口头禅,也成了我的座右铭。大字报上揭发父亲有"特嫌",他们凭什么这样写?为了弄清"真相",我一度玩假睡,想夜间偷窥父亲的行踪,看他是否真的做了些什么不可告人的事,但无奈抵挡不住瞌睡虫的侵袭,计划每每落空。即使偶尔夜间惊醒,偷偷履行反侦计划,也都无任何稻草可捞。一次,父亲把我小时候玩过的一台旧玩具钢琴,像宝贝一样藏到卧室配套的储物间,这一反常的举动让我的神经紧张起来:那个几乎被丢弃的旧东西怎么忽然成了宝贝?"特嫌"、"特嫌",难道玩具钢琴内藏有玄机?我纠结得不行,害怕有什么事是真的。

一天趁父亲不在家，我悄悄钻进储藏间，把玩具钢琴从不起眼的隐蔽处翻找出来，我摇了摇琴盒，听见盒内发出一阵微微的声响。有动静！我的心立马提到了嗓子眼儿，里面不会是发报机吧？我拿着螺丝刀用颤抖的手把琴盖弄开，啊？真有东西！——两张数额不多的存款单悄悄躺在琴盒里。我似乎明白了什么，大气不敢喘，赶紧物归原处，装作什么也不知道。

面对"革命派"鱼贯入耳的教唆洗脑，看着父亲一天天憔悴消瘦，我忐忑不安地给父亲写了一封信，把憋在心里不敢当面对他说的话写在纸上，大概意思是希望他有事就向上面交代，避免继续挨整……

选择了父亲不在家的一天，我做贼心虚，拿着写好的信准备放在父亲的书桌上。经过客厅时，只见玻璃门外，有个猫着腰的人影一个熟练快速的手腕动作后，一张传单"嗖"地从门缝飞到我的脚边，弯腰拾起一看，差点心搏骤停。传单的开头这样写道：全校的狗崽子你们听着，不要以为一封书信、一份检讨、一个决心就能改变你们肮脏的灵魂。呸！你们只能像你们的老子一样老老实实低头认罪，不许乱说乱动！

……

此时，我周围似乎全是大大小小仇视狰狞的各种眼睛，恐惧的我绝望极了，连忙躲进卫生间，把手中写给父亲的信以及那张油墨未干、满是嚣张训斥话语的传单一并统统焚烧掉。"都见鬼去吧！"撕心的叫喊在心底回旋，焦虑、无助的我欲哭无泪，呆呆地看着刚刚化成灰烬的黑色纸蝶在空中无力地翻滚、挣扎……

回想当年，书信与传单在那样特别的时刻巧遇，或许真是天意？让一个单纯无辜、手足无措的女孩，在谩骂叫嚣的疯狂中，歪打正着地做了一个最正确的决定。否则，父亲在那样的境遇中看到那样的信，该会多么难过……

# 引我思绪的一份入学证

何瑞玲

这是一张珍贵的、充满着六十几年沉甸甸文化积淀的老照片——父亲何启拔的国立西南联合大学入学证。

国立西南联合大学入学证

父亲于1940年10月考入西南联大,就读于文学院社会学系,师从清华大学社会学系的创办者、社会学家陈达先生。毕业后留校任教,联大复员后到南开大学任教,1958年应王亚南先生的邀请到厦门大学任教。

虽然父亲不是什么名家,但在他走过的将近一个世纪的人生道路上,在我与他相处的五十几年中,我领悟到了他那柔中带刚、不卑不亢、淡泊名利、勤劳耕耘的老一辈知识分子的高风亮节;在他逝世后我阅读了他在民国三十年写的文章,我感受到了一个积极向上、忧国忧民的爱国热血青年的情怀;在改革开放后,作为厦门经济特区原顾问、民盟福建省委顾问,我看到了他参与其中的兴奋、激昂与愉悦。

作为一个教育工作者,他自始至终追崇的是树人。翻阅民国三十年他在西南联大那艰苦的环境下留下的点滴笔墨:

"有用的教育,往往于社会环境时代潮流与国家的需要俱相适合。话虽如此说,不过关于树人与做人这一点我以为是教育的基本目标。""我们所需要的是各式各样的人,需要专人,也需要通人。但这各式各样的人需有一个共同的准则,即必须是能够尽个人所能去改革社会的人,不是苟安于现状的人,更不是把社会拖着往古代走的人,我们所需要的是人才,而不是奴才。人才至少必具备正气、节操、血性、度量、智慧等要素。我们所谓树人即是树这样的人,所以教育的宗旨应确立。"

话语不多,却道出了德育先行的价值理念,寥寥数语,却引我沉思:为什么它在半个多世纪后的今天不仅仍然适用,而且还能频频出现于广泛的教育领域以及媒体的强调之中? 我想,这就是真理,就是普世之价值观。

我们家中七口人,就有五个为教师,从幼儿教育、义务教育、职工教育到中、高等教育,从兼职到专职。在父亲默默无闻的身教下,不仅妈妈周松琪是学生心目中的好老师,四个何老师也都是学生们需要的好老师。我们这一家子的大小老师们都知道:只有树立实实在在的、不图虚名的自己,才有可能,也才具备条件去教书育人,塑人成才。

值此教师节,我愿我的感想能再次引发我们的教育事业德育先行的共鸣,愿未来的接班人能造就更加灿烂的辉煌。

何瑞玲写于父亲逝去的第 517 天

(原稿刊登于 2009 年 9 月 10 日《厦门日报》城市副刊《父亲的话》)

第三章 我的父亲母亲

# 书生革命自彷徨

## 高　宏

父亲高扬离去十八年了，相逢唯有梦中。梦醒时分，夜半临窗，总有无尽的思绪在流淌。我们一家人几十年共同经历的痛苦和欢乐都像是昨天，往事历历在目。

1996 年 5 月 24 日，父亲心脏病突发，倒在他辛劳一生的厦大校园里，时年六十七岁。他的一生，是早年投身革命的知识分子干部的一面镜子。厦大校园里，有十多个父亲这样背景的中层干部，他们解放前是青年学生，憧憬共产主义理想参加革命。解放后，他们由组织派遣进入大学，代表党去管理学校，不想却在不间断的政治运动中，不停地在组织纪律和良知之间的夹缝中折腾。此中艰辛和彷徨，非个中人不能体察，一个有思考的人很难无动于衷。

1993 年，我出国后第一次回家，看到家里挂着父亲的一幅墨迹，是张孝祥的《西江月》：

> 问讯湖边春色，
> 重来又是三年。
> 东风吹我过湖船，
> 杨柳丝丝拂面。
>
> 世路如今已惯，
> 此心到处悠然。
> 寒光亭下水如天，
> 飞起沙鸥一片。

400

张孝祥，南宋人，一生极富传奇色彩。秦桧当宰相时，他考进士第一，当即上疏揭露秦桧，为岳飞辩冤。朋友劝他收敛锋芒，他说，没有锋芒，我考进士干什么？我明明有锋芒，把它藏起来我考进士干什么？秦桧是个王八蛋，我不攻击他我考进士干什么？三问，酣畅淋漓。如此锋芒毕露，被穿小鞋不足为奇。"世路如今已惯，此心到处悠然。"几许无奈，几许自嘲？20世纪90年代初，父亲已经离休数年，我们兄妹也都成家立业，外人都说此时我们家境绝佳，父亲当可含饴弄孙安度晚年。但父亲仍然终日少言，郁郁寡欢。他恐怕时时都在反思自己的一生，难以从现实中超脱。

父亲原名高心如，参加革命后改名高扬，出身于一个家道中落的小康之家。为了谋生，全家辗转于天津上海各地。父亲的儿时迁徙漂泊，说话也因此少了几分福建乡音。少小离家，寄人篱下，这同他后来的坎坷经历一同造成他一生谨慎内敛的性格。父亲是家中的长子长孙，按中国的传统，负有耀祖光宗的使命，尤其是在父亲这样的破落之家。祖父母对父亲抱有极大的期待，尽管经济拮据，初中还是送他入了私立的教会中学。父亲聪慧用功，学业上也一帆风顺。他的少年时代是在抗日战争的血雨腥风中度过的。记得他说，那时中国人经过日本兵的岗哨时都得脱帽鞠躬，稍有不敬，即会招来横祸。他和一些小伙伴为避免鞠躬，经常舍近求远绕路上学。由于经济上难以为继，初中毕业后父亲进入福建省立高级工业学校学习工程。家道贫寒促使他努力向学，学业一直是学校的前几名。抗战后期学校迁往南平山区，生活更为清苦，许多学生因营养不良而夜盲。据父亲说治疗夜盲症的灵丹妙药是生猪肝，几片生猪肝蘸白糖咽下肚，可得立竿见影之效。

抗战胜利，学校迁回省城。内战很快拉开帷幕。当年国民党确实腐败，人心尽失。整个知识界"左"倾，共产党人在学校里非常活跃。但真正的共产党员并不出头，而是由那些读书好又有影响力的进步学生打头阵。父亲在毕业那一年，被选为校学生会会长，带领同学上街游行，反饥饿反内战，到省府前静坐示威。尽管学业成绩优异，临毕业前却仍遭校方以"赤化"的罪名勒令退学。祖父母闻讯大为震怒，断了父亲的供给，父亲一下落入衣食无着的窘境。那两年是父亲的痛，他两度到台湾谋生，想勤工俭学上台大，结果发现连养活自己都不容易。共产党人通过同学捎信，动员父亲到游击区参加革命。于是父亲进入游击区参加了共产党。听父亲说，游击区的日子

倒是生气勃勃，创业时期的共产党人充满朝气。解放前夕，游击区出了一件大事，党中央的特派员在前来游击区的路上被人截杀，怀疑是内奸所为，于是内部开始大清洗。新进入游击区的学生自然是怀疑对象。常用的办法是把被怀疑的人绑到树林里要你坦白，骗说只要承认是内奸就饶你一死，如不说马上枪毙。有人顶不住这种假枪毙的绿林式审判屈打成招，反而落入圈套送了命。后来查明此案是山区土匪谋财害命，但当时的清查还是要了不少人尤其是青年学生的命。当时学生里鱼龙混杂，一些人还集体参加过三青团一类的组织。刚一解放，父亲这批学生干部全被集中审查。父亲两度到台湾，自然少不了折腾，好不容易通过审查，档案里却留下观察使用一类的组织结论。

20世纪50年代初，党抽调一批有知识的党员干部充实大学，父亲算是读过一些书，于是就从省里调到厦大，母亲半年后也随之调入。这一待就是一辈子。刚到大学的头几年，是父母的黄金时期，父亲做过校长秘书，校团委副书记，常主持上千人的大会。家里还有一张刘胡兰母亲来校做报告的照片，照片上父亲不到三十，自信潇洒。

然而好景不长，1957年反右风起，开始是大鸣大放，号召大家给党和领导提意见。母亲凯怡是学校教务处教学行政科分管学生的副科长，兼校职工团总支书记。开始她还是学生鸣放领导小组成员，经常到系里听取学生的意见。反右初期是动员人们帮助党整风，谁不提意见谁不进步，于是有不少学生尤其是班干部就以身作则向党提意见。然而风向很快就变了，鼓励鸣放成了引蛇出洞，开始抓右派。这些提意见的学生干部大多品学兼优，不少人就痛心疾首地成了右派。

母亲十分同情这些学生，汇报时为他们辩护，认为对青年人不要一棍子打死，私下里还说反右如进行民意测验，恐怕95％以上的人会不同意。学校的教务长是民盟主委，工作中完全得听命于上级党的领导，母亲帮他鸣不平，说他是有职无权。现在众所周知，反右的一大整肃对象就是民盟。很快母亲也成了众矢之的，不停地检讨，处境岌岌可危。压垮骆驼的最后一根稻草更是荒唐。共产党进城初期，一些老革命纷纷抛弃糟糠之妻找城里的年轻姑娘。厦大有个党员干部尤其出格，绯闻不断。鸣放的时候，舆论沸沸扬扬，有团员要贴他的大字报。母亲抱着内外有别的态度，觉得这种事关系到党委的形象,还是内部反映为好,于是在党团内部会议上对其提了意见。党委为了灭火,要兼任职工总支副书记的父亲出来否认此事。父亲明知此事不可为,但这是组织决定,个人必须服从,他陷入困境不能自拔,最后只能按组织指令办事。后来鸣放成了阳谋,此公自然不会放过报复的机会,母亲就此成了学校里唯一的女右派。

厦大当年打了近两百名右派,多数是学生。厦门天高皇帝远,比起北大的近千右派,残酷程度是小巫见大巫。党的指令必须执行,个别人借机不遗余力编织罪名抓右派,积累向上爬的资本;而多数人在政治高压下,凭着直觉和良知消极应付;也有个别耿直的不惜冒丢官的风险抗上,把自己的仕途赔上。生物系总支书记顶着上面的压力,居然没划一个教师右派,自己反成了"右倾"。此后,领导换了一拨又一拨,却没人看他顺眼,最后被贬到抗癌中心,离休后不久即患癌症去世。人品高下,自在人心。

母亲被划为右派后,一下从云端跌入地狱。撤职劳改,工资从十八级降到二十二级。那时母亲二十六岁,虽然家庭成分较高,但不到十八岁就从学校参军南下,一帆风顺,这下成了贱民,寻死的心都有了,只是放不下我和不到两岁的妹妹。当时由于打右派而造成家庭解体的并不少见,许多人劝父亲以前途为重赶快离婚。母亲也提出分手,但父亲不同意,还整日形影不离地跟着她,怕她想不开寻短见。对组织上的压力,父亲说,她是有错误,但毕竟向党提意见出发点是好的,自己还认识不到她是坏人。我们的小家有幸因此得以保全。父亲的正直和良知拯救了我们一家。他用自己的行为宣示,虽然在高压下人性可以扭曲,但一个正直的人在道德上还有底线。

和现今国内少年儿童终日苦读不同,我们这一代,儿童时期基本是在放羊的状态下度过的。父母亲在外面工作忙忙碌碌,还因不间断的运动焦头烂额,根本没有精力和时间来管我们的学习。所以只要不在学校干出格的事,他们基本上是让我们自生自长。我在"文革"前小学时期基本上处于浑浑噩噩的状态,经常不交作业,最痛恨的则是背诵语文课文。其实我当时"语文"阅读量绝对不小,母亲右派劳改回校后在图书馆管理学生阅览室——那时各大学的图书馆是右派们的容身之所,我往往下午一放学就往阅览室跑。那种阅读是名副其实的滥读,没有方向也没有进度。从革命回忆录《红旗飘飘》到凡尔纳的《八十天环游地球》,从《林海雪原》到《基督山恩

第三章 我的父亲母亲

403

仇记》,书架上逮了什么看什么。有那么多好书的诱惑,背语文课文的事早就忘到九霄云外了。不幸那时的老师又特负责,一上课总是目光如炬,哪壶不开提哪壶。班上的几十人里我经常中选,在全班面前搜肠刮肚结结巴巴背书出丑,诅咒厄运附身。后来自己做了老师才知道,站在讲台上,对那些心怀鬼胎的学生大多可以一目了然,少有学生能像李玉和那样藏了密电码还能不动声色的。不做作业的劣迹积少成多,终于有一日不幸被老师家访告知父母。于是我生平头一回尝到体罚的滋味:被关在国光二家中楼梯下的储藏室里反省,还恐吓说要关一天饿饭。储藏室里伸手不见五指,只摆放着一缸生米。我在里面频频求饶,后来被家人传为笑谈:"关在小房间里吃生米。"

没过几年,更大的折腾"文化大革命"又开场了。长期严酷的政治环境使父亲极为谨慎,风雨飘摇的小家刚经过反右的风暴,残砖碎瓦还未收拾干净,再有什么风浪,这条小船恐怕难逃颠覆的命运。母亲祖籍湖南,虽然一生大部分时光四处漂泊,但湖南人认死理的本性难移。由于她管理中文系阅览室坚持制度,顶撞了系里的个别领导,于是1960年第一批右派摘帽时,说她对划右派不服而不予摘帽。以她宁折不弯的性格,如果不是父亲天天在后面死拉后腿,我们家在那个荒唐的年代,再遭什么横祸也未可知。

父亲刚到厦大时,做过王亚南校长短时期的秘书。王先生是著名经济学家,博学正直。20世纪60年代初困难时期,大人中男的精瘦,女的水肿。王校长下令再饿也不能饿孩子,保证学校幼儿园的供应,结果我们幼儿园的孩子们基本上没挨饿。"文革"初,红卫兵小将对老校长还算手下留情,当党委书记和副校长被斗得七荤八素时,老校长仅仅站台陪斗了几回。不幸"文革"武斗后厦大归军管,工军宣队大概想在知识分子中树立威望,在大礼堂开了一场批黑帮大会,居然将老校长拉上台下跪坐"喷气式飞机"。老校长没料到会受此大辱,斯文扫地。原以为群众运动过激难免,盼来代表党的军工宣队居然还不如红卫兵小将。自此沉疴不起,不久就撒手西归。

"文革"中,母亲的右派身份是死老虎,基本上提不起造反派的兴趣,所以除了一般的批判和靠边站外,还没受什么皮肉之苦。父亲不够走资派,冠名为保皇派。我们国光二家门上也糊了红绿对联,上联是"坦白从宽抗拒从严",下联是"负隅顽抗死路一条",横批"回头是岸"。那时抄家成风,随便成立个造反队就可以抄有问题人物的家。我们孩子们看红卫兵抄家,像鬼子挖地道一样砸墙挖地三尺找"变天账",让那些家庭的"狗崽子"在一旁发抖。当时我们家隔壁就被抄了家,父母日夜饱受惊吓。还好官不够大,没被抄家,躲过了一劫。父亲很少对我们说教,但他的言行和处世原则不知不觉地在影响着我们。"文革"前我们的邻居是党委常委,由于两家境遇不同,也无深交。"文革"时我们家虽然也是被批一族,但还没挂牌戴高帽。而他们家可是被斗惨了。三天两头游街批斗挨打,挂牌游街。红卫兵抄家时像凶神恶煞,他们家兄妹与我们兄妹年龄相仿,红卫兵式的抄家让孩子饱受惊恐。父亲母亲看不过去,就让他们家保姆在红卫兵抄家时,带孩子从后门到我们家避难。

听人说人长大于一念之间,这一说我信,因为我明白事理也就在"文化大革命"武斗的日子里。"文化大革命"最初是造反、批斗走资派和反动学术权威,之后很快进入夺权阶段,红卫兵为了掌权立马分裂。为了壮大势力,各派都开始招兵买马扩大势力。没被打倒的干部和教师也是他们争取的对象。于是,可怜这些还未掉进粪坑里的干部教师又面临着艰难的抉择:要么参加一派与另一派为敌,要么两派都不参加做两派共同的靶子。两害相权取其轻,绝大多数人还是选了边。不妙的是斗争很快从文斗进入武斗,且从棍棒阶段进入火器阶段。1968年夏天,父亲这一派被逐出校园,我们一家逃到鼓浪屿父亲一位朋友处避难。全家人住在四楼顶上的简易屋棚里。到了夜晚,围城派的铁壳船和对岸鹭江大厦顶上守城派的高射机枪砰砰乱响、火花四射,"蔚为壮观"。我和妹妹总是不顾父母的阻止,兴奋地趴在窗口上观战,我们这一代祖国的花朵就这样在新中国"经历了战火的考验"。现在想来,真不知父母当时是何种心情。围城派兵强马壮、农村包围城市,守城一方朝不保夕。围城派占领学校后,发了一个通牒,命令干部立即回校报到,否则后果自负。众人虽害怕围城派将来报复,但没人敢回去拿小命冒险。父亲的一位亲密同事认为自己心怀坦荡没做任何亏心事,遵命回到学校,当晚就被暴打致死。看来造反派是打红了眼,市区如果被攻陷,难保不会发生类似的血案。三十六计走为上,那天我送父亲上第一码头。对岸海沧就是围城派的地盘,据说还有搜查的关卡。父亲一路无言,到了码头,只对我轻轻说了一句"回去吧"。我在码头上看着渡船远去,一阵酸楚涌上心

头,那是一种未曾有过的感觉。我寻思,万一有什么三长两短,家庭重担恐怕就要落到我的肩上了,这时候我还不满十四岁。那时没有电话,全家经历了几天惶惶不安的期待,终于接到父亲从福州发来报平安的家信。

"文革"中父亲另一段难过的日子是清理阶级队伍。工军宣队进校后,搞人人过关,内查外调,弄得人人自危。父亲当年闹学潮被开除,属于进步学生,而当年学校里有许多人参加国民党三青团。外调的人三天两头找父亲写证明材料,大多是要整人。这时候父亲总是实事求是据实相告。但外调的人整人心切,你说不是国民党三青团,他们就不满意,施加压力让你按他们的要求作证。一天中午,父亲到了一点多钟才回来,脸色煞白。原来,来外调的人为了要父亲证明他们要整的人是国民党,软硬兼施仍没达到目的,最后居然拔出一把匕首插在桌上相威胁。父亲知道这种证明关系到他人的身家性命,自己再难也不能做假证。只能反复地对他们说,有就是有,没有就是没有,我只能实事求是。"文革"中的事无奇不有,一位与母亲同时南下的干部在省城工作,在逼供下顶不住,屈打成招承认自己是美蒋特务,造反派大喜过望,乘胜追击,要他交代同伙。于是他自编了一个特务组织,他是特务头子,想得到的人都是他的部下。于是几十个"特务"统统落网,"美蒋特务"和他们的家人遭的难可想而知,有的竟被逼得自杀。"文革"后母亲的朋友对她说,幸好你在外地他没想到你,否则后果真不敢设想。

"文革"复课后,上课形同虚设,成天政治学习,为毛主席的最新指示上街游行,同苏修斗争挖防空洞,吃忆苦饭下乡劳动,唯一的娱乐是看宣传队跳"忠字舞"。我们属于"可以教育好的子女",需要夹着尾巴做人。那时从厦大到华侨中学的路上,经常有小混混截击厦大孩子。没几天传来消息,大学要把一部分教师干部——基本上是有毛病又不够敌我矛盾的一类——下放劳动。不同于以往的个人下乡改造思想,这一回是连家一锅端。经过多年的政治运动,父母身心俱疲,对离开大学前往农村居然还有一种解脱的快意。那时的干部两袖清风,房子家具都是公家的,全部的家当就是二十来个纸木箱子。记得那时买箱子和绳子用去了全家一半积蓄,我们到乡下后戏称那些绳子抓壮丁够绑一个排。父母那时对厦大彻底失望,下放时选择了远离学校的闽北山区光泽县。1970年春节一过,我们全家就登上北去的火车。

山区是穷到家了,我有生以来第一次亲身体会什么叫穷乡僻壤。火车坐了一天到了县城,再换汽车,那是二战时期美国运货的"老道奇"。我们长在海边,从没见过这样的大山。车在盘山公路上盘旋,似乎永远没有尽头。除了父亲,全家晕车晕得一塌糊涂。六十公里开了两个小时,好不容易到了公社,却被告知还有三十里山路才能到生产队。那天下着小雨,生产队来了十来个农民帮我们扛行李,山路是鹅卵石铺就的小径,我们必须盯着地面才不致跌跤。记得走到二十五里处,妹妹大哭说什么也不走了。死活走到了目的地,二十多户人家的村子,两山夹一溪,颇有一线天的感觉,倒也山清水秀。山区的农民贫穷至极,没公路没电灯,有的老乡连自行车都没见过,他们的口头禅是"没钱买盐吃"。

　　天下没有世外桃源。下放干部里有一个省里来的造反派,"文革"中站错了队,因而也被下放。本来同是天涯沦落人,可他本性难移,下了乡还天天用革命口号折腾人,割农民的资产阶级尾巴。他住在大队部,老要下放干部晚上到大队部开会。我们家离大队部有五里山路,父亲经常晚上不得不一个人去开会。山区多蛇,小路上经常有五步腹蛇盘踞,那地方从前还闹土匪,让我们一家在黑暗里看着大山的影子担惊受怕。父亲常常带上一把螺丝刀,在伸手不见五指的山路上夜晚独行。

　　乡下的劳动对劳改过的母亲是驾轻就熟,但对一介书生的父亲却是大大的挑战,况且他还有严重的腿疾。我们至今还记得他光着两脚冬天在水田的田埂上左摇右晃的狼狈景象。不久从相邻的江西传来可怕的消息,说下放干部将来也要拿工分养活自己,弄得众人更惶惶不可终日。好在形势没有再"左"下去,否则下放干部只有饿死一途。父亲后来被调到建阳地区工作,主要工作还是写那些烦人的工作报告。母亲和妹妹仍待在乡下。

　　虽然那时"读书无用论"流行,父亲仍然认为知识是一个人安身立命的根本。为此送我只身一人到光泽县唯一的高中县一中去上学。此前初中复课后什么还没学,按年龄就上了高中。所谓高中,其实没教什么。学校按军事编制,班为排,年段为连。高中近两年时间,在县农业机械厂学工半年,学校农场学农半年,学堂的板凳还没坐热就高中毕业了。记得我们物理只教了机械制图和接电灯,化学只懂肥田粉和尿素,数学好歹多学点,也只有高一的水平。妹妹更糟,在公社中学,学生还得自己砍柴做饭。

我在县中学混了近两年，1972 年初就成了老三届后第一代的新知青。我回到父母下放的村子插队，前途渺茫。进工厂当工人难于上青天，当工农兵大学生也似乎是天方夜谭。一个偶然的机会让我进了部队。大概是"文革"搞得生活太过枯燥，军队先搞起文娱体育活动。1972 年底征兵，对有文体专长的学生网开一面。我在中学时代表县少年篮球队到地区比赛过，部队指名要我，然而母亲的摘帽右派身份是一大障碍。碰巧父亲在地区工作被借调地区征兵办工作，同部队里的干部相处得不错。在偏远的山区，人们也似乎没把摘帽右派看得那么严重。在众人的帮忙下，我终于穿上了绿军装。这大概是父亲一生中少有的一次"走后门"。

到了部队，艰苦的训练劳动和枯燥的生活时时考验着人的体能和精神的极限。背着母亲摘帽右派的黑锅，在部队日子也不好过，入党提干处处碰壁。父母两周一次的家书是搏击艰苦生活的精神食粮，父亲总是提醒我珍惜年轻的时光，坚持读书，什么都不能读看《资本论》也成。从军五年，我读了许多哲学经济和历史方面的书，这成了我复员后马上考入大学的基础。1977 年底高考一恢复，父亲就劝我申请复员参加高考。于是第二年 4 月我复员回到厦门。按理我应该报考文科，但出于"文革"后对政治的疏离感，我还是决定试试理工科，父母完全支持我的决定。接着是三个月夜以继日苦读数理化。7 月的夏日里我参加了"文革"后第一次全国统一高考（1977 级由各省分别命题），五科 426 分赶上末班车进入厦大。我知道我能进入大学校门完全是靠这些年的读书积累，虽然读的是文史哲，但知识毕竟是相通的。

改革开放后，尤其是 1978 年右派改正，母亲复职复薪，父亲的境况也随之好转。学校"文革"后权力重新洗牌，校长是外校来的老革命，带了一众子弟兵空降把持要津。父亲"文革"前工作过的校长办公室是要害部门，已安有他人。由于父亲早年在教会学校读过几年英文，而那时干部中懂点英文的人凤毛麟角，于是被安排去创建学校外事办公室，后被任命为主任。所谓外办只有三个人，"外事无小事"，工作极为繁重。那是一个人心激荡的年代，国门初开，百废待兴，但"文革"极"左"的惯性犹存，对出国有许多条条框框清规戒律限制，而且都是红头文件。记得那时许多教师为了出国而登门，而父亲总是按规矩办事。只要合规矩，包括一些落在灰色地带的情况，一般都开方便之门。但按规矩办事可是得罪了不少人,尤其是那些规矩未必合理的。明显犯规的事父亲是不会做的,一生谨慎的父亲不可能越界。上门纠缠拉锯的人也不少,记得父亲对个别被拒之后仍胡搅蛮缠的,偶尔也会嘀咕一句"文人无行"。父亲那时身体状况已经不佳,但仍身体力行,常带病工作,他在外办主任的位置上一直做到 1989 年离休。

父亲外表低调内敛,待人彬彬有礼,实则内心清高,崇尚旧读书人的气节。他对社会上以权谋私和送礼走后门之风深恶痛绝,尤其对那些为提升和长工资而活动媚上的人嗤之以鼻,后果是他在升迁分房等处处慢一拍。

我们家是一个民主的家庭,每天饭桌上的交流是我们最快乐的时光。这时候无论大事小事,子女都有着同样的发言权,无所禁忌。父亲通常是听得多说得少,沉默有时表示某种异议,但他从不强加于人。父亲总是给子女自由选择的空间,即便他有不同的看法,对此我充满感激。1978 年母亲右派平反复职之后,组织来动员她入党。入党曾经是母亲年轻时的梦想,但由于出身问题,直到当了右派都没有如愿。要不要圆这个旧梦,母亲很犹豫。饭桌上,妹妹是坚决的反对派,而父亲一言不发。最终母亲放弃了入党的愿望。现在她成了一个奇特的非党离休干部,可以心安理得地读自己爱读的书,做自己爱做的事,享受此生难得的一份自由。在我们的恋爱婚姻上,父亲也给予我和妹妹充分的信任和空间。我上大学时已经二十四岁,四年级下学期时开始谈恋爱。一天在饭桌上父亲忽然说,我去看了学籍档案,她家屁股很黑。我一愣,说我们家屁股也不白。自此,父亲再也没有干预过我们的事。我知道他为了母亲的家庭出身问题,吃了半辈子的亏,不希望我重蹈覆辙。但一旦子女心意已决,他就尊重我们的选择。

父亲兴趣广泛,文艺体育都有爱好。文笔不错,写一手好字,但工作中只能用于不停地写报告和总结。父亲喜爱动手,这可能来自他的工科背景,也只能用来修理自行车和家用电器,副产品是我也被熏陶出动手的爱好,在海外还大有用场。假如没有当干部,他或许可以成为一个优秀的工程师或学者,看看当年读书远不如自己的同学都成了高级工程师和教授,我想他一定会不平衡。他从不参加后来风行的同学聚会,我想他心中有着永远的创伤吧。最大的折磨是,他虽教导子女做人要正直诚实,凭良心做事,但在现实中自己却时而不得不违背自己做人的原则。

在父亲的追悼会上，由学校党委书记陈传鸿致悼词，他是"文革"前毕业留校的教师，当年也是白专典型，20世纪80年代出国留学归来。父亲也算是他的师长，由他来对父亲盖棺论定，我想父亲九泉之下也会安心。作为儿子，我代表我们家人答词：

感谢大家来到这里，和我们一家一同送别我亲爱的爸爸。感谢厦门大学领导，及各部门和亲朋故旧的关怀，没有你们的支持，很难想象我们一家如何面对这巨大的伤痛。我们全家衷心地感谢你们。

在爸爸走到他生命终点的时候，回首他的一生，我们全家对他的怀念和感激之情，是难以用言语来表达的。爸爸是一个平凡的人，正直的人，善良的人。在六十八年的生命旅程中，他始终信守淡泊处世，善待他人的做人原则。在那么多年的风风雨雨中，以他的正直和良心，带领我们全家风雨同舟，同甘共苦。他和妈妈四十二年相濡以沫，把我和妹妹养育成人。当灾难在1957年降临我们家时，他以他的良心给予妈妈理解和信任，使我们四口之家凝聚不散。在我们全家下放到穷乡僻壤的时候，他尽心尽力为我和妹妹安排求学的机会，使我和妹妹能在逆境中成长。他长年在巨大的心理压力下勤恳工作，以他的言行告诉我们怎样去淡泊名利，珍视操守，清白一生。爸爸不仅是我们的长辈，也是我们的良师益友。他始终平等宽厚地与我们小辈相处，在平凡的生活中，把做人的准则印在我们的心上。

长年的忧虑和积劳，磨损了他的健康。在我们儿女辈刚有能力回报一丁半点的时候，他却走了。走得那么突然，那么干净，没留给我们一丝拖累。现在我和妹妹人到中年，身为父母，方知当年爸爸为我们一家所做的包含了多少心血、多少艰辛。虽然他没留给我们什么财富，但他留给我们的爱和精神遗产，将伴随我们终身。

爸爸问心无愧地走完他生命的旅程，安详地走向另一个没有忧虑的世界。亲爱的爸爸，放心地去吧，我们会用您留给我们的正直、善良、理解与宽容好好地生活。我们会爱惜自己的身体，因为这是您对我们的殷切期盼；我们会好好地照顾妈妈，因为这是您对我们儿女的唯一嘱托。亲爱的爸爸，放心地走吧。在您走向平安世界的路上，我们全家日夜为您祈祷！

亲爱的爸爸，一路珍重。

一九九六年五月二十八日

410

丧父对一个人心灵的影响是巨大的。从前总觉得死亡十分遥远，就像在战场上，只要前方还有大部队，你的心就不慌。一个家也一样，天塌下来，有当父亲的撑着。而现在，轮到做儿子的来撑。

记得 1993 年，我出国留学后第一次回国，也是我最后一次见到父亲。那时父亲身体状况已经很差，但我们都刻意回避后事这个话题。一天早晨我陪父亲在校园里散步，走到芙蓉湖畔，父亲忽然对我说："我这个身体恐怕什么时候说不行就不行了。你和妹妹都已成家立业，我也操不上心。我唯一放不下心的是你妈妈。她一辈子性格刚强又长期受委屈，可能过不了一个人生活这一关。"我没有心理准备，赶紧说，请他放心，我一定会照顾好妈妈，同时说了些保养好身体之类的话转移话题。我不知道这是他在对我安排后事，或他已有预感？说话处距离父亲最后倒下的地方不足百米，天意乎？在爸爸去世后，我独自整理他的遗物，家里除了我没有一个人可以承受做这件事。我发现父亲走前数天的日记上触目惊心地写着："万念俱焚！"是什么让父亲的心情如此沉重呢？

送别父亲，我知道母亲很难渡过这一关，刚烈者易碎。于是，我开始为母亲申请办理出国手续。等待的时间冗长，度日如年，这是我回国居留最长的一次。将近两个月过去了，总算盼来了使馆的大信封。父亲的抚恤金八千元刚好购买一张机票，经过二十多个小时的旅途，我同母亲终于来到我们在加拿大的小家。

十八年白驹过隙，当年我们一家在大学校园、在山区下放的情景犹在眼前。我这一辈子从来没有对父亲说过一声我爱你，从未道过一声谢，这是不可弥补的遗憾。我本来可以有机会告诉他，他是一个好父亲，我深深地爱着他。唯一可以告慰父亲于九泉之下的是：我信守着对您的承诺，妈妈已经走出痛苦的深渊，我们一家生活得恬淡、平安和充实。亲爱的爸爸，这不正是您一生梦寐以求的吗？

往事并不如烟。但毋庸置疑，岁月冲刷着记忆。写点有关父亲的文字怀念他，是我多年的心愿。这一篇追忆小文，是给父亲，也给我的女儿们。尽管她们今天不能理解父辈们度过的那个疯狂年代，或许将来某一天，她们也想探询她们的祖父母辈的足迹。这一切在二十世纪都曾真真切切地发生过，我叙述的仅仅是那个大潮中一朵小小的浪花。

# 莫让往事尽成灰

## 高 宏

"面朝大海，春暖花开"，是诗人海子描述理想生活的著名诗句。倘若除去那些难以理喻的政治动荡，美丽的厦大校园不就是这样的理想世界？对这片土地，我们有着太多的眷念和美好的记忆。几十年光阴流转，如今漫步校园，老厦大的面孔已经零落。常有一些人调侃我们是厦大的"红二代"，意思是我们有本地的人脉，在各方面都能得到父辈的荫泽和儿时同伴关系的关照。话虽然听着刺耳，但在这个"拼爹"的时代，人们有此想也挺正常。可真实的情况是，我们中许多人不但不是"红二代"，还曾是"黑二代"。从抓右派、"文革"批斗到下放农村，从父辈遭受的迫害到"可教育好子女"的歧视，非常年代校园里的丑恶和恶行，父辈们和自己在这里遭受的磨难，令人不堪回首。

厦门大学 1957 年打了一百八十多个右派。据说教职工中三十余人，他们在校时间较长，多为厦大孩子所熟悉。其中有：张鸣镛、厉则治、林振声（数学系），黄席棠、郑南金、赵景聪（物理系），余乃梅、万祯、陈允敦（化学系），郑朝宗、戴锡樟、徐元度、李拓之（中文系），黄诚明、吴文明（外文系），陈明鉴、陈碧笙（历史系），严家理、郑道传、陈昭桐、陈恩成、陈鸿翔、陈克俭（经济系），章振乾、陈孔立、龚以初、何永龄、甘民重、凯怡（校部）等。还有学生右派一百五十多人，他们没有公职，处境更艰难，特别是农村来的学生没有城市户口，只能回乡当走家串户的木匠或拉板车，靠体力劳动谋生。即便最后右派平反，人生二十年最宝贵的时光已经逝去，现在也很少为人所提及。

"文革"前，父母自己受到冤屈，还要小心翼翼地瞒着孩子，以期我们有一个美好的童年。可到了"文革",这一切都瞒不住了。我是"文革"之初,才从大字报里看到母亲是右派的。"地富反坏右",是那个年代最底层的坏人。无忧无虑的童年就此结束,仅仅靠着人性的直觉良知,相信母亲是被冤枉的,熬过那漫长的十年,屈辱和痛苦刻骨铭心。我在部队时的老连长是厦门同安人,同情我的遭遇,曾两次到厦大人事处外调我的家庭情况。他告诉我,当时母亲的档案有两大包,基本上是家庭社会关系和右派的材料。记得母亲1978年右派平反,人事处告诉她,档案里的黑材料都会烧掉。当时她听了还很高兴,有一种终于从另册里回归正常人的庆幸。但比起两德统一后东德人民对人性丑恶的清算,我们的民族太善良太缺乏智慧。当整人的记录被销毁,害人者、告密者的脚印也被抹去,对恶行的反思和清算也就无从谈起。"文革"中厦大最不幸的当属校党办副主任史晋和中文系系主任林莺的惨死。史晋的案件由于现场有部队拍照和记录,留下了证据,"文革"后才能在省委书记项南的干预下破案。虽然主凶(据说是两个厦大学生,幕后指使人仍然不明)只是坐几年牢了事,但毕竟正义得到了伸张。林莺的案件则由于没有现场记录,尽管人们都相信是他杀,他的家属同事后来也多方奔走,终因缺少现场人证物证,至今仍是悬案。

近年来有人写下随想、回忆录,让我们看到共和国的非正常年代,为后人留下了宝贵的记忆。记录从前的苦难,不是为了加深仇恨,而是为了警示后人,让苦难和恶行永远不再重现。从前,我们回避那些悲伤的往事,是怕父辈们在世时再伤心。如今,父辈们大多已经离去,连我们都进入了老年,许多事不用文字记下来,大概就永远消失了。前事不忘,后事之师。我想这也是我们纪念父辈们时应该做的。

# 严师慈父郑道传

郑启平

**1994 年我们全家在厦大敬贤一旧居阳台拍的全家福**
前排右二是我父亲郑道传教授,右三是我母亲陈兆璋教授

  我与父亲郑道传共同生活了五十三年,在我的心目中,父亲既是一位慈父,又是一位严师。在父亲的一生中,我还清晰地记得他仅打过我三次,但每次都事出有因。

  记得我上幼儿园大班那一年,恰逢父亲赴京开会。他知道我和邻居的男孩子们平日都喜欢玩"打仗"的游戏,但使用的"武器"尽是些纸糊和木制的。于是,父亲在繁忙的会务间隙,特意抽空到东单大商场的玩具柜台,为我买了一挺当时从苏联进口的手提机关枪。这挺以电池为动力的,既能"咯咯"作响,又能从枪筒里冒出"火花"的"手提",白天成了我在房前屋后的"战斗"中横扫千军的利器,晚上则成了与我同枕共眠的伙伴。

这天晚上,我像往常一样,打完仗挎着"手提"回到家中,看见那位常到家中找父亲谈"思想"的 Y 伯伯又来了,于是乘着"仗兴"未消,我端着"手提"对着他的脑袋连续扣动扳机,"咯咯"的扫射声在枪筒里冒出的火花的辉映下,显得格外刺耳。父亲见状立即从沙发上跳起,冲到我身旁,一把夺过我的"手提",一边喝道:"你怎么能把枪口对准党的领导同志……"语调是那样愠怒,又是那样虔诚。"爸爸,他多像电影中的坏人……"我还想极力分辩,父亲却用力把我那挺心爱的"手提"狠狠砸向地面,并顺手给了我"两屁股"……父亲难道不知道童言无忌吗?可他即便当年对"领导"是如此的敬畏,如此的虔诚,最终也没能使他在"反右"的恶浪中得以幸免……

1957 年,我刚升入小学二年级。一天下午放学后,我又来到南普陀前那个捏面人的小摊前,聚精会神地看他耍弄各种手艺。捏面人在完成"孙悟空"、"七仙女"等各种造型仍无人问津后,终于推出了使围观的小学生垂涎的"拳头产品"——香甜糯米龟。经不住捏面人的诱惑,我掏出了袋中仅有的一角钱,那是父亲给我的理发钱,和周围其他许多小同学一样,买下了一只鸡蛋大小、糯米粉皮外壳内包花生糖馅的"乌龟"。当我刚想把它塞进口中的时候,一只大手从身后猛地抓住了我的衣领,从天而降的父亲突然出现在我的身旁。他一把夺下我手中的"乌龟",一边斥责着"捏面人":"你怎么可以把这种带有染色剂和灰尘的脏东西卖给小孩?"一边把"乌龟"抛进了十米外的放生池。然后,父亲把我连拖带拽地弄到附近的一棵大木棉树背后,狠狠地给了我"半巴掌"……从此,我不但整个小学阶段都没有再问津小摊贩叫卖的任何熟食,而且这个习惯一直持续到我年过半百的今天……

1965 年夏,我在厦门双十中学初中毕业。中考发榜的那天下午,我又和几个球友到校工会俱乐部打乒乓。回家后,我看见父亲手里拿着一个印有"市中招办"字样的信封一言不发。我知道,我落榜了。

"你到哪里去了呢?"沉默了好长时间,父亲才明知故问,声音却有些颤抖。

"我打乒乓球去了……"

"还打，还打……"父亲一把夺过我的球拍，然后"以拍代掌"，狠狠扇在我的左脸颊上。这是父亲一辈子伤心至极、唯一的一次对我"动真格"的。当时我只有十六岁，但我深知，我中考的落榜，无异给周身都是"右派创伤"的父亲，又洒上了一把"烈盐"……

父亲出身湖南衡阳一个小商贩之家，共有三个弟弟、一个妹妹。排行老大的他不但生性聪敏，而且刻苦好学，初中毕业后爷爷无力供他上高中，他却以全省第一的成绩考上了当时的长沙一中，成为该校三名享有全额奖学金的学生中的一名。去年我到长沙旅游的时候，特地拜访了他的母校。当我翻开当年的学生花名册时，看到了父亲的名字和毕业时的黑白照片，五官清秀的他，有着一双多么睿智和透明的双眸啊……1940年，父亲又以全湘第一的成绩，收到厦门大学的录取通知书。他挑着一箱书和一筐简单的行李，冒着抗日战争的硝烟，一路辗转了五十多天，才从千里外的长沙，来到了闽西崇山峻岭环抱的福建长汀，来到了迁校后的厦门大学……

1944年父亲大学毕业后，直到他1957年担任经济系副主任时被某些人以莫须有的罪名强扣上"右派"帽子，十三年中，他又始终以"第一"的工作业绩，出现在王亚南校长的身旁……这骄人的"三个第一"，加之长期儒家思想的影响，以及厦大校园的书香气息，还有左邻右舍教工子女每年高考的激烈竞争，无不在身陷逆境的父亲的脑海中留下深深的印记："再苦再难也要把两个孩子送进大学校门！"可现在我连高中都进不了，还谈什么上大学呢？伤心至极的父亲老泪纵横。可是父亲很快就清醒过来，他慢慢走到我的身旁，掏出手帕拭去我脸上的泪珠和汗水，然后轻轻抚摸着我的脸颊上刚被扇肿的伤痕："阿平，都是我害了你……"

早在中考前三个月的一个中午，因双十中学教学楼建筑工地的几个泥水工，在午餐时占用了学校唯一的一张乒乓球桌，并坐在球桌上大嚼大吐。作为校乒乓球队主力队员的我，在劝说泥水工另移他处时发生了争执。这本是小事一桩，但不知什么原因，对我早就深怀敌意的校某主任，突然将此事上纲上线并升级成"右派的儿子辱骂工人阶级"的严重政治事件。勒令我停课两周，并发动全校师生贴了数千张大字报声讨我的"罪行"……后来我才知道，以我的中考成绩，考进双十中学是绰绰有余的，是当时双十中学的某主任借中考机会，将我这位"表现不好"外加"右派的儿子"，活生生地轰出了学校大门……那时倔强的我,只能含泪紧紧握住父亲的手:"请您放心,我和启五绝对不会辜负您的期望,总有一天……"

两周后,我被一所名为"半工半读"、实为培训泥水工的技工学校录取了。报到那天,我像父亲当年从衡阳到长汀报到时一样,也是挑着一箱书和一卷行李踏上了艰险的人生历程……

一年后,"文革"爆发。此后的十二年中,我分别当过泥水工、板车工、知青、铁匠等。厦门的大街小巷、闽东闽西的深山密林以及杏林湾畔的化工修配厂,到处都留下了我生命的脚印和辛勤的足迹。不管环境多么艰苦,处境多么险恶,追求真、善、美始终是我不变的人生座右铭,书本永远是陪伴我的忠实伙伴,而上大学则是萦绕我梦中最靓的旋律……

"总有一天"终于来临了。1977 年 12 月,高考恢复,"文革"前仅读过一年初中的弟弟率先破门而入,考取了厦大外文系。次年 7 月,我以三十岁的高龄,抱着刚满周岁的孩子,前往高招办办理了应考手续,并于三个月后,收到了集美师专中文系的录取通知书,挤上了通往大学校园的最后一班车,也终于实现了因被错划为"右派"而饱受各种残酷迫害,导致双目失明的父亲郑道传心中期待已久的夙愿……

我到集美学村报到的前夜,父亲摸索着为我整理好行装,我与父亲在灯下坐了很久。那天晚上,父亲第一次违反母亲的"禁酒令",一口气连干了三杯"蜜沉沉"。他满脸通红,神采焕发,脸上也绽出了少有的微笑。他连连拍着我的肩膀,不,是紧紧地抓捏着我的肩膀,久久地竟说不出一句话……

(本文节选自长篇报告文学《我家故事半世纪》,载郑启五主编《热血与坚忍——郑道传纪念文集》,当代中国出版社 2006 年 12 月版)

第三章　我的父亲母亲

# 母亲的故事

郑启平

**母亲陈兆璋**

　　2010 年 5 月 22 日零时五分,在中山医院 ICU 病房与病魔顽强抗争了五十二天后,母亲那颗平凡而又善良的心,终于缓缓地停止了跳动。当八位友人小心翼翼地把她的灵柩抬上车的时候,原先还放晴的天空突然下起了倾盆大雨。灵车驶过集美大桥时,雨渐渐停了,透过云层的一缕阳光,均匀地洒在车窗上……

——题记

公元 1957 年,我的母亲陈兆璋是厦门大学历史系外国史教研组的一位中年讲师,对西欧封建制度的衰败和资本主义的兴起都有独到的研究。渊博的历史知识和以史为镜的深邃思考,使她从反右运动开始的第一天就敏锐地感觉到:如此大规模地打击和迫害知识分子肯定是一个极大的错误、一场极大的历史灾难;很难想象父亲和厦大所有被划为右派的师生都是"坏人",历史终有还给他们公道的一天……而"那一天"到来之前,极可能是漫漫的历史长夜。当时最起码的,就是要让突然遭到灭顶之灾的父亲能够坚强地活下去……

自从弟弟出世后,母亲一直多病,常年低烧且头晕目眩,经常卧床不起。为了父亲,为了我们整个家庭,卧床不起的母亲顽强地站了起来。父亲平素喜欢吃蛋,每场批斗会前,母亲总要为父亲煮上两个平安蛋,并亲手为他剥开蛋壳。每晚的批斗结束后,当父亲拖着疲惫的身躯回到家中的时候,母亲总要为他煮上一碗热腾腾的白面条,再洒上几滴香喷喷的米酒。"反右"进入高潮时,每天批斗父亲的大会小会一场连一场。细心的母亲,则在批斗会的间隙,抽空观察经常举行批斗会的三楼教室。回家后她特别告诫父亲:"批斗会的休息时间,让你站立反省'罪行'的阳台,是无遮无挡的,头脑一定要保持高度的清醒……"当母亲发现我在旁边惊讶的目光,连忙把我支出房间后和父亲又谈了许久。在极"左"路线肆虐的年代里,每次父亲挨批回来,母亲都要和他彻夜长谈。虽然我不知道他们都谈些什么,但无疑是推心置腹又掏心掏肺的……

"反右"运动开始时,我和弟弟都很幼小。可"'右派'的儿子早懂事"的戏言,却在我们兄弟俩身上得到充分的印证。虽然我们当时都不明白我们的国家和我们的小家到底发生了什么,但父亲肯定是大难临头了。怦怦乱跳的心总是很担忧父亲会突然间"没有了"!每天父亲外出的时候,我都会和弟弟拉着父亲的手大声说着"再见",而我还会按母亲的叮咛再加上一句:"我们都等待你平安归来……"而每当父亲归来,母亲忙着为他张罗面条的时候,我总会为父亲端来洗脚的热水,弟弟则亲热地依偎在父亲身后,用那双小手,轻轻地为他捶背……

虽然当年,父亲在他钟爱的厦大校园受尽了侮辱,可一回到家中,总有无限的温暖。母亲和我们兄弟俩,总和过去一样,像迎接外出做报告归来的

父亲一样，等待他，欢迎他……也许就是母亲亲手剥壳的一个个鸡蛋、亲手烹调的一碗碗面条、灯下一次又一次亲切的长谈，也许就是我和弟弟一次又一次端水捶背的小手，温暖抚慰了父亲那颗近乎绝望的心。父亲坚韧地活下来了，并在以后长达半个世纪的抗争、期待和拼搏中，走出了属于自己的人生之路。

父亲"戴帽"送农场劳改后，母亲虽然逃过了"反右"之劫，却仍被以"劳动锻炼"为名，送往厦大养猪场喂猪。她成天泡在水塘中捞取永远捞不完的水浮莲，然后再用板车将这些猪饲料拉往位于胡里山的养猪场……母亲本来体质就很弱，而且长期低烧，经过如此超体力的折腾，她的病历上又增加了水肿和气喘。可母亲不但和父亲一样，咬着牙关，度过了那段艰苦的日子，她每天还在繁重劳动的间隙，为父亲忙这忙那。她以一双巧手，用旧棉絮为父亲缝制了一个又一个厚实的肩垫，使父亲每天都能完成挑六十担水浇菜的任务。夏天，她为"上班"前的父亲，准备了大碗大碗的凉茶；雨天，又为浑身湿透的父亲熬上半锅热腾腾的无糖姜汤……父亲本来最喜欢读书看报，可短短几个月的"反右"运动，就夺去了他大部分的视力。当时，即使把报纸贴在眼前，也只能勉强看清《厦门日报》的特大号报头。20世纪50年代末，没法买收音机，我便遵照母亲的嘱咐，为父亲装配了一架矿石收音机。拉上天线后，居然能听到"厦门"和"福建前线"两个电台。当父亲戴上耳机后，那高兴的模样我至今还记忆犹新……

转眼进入"三年困难"时期。在那个年代，母亲精打细算，每天买下一个鸡蛋，这个宝贵的鸡蛋，母亲再三交代是留给父亲当营养品的。但每天清晨，父亲总是把这唯一的鸡蛋一分为四，而母亲也总是想方设法把她的那份又悄悄放进父亲的碗里。当时，布票十分紧张，每人每年仅有七市尺，只够买条裤子。每到星期天，母亲就翻出父亲的旧衣裤，大件改小件、长裤改短裤，忙得不亦乐乎。直到我初中毕业，我的衣裤大都是父亲的旧衣裤改成的，而弟弟再穿我穿过的。虽然不太合身，但那些经过母亲改制、似乎还带着父亲体温的旧衣裤，穿在我们兄弟身上，则是世界上最温暖的……

在极"左"肆虐的年代里，我们这个小家庭在与当时险恶的大环境长期抗争中，始终团结一心，荣辱与共。不但把我们的家建成父亲避风的港、温馨的窝、心中的灯，而且在母亲的带领下，更把我们的家筑成铜墙铁壁。天塌下来,我们顶上去;地陷下去,我们填起来。我们以赢弱的身躯,抗击着无所不在的极"左"势力和社会环境。1970年,在上山下乡的高潮中,我的未婚妻正式加盟我的家庭。七年后,这位秀外慧中的贤媳妇,为我们家生下了一个胖娃娃,郑家第三代生力军诞生了……

在那个特殊年代,我们这个十分弱小的家庭,在母亲的言传身教下,倔强抗争加艰苦奋斗,虽然没能保住父亲的眼睛,却保住了他的生命,在那刻骨铭心的峥嵘岁月中,创造了以弱抗强、邪不压正的奇迹。终使父亲在党的十一届三中全会以后,挂着拐杖,重新登上厦门大学《资本论》的教坛,焕发出了生命中辉煌的第二春。

(本文节选自长篇报告文学《我家故事半世纪》,载郑启五主编《热血与坚忍——郑道传纪念文集》,当代中国出版社2006年12月版)

# 右派的儿子

郑启五

1957 年的冬天是我们家最寒冷的冬天,父亲郑道传突然被打成"大右派",一家人瞬息之间从象牙塔顶凌空坠落,我们很快从大南 10 号的花园别墅搬到了国光三 17 号。

尽管那时哥哥只是东澳小学二年级的小学生,我还在厦大幼儿园里被圈养,但居然双双未能幸免,一起以最稚嫩的心灵感受着阶级斗争的鞭挞:哥哥的少先队干部立即被罢免,我也依稀记得有一次幼儿园组织小朋友去给党代会的代表献花(献歌?),而我半途被换了下来,"这个郑启五是右派分子郑道传的孩子,怎么可以……"不过平心而论,这样的事情在幼儿园的记忆中绝无仅有的,所以我还能在幼儿园里充当孩子头,而孩子头的种种"劣迹"也都得到了幼儿园老师的宽容和包庇。

1960 年我几乎快满八岁才进入小学读书,表面上的原因是因为 1959 年报名读书时我还不足七岁,所以就暂缓。但别人六岁为什么可以顺利过关? 真实的原因我也隐约感到,因为我是"右派"的儿子,尽管母亲极力掩盖。不过我却因此因祸得福,在东澳小学遇上了两任极为疼爱我的班主任! 这是后话。

厦大校园里的右派学生或被押往劳改农场,或被遣送回乡,惨不忍睹;而右派老师则大多"宽大"地被安排在校园里就地接受劳改,因为当时厦大校园和东澳农场的菜园混为一园,父亲和他的经济系老同事陈昭桐教授等四人被安排在国光二楼后面的粪坑掏粪,距离老校长居住的"卧云山舍"不足百米,王亚南和他的爱将每天早晨就是以这样的方式见面的。"反右运动"实际上砍掉了王亚南的左右臂,使得他不久愤而出走上海去"搞科研"了。

那时厦大校园有时也组织老师和同学参加农业生产,因此小小的我不是太清楚"劳动锻炼"与"劳动改造"有什么区别,而母亲又极力混淆二者的概念,父亲则每次劳改之后回到家里一言不发生闷气。有一天他突然换上他那件开司米的人民装,套上西裤,甚至穿上了久违的皮鞋,左手牵着我,右手拉我哥哥,在校园里大步行走,特意在令人注目的喷水池旁留影(那很西式的汉白玉的喷水池原在现今厦大体育馆那个位置,"文革"时被毁)。父亲这种独特的抗争方式更让我不知真相。

但"纸包不住火",有人总还是拿"右派"说事。有一次在小学校园里和同学吵架,对方张口就骂我是右派分子的狗儿子,还恶狠狠地奚落道:"你爸爸每天都在劳改,你还不老实一些!"我面红耳赤地争辩道:"不是劳改,不是劳改,是劳动锻炼!"对方气势汹汹:"不是锻炼,不是锻炼,就是劳改,就是右派劳动改造!"就这样你一句我一句、空对空,争论个不停!我想这样一直争也不是办法,关键要拿出证据来证明不是劳改,于是我义正词严地出示证据:"我爸爸经常能分一些地瓜带回来,不信你可以问国平!"国平是我的同学加邻居。我总算没有落下风:在这样确凿的"人证物证"的面前,对方辩手最终似信非信地渐渐声音小了下去。是啊,劳改犯怎么能享受分地瓜呢?!那年代分地瓜也是一种福利,其实东澳农场的贫下中农也不大清楚,怎么一夜之间,这些"先生人"被发配来拉粪车。按照农场的"潜规则",每次收成都可以私分一些农产,劳者有份。

爸爸与我们兄弟,摄于厦大喷水池畔,右一为笔者

话说回来,在东澳小学我比哥哥幸运多了。我喜欢语文,也喜欢音乐,那是我的小学低年级时的班主任吴秀英老师循循善诱的结果。天使

般的吴老师是我的语文老师也是我的音乐老师,是她用语文和音乐的一双臂膀护佑了我这个右派之子,消弭了天性顽皮的我强烈的反叛心理……我是无神论者,但我的内心深处依然有一位圣母:一位顽皮的小男生在他走进校门的时候,能遇上一位充满母爱的女老师,那是他一生的幸福与财富!后来的班主任王洁治老师不仅经常在语文课上把我的作文当成范文大声阅读,还不惧非议,提拔我当少先队的中队委,并让我出任校少先队的小鼓手。

1965年小学毕业时,我终于如愿以偿地考上了心仪的双十中学,让我永远觉得这年的阳光是那么明媚!

永远如虞大孩子

# 陈兆璋老师的一封信

郑启五

  我的母亲陈兆璋(1924—2010)生前是厦门大学人文学院历史系世界史教研组的教师。当年,我在处理她老人家的遗物时发现了几捆旧纸,本来已经准备作为废纸处理,后来多了一个心眼,发现是长年积存的信札,于是就保留了其中的一捆作为纪念。今年寒假抽空把这些旧纸翻了一下,才发现里面不乏我国教育界知名教授和学者的真迹,也有她的厦大1942级同学会的海内外来函,更有她学生的来信,包括她满天下的桃李,以及素不相识者慕名写来的求助信。远去的书信,永远的书香,我越读越感慨,最终免不了热泪盈眶。母亲是教师,我也是教师,我们都热爱自己的职业,也热爱自己的学生,但相比之下,我与母亲有不小的距离,师德、师德,今不如昔,这或许是时代变迁的一个无可奈何的缩影……

  母亲保存了在改革开放后新时期的那么多来信,却唯独没有她自己的复信,这是书信这一通信形式的结果,但也是作为继承这些旧信的儿子不小的遗憾。也许真的是老天有眼,日前居然让我十分偶然地在母亲的一本教案中发现了一封她给学生的复信。这封信是因为什么忘了寄出,还是寄出了又被退回,就不得而知了。母亲一生心细,被退回的可能性更大。依稀记得母亲曾抱怨过有的学生地址写得不够周详。

  从信文判断,这位"进福同学"应该不是厦大的学生,大概是读了母亲的史论后来函讨教的外校学子,母亲曾参与由教育部主持编写高校历史专业教材《世界史·中世纪史》(人民出版社1986年版,后多次再版),是主要撰稿人之一,并在《厦门大学学报(哲社版)》和江苏省社科院《江河学刊》发表

**1965 年全家福**

多篇关于"十字军东侵"和"拜占庭帝国"的学术论文。

母亲在复信里称赞了该生"独立思考的精神",谈了她对十字军东侵"宗教说"的看法,并质疑:"如主要是为了'宗教',那又如何解释第四次东侵对拜占庭帝国的掠夺和侵占呢?"

母亲的复信在最后一段提出了她对东西方史学的整体见解:"我国对十字军的研究较薄弱,西方多有研究,但多认为是宗教战争。西方史籍、史料浩繁,是其精华,但其观点却值得考虑和思索。苏联扎波罗夫《十字军东征》一书多取材于汤普逊的《中世纪经济社会史》'十字军'章,但却舍弃西方的观点,提出自己的看法。尽管他的某些看法也有可商榷之处,但他对西方史书取其精华、去其糟粕的精神还是值得学习的,不知你以为然否?"

信的落款只有 6 月 22 日却没有年份,估计是 20 世纪 80 年代后期,一个动荡的年月。母亲对我多有唠叨,我知道母亲疼我,但我却极为反叛、我行我素,从不把母亲的学术研究放在眼里。直到 2008 年我离开母亲远赴土耳其孔子学院任职时,站在伊斯坦布尔的古堡和古城墙上,才得知这里居然是当年"十字军"最主要的战场,是"拜占庭帝国的首府",是母亲一辈子学术研究的地盘,不由对着博斯普鲁斯海峡仰天长叹,难道我是替一辈子走不出国门的母亲来抚摸那斑驳的古堡？

母亲那一代老知识分子，曾在封闭的中国大陆研究世界史，该有多么不容易，更有接二连三的政治磨难劈头盖脸。但无论风雨飘摇还是阳光明媚，母亲总是兢兢业业，更以一个女教授非凡的人格和爱心尽忠职守，忍辱负重。在整理旧信时我读到一位名叫张俊融、年近八旬的在台学生，从台北来信写道："陈老师：……祝您日常无忧无虑，身心常保健康，别忘了台北市还有一位您从小疼爱的学生，该轮到他替您分忧解劳，请您有事不必客气尽管吩咐……"母亲一位半个世纪多前的学生都对她保留了那么完美的印象，这就是传说中的"爱生如子"？

从母亲默默保藏的大量学生来信中，足见母亲的爱生如子。但我不妒忌，我知道母亲一生爱生如子，但她最爱的还是她的儿子。我只是不太明白为什么她在奄奄一息时叮嘱我坚守土耳其孔子学院的工作岗位，自己却悄然撒手西去。此时此刻对着母亲的遗像和信件："妈——，请允许我第一次喊您一声'陈兆璋老师'！"

2012 年 3 月 6 日

# 家传的老钟

## 郑启五

　　家里有一座老钟，钟面用罗马字母显示，上面标有伦敦制造商的公司名字，还有公司创建于 1868 年的字样，反正它见证了英国钟表业的历史和发展。当我在伦敦泰晤士河畔仰望著名的大本钟时，十分亲切，我家老钟宛若那高高在上的大本钟微缩的家用版。

　　这座老气横秋的老钟，自 1948 年起就与我们家结缘。当时大学毕业不久的父母亲在福州工作，他们准备结婚，但手头拮据，又物价飞涨，这时有一艘美军报废的军舰被拖到福州马尾拆解，舰上的物件进行拍卖。父亲获悉后抓住机会，买了一套不锈钢的餐具和这座老钟。这浑圆的老钟是从舰舱的舱壁上卸下来的，父亲请福州师傅为它配了一个木座。老钟经历了太平洋战争与和平的年代，也见证了父母亲缘结一生的坚贞不渝。

　　从我有记忆的时候开始，老钟就一直在家里嘀嗒走动，"文革"期间 1966 年红卫兵抄家，抄走了那套餐具里的面包刀，老钟得以幸免。后来父母亲被关进"牛栏"，孩童时代的我度日如年，每当半夜惊醒，总觉得老钟的嘀嗒声异常恐怖。1970 年我们一家四口被上山下乡拆成四地，只留双目失明的父亲一人在家里，父亲靠手摸老钟得以摸清时间，老钟见证了我们家不堪回首的往昔。

　　改革开放日新月异，父母亲重新赢得老知识分子的尊严，老钟被送到钟表店清洗上油，再度准时正点，老钟见证了父母亲老当益壮，"把'四人帮'耽误的时间夺回来"的夜以继日（尽管我们心里都清楚耽误时间的不仅仅是"四人帮"），嘀嗒声迎来了我们一家三代人其乐融融的最美时光。

日月如梭、白驹过隙,进入新世纪,老钟垂垂老矣,父母亲相继病逝,停摆的老钟包裹着我太多的不舍,常年收藏在储藏间里。适逢厦门老字号"盛昌钟表"的老师傅深入到"厦港街道"学雷锋,张祥杰师傅亲自操刀,让老钟"枯木逢春"再度精准,嘀嗒声清晰而有力。经验丰富的张师傅告诉我,这钟内有特殊的"双游丝"结构,能抗击风浪的颠簸,就是颠来倒去也不会影响时间准点,这也印证了家父生前关于这座老钟来自军舰的说法。

　　牢记历史,热爱和平,珍惜时间,老钟是我们家的传家宝。

家传老钟

# 相依为命的追忆

## 韩　昇

父讳韩国磐,江苏省如皋人,新中国成立后,家乡归入海安县,故亦作海安人。他出生于 1920 年 2 月 13 日,农历为己未(1919)年十二月二十四日,故他一直将出生日期填为 1919 年 12 月 24 日。

父亲出生在一个破落贫寒的家庭,韩氏乃当地大姓,论辈分,他与原江苏省长韩国钧为兄弟行,但家道中衰,食不果腹,度日维艰。父亲自幼好学,天资聪颖,成绩优异,借宗族学田充作学资。此事父亲念念不忘,故晚年汇款家乡学校,以报学恩。

日本全面侵华,江苏沦陷,父亲誓不为亡国奴。1940 年,他从江苏学院只身出逃。在南下火车上,遇伪警带着日本兵盘查,被指为游击队,实为敲诈,哭求无门,只得将盘缠全数进贡,方脱大厄。

逃到武夷山,暂且安顿,重新读书。武夷山瘴气弥漫,蛇蝎出没。不久,父亲罹重病,难以久留,后持毛先生介绍信,辗转进入厦门大学。厦大为避日寇,迁校长汀,虽山清水秀,却也林深路隘,至今仍为贫困之乡。一贫如洗的父亲,古文、诗词俱佳,师生结社写诗,常居魁首,且一身长袍,至留校任教亦不改,故学校人们戏称他为"韩国老"。有此专长,得以教授富家同学古文诗词,换些旧衣饭票,有一顿没一顿地过日子。由于营养极度不良,故无病不患:高血压、糖尿病、肺结核、肝病,更得过严重的痢疾,几致死亡。无钱无药,实在熬不下去,想起顾祝同为江苏籍将领,冒昧致函求助,不意竟获回音,且送他一笔钱,虽然不多,但如久旱甘雨,生命有望。

困厄激励英才,父亲在病榻上竟也学习优异。在他学习的科目中,由于病重不能听课，故没有修过魏晋隋唐史。这段历史，只能自己补习，不料却补成兴趣，矢志专攻，成为终生研究的领域。

当年厦大曾经有一些在国内领风骚的学者前来任教，但大多来去匆匆，风过影息。尽管如此，多少也能让学生开开眼界，一睹大师风采。父亲在厦大听过几位著名学者的课，如叶国庆、施蛰存、谷霁光、林庚先生等。他给老师们留下深刻印象，以后书信交往，绵绵不绝。

毕业那年，正值抗日战争胜利，父亲先往厦门集美中学任教一年。翌年，叶国庆先生提议聘用父亲。故他从1946年起，开始了在厦大长达五十七年的教学生涯，为厦门大学建立起魏晋隋唐史和中国社会经济史两支学术队伍。

新中国成立之初，是他学术事业的第一个好时期，发表了《唐朝的科举制度与朋党之争》、《唐代灌溉事业的发达》、《关于魏博镇影响唐末五代政权递嬗的社会经济分析》、《隋朝中央集权与地方世族势力的斗争》、《唐代的均田制与租庸调》、《五代时南中国的经济发展及其限度》、《黄巢起义事迹考》、《略论隋朝的法律》等论文，以及《隋朝史略》、《柴荣》等著作。这些论文，具有开拓性的作用，引起学术界的重视，侯外庐先生专门写信给厦大校长王亚南教授，高度评价，并提出让父亲到中国社会科学院历史所任职。厦大也于1956年8月，提升他为副教授。在高级职称鲜少的那个年代，他的提升是迅速的，成为一颗闪亮的学术新星。

但是，学术冒尖是十分危险的，何况父亲没有任何政治背景，既不会走门串户，又不会喝酒结帮，自以为兢兢业业工作，下班赶紧回家研究，只求不受干扰，终不可得。"反胡风运动"突如其来，那天上午，他还在家中读报，同为教师的母亲问他报上批判的胡风是谁，他说不知道，未曾听闻。下午到学校参加全校批判胡风大会，会上点名厦大胡风分子，父亲竟然在列，随即遭羁押于校内坦白交代。对于一位三十余岁、对新社会充满理想的青年学者，不啻晴天霹雳，肝胆俱裂，百思不得其解，索肠无从交代，几不欲生。

幸好，"反胡风运动"相对短暂，父亲实在没有罪证，空穴也得有风，而他出身"贫农"，此时颇有裨益，最后诬陷不成立，给予平反。对他而言，有得有失：身体大受摧残，疾病缠身，尤其是严重的肠炎，每日必须如厕三至五次，终生痼疾；精神上成为惊弓之鸟。所得者，对于政治运动有了一定的经验，

后来诸如"文化大革命"等,因为是大面积揪斗,反而没有"反胡风运动"恐怖,故"文革"中,他能白天挨斗,晚上安然入睡,使得估计他身体挺不住的人,惊奇他竟能大难不死。"反胡风运动"之后,旋为反右派运动,因为父亲刚刚整过,所以躲得一线生路,否则一旦戴上"右派"帽子,便是漫漫长夜笼罩。

"反胡风运动"之前,父亲主持厦大学报日常事务,担任工会工作,承担马列主义教育。运动后,便埋头于学术研究,从1957年到1965年,是他学术事业的第二个好时期。在这个时期,他先后发表了《关于拓跋魏时期奴婢的几个问题》、《唐宪宗平定方镇之乱的经济条件》、《北朝的手工业和商业》、《唐五代的藩镇割据》、《从均田制到庄园经济的变化》、《吐蕃和唐的亲善关系》、《魏晋南北朝的苟陂屯和石鳖屯》、《略述科举制度》、《论柳宗元的封建论》、《论唐太宗》、《论太宗的选用庶族地主》、《根据敦煌和吐鲁番发现的文件略谈有关唐代田制的几个问题》、《唐天宝时农民生活之一瞥——敦煌吐鲁番资料阅读札记之一》、《科举制和衣冠户》等大量论文,以及《隋唐的均田制度》、《隋炀帝》、《北朝经济试探》、《隋唐五代史纲》、《南朝经济试探》等专著。他是我国早期运用敦煌和吐鲁番文书研究唐史的代表性学者。针对唐史研究详前略后的现状,他特别注意研究唐代藩镇问题,研究唐代由盛而衰的转变,指出期间政治、制度、经济的种种变化,拓展了唐史研究。他对于经济形态的变化尤为关注,对于南北朝经济史作了全面的探索,并计划撰写隋唐经济史,不幸由于政治运动的冲击,未能完成。

父亲对于历史的考察是细致的,能够把握细小的变化,见微知著,如对科举制的研究,根据《房玄龄碑》考证进士科产生于隋朝开皇末年,提出科举形成"衣冠户"阶层等等,可见其研究风格之一斑。

父亲对于古文献用功甚勤。自我懂事以来,父亲的形象就是严肃的,每天在狭小的书桌上读书写作,从不间断。高兴时,吟诗写字,有时也教我下围棋,但棋力不强,不久就被我打败了,他也并不在意。他最喜欢的娱乐就是写诗,颇得唐风。即使在"文化大革命"的间隙时刻,他也不时拿出古典诗文,吟唱得津津有味,还把我叫到跟前,亲自把教古文和诗词。父亲的另一爱好,就是买书。厦门偏僻,没有古籍可购,他四处觅求。写作累了,就带我上街,他买书时,顺便也给我买几本连环画。

1962年，郭化若将军到厦门视察休养，找厦大教师谈农民起义问题，王亚南校长推荐父亲出席。畅谈之后，郭老颇为意外，遂由历史谈到文学，以至诗词酬唱，成为知己。郭老是毛泽东同志的军事高参，解放军参谋事业的奠基人，长期在毛泽东、朱德和周恩来同志身边工作，诗文书法俱佳，被誉为"一代儒将"。将军与教授在古典诗文上意趣相投，爱才之心顿生，郭老见父亲年轻多病，亲自安排父亲到南京军队疗养院疗养一年，让他换了个身体，才能挺过"文化大革命"的疾风暴雨。

1966年，"文化大革命"狂风突起，父亲作为厦大的"三家村"，和校长王亚南教授等首先被打倒，关进牛棚，家被抄了几次。他平时受学生尊重，所以，抄家倒是比较文明的，红卫兵手下留情，仅拿走文学书籍，历史书基本留下，只在书橱上贴上封条而已。整个"文革"，父亲虽然多次进"牛棚"，但基本没有遭受武斗，和其他教授相比，他是幸运的。令他伤心的，是他的学生诬陷他，挑出他《论唐太宗》的文章，说他讲唐太宗前十年统治得好，后十年骄傲自满，统治走下坡，这是影射毛主席。大字报贴得铺天盖地，这可是杀头的罪名，让他胆战心惊。身体本来多病，顿时全身浮肿，母亲自从"反胡风运动"以后，就受牵连而失去工作。父亲的工资被扣，仅发生活费，母亲天天为父亲烧饭，让我去送饭。我家住在鼓浪屿，要乘船后转车，才能到厦大。当时我九岁，成了黑帮的儿子，出门经常遭到围打，但也不能不坚持每天送饭。后来，其他几位关"牛棚"的教授，如陈诗启、张立、傅衣凌等家属，也经常让我捎带饭食，或者传送东西，故我双手都提篮子，装满东西，不时惹得看管的红卫兵生气，免不了挨骂。

不久，母亲也病倒了，她觉得自己可能活不了了。而市场的供应越来越坏，我每天早上四点多就起床，在市场人山人海中一个劲往里钻，挤到七点多，好不容易买到一块猪肉，再买其他青菜，回去做饭，然后渡海给父亲送去。下午就到市区找中医，买中药，回来熬给母亲喝。父亲有三个子女，两男一女，知识青年上山下乡，三丁抽二，剩下我和父母相依为命。

父亲受了许多气，都往肚子里吞，这就闹出毛病来了，咽不下饭，得用开水送，一检查，已是食道癌晚期，时为1975年6月，我差一个月高中毕业。消息传到北京，郭化若将军四处奔走，可他认识的名医不巧到云南下乡。这时，我表舅王世锐恰好到厦门，他是交通部总工程师，原为福建省交通厅长，

同学李温仁，原是福建协和医院院长，我国享有盛名的胸腔外科专家。我持表舅的介绍信，和历史系柯友根老师一道先去福州联系安排，接父亲入住省立医院，李温仁大夫亲自主刀，两个手术组，一组开胸，一组开腹，把原来需要八小时的手术，压缩为四小时，取出大如拳头的肿瘤，整个食道切除，胃直接与咽喉相接，置于肋骨外。李温仁大夫不但医术炉火纯青，而且为人诙谐幽默，极端负责任，安慰父亲，说保证他今后不再长癌。这个保证应该让老天知道了，所以父亲以后果然不再有生癌，得享天年。父亲命中多贵人。

大难不死，必有后福。他生病前，人民出版社决定重版他的《隋唐五代史纲》，让他修改，由张维训先生负责编辑。张先生是个厚道君子，对我父亲极好，为了此书，不辞疾病辛劳，亲自到厦门进行编辑工作。父亲患病，可谓是绝症，他非常矛盾，书已经修改大半，生死抉择，他选择修书至死，不愿到福州治病。后来，表舅劝他到福州，边治疗边修订，他勉强同意。再后来，李温仁保证他手术成功，他终于同意接受治疗。手术之后，进行了几个疗程的化疗，那是长期的、更加痛苦的过程。那时的厦大党委书记是恢复工作的老干部曾鸣，亲自为他联系省休养院，就在鼓浪屿海边。当时我承朋友帮忙，在鼓浪屿高频设备厂当临时工，先是在电镀车间，用剧毒的氰化物电镀锌，后来去挖地道，拉大板车，扛石条。尤其是前项工作，稍不留神，就一命呜呼，所以，每周有一份猪头皮或猪杂的营养餐，在每人每月半斤猪肉的年代，这是无比的美味佳肴，正好送给化疗中的父亲，增加营养、挺过化疗。父亲毅力坚强，默默忍受痛苦，从不叫唤。《隋唐五代史纲》的第一次修订本，就是在这种情况下完成的。那是一部用生命写就的书，虽然带有那个时代的痕迹，但它印了数十万册，在文化被革命的时代，起到了重大的作用。

"四人帮"被粉碎之后，父亲欢欣鼓舞，迎来了学术事业的第三个好时期，参与并主持申报博士点，组建中国社会经济史研究所，招收研究生，撰写了《隋唐五代史论集》、《魏晋南北朝史纲》、《中国古代法制史研究》、《唐代社会经济诸问题》、《南北朝经济史略》等专著，先后发表了百余篇学术论文；当选为全国人民代表大会代表、福建省政协常委。

1982年，我考取日本文部省奖学金赴日本留学。父亲送我到船边，叮嘱我学成归国，特地在翌年春节写下一首诗：

域外逢佳节,情当倍思亲。母为儿女态,应与泗洙邻。

事业鲲鹏志,文章班马醇。学成归国后,漉酒洗清尘。

期望殷殷,父亲始终是一位爱国学者。

世纪初度,我告别尽心效力近二十年的厦大,到复旦大学历史系,开始新的工作。两个学校,风格差异颇大,为了适应新环境,我全力以赴,丝毫不敢怠慢。学校和系等部门,也尽量为我创造宽松的工作气氛和条件。为我的到来,系领导还亲自到厦大,并同我父亲交谈。父亲始终支持我的选择,时时来信,鼓励有加。我也尽可能回厦门看望老人,2002年一年就回来三趟。但是,毕竟不能常在膝下侍奉,总是惶惶不安,竟至满头斑白。这种心情,常人难以体会。

离开厦门时,我们力劝父亲搬到厦大居住,因为原来的宿舍已是百年老屋,实在破败不堪。父亲不愿迁移,多有忌讳。多次劝说,尤其是在鼓浪屿得不到好的治疗,父亲终于同意搬迁。2003年4月,我太太专门到厦门,向厦大领导申请搬房,幸蒙批准,办好手续。父亲入住后,颇为满意。不料风云突变,他被真菌感染发烧,送厦门市第一医院,注射抗生素,翌日肝脏损坏,抢救无效,呼吸衰竭……

追思那段相依为命的日子,刻骨铭心。

五十七年教学生涯,风风雨雨,走到前头,必是春光和煦,莲花灿烂。

# 父亲的万年青

李小婵

小时候,我们家住在厦门大学在鼓浪屿的宿舍,即原日本领事馆的大院子里。这个大院子由三座楼房组成,一座是原办公楼,一座是建有地下牢房的原外务楼,另一座是原日本领事馆的公寓。我们家住公寓楼里的一个独立单元,有两房一厅,一厨,一卫,一浴,外加两个走廊,还有一个门厅,这个门厅分为内外两个部分,称为内玄关和外玄关。

玄关是日本建筑的一大特点,日本的玄关有两个作用。一个是作为迎送一家的家长——他们称主人——进出的场所,家长每天上班、下班,太太都会到玄关送迎。玄关的另一个作用是摆放陈设台,台上摆着插花或盆栽,以及一些吉祥物,例如龙年就摆一条铜铸的龙,蛇年就摆一条陶瓷的蛇,到了兔年就换成一只毛茸茸的布艺兔等等。

我们在厦大宿舍鼓浪屿原日本领事馆公寓楼的家,外玄关和内玄关没有日本式的摆设台,取代它的是内玄关地上直接摆着二十盆万年青,分成两排。每盆里有五六株万年青,那是父亲李文清从一盆万年青开始,一点一点慢慢扩大种植出来的。

当时我们家没有什么摆设品,甚至连别人家客厅几乎都摆着的收音机也没有。因为父亲是 20 世纪 50 年代初从日本回国的海归,回国时把母亲游玉贞从日本带回来,他们怕被怀疑偷听敌台,一直到"文革"结束,都不敢买收音机。那时候,小孩子们一起玩,经常会互相问:"你们家有什么?"别的孩子都会报他们家比较奢华的一样东西,比如"五屉橱"、"收音机"、"梳妆台",偶尔也有说"沙发",毕竟鼓浪屿是华侨之乡,解放前留下的豪宅不少。

我呢,总是很骄傲地回答:"我们家有万年青。"万年青成了我们家的象征。

父亲喜爱万年青在左邻右舍是有名的。因为那些万年青放在玄关,所以到我们家的客人,总是先在玄关观看那两排万年青,并夸上几句,类似"真好看"、"总是那么绿",有些人还问一些浇水的情况、有没有施肥等等。父亲总是面露喜色,不厌其烦地向客人介绍这些万年青,诸如我们并没有施肥,应该怎么浇水、怎么定期松土,父亲还有一套自己的理论,说:"植物和人一样,不仅有生命,也有感觉,只要我们每天关注它,它就会很精神,很养眼。"

父亲的工作是在厦门大学教数学,在家时大概就是备课和写论文、看书。另外父亲还有一个很投入的兴趣,就是下围棋。

一般下围棋总是两个人对弈,可是小时候经常看见父亲一个人,自己跟自己下围棋,老是自己执黑先行,然后再下白子,一来一去,不亦乐乎。可是下完围棋,好像有什么规定似的,他一定会到玄关,对着那两排万年青,左看右看,好像永远看不够。后来才知道,父亲连下了几个钟头围棋,眼睛老是盯着满盘的白点点和黑点点,所以下完围棋后一定要到那些万年青前面,好好地保养一下眼睛。

母亲见万年青对父亲的眼睛有好处,就对它们倍加关照。她是专职主妇,除了每天按时给万年青浇水外,还每隔一天,用湿毛巾一叶一叶地擦拭万年青的叶子,使得那两排万年青越发翠绿欲滴,四季常青,人见人爱。

也有不少客人开口向父亲要万年青,父亲总是有求必应,把花盆里的万年青割下一株,用湿布裹着万年青的根部,让客人带回家。

在父母的呵护下,我们家万年青不断繁殖,愈来愈茂盛。

可是有一年冬天,最靠玄关门的三盆万年青,突然有了异变。应该自根状茎顶部丛生出的新叶好久没有冒出来,而且最底下短粗的根状茎呈黄色。父亲非常着急。

这天,父亲休息时间照例来到玄关,蹲在那三盆万年青前面,琢磨万年青为什么发黄。三岁的妹妹也踱着小方步来到父亲身边。父亲蹲着,妹妹站着,两个人同样端看着那三盆万年青。说来奇怪,一老一小,神情却是一样,都担忧那三盆万年青。

父亲像是对着妹妹,又像是自言自语地说:"奇怪,这三盆万年青怎么回事呢,是天冷冻坏了?"其实鼓浪屿的天气,最冷时屋里也有十三度左右,不

至于把万年青冻坏，所以，父亲很纳闷。

妹妹好像要加入父亲的质疑行列，一边学着父亲蹲下来，一边一本正经地对父亲说："爸爸，是啊。我就是怕它们感冒，一直给它们浇热水。可是它们还是感冒了。真奇怪呐。"

父亲听了，先是一愣，然后马上反应过来，站起来昂头哈哈大笑，把蹲在万年青旁边的妹妹扶起来，摸着妹妹的头，向我们表扬妹妹说："哦，妹妹真聪明啊，知道天冷了该喝热水，怕万年青感冒，给它们喝开水。是吗？这很好很好啊。"

妹妹当然以为自己做了好事，高兴地说："嗯，我再浇热水……"妈妈笑着把妹妹抱起来，一边向妹妹解说热水是怎么回事。这成了我年幼时一个清晰的记忆。我记得，妹妹那时候的神情，真是可爱极了。

那一天，父亲不仅没有生气，还很高兴。在吃晚饭的时候，特地把这件事情拿到饭桌上，对我们几个兄弟姐妹说了一通。

父亲说："从'做事'的角度来看，妹妹用热水浇万年青是'错的'；可是从'做人'的角度来看，妹妹的爱心又是对的。而且妹妹还小，才三岁，不知道万年青和人不一样，这次通过学习，就知道了。你们在学会做事之前，首先要学会做人。这是最重要的。"

1996年，因为政府把鼓浪屿原日本领事馆建筑物列为国家重点保护建筑物之一，我们搬出了原日本领事馆，住进商品房。中国的商品房当然没有玄关，一进去就是客厅和饭厅。父亲的那些万年青换了好几个地方。先是朝南的阳台，但是，南国的太阳太妖艳，万年青好像不喜欢，经常垂头丧气。于是换进阳台的里侧，可是，阳台的里侧是父母亲的卧室，浇水、清洗不方便。再后来搬到了父亲的书房兼客厅。父亲依然是很喜欢万年青，因为是在书桌旁，每天就与万年青在一起了。母亲依然隔天给万年青洗擦叶子。

已经九十六岁的父亲，现在耳朵几乎完全听不见了。但是说来奇怪，他的眼睛还非常好，查看字典，只要摘下近视眼镜，不用放大镜居然还能够清楚地阅读。我想这应该归功于父亲的万年青了。

（本文发表于2013年2月27日香港《文汇报》副刊）

# 母亲的聚宝箱

## 李小婵

在鼓浪屿厦大宿舍的岁月里,我们家有一个一年一次的家庭节目。大多是在初秋九月中旬。

我们四个兄弟姐妹在母亲游玉贞的指挥下,把父母房间大壁柜里藏着的三个大箱子搬出来。

这三个箱子,是用飞机铝铬钢板制的,全身发出高贵、超酷的银色。箱子上、中、下铆着三排半圆小铆钉,这些小铆钉不是钉上的,而是用模子铸出来的。对,它就是飞机的钢板(直到我来日本前,母亲才告诉我,这是二次大战后,用美军遗弃在日本的废军机改制成的箱子)。

我们把箱子打开,露出天蓝色的上下两层,每层约八十厘米宽,十八厘米高,里面分门别类地装满琳琅满目的细软和五光十色的洋服。接着,我们把这些衣服,小心地穿在竹竿上,抬到院子去晒太阳。四个兄弟姐妹轮流坐在树荫下,看着这些衣服。

这是母亲1950年从东京跟随留日的父亲回中国时带来的行李,或者叫嫁妆吧。可是一到中国,母亲才知道,当时在这里穿这些衣服根本不现实,太艳丽了,母亲不敢穿。从此,母亲把它们收藏在来时带来的银色飞机板的大箱子里,让它们在一年一度秋高气爽的日子里亮亮相,吸吸人间空气,在灿烂的阳光下扬眉吐气一下。它们虽然委屈,但超越它们本身的国度与寿命,整整半个多世纪了,至今仍然色泽鲜艳。

我至今鲜明地记得,有一件白底细棉布、满是藏青色镂空绣花的连衣裙,无袖、无领,后背至臀部锁着一条长五十厘米的隐形拉链,说是绣花,其

实是把白底布绣上一片一片叶子的框,框与框之间镂空。有一年晒衣服前,妈妈把窗户关上,让已长成大姑娘的姐姐穿穿看,姐姐本来就是美人胚,穿上这件连衣裙,远看像满身蝴蝶,近看像满身披花,那惊人艳姿,使我几乎停止呼吸。她从连衣裙里伸出长长的少女才有的美丽的脖子,露出线条优美的手臂,朴素而华丽,简洁而高贵。那时自己甚至觉得看见这么美的东西是犯罪,留下难忘而震撼的感觉。

还记得有一件墨绿色的夏季毛料乔其纱筒裙,再简单不过的线条。但是,那个墨绿,是自然界里看不到的夸张而脱俗的绿,而那个毛料乔其纱又是那么恰到好处地轻盈且有下垂感,使一件普通的筒裙让人左看右看,怎么也看不厌。这是我小小心灵对"质"这个文字的领悟。

还有一个是蚕丝长筒袜。不是现在充斥市场的那种名为丝袜、实为涤袜的赝品,而是百分之百蚕丝织的,滑溜溜的、软绵绵的,颜色像变魔术一样把人的皮肤衬出一种奇妙的透明感。我瞒着妈妈,偷偷地穿过一次。那时,刹那间发现:嘿,原来我的腿是这么美(失礼了!)。几年以后,我留学日本,我的新加坡学友曾对我说:上帝造人,很公平,每个人都有一个得天独厚的地方。李桑嘛,脸有气质,但腿更美,要尽量穿超短裙哦,不穿白不穿喽。我马上联想起少女时偷穿妈妈聚宝箱里的蚕丝袜的感觉,认定他的话是真话。

留学日本时,母亲从她的聚宝箱中挑了五件东西割爱给我,我把它们又带到东京,阔别三十几年,它们又回到了自己的出生地——东京。

其中一件是母亲在日本照结婚照时穿的色织格子毛呢大衣,暖色调的深米黄色,由骆色、摩卡色、砖红色交织成三厘米的格子。这样一件素雅、端庄、温暖的格子呢大衣,就是今天穿在大街上,也一点不落伍。里料已经被我换过一次,外面的料子却依然像新的一样。现在流行仿古色调,因此正是求之不得也。

另一件是藏青色毛呢子旗袍,高领下胸前里衬上一条由五厘米纯棉构成的立体花,典雅、别致。这是母亲1950年初在东京丸之内当 OL 时,在丸之内的量体裁衣服装店定做的,我穿着它,参加过一次朋友的婚礼,日本人还以为是我在中国做的,我告之是母亲当年在东京定做的,她们个个目瞪口呆。

还有一件,是山羊毛的红色连衣裙内裙,我在北海道旅行时,套在连衣裙底下,走在雪地里,百感交集。

还有一个就是刚才说过的长丝袜,我把它放在宝石盒里,我觉得它不是袜子,而是妈妈给我的历史宝石。

记得母亲的聚宝箱里,还有一个三角钢琴宝石盒,里面的装饰品使孩童时的我曾暗地里偷偷地想,母亲也许曾是一个日本的女演员,或者是古代皇族后裔。哈哈,现在想起来,真是又可笑,又令人怀念。

母亲的聚宝箱,在父亲和母亲的庇护下,挺过三年困难时期。"文革"初期,父亲主动把它交给系革委会,等到红卫兵来抄家时,它安详地搁在系储藏室。1972 年,系党组织把它原封不动地交还给父亲,母亲的聚宝箱终于失而复得!

这个聚宝箱,伴随着我们度过无忧无虑的童年。还不敢断言这是传家宝,但至少从这里可窥视母亲的一生,那是神秘、浪漫、坎坷、艰辛的一生。我曾问过她:"妈妈的一生幸福吗?"母亲毫不踌躇地说:"很幸福,你爸爸一直在身边,四个孩子又这么孝顺,幸福得有些奢侈。"

我相信,这是母亲的真心话,也是因为她有过坎坷,才会如此知足吧?!

愿今年八十八岁的母亲,像她的聚宝箱一样,超越时空,超越年代,永远美丽、永远健康。

（本文发表于 2009 年 3 月 5 日日本《中文导报》文学园地）

第三章　我的父亲母亲

# 永远的思念

## 黄苇　黄菱　黄菁

秋去冬来,妈妈陈贞奋在立冬时节离开了我们。一个多月过去,绵绵思念不绝于心。

妈妈是厦门大学的一名普通教授。在我们的记忆里,妈妈属于她的学生,属于实验室,不属于我们。为此我们姐妹仁曾经耿耿于怀,而且也从未认真地关心和关注过妈妈的工作。可告别式上,学校的评价让我们豁然认识了妈妈的价值:"陈贞奋教授,几十年如一日,兢兢业业,忠心耿耿,把毕生的精力奉献给我国的海洋生物教育和科研事业。她先后开设了'藻类学'、'生物学'、'海洋学'、'单细胞藻概论'等课程,高水平的教学质量,诲人不倦的教学态度,赢得师生的高度评价。她主持参加了

我家三姐妹和妈妈在国光楼

多项国家级、省级科研课题,是我国较早开展海洋单细胞藻类生理生态研究的科学工作者之一。"更让我们震撼的,是一封来自大洋彼岸的电邮。妈妈退休二十三年了,她的学生仍然惦记着她,记着她为他们所做的点点滴滴。字里行间浸透着深深的不舍和眷恋……

妈妈,真为您自豪和骄傲。

谨将妈妈学生发自美国的电邮附后,以追思、纪念我们亲爱的妈妈。

我们心中亲爱的陈老师:

辗转传来您永远离开我们的噩耗,我们非常难过,下次回厦大就再也见不到您了!

陈老师,虽然我们三个学生毕业后相继离开厦门,尔后又先后来到太平洋彼岸,二十多年来见到您的次数屈指可数,可您一直在我们心中,不曾忘记,永远不会。是您辅导了我们大学期间的第一个研究课题,指导了我们的学士论文,并在我们的研究生三年中给予了无微不至的关怀。您帮助策划我们的硕士课程,为了开拓我们的知识面和研究领域,在您的协调下,我们修了海洋系的课程,这让我们受益匪浅,您的学生当中不乏至今还在做海洋领域研究工作的。您教我们做文献索引,建立不同研究方向的文献卡片系统,这些系统科学的培训为我们日后的工作打下了坚实的基础。当我们有出国留学的想法时,您为我们写推荐信以支持和鼓励……

多少年过去了,我们仍记得您当年充满活力的步伐、生动的语态,和您对生活积极乐观以及对科研精益求精的态度。您为学生的成功成才付出了很多很多,我们却无以回报,也不能前往告别,只能以此信遥寄哀思,祝您一路走好,永远安息!

学生:

李雅琴(1985 级生物学学士,1988 级硅藻学硕士)自美国康州

陈　萍(1985 级生物学学士,1988 级硅藻学硕士)自美国加州

郑　磊(1988 级生物学学士,1991 级硅藻学硕士)自美国马里兰州

# 绵绵无尽的思念

## ——忆父亲李金培

李慧华

1978年12月12日,这是一个令我们全家悲痛欲绝的日子。亲爱的父亲李金培永远离开了我们,离开了他挚爱的家和女儿们,离开了他学习、工作、生活了几十年的校园,离开了他朝夕相处的同事,系里的老师们痛惜地对我们说:"你们父亲的去世,不仅是你们家的损失,也是历史系的重大损失。我们失去了一位好书记,他是值得我们一辈子怀念的好领导和好朋友!"

父亲出生在福建莆田江口镇李厝村,按族谱排序,到父亲是金字辈,因为是家中最小的儿子,父母希望他将来能出人头地,决心精心培养,因此取名李金培,字绍纬。天资聪颖的父亲果然不负众望,于1947年考入厦大历史系。那时江口一带能进入大学深造的学子凤毛麟角,父亲就读于厦门大学,在方圆百里的乡里小有名气,也着实让李家荣耀了一番。

父亲从小生长在农村,深知工农大众生活艰辛,过着食不饱腹、衣不遮体的贫困日子,又目睹了国民党政府的黑暗腐朽,进入大学后,在这所以"南方之强"著称于海内外的大学学府里,结识了一些进步人士并接受了进步思想,认识到只有中国共产党才能救中国的革命道理,积极参加反饥饿、反内战的大游行以及抗议国民党拘捕杀害浙江大学学生会主席于子三的罢课、游行、街头宣讲等活动,表现出极大的热情和勇气。经过历次学生运动的锻炼和考验,父亲的思想觉悟和工作能力得到很大的提高,于1948年12月加入了共产党的地下组织,成为城工部的一员,并成为历史系核心小组五个成员之一,负责组织、发动学生、参加历次学生运动。临解放时,他又接受组织的安排,回老家发动民众准备迎接解放、迎接解放大军。

解放后,父亲先后在厦门师范学校任校办秘书、厦门市教育局人事股副股长、厦大校办秘书,1956 年调任厦大历史系任总支书记直至 1978 年去世为止。父亲的一生虽然是清贫、短暂的,但他留给我们的精神财富却是无价的、永恒的!

父亲虽然没有艺术细胞,但在家里不时也会听见他在哼唱《满江红》、《苏武牧羊》两首歌。让我记忆犹新的是,在"文革"期间,他一字一句地教会了我们唱《满江红》。当时少不更事,现在想来,这两首歌,寄托了父亲正直、善良、敢担当的品格,以及对国和家的至爱深情。

父亲

他对工作的鞠躬尽瘁和对家庭、子女厚重的爱给我们留下了一辈子的记忆。

## 鞠躬尽瘁 死而后已

出身于农民家庭的父亲身上始终保持着善良、正直、淳朴、忠厚的良好品质,经过历次革命风雨的考验又铸就了他坚韧不拔、任劳任怨、敢于担当的品格。

身为知识分子出身的党政干部,父亲深切知道要建设一所好大学必须要有一支业务精湛的师资队伍,而各个系是组成一所大学的基本单元,因此他二十二年如一日地在历史系这个单元里辛勤工作着。他爱才、惜才、护才。系里有位教学骨干,因为夫妻两地分居,平日既当爹又当娘,日子过得颇辛苦。善良的父亲非常爱惜知识分子,为了解除其后顾之忧,四处奔波协调,终于将其妻调入厦大,使得这位教师能全身心地投入教学、科研工作中,做出了较突出的贡献。我们还记得,每年春节不论多忙,父亲都要亲自上门慰问已故著名人类学家林惠祥教授的遗孀以及系里其他教授遗属,这个举

动不仅感动了家属,也感动了周围的老师。或许是父亲人格魅力的影响,在他去世多年后,每年清明节我们为父亲扫墓时,总有系里的教师和我们一起前往,实在让我们感动!

1957年"反右"运动时,各单位都下达了右派分子的内控名额,历史系也不例外。在指定时间内如果没有完成任务,那可是要冒极大风险的,甚至政治生命从此终结。在如此高压态势下,父亲并没有因为要保自己的乌纱帽而违心地为完成指标而凑数,而是坚持原则实事求是。他认为批判时可以从严,但在定性处理时一定要慎之又慎,不能草率决定,因为在以"阶级斗争为纲"的年代里,一个人一旦被扣上右派的帽子,不仅个人的政治生命永远结束,还可能被开除公职并牵连到子孙后代。最终在父亲的坚持下,历史系除了极个别学生外,教职员工中没有一个人被划为右派!因为他敢于担当,保护了一批教授学者。父亲是以自己的政治生命保护了教师们的政治生命,但也因为如此,"文革"中这成了父亲的头条罪状,造反派称历史系是"地、富、反、坏、右"集中的地方,而父亲是他们的"保护伞"!

由于历史系的知识分子工作出色,1961年12月16日,父亲以"关于对知识分子的使用安排的体会"为题,在中共厦门大学第三次代表大会上作典型发言,介绍了工作做法和经验体会,他最后总结说:"综上所述,说明对于知识分子,尤其是对老知识分子的安排是否得当,关系到他们的作用能否充分发挥、积极性能否充分调动,对培养新生力量、提高教学质量都有重要的意义。我们在几年的工作中深深体会到:合理使用安排知识分子,是正确贯彻知识分子政策的重要标志。今后,我们将根据党的知识分子政策和党委的指示精神,在党委的领导下,进一步统一认识,解决对知识分子使用安排中尚存的问题,以便充分调动他们的积极性,充分发挥他们的作用,为不断提高教学质量而努力!"这个报告获得了与会同志的一致好评。

1964年父亲到闽西社教,由于工作非常繁忙和山区生活异常艰苦,不幸染上了甲型急性肝炎,被送回治疗休养,治疗期间却遇上"四清"运动,中断了治疗。1966年"文革"开始,正值他在漳州治疗休养,却又一次被学校的红卫兵揪回厦门接受批判。他经历过无数次的批斗、游街、辱骂、殴打,甚至在转氨酶高达六百零八、肝肿大九厘米的情况下仍然被逼下田挑大粪!父亲不但在身体上受到非人的摧残,心灵上也遭受到令人发指的百般蹂躏、侮辱。至今我们姐妹依然深深记得1968年11月的"全市大游行"那天,大约是下午五点左右,卫平姐从双十中学回家,刚转入思明南路,就看见游行队伍迎面而来,一听到从高音喇叭传出的声嘶力竭的呼喊声中有父亲的名字,卫平的心一下被揪起,紧张地在游行队伍中寻找父亲的身影,却没找到,心里不由得有些侥幸。等到天降暮色,家里响起了敲门声,姐妹开门,被父亲的惨状吓了一跳!父亲光着脚,蹒跚步入家门,全身从头到脚都被墨水淋遍了。看见爸爸进入厕所冲洗,我们心如刀割!听见不断冲下的水声,我们觉得那是老天爷悲泣的泪水!随着年龄和阅历的增长,这一记忆不但没有随时间推移淡去,我们对父亲当时所受的屈辱和心中的悲愤反而愈发感同身受!

其实那次大游街是有先兆的,父亲也是可以逃脱的,只是他太相信"群众"了。那天中午午休时间造反楼前人声鼎沸,我循声而去看个究竟,原来是在批斗袁伯伯,我立即回来告诉父亲,父亲思考了一会,仍然像往常一样起床去洗漱。凭他的政治敏感度一定已经意识到接下来会发生什么,如果此时他选择逃避,是完全有可能的,那天就有人从后山翻越逃脱。但父亲却认为这是一场群众运动,如果自己在工作中有什么不足或者失误,就应该接受群众的批判,真是太善良了!果然不久就来了一群凶神恶煞、手持棍棒的红卫兵,那时我正在走廊跳皮筋,还来不及进去告诉父亲,这群造反派就气势汹汹地冲进家抓父亲,连推带搡把父亲推出家门,还用棍棒打他!当时我和两个妹妹都害怕极了,毕竟我才十岁,两个妹妹才八岁和六岁。现在每每想起都痛恨自己,如果我再大一些并且是个男的,至少也要和他们理论一下。但反过一想,如果和他们理论又能怎么样呢?或许会给父亲带来更大的灾难!

即使"文革"遭受了非人的折磨和迫害,但父亲对于曾经整过他的人却非常宽容。后来提到一个带头整父亲的红卫兵,父亲只是轻描淡写地一带而过:"他比较调皮。"仅此而已!这就是我们的父亲,一个正直、善良、坦荡的共产党员!另有一位造反派得知父亲去世后,第一时间赶到医院,对着父亲的遗体号啕大哭,如丧考妣!但这又有何用呢?斯人已逝。对于父亲的过早离世,当年的这些红卫兵、造反派难逃其责!也由于如此,在那个非常时期,父亲受尽磨难,年仅四十,他的事业就被残忍地中断了,他的生命也仅

有五十二年。每每想起此，心里就会一阵阵揪痛，潸然泪下。父亲一辈子忠厚老实，为人正直善良，工作勤勉，却遭到如此待遇，老天不公！父亲饱受了非人摧残，直到 1973 年才得到缓解。

1975 年 4 月，父亲终于能渐渐开始做一些工作时，便拖着病体亲自带领考古专业师生到湖北江陵进行考古发掘。他既要抓领导组织工作又要做好和兄弟单位的协调工作，还得亲自下田挖掘，一天到晚忙个不停。过度的操劳致使父亲在回校的途中病倒了，他带着病痛工作的精神深深感动了师生们。

1978 年 2 月份父亲正式恢复工作，重返历史系领导岗位。当时校领导不止一次找他谈话，希望他在担任系书记的同时兼任校党委常委。但父亲考虑到自己的身体状况恐难承担如此重任，从工作角度考虑，还是专心做好历史系工作为好，以免因自己的身体原因而耽误全校工作。在如今跑官买官成风的年代里，父亲的这种举动或许不被人理解。但父亲就是如此朴实的一个人，也体现了他入党为公、不为名利的高尚品格！

1978 年教育界迎来了春天，父亲精神焕发，努力工作、和时间赛跑。他亲自主持了"文革"后第一次全国性的大型历史研讨会，父亲夜以继日地工作，大会终于得以圆满成功，获得了国内众多专家学者的高度评价。因过度劳累，父亲倒下了，不得不停下工作赴上海治疗，但为时已晚，病情已不可逆转了。父亲知道他所剩时间不多了，不无遗憾地说，死我不怕，但我还想为党再工作几年！

手术正值酷暑高温时节。术后，他仍惦记着毕业生分配等许多工作。自己连翻身都很困难，就由他口述让身边的女儿卫平代笔给七五级毕业生写信。在病床上，他一改以往不写日记的习惯，开始写日记了，主要是对系里工作的计划、安排、建议及对家庭子女的嘱托等等。把政治生命看得比生命还重要的他再次向组织提出确认他入党时间的要求，遗憾的是他没能等到这一天。

父亲的一生正如系里教师们为他写的挽联："卅载如一日，鞠躬尽瘁为黎庶；五旬有二年，壮志未能酬党恩。"

## 父爱如山　永生难忘

虽然父亲过早离开了我们,但他对我们的教诲却永远铭记在女儿心中!在我们成长过程中,父亲一直秉承着正面教育的原则,无论遇事大小,总是无微不至地从思想和学习上关注着我们。

记得有一回在和父亲闲聊时,我问起党政干部级别划分的情况,开始父亲并没在意,两句话之后突然意识到什么,立马很严肃地说,小孩子问这些干什么?无论职务高低都是人民的勤务兵!在当今物欲横流、官腐成风的年代里,或许人们认为这只是台面上的话。而在父亲心里却真真实实地把自己看成是人民的公仆,是为人民服务的。他是这么说也是这么做的,这就是那个年代干部的思想境界!

父亲的工作很繁忙,但他在百忙中仍时时关心着我们的学习。有一次参观完厦大鲁迅纪念馆,我写了一篇观后感,由于那时对鲁迅了解较少,写出的作文感觉内容不丰富,但又不知该如何修改,就盼望着能得到父亲的帮助。可是那天晚上父亲正忙着开会,一直到我睡下还未回家,我留了一张字条,希望他指点。第二天一早起来,我惊喜地看见那篇作文字里行间和留白处有许多红色批注。

大姐美华记得,从幼儿园始,父亲就很重视对她的学前教育。上小学后,每天回家饭后总要考察功课,对她带回的成绩单更是逐项仔细查看,检查知识的缺漏和不足,提出努力的方向和要求。她从小学三年级开始学写作文,父亲给准备了"怎样写好作文"等工具书和相关的课外阅读文选,使她的作文获得了几乎都是五分的好成绩,四年级时还被选拔参加高年级的作文比赛,捧回了"金钥匙"奖,她的作文每每在班上被当作范文,在双十中学初中毕业会考的作文又一次被当作班上唯一的范文宣讲。

在中学读书时,我是校宣传队员,大妹端平和小妹新华既是学生干部,又是篮球队员,难免晚上要开会、演出、比赛或有其他活动。当年的蜂巢山是从学校或市区回家的必经之路,昏暗的路灯,稀少的行人,再加上两旁黑黢黢的大山及恐怖的传闻,实在令人生畏,回家对我们来说成了一道难题。每逢此时父亲就骑上自行车到华侨博物馆去载我们回家。坐在自行车上、

靠在父亲怀里,聊着学校的见闻,心里感觉特别温暖。端平参加市少体校篮球集训,实行封闭管理,食宿都在体校,思女心切的父亲有空就骑车去探望,虽然时不时地吃上闭门羹,事后还是很享受地告诉我们:他可以从门缝里瞅见爱女奔跑球场的英姿。这一切至今历历在目,仿佛是昨天才发生的。

1968年底,"知识青年到农村去,接受贫下中农的再教育"的"最高指示"发表,虽然父亲认为"城市人口向农村倒流",这是倒退,但当卫平在学校报名下乡时,爸爸还是很认真地与她彻谈,要求做好长期甚至一辈子在农村的心理和物质准备,并亲自送到出发的火车上;当接到乡下发来的"五好社员"奖状时,父亲及时写信给予表扬;招工后要分工种,从未到过工厂的父亲又到处请教了解工厂分工类别,为女儿及时指导。1975年,时任教育部长的周荣鑫有一个关于高校直接从高中招生的内部讲话,父亲欣喜地督促孩子们做好上大学的基础准备。

1977年是恢复高考的第一年,没有统一的高考复习资料,尤其是政治科更是难以把握,父亲凭着多年的政治工作经验和敏感度,硬是手写整理了几大张的政治复习资料,大妹端平就靠父亲整理的资料复习,考出了政治科九十八分的高分!

1978年父亲在上海住院手术,他冷静面对医生对病情下的悲观结论,而且一直关注着正面临高考的小妹新华,想方设法减少自己病情对小妹的影响,并凭着多年在高校的工作经验,一再指导小妹,强调一定要结合自己的兴趣来选择报考专业。

父亲生性好学,兴趣广泛,大学时期,篮球、下棋、打牌、骑摩托等各项体育活动无所不能,20世纪60年代初还获得厦门大学桥牌比赛的团体冠军,至今家中还保留着他获奖的笔记本等奖品。

借助于自己的特长,父亲不仅亲自教授象棋棋艺,而且寓教于乐,在百忙中想方设法为我们营造快乐的氛围。

端平记得小时候父亲喜欢与孩子玩一种考世界地理常识的游戏,父亲说出一外国首都的名字,要孩子们答出其所在的国家,或反之,互相考问,当女儿能连续答对多个问题时,父亲就会露出慈祥满意的笑容。

新华还记得,当父亲偶有空闲,就自创一些小娱乐项目与我们开心享受。有时,他让我们在依墙放置的板凳上坐稳,在墙上贴一张旧报纸,借助灯光将人投影在墙上报纸上,然后用毛笔描画出每个孩子的侧面头像,看谁坐得最稳,画出的头像最好。他还会借助灯光的投影,用双手变幻出各种惟妙惟肖的动物造型。

快乐的时光令人难忘,然而最最令人难忘而深深铭刻在我们心坎上的还是一张令我们永远感到心痛不已的照片!那是"文革"末期,父亲和我、端平、新华的一张合影,照片中的女儿们个个面如满月,笑靥如花,青春飞扬;而默默站立在三个女儿身后的父亲却瘦骨嶙峋,神情严峻,一脸倦容。多少年中,父亲用其瘦弱的身躯独自承受着各种压力,为我们遮风挡雨,使我们能健康成长,耗尽了全部心血。而我们却不能为父亲分忧,不能让他与我们多待一些时光,至今想来还为我们当年的不懂事而痛悔不已!

父亲已经离开我们三十六年了,但他的音容笑貌永远定格在我们的脑海里。多年来总想写点什么表达我们的追思,虽然文笔拙劣且对父亲所做的工作了解不多,谨以此文了一心愿,寄托我们绵绵无尽的思念!

# 我与父亲的故事

## 黄力凡

父亲黄良文离开我们已好几周了,但我总觉得他只是为了减少我们的负担而暂时搬到别处。尽可能不麻烦别人是他一贯的生活态度。

几天来,从学生与同事对父亲的追忆中,我益发感受到父亲对于工作精益求精与他在生活中随遇而安形成的鲜明对比。一天看到父亲过去的学生在微信中回忆道:"1996 年的'投资学'课程,用 Sharp 的教材,那是你(指父亲)从加拿大的达尔豪西大学图书馆复印回来的。我们帮你搬了张藤椅,当时你的体力已经没有办法站着上两节课,我们八个学生轮流讲,而你负责点评。当其他人都在学台湾股民的 K 线图形时,你却在教我们期权定价。"他看到了父亲上课的不易,而作为家人,我知道备课其实更为不易。1996 年,七十岁的父亲记忆力已大大衰退,却还坚持用原版新教材上新课。那段时间经常听他在嘟囔:"这个公式我明明清楚的,明天要上课了,我怎么又糊涂了?"或"我自己写的笔记,怎么又看不懂了?"家人都劝他别做这"吃力不讨好"的事,他总是一笑置之。

父亲很少和我们谈论他的工作,我们只能从他在家里的点点滴滴感受到他对工作的热爱。于我而言,他首先是一个可亲可敬的父亲,然后才是一名卓有建树的学者。如今回忆起来,儿时与父亲相处的往事还历历在目。

我小时候应该是个不讨人喜欢的孩子。托儿所、幼儿园让我印象深刻的都不是什么好事:发脾气把老师的衣扣扯掉;晚上不好好睡觉,说话、闹事;与人打架。但有件事却给我留下了深刻的印象。那天,父亲有事没能按时来接我,幼儿园里只剩下我一个孩子。我在院子里转来转去、偷偷哭泣,老师让我进屋我也不去。天黑了，好不容易等到父亲来了。父亲抱着我说了很多话，可我什么也没听进去。我已忘了刚才的委屈，只觉得有父亲在真好。

刚上小学的时候，有一次一个女生带着她妈妈来告状，说是我和几个男生走在她后面，有人揪她的辫子。我分辩道：不是我揪的。但好像完全没人理我。父亲对她们说：你们先回去，等下我揍他！我吓得半死，故意磨磨蹭蹭慢慢吃饭。只听见父亲对我吼了一句：还不快吃了去上学！我如获大赦，赶快扒拉两口饭，抓起书包上学去了。

小学五年级的时候我们全家下放到尤溪县中仙公社，尤溪号称是福建的西藏，中仙又是尤溪的西藏。那里交通非常不便，上中学要走三四十里山路。第一天上中学，父亲陪我去。我走累了，父亲跟我说：你别总问还有多远，多看看路边风景，听听鸟语、虫鸣、风声，你就不累了。

高考第一天上午考完试回家，饥肠辘辘的我走进家门，父亲对我说："今天是你的大日子，一定要让你吃好点，我包饺子给你吃。""在哪呢？""正在包，很快！马上就可以下锅了。"那天我先睡午觉，再起来吃饺子大餐，匆匆吃完就赶去参加下午的考试。几天考试下来，我成了父亲的校友。

大一或是大二的一天，父亲系里的同事匆匆跑来告诉我：厦大分房子，按分数排序，你们家能分上，可你父亲出差下周还回不来，下周你来代表父亲挑房子。那时通信还很落后，电话都很难通，根本找不到家人商量，这个家庭最重大的决策就这样落在我一个人的肩上。周末去看房子，当时我对位置、朝向、东南西北完全没概念，随意选了后栋朝西的一套。父亲对我选的房子从没表示过不同意见。对于住房，他并不与旁人相比，只满足于相较于过去条件的改善，好像是分来的而不是选来的，又好像他只负责享受不负责评价。

2012年学生们为父亲从教六十周年举行了庆祝活动。我们十分忧虑地发现，从那时起他的健康状况逐渐恶化。2014年2月底他做了气管切开手术，无法言语。但他还是保持着乐观的精神，享受生活给他的点点滴滴。他观察我每日"精密"计算时间，匆忙吃过早饭赶去上班的情形，语带调侃地记录下来，还不忘分析其中的统计学原理。最后不无得意地写上："给力凡、利娟欣赏。"对于远在海外求学的孙女，他仍然十分关心，不顾身体虚弱为她写下家书，劝她不要一人独承太多压力，多与家人交流。

7月，父亲仍然坚持到学校参加以他名字命名的统计学讲坛。虽只能由学生代为发言，但他事前亲自手书发言稿，还与家人笔谈，推敲措辞。往返之间，他在纸上写下了一段幽默话语，仿佛一切又回到他生病以前。

2014年10月，他已无法写字，只能用点头、摇头表示意见。一天我看他很着急要表达什么，几经询问，终于搞清楚他想了解我对"黄良文基金"活动经费的安排。我对他说：同学们让我拿这个钱给你治病，我已向同学们说了你不会同意的。等今年的活动经费到了，我就把以前结余的款项都汇回去。他又做了个分开的手势。我说，我会把基金的钱和自己的钱分清楚的。他认真地点点头，如释重负。

2014年11月12日清晨，我揭下因为病房消毒蒙住他眼睛的手帕。他看到我，给了我一个灿烂的笑脸。我放心地去上班了。没想到，这就是他和我最后的情感交流。

过去我们常常将父亲的随遇而安理解为不关心或不在意，却在他生命的最后时刻渐渐感悟到，父亲表面的"粗心"之下，暗藏着他对人、对事的体谅与细心，以及因为懂得而常怀的慈悲。

1966年春节的全家福，笔者在后排正中

# 父亲最后的手稿

黄力凡

说来惭愧,对父亲黄良文的工作我一直没有关心过,对父亲写的著作、文章从没认真看过,对他的学术成就也不甚了了。父亲也很少和我们谈论他的工作。这些年,父亲年事已高,我们也只是从关心他身体的角度,劝他少做些工作。

2014 年 2 月父亲做了气管切开手术无法说话,7 月他的身体已非常虚弱,但他还是决定参加以他名字命名的学术活动,并写了书面发言稿。当时我们都很担心他重病中写出的东西会文不对题。于是我第一次认真看了他的发言稿,大半篇都在谈和他一样年龄的老话题——理论联系实际。我心想:还好,虽然没新意,也没什么跑偏的话。

父亲的手稿

父亲去世后，一天和计统系原书记聊天，书记说：是你父亲改变了计统系一穷二白的面貌。他说，改革开放之初，计统系是很穷的单位，很多年轻教师都不安心教学，想离开学校。是你父亲找到了社会需求，开办了许多培训班，为系里挣到了第一桶金。我忽然想到了那篇讲稿——《理论联系实际》。

联想到报纸上说，父亲是最早在中国推动采用 GDP 指标。学生说："当其他人都在学台湾股民的 K 线图形时，你却在教我们期权定价。"才知道父亲一直就是理论联系实际的践行者。他总能高瞻远瞩地看到社会的发展方向，敏锐地发现社会的需求，找到理论知识和社会实践的接合部，并且不遗余力地把这些都传授给他的学生。父亲最后的手稿上所写的那些话，正是他一生实践的高度总结。

父亲(中)2014 年 7 月 4 日参加黄良文讲坛的合影，这是他最后一次参加学术活动

# 回乡过年

## 钱争鸣

"文革"中期，我还在念高小。父亲钱伯海在结束了一段批斗学习的困苦日子后，心情渐趋开朗。年关将至，临时决定回乡过年。作为孩童的我们当然雀跃不已，那是我人生中的一次远行。当时的水陆交通自然无法与现在相比，不仅路况差，而且车次少，一千多里的路程，要走上好几天。那时厦门武斗仍酣，为了躲避枪弹，我们一家从厦门先乘船到龙海再改道漳州，然后搭乘客运慢车，哐当哐当地走了两夜三天，才抵达上海。一下火车即刻赶往十六铺码头换乘长江客轮，又是一夜的颠簸劳顿，终于回到心驰神往的江苏泰兴老家。

一进村屋便热闹起来，亲朋好友接踵而至，把小小的客厅挤得水泄不通。大人们互致问候，亲切攀谈。父亲用家乡话一边唠嗑，一边给大伙分发糖果糕点，浓浓亲情、乡情，写在大家脸上。而一时不适应这种"大场面"的我，直愣愣地站在一旁，低头不语。除夕晚上，大家围坐一起，摆上各种说不上名称的地道家乡菜肴，食材之真、味道之美，在物资极度匮乏的年代，能品尝这么浓郁的家乡风味，吃上如此"丰盛"的年夜饭，可以说根本不亚于当今五星级饭店的盛宴大餐。

在家乡，接触最多的当然是与我们同龄的小伙伴们，虽然言语沟通有些障碍，常要加上手势比画，但丝毫不影响彼此的互动。我们一起打陀螺、玩玻璃珠子、爬树掏鸟窝、在屋檐下荡自制的简易秋千，常玩得天昏地暗，哪管户外的天寒地冻。那可是我孩童时一段最快乐的时光啊！

在村中，令我惊讶和感叹的是这些小玩伴中不乏勤奋好学，天资聪慧的

"明星"们,小小年纪就能大段地背诵艰涩难懂的唐诗宋词。一位邻居大爷告诉我村里自古崇尚教育,历代涌现很多文人秀才,你父亲(家父)就是其中的一位佼佼者。他自小聪颖好学,意志坚强,高二时就提前一年考取复旦大学,成为村里最早的名牌大学生。这一"光荣"历史,我还是头一回听说,对内心的触动很大,当时我就暗下决心,一定要加倍努力,长大后成为有用之才。

行将离别时,我竟有一种怅然若失的落寞,那种依依不舍之情,难以言表。在那个年代,家乡的生活条件远不及城市,房舍多以土坯筑成,家具也异常简陋,但那毕竟是自己的故乡,那河流、那田野、那树木、那村舍,到处都浸润着浓郁的亲情。长大后才慢慢地感悟出"月是故乡明,人是故乡亲"所蕴含的深刻哲理。

头次回乡过年,已是近半个世纪前的事了,但至今仍记忆犹新,难以忘却。人生易老天难老,岁月像流水般静悄悄地从我们身边溜走,提醒已是中年的我们要更加珍惜往后的岁月。

我们的全家福,左一为笔者

# 一本英文小字典

钱共鸣

光阴荏苒,斗转星移,多少往事,涌上心头。那是在"如火如荼"的"文革"岁月,政治运动接二连三,来势异常凶猛,父亲钱伯海一夜之间成了走资本主义道路的当权派;很快厦大校园又陷入两派冲突的腥风血雨中,外面的局势乱糟一团,时常枪声大作,子弹横飞。我就目睹过一位行人不幸遭流弹击中后血流如注、倒地仰天惨叫的恐怖场景。父亲整天忙着接受批斗审查,根本无暇照看我们这些年幼的孩童,但又非常担心我们在外乱跑出事,所以每天出门前必三令五申,反复告诫我们兄弟俩留守家中。日复一日,月复一月,我们闷在家中,百无聊赖,一来担惊受怕,二来闲得发慌,每天最高兴的事就是看到父亲终于平安回家。记得是在 20 世纪 60 年代末,有一天母亲林美英陪父亲出门前,不知怎么地从书箱中找出一本破旧的英文小字典,交到我手中,认真地说了一句令我终生难忘的话:"与其在家消磨时光,不如好好利用它,没准将来会有一番用处的。"在那万马齐喑、读书无用论横行的肃杀年代,有谁能预卜人生的未来?但这不经意的一句话却影响了我此后的人生旅程。

我时常感叹母亲的"先见"之明,一直不理解,不谙英语的她哪来那般敏锐的洞察预见力?多么感谢她给了我这本小小的字典,它可是我人生启蒙的"圣经"啊!它不仅让我遨游在丰富的英语词汇的海洋中,而且帮我打开了通往知识圣殿的一扇窗户。因为有了它,我后来创下了几个人生的"第一",改革开放后第一届厦大外文系英专本科生;第一届厦大国际贸易系硕士研究生;随后我又带着它,漂洋过海,到了美丽的英伦三岛,成为在顶尖商

学院攻读经济管理学博士学位的第一批中国大陆留学生；之后又成为在香港著名高校从教的第一批内地学人。也许有人会说这么多的"第一"，不过是时间的因缘巧合，但我可以坦诚地说其实这也是一种因果的"必然"！在"读书无用"、"知识愈多愈反动"之风盛行的疯狂年代，正是妈妈的一句话和她给我的这本当时十分难得的小字典，才让我能独自"躲进小楼成一统"，常年不懈地坚持学习，并由"量变"到"质变"，不断积累向上"喷发"的能量。

这本现在看来毫不起眼的英文小字典还静静地摆放在我办公室的书架上，它陪伴着我走过人生的千山万水，历经少年、青年直到现在中年的各个阶段；也跨越从国内到国外再到现在的境外的生命之旅；它带给我许多美好的人生回忆，激励我不断努力向前。我想我一定会把它保存下去，直至永远……

父亲与我们

# 诚实善良于点滴之中

## ——记一个平凡厦大人的家庭

### 周 跃

我父亲周绍民,是厦门大学化学系教授、博士生导师,他长期致力于物理化学的教学和科研工作;母亲傅素文是厦门一中退休高级教师。我们家有三姐妹,各自组成了幸福美满的家庭。我们的孩子都受过高等教育,并且有了第四代。

我父亲九十四岁、母亲八十六岁,都是具有健康生活理念、积极向上的好老人,虽然都进入了耄耋之年,但始终没有放弃对自己的严格要求,以善良诚实做人、本分正直做事的家风,影响着我们一代又一代。

父母亲早在 20 世纪 80 年代,就双双光荣地被评为福建省劳动模范。他们善良正直的品格,流传于所有认识他们的人口中,也深入到我们日常生活的点滴之中。他们对我们下一辈,从来都没有说教,只是用自己一生恪守的做人准则,告诉我们什么应该,什么不应该。

记得有一次,我和朋友在校园里遇到父亲。朋友问:周先,您要去哪?父亲说:我去买信封。朋友奇怪,又问:办公室里没有么?父亲说:不,我这是寄私人信件。当时我和朋友错愕地对视一会,然后又会意地笑了。

最近在撰写评选"最美家庭"申报材料时,我写道:父亲虽然九十四岁高龄,但他保持积极健康的生活理念,杜绝一切不良生活习惯;每日阅读报刊书籍上万字;一日三餐科学饮食;保持充足的睡眠和恰当的运动,每天坚持八千步健步走。父亲看了初稿后,对我说:自从你妈妈摔伤后,我不再走那么多了,只走六千步。我当时急着要出门,懒得再改,就跟他说:哎哟,没有人会去较这个真的啦。他不容置疑,斩钉截铁地说:六千步!

父母善良待人，为没有血缘关系的保姆养老送终的故事，在厦大传为美谈。早在1956年，父母都在学校任教，两个年幼的姐姐没人照看，所以家里雇请了保姆。这一次的雇佣，成了保姆终身的保证，主仆从此就没有割断过亲如血脉的关系。这位保姆在家里一干就是四十三年之久，一直到保姆的孙子再三来接，才于1999年回到老家。保姆回去后，一直仍由我家赡养，按月供给生活费用，每个月我们都会去探望老人，十三年如一日，从未中断过。保姆年迈患病后，父母在晋江雇人照顾她；保姆九十五岁高龄寿终正寝时，我们三姐妹都守在她的身边。现在，老保姆去世已经三年了，我们每年都在清明时节，去她老家给她扫墓，寄托我们的哀思和对她的感激之情。

　　我母亲傅素文是厦门一中的高级教师，终生兢兢业业为基础教育事业做贡献。从事教育工作的她，深知文化知识对每一个孩子的重要性，一直热衷于对农村和外来工失学孩子的助学工作。受过她资助的孩子不下十位，长期的，短期的，不论谁有需要，她一定挺身帮忙。自己的儿女，她舍不得给一分钱，自己简朴得身上穿的还是那件二三十年前的衣服，但是看到那些失学孩童学有所成，或因他们的成就家庭脱离贫困，她高兴得不知道说什么好。

　　我们的家庭生活没有轰轰烈烈，没有大富大贵，但一定是诚实守信。在人生旅途中，我们也有过纠结、彷徨和抗争。我们在工作时，一样会受到很多的诱惑和压力；在面对诱惑时，我们有家族始终如一的准则，用坚定不移的意志去抵制再抵制。在生活中，也一样会有每个家庭的具体问题和夫妻之间、子女之间的矛盾，我们都会学着父母经营了近七十年婚姻的宝典，本着：包容、谦让，去坦诚沟通和解决。一个家庭，只要每个成员都努力于点点滴滴，那这个家庭一定是很美的。

　　现在，我们三姐妹都已经退休赋闲在家。我家的第三代，已经是家庭和社会的中坚力量，他们都在各自的舞台上，演绎着自己不同的精彩人生。但有一点却是相同的，他们一直秉承善良诚实为人、本分正直做事的原则，编织着自己的未来和教育他们的后代。通过回顾总结，才发现，原本平凡、平常、平淡、平实的家庭生活，其实早已提升为善良诚实做人、本分正直做事的家训，融汇中华民族几千年的优良传统中，正在发扬光大，并将世世代代永远流传下去。

永远如厦大孩子

# 父辈、我、厦大孩子

## 周　跃

## 父　辈

父亲周绍民 1945 年毕业于厦门大学化学系。正值抗战胜利,化学系没有职位,父亲毅然回到老家晋江安海,在培元中学义务当教师,给孩子们授课。

1946 年,卢嘉锡先生从美国回到厦大任化学系主任,经蔡启瑞先生推荐,父亲回到厦大化学系,当了卢老的助教。每每听父亲回忆在卢老身边工作的细节,充满浓浓的感激和敬畏之情。父亲说,当时他的工作主要是批改学生作业和带领做实验。卢先(那时大家都称刚三十出头,却已是知名学者的卢嘉锡教授为"卢先",这个称呼一直沿用到今天)要求他每天到位,跟学生一起听课,并要先把作业做一次,经卢先批改后,才允许他开始批改学生的作业。有时一道题目有多种解法,卢先还会亲自在习题边上把多种解法注上。父亲说,他在卢先身边工作了四年整,真是受益匪浅。那些作业本跟着父亲走南闯北,一直被视为珍宝不舍丢弃。可惜"文革"时被抄家,丢失了。

记得一次陪父亲探望化学系原书记刘正坤阿姨,他们又不约而同谈起了卢老。刘阿姨说,她还保留着卢先用英文批改的作业呢,那一个字、一个标点,都清晰娟秀。可见卢老的严谨、精准,一丝不苟的精神,实实在在地深

入到老一辈厦大化学人的灵魂里。

卢老对父亲的传帮带的精髓不止于学术，还体现在做人。父亲当年在电化学领域颇有建树，中科院院士的桂冠是他终身努力奋斗的目标。当时正好是卢老担任中科院院长，又有国内某知名学会有名额推荐了父亲。已经参加工作多年、有丰富"公关"经验的我信心满满地对父亲说，你把卢老的电话给我，我来给你操作一下，一定能成的。父亲平静地说，不必这样，如果我可以，组织一定会考虑；如果我不行，任何人的操作都是没有用的。父亲虽然平淡表达，却是没有任何的犹豫和松劲。由于种种原因，父亲与中国科学院院士这一光环最终失之交臂，但这对他终身的人格清廉和对我潜移默化的教育却是无价的。

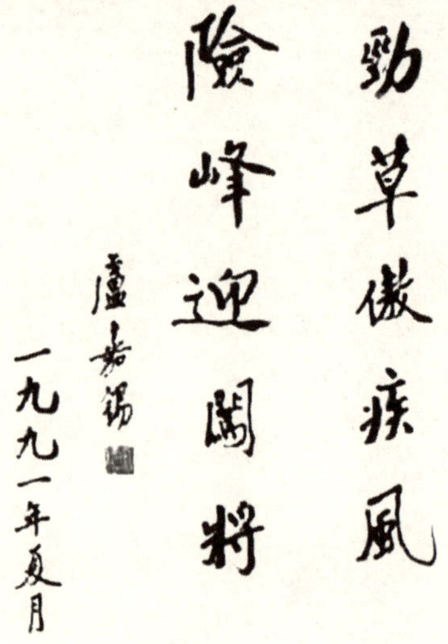

我家客厅挂着卢老书赠父亲的墨宝："劲草傲疾风，险峰迎闯将。"每天进出，都必然会看到它。说真的，对于日后工作中无数次公关的成功，我并没有太多的喜悦和成就之感。每次成功之后，我都会想起在自己家里公关的那次决定性的"失败"。

卢老墨宝

## 我

1957年父亲留苏回来后，家里又有了我这个延续了厦大血统的小女儿。

虽然我出生在厦大，生活在厦大，但是从小到大，并没有太多的机会了解我的父亲。因为当我呱呱坠地时，父亲已经三十八岁，当时他的事业如日中天，整天忙于教学、科研，还有一段时间担任了一些行政职务，根本没空顾

劲草傲疾风
险峰迎闯将
卢嘉锡
一九九一年夏月

永远的厦大孩子

家。等到我长大懂事后,就嫁人离开了家里。到后来再回来与父亲一起生活,他已经是八十四岁高龄的耄耋老人了。所以我一直没能真正走进父亲的内心。只是记得一段时间,父亲有时会在晚饭的餐桌上,很淡很淡、幽幽地说,唉,一生为厦大服务,培养了无数的厦大学生……言下之意为自己的女儿深感遗憾。是的,由于时代的条件所限,父亲三个女儿的学历都打上历史的烙印,各自代表着厦大不同的办学管理模式:大姐是生物系的工农兵学员,二姐是物理系夜大生,我则是在法律系干部专修班读了两年半的法学。

不过除了专修班的学习经历外,因为特殊的厦大血统,我还有幸两次"供职"于厦大。

第一次,是中学毕业后、正式就业前的间隙,我因着血统关系,到厦大物理系工厂的镀膜车间当了一名临时工。那时的工作就是把圆圆的玻璃片加上抛光液,从粗磨、细磨、到精磨,把一片玻璃磨得锃亮,然后进行镀膜,最后做成牙科的检查镜。这是一个极其单调、无聊的工序,每天工作八小时,就看着机器在那不停地转动,磨出了白色的液体,磨亮了玻璃片。当时怕是赶订单吧,还分日班、夜班。这是我走出学校进入社会的第一份工作,这份工作让我学会了熬夜和彻夜不眠;还让我这个当过运动员的假小子"橄榄屁股"也磨平了,学会了坐得住。

第二次,是因为先生出国,我需要找份离家近的工作,方便照顾孩子,所以辞掉了律师事务所的高薪工作,凭着"血统",到了厦大会计系会计师事务所。那之前我已经有了多年工作经验,但给我的月工资才二百六十元,心里的失落那是不能用言语来表达的。而且我是个对数字没有概念的人,在会计师事务所这个专门跟数字打交道的地方,刚开始时还磕磕碰碰很不顺心。后来所里根据我的特质,调整让我负责行政事务和人事管理,这下我如鱼得水,工作起来顺手多了,也逐渐得到了领导的信任和重用。有段时间事务所元老常勋老师到香港讲学,他特地出具授权委托书,将在厦大的所有事务全权委托我代理,由此看,我的工作态度和工作能力得到了他的充分认可。

## 厦大孩子

尽管我一生与厦大有不解之缘,但早年家住大生里宿舍,所以对校园还

比较陌生和淡漠。1979 年我家搬进厦大校园,对厦大看多了、认识深了,反而感觉不喜欢她了! 很长时间,我从头到脚,横竖看不惯厦大:嫌她校风不正、风花雪月,嫌她学术不正、歪门邪道……甚至路边晾晒衣服、违章停车、保洁不到位、邻居养狗等,都成为我这个"愤青"嫌弃厦大的口实。

2013 年春节,同学劲毅告诉我,大年初五有个特殊的厦大国光孩子的聚会,希望我能去。回家时,我跟父亲提起此事,说:我没住过国光楼,去了名不正言不顺。父亲急了,说:去! 你可以去! 我早在 1952 年就住国光一了,你一定要去。不知道这个一生与世无争、淡泊名利的父亲,怎么会把我定位为厦大孩子,对这么一个名不见经传的"头衔"那么上心呢? 一定是缘于他对厦大的终生奉献吧。他希望下一辈人像他一样热爱厦大、敬仰厦大。

参加厦大孩子的聚会,在这个特殊群体中,我是个低年级的学妹,却感受到大哥哥、大姐姐的澎湃激情,感受到那种不是亲人胜似亲人的浓郁感情。一张照片,把我框进了这个家庭,莫名地让我对厦大有了全新的感觉,让我突然有了作为厦大孩子的自豪感和满足感! 回忆起早年,孩提时代在学校里,总会有同学把我们划分出来,叫我们是"厦大仔"。现在我把这看成是当时社会对我们这个群体的一种有意思的区分和认可。

2014 年 11 月,咸池大哥从北京来到厦门,顺便约见我们这群厦大孩子。离开多年,他对这座城市已经陌生,乘坐公交车误了约定时间,来电话询问见面地点。我说,我出去迎迎他。大家全笑了,说,看你们有没有缘分。是的,我们素昧平生,从来没有见过面,可当我走出门,一眼就认定那位背着双肩包、笑容可掬、走着稳重方步的人就是卢大哥。真的是,他就是他,我就是我,不需要介绍,不需要辨别,这就是厦大孩子的特质。

那天,正好是父亲九十四岁生日,咸池大哥在餐厅见到了父亲。其实先前他与我父亲并不熟识,但从小常听他父亲提到绍民、周绍民,早已深深印在了脑海里。一进餐厅,卢大哥箭步向前,紧紧握着父亲的手,用低沉浑厚的地道闽南话叫了声:绍民叔,绍民叔! 看到这样的场景,我的心头涌起了一股暖流,眼前弥漫起一片雾气,模糊了我的视线。朦胧中,仿佛感觉那就是离家多年的亲哥哥回来啦!

诚然,我和卢大哥不是亲兄妹,但我们同是厦大孩子,身上都流淌着厦大人的血、心里都有割舍不去的厦大情怀。我感到胸中那份厦大孩子的自

永远如厦大孩子

卢咸池与父亲周绍民摄于 2014 年 11 月 18 日

豪感在升腾。那天,就是厦大孩子一份传奇故事、一个厦大孩子崭新未来的
开始!

# 南下,南下

—— 记我的父亲母亲

章 慧

前些日子,爸爸瞩我写一篇回忆文,千头万绪,就从我的姓开始说起吧。

这些年来,我外出学术交流,经常有人把我的姓搞错。我在纠正的同时,会补充一句:其实,张是我的本家姓。由此引起别人好奇,于是我不得不说上一段父母亲南下的故事。

爸爸田心,江苏江阴人,原名张思锷。1949 年从上海参加南下服务团随军南下福建时,因为名字要登报,担心祖母不同意他参加革命,就将自己名字中的思一分为二,姓田名心,从此田心这个姓名就跟了他大半辈子。我的两个姑姑张思纯和张思瑞,虽然也参军了,但她们没有改名换姓。

原本互不认识的爹妈一起南下福建,先在福建省委机关落脚,经人介绍相遇相知,抚育了姐姐章红和我。小时候,我们曾好奇地问妈妈章绮霞,为什么我们姐妹俩姓章不姓田?妈妈回答,田不是爸爸的本姓,如果你们随姑姑姓张,外人会觉得奇怪,干脆就随妈妈的姓了。那时随母亲姓的家庭不多,也是一种时尚,外公外婆知道了都很高兴。妈妈还说,太爷爷章沧清曾经将章红姐姐取名为章福五,据说是为纪念她生在福建,而且生日是农历五月。迄今我们仍不明白腹有诗书的太公为何给姐姐起了这样土的一个名字。

张家太爷爷是淳朴的农民,张家爷爷为独子,被太爷爷送进无锡师范念书,那时读师范吃饭不要钱,所以当地人都管它叫无锡"赐饭"(按江苏口音,赐读作 si),毕业后当了教师。为了谋生,爷爷曾一度离开教师职业,但是他最终还是选择回到江阴学校教书,在学校里突发脑炎,英年早逝。

468

爷爷去世后,奶奶孔文英从此守寡,一人拉扯着四个孩子(伯父张思明、爸爸和两个姑姑)打理几亩薄田,过着艰难的日子。为减轻家庭负担,爸爸十三四岁时就去布店打工,当了三年学徒,实际上是帮主人家带孩子、挑水做杂活的苦役。之后,伯父意识到不念书没有出路,把爸爸带出来进了师范学校,伯父念高中,爸爸念初中。两人一起上学,经济上相当拮据,于是伯父主动放弃学习,到铁路上找了份工作供爸爸一人读书,直到培养爸爸考取上海纺织工专(现改名为东华大学)为止。长兄如父,伯父对爸爸恩重如山,爸爸迄今仍念念不忘。但由于伯父在解放初期因冤假错案被投入大狱迫害致死("文革"后终获平反昭雪),使得爸爸永远失去了直接报答他的机会;再后来,爸爸的工作,甚至我和姐姐章红在中学入团时也因此被牵连。

1949 年 10 月华东随军服务团第三大队第一中队在福州合影

父亲田心在第四排右起第九

爹妈南下福建之前,都在上海读书。彼时爸爸刚刚考取上海纺织工专;妈妈初中毕业从苏北连云港老家来到上海与外公团聚,以薄弱的底子勤奋学习,高中就读上海复兴中学,是一所名校。妈妈出身于书香门第,她的爷爷章沦清先生,曾经是国立江苏省上海中学一位受人尊敬的名师。

因此,同音的张和章,都是我和姐姐的姓。江苏江阴和苏北灌云,都是我们心目中的老家。若论籍贯,我们是正宗的江苏人。虽然我们俩都生在福州,但厦门是我们认定的第二故乡。

1949 年爸爸和妈妈在上海报名参加了南下服务团,从此走上革命道路。他们都是在南下途中火线入党的。到福州后爸爸进了革大,后来参加

1949 年 10 月华东随军服务团第二大队第五中队在福州合影

第三排女生左三为母亲章绮霞

了土改工作队,由于表现好,土改结束后被安排到省委组织部工作。妈妈入
警校学习,后分配到省公安厅工作。当时为了培养省直机关的干部子女,组
建了省儿童学园(属于混合制的干部子弟学校),从南下服务团中抽调了一
批幼师毕业的青年去那里工作。妈妈非幼师专业,但是由于工作态度认真
且年轻漂亮,也被选上。省委组织部和儿童学园离得很近,与爸爸南下时同
在一个中队的几位阿姨是妈妈在儿童学园的同事,经常带妈妈一起到省委
组织部找爸爸开后门蹭电影看。在她们的撮合下,爸爸妈妈走到了一起。

爸爸田心和妈妈章绮霞在福州

爸爸田心、妈妈章绮霞与章红章慧姐妹在福州的全家福

**1958 年 6 月厦大中文系毕业照**
前排右三起依次为：许宏业、田心、吴立奇、林莺、蔡厚示

1961 年 5 月妈妈与毛选学习班同事合影,后排左一为江月仙阿姨

　　当年南下服务团中较年长的带队干部很少从老家把老婆孩子带出来,解放军占领福州后,为随军南下的上海青年安排了工作,不多的女学生成为老干部的追求对象,一般都是由组织包办介绍,闪婚。南下那年妈妈才 20 岁,长途行军劳顿,刚到福州时,她留着短发,又黑又瘦。解放初省委机关实行供给制,条件很好,生活安定下来后,妈妈出挑成清纯貌美的儿童学园女教师,一双会说话的大眼睛,微微卷曲的头发,梳两条大辫子,适中的身材,身着当时文艺女青年时尚的白衬衫翻领双排扣军装,据说追求她的男生很多。倔强而优秀的妈妈没有"服从组织分配",而是与同样是学生出身的爸爸结婚了。他们文化水平较高,因此在 1957 年 11 月双双被组织派往厦门大学充实干部队伍,那时我还不到两岁,从此我和姐姐章红就成了厦大的孩子。

　　2010 年寒假,我偶然看到山东影视集团斥资四千万元打造的电视连续剧《南下》中的一个片断,艺术再现了解放军南下福建在上海招募知识青年作为干部后备,以及他们离开上海跟随在前方打仗的部队步行往福建的过程。后来上网搜索《南下》剧情后，让平时很少看电视剧的我目瞪口呆，该剧竟长达五十六集，以解放初期山东干部响应党的号召、南下支援全国解放为主题，表现了这个群体到了南方特别是到了上海这样的大都市后面临的种种问题，他们要学会管理城市、管理工业，他们要与潜伏特务、土匪斗智斗勇，还要警惕糖衣炮弹的袭击；他们面临着爱情的选择，家庭的重组。而其中描述解放军

谢植桂阿姨（站立者）是妈妈在厦大图书馆的同事

南下福建的，只有二十二集和二十三集寥寥两集。冥冥之中指引我只看到的这两集，不正是当年身负背包乘火车从上海出发，沿浙赣铁路南下至江西上饶，然后开始徒步行军翻越巍巍武夷山，千辛万苦地走进福建的爸爸妈妈吗？

妈妈章绮霞与章红章慧姐妹在厦门中山公园

章红章慧姐妹在幼儿园的一次演出之后

1957年11月爹妈来到厦大工作。"文革"前爸爸先后在中文系、党委组织部等单位工作;"文革"被下放后,一度外调在龙岩的厦门煤矿,后来担任厦门市交通局的副局长。妈妈因为曾经是省儿童学园的老师,在1960—1962年期间担任厦大幼儿园园长,后来相继在图书馆和教务处工作,"文革"前担任厦大教务处的秘书,协助教务处长潘懋元伯伯工作;"文革"被下放后,她一度外调在厦门市水产局工作。由于他们还是喜欢高等教育工作,1981年我还在读大三的时候,他们向组织申请,双双调回厦大一直到离休。妈妈还是回到教务处,她和彩霞阿姨白手起家创建了教务处的研究生科,后来发展为厦门大学研究生院,那已经是后话了。

2013年2月14日,自诩为校园土著的厦大孩子在逸夫楼餐厅第四次聚会,参与者年龄跨度超过了一轮半十二个生肖。聚会场面极其感人,大伙乐观的朗朗笑声,体现了根植在所有厦大孩子骨子里的一种坚韧不拔的精神。这种精神,来源于我们共同拥有的五彩缤纷的、始终普照着明媚阳光的快乐童年生活。儿时的物资虽然匮乏,但精神却是充实的。

余波未尽。"土著"们在经历2012年1月以来的四次聚会,特别是在第四次聚会上共同决定要出一本自己的书《永远的厦大孩子》后,记忆闸门纷纷打开,展开了一拨又一拨话题不同的难忘回忆,高兴的、调侃的、缅怀的、伤心的、锐痛的……最近的回忆浪潮更是不可避免,也无法避免地穿越到十

474

年动乱的"文革"年代。

"文革"是一条分界线。"文革"前,坐山面海、山清水秀的厦大校园,是我记忆中的彩色照片,四季如春、阳光灿烂、鲜花盛开,我小时候乐颠颠地跟在姐姐章红、姗姗姐姐、林麒姐姐、史岩姐姐、瑞婷姐姐等东澳小学四甲学长后面,或与三乙的陈慧、中群、潮逢、何方、芮菁等同学一起,没有课业的负担和压力,成天在厦大校园内外"上山下海"地疯玩,如同朱子榕大哥所说:"随着父母一起感受校园的山林、田园和大海的美丽";而"文革"期间乌云压顶、血雨腥风、寒冷刺骨的厦大校园,则是我记忆中的黑白照片,耳边似仍刺耳地充塞着造反派的厉声呵斥和一帮小混混在背后喊我爸爸姓名的高声怪叫,想不起来有过一个好天气。

这就是我对于"文革"中,我们的亲爹娘和我们自己所遭受的欺辱选择性失忆的结果,居然连那些年的晴朗天气也在失忆中被遗忘。有过种种经历、受过重重磨难的"土著"小人儿,对生养我们的厦大校园的情感,真是百转千回的复杂,爱恨交织。

"文革"期间爸爸妈妈也不可避免地受到冲击。记得造反派到敬贤楼抄家时想冲进我们姐妹的房间胡作非为,爸爸拦在房门口,威严地告诉他们孩子的房间不能进,才使我们的一些宝贝书籍得以保留。"文革"一开始,我们就被赶出敬贤楼来到大桥头筒子楼安家(一住近十年),一辆破板车拉走了我们的所有家当。尽管大桥头与敬贤楼的居住条件天壤之别,厨房在过道上,用水、洗浴与厕所等都公用,但是爸爸妈妈很快适应了环境。每天他们都要去牛棚参加劳动改造,他们还是将两个拥挤的小房间安排得整洁有序,让我们姐妹感到温馨和淡定。那时爸爸妈妈被造反派吆喝去挑海水浇海边的木麻黄树(直到我和章红姐姐上山下乡后才体会到走在深陷的沙滩上挑着两大水桶海水的艰难)或到池塘里挑河泥,还有那天天写不完的思想汇报。

记得有一次,不知为什么与爹妈闹别扭,倔强的我把自己反锁在大桥头的房间里,不肯出来吃饭,彻底激怒爸爸,他进不了门,恨恨地要爬门上的天窗进来揍我。后来乘大家不注意,我留下一张字条打开房门一溜烟地跑出去了,躲在外面四处溜达不敢回家。爹妈派姐姐来找到我,劝我回家,我不肯,说回去会挨揍(因为我出门前做了坏事),姐姐保证不会,千哄万骗地带

我回家了。到家后爹妈拿出纸条给我看，没有骂我，原来我在上面写着"打倒牛鬼蛇爸爸妈妈！"。他们笑着说，你急急匆匆跑了，忘了写上一个"神"字。

这就是我的爸爸妈妈（写到这里，我流泪了），即便在那样的时刻，他们仍旧一如既往地坚强乐观。

话说"文革"前妈妈只是教务处的秘书，没有一官半职，却被戴上"年纪轻轻就当上国民党反动少尉军官"的帽子，被批斗游街，这完全是一场莫须有的历史误会（详见本人的另一篇文稿《回家乡忆妈妈》）。同样被抹黑的还有爸爸，"文革"时厦大造反派成立了专案组到江苏省江阴县璜塘公社须毛大队去调查爸爸的身世，当地一些别有用心的人指着地主家住的红砖房，说那就是解放前田心家住的。"文革"期间姑姑和姑夫带我和姐姐回江阴祖母家小住了一段，我们很不习惯。祖母长期住在一间破茅草房里，家徒四壁，与几只养在大缸里的安哥拉兔为伴，家里最值钱的，恐怕就是奶奶为自己准备的寿材了。听堂妹孙东说，奶奶奉为宝贝的这口寿材在"文革"中被造反派抬出去，拆了搭建搞运动的主席台，奶奶一直耿耿于怀。而据说奶奶家简陋卧室里的床，是用爷爷睡过的棺木打造的，这让曾经和奶奶一起睡过这张床的姐姐和我，听起来直后怕。

除了挖河泥和挑海水浇灌海边的木麻黄树，妈妈的劳改项目还包括到厦大食堂去帮厨。有一次，妈妈在竞丰食堂的炉灶前（至今我仍清晰地记得位于小操场旁边大厨房的那个灶台）整整待了大半天，煎了一大盆的蛋皮。看起来活不重，但是回到大桥头家中，当晚她就觉得很不舒服，之后全身就浮肿起来了，肿得连眼睛都睁不开，脑袋肿得有平时两个那么大，十分骇人，心脏也觉得不舒服，家人赶紧把她送到医院急救。那个年头，"牛鬼蛇神"看病，十分不易。因为妈妈的病情严重，医生诊断为过敏，用了激素。那一次生病持续了很长时间，像是到鬼门关去走了一遭，后来被确诊为猩红热。这一场病把妈妈害得不浅，慢慢恢复后，全身上下脱去厚厚的一层皮，一直脱到脚底和手心。再后来的两三年内，妈妈都不能晒太阳，体质很差。直到现在，我和家人仍不明白煎蛋皮为何会引起如此可怕的后果，也许是不新鲜的鸭蛋和煤气，再加上妈妈心情不愉快而触发了这一场重病，甚至影响到她中老年的身心健康。

永远的厦大孩子

可是，被姗姗姐姐表扬记性好的我，迄今怎么也回忆不起来抄家、游街等众多残酷的场面，唯一记得的一次就是看到妈妈戴着高帽，与小波妈妈紫容阿姨等站在桌子上，双手被造反派别在身后，头被压得很低很低（彼时称为坐喷气式飞机），被狠狠批斗。当别人争相拥到街上去围观游街时，我选择躲起来，泪流满面，不敢看。

2012年拜访沈敬繁阿姨时，她又提起了发生在1968年11月的那次"全厦大的走资派、黑帮分子、反动学术权威和所有受冲击的对象"大游街，与友思大哥、卫平姐姐和小波妹妹先前说得一模一样，都说兰荪的妈妈顾学民老师打赤脚走不动了，还硬被赶着走。但我还是一点都没有印象。

也许，当时年纪太小，爸爸妈妈有意把我们藏起来，不让我们看这些没有人性的场面；抑或，我不敢看；或者，我的记忆宁愿选择空白，跳过这一段不堪的历史；也有可能，那次大游行发生在爸爸妈妈把我们姐妹俩送去上海外公家避难期间，当姐妹俩在虹口公园、外滩和四川北路上恣意地玩耍之时，他们留在厦门受苦。最近才从爸爸那里得知，那次我的爸爸妈妈被好心人提醒，逃过了一劫。但我的心里并不因此而轻松，时隔四十多年，迄今我仍为那天所有遭受蹂躏的其他叔叔伯伯阿姨，心疼、内心滴血……

记得"文革"中回上海老家，是我哭闹着向父母要求的，我说，在厦门我一天都待不下去了，我要离开这里，远远地离开这里欺负我的坏孩子们。爸爸妈妈被关在牛棚监督改造，我们被姑姑和姑丈带回江苏江阴乡下看望祖母，然后辗转回到上海被外公外婆收留了大半年。正如友思大哥所说：当时就是没想到父母亲留在学校里挨打受骂，饱受欺辱，他们有多痛苦、多艰难！

最近看到厦大化学系同事的女儿，小小的身形，九岁多，上小学三年级。我才醒悟到对我们自己不懂事选择逃避的自责，其实是勉为其难的，小小年纪的我们，也需要保护。但是，又有谁来保护我们的父母，不受那样奇耻大辱的欺凌？问苍天问大地。归结为一句话：不能再让反右和"文革"重演！

在干部下放的日子里，爸爸妈妈一起去了同安小坪白交祠大队，留下我们姐妹俩在家独立生活。彼时白交祠是全厦门最偏、最高、最穷的地方，长年累月云雾缭绕，妈妈也因此患上严重的风湿病。妈妈告诉我们，那里的村民一家人共用一条裤子，谁出门谁穿，其他人平时都躲在潮湿不堪的破被里。从同安白交祠回到大桥头筒子房看我们姐妹，要在危险崎岖的山路上

奔波,耗时一天才能回到家里。但是爸爸妈妈拿出了南下人精神,上高山、下深谷,到山里的各家各户走访,帮助农村干部搞好工作,与当地人民结下深厚的感情。爸爸调任厦门市交通副局长后,即着手联系有关部门帮他们修建了公路,使得山里人走出大山看到外面的精彩世界,经济条件有了一定程度的改善。

这就是我的爸爸妈妈,他们将南下人不畏艰险、知难而进、正直乐观和无私奉献的精神带到了厦大和他们所在的工作岗位,也传给了我们,这是我们拥有的一笔无价宝贵精神财富。

后记:妈妈于 2001 年 8 月 17 日因病去世,之后数度想提笔写她就泪水沾衣,不忍下笔。谨以此文纪念我最亲爱的妈妈。

完稿于 2013 年 4 月 21 日,修改于 2015 年 1 月 6 日。

(原稿刊登于《历程》2014 年第 2 期,纪念南下服务团入闽六十五周年专刊,题《南下南下——谨以此文纪念我最亲爱的妈妈》)

# 回家乡忆妈妈

## 章　慧

　　2013 年 9 月 13—17 日,我随姑婆章少沦(胸生)及两位小嬢嬢丁立和丁小伦组成的寻根"返乡团"终于来到了妈妈章绮霞生前魂牵梦萦的苏北老家连云港,其间在 14 日和 17 日两度回到家乡灌云县板浦镇。

　　妈妈的小学同班同学,板浦高级中学校友联谊会副会长孙志俊老师代表板浦乡亲热情接待了我们。逗留家乡期间,孙老师希望我能为这次回乡写点文字。离开苏北老家后我辗转广州学术交流数日返回学校,他与我三次通话,家乡父老乡亲的殷殷嘱托,从此沉甸甸地放在心上。

　　孙老师啊孙叔叔,您可知道,家乡之于我,不仅仅是一串符号、一个念想、一种安慰,老家就是母亲,就是心灵的寄托。妈妈已经离开我们整整十三年了,但每每提及妈妈,我就泪流满面,难以下笔。

　　9 月 14 日,在小嬢嬢袁宪明的陪同下,"返乡团"一行在到达连云港的次日即迫不及待地回到灌云县板浦镇。行车至家乡的北海门,姑婆招呼我们下车,对我说:"小慧啊,这就是你妈妈当年离开家乡的城门(图 1 和图 2),那时的城门边有一条护城河,河上有一座小桥,送行的亲友们与你妈妈在此道别。"

　　举目望去,护城河和小桥已不见踪迹,姑婆所指方向一片杂草丛生(图3)。我的妈妈,就是在这里告别了亲朋好友,告别了抚养她长大成人、与她相依为命的孤苦伶仃的外婆。谁知这一去竟成永别!在她有生之年,再也不能回到最亲爱的故乡,再也没有见到疼爱她的外婆和奶奶……我虽强作笑颜拍照留念,内心却有一种跪在那里祭拜妈妈的冲动:妈妈,你好生看看家乡的土地,我替你回来了!

图 1 姑婆率领的"返乡团"一行在板浦的北海门,妈妈当年经此
城门离开老家,一去未返

图 2 我们于 2013 年 9 月 17 日离开家乡,驱车再回板浦,下得车
来,在城门边恋恋不舍

图3 长亭外,古道边,芳草碧连天……当年的护城河和小桥已不见踪迹,姑婆所指方向一片杂草丛生

此时此刻,我满怀欣喜、思念和心酸,百感交集:妈妈挥之不去的家乡情结,传给我了;了却妈妈回老家的夙愿,盼望多年,终于实现;妈妈要是能随我们一起回来,她该有多么高兴。

一路上听姑婆娓娓道来妈妈小时候的故事,对她在家乡生活的轨迹有大致了解。曾经听妈妈生前数次说起她的外婆,只言片语,彼时人小不懂事没有详细记录,留下永远的遗憾。这次回乡才得知,妈妈的生母名为汪珍莲(图4),但已无从考证太外婆的名字,乡亲们都称她汪二奶奶。

妈妈的身世很可怜,外婆汪珍莲在她很小的时候就患肺痨去世了,后来她

图4 我的外婆汪珍莲留下的唯一一张照片(汪家是板浦的大姓)

的爷爷章沧清和父亲章华生相继离开家乡到上海谋生,她与小脚外婆一直留在板浦老家相依为命,与她的姑姑章少沧(图5)和两个堂姑一起在家乡板浦上小学和初中,抗战胜利后才到上海与我外公团聚。

图5　妈妈(左)和姑婆(右)在板浦老家的合影

　　妈妈出身于书香门第,她的爷爷章沧清先生,曾经是国立江苏省上海中学一位受人尊敬的名师。这个历史渊源可以追溯到章沧清先生的爷爷辈,章沧清先生的爷爷是前清贡生,子、孙均为秀才,三代都是教书匠。后辈章家子弟,从事教育工作的达十余人之多,堪称教育世家。章沧清先生为清末板浦三秀才之一,1906年留学日本,毕业于"清华学校",又在仙台学习化工专业,回国后改行教语文。据史料记载,我的这位太爷爷是非常正直敬业的教师,抗战期间为国人做了很多好事。虽然我从未见过太爷爷(图6),但他"打掉牙齿和血吞"的做人精神,教学生"多嚼几遍再下笔"的作文道理,从血脉里流传至我们这一辈,我似乎是继承他最多的人,从小喜好文学,中学阶段,曾经在化学和语文中难以取舍,后来当上厦门大学化学系教师,还编写了一部配位化学教材;我平素自诩为慧侠,若穿越时空,一定与沧清太爷爷有最多的共同语言。

　　豁达乐观的姑婆说起早年在家乡的光景,也免不了一声长叹:"小慧,我们当年留在家乡是迫不得已,你妈妈和我都是'留守儿童',而汪二奶奶和我

图 6　我的太公章沦清(左二)、外公章华生(左一)、
继外婆王永贤(左三)和妈妈(右一)在上海

图 7　老家祖屋的书房,这里曾经堆放着太爷爷章沦清留洋带回的大部头外文书

妈妈(即妈妈的奶奶,章慧的太婆)就是留守老人啊!"穿越时空,来到20世纪三四十年代,来到祖屋前(图7),我仿佛看到两位留守儿童和老妇人并不幸福的生活,她们靠在外谋生的亲人寄回的一点钱维持生计,让两位女孩上学读书,汪二奶奶没有经济来源,曾经把家里的房间租给别人打麻将,抽提很少的赌资。据说汪二奶奶很疼爱从小没娘的外孙女,妈妈小时候体弱多病,一到冬天,汪二奶奶就把妈妈里三层外三层裹得严严实实,棉袄外加大衣,头戴厚实的绒帽,一有头疼脑热,就带着她到爷爷家提各种各样的要求,唯恐章家怠慢了她的外孙女,姑婆迄今还记得妈妈小时候就看过西医,采用了喉咙喷雾和眼睛喷剂等彼时苏北小镇上很时髦的治疗手段。生活艰辛并没有泯灭妈妈心灵手巧的聪慧天性,在一起上学的同年级章家几位女孩中,她的学习成绩优秀,还给自己起了一个"章忆遐"的笔名,身着得体的浅蓝色旗袍,是她在袖口点缀绣花并缝制的,使小伙伴们羡慕不已。

这次回乡所见所闻,颠覆了以前妈妈描述的苏北"连云港花果山是孙悟空老家"的美好想象,心情甚为沉重,原来她们的留守日子过得相当孤独清苦艰难,简言之,清贫。为此,我与姑婆有如下对话:

"为什么太公和外公不把我妈妈、您以及全家人一起带到上海去生活呢?"

"傻孩子,当年太公和外公只是在上海谋生而已,居无定所,况且正处于战乱颠沛流离,你外公抗战期间撤离到重庆,在民生轮船公司工作,1946年才从重庆返回上海找到招商局的工作,并幸运抽签分到一套房子(上海同心路54弄41号,图8和图9),才有条件把你妈妈接到上海去呀。你妈妈走后,我在家乡陪伴太婆和汪二奶奶,后来太婆患病去世,一直到1951年我才到上海与二哥(章慧外公)和我爸爸(章慧太公)团聚。汪二奶奶留在家乡与她本家的侄女一起生活。"(图10)

姑婆记性超好,淡定从容,连云港板浦小镇章家几代人多少悲欢离合的故事在她看来已是过往云烟。家乡给我留下最是难忘的两个生离死别的定格镜头:一是当我的妈妈在护城河上的小桥边告别亲朋好友,告别抚养她的亲爱的外婆时,内心一定是非常纠结的,既对即将见到父亲在上海开始新生活充满了期盼,又心怀对孤苦伶仃外婆远离的依依不舍;二是太婆重病卧床不起时,外公赶回家乡看望母亲,待了几天,临别时驻足,靠在老屋门口的一

图 8　我于 2010 年秋天又回到外公家的同心路。外公家呢，妈妈今何在

图 9　上海同心路 54 弄 41 号全家福(1962 年)

口大水缸边（图 11），掩面垂泪，走不出家门，他深知这是最后一面……话说妈妈初中毕业走出苏北老家来到上海与外公团聚，以薄弱的底子勤奋学习，先是在教会学校培民女中补习，高中时就读于上海名校复兴中学（图 12）。1949 年妈妈在上海报名参加了南下服务团，从此走上革命道路。她在南下途中火线入党，到福州后入警校学习，后分配到福建省公安厅工作。

图 10　大学毕业前夕与两位小表弟在外公家门口

图 11　老宅门边的大水缸静静地诉说岁月的沧桑

当时为了培养省直机关的一批干部子女，组建了省儿童学园（属于混合制的干部子弟学校），从南下服务团中抽调了一批幼师毕业的知青去那里工作。妈妈非幼师专业但也被选上。从上海随军南下的爸爸被安排在省委组织部工作。原本互不认识的爹妈经人介绍相遇相知，抚育了姐姐章红和我。

**图12　我来到妈妈南下福建前就读的上海复兴中学旧址**

　　1957年11月爹妈一同被组织选调来到厦大工作。妈妈因为曾经是省儿童学园的老师,在1960—1962年期间担任厦大幼儿园园长,后来相继在图书馆和教务处工作,"文革"前担任厦大教务处的秘书;"文革"被下放后,她一度外调在厦门市水产局工作。1981年我还在读大三的时候,父母亲双双调回厦大一直到离休。妈妈和助手白手起家创建了教务处的研究生科,后来发展为厦门大学研究生院。在妈妈主持研究生工作期间,生物系汪德耀先生曾多次与妈妈攀认老乡和远亲。这次回到家乡,耳闻目睹乡亲们对板浦汪氏一门三杰汪德耀、汪德昭、汪德熙先生的敬重,果然名不虚传。

　　"文革"前妈妈只是厦大教务处的秘书,并非当权派,但在"文革"中也挨批斗戴高帽,说她是国民党军官。这件事要追溯至抗战时期,1939年春节后不久,日寇占领灌云县城及主要交通沿线,灌云县当局于沦陷前夕烧了板浦盐务稽核所和南门大黑桥,称为"焦土抗战"。太爷爷章沧清携眷离家逃难。年幼的母亲和家乡人民在沦陷区饱受当亡国奴的耻辱。当她初中毕业还在十六岁花季少女的时候,正逢抗战胜利,需要在连云港遣返战俘和日本

侨民(图 13 和图 14),她与一些要好的初中同学兴高采烈地参加了登记清理物资的临时差事,拿到的工资相当于那时国民党少尉军官的薪酬。这个工作明明是一件令中国人扬眉吐气的好事,但是"文革"中被不明真相的造反派一抹黑,上纲上线,那还了得,章绮霞十六岁就当上了国民党少尉军官,有严重的历史问题!"文革"中的黑白颠倒,可见一斑。

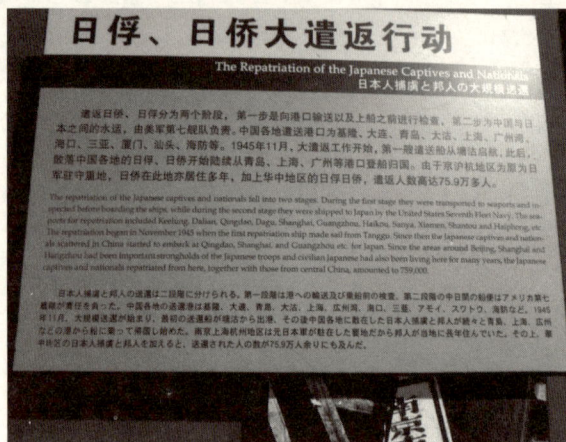

图 13　南京大屠杀纪念馆中关于遣返日俘的记载

图 14　当年遣返日俘和日侨的连云站港口

　　抗战期间苏北沦陷区(受侵华日军长达七年的血腥统治)同胞的水深火热,小时候妈妈多次对我和姐姐说起,印象最深的是她和小伙伴们抗拒跟日

籍老师学日语,不肯向日本人鞠躬,不愿当亡国奴。爸爸也说起,当年伯父张思明因承担长兄的责任早早就辍学去当了小学教员,侵华日军在苏南烧杀抢掠,无恶不作,使他十分痛恨日本鬼子。在一次欢迎仪式上,伯父拒绝带领小学生向日本人行礼,被日本人打了一巴掌,反抗中被打伤,伤愈后发誓报仇去找抗日队伍,哪知错误参加了打着抗日旗号的"忠义救国军"(这件事成为解放初期伯父蒙受不白之冤且后来长期连累张家亲属的源头,直至1992年才被正式平反),但经过一段时期观察,发觉那并不是理想中的抗日队伍,抗战胜利后他即脱离"忠义救国军",再后来在南京浦津区印票所参加了中共地下党。受伯父的影响,伯母、父亲、姑姑们也先后加入革命队伍。

关于1939年春节后的那次全家逃难,姑婆讲述了一个令人难忘的故事。在兵荒马乱之中,老百姓家里凡是有长大成人的黄花闺女,都尽快找婆家打发她们早点出嫁,小女孩看到日本兵,更是害怕得发抖。那一日,妈妈和姑婆在亲戚家避难,外面人声嘈杂说日本鬼子就要来了,她们赶紧在屋里东躲西藏却找不到可以藏身之处,随着鬼子的脚步声逼近,两人只好蜷起身体躲到床上的一大摞棉被后面,吓得大气不敢出。日本鬼子进屋东张西望,听到集合号声,马上就走了,两个小姑娘方才躲过一劫,那几床棉被怎么藏得住两个小人儿呢? 回想起来真是后怕。

2013年9月10日,寻根返乡团一行来到南京大屠杀纪念馆,所见所闻日寇当年在中国的烧杀抢掠,在我看来,已是多么令人触目惊心,但姑婆认为这些展品还不足以完全反映当年家乡沦陷,乡亲们当亡国奴的水深火热境况。9月17日下午,我们在离开家乡之前来到日机轰炸板浦遇难同胞纪念碑前(图15),悼念家乡的死难同胞,对当年日本侵略者暴行的国恨家仇使我立下"勿忘国耻、奋发图强、振兴中华、建设家乡"的誓言,并将贯穿于我今后的教书育人和科研工作中。(图16)

妈妈墓碑文:"章绮霞,江苏灌云人,秀外慧中,出身书香门第。为追求真理不畏艰辛,1949年随军由沪南下赴闽。毕生从事高教事业,享年七十有三。"母亲勇搏病魔的毅力,正直、善良、朴实、勤奋、认真细致、乐于助人的美德,儿女们永远铭刻在心。

**图 15　日机轰炸板浦遇难同胞纪念碑**

碑文上铭记:1938 年 5 月 20 日起,侵华日机多次轰炸板浦,致使七百余间民房墙倒屋塌,顿成废墟,百余同胞不幸遇难,其状惨不忍睹!继而是侵华日军长达七年的血腥统治,无辜群众遭受凌辱、酷刑直至杀戮,老百姓在苦难中抗争!值此板浦遇难同胞七十周年忌日,特建此碑,以昭示后人:勿忘国耻、奋发图强、振兴中华、建设家乡。2008 年 5 月 20 日

**图 16　章家亲人在板浦中学,太爷爷章沦清的后辈从事教育工作的达十余人之多,堪称六代教育世家**

# 夕 会 歌

1=G 2/4

3 3 5 | 3 3 2 | 1 2 | 1 1 6 5 | 1 1 1 | 3 2 | 2 0 |
功课 完 毕 要回 家 去 先生 同学 大家暂 分手

3 3 5 | 3 3 2 | 1 2 | 1 1 | 6 5 | 1 1 1 | 2 1 | 3 5 |
我们 回去不要 悠游 需把 今 天 功课 再研 究 明朝

1 5 6 | 5 3 5 | 1 5 6 | 5 1 2 | 3 5 1 | 3 2 2 | 1- |
会 好朋 友 明朝 会 好朋 友 愿明早 齐到 无 先 后

3 5 1 | 5 6 5 | 3 5 1 | 5 6 5 | 1 2 3 5 1 | 3 2 2 | 1 1 0 ‖
明早 会 好朋 友 明早 会 好朋 友 愿明 早 齐到 无 先 后

《早会歌》、《夕会歌》系原江苏省第八师范附属小学、江苏省立灌云
小学（二者为苏光小学前身）每天早晚必唱之歌，传唱至解放初。本歌谱
由老校友孙志俊先生、周正彬先生等回忆整理，特此鸣谢！

　　温馨夕会歌回荡在板浦小学：明朝会,好朋友！再见,我最亲爱的家乡,
我们还会回来看你的！

# 忆芮鹤九应锦襄伉俪

张珞平

我们家与芮老师、应老师一家的友谊由来已久，从我记事时就已开始，其实应该还更早。

印象中应阿姨和芮叔叔家总是高朋满座，欢声笑语，即使在狭小的国光二也如此。芮老师、应老师的开朗和广交朋友的性格是众所周知的，上至显赫的社会名流（如草婴、英若诚等），下至下放时的农友及其子女。但最让我难忘的是"文革"期间，他们家是唯一敢来我家串门的朋友，1973年以后胡维鸿一家和傅汝林也陆续开始到我家串门。从20世纪70年代初开始，每年除夕夜的年夜饭之后，我们就会聚在我家或者他们家畅聊，直到过了午夜12点相互拜完年后才离去，一直到我父母亲1980年去北京。

2000年我父亲张玉麟在北京逝世。按照他老人家的遗嘱，骨灰不存放八宝山公墓，而撒向大海。因此我待父亲遗体火化后先行赶回厦门筹备海葬事宜。尽管国家海洋局已向厦门大学发出讣告，但我回到厦大时未见到任何有关父亲去世的消息。由于心情悲痛、事务忙乱，加之我们并不想过分张扬，父亲去世的消息我们家仅通知了芮老师夫妇、蔡启瑞等几位挚友，以至于田昭武等几位老先生以及许多厦大老教师和干部见到我戴着黑纱都感到异常吃惊。但没想到第二天在白城坡顶、西校门内、大南校门内等几处出现父亲去世的讣告。尽管非常不显眼、也很不正规，但我见到后仍潸然泪下，因为我知道这绝不是学校的讣告，而是哪位好友之作。在处理完父亲骨灰海葬事宜后，我才了解到这些讣告是芮老师、应老师不满学校的冷漠，自己起草制作并张贴的。2001年我父亲的周年祭，也是他们夫妇倡议并发起召开我父亲的追思会。至今我想到这里仍然热泪盈眶。

最后一次见到应老师是 2010 年 8 月我们一家三口去美国，当时芮老师、应老师全家（包括姗姗和小弟）请我们在纽约 Flashing 中餐馆吃饭。记得晚餐前后应老师一直拉着我的手问这问那，其实那时他们离开厦门才几个月，但别后重逢的兴奋和浓浓的乡情弥漫在 Flashing 的中餐馆里。没想到半年多后她就辞世了。

现在回想起来我还不能原谅自己！我们在纽约 Flashing 中餐馆吃饭时光顾着叙旧，我竟未拍下一张照片。还好姗姗拍了一些照片，应我的要求她发了几张给我（见图 1、图 2、图 3）。这是我们一家与芮老师和应老师的最后合影，也是我永久的记忆。谢谢姗姗！从照片上可以看出芮老师和应老师愉快的心情和晚饭时温馨气氛。

图 1　2010 年 8 月 21 日傍晚在纽约 Flashing 中餐馆

左起：我儿子一弛、我太太伟琪、我、应老师、芮老师、小弟、姗姗丈夫

图 2　和芮老师、应老师欢聚在纽约

第三章　我的父亲母亲

493

图3　精神矍铄的应老师

　　2011年芮老师回厦门后,我们还去看过他,不想半年后他也去世。我听说他去世的消息,急忙打听告别仪式之事,才知他已捐献了遗体。没有告别! 似乎遗憾,但对芮老师更加敬仰!

图4　2007年12月30日于厦大白城9号楼102室芮老师、应老师家

左起:应老师、我母亲朱红、玮萍的女儿陈鹭芸、芮老师、姗姗

我从小就看到家中有许多我们家与芮老师、应老师一家的照片，"文革"期间虽经无数次的抄家，但与他们一起照的照片基本没有丢失。不幸的是我母亲2007年将绝大部分个人物品从北京运回厦门、准备在厦门定居时，六件托运的行李丢失了一件，而丢失的那件正好是装照片的箱子，所有家庭照片全部丢失。现在家里能够找到与芮老师、应老师一家的照片只剩下图4这张了，甚是珍贵。现在看到这张照片，他们夫妇的音容笑貌仍历历在目。

安息吧！我们的长辈、厦门大学一对杰出的教师。他们非凡的才华、坦荡的一生、奉献的一生，以及刚正不阿的精神是我们永远的财富。

为了告慰芮老师、应老师的在天之灵，为了我们不能忘却的记忆！

张珞平在回复章慧2012年3月15日的电子邮件"应阿姨、芮伯伯安息！"的基础上于2012年3月19日在厦门大学写成。

2014年9月15日修改于翔安校区，并加照片。

又及：前两天（2014年9月）从我母亲处拿到怀念应老师的文集《永远的微笑》，看了部分文章。可惜我之前并未得到通知，未能将此文编入其中，深感遗憾！但能编入《永远的厦大孩子》，对于我个人和芮老师、应老师来说也是一个永恒的记忆，聊以自慰。它从另一个角度体现了芮老师和应老师的人格和魅力。

# 潘家的风范

郑启五

厦门大学图书馆"把一切献给厦大——郑道传教授、陈兆璋教授伉俪赠书展"正在进行时,《厦门大学报》最新的 981 期在"大学文化"版头条推出了我国高等教育学学科泰斗、文科资深教授潘懋元先生缅怀郑道传教授的文章《飞腾在没有时空的天堂》。德高望重的潘老在文中深情回忆了峥嵘而青葱的厦大长汀岁月(1938—1946),谈起他和老同学郑道传等在大学期间的文学爱好,文章写道:

厦大当时一些爱好文学艺术的青年学生,组织了一个"诗与木刻社",前后参加活动的约 20 人,经常活动的有写小说的姚公伟(一苇)、写诗的勒公珍(公丁)、译诗的朱遵柱(伯石)、搞木刻的吴忠翰和朱鸣冈、绘画的陈起典和朱一雄,还有姚慈心、范筱兰、王茂毓(缪雨)等等。郑道传和我主要是写文艺理论,他也喜欢写小品文,我则偶尔写小说,还喜欢朗诵诗。文学家施蛰存教授、诗人虞愚教授也偶或参加我们的活动。这个小集体随着成员陆续毕业而消失。但其中好几位后来成为知名文学家、艺术家……

潘老娓娓道来的文字才思才情,也为厦大校史留下佳话一段,他还特意给后生写下极为珍贵的鼓励和期许:"……道传和我则各自专心于自己的专业,文学只能是业余的爱好,所不同者,道传的文学爱好后继有人。"

《厦门大学报》"大学文化"的主版编辑在潘老的大作下编发了我的散文《给玉堂厦大文库添一点资料》,令我倍感荣幸。潘懋元先生是我爸爸的同学,也是我同学潘世建的爸爸,其实在我们厦大"教二代"的心目中,他不仅是高等教育学的大家,更是一位和蔼可亲的邻家伯伯,他那双睿智的目光总流露出长辈满满的慈爱。

　　2012年1月,92岁高龄的潘伯伯率领他的全部子女和我们一起参加了厦大幼儿园60周年的庆典大会,向基层幼教的老师和阿姨致感恩礼。这一刻,这一课,潘家的修养与风范,让全体与会嘉宾和师生员工感佩不已!

# 父亲晚年的挚友

石兆佳

父亲石之琅大厉则治叔叔9岁。他俩原是浙大的教师,父亲在物理系,厉叔叔在数学系,1952年院系调整时一同来到厦大。因为都是浙江人,因此,我家在20世纪80年代初搬到厦大西村后,和厉叔叔一家来往密切。彼时,父亲已有轻度老年痴呆,厉叔叔身体很好,思维敏捷,热情直爽,一直叫我父亲为石公。厉叔叔家原来也住西村,后来搬到校内的敬贤楼。每天晚饭后,厉叔叔都来我家等我父亲,两人一起散步,逛校园一圈,天天如此,十几年如一日。因此,父亲的晚年有厉叔叔做伴,实在是件幸事。

父亲曾开玩笑地对我说:"奇怪,他怎么叫这么个名字?厉则治,法西斯嘛。"听父母亲说,厉叔叔年轻时命运非常坎坷。他20世纪50年代被打成"历史反革命",被遣送到永定劳改,在永定待了20多年,干体力活,教中小学。他孤身一人大半辈子,直到平反回厦门后才成了家,一辈子没有自己的亲生儿女。他是浙江东阳人,是家里的独子,有一个妹妹是领养的。命运对厉叔叔来说未免太残酷了。

厉叔叔回到厦大之后,很快在数学界站立了起来,1985年晋升正教授。1986年和1988年,他分别解决了美国数学家Taylor、阿根廷数学家Samur提出的猜想,在概率论和实分析方面有很高的学术造诣,成果卓著,深得国内外学术界赞扬。厉叔叔一直在教学第一线工作,多次获得优秀教学奖。厉叔叔有个学生找不到工作,他亲自写信向有关单位和人员推荐,后来这个学生发达了,为了报答厉叔叔,在他去世后,特地捐钱给厦大,设立了厉则治奖学金。

人们常说,人的成功要有智商、情商,其实还有更重要的一条是逆商,也就是在逆境之中能够不屈不挠、和命运进行抗争。厉叔叔可以说是这三个商都很高的人,因此,他才能做出很多人难以做出的成绩。

　　厉则治叔叔是最令我钦佩的一位教授,我永远感激他对我父亲如兄弟般的情谊和对我学习上的鼓励。

# 郑伯母的中秋礼物

## 曾琨章

知悉老邻居郑启五的母亲已离开人世。我至今仍时时怀念风趣的郑伯伯和慈祥的郑伯母。今天我就说说1972年郑伯母给我的中秋礼物。

**2013年大年初五聚会的国光三小伙伴**
左起：曾琨章、郑启五、陈劲毅、曾伟章

1972年的中秋节前几天，郑伯母从下放的武平县回家探望孤身一人的郑伯伯。因为母亲陈勤娘下放，父亲曾沧江带工农兵大学生（试点班）去南靖县"开门办学"，这年中秋节，家里只剩下我们兄弟两个人。一天，我和弟弟像往常一样，在我们两家的门口走廊架起门板打乒乓球。慈祥的郑伯母看到了就上前问我乒乓球的品牌，当时我们用的是最便宜的"飞鸽牌"，一粒9分钱，偶尔买一粒1角1分钱的"光荣牌"过过瘾。

　　中秋的前一天，郑伯母叫我上她家，给了我两粒"盾牌"乒乓球和两块豆蓉月饼。天哪！"盾牌"乒乓球一粒2角2分钱，是当时市面上老百姓买得到的最贵的乒乓球。豆蓉月饼一块要1角5分钱，当时的家庭一般是两三人分享一块，我家从我懂事起就是兄弟两人分享一块。在今天的人看来，两粒乒乓球、两块月饼算不了什么，可在那时，它对我们兄弟不啻"天价之宝"。1972年的中秋节，尽管我父母不在身边，但是我感到这个中秋节很温暖、很幸福……

# 1963 年的厦大历史系女教师

郑启五

我收到厦大国光三楼曾经的老邻居朱保平同学的电子邮件,附件中的照片居然有我妈妈,真是意外之喜。这张照片我还是第一次见到,这张黑白老照片是厦大历史系全系女教师 1963 年"三八节"在厦大招待所前的合影,距今正好半个世纪!

老楼依旧在,几度夕阳红,照片左起为黄松英老师、张文琦老师、长辫子老师、王益强老师、我母亲

厦大历史系女教师合影(1963 年)

陈兆璋教授、陈凤仪老师、短发老师、刘兰英老师、陈荣英老师。老照片不仅有历史的魅力,而且有黑白的魔力,我沉浸其间,久久不能自已。

老照片上还有这些女老师的孩子,前排左起为卓约、坚平、爱平、保平、凡范、张红,呵呵,清一色的小女生,看来当时男女有别,"三八节"即便是小孩,也只有女的才有权参与。当时我读厦门东澳小学三年级,已经是小小男子汉了,才不屑这种"女人的活动"哩!

厦大——我的家

第四章

# 大南之思　东澳之情

卢象乾

　　听说早年东澳小学的同学们准备出一本回忆文集《永远的厦大孩子》，二哥咸池还发来他写的文稿，勾起我许多童年的回忆，一些近乎淡忘的记忆也在我脑海中逐渐清晰起来。

## 大南岁月

　　1952年春天，我们家随厦大理、工学院从龙岩迁回厦门，搬进校园内的大南新村。当时大南新村共有10栋小楼，除1号和8号外均为花岗岩建的二层楼房，各楼的相对位置大致如图1所示。

　　大南新村在当时厦大校门口附近。其实这里并没有"门"，特殊的标志就是交叉路口中间一座国民党时期修的钢筋混凝土双层碉堡，我们男孩子常爬进去玩，还在里面捡到过子弹壳。这里后来又成为通往市区的公共汽车的终点站，每天两班。

　　碉堡旁边就是大南新村1号，一栋水泥外墙的两层小楼。二楼两梯四户，住着我的同班同学黄天倪（我们都叫他"阿倪"，用闽南话发音很奇特，"a·gê"）、儿时玩伴林启宇（我们都叫他阿K），以及姓罗、姓陈两位教授。楼下住着东澳小学林友梅校长和厦门大学王亚南校长的司机两家，还有派出所和粮店。楼后有教工餐厅、小菜市场和日杂商店，我常花旧币500块（新币5分钱）去买蒸糕吃。

　　2号楼下住着厦大医院的潘医生，他留洋归来，骑一辆摩托车上下班，

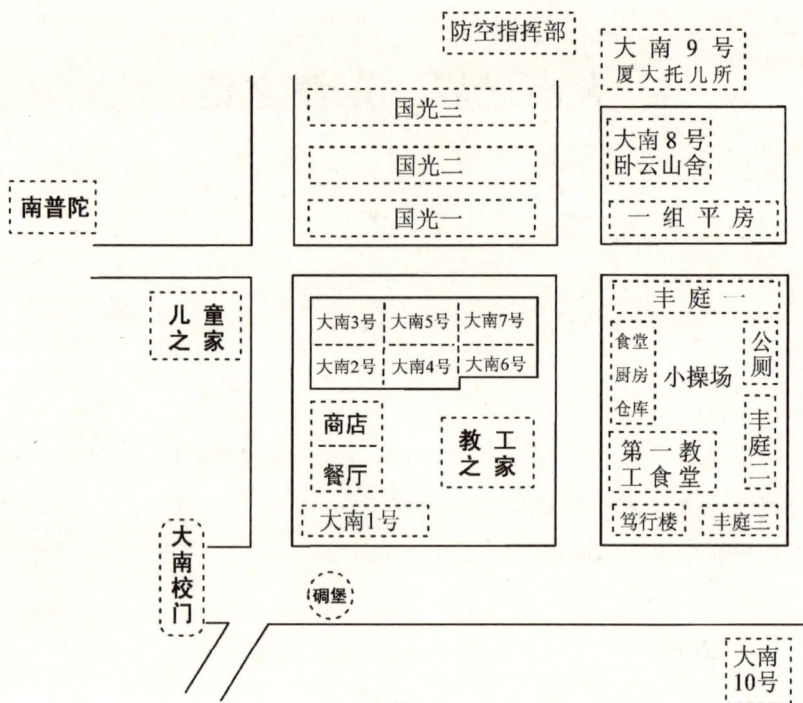

**图 1　大南新村平面图**

令我们这群小孩十分羡慕。当时的厦大教务长章振乾住 3 号楼上,这里原先是王亚南校长住的,后来王校长迁往 8 号,他才搬进去;楼下住着大南新村的业主代表——一位华侨老太太和她的一家亲戚,亲戚被安排在厦大当职工,晚上常听见他家有人在用小提琴拉凤阳花鼓。章振乾的小儿子章重原本比我高一班,一次因喂鸽子从房顶上摔下来,躺在地上抱着腿喊疼,潘医生闻讯赶来,拿皮尺一量,发现两条腿不一样长,判断是骨折。章重因此休学养伤一年,和我同班了。

我们家人多,住 4 号楼下,有一个门廊,四个房间:客厅兼爸爸卢嘉锡书房一间,爸妈带五弟龙泉住一间,二哥和我一间,姑婆、保姆带大妹葛覃一间;中间是通道兼饭厅,后面是厨房、浴室和厕所;楼外还有个花草小庭院。楼上是化学系方锡畴教授,他是父亲早年的老师,所以我们叫他"方先生公",他女儿莘莘与我们同学,后来跟当船长的哥哥去了香港。

506

大南 2 号

大南 3 号

大南 4 号

大南 5 号

大南 6 号

大南 7 号

图 2　大南新村 2～7 号建筑群现状

　　5 号楼上住着经济系教授张兆荣，"肃反"时说他当过国民党特务、被抓起来判了几年刑，"文革"后才平反并恢复教授身份。我的表叔、厦大总务处长方虞田住 5 号楼上朝南一间，我用闽南话叫他"阿牛叔"，直到他因公去世，看讣告才知道是"虞"而不是"牛"。化学系教授陈国珍叔叔住 6 号楼上，

图 3　大南 8 号曾经是校领导的住宅,现在成为厦大档案馆

楼下住刘士毅和魏嵩寿两位教授。7 号楼上住着中文系郑朝宗教授。

8 号(又名卧云山舍,图 3)独门独户,院子最大,有地下室,一层住王亚南校长,二层住训导主任张玉麟,还有陆维特书记的午休房(他家住鼓浪屿);南边有座农舍,是我班同学蔡文龙的家。9 号是厦大托儿所,后来改称厦大幼儿园,要走十几级石阶上去。

10 号与其他几栋楼隔得稍远,原来住着黄中教授,他早些年因脑瘤开刀后就昏迷不醒,其妻吓疯了,成天凄惨地呼喊"黄中——"。孩子们都很害怕,尽量绕着走,所以我对 10 号印象最浅。

自 1952 年春住进厦大校园到 1960 年夏离开厦门,我在大南新村 4 号生活时间最长,大约有 7 年时间。先是牵着妈妈的手到大南 9 号上幼儿园,长大后我常自嘲称当年是厦大"园士";后来是爸爸送我进东澳小学,南普陀门前那排高大挺拔的木棉树、枝头鲜红的木棉花及满天飞舞的木棉絮,都深深地印在我的脑海里。

平日我和小伙伴们在几家院子穿来跑去玩耍,时常在我家门廊前架起小桌椅一起做作业。后来家里买了收音机(那时还没有电视),大家一起兴致勃勃地收听《小喇叭》节目孙敬修爷爷讲故事。周末晚上穿过校园中间一片农田水塘去大礼堂看电影;参加除四害,打苍蝇、蚊子装火柴盒上交,捕老鼠剪尾巴上交;帮工人种花草,小手扎出血才知道玫瑰是带刺的……我们就这样一天天健康快乐地成长起来。

早年解放军空军尚未进驻福建,防空力量也很弱,国民党飞机很猖狂,袭扰厦门时飞得很低,甚至在院子里抬头就可以清楚地看见机翼上的国民党军徽,我们常被大人拉着跑警报躲防空壕。

这期间有两次全家搬离。第一次是 1954 年秋因为"九三"炮战,疏散到城里梧桐埕四五个月。第二次是 1958 年春搬到新建的东村,那时家里已增加了 1953 年出生的六弟凤林和 1957 年出生的小妹紫莼,堂姐在双十中学上高中也住我家;"8·23"炮战后又疏散去大生里,1959 年春才回到大南4号。

1960 年春,我们离开大南新村,搬到新建成的敬贤三楼(那时叫"跃进楼"),几个月后随父亲举家迁福州。我在大南 4 号度过了童年岁月,那里充满了美好的回忆。此后凡到厦大校园,我总要去那里转转,回味当年的时光。

## 教工之家和儿童之家

大南新村 6 号南面原来是片花园草地,我们常在那里捉迷藏,1956 年春建成厦大教工之家(但许多人习惯叫它工会俱乐部),南面大门有四根罗马柱,有点西方建筑的气派。俱乐部中间是一个大舞厅,陆维特伯伯喜欢在这里举办周末舞会,妈妈跳舞时常带我去;每当舞会中间休息,孩子们就兴致勃勃一个蹲着一个推,在撒了滑石粉的舞池里"溜冰"。舞厅四周有台球桌——这是张玉麟伯伯最喜欢的;棋牌室——张玉麟伯伯也喜欢打桥牌,蔡启瑞伯伯回国后时而也来这里坐坐;阅览室——许多叔叔在这里看书看报,而《连环画报》《科学画报》等老少皆宜的书刊也吸引着我们孩子们。一次俱乐部南门口搭起一个戏台,晚上灯火通明,我的八叔卢万金等一帮教职工中的"票友"在这里演出京剧《空城计》。这年底,参军离家 5 年的大哥第一次回家探亲,父母亲带着我们在工会俱乐部前照了一张全家福(图 4)。那几天,大哥每天一早就叫二哥和我起床,带着我们绕着大南新村和教工之家跑一圈。大哥走后我们还跑了几回,只是天气渐凉,最终没有坚持下来。

与教工之家同时,厦大还在大南新村 2、3 号路西靠南普陀一侧为我们建了一座"儿童之家",据说这是王亚南校长用稿费资助修建的。它有三间漂亮的小平房,里面有乒乓球桌、康乐球桌、象棋军棋跳棋。那时没有电视,

图4　1956年底，大哥参军后第一次回家探亲，父母亲带着我们在工会俱乐部前照了这张全家福。左起：二哥咸池，五弟龙泉，父亲，大哥嵩岳，小弟凤林，母亲，大妹葛覃和我

收音机也很少,图书室里的小人书最能留住孩子们的心。室外操场还有秋千、滑梯、跷跷板、爬绳、沙坑。儿童之家落成典礼就选在这年"六一",那天下着雨,但有了自己的乐园,我们还是在屋里打球下棋看书,玩得十分尽兴。以后几年,这里成为我们下午放学后和假期里最爱去的地方。可惜三年不到,"儿童之家"被拆除,改建了招待所。

## 情系东澳

1954 年夏,我从厦大幼儿园大班毕业(图 5)。当时毕业合影中第三排右起第十那个圆脸、虎头虎脑的孩子就是我,而第一排左起第五则是还在小班的大妹葛覃。

图5　1954 年夏天厦大第一托儿所欢送大班小朋友毕业留影

秋天,我进入东澳小学一年级。跟我同班的有同住大南新村的刘光朝(外号"阿弥头",父亲是物理系教授,1960 年曾调福大,后又返回厦大)、黄天倪、张天从(其父亲张兆荣被捕判刑后,家里不能再住厦大宿舍了,而我外公去世后位于市区通奉埕的住处空出两间房,他家搬到那里租房住,他也离开了我们班)、有住在国光楼的洪伊莉(父亲是外语系教授,家住国光一中间)、黄世咏(父亲是生物系教授,家在国光二靠南普陀果园那个门二楼),还有家住白城的何立士(父亲是物理系教授)等。大家学在一起,玩在一起。那时孩子的学习压力不像今天这么大,而我从小身体长得比较壮实,课余时间自然就冲锋在前,校门口的碉堡、大南新村墙外的花园草地、靠南普陀一侧路边的防空壕、胡里山炮台边的海滩,甚至南普陀寺院内都留下了我们的

"战斗足迹"。

1956年"六一"前夕,我入队了。正好有位叔叔带着相机到我家来,他要我和二哥咸池两人一起戴着红领巾照一张"哥俩好"(图6)。但那时我正长"针眼"(闽南话叫"目针",学名"麦粒肿"),这位叔叔让我坐下,歪着脑袋靠在二哥肩头上,这样乍一看似乎照相时我眯着眼睛,但细看还能发现左眼是肿的。我的侧后方有个小书柜,当时里面放着父

图6　1956年"六一"前夕,二哥咸池和刚入队的我戴着红领巾,在大南4号客厅里照了这张"哥俩好"

亲的书籍,后来他清理了部分书,放进一些少儿科普读物,生性文静的二哥最爱在这里看书。而我喜欢在外面活动,反正学习成绩不错,但课外书读得较少。四年级时,何老师组织我们唱歌,我是第一段对唱领唱,到市里比赛还获得第三名,奖了把二胡。

东澳小学多数学生都是厦大子弟,每年级就一个班,三十人左右。我们兄弟姐妹除了小妹紫莼外,都与东澳小学结下了情缘。二哥咸池1952年春转入当时的私立"养正小学"(公立后改名"东澳小学"),一直到1958年小学毕业。大妹葛覃1956年入东澳小学,读到四年级,后转学到福州洪山小学。五弟龙泉1958年入东澳小学,读到二年级,后转学到福州茶园山小学。而我大哥嵩岳1948年毕业于厦大附小(当时的附小校长潘懋元"文革"后曾任厦大副校长),厦大附小也可称是东澳小学的前身之一。小弟凤林1960年厦大幼儿园毕业,如果不是全家迁往福州,他本该随即进入东澳小学,可算是东澳小学的"预备生"(后入福州茶园山小学)。不过他们都是中途转入或转出,而我从入学到毕业,除1954年"九三"炮战转到市内民立小学大半个学期外,其余五年多都在东澳小学读书,可算是全家最"正宗"、"学历最完整"的东澳学生。

## 大生里的日子

"8·23"炮战后,妈妈带着我们疏散到大生里,住在 105 号,爸爸留守厦大,有空就来看望我们。有不少同学也疏散到这里,临时组成一个班,就在东头楼梯口上课。虽然只有一个学期,但是发生的事情很多,留下了深刻的记忆。

先说炮战。当时有几发炮弹打到厦大大礼堂后的风雨操场边上,我还看到几头牛被炸死后用板车从前沿拉下来,血淋淋的。既然是炮战,就得往前线送弹药;白天运送容易被发现、遭炮击,于是下午运输车队就停在大生里路边,等天完全黑了再一辆辆拉开距离、熄了灯开往前线,卸下炮弹后立即返回。驾车的解放军很辛苦,开的是美国的十轮大卡,带的晚餐只是两个馒头、一壶凉水。开始是好奇,我们围着汽车探头探脑;战士们见是戴红领巾的孩子,便抱我们坐进驾驶室,介绍车辆部件、讲述前线故事,很快我们就成了好朋友。每天下午放学我们就去找他们,给他们送热水、萝卜干,有时还有菜汤。解放军很客气,每次都"谢谢小朋友",还回赠我们小本子、铅笔、糖果,不知是部队发的还是他们自己买的。这段友谊持续了两个月,炮战转缓后,再也没见到这些解放军大朋友。

与此同时,一条铁路支线经过大生里修到厦门军港。由于返程是上坡,火车头喘着大气,拉着空车皮慢慢往上爬。我们一帮调皮的男孩子会趁机攀上去,"坐"一段火车,等它进隧道前再跳下来。岔道口值班的工人看到我们,又喊又叫,还伸手想阻止,但哪有"毛孩子"灵活,又不能离开岗位,只能到学校告状,为此我们多次被班主任批评。

再说大炼钢铁。在大跃进热潮中,学校也要炼钢了。在老师带领下,我们用板车从梧村火车站拉回耐火砖、焦炭,在楼后空地建了座土高炉,有的拉风箱、有的加焦炭、有的添原料;夜色中一座座小高炉火光熊熊,实在壮观。在一片欢呼声中,红彤彤的"钢水"出炉了,待冷却后拿起来当当敲响,庆贺自己为大跃进做出贡献,十分自豪。后来学了物理、化学后才知道,这种小高炉炼出来的不过是铁渣,根本不是钢。

最后讲公社食堂。那时是"总路线"、"大跃进"、"人民公社"三面红旗,

连城市里也成立人民公社、建公共食堂。大生里的食堂就在我们家斜对面。刚开始是交粮票和钱买饭菜票用餐，后来"左"的思潮越来越狂热，亩产万斤粮也登报了，有人把锅砸了炼钢，更有人将饭菜票贴成"放开肚皮吃饱饭，鼓足干劲争上游"的口号。只是没吃几天自由餐，公共食堂就顶不住垮掉了。

## 告别厦门

1960年"六一"，厦门市在中山公园举行儿童节庆祝大会。那天又是大雨滂沱。儿童节本是孩子们欢乐的日子，为什么老下雨？其实并不奇怪，因为6月正是南方的雨季，下雨是常事。也有人开玩笑说，儿童节的天气就像孩子的天性，欢乐与沮丧相交织。我作为东澳小学大队鼓手参加了大会。鼓皮在大雨中失去了弹性，鼓槌擂在鼓面上，只发出些微沉闷的声音。但我仍然擂得那样猛，因为这是我最后一次参加厦门市大会，也是我小学期间的最后一个儿童节。

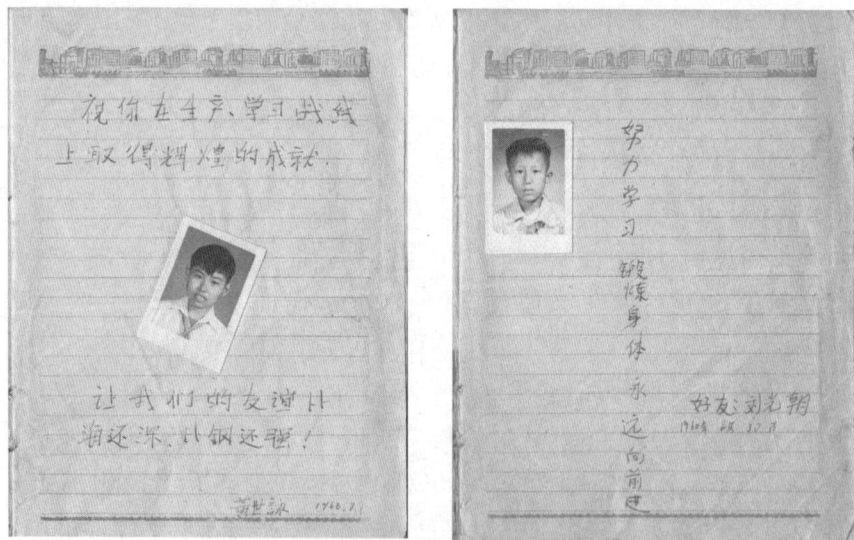

图7 1960年离开厦门之前，好友刘光朝(左)、黄世咏(右)为我写下的临别赠言

7月，我从东澳小学毕业考入厦门四中。8月，我家迁往福州，我转入福州三中初一学习。别了，大南新村！别了，东澳小学！离开厦门之前，我拿着一个笔记本，贴上同学们的毕业照，请每个人写下自己的离别赠言（图

**图 8　2014 年 6 月 1960 届东澳小学部分同学聚会合影**

前排左起:刘光朝、洪伊莉、曾永立、郑天昕、黄潾、林启宇(1959 届)、黄世
咏;后排左起:何立士、卢象乾、张天从、汪大成、卢先强、苏清辉、吴成

7)。50 多年过去,不论走到哪里,我一直珍藏着它。2014 年 7 月初,我回厦
门与当年的小学同学刘光朝、黄世咏、洪伊莉、何立士、苏清辉、汪大成、张天
从、吴成、曾永立、黄潾、郑天昕、卢先强等重聚(图 8)。返榕后,我又翻出这
个笔记本,虽然纸张已经泛黄,但看着照片上同学们一张张真诚的笑脸,读
着大家用稚嫩的笔迹写下的句句留言,不禁让我再次回忆起童年的时光。

# 芙蓉园里度春秋

陈亚保

我们一家兄弟姐妹五人（亚平、亚保、和妹、亚卫、亚星）都在厦大长大。当年我们从福州迁到厦门，刚到厦大时住在大南2号的楼房里，大门外是一片田地，一栋别致的"儿童之家"坐落在那里，这便是我们最初的乐园。后来我们搬到了国光三16号，从此和左邻右舍打成一片，成为名副其实的"厦大小孩"。

当时的国光楼群是厦大的生活集中区，后面有凌峰山可供我们"打土战"和"烤地瓜"，月光下还可以捉"蟋蟀"来一决高低。前面有"华侨河"和东澳农场开阔的田地，那是我们捉"泥鳅"的好去处，最让人难忘的是在田野的河沟里捉"中斑鱼"，带回家里养起来后参加斗鱼活动，享受着王公贵族的乐趣。后来随着国光群体的繁荣兴旺，活动的范围扩大到大南直至白城。那时候厦大小孩都是群体活动，不分男女、无忧无虑、其乐融融，白天在课堂里上课，放学后就聚集在家门口玩耍。男孩子喜欢打陀螺、射弹弓、爬树摘果子，女孩子喜欢跳橡皮筋、掷沙包和踢毽子，有时男女混合玩"跋仓归"，到了晚上还成群结队"捉迷藏"，直到明月高照、嫦娥呼唤，才恋恋不舍地回家。天有不测风云，遭遇困难时期，家家户户都要为三餐精打细算。我们这些小孩正是发育成长的阶段，为了避免饥饿的威胁，有时我们会上山摘野果充饥、偷地瓜烤着吃，时常搞得满手满脸黑不溜秋、怪可笑的，有时会爬到树上摘龙眼和番石榴，最惊险的是跑到南普陀偷"供果"吃，信徒们刚摆上供品，只要磕头下拜一不留神，我们就将桌上好吃的一扫而光，当信徒们起身不见供品，还以为是菩萨吃了，不会作声，而我们已逃之夭夭了。那时我们也学会了求生的伎俩，虽说是"贼"，但童心无罪，菩萨会保佑的。

最可悲的是"文革"时代，那时父母亲被打成走资派，整天戴高帽游街，

**图 1　我家五位兄弟姐妹**

前排亚星,后排左至右亚卫、亚保、和妹、亚平

我们在学校里学到的毛笔字却派上用场了,在家里帮助大人抄写检讨书拿到街上张贴,从此得了个时髦的外号"狗崽子"。即使在这昏暗的年代,我们厦大小孩还是很团结地聚集在一起,白天到大海里学游泳,听彭一万说天道地,夜晚到上弦场诉说心中的烦恼,倾听海峡对岸飘来的邓丽君美妙的歌声,由此来安抚我们心灵的伤痛。后来,"军宣队"走进家门,宣布我们这些年幼的生命必须到广阔天地接受再教育,我们一家五个兄弟姐妹只能留城一个,从此厦大小孩便流落他乡接受社会风雨的磨炼和摧残,贡献着自己的青春,延续着希望的梦想。

　　厦大是我们生活成长的乐园,我们一家三代都在这里学习和工作,多情的岁月给我们带来了满头的白发,也给我们带来了对芙蓉园深情的眷念。如今,当年的厦大小孩都已长大成人,虽然在不同的岗位上,但儿时的童心却依然紧紧相连。经过五十多年的风风雨雨,我们还能幸福地欢聚一堂,这

图 2　全家福(摄于厦大招待所)

要感谢南普陀的佛光普照,给我们提供了童年的课堂,更要感谢陈嘉庚老先生辛勤创建了这座美丽的校园。

厦大小孩生长在国光、大南、敬贤的怀抱里,这里有凌峰山上的相思树,门前楼后玉兰花的飘香,路旁街边凤凰花的妖娆,芙蓉湖旁静静的小溪垂柳,还有热带雨林的果树和大海深情的翻浪。美好的回忆充满了相聚的时光,儿时的幸福还都悬挂在脸庞,厦大小孩童年的回想将谱写新的篇章,那就是我们难以忘怀的乐园和幸福美好的天堂。

# 国光楼和龙眼树二三事

## 黄　力

我在国光楼度过了童年和少年的时光。这栋厦大教职工宿舍楼始建于20世纪50年代初。据说"国光"乃取之于陈嘉庚先生女婿的名字。

厦大很多建筑物的设计概念出自陈嘉庚先生的偏好。比如,房顶的飞檐、琉璃瓦的屋顶、花岗岩的建材等等。国光楼亦是如此。以花岗岩为主体的国光楼无比坚固,时过半个世纪,它面貌依旧,丝毫没有破败的迹象。

我从4岁直到17岁下乡前。一直住在国光一10号。这是一套两居室的楼上单元。住着我们一家8口人,父亲黄忠堃和母亲李季如、奶奶、姑姑和我们4个孩子。我估计居住面积,包括厨房、小餐室和厕所,也就70平方米左右,人均居住面积不到8.7平方米。以今天的标准看,接近于"蜗居"水准,进出单元的门拦腰开在卧室的中央。访客进门,首先看到的是两张卧床,没有任何隐私可言。但是,当时居然也没有觉得有什么不便之处。

厦门的夏日,暑气逼人。我们那个年代降温的工具只有芭蕉扇,没见过电扇,更不用说空调了。清晨时分,我喜欢把脸贴在阳台的花岗岩石栏上,石头冰凉,沁人心脾,是防暑降温的好材料。每天早晨,都有一位"油条哥"沿着国光楼拖着"闽南长调"叫卖早点:"啊啊,油炸鬼嘞,纪吊妹卵尖嘞。"旋律大约是:"6—5—,3565,3565,6—5—"绝对的四分之四拍,虽不上乘,但也中听。歌词意思是"一根油条卖两分钱"。20世纪50年代人民币的购买力可谓惊人。

国光一楼的区长是何励生老先生,何大汉的父亲、钟安平的外公。他是一位十分尽责的老人。每个星期天的早晨,他都会摇着一个大铃铛,招呼各家各户出门打扫国光一楼前的大街、清理楼后的水沟。他自己拿着大笤帚率先行动,风雨无阻。这样一位可敬的老人,"文革"中也受到了迫害。我亲眼看到红卫兵到何先生家里抄家,那鬼哭狼嚎般的斥责声令人不寒而栗,至今仍深深留在我的脑海里,挥之不去。

国光一楼前有几棵粗壮的龙眼树,其中两棵属于居住在国光一楼对面大南新村的菲律宾华侨杨先生的私产,余下的乃是厦大的公产。校产科每年都会派人给龙眼树浇上一大桶"原汁原味"的大粪。施肥之后,裸露的龙眼树根上时有粪便残留。

龙眼树是我童年快乐的回忆。在那没有可口可乐和麦当劳、没有Internet 和 iPhone 的年代,龙眼是我们的"快餐",在龙眼树下捉迷藏和"抓田鸡"(类似棒球的游戏)是我们童年最快乐的游戏。龙眼树上躲藏的长鼻子"龙眼鸡"像金龟子一样好玩。我们的"龙眼快餐"主要来自于杨先生的龙眼树。他的小儿子杨明强自动加入了厦大子弟的行列,我们经常可以借光,免费品尝他们家刚刚成熟的龙眼。

国光一和路旁的龙眼树,这是我们通往东澳小学的必经之路

1970年,在我下乡一年后,我的父母也下放武平农村,一个工宣队队员占据了国光一10号。我父母亲下放回校后,只能借住在芙蓉四的筒子楼中。以后随着国内形势的变化,厦大老员工的住宿条件逐步改善,我们也没有再搬回旧的住处。1990年我出国留学,后在美国定居。每次回国探亲,我都会到童年的住处驻足凝视。国光楼青瓦白墙,旧貌如新;龙眼树仍然粗壮,墨绿的细枝迎风摇曳,夏末的硕果依旧甘甜。我不知道我还能坚持多少年,连续乘坐十几小时的飞机往返于中美之间。如果到了不便行走的那一天,即使不能回国,国光楼和龙眼树仍然会永远保留在我的记忆中。

# 国光楼，我回来了！

郑启五

"国光楼"是厦门大学1954年建成的教工老楼，至今已有60年的春秋，1958—1971年我在"国光三楼"17号，度过了自己从童年到青年的大段时光，刻骨铭心。经常梦回老楼，那红砖，那绿栏，那小院子千依百缠的葡萄藤……

**厦大校园老国光楼**

左起：国光三、国光二、国光一

暑期到厦大翔安校区做一个讲座，承蒙主办方的热情有加，安排了午休房，力避酷暑中的舟车劳顿。我被安排在"国光九305"，楼名"国光"两字令我怦然心跳，这是厦大校园文化在翔安校区的再度延伸，同样的作为出现在

1937 年厦大内迁长汀,1951 年理、工学院内迁到龙岩办学,到 2001 年厦大漳州校区的落成,再加上校本部,这应该是第五拨了。

　　尽管翔安校区的"国光九"几乎没有什么老"国光三"的旧影,尽管"国光九"前后的绿树还显得枝叶稀疏,但楼名如同一条看得见的红丝线,把两个校区轻轻地拴缠,于是我拽着这条熟悉又陌生的红丝线,情不自禁轻声自语:"国光楼,我回来了!"

# 少时的国光三

李卫平

小时候，我家住在厦大国光三。这是厦大最早的教职工宿舍之一，它是绿树红花丛中的花岗岩两层建筑，坐落于五老峰下，面向大海，红砖绿瓦、飞檐燕脊、风姿绰约，典型中西合璧的嘉庚风格，风水和风景极佳。回想起来，当时的国光楼，其实开创了现代连体别墅的先河。

国光三由八个小院落组成，坐北朝南，一字排开，每个小院落里有四户人家，分居楼上、楼下。小院落的空间尺寸有四五十平方米，沿着入户的小径，院落四周种满了各色花草树木，那里不仅是各户大人们闲暇交流、沟通的场所，而且是孩童们嬉戏、游玩、活动的空间，房前屋后，更有我们亲近大自然的山水土壤。

透过两两小院落间爬满蔓藤植物的低矮院墙，我们有了"捉迷藏"的好去处。在绿意盎然的院落里，我们留下了童年的欢声笑语，获得了植物和动物的启蒙知识。

国光三的院落里种满了各种各样的植物。我家门口，正对着一大丛夹竹桃，枝繁叶茂，记得邻居许阿姨家的叉衣杆还是取自夹竹桃上的枝干。夹竹桃边种着一棵果实累累的木瓜树，可惜那时并不喜欢木瓜的味道，也不如现时的人们懂得养生，所以也很少有人去收成和食用，时常任凭其果实自生自灭。木瓜树底下，蜿蜒爬满了藤蔓，星星点点，每到阳光明媚的时候，总是开满了鲜艳灿烂的五角星花朵，煞是好看。印象最深的是漳州的蔡叔叔送来了优良品种的香蕉树苗，我们把它栽种在院子里，兴奋地等待，却没有得到收获，想来还是需要人工的养分和技术的。爸爸李金培栽种的葫芦草，是我生平认识的第一味草药(葫芦草又称葫芦茶。性味苦涩,清热祛湿暑。加冰糖炖,温润清凉。主治伤风咳嗽,肺热咳嗽,伤暑口渴,预防中暑,对喉痛、风湿疼痛、腰痛、水肿和小儿疳积都有效)。夏日月圆的夜晚,我们在阳台上铺上草席乘凉听故事,微风送来一阵阵幽香,那是院门口那株米兰花的香味,中间时不时夹杂着另一种浓郁得令人窒息的香味,那是邻居许阿姨种的夜来香的香味。隔壁那个院落,住着生物系的曾叔叔,他种植了一株奇异的果树,当时我们称那果实为"番那荔枝",现在的大街小巷常可以看见肩挑小贩在出售,称作"释迦",但在当时可是极其稀罕的物种。家后门与后山间,有一块小小的土地,家家用它栽种植物,记得有丝瓜、西红柿等等,在这里我还亲眼见识了开花后花茎扎根土壤长出果实的"落花生"。少时的国光三,是我们的"百草园"。

除了拥有芬芳的"百草园",国光三错落有致的院子还为我们提供了有趣的昆虫动物世界。每逢开春,我们都怀着急盼的心情,等待第一声春雷响起,忙不迭地打开装着蚕卵的废旧药盒子,看着蚕宝宝破壳而出,用毛笔蘸着,将出了壳的蚕宝宝一只只粘到擦干露水的桑叶上,看着翠绿的桑叶渐渐地被蚀出一个个小洞,并慢慢地扩展,直至剩下叶子的主梗。随着时日的推移,春蚕的食量愈发增大,桑叶消失速度越来越快,蚕宝宝从一个个小黑点长成了灰白滚圆的身躯,懒洋洋地几乎动也不动,再后来,它们"作茧自缚",最后变成了飞蛾……楼上顾妈妈在院落的一角圈了一座鸡棚,养了一群高脚的大种鸡,每天总让它们放风一阵。放学的时候,如果看见那只红冠绿翅的大公鸡昂首挺胸地在院子里散步,我们就不敢贸然回家,因为它"好色",看见穿着鲜艳裙子的,总会穷追不舍,并不时用它的喙子啄上一口。所幸有鸡棚的屏障,我们稍有安全感。隔壁的小龙哥哥养了几只鸽子,我们经常跑到他家后面的房间里,隔着窗子,屏住呼吸,目不转睛地盯着架在天井上方的鸽子笼,等待新生命的诞生,有时也学着给鸽子喂食。"文革"来临,副食品等物资逐渐匮乏,家家户户都在小院落里喂起了鸡,除去中间地带的桑树和蜡梅,小院落也被分别围成了各式各样的鸡棚。记忆中,我们不但在前院养过鸡,还在后面的天井里养过北京鸭和红眼睛的小白兔。我还曾经带着家里的北京鸭到南普陀的水稻田里觅食。少时的国光三,也是我们的"动物园"。

1958 年 4 月于国光三家门口，三女孩左起：美华、卫平、慧华

国光三还是我们恣情游戏的乐园。隔壁小龙哥哥带着我们，拿破旧的乒乓球剪成碎片，用香烟壳的锡箔纸包起来，卷成小火箭样式，架在家门口的阳台上，在底部点火，"小火箭"瞬间喷火冲天，引发了阵阵欢呼声。国光三的院落外，是一条用石板铺成的大路，两侧种满了龙眼树和"关刀"树，那里是国光三孩子集聚游戏的地方（那时全厦大才两辆汽车，所以这里平时汽车极少，绝无干扰交通之虞）。我们常常在那里画上方格跳格子、拉上皮筋跳花样，还常常划出场地，玩一种类似垒球的游戏。小蓉（石允中）凭借其天赋的臂力经常成为游戏的赢家，被她抛出的小皮球打中的味道极不好受，那时称之为"抠肉皮"，至今想来，胳膊还一阵阵生疼。为了躲避她的攻击，我们纷纷练就了飞跑的本领。国光三旁边的科学楼有大片的草地树木，可以任我们玩耍，晚上做完作业，我们常常相约在此玩"捉迷藏"。放假的日子里，我们时常成群攀爬后山的五老峰，除了相思树，那里还有一片野山桃树林，总被我们想象成王母娘娘的"蟠桃园"。防空洞上方有一个带有水幕的山洞，那是我们的秘密，也是我们聚集流连的"花果山水帘洞"。在白城海滨嬉闹，练就了我们出色的游泳技艺，不分男女，个个能出海也能潜水。少时

526

的国光三,是孩提时代的"游乐园"。

　　小学二年级起,从《奇怪的舅舅》《宝葫芦的秘密》《爱丽丝地下游记 80 天》《海底两万里》,直至《红日》《创业史》《雾都孤儿》《简·爱》《我的前半生》《红与黑》等等,我在国光三狼吞虎咽地阅读了大量小说。那时的书籍都是从各种途径借来的,后面还有人排着长队等待,时间限定得很紧,我练就了一目十行的阅读本领,受用终生。

　　爸爸妈妈平日工作繁忙,周六的晚上,也是我们记忆最深刻的温馨时刻。妈妈关玉英早早为一家人做好饭,并让我们换上干净的衣服,一家七口在爸爸带领下,沿着那条笔直的柏油路去大礼堂看电影。想来,当时以"五朵金花"著称于厦大的我们,跟随爸爸妈妈,穿过两侧农田,行走在通往大礼堂的路上,应该也是厦大校园内一道独特的风景吧。

　　斑斓的记忆直到十三岁时被打破。随着爸爸遭磨难的开始,平添了许多痛苦的元素,从此快乐的记忆戛然而止。后来,我们搬离了那里。但是至今,每当梦中回到少时的国光三,那里依然是梦萦魂牵的温馨家园。那是少时烙在心里的五彩记忆,永远挥抹不去。

# 永远的国光楼

## 黄　菱

　　国光楼是我们这些 20 世纪 50—60 年代出生的厦大小孩的父母辈初为人父人母时的第一个"窝",是厦大校园内解放后第一批大规模兴建的教工宿舍。国光楼与其周边的科学楼、防空洞、招待所、防空指挥部、幼儿园(托儿所)、卧云山舍(校长楼)、大南构成了我们童年、少年时代的欢乐园。

　　国光楼是国光一、国二、国光三的统称。因厦大校主、创办人陈嘉庚先生为感激其女婿李光前先生大力支持他扩建厦大的爱国行动而命名。1950年 11 月 5 日,李光前先生致函陈嘉庚先生,表示愿意继续资助修复因战乱被炸毁的厦大校舍,同时加以扩建。李光前先生筹资 600 多万元港币,交由陈嘉庚先生统一筹划使用。从 1951 年到 1955 年,兴建的新校舍和公共设施共 24 幢,建筑面积约 6 万平方米,相当于新中国成立前校舍建筑总面积的 2 倍。其中包括建南大会堂(大礼堂)、生物馆(成义楼)、数学物理馆(南安楼)、化学馆(南光楼)、图书馆(成智楼)、教工宿舍"国光楼"3 幢、男生宿舍"芙蓉楼"4 幢、女生宿舍"丰庭楼"3 幢、厦大医院(成伟楼),另有膳厅、浴室、厕所等,共有面积近 2 万平方米,还有看台总长近万米、可容 2 万观众观看比赛的上弦体育场和厦大海边面积达 6000 平方米的系列海水游泳池(包括比赛池、练习池、儿童池)。嘉庚先生倾其毕生所有钱财建起了集美学村和厦门大学。从幼儿园、小学、中学、专科直到大学,学村和厦大校园建筑近百幢,没有一幢以他的名字命名。但为铭记、感激支持他兴学报国的兄弟和亲人,他以弟弟陈敬贤的名字,女婿李光前先生的家乡南安、芙蓉及光前先生在家乡创办的国光中学,命名了厦大的若干建筑。

国光楼由花岗岩石条和闽南红砖砌成,砖木结构。每户均有个特大的屋内凉台,我们称之为"走廊"。走廊的栏杆由绿色瓷瓶托着石条构成。红瓦、白石墙、红砖镶边、绿色瓷瓶、圆弧形的门廊立面构成了国光楼独一无二的建筑特色,实属"嘉庚建筑"中的精品。国光一、二、三座建筑平行排列,每座建筑一字排开,8个大门,每个大门内各有4户人家(楼上2家、楼下2家),4家共用一个院子,院内可以种果树、种花、养鸡鸭,是4户人家孩子们的小天地。楼下"走廊"是敞开的,两条板凳架上一张单人床床板,就是我们的乒乓球桌,每逢暑假,杀得人仰马翻。

我们家住国光二第一个大门(这是国光楼孩子们的通常叫法)楼上,门牌是国光二4号。楼下,1号住苏登记老师(物理系)一家,孩子有苏肖坡、苏宛兰、苏若竹、苏似锦;2号住高湘菱老师(科研处)一家,孩子有郑一黎、郑尚毅,还有位老保姆"哦都嬷";楼上3号住张子茂老师(南洋研究所)一家,孩子有张志超、张志杰,另有一女孩,我们离开厦门后才出生,不知叫啥名字,还有志超的爷爷"老公"。我家,爸爸黄志贤(经济系)、妈妈陈贞奋(生物系),孩子有黄苇、黄菱、黄菁,还有老阿姨(在我们家共同生活40多年的老保姆),另有一只最终养了20年的老猫(从1963年国光楼养起,历经长汀下放、福建师大5年,最后在厦大西村寿终,享年猫龄相当于人寿80岁)。国光楼最有特色的是那又长又陡的石头楼梯和枣红油漆木门上小镜框内白卡片写的住户名牌。

国光楼让我最得意的往事是从幼儿园逃学。小时候最痛苦的事莫过于上幼儿园。要上课不能乱跑;要喝特讨厌的豆浆,还不能不加糖;动不动就让"播候苏"(闽南话,傅护士)打针;唯一好玩的是沙坑,可以在那上面"乱来"。许多小朋友被爸妈或阿姨(保姆)送到幼儿园,听到铁门关上就开始放声大哭。人小鬼大的我则开始筹划啥时逃学。最好的时机是上完第一节课,开始课外活动,到处都是孩子,老师们看不过来。我以最快的速度翻过铁门,爬到楼梯水泥扶栏上,顺着往下滑,然后沿着"校长楼"后面的柏油马路,目标国光二我家大门一路飞奔。然后过家门不入,或上科学楼去偷吃实验用的冰,或上厦大商店去逛,或一路向南去厦大医院的海边。不过无论去哪儿,我都是先回到国光二第一个大门,然后再出发;再有,无论啥时候逃出来,幼儿园吃点心时,我一定回去。至今,我都不明白,何以我的生物钟那么准，是不是国光二在定时?!有人告诉我妈妈说我在海边玩，妈妈问老师我是怎么出去的？老师说："没有啊，吃点心时她都在的。"哈哈，吃点心时老师才点名，而我已玩一圈回来了。

国光楼记忆最深的经历是一次有人躲在鸡窝里，把我家阿姨吓得差点没命了。记得当年厦大到处都有一种四方约0.5米见方有着一小段一小段竖立钢筋的水泥方板，不知做啥用。今年到金门看到面向厦门的海滩上遍布反登陆的"轨条"，朝厦门方向斜插着，我才意识到，莫非厦大往年那些方形水泥板也是防"反攻大陆"的战备用品？但当时，全让我们找来搭鸡窝了。我家隔壁志超的爷爷"老公"用五块水泥板依院子围墙垒了一个小小的鸡窝，一块当屋顶，两块当墙，一块当地板，另有一块斜搭在鸡窝的屋顶上做门。为防鸡鸭被偷，每晚我们都要将它们从户外招回家中厨房。我家阿姨白天将两只

图1　我们的全家福
前排左起：黄菱、黄苇

大鸭子寄在"老公"的鸡窝里。那晚，我们在楼上"走廊"听志超爸爸拉二胡，阿姨下去收鸭子，没承想，当她挪开水泥板的门时，里面居然窜出一个人，只听阿姨一声尖叫，我们一跃而起飞奔楼下，宛兰等人也冲出房间，阿姨已经吓得躺在地上。我冲出大门一看，一个人往商店方向飞奔而去。奇怪，鸭子还在窝里，不知那人为何躲在里面。周边的人直说："人吓人，吓死人，没医的。"万幸，阿姨仅仅是吓得说不出话，人还清醒，结果也无大碍。好长时间，我们都怕怕的，不敢去看那鸡窝内的黑洞，鸭子也赶紧杀了吃。至今，讲到国光楼轶事，我们姐妹三人常常会异口同声说："老公"，鸡窝！

一晃60年过去了，国光楼风采依旧，端庄、静谧，宛如大家闺秀坐落在五老峰下。前些日子，我跟姐姐黄苇、姐夫何方去那拍照，宛兰家后门的龙

眼树,树皮已如雕塑;屋边的白玉兰树已过屋顶。到处都在拆迁,不知国光楼未来命运如何。但,在我们心中,国光楼,永远!

图 2　我们家住国光二第一个大门楼上

# 厦大生活十年琐忆

钟安平

我从 1958 年 7 月起，到 1969 年 4 月去永定县插队落户为止，在厦门大学国光一 28 号外公家生活十年多，在厦大长大。

我的外公何励生是从 1929 年起就一直在厦大工作生活的老厦大，他是校长办公室文书，服务过林文庆、萨本栋、汪德耀、王亚南等校长，1958 年退休，1996 年 11 月去世，享年百岁。他病重期间住在厦大医院，时任全国人大常委会副委员长、原厦大教授卢嘉锡还专门到医院探视。图 1 是 1952 年 9 月外公何励生、外婆叶月瑚，与 8 个子女及女婿在厦大国光一楼前合影。其中抱孩子的是我母亲何吉利，抱的是我哥建平，后排第二高者是女婿即我父亲钟毅，其余按长幼顺序是大仁、大智、大公、大我、大同、大国、大汉。

我的父母 1952 年夏从厦大教育系毕业后，响应党的号召一起奔赴东北

图 1　全家福

抗美援朝前线，在鸭绿江畔的安东（现丹东市）任教。他们回忆在毕业动员会上做报告的校领导是张玉麟，他的口才很好，报告鼓动力极强。1958年父母为了更好地工作，将我和哥哥建平（图2）交给外婆带回厦大外公家抚养，我们哥俩在厦大上幼儿园，念小学中学，一直到上山下乡。

图3是1959年1月我们哥俩与外公外婆在厦大合影。我俩刚到外公家时，一个6岁，一个5岁，想进厦大幼儿园。幼儿园开始不收，说只收父母在厦大工作的孩子。外婆着急了，找到幼儿园胡光瑶园长说明家庭情况，胡园长决定收下我俩，分别上大班和中班。所以1959年8月1日的全园合影中有我俩，

图2　我和哥哥建平

图4是合影局部，其中上排左起第一人是建平，下排右起第一人是我。到厦大不久，有次大人们带我到中山路一带购物时把我弄丢了，我迷了路转了好久，被路过的厦大大南3号杨叔叔发现了，他认识我，赶紧用自行车送我回厦大国光一楼，家里人正急着呢。

我的大舅何大仁、大舅妈江素菲也是厦大毕业生，当时都是厦大生物系教师。他们生育一女一子，就是我的表妹子威、表弟加宁。子威大学毕业后在鹭江大学从事教育工作，加宁1979年以高分考入厦大，不久被公派德国留学。1992年，由于大舅家加上外公的三代教龄超过百年，大舅家获得"福建省优秀教育世家"的称号。20世纪60年代每逢春节，外公都要叫上在厦门的子女和孙辈们到厦大照相馆照张全家福，这事由大舅负责操办。当时厦大照相馆设在校门边的厦大百货商店楼上，照相师傅叫陈万辉，是永定人。他工作十分认真，重要相片都要照两张底片，洗出样片后叫顾客看过，

再正式洗印。图5是1962年春节的全家福,其中外公外婆膝前是我们哥俩,大舅抱着子威坐着,大舅妈站在后排正中,其余是大公、大国、大汉。当时加宁还没出生,我们哥俩就读南普陀边的东澳小学,我二年级,建平三年级。

图3 我们哥俩与外公外婆

图4 全园合影局部

上排左一建平,下排右一我

图5 1962年春节的全家福

小学的五年生活挺愉快,我们课余经常在厦大校园里玩耍,例如在大操场跑步、跳高、跳远、踢足球。厦大大礼堂每周放电影,孩子们最爱看。记得正片前经常放《新闻简报》，还有《战斗的厦门大学》、《厦大民兵师》，是厦大礼堂的保留节目。看电影时第一排票无人购买，我外公和南普陀胖和尚坐一排中间过道两边，一个1排1号，另一个1排2号，胖和尚头顶发亮，十分醒目。大礼堂还有师生文艺演出，记得1965年经济系会计专业学生手执算盘，表演自创集体节目，还有个大包头学生独唱《草原之夜》。电影售票处在厦大工会俱乐部。俱乐部是个好去处，有书报、棋类、台球。我经常晚上去看报纸杂志，特别是杂志种类丰富，扩大了我的知识视野。厦大工会、学生会年年举办游园活动，我喜欢参加猜谜，经常得到小奖品。

厦大的生活服务业网点较齐全，有银行、邮电局、百货商店、土产商店、饮食店、书店、招待所、信箱、食堂、服务站等。我喜欢去厦大书店看书，我的《新华字典》就是1963年1月在那儿买的，50年过去了，至今还能用。厦大食堂较多，不少家属在笃行楼边上的教工食堂买饭菜，我们哥俩每天早晨在那儿用餐。记得1964年10月17日早饭时，新闻广播报道了我国第一颗原子弹爆炸成功的消息，大家热烈鼓掌，整个食堂都沸腾了。服务站主要是提供修补服务，我的外婆在站里缝补衣服，经常免费为学生服务。

图6　1966年春节我们哥俩与子威、
加宁、汪志农表弟（最小者）

1965年7月，我与哥哥同时从东澳小学毕业，考入中学，我在八中（现双十中学），建平在四中。图6是1966年春节我们哥俩与子威、加宁、汪志农表弟（最小者）合影，我和哥

哥戴着中学校徽。

1966年6月,全国遭遇"文革"浩劫,厦大校内气氛骤变,铺天盖地的大字报覆盖校园,教学秩序完全颠覆,校系领导和教授们戴着高帽和牌子游街示众。红卫兵日夜辩论,破"四旧",到处抄家。我外公也被大字报点名,他赶紧把家里的一些有"四旧"之嫌的文物处理掉。记得他拿着一尊两尺高的德化观音瓷像犹豫再三,最后走进厕所,关上门,我在门外听见"咣"的一声,珍贵的瓷像就毁了。但是红卫兵还是没有放过我们,上门抄家,抢走了外公历年精心收藏的大批名人字画、扇叶和其他文物,我们小孩被责令旁站不准动。外公一生心血收藏毁于一旦,欲哭无泪。"文革"后经一再寻觅,被抄文物查无下落,无法找回。

"文革"中厦大学生分成"革联"与"促联"两派,派性斗争激烈。革联以厦大红卫兵独立团为主,为首的有林金铭等人,占据邻近我家的卧云山舍作总部,将其改名为造反楼,在楼上安装高音喇叭,广播噪音整日充斥于耳。促联也占据南洋研究所大楼,为首的是苏辉明、吴国耀等人。1967年夏,厦大两派发生武斗,8月2日促联进攻造反楼,我们躲在家里不敢出去,只听屋顶上踩得瓦片直响,结果促联攻进造反楼,林金铭被当场打死。后来武斗不断升级,造反楼成为空楼,院子里埋设地雷,炸死一人。革联在五老峰上往下放冷枪,我们在厦大行走得十分小心,怕被当成活靶子。我家北面窗户朝着五老峰方向,只好用最厚的床板挡住,以防冷弹,我们还一度去厦门市区亲友家避住。

早从1966年夏天起,中学就停课"闹革命",我只上了不到一年初中,就没课上了,我曾步行去漳州串联,再想走时串联已停止,只能回家休闲。厦大图书馆藏书浩瀚,原来厦大小孩进不去,只能望洋兴叹。"文革"中教师多被批斗,大学生忙于派性斗争,图书馆无人光顾。小舅大汉找到一位熟人,经常带我钻进图书馆里看书,一读就是半天。凡尔纳的一系列科幻小说,我就是那时看完的。

我闲来无事,在家中自学组装简易半导体收音机。厦大大操场边架有福建前线广播电台的大型发射天线,功率强大。我在国光一楼家里用自来水管当天线,接一根电线串联一支二极管与耳机,耳机另一头用手捏着当地线,不用调谐器就可以清晰地收听到前线台的广播,因为它的声音盖住了其

永远的厦大孩子

他电台。这也成为我当年的一项乐趣。

　　1968年底中学复课"闹革命"，我们奉命回校，仍然成天无所事事。其时我们已经荒废了两年多宝贵光阴，却还要算成是初中毕业。不久毛主席指示知识青年上山下乡，我们别无他路。图7是1969年春节我们哥俩与小舅大汉合影，当时我不到15岁半，从照片上看个头十分瘦小，面露微笑，对即将到来的农村繁重体力劳动和艰苦生活明显缺乏思想准备。过了两个多月，我与小舅将户口迁出厦大，到闽西永定山区农村插队落户，结束了在厦大生活十年的日子。

图7　1969年春节我们哥俩与小舅大汉

第四章　厦大——我的家

537

# 厦大处处是我家

邹友思

1952年,父亲邹永贤刚到厦大工作,住在丰庭一,当时称为单身宿舍,两个干部一间,每层一个公用卫生间。丰庭一用白色花岗石砌成,绿瓦红墙,走廊宽阔,和后来建的丰庭二、丰庭三一样,均属典型的嘉庚建筑。

父母结婚时住的是笃行楼(现在已拆除,大体位置在克立楼超市及农行那一块),三层的楼房,黄色外墙,墙体凹凸,在带来立体感的同时亦积满了历史的尘埃。每家一个单间,卫生间公用。走廊两边均匀分布着对称的房间,大白天亦采光不足。和原来的敬贤一风格相同。

20世纪50年代中期,我家住进国光楼,国光一、国光二、国光三均住过,时间都不长。国光楼的格

图1　三个出生在国光楼的小人儿,在相馆里骑在车上照相是当时的时尚。从左到右:友思、潮逢、文燕。小人儿被大人不停地摆弄和纠正姿势,折腾得全体一脸傻相

局大体相同,两间房,加上厨房,穿过一个长形的天井到卫生间,还有一个小储藏间。住二楼的要上一个很长很窄的楼梯,两人并行有点难。住楼上的

阳台可资利用,面积不小;住楼下的就没有这个好处了,阳台仅是过道,但有在小院内种花种菜的便利。一个院门里住四家人,自然鸡犬之声相闻。

1961年住进敬贤四3楼,三房一厅,加上厨房和卫生间,有前后两个阳台。后阳台常被用来养鸡,增加副食品供应。每层两家,三楼邻居是吴翔、吴玫兄妹家,二楼住的是亚保五兄妹家和陈力文家,一楼住的是徐斌家和何方家。敬贤楼旁边的小山是我们常玩的地方,早期有荒废的战壕和碉堡,以及密不透风的相思树。敬贤四和敬贤五之间,靠山的一边,建有大型的防空坑道,终日亮着电灯,散发着乙炔的气味,防空演习时还在里面待过半个晚上。洞口四季流水不断。我家保姆汕头阿婆最爱在洞口洗被单,说是那里的水质特别好。

此时是新中国成立后较好的年代,没有运动,国泰民安。三个大小人儿均就读于东澳小学,1965年时,姐姐文燕上五甲(五甲班的凝聚力堪称楷模,是厦大孩子大聚会的开创者,人才众多,启五兄、珞平兄、安平兄、世建兄等均大名鼎鼎)。我在四甲,弟弟潮逢读三乙(和中群、章慧同班。章慧为厦大小孩大聚会的组织者,劳苦功高),各差一年级。学校近在咫尺,和南普陀寺仅隔一堵墙。如果不调皮,五分钟即可到校。下课十分钟,足以到大雄宝殿逛一圈,放学后在寺内疯跑,常引来香客侧目及和尚呵斥。琅琅书声,伴有诵经鼓;香火旺盛,常见小儿窜。上课放学,晨钟暮鼓,不愧为鹭岛一景。

那时可玩的地方很多,要做

图2 1962年的四个小人儿(后排:友思、文燕;前排:潮逢、学先)于招待所前,彼时住在敬贤四301。招待所早年住过苏联专家,建筑风格略有点洋气,是家家小人儿照相常到之地。已度过困难时期,家里人口又增加了,小人儿心情不错,一齐眯眯笑

的作业很少。以玩为主、兼学别样似乎是我们小学时的主旋律。但实话实说1961—1966的5年间，东澳小学完整的小学教育为我们四甲班小人儿的成长打下了良好的基础。

"文革"开始后，父亲大难临头，先被诬为厦大三家村（陆张邹），后又被推入走资派行列（陆未张邹胡）。造反派组织抢班夺权，敬贤四自为理想之地。一天下午突见家门口贴上勒令（我至今仍记得那张墨汁未干的勒令，没贴牢，一半悬空着，字不好看），一夜之间必须"滚出去"。没有商量余地，没有任何人敢帮忙，父亲到校产科借了一辆板车，文弱书生套索拉车，几个大的小人儿前扶后推，七岁的妹妹学先也拿个包跟在汕头阿婆后面，两个来回把抄剩下的家当搬到了大桥头平房。新的家只有两间房和一个小厨房，没有自来水，更无卫生间。屋顶的瓦片清晰可见，没有天花板，每逢刮风，屋顶的灰尘落下，就如漫天雪，汕头阿婆每天要擦多遍桌子。所幸的是大门极厚，得以抵抗住小流氓不分昼夜的砖石袭击。每日需挑水三担，出外必防小流氓的辱骂。唯一的好处是离厦港菜市场近，买菜时阿婆的小脚不至于走得太累。

我们一家七口蜗居于大桥头平房里，在父母亲被批斗、游街、隔离审查、被打伤住院的间隙，我向父亲学了象棋、桥牌、古诗词、各国名著与典故，苦中作乐；1966年底，我和兰荪、王诠、于虎、锡雄、李涛等一同步行串联到福州，趣事多多。记得走之前学校每人补贴了12元（兰荪还记得吗，没错吧）；串联回来后，周惠珍校长还亲自到大桥头平房来办核销手续。在那天下大乱的年代，母校老师的严谨作风令人称道。记得是一天上午，十点来钟，周校长来了，正在办手续过程中，门外又有小流氓用石头砸门，周校长一声不吭，眉头微皱。时至今日，我仍心存感激，感谢她当时保护了可怜小人儿残存的自尊心。

1968年开始复课闹革命，四甲的一半以上同学均属"可教育好的子女"，推迟几个月后，才让进入侨中试读。我每天从大桥头步行约十五分钟到侨中上课。那时的中学基本无文化课可上，以游行欢呼最新指示发表、开会批判某某人或某某路线为主，旷课早退习以为常。出身工农的厦港小孩在学校里作威作福，父母落难的厦大小孩备受欺凌。

1969年姐姐从大桥头平房离开厦大，下乡到了武平县象洞公社。几个月后,1970年初,父亲被解放了,但马上又被下放到武平县桃溪公社亭头大队,我们一家自然同去。离开了住了3年多的大桥头平房。临走前几天,忙于做各种长期扎根山区的准备,甚至有带只小羊去下乡、弟弟以后有奶喝的打算。住在隔壁的陈全时为化学系职工,还帮我们绑行李。有一缸白带鱼因很难绑牢,后来臭掉了,被倒入桃溪河中。在乌云密布时敢帮助刚解放的走资派,需要有极大的勇气。我始终很感激陈全师傅,现在见了他儿子陈志扬仍觉得亲切(志扬和其父亲相像到了极致,以致就前几个月,还有人把他误为陈全,称赞他身体越来越好了)。

住在大桥头的几年,是我们成长的关键时刻,吃了很多苦,竟为下放武平的艰苦生活提前做了思想准备。完全没有选择或躲避的可能,这种"收获"极为无奈;还能称之为"收获",纯属发扬阿Q精神。我始终对青春无悔之类的说法极为反感,绝不认同。如果能够重新选择,再走一次人生路,相信不会有谁放着平坦宽阔的阳光大道不走,愿意去走荆棘遍地的羊肠小路。历次运动,"文革"、下乡、下放,又岂止是荆棘遍地?1972年10月,父亲重新回到厦大工作。刚回到厦大时,许多下放干部正在调回,住房空前紧张,我们一家七口只分到了芙蓉四一楼的一间房,二十几平方米。隔壁也是刚下放回来的颜松滨叔叔一家,他家小孩是大头小头兄弟,因绰号别具特色早已扬名于厦大小孩中。仅一间房,将床铺一字排开后,中间夹杂箱子和衣橱,就只留下一条窄窄的走道。一个卫生间二十几家共用。没有厨房,家家户户都把蜂窝煤炉放在门口,锅碗瓢盆堆在窗下。总有几家晚上炉子封太紧导致熄火,清早起来废纸木片一起上,扇子挥舞心着急,乌烟瘴气,蔚为壮观,和农村的清晨景观相去不远。那时芙蓉四前面有块空地,常有学生围成一圈打排球。有一次,一个排球直飞我家的炉灶,文燕姐姐英勇无比,先没收了球,再和来要球的学生理论(文燕姐补充:没收球的事,是因为那是第二次了。第一次球正好砸在小弟任伟身上,当时他很小,正蹲在地上玩,被砸得滚倒在一边。我让学生远一点打,可是场地太小,实际上我们和他们都退无可退)。

就那么小小的一间房,要住全家7口人,还加上汕头阿婆,实在挤不下,父亲找校产科,把我和弟弟潮逢暂时安排到招待所借住。这下可苦了我俩,天天晚上在芙蓉四做完作业,11点左右再去招待所睡觉。因是借住(用现

在的话叫蹭床），就得看人眼色，每天晚上快 12 点了，确定没有客人了，有剩下的床位才能让我们睡。当时管招待所的是个女的，年纪较大，总是鼻子不是鼻子脸不是脸的，从来没有一丝笑容，以至我对流离失所、寄人篱下这两个成语的理解相当透彻。一天晚上下雨，夜深路滑，我骑车载着弟弟潮逢去招待所，不小心摔倒了，潮逢满嘴是血，我则膝盖受伤。生性忠厚的弟弟爬起来没有一声埋怨。每回忆至此，我总内疚无比。有几个晚上，床位紧张，还要我们两人挤一张单人床。还好是秋天，尚不至于热出人命。

这种窘境一直持续了一个多月，直到 1972 年 12 月，我家搬到了敬贤一后的平房，住房紧张才有所改善。而芙蓉四作为刚到厦大的干部的中转房，则持续了很长时间。一直到 1978 年，我岳父调到厦大工作，仍然一家人只有一间芙蓉四的房。

敬贤一后的平房有三间房，加上一个小厨房，仍然没有卫生间。该处原来是理发室，地上铺的是花砖，拖地后光滑无比，适合溜冰。隔壁是中文系陈扬明老师一家，再过去依次是开水房、财务处罗建芳老师一家等、理发室、公共厕所（学先妹补充：敬贤一后面平房堪称厦大"最热闹"的家属楼。我们家是在平房靠马路的第一户，隔壁是另三家住户和开水房、理发室、公厕，每天从我们家门前走过的人不计其数。开水房早中晚有三次开放时间，此时来打开水的学生争先恐后，生怕错过。上公厕的人就更不用说了，一天到晚络绎不绝——马路对面的女生宿舍是没厕所的。在平房和敬贤一之间的楼间距也被充分利用起来，除了人行小道外，还有一排双层的鸡、鸭窝，外加种满瓜豆的木架子，在前后两排房子的一楼住户间形成了天然的屏障，他们完全不需要挂窗帘，绝不会有相互窥视的可能。紧挨我们家旁边还竖了个高音喇叭，每天天刚亮就以《东方红》乐曲开播，中午和晚上又以《大海航行靠舵手》的歌曲结束，我们家每天三顿饭基本都在革命歌曲和播音员的高亢声中进行。那时的早晨，一边有公鸡的打鸣声，另一边是如雷贯耳的高音喇叭声，想睡个懒觉绝对不可能，因此，我们家孩子个个养成了早起的"好习惯"）。

"四人帮"倒台后，1978 年初，我们家搬到了敬贤四一楼，"文革"期间这里是"革命厦大"的总部，墙上的墨汁标语经多次粉刷仍依稀可见。12 年过去了，房屋仅略显陈旧，但社会风气和人与人之间的关系已被彻底颠覆，防人之心无处不在,老厦大人团结和谐之风已荡然无存(学先妹补充:"文革"后搬回敬贤四,那时经常停水,住附近的人都拿着大桶加小桶到防空洞排队提泉水,好不热闹。因为我们住得近,时常能避开那长长的提水队伍而较便捷地提到水,充分享受"近水楼台"的便利,每每此时,大人小孩总是一脸的幸福)。

1985年我们家搬到白城10号楼。白城的房子1985年建成,当时共17栋,后因建

图3　1978年,摄于敬贤四101单元的客厅。依次为:文燕、任伟、友思、潮逢、学先。"四人帮"倒台,万象更新,大家的喜悦溢于言表

环岛二路隧道之需,白城1到6号楼被拆除。白城18号以上的楼房是90年代初盖的。除了面朝大海、风景绝佳、游泳方便外,白城的房子还有几个特点。如离休干部较集中的10号楼和12号楼,原来建有垃圾通道,每家在楼上即可倒垃圾。但在带来方便的同时,也有蚊蝇飞舞、臭气冲天的弊端,尤其在夏天。后来只能统一封掉不用。又如楼顶的隔热瓦太薄,夏天顶楼的温度总比楼下高3～4度,当时大厅装空调的还不多,男的统统光着膀子上下进出,亦为一景。游泳那叫一个方便,穿着游泳衣裤直接下楼,浴巾全然不必,只要不惧有失雅观。

1997年我家搬到了东区27号楼。东区住房属福利分房终止后的集资房,最初房价为每平方米750元,即便如此,仍有不少教职员工嫌太贵。可见新中国成立以来高校员工的收入低得离谱,国家对教育的欠账委实太多。

后来为了办房产证，补交至 1250 元。和现在的房价相比，天差地别，恍如隔世。东区的房子建筑质量好，面积大，三间卧室全朝南，南北通透，采光通风均极好。美中不足的是没有电梯，1997 年挑房时家家均宁高勿低，七楼最

图 4  1978 年的全家福

抢手，现在大多悔之已晚。还好母亲当年有先见之明，坚持要三楼，至今上下尚可对付。我自己的小家要的是六楼，权当增大运动量的锻炼。缺点之二是没有停车场，每到晚上，道路两边密密麻麻停满了车，绕行几周遍寻车位不着是常态。好在校内天地广阔，远点的马路边总能停车，亦无被交警贴单之虑。厦大教职员工拥有私家车的比例明显高于社会平均水平，改革开放的成果还是显而易见的。有了车，厦大在前埔南区的商品房、五缘湾的经济适用房、高林片区的人才房均很受欢迎，路途遥远已被视为小菜一碟，不在话下。

　　一一清点下来，近 50 年间，父母亲带着我们几个孩子住遍了厦大的 10 种房子。而我自己，读书时住芙蓉一，工作后住勤业楼（俗称"集中营"），结婚时住丰庭三，后来搬到白城、东区，数一数居然也有五处之多。真可谓："厦大处处有我家"！

　　讲到"家"，除了住房外，我们兄弟姐妹总还要联想起一个人——家中的汕头阿婆。许多东西，往往在失去后方倍觉珍贵，但已失去了珍惜的时机和可能。树欲静而风不止，子欲养而亲不待，我们几个小孩对家里的老阿姨就有这种类似对父母的深情。1959 年，为了方便在鼓浪屿区政府工作的妈妈上班，我们都住在鼓浪屿，学先妹一出生，老阿姨就来了。从此，她在我们家帮忙了近 20 年。老阿姨是汕头普宁人，个矮，小脚，不识字，完全不懂普通话，还好汕头话和厦门话相去不远，沟通倒也将就。她尊父亲为先生，称母

544

亲为先生娘，虽经多番纠正仍执意不改。我们从小叫她汕头阿婆，后简化为阿婆。

"文革"前父母忙于工作、分身无术，"文革"中父母深陷漩涡、自顾不暇，家政全靠汕头阿婆主持。无论"文革"中我家的处境多么不堪，她总是和我们说父母是好人，那些坏人会"夭寿"的。家被赶到大桥头后，大桥头和厦港一带的小流氓和小混混落井下石，终日在家门前砸门破锁，蹿上跳下，喊杀喊打，骚扰不停，我们家的人若出面，反会招来更多的混混及加倍的攻击；父亲被游斗后回家，总有小流氓尾随围观，辱骂连连，唾液石头，劈头盖脸。每逢危急之时，总是阿婆挺身而出，以一当十，用汕头话怒斥众氓，独斗群狼。她出身贫苦，无任何辫子可抓，造反派和小流氓也不敢太惹她。1967 年中期，父母的工资均被扣发，按人口每人发 15 元生活费，我们家 6 口人只有 90 元收入，当时还要接济老家的祖母和外祖母（她们均因地主婆的身份，生活艰辛），不免捉襟见肘，举步维艰。汕头阿婆当时每月的工资是 18 元，她主动提出不要工资，只要这个家能过下去。忘了那段时间维持了多长，但她的付出和心血，使我们在"文革"的腥风血雨和动荡不安中还能有一丝慰藉。

1970 年初，父亲刚解放就被下放。下放干部还带保姆，成何体统？汕头阿婆只好回到女儿家。我们在武平山区两年半期间，她给别人帮忙，中间换了几家，由于她不识字，也没法联系。1972 年 10 月，我们终回到厦大，彼时调回的下放干部很多住在芙蓉四，各家都忙于开箱解包，安置行李，长长的走廊一片狼藉。头一天，全家草草安顿，勉强对付。第二天，我们正忙于安床扎寨，突闻门口有汕头口音的厦门话，蓦然回首，汕头阿婆在门口！

一瞬间大家都说不出话来。那种久别重逢的欣喜无法用语言描述，那种血肉相依的情感迄今我仍记忆犹新。

在没有我们家的任何消息、联系渠道全部中断的 1972 年，目不识丁的阿婆是如何知道我们回厦大的？她又是如何挪动着一双缠足的小脚步履艰难地从厦门市区走到芙蓉四，最终找到我们四个由她一手带大的小孩的？唏嘘一番后，阿婆告诉我们，她听说有下放干部回来了，就多次到厦大打听，但无人知晓我们家是否回来了，只听说下放干部都住在芙蓉四，她就到芙蓉四逐门寻找。

说是功夫不负有心人也好，患难之中见真情也罢，这种可遇不可求的偶

然,隐含着命中注定的必然,我相信这绝对是苍天的安排,虽然厦大处处是我家,但家里需有阿婆在!

找到我们后,阿婆不由分说,立即中断了原来的工作,不惜因违约损失一月的工资,重新和我们欢聚一堂……

1978年,80多岁的阿婆回汕头养老。几年后,她以近90的高龄在老家无疾而终。我知道噩耗已是数月之后,未能及时前往汕头奔丧。再后来就联系不上她的家人了。每忆至此,我那个悔呀!!!……

好人好报,好人必进天堂。不管多难,我都相信阿婆在天堂里也能找到父亲,仍尊称他为先生……我们永远怀念你,亲如祖母,不离不弃,善良正直,疾恶如仇,集一切美德于一身的汕头阿婆!

"厦大处处有我家",回顾往事,阳光和风雨同在,欢乐和泪水并存。所有的这些"家",见证了我们家几个厦大小孩的成长过程。"家中总有阿婆在",即使在那污泥浊水横流的年代,汕头阿婆仍让我们感受到了人间真情。

厦大处处有我家,厦大处处是我家。住房事小,但足以折射出整个国家、民族、学校的动荡和坎坷、发展和变化。二者息息相关,密不可分。

无论今天住在哪里,厦大是我们厦大小孩永远的精神家园!

2013年2月于厦大东区

# 梦回老敬贤

## 章　慧

　　金秋时节迎来 2014 年国庆,凉爽怡人,适合怀旧。国庆假期梦回老敬贤,家家户户的阳台上悬挂国旗,五星竞相绽放,朴素雅致宁静,那是父辈对孩子们潜移默化的爱国主义教育。梦境里还有时空穿越的长镜头慢摇:小辫子散了一条的全托小丫头,躲过老师的看管视线,攀越厦大幼儿园的铁门跌跌撞撞地顺着斜坡朝下飞奔,还不时回头担心老师追来,在玉兰树下拐弯爬上石阶沿着小径来到敬贤三教工宿舍后侧,气喘吁吁地仰头望着 203 室的后阳台激动地大喊:妈妈、阿姨(保姆素德姑),我偷跑回来了!

　　猛然惊醒,身边哪还有妈妈和阿姨?难道真的回不去了吗?说走就走,国庆假期带着相机,拨开熙熙攘攘跟风来厦大旅游的拥挤人群,跟随梦境沿着(旧)厦大幼儿园左侧拾坡而下,回到了老敬贤三所在地。此处静好,但已然是楼去人非、沦为一片空地,唯有静静伫立在路旁的那株老玉兰树,标志着老敬贤三曾经的存在。幼儿园到敬贤三这一段短短的小路被我一步一步丈量,走了好几个来回。时光已渐行渐远,玉兰树和老敬贤二 101 朱家窗外当年捉迷藏的大桉树却依旧葱茏,永远停在了当年,诉说着岁月的沧桑。此时此刻,我的心被温馨的回忆充满,回荡在耳际的,是小伙伴们的阵阵嬉闹,脑海里浮现的是老敬贤的柴米油盐、华丽温暖、鲜活往事和前辈们的音容笑貌……
　　……

　　　老一辈渐行渐远,
　　　老房子烟消云散,

老敬贤哟我的老敬贤，

拆得一砖一瓦都不剩，

拆不走的是父亲母亲恩重如山的奉献，

拆不去的是厦大土著脚踏实地的光影……

摘自郑启五《大聚会四章》

## 左邻和右舍

"文革"前，国光、大南、东村和敬贤，是厦大各系主要教师和机关干部较集中居住的厦大宿舍楼群。根据卢咸池学长回忆，敬贤二到敬贤五原名跃进楼，建成于 1959 年底或 1960 年初。外墙涂成黄色的四栋楼沿着缓缓上升的山坡呈阶梯状排列，坐落在校园的中心地带。妈妈常说，卢嘉锡先生一家曾在敬贤三短暂居住过，后来得到咸池学长和葛覃学姐的确认。1959 年起卢嘉锡先生参加筹建福州大学和原中国科学院福建分院，1960 年 8 月，他们举家迁榕。那以后我们家从国光二搬进卢家住过的敬贤三 203，在那里度过六年快乐时光。先后栖身同一套住房的我们两家的下一代以前从未谋过面，却有幸通过厦大孩子几次大聚会，因缘际会地相识并发展为一种时空交错的友谊与合作，真是妙不可言。

在过去的岁月中，我们通过上学、兄弟姐妹的关系、小伙伴们之间的串门和玩耍，与敬贤二、三、四的邻居以及国光、大南、白城和卧云山舍的小伙伴们建立了深厚的友谊，这一切成就了《永远的厦大孩子》文集故事创作的源头。但敬贤一建于抗战胜利后，其中的住户流动性较大，而且与其他四栋楼隔着开水房、理发室和公用浴室等所在的一排平房，因此我们对敬贤一的邻居不太了解，本文中亦不予涉及。

敬贤二、敬贤三和敬贤四均为三层楼。敬贤四为一栋六户，只有一个楼道，每户三房一厅，有前后两个阳台。敬贤二和敬贤三均为一栋十二户，有两个楼道，但是格局有点不同：敬贤三是对称的，每一层中间的两套房子均为两房一厅，有前后两个阳台，旁边的两套房子面积较小为一房一厅，只有一个阳台；敬贤二的二房一厅和三房一厅，两种规格的大中套房子是交错的，每家都有两个阳台。敬贤五与众不同，为两层小楼，东西各居住一户人家,就像联体别墅,彼时是学校领导入住。

根据小伙伴们的集体回忆,1965 年住在敬贤二到敬贤五的邻居(男主人)如下。

敬贤二:

101～104　朱天顺、何启拔、傅家麟、叶国庆

201～204　何景、吴伯僖、钟同德、林莺

301～304　黄厚哲、陈汝惠、张松踪、钱伯海

敬贤三:

101～104　卫守一、史晋、许财恩、陈金富

201～204　陈新伯、林鸿庆、田心、陈在正

301～304　牛万珍、陈世民、刘贤彬、庄为玑

敬贤四:

101～102　徐平、何恩典

201～202　陈曲水、陈启英

301～302　邹永贤、吴修华

敬贤五:未力工、胡锦望

1965 年敬贤楼的三十二户住家中,迄今已有一半多的前辈不在人世,幸好我们仍可以从 1961 年 12 月举行中共厦门大学第三次代表大会的代表合影中,找到前辈们的音容笑貌。这张合影中住过老敬贤的前辈有:牛万珍、沈敬繁、陈启英、朱天顺、卫守一、田心、邹永贤、未力工、陈曲水、刘正坤、陈在正、史晋、林鸿庆、刘贤彬、陈世民、林莺、何恩典、陈国珍、吴修华、梁筠莲等。

查厦门大学校党史:中共厦门大学第三次代表大会于 1961 年 12 月 15 日至 17 日举行,正式代表 152 人,列席代表 75 人,另外邀请校民主党派、老教师、科长以上干部和工会、学生、侨生代表 45 人出席(图 1)。党委书记陆维特做工作报告。

## 幼年的记忆

1957 年冬季从上海南下福建的父母亲服从组织选调,带着姐姐和我从

**图1　中共厦门大学第三次代表大会代表合影**

福州来厦大落脚,我们家先后住过笃行楼、鼓浪屿林文庆别墅、国光二、敬贤三、大桥头、笃行楼、敬贤三、白城等厦大宿舍,其间还在厦港市仔街居住了一段时间。最让我念念不忘的,就是国光二和老敬贤! 1960 年 8 月我们全家迁入敬贤三 203,接手卢家用过的家具,"文革"初期敬贤楼的几件家具还陪同我们搬到了大桥头,记得其中一件是漆成黑色的衣橱,橱门上有一道闪电状的装饰,为之后的十年筒子楼蜗居带来了几分温馨。

2009 年春节期间我回到幼儿时曾经与父母姐姐在鼓浪屿住过的旧居——前厦大校长林文庆别墅怀旧,多年失修的别墅已然是废墟(图 2 左),杂草丛生,野藤爬满了墙头。沿台阶拾级而上,满目苍凉。转眼间已五十多年逝去,幼年的一切一去不返。回忆不起小姐妹俩曾经在那里欢快玩耍的情景,只是依稀记得那些花岗岩大石阶,也记得彼时已上幼儿园的姐姐回家来告诉我,在她上学的路上必经笔架山的一个小山坡,总是有一只可怕的老猫蹲在坡顶瞪着她,她每每飞奔而过。居住林文庆别墅时与张乾二先生为邻,后来他成为我的老师和同事,我刚留校在化学系工作不久,他每次见到我就用手比画着:"我认识你的时候,你才这么小(只有小板凳高)。"记忆中林文庆别墅屋外有很多大石阶,翻出一张小时候在鼓浪屿拍摄的照片(图

3),背景中也有石阶,但不知那是否就是林家别墅? 也许是鼓浪屿的另一处豪宅。我们母女仨住在鼓浪屿时(图4),父亲作为中文系总支书记(图5)正带领师生在三明热火朝天地大炼钢铁,那真是一个奇怪的年代。

图2 年久失修(左)和终于修缮一新(右)的林文庆别墅(图片来自网络)

图3 姐姐章红和只有小板凳高的我在鼓浪屿某别墅的石阶前玩耍

图 4　母女俩在菽庄花园海边,这是严肃的爸爸拍的最文艺的一张照片

图 5　1958 年 6 月爸爸与中文系师生合影
爸爸在后排左起第三

我们一家刚到厦大,除了暂居鼓浪屿林文庆别墅,还在国光二住过一段时间,那时政治运动不断,爸爸妈妈天天晚上都要开会,而我则因为贪吃糖果患上蛀牙,晚上经常牙疼得在床上翻来覆去地折腾,虽有阿姨陪伴,但也常责怪爹妈不在家陪我。

正因为那时工作和搞政治运动太忙,

很多家长都把孩子扔给幼儿园寄了全托,我和姐姐也在其中。成家之后的我曾经认真探究过,为何从小青梅竹马的厦大校园土著们,后来结为伉俪的为数甚少? 后来悟出一点,因为彼此之间实在是太了解啦,从小一起玩一起上学、一起恶作剧,打打闹闹疯疯癫癫。有一个场景犹如发生在昨天:夏日的幼儿园里全托的小伙伴们不分男女每人身着一条小短裤,打着赤膊排队洗澡,在澡堂里一边等着关老师、邓老师等保育员用盛满温水的浇花用大铁皮壶轮流往我们身上洒水,一边整齐地小踏步,唱着我们由《志愿军战歌》"自行改编"而成的:光溜溜、喜洋洋,跨过鸭绿江……彼时的男生女生就像自家兄弟姐妹,互相串门玩耍如家常便饭,没有任何神秘感。

距离产生美感,过来人都知道! 细细观察近旁已结为伉俪的厦大子女,他们大多数小时候都不在一起玩,是长大后才互相认识结缘的。这些事实说明我的推测不无道理。

1958 年我才两岁多,不记事,居住林文庆别墅的往事,只能从老照片中去寻找记忆了。全家搬回厦大校园后,我进了厦大幼儿园小小班,在 1959 年幼儿园大团圆照片中,我已经俨然升级为小班的小姐姐,因为还有第一排坐在地上的何瑞玲、林健、陈端端、陈以旦、吴扬、朱子申、尹申平、李慧华、颜维嘉(大头)、颜维群(小头)、陈爱平和罗力等低一届的弟弟妹妹们。非常了不起的是,彼时幼儿园只有十几位老师,要照顾这百来个孩子,谈何容易。因为大部分孩子聚集全托,防控腮腺炎和麻疹等病症给老师带来不少麻烦。记得她们不知从哪弄来一个偏方,说是将鸡蛋放在男童的尿(童子尿)里煮熟后让小朋友吃下剥壳的蛋,可以预防麻疹。姐姐大胆尝试了这个偏方,后来我感染麻疹时,她坐在床上和我一起玩耍,居然没有被传染,是否因为这偏方的功效,不得而知。幸亏如今有了麻疹疫苗,小朋友可不必再吃下这种"偏方"鸡蛋。

我对国光二和敬贤三的印象是暖洋洋的。都说中国人含蓄,在家人之间很少有亲密的拥抱和亲吻等举止。记忆中来自妈妈的爱都发生在敬贤楼,她照顾我睡觉,睡前一定要在我的腰间紧紧包裹上一层大浴巾,怕我踢被子以致肚皮着凉,高兴时经常抱着我亲吻,喊我的小名"阿咪"或"章咪"(她认为我笑起来单眼皮,小眼睛细眯眯的,就像小猫咪,很可爱),用她温暖、软和的手掌轻抚我的后背,哄我香甜入梦。我就在这娇宠中一天天长

大。但是睡前裹浴巾的习惯却让我的身体弱不禁风,一不小心肚子吹到风就着凉;我还曾经因不耐受噪音而患上"神经衰弱"(妈妈认定的病症),大礼堂上演京剧,咚咚锵的开场锣鼓一响,我赶快捂着耳朵钻到椅子底下藏起来;一有头疼脑热的,她就带我去看中医吃中药,一度还以为我患上肝病,让我服用当时相当稀缺的蜂王浆。养得我体质娇弱、脸色苍白、胃口不佳。后来我才知道这是妈妈过分宠爱我,她缺乏育儿经验,用了不正确的方法。一直到去年回了一趟老家,听闻姑婆说起在妈妈小时候她的外婆也是这么照顾她的,迟钝的我才有几分明白,她这是要让我充分享受母爱,以弥补她过早失去母爱的缺憾。可是,回报母亲已为时太晚,我本应该在她重病期间待她如婴孩般地照顾她,但是我们都被她对待剧烈病痛表现出的坚强所迷惑。

妈妈也是爱干净爱美的,她总是衣着得体,我喜欢她身上好闻的味道,她教我用散发着肥皂香气的干净手帕,教我衣饰整洁美观时尚,她有一手好针线,还不时带我和姐姐去裁缝铺定做好看的衣裙,用各色漂亮的蝴蝶结打扮姐妹俩精致的小辫子。因为耳濡目染,我在幼儿园时就懂得穿小衬衫搭配半腰裙时,要把衬衫下摆塞进裙子里,并设法把衬衫拽得在腰间服服帖帖的,然后在大镜子前左右顾盼是否全身妥帖,引来老师们啧啧称赞,说这孩子真会打扮。

## 父亲和我们

父亲在我的记忆中总是不苟言笑,很严肃,这可能与他的工作性质有关。我女儿小时候曾经偷偷问我:外公怎么都不会笑?敬贤楼时期的父亲在工作上年轻有为,但又很顾家,勤快能干,有时也表现出慈爱。有几件事让我记忆犹新。

小学低年级时,课外作业不多,放学后小男生小女生结伴玩耍,有时也一起做作业。我们刚刚学习写作文那一阵,小朋友放学都来到我家一起做功课,那几天爸爸正好在家里办公,他竟然放下手头的工作主动提出帮每一个同学修改作文。小人儿都很高兴,一有问题就去房间叨唠他,来来回回的,他指导我们写作,没有表现出丝毫的不耐烦,记得当时在场的有陈慧、邹潮逢等同学。爸爸的字一笔一画写得工工整整,做事极其认真细致,小时候不懂得欣赏书法,总觉得他写的字比妈妈写的好看,"文革"中看妈妈帮人抄大字报,才知道在书法方面妈妈确实略胜一筹,妈妈的毛笔字遒劲老道,功底很深。

家里的日常家务虽有阿姨和妈妈,但重体力活都是爸爸承担。三年困难时期他在敬贤三与敬贤四之间的隔断墙边围起一个竹篱笆,在那里饲养鸡、鸭、兔、竹鼠等以供应我们一家四口(阿姨吃素)的肉食和蛋类,可谓"自己动手,丰衣足食"。有一天发现我们家养的鸭妈妈被山猫叼走了,爸爸带我们姐妹俩和阿姨赶紧爬上敬贤楼的后山寻找,终于在一个小山坳里发现一片血迹和几根凌乱的鸭毛,定睛一看,那里还躺着一颗滚圆的大鸭蛋,原来忠心耿耿的老鸭母被叼走后没有马上牺牲,在山猫窝还为我们留下一个鸭蛋,爸爸捧着这个鸭蛋带我们下山回家,一路上唏嘘不已。

我们刚开始练习钢笔字时,爸爸专门在厦大商店为我们姐妹俩各买了一支钢笔,他说我从小写字力道偏重,特意为我挑了一支笔尖较粗的钢笔,我向妈妈学习,把钢笔字写得遒劲有力,同学们都称赞我的字写得有"字骨"。有一次姐姐拿了爸爸的钱,买了一个心仪已久的蓝红编织网格的大钱包,把找剩的钱放在钱包里揣回家来,自然挨了一顿批评,钱包也被爸爸没收了,但这个大钱包后来却为我们带来了麻烦——那一年春节爸爸把所有的副食品供应券都塞在钱包里上街置办年货,却垂头丧气地空手而归,说钱包被扒手偷了,回头看到姐姐,气不打一处来,恨恨地说,都是因为你买的那个钱包!

敬贤楼的家居比起国光二有了很大的改善,一进家门的右侧朝西有一个小厨房连带一个小小的后阳台,妈妈和阿姨都能在这里一展身手,制作美味佳肴和素菜。顺带提及,阿姨用发菜、金针菇和香菇等食材制作的素炒米粉是一绝,让我吃得齿颊留香,迄今难忘。20世纪60年代,煤油炉(也称火油炉)比较稀罕,爸爸也弄来一台,不时显摆一下应用煤油炉技术,那时的煤油比较匮乏,一次用了不知哪弄来的劣质煤油,爸爸在点火时煤油炉突然发生燃爆,火苗一下蹿起来。爸爸情急之中,直接用手端着通体着火的煤油炉从后阳台扔到楼下去了,所幸家里没有发生火灾,也没有危及他人,但爸爸的手却烧伤了。当时觉得爸爸真是一个大英雄!

爸爸的勇敢担当远不止这些,敬贤楼在台风季节时,客厅朝向阳台的门经常会被狂风顶开,他指挥我们用洗澡的大木盆装满水,顶在门上,抵御了几次强台风来袭。

## 姐姐和辫子

姐姐自小体质好胃口好,没有像我那样受到特殊照顾,她也能健康活泼地长大。厦门人有个说法,头发少的人好命。但小时候我却最羡慕姐姐那一条乌黑油亮的大辫子和一对水汪汪的大眼睛,自己后来再怎么追赶也没有达到她的水平(图6)。妈妈带我们姐妹俩出得门去,叔叔阿姨们会评头论足,大眼睛姐姐长得像妈妈,黄毛丫头妹妹像爸爸。还有人推测我将来的个子会长得像姑姑,体型矮小,这让爱美的我很郁闷,这种郁闷一直持续到"文革"。我始终是班上个子偏矮的女生,在宣传队跳舞时,总是与丽燕搭档站在第一排,不像陈慧、余群、建光她们那样人高马大。到高中时注重体育锻炼,我的

图6 虽然相像,但姐妹俩的辫子、眼睛和个头都形成反差

个子才上窜得和妈妈姐姐一样高。当时并没有单眼皮整容一说,我觉得妈妈生我不公平,照起相来没有姐姐的双眼皮好看有精神,后来被有双眼皮的朋友调侃:上帝是公平的,让我们年轻时好看,进入中老年后单眼皮反而有优势,不会在眼角产生太多的鱼尾纹,轮到你们好看了。嘿嘿,释然,并以此告诫热衷把自己硬整成不灵动双眼皮的朋友们。

关于辫子,姐姐说:"我记得每到星期六妈妈会把我的辫子编成粗粗的一条,章慧的编成两根细细的,姐妹俩换上漂亮的毛衣或裙子,牵着爸妈的手,快乐地和大家一起行进在林荫道上去大礼堂看电影。就是有一点不好,冬天坐在大礼堂看电影时那个冷飕飕的滋味可不好受。"

彼时我是家中娇生惯养的幺女,小辫子不是我自己梳的,要么是妈妈,要么是素德姑阿姨,或是姐姐。记得一直到上小学时,我还不会自己梳辫

556

子,有时临要出门上学了,头发还没有梳好,妈妈和姐姐都走了,我急得双脚直跳,只好央求爸爸帮我梳头,爸爸把我的辫子编得乱七八糟让我很不满意,也就将就着奔去上学了。到中学时我才学会自己梳头,但姐姐还是很愿意折腾我的细辫子,经常为我编织出一些新花样来。

我们一家在敬贤楼的小资生活过得快乐、慵懒、舒适、安逸,以为这一辈子就永远这么过下去了。但接近 20 世纪 60 年代中期,搞惯政治运动的中国,又来了一次大规模的群众运动——城乡社会主义教育运动,空气中已经开始弥漫着浓浓的"运动"味道,那时爸爸带着化学系的师生到上杭去搞社教,妈妈则下放到历史系去蹲点。留辫子已经不时兴了,因为它不"革命",为此我和姐姐都到厦大理发室主动请小陈师傅剪成了短发(图 7)。

图 7　长辫子剪了,姐妹俩都留起了"革命头"

姐姐从小就胆大调皮,没少因为"出事"被爸爸妈妈批评。她的胆大任性在几件囧事中表现得淋漓尽致。有一次在厦大幼儿园旁的车库,她非要从一辆大货车的后厢往下跳,结果跳了一个嘴啃泥,一跤跌下去抬起头来只见她的嘴边血肉模糊,我们都吓坏了,我忘了怎么跟她去的医院,只记得当日是姑姑张思纯值班,她用很重的江阴口音心疼地说,怎么跌成这个样子?姑姑用酒精棉花为姐姐消毒,擦去下巴和位于人中伤口上的污泥,姐姐疼得嗷嗷直叫,姑姑不忍心用力擦洗了,结果一道黑泥就留在她的鼻唇沟作为调皮的纪念。还有一次我们去敬贤楼后山摘采野果,她执意去采长在小峭壁上一串诱人的红果果,结果从山坡上滴溜溜滚落下来。再有一次,我们一起在敬贤三 103 的许红闽家玩,姐姐得意地向我示范,她可以走在许家阳台栏杆外沿的直角上,这当然是不可能的,刚迈出一步她就狠狠地摔在了阳台外边的泥地上,所幸没有受伤。

2014年和2015年是新一轮马年和羊年交替的轮回，据说很多年轻父母设法在羊年到来之前扎堆生下"马宝宝"。他们迷信地认为："马宝宝"精力充沛身体健康，"羊宝宝"则胆小驯服，注定会被欺负而难以取得成功。姐姐和我，她属马，我是羊尾巴，我们只相差一岁半，从我俩的体质和性格来看，这个说法似乎有点道理，但并不普遍，况且属羊的还有诺贝尔文学奖获得者莫言和香港影星周润发等名人。

## 阿姨素德姑

在厦大孩子的成长中，有一群我们不能忘记的阿姨（保姆）。当年我们的父母都是"工作狂"，几乎每家都有一位忠心耿耿的阿姨在照料着我们，这些阿姨在"文革"中被赶出厦大，但是与主人和孩子们的感情和亲情让她们在"文革"后又陆陆续续回到各家主人身边。这些阿姨有黄菱家的王淑英、友思家的汕头阿婆、姗姗家的戴秀金、周跃家的阿姆、小波家的卢样、我们家的傅素德等。每一位阿姨的感人故事都在诉说着人性的真善美……

我们家的阿姨是一位虔诚的佛教徒，大家都尊称她素德姑。素德姑每年都要跟着其他信徒步行到漳州三坪拜祖师公。当年沿途全是黄泥山路，遇到下雨更是泥泞不堪，她经常是一步一爬、浑身泥水去祭拜，只为求得我们平安。素德姑一直独身，无儿无女，特别疼爱我们。姐姐说："小时候她经常搂着章慧，我偎在她身边听她给我们唱歌，当时小小的我就为她年老后的归宿忧心，问过她，她笑哈哈地说阿姨会看你们长大。"

我小时候因为体质较弱，爸爸妈妈工作忙，主要由素德姑照料。素德姑对我真是爱得"入心"了（闽南语）。我虽然也调皮，但胆子较小不像姐姐那般"勇敢"妄为，唯一的冒险乐趣是高兴时就让爸爸吊着我的两只小手，小脚丫踩住大脚，同步移动、不亦乐乎，闽南语把这个游戏叫作"吊老猴"。"吊老猴"的后果经常是乐极生悲，爸爸力气大两手一抓，我的胳膊就脱臼了，疼痛非常，大哭不止，每当此时素德姑总是二话不说，赶紧背着我翻过高高的蜂巢山走到双十路去找一位长着白胡须的老中医复位，我迄今还记得她气喘吁吁一边背我一边安慰我的情形。那时没有公共汽车，可想而知路途的艰难。无法理解的是，尽管每次"吊老猴"都让我的胳膊受伤，也就是产生了习惯性脱臼，但我还是一而再、再而三地犯贱，央求爸爸陪我玩"吊老猴"，屡教不改地给素德姑带来背我看病的麻烦和辛苦。人至贱则无敌，看来这也是另一种任性。

我小时候麻烦事特多，还得过一次带状疱疹（厦门话称"生蛇"），腰的上部几乎围了一圈，疼极了。也是素德姑带我去找民间大夫看的，涂了一圈青黛。小人儿听说一旦蛇头与蛇尾相连接，人就会死掉，非常害怕，天天自己查看那蛇头和蛇尾是否挨近了。

素德姑有时会帮人跳大神求卜算卦，有人说她搞封建迷信那一套，不能留在厦大校园，结果她在"文革"前就恋恋不舍地离开了我们家。我们家被造反派赶到大桥头后，她不知道从哪里得到爸妈落难的消息，放心不下我们，好几次晚上跑到大桥头，在窗外偷偷地看看屋里的我们。有一天晚上她实在想念我，乘人不注意，就从大桥头靠近石雕厂一侧的边门闪进来，叫我一声阿慧。那天她着一身黑衣裤，突然飘进暗乎乎的过道，让没有防备的我吓一大跳，那年头大桥头有小混混经常朝我扔石头，我被吓怕了，再次受到惊吓，莫名地大哭起来，哭得非常伤心，让她不知所措。妈妈被我的哭声招来，从房间出来求她以后别再来了（写到这里我不禁泪流满面）。当时她一定是很伤心地离开的，此后真不敢再来了。

后来爸妈下放、我们上中学，只听说素德姑住在厦港一带，继续帮人家念经做佛事。大概在1973年爸爸接奶奶从江阴乡下来厦门定居，使得大桥头两个不大的房间更加拥挤，直到当年12月姐姐到灌口公社东辉大队插队才有所缓解。1976年奶奶摔断股骨躺在床上不能动，素德姑得知后很快来到我们家想要帮忙，我们已经是将近十年没有再见过她了。无奈当时她也是老人，心有余而力不足。爸爸请来一位刚退休的工人照顾奶奶，她才放心地离去。

再后来，我从知青农场考上了大学，她非常高兴，逢人便说，这孩子我从小就看她有出息，也不枉这些年来我为她烧香拜佛，菩萨保佑她考上了大学，我默认了她的说法，与她恢复了走动联系，经常去她借住的厦港渔民家看望她。她总要拿一些供品给我，或用手帕包来限量供应的几根排骨让妈妈煨汤为我补充营养。大学期间，电子计算器是新鲜玩意儿，我也很想要一个，告诉她，她马上让干儿子从香港买了一个送给我。

此后，她被一位芗剧演员收留，我们去看望过她，见她生活过得还好，也就放心了。这样一别又过了几年，有人找到姐姐说素德姑中风偏瘫了，她很想见见我们，姐姐马上带着女儿跟报信人去看她，我和爸爸也去了。没想到她就住在离厦港市仔街不到十分钟路程的地方，是好心的佛家弟子收留并照顾着她。她看见我们眼泪就流下来了，拉着姐姐的手不放，当时她说话已经含糊不清，用还能动的一只手拿出两枚金戒指说是留给我们姐妹作纪念。我们还想着要经常去看看她的，但没过几天她就去世了，听说她走的还算安详，我们的心里也稍微好过些。她送的戒指我和姐姐一直珍藏着。

阿姨看着我们长大了，我们却对她无所报答，愿她和妈妈在极乐世界中快乐安康。

## 沈敬繁阿姨

妈妈在厦大一直是在行政机关工作——幼儿园、图书馆、"文革"前在教务处。妈妈的人缘很好，因此我们从小还有另一群担任机关干部的阿姨在呵护着我们。按照厦大孩子的习惯，我们经常是这样连名字称呼的：刘正坤阿姨、紫容阿姨、刘爱华阿姨、菊卿阿姨、承影阿姨、沈敬繁阿姨、谢植桂阿姨、江（月仙）阿姨、凯怡阿姨等等。其中，刘正坤阿姨、紫容阿姨、沈敬繁阿姨、江（月仙）阿姨、凯怡阿姨等，都是我们在敬贤楼的邻居。住在白城的谢植桂阿姨与我妈妈私交很好，她们在一起总有说不完的话。小时

图 8　那棵高高的椰子树还在，承影阿姨、爱华阿姨和妈妈都不在了

候放学回到厦大校园去教务处找妈妈，来到群贤楼，只要认准那棵椰子树（图8），妈妈就在楼下的第一间办公室里忙碌着。这时候就会有几位笑盈

盈的阿姨迎上前来问长问短，爱华阿姨个高，语速快，热情幽默，家住鼓浪屿；以小人儿的眼光来看，承影阿姨真真漂亮，我最喜欢跟她说话了，看来我从小就是"外貌协会"的小会员。

图9　沈阿姨、朱伯伯和子榕、子鹭、子申三兄弟全家福（1957年）

　　沈敬繁阿姨和朱天顺伯伯伉俪与我父母亲的结缘认识在福州，朱伯伯一家于1952年6月从福州调来厦大。他们家与我们曾经是国光二的邻居，后来两家先后搬到敬贤楼为邻，朱家住在敬贤二101。因为同是上海人的缘故，妈妈与沈敬繁阿姨来往甚密。沈阿姨生养了三个男孩（图9），见了女孩特别喜欢，一心要把我认作干女儿，还特意从上海买了一双淡绿色塑料凉鞋送给我，妈妈逼着我穿，说不穿就对不起沈阿姨。彼时塑料制品才刚刚问

世，塑料凉鞋很时尚，但我经常打赤脚放任惯了，那双凉鞋虽然很漂亮，但是不太透气，也硌脚，妈妈强迫我穿时，我一再抗拒，而且也羞于见到沈阿姨，不太习惯认这个干妈妈。但这些并不妨碍彼时我们低年级学弟学妹仰慕高年级的学长，东澳小学的老师和我们的父母经常表扬子榕和子鹭学长的学习成绩是多么优秀，同样优秀的还有住在敬贤三302黄珠美老师家的重远和致远大哥，住在敬贤四102的何方的哥哥姐姐们，以及住在国光楼的东澳小学超级学霸——跳级生何笑松大哥。

　　1966年"文革"初我们家搬离敬贤楼。时隔四十多年，我们姐妹俩与子榕大哥重逢于2012年龙年初五的五缘湾厦大幼儿园园友大聚会，由此掀起了一波发掘老照片的热潮。有一天子榕大哥邮件给我，卖关子般地写道："20世纪50年代末，父亲亲手种植、最喜爱的玫瑰花开满国光二的庭院。花儿吸引了许多爱花的人，也吸引了邻家的小姐妹。也不知哪位有照相机的叔叔提出为我们兄弟和邻家姐妹拍照片，这对邻家小姐妹很不情愿地留下了这几张'倩影'。"

　　我迫不及待地让子榕大哥发来他调侃的"倩影"照片给我，于是我和姐姐见到了封存五十多年的极其珍贵的三张老照片（图10和图11），借《梦

图10　邻家兄妹在开满玫瑰花的国光二庭院的牵手照

**图11　这对邻家小姐妹很不情愿地留下了几张"倩影"，
不给邻家朱伯伯和一对小哥哥面子**

回老敬贤》的回忆文章拿出来献宝。彼时我爸爸爱摆弄相机，说不定这几张
照片就是他拍的，有几张国光楼时代的相片为证，我穿的就是与合影照片上
一模一样的背带裤(图12)。

**图12　矜持的小妹妹摄于中山公园喷水池**

　　每次欣赏国光二邻家兄妹的牵手照(图10)都有不同的感受，柔和的阳
光照在两个小人儿的头顶上，细细的柔软发丝让人忍不住想摸一把。黄毛

丫头的头发严格中分，两条小细辫梳得一丝不苟。更妙的是两人的表情，纯真可爱。还有小哥哥朱子鹭体贴的弯腰牵手照顾，与盛开的几盆玫瑰花相互映衬……

## 儿时的玩伴

我们对东澳小学的高年级学长固然非常仰慕，但毕竟年龄差别较大，有"代沟"，基本上没有在一起玩过，想必他们也有自己的欢乐世界。最难忘的是几乎每天晚上，敬贤三302的黄珠美老师在自家阳台上操着标准的普通话呼唤两个儿子，那好听的女高音总是准时响起：重远、致远；重远、致远……大概这哥俩天天都在附近玩得忘了回家。

我在敬贤楼的玩伴，除了幼儿园和小学的同班同学，还有一大帮邻居的孩子。住在敬贤三103许财恩伯伯家的许红闽和102史晋伯伯家的史宏，俨然是我们这一群的孩子王。夏日我们会聚集在红闽哥哥家听他绘声绘色地讲自编的鬼怪故事。还有一次，史宏大哥带着倾慕的神情告诉我们，在招待所门口看到张玉麟校长呵斥一个外来的无赖，那种集威严于一身的风度啊，啧啧啧，把史家大哥钦佩得五体投地。

史晋伯伯是军人出身，潘阿姨从事图书馆工作，史家的环境整肃得就像军营，干净整洁井井有条，连被子都叠得方方正正。除了床和桌椅，房间中没有多余的摆设。史伯伯跟我爸爸一样，严肃但和蔼可亲，小伙伴们到他家都不敢大声喧哗。但是到林麒、陈慧或瑞玲家就不一样了，除了陈慧爸爸有时吼我们几声外，我们都可以在他们家里疯玩，尤其是在林麒家。林麒的爸爸、妈妈都非常随和，让这一群野孩子愈发肆无忌惮起来。林麒家走道上贴着一幅画，画的是一个美女，胸部丰满，形象逼真，很有立体感。我反复看过几次，有一天终于忍不住了，趁周围没人，用手指头戳了一下那美女看她的胸部是否真正突起。啊，那儿原来是平的！但纸画瞬间被我戳了一个洞，糟糕，闯祸了，我赶紧逃之夭夭。做贼心虚，以后每次到林麒家都会担心他们骂我。但他们好像一直没有发现，这成为隐藏在我心底的一个秘密。夏天时林麒家的竹筒席就摊在干净的地板上，小人儿经常会横躺在凉席的一侧，先卷起凉席的一边然后滚动身体，把自己卷进凉席里成为竹筒的一部分，接着又打开,翻来滚去、嘻嘻哈哈、乱七八糟、乐此不疲。林麒爸爸妈妈和外婆总是笑眯眯的,从来也不嫌我们捣乱。但林麒姐姐也有受约束的时候,经常当她和林健与大家玩兴正酣,突然放下了,说是要回去做爸爸额外布置的算术作业。有时我们喊她们出来玩,林麒在二楼阳台回应说要做作业,这让我很是不解,因为章红、瑞婷、小燕姐姐她们都不需要做那么多作业呀。当然,这一定与林麒姐姐后来在 1977 年以厦门市罕见的高分考上南航,并在本科四年学习中成为南航有名的学霸密切相关。现在回想起来其实林麒爸爸妈妈早就有"不让孩子输在起跑线上"的先见之明,而那些课外作业又何尝不是家庭"奥数班"的雏形?这种家教的传承使得林麒的儿子朱亦博也成为当仁不让的学霸。

敬贤三 104 的陈慧家也是我们另一处疯玩的地方,趁她爸爸不在家,我

**图 13　老敬贤的小字辈欢聚一堂**
左起:史平、何瑞玲、陈星("贡头")、陈亚星

们就在她家里大闹天宫,最为恶作剧的是在她家捉弄小弟弟陈星(昵称"贡头",图 13),我们会趁小贡头不注意时躲在储藏间里,在头上罩上一个大书包突然跳将出来,这个没头没脑的大头鬼样子把小人儿吓得不轻,马上大哭

起来，一群坏姐姐在一旁乐得直笑。这件事后来被陈慧妈妈发现了很不高兴，嗔怪我们这样会把贡头弟弟的脑子弄坏了，影响他的学习。回想起来这群傻丫头真不懂事。贡头小时候非常乖巧可爱，跟我妈妈很亲，他经常会蹒跚爬上木楼梯去二楼找他的"饼干妈妈"，"饼干妈妈"的饼干筒里总有香甜的饼干在等他。

在瑞玲家，周妈妈有三两笔就能勾勒出一幅精美小画的本领，让小人儿惊叹不已，我们经常在何家一待就是大半天。还记得瑞苹姐姐教我们念天津顺口溜："大麻子有病二麻子瞧，三麻子买药四麻子熬，五麻子买棺材六麻子抬，七麻子埋，八麻子九麻子哭起来。"后来瑞苹姐姐告诉我："这是当时保姆教的，朗朗上口，一听就会。可我爸爸不喜欢我念这样的东西，认为有歧视麻子的嫌疑，不尊重。哎呀，当时怎么还顶风作案、广加传播，够捣乱的。现在读起这段顺口溜，觉得满温情的。您瞧，一群小麻子中一人遇到不幸，个个都来帮忙，大家相处得多么和谐、多么关爱、多么团结。"瑞苹姐姐还说：如果厦大孩子从不同视角把儿时的喜怒哀乐都变成文字，贯穿厦大的景物人文，那一定是一本精彩独特的厦大人文历史纪念册。

到敬贤四邻居家玩的机会不太多。陈启英伯伯家里很热闹，成天吹拉弹唱不断，陈伯伯兴趣很广，才艺出众，从亚保大哥的身上可以见到陈家的传承；何方家的学术氛围很浓，哥哥姐姐都考上了名校，但他小时候很顽皮，经常被老师点拨。居住敬贤楼的三乙同学有陈慧、何方和潮逢等，我和陈慧、潮逢经常一起做功课，潮逢写字用笔很轻，说是妈妈交代要节约铅笔。邹永贤伯伯时任厦大宣传部长，东澳小学曾经请他去做报告，讲述厦门地下党的故事。那天他口若悬河，滔滔不绝，听得小人儿如醉如痴。清晰记得其中一个段子，邹伯伯说解放前有些教师教学很不负责，平时不改学生作业，快到评分截止期实在拖不过了，就挥起一脚向桌上堆叠的作业本踢去，被踢跑得最远的那一本作业分数最高，依次类推，听得小人儿哈哈大笑。

再回头说说敬贤三邻居，我们对门 204 住的是历史系陈在正叔叔和张文绮阿姨，楼上是外文系刘贤彬先生一家。在正叔叔与爸妈关系很好，他们两口子在假期回浙江老家探亲都把钥匙寄放在我家。夏日里总有几枝浓荫茂密的葡萄藤蔓在他家浴室窗口探头探脑，我们很馋那一串串紫色大葡萄，就偷偷开门进去，探头到他家窗外去采摘。勇敢的陈慧有一次不小心被不知从哪钻出来的蜜蜂蜇到,脑袋上肿起一个大包,光荣负伤,这就是小吃货为偷采行为付出的惨痛代价。居住敬贤三101的是卫守一伯伯和江月仙阿姨,他们善良慈祥,家有一儿一女,我们喊他们大哥哥和大姐姐。大姐姐很美,梳着两条大辫子,平时静静的话语不多,大哥哥则很健谈。大哥哥还在读中学,印象中也是学霸级的。闲暇时很喜欢听大哥哥说大孩子们的故事,有一阵卫家经常有一位贵客来串门,那也是一位大姐姐,据说是大哥哥的表姐,表姐是厦大化学系的学生,很活跃,经常在学校的文体活动中看到她矫健的身影,仰慕啊,原来化学系的学生这么厉害。但那时可真没有想到邹潮逢和我有朝一日也能考上厦大化学系!刘贤彬先生是外文系主任,知名的英语语法学家和词典学家,人如其名,彬彬有礼,典型的鼓浪屿人。刘玉真姐姐常热情邀我去她家玩,小丫头看到她家的客厅里到处堆满了砖头般的大部头英文词典,对刘伯伯的高深学问好生钦佩。玉真姐在来往上学路上见到我总是关怀备至,有一次放学回来见我吹风着凉又犯肚子疼蹲在路边,立马趋前嘘寒问暖,回想起来依然有一注暖流溢满心间。"文革"初期,贤彬伯伯被打成反动学术权威,玉真家与我们家几乎同时被逐出敬贤楼,被迫在厦大医院旁的"养鸡房"熬过了几年,他们在那里的居住条件甚至比大桥头更差。

我和小伙伴玩耍的范围并不局限于敬贤楼,课余时间在卧云山舍、国光楼、小房子(敬贤楼和国光楼之间的小平房,火星叔叔等一些教职工曾经在那里居住)、白城、大南、大操场、小操场、工会俱乐部,暑假里的学校阅览室等都留下我们快活的身影。用"上山下海"来形容我们的疯玩,一点都不为过。

通常是学校一放学,我们就像出笼的小鸟,轻盈地爬上五老峰,在几个山头之间窜来窜去,从那里俯瞰厦大的美景;或是飞奔到大小操场,玩高低杠、双杠、单杠,走平衡木,跳远。去白城海滩,那是我们少年时夏日里最快乐的时光。约上几个小伙伴兴冲冲地来到物理馆旁的小山坡上,驻足享受迎面吹来的阵阵海风,听着海边传来的海浪声和喧闹声,然后欢呼雀跃、急不可待地冲进大浪里。每逢厦大的集体游泳日,海边总是人头攒动,辛劳的父辈们放下手中的工作,教我们学游泳,陪我们在大海中嬉戏,享受亲子之乐。天气晴朗时,海水清澈见底,看得见透明的淡红色小水母在缓缓游弋,

还有自己的小脚丫。但有一次见到何家瑞鹏大哥被大水母蜇得在游泳池边痛得满地打滚。我也被水母偷偷蜇过一次，像被几排针扎过，火烧火燎地疼了好几天。即便是刮风下雨，冒雨顶着风浪在大海中畅游别有一番乐趣，这使我想起背得滚瓜烂熟的毛主席诗词："万里长江横渡，极目楚天舒"，"不管风吹浪打，胜似闲庭信步"。

到白城海滩游泳后的一个保留节目，是到白城姗姗姐姐和芮小弟家玩耍，白城宿舍是日式建筑，每一栋平房分东西两套，住着两户人家，格局舒适温馨。姗姗家有很多新潮的玩意儿，潮爸芮伯伯、潮妈应阿姨殷勤地款待我们这一群小客人，宛如就在昨天。

## 园艺和游戏

我上幼儿园时正逢三年困难时期，食物的种类很少，副食品凭票供应。爸爸在中文系工作时，与几位留校的调干生关系很好，其中有一位叔叔，真心诚意地送来他作为病号配给的鱼肝油，供我们食用。那时家里经常买来带壳的生蚝煮水后撬开来吃，味道倒还不错。幼儿园的伙食顿顿都是没有一点油水的高丽菜煮海蛎配饭，小朋友大都不喜欢这寡淡无味的菜，但老师又逼着我们吞下去，于是大家各显奇招。大多数小伙伴直接把高丽菜煮海蛎吐在教室课桌的抽屉里，久而久之，剩菜在里头成堆发霉发臭，臭不可闻。素有洁癖的我不想把自己的学习环境搞得这么脏乱，吃饭时就把那一小碗菜一股脑地塞到嘴里既不尝味道也不咽下，趁老师不注意跑到厕所吐到便池里用水冲走。印象中幼儿园从来没有美食提供，一群小人儿和整个国家一起"患难"与共。

没有好东西可吃，父母亲和阿姨们就想方设法，养家禽、种一些"自留地"来改善生活。敬贤楼的小伙伴们也加入其中，在楼旁的空地和山坡地上开荒，种植高粱、玉米、韭菜和葱，或到防空洞口（简称洞口）水源丰富之处养几畦空心菜。那时敬贤楼后山上生长不少野生的毛桃，桃树开花结果，桃核落地又冒出桃树芽来，我们如获至宝，从山上挖来几棵野桃树苗在陈慧家门口种下，最终只有一棵成活，陪我们渐渐长大，但我没等到品尝果实就搬离了敬贤楼。一直到我们再搬回老敬贤居住时，那棵桃树还在。

那个年代物资匮乏、玩具种类很少,更别提有什么电动高档玩具了,但艰苦和简陋并没有泯灭小伙伴们爱玩的天性。正如友思大哥所说:他们男孩子滚铁圈、打陀螺、弹珠子、斗烟盒、打扑扑子(将采自树上的小圆果子塞进自制的竹枪中,推杆向前,利用空气压缩原理,小果子快速射出,离膛时发出扑扑声。近距离射击,准确率极高且不伤人)等,均十分有趣,各有诀窍,一点不输当下的电玩游戏,且绝无成瘾之弊端。

小伙伴们玩耍的主战场是敬贤二和敬贤三之间的一块空地。女孩子除了和男孩子一起疯,玩滚铁圈、打陀螺、弹珠子、捉迷藏、mong田鸡(闽南语)等游戏外,还有跳橡皮筋、跳绳、跳格子、丢沙包、踢毽子等游戏可玩,因地制宜,兴致勃勃。心灵手巧的男生会用砍来的"藤子树"干或桃木等削制精美结实的陀螺;女生则用碎布头缝制各式沙包(通常是一大带四小),最有创意的是,沙包内的填充物不是砂子而是从山上采集来的深褐色滑润润的相思树种子(图14);毽子则是用大公鸡尾巴上漂亮的羽毛和铜钱缝合而成,为此,一群勇敢的小女汉子曾经在白城一带山野的乱坟堆里出没,寻找陪葬的古铜钱,偶尔可以拾到一两枚品相好的铜钱,也成为被我们珍藏的"宝贝"。

虽然家里没有哥哥带我玩,但我自小有点男孩天性,喜欢男孩子的游戏。除了从小男生那里得到自制陀螺的慷慨馈赠,潇洒地抽打陀螺外,我还央求父亲为我制作铁圈和配套的铁钩,当铁圈终于可以在我的拨弄下滴溜溜地滚动起来,别提有多开心了!我迫不及待地在敬贤楼旁的那条马路上,上上下下地来回滚铁圈玩,自得其乐。在女孩子的游戏中,我最喜欢跳橡皮筋,主要是跟姐姐的同学一起玩。跳橡皮筋的游戏也是需要竞争的,分成两队,玩的难度随橡皮筋扯起的高度升高而逐渐增大,她们照顾我年纪小个子矮,或有时两队人数分配不均时,就让我单独出来当"鸡肉鸡"(闽南语,即整个游戏中都受到优待不需要参加牵扯橡皮筋),这样,不管哪一队玩时我都可以参与,在一条两人扯起的长长橡皮筋中间似蝴蝶般上下翻飞、翩翩起舞。

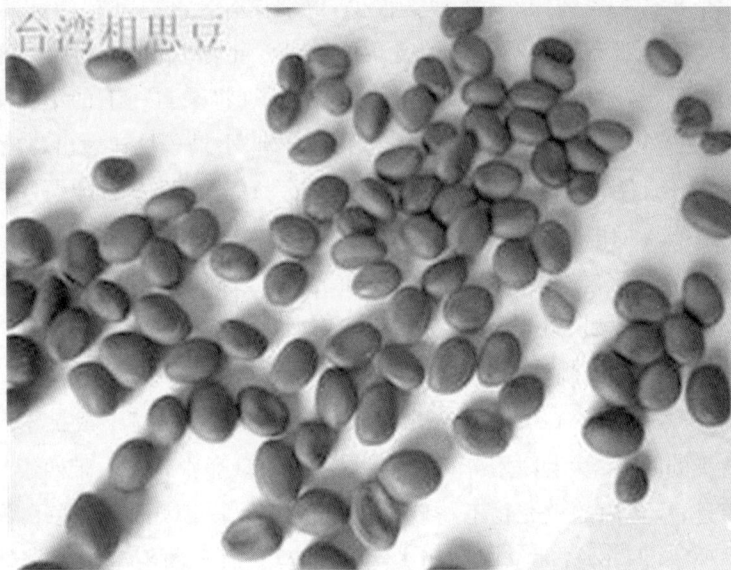

图 14　填充沙包的台湾相思豆(图片来自网络)

## 老师和同学

1962 年,我们进入东澳小学,当时全年级分为甲、乙两班。至今我仍能回忆起我所在的三乙班(指在 1965 年)多数同学的名字:蔡霞珠、黄宝珠、蔡春福、李家泰、蓝美华、许美惠、蔡英顺、陈雅璇、李荣华、杨振山、杨耀华、张建华、卓瑞兴、陈泉兴、杨淑美、李少霞、邹潮逢、田中群、章慧、陈慧、刘立中、潘安星、陈丽燕、叶陈京、叶柄(叶频青)、吴玫、谢励敏、何守仁、陈建华、许祝英、蔡玉兰、郑宗尧、李斯润、魏振文、何方、未洪帆、高丽卿、韩美英、韩栽融、陈弘、刘社文、林雪娥、祝旭望……

能回忆起的三甲同学名单相对要少一些:郑雅玲、丽美、陈惠章、甘仁美、陈小玲、炎龙、天成、林守章、尹卫平、林翠、庄素玲、余群、谭建光、王小牧、李勃恩、徐毓曼、陈逸君、罗凡、陈露、柯成昆、朱秀珍、许招治、卢林、郑尚毅、卢先国、丽蓉、丽云、钟伟良、魏振基……

几十年过去了,三乙班的韩美英和李少霞都已不在人世,我与其他多数三

570

乙同学也失联了,有些人恐怕在路上对面走过来也认不得。因此,无比珍惜当年与一些好同学,特别是东澳小学文艺宣传队的小伙伴们在一起的快乐时光。

我也十分怀念小学的老师们。经过几次厦大"土著"大聚会,潜伏水中的东澳小学体育老师邵江涛终于引起我和姐姐章红的注意。姐姐和我都记得,彼时邵老师是东澳小学同学都喜欢的孩子王,男神!最喜欢多才多艺的他带我们上的体育课,印象最深的是占山头(五老峰)抢红旗,既有趣又让大家锻炼了身体。

当年我们喜欢在邵老师面前唱这样一首歌:少先队员们大家来比赛,我们不比吃和喝,不比穿和戴,一比多栽树,二比除四害,三比普通话,看谁学得快……

这首歌为什么与邵老师有关呢?因为歌词中少先队员的"少先"两字正好与闽南语称邵老师为"邵先"同音。三乙班女同学李少霞,经常摇头晃脑地唱这首歌的第一句,实际上是在调侃邵老师。令人伤心的是,彼时顽劣无比,动不动就与男孩子打群架打得砰砰响、骂起厦门最粗话不皱眉头、仗义乐天的少霞同学,已于2012年不幸患食道癌去世。

说起唱歌,当时每个年级上音乐课时都会发一本薄薄的小册子,大概叫作《小学生歌曲》吧。不过那里头收集的歌大都不招待见,歌词缺少美感,旋律也不好听。因为师资缺乏,音乐老师就由班主任兼任,她的嗓音不好,我们上音乐课时就敷衍着随便哼上几句。我还曾经和陈慧一起调皮地将其中的一些歌词改掉,迄今还记得有一首歌词及其带着哭丧调的旋律:天刚蒙蒙亮就起床,肩挑肥粪出村庄……不管是歌词和旋律都极其粗俗,我们很不喜欢,遂改编成更粗俗的:天刚蒙蒙亮就起床,抬着死人去送葬……改编的歌词与那旋律倒也相配。

当然,小伙伴们也有共同欣赏的童年歌曲,比如《我们的田野》:

> 我们的田野
>
> 美丽的田野
>
> 碧绿的河水
>
> 流过无边的稻田
>
> 无边的稻田
>
> 好像起伏的海面

第四章 厦大——我的家

平静的湖中开满了荷花

金色的鲤鱼长得多么肥大

湖边的芦苇中藏着成群的野鸭

风吹着森林

雷一样的轰响

伐木的工人

请出一棵棵大树

去建造楼房

去建造矿山和工厂

······

高高的天空

雄鹰在飞翔

好像在守卫辽阔美丽的土地

一会儿在草原

一会儿又向森林飞去

如今,大家特别怀念这首歌曲:让我们一起看看小伙伴们为此在网上的留言吧。

章慧:在现世中回味这首童年的清亮歌曲,心中宛如清泉流过,特别安宁。

朱子榕:特意下载歌曲《我们的田野》,聆听数遍,眼泪满眶,情不能制。

友思大哥的感怀最富有诗意:《我们的田野》这首歌,歌词朴实无华,旋律优美流畅,最能承载儿时岁月,勾起往事回忆。为子榕兄的真情流露感动不已,更要大声喝彩!我们厦大的孩子是幸福的,我们有上百名两代相传、相知相伴、同甘共苦、团结友爱、情深谊长的兄弟姐妹,每次在我们的田野里相聚,总能在闪光灯的流光溢彩中,留下不朽的传奇和永恒的诗篇!

## 再回老敬贤

"文革"后再回老敬贤已经是在我上大四的 1981 年,我们被分配住在敬贤三 101,原来卫伯伯家住的那一套房子,一直住到 1985 年。有几户敬贤

楼的老邻居还在,陈慧家、瑞玲家、亚保家、玉真家、友思家等,我们似乎又回
到"文革"前,与老邻居们亲切重逢,有说不完的话和讲不完的故事。但后来
学校宿舍扩建,我们又纷纷搬离了敬贤楼。只有在几张老照片(图15和图
16)中,还能依稀找到老敬贤楼的影子。

图 15　我们在敬贤三 101 门口,姐姐已升格为母亲,
爸爸当上了外公,如今这小宝宝也当上了妈妈

图 16　闺密陈慧与我一起从后溪乡下考上大学,成为厦大 1977 级学生。
我们的身后是敬贤三 104,陈慧家一直住在这里,直到搬迁至海滨

### 华丽的温暖

心理学博士赵爽孜曾经说:"童年内心感受到温暖与否,对孩子长大后的心理抗压、生理健康,有着巨大的影响力!"作家子沫也谈到,说某人有一个华丽的童年,"这个华丽不是指的物质,而是一种综合的东西"。作为本文集的主编,我在编撰文稿时,不时被其中质朴的温暖和满满溢出的华丽的爱所感动,正是因为我们共同拥有的这样一段美好的童年经历,使得小伙伴们在后来成长的道路上无坚不摧、无比坚强!

我的小伙伴们,真想和你们,一起再长大一次,回到无忧无虑的童年(图17至图19)。

图 17  梦想成真!老敬贤小伙伴们于 2013 年正月初五大团圆
第一排左起:陈亚星、林麒、邹学先、邹文燕、何瑞玲、陈亚保、朱子鹭、章慧、傅抗声
第二排左起:石奕龙、史岩、史平、章红、陈和妹、陈星、徐频、何立士
第三排左起:邹友思、石允中、刘玉真、何瑞苹、卢葛覃、何立真、朱子榕、史宏

图 18　曾经先后住过敬贤三 203 的卢咸池学长和章慧协同为编辑《永远的厦大孩子》效力

图 19　老敬贤陈启英、史晋两家孩子合影

# 食物与厨艺

## ——大桥头蜗居的柴米油盐

### 章 慧

闽南语有句大实话：说长说短，说吃结尾。中国人过节，不就是找借口讲究吃吃喝喝吗？

自从 2004 年女儿上大学，我就完成了养育她的历史使命，专注于自己的教学与科研工作了。自此，统管从福建省高中生到厦大化学化工学院所有与配位化学相关的理论和实验课程，编写了一部 73.6 万字的研究生教材，带了三五个研究生，业余时间则潜心钻研手性光谱技术，为海内外学者解决应用手性光谱的疑难杂症。

忙极，九年了，不再近厨艺。

2013 蛇年春节，突然心血来潮，对家人说，我做葱油饼给你们吃，于是就忙乎起来。做饭这种技艺，似乎是与生俱来，不因远厨而手生，拨弄两下，几块香喷喷的葱油饼就出炉了。

我在家是老幺，妈妈的厨艺极好，就是一棵酸菜或一块豆腐，也能做出美味。还记得好客的妈妈曾经在老敬贤和市仔街的家中摆开家宴，焖大黄鱼、炒墨鱼、红烧肉、狮子头等丰盛菜肴一一上桌，馋得我直流口水。客人中有教务处同事和爸爸的同事，还记得有一次邓子基伯伯也到市仔街登门做客，直夸妈妈好手艺。外公病重期间，想念苏北灌云老家美食，妈妈特意回上海为他做精美的萝卜丝饼等家乡菜送往医院，以解外公的思乡之情。

家有大厨妈妈，"文革"前家中还请了保姆，姐姐章红勤快又能干，我打小就不必太操心买菜做饭之类柴米油盐酱醋的家务事。即便"文革"伊始被赶出老敬贤搬到大桥头筒子楼安家，也有妈妈和姐姐在操持家务，但是在

"文革"后期,父母亲被下放到同安白交祠山区,留下我和姐姐在家独立生活,就得自己动手了。

大桥头筒子楼的格局,与一般筒子楼没有太大的区别。这一栋匆匆建成的工人宿舍楼高三层,每层楼有三十来个房间,分布在过道南北两侧,被中厅隔开,每家一般分配一个房间,每层一半住户共享一个公用水池兼厕所和洗澡间,"厨房"就设在昏暗的过道上。校产科对我们家多少有点照顾,分配了两个房间给我们,爸妈住朝南的一间,我和姐姐住斜对面朝北的一间。大概到了 1973 年被调整为朝南相通的两间(住着我们一家四口还有从江苏江阴老家接来的奶奶),朝北的隔壁一间空房被腾出给几家邻居做公用厨房,居住条件略有改善。

据说大桥头是土坯房,建筑质量很差。有一年强台风来袭,有人逐家通知我们必须撤离危房,但我们一家实在无处可去,只好随手拿上几件衣物,来到校园内群贤二教室避难了大半天。还有一次天公打雷劈裂了大桥头三楼左侧的屋角,那晚睡梦中撕心裂肺的一阵巨响,可把我们姐妹俩吓坏了,紧紧抱在一起大汗淋漓。雷电击中了居住在三楼角落的吴清和家,所幸无人伤亡。但十分诡异的是,后来吴清和夫妻俩都因病早逝,留下奶奶和两位小孙子海滨海东相依为命。

我和姐姐居住的北屋非常简陋,靠墙安放一张大床,临窗摆放一张桌子。有一天我们进屋发现房间里乱糟糟的,似有人进来过,桌面上赫然有未成年人的杂乱脚印。仔细一看,抽屉打开,从小积攒的小人书被掏空,记得有两本是化学系王火叔叔送的,一本是《智取华山》,另一本是《勇敢的小蜜蜂》。我积攒的一小袋零钱也被偷走,幸好数量不多,估计是某些小混混而为。从那以后,我们出门时都要检查朝北的窗户上的那一扇气窗是否拴好,即使在夏天,也不敢开窗睡觉。

大桥头生活就在这类似的一天天恐惧中挨过去了,乏善可陈,苦多乐少,毫无美感,唯有一点乐趣是还可以经常去海边游泳。当中发生了一件救人的"壮举",差点搭进我的一条小命。有一天邻居陈丽珍同学和邻家姐姐(厦大医院林强护士的女儿)约我去游泳,她俩都是"菜鸟",而我还会扑腾两下。我们一起来到厦大海水游泳池的比赛池,那天正值海水满潮,比赛池的水放得很满,邻家姐姐在浅水区下水,她以为水并不深,就放心地顺着池边

的扶梯而下，哪知一脚下去踩不到池底，她着慌了，开始乱扑腾，马上就呛了几口水，使她越发紧张，在那里沉沉浮浮，离池边的扶手越来越远了，相当危险。怎么办？当时我心想，糟糕，我们一起来游泳，若姐姐出事了，回去不好交代。没来得及多加考虑，我就奋力游到她身边去救她，她见我靠近，两只手抓住我的左右肩膀，使劲把我按到水里，好让自己的头探出水面来呼吸。我被她按在水下，屏住呼吸，脑袋倒是还清楚，如果继续这样下去，我今天就会与她同归于尽。在混乱之中，我被她压下去踩到了池底，迷糊中带着个头远比我高大的她，努力往靠近池边的方向挪动了几步，就在快透不过气、要被憋死的那一瞬间，突然觉得肩膀上的压力没有了，赶紧从池底蹦出来踩水，探出水面呼吸。这才看清楚，原来不会游泳的丽珍一手拽着池边的栏杆，另一只手伸出来拉这位姐姐，两人手搭在一起，借助海水的浮力，丽珍把姐姐拽过去，她才松手让我浮出水面，还我一条小命。

本来高高兴兴去游泳，却遇上这样一件吓人的事，后来的过程在记忆中完全被抹掉，也许三人事后把衣服收拾一下就灰溜溜地回家了。只记得回家后忍不住把这个救人的情景告诉妈妈，被妈妈劈头盖脸一顿好骂：多危险啊，她们不会游泳，你怎么还跟她们一起去？你比她年纪小，个子也小，你怎么敢去救她？当时还觉得挺委屈，我明明做了好事还遭臭骂。再后来，我接受教训，再也不带这两位邻家姐姐去游泳了。估计那一次她们俩回家后谁也不敢向家长提起差点溺水的事，所以我并没有像宗伟和伟良兄那样收到馅饼之类的礼物致谢。

无名小英雄回想起来很后怕，彼时要是一口气憋不过来，大家现在就享受不到章秘书为厦大孩子的义工服务啦。

彼时物资严重匮乏，副食品和煤炭都要凭票供应。还记得我们小姐妹俩拿着豆干票跑到厦港豆干厂门口排很长很长的队，买回几块豆干，能对付几天；在冷冻厂学工劳动时，曾经在海产品处理车间外的一个水泥池子里（现在回想起来那水池好脏），弯下腰用搪瓷缸舀起一大杯蒸蛏子流出的汁水，回家稀释了煮面条吃，切几片向曾厝垵农民买来的丝瓜，放在面汤里煮熟，已然味道鲜美。

蜂窝煤就放在过道上，买来的小孔蜂窝煤很不好烧，不时熄火。放学回家肚子饿了，还要手忙脚乱、烟熏火燎地生火做饭。"厝边头尾"（闽南语，邻居)都夸这两个小姐妹能干,不知不觉也就过来了。煤砖是限量供应的,从煤炭店买来煤粉,全家一起用水和煤粉,将其用模具压制成大孔蜂窝煤砖,晾在自家的窗台下,干燥后整齐地码在走道旁的破木箱里备用。小姐妹俩独自生活的艰辛,被小伙伴们看在眼里。初中同学洪美珍后来告诉我,你那时语文课上到一半就溜走了,偷跑回家开了炉门再回到学校来接着上课。华侨中学到大桥头有很远的一段距离,我现在还经常做梦上学赶不上趟迟到了,却怎么也记不得偷跑回家开炉门的细节,想必老师心目中的好学生是一溜小跑回家的吧。但我绝对相信逃的就是语文课,因为中学语文和化学对我始终是小菜一碟。

图1  大桥头居住期间姐姐、表弟徐频和我在大桥头对面的滨海楼合影

为什么记忆会在此中断?尽管我们家在老敬贤楼只待了六年,而在大桥头前后住了十年(1966—1976)。敬贤楼留给我最美好的童年回忆,大桥头筒子楼的十年蜗居则似噩梦相随,形成强烈反差,如同邻居友思大哥所说:"没有美好回忆,仅留下极其恶劣的坏印象,用八个字可概括之:备受欺凌,苦不堪言。"用水、做饭、洗澡、洗衣和上厕所的困难还在其次,小混混在

上学和回家的路上紧追不放的恶魔般身影经常出现在梦魇中,如同电影《归来》一样,画面昏暗,都是黑白镜头。最近的夜晚,我与家人散步经过下澳仔、大桥头走到厦港,每每经过厦港沙坡尾拐角处的一座碉堡,就会想起之前住在大桥头的往事。彼时在那座碉堡附近,住着三个同班小混混,我在东澳小学回忆文中提及砸我家窗户、在窗外骂粗话的,除了住在下澳仔的几个特别坏的小混混,也包括他们。那时我参加小学组织的毛泽东思想宣传队晚上经常要演出,回家必经碉堡到大桥头之间的一段路。我每次经过都飞快地使劲奔跑,因为有些人会躲在水产造船厂堆积在泄洪沟里的大杉木后面怪叫,我生怕那些小流氓会追过来。

尽管有选择性地失忆,但这个可怕的景象还残留在我的梦境中,即使宽恕他们了(后来听说其中有一人早已死了),还会在梦中来袭……

幸好还有些初中、高中的好同学为我保留了一些当初的镜头。比如美珍同学,还有一位高中同学居然把我定格于 1974 年 9 月"蹲在大桥头筒子楼简陋过道里切菜喂鸡的那位即将奔赴广阔天地的小妹妹"。光阴似箭,一眨眼四十个年头了!

我写下在大桥头做饭的故事,是调侃自己小时候的娇气,但并不总是那样。爹妈下放期间,我在读初中。一次,左小腿被蚊子叮过鼓起一个小包,我贴上子原膏(注:这是一种专治化脓创口的小药膏)引起过敏,姑丈好心为我涂抹了草药,再次过敏到不可收拾,浸淫(指水泡重重叠叠,渗出,逐渐浸渍蔓延成片;所过不愈,相近又发)溃烂遍及半条小腿。我不能去上学,天天在家坐在窗边,守着搁在凳子上的烂腿,孤独地看着被栏杆隔开的窗外,没完没了地用棉花擦拭渗出的创面。爹妈不在身边,我既不能上学又不能走动,不知这么大面积的伤口何时才能痊愈,心里别提有多绝望了。终于有一天,爸爸从下放的白交祠大山回到家中,看到我的伤口,心疼地说,怎么搞的,半条腿都烂了。后来那里留下一个巨大的丑陋疤痕,害得我很长时间不敢穿裙子和短裤。

"象牙塔"是围城外之人对高校的管窥,"文革"的血雨腥风一下把我们家从"象牙塔"抛到社会的底层。结果不但使我和姐姐练就了能文能武的居家独立生活的本领,还让我客串了一把"救生员"。回首往事,大桥头蜗居的十年,我从一位小小娇弱少年成长为下乡知青——大寨铁姑娘,但对于见证我人生成长最关键阶段的大桥头，我并不留念。如果要认同"青春无悔"或一段"不能忘记的成长"之类的说法，那么我宁愿怀念比大桥头生活更为艰苦数百倍，但又充满青春气息的知青生活。那是因为，在20世纪70年代初，父母亲双双被"解放"，作为黑帮子女被任意践踏的日子一去不复返了，至少在知青这个群体中，大家是互相尊重的，而且，与生俱来的自主和倔强所引发的呼啸向前的内力，已使我不会轻易被大桥头周围的那些烂仔所左右，更不会因为伯父张思明的"历史问题"一次又一次被排除在共青团大门外所击倒。因此我一直将知青岁月，看作人生经历中的一次激情燃烧。

"文革"的十年动乱是小伙伴们最不堪回首的岁月。今天，我们痛定思痛，终于能够在这部文集中直面父辈和我们曾经遭遇的恐惧、丑陋、混乱、黑暗、苦难、欺压、凌辱、失去自由、灭绝人性等。当下，我们除了愤怒和仇恨，有没有反思过，为什么整个国家（特别是科教界）会遭此长达十年的劫难？难道，校园里的父辈和我们都做错了什么？

我迄今无法回答这些深刻的社会和历史问题，也无法理解彼时那些小混混和穷凶极恶的造反派投向我们的仇视眼神和暴力行为。我清晰地记得在东澳小学上学时同班的一些小混混动辄咬牙切齿地对我说，你们这些厦大孩子就是有钱人。每每听到这样的话我就无地自容，巴不得自己穿得更破烂一些，经常打赤脚，或主动加强劳动改造，在学习和生活上努力帮助身边的同学，好与自称为"没钱人"的他们打成一片。

似乎贫富差距的"阶级仇恨"的种子早早就种下，"史无前例"的"文革"为小混混对"有钱人"的仇视终于找到了一个发泄的机会。这当然不是充分理由，因为校园内的造反派实际上也属小混混所称"有钱人"的范畴，他们照样对走资派和反动学术权威乱抢大棒，从精神上彻底摧垮"臭老九"，实施打砸抢等野蛮行为。甚至一些普通老百姓也被随意抄家，居住大桥头期间，我曾经尾随一队民间造反派看热闹，他们穷凶极恶地闯进下澳仔一所民居抄家，挖地三尺、鸡飞狗跳、鬼哭狼嚎。

历史的经验值得记取。改革开放之后，中国社会的贫富悬殊越来越大，炫富变成了一种时代特征，这不得不再次引起人们的高度警惕。相对而言，高校普通教师在这一拨浪潮中，早已不再是"有钱人"了。但即便在"文革"前，我们家也并不富裕，记得那年搬到大桥头时，一辆板车从敬贤楼拉走

们的所有行李(家具是从学校租来的),这就是父母亲背包轻装南下福建十七年攒下的所有家当。

投向大桥头蜗居生活的一抹阳光,是来自于朝夕相处的大桥头内外邻居的热情纯朴,带来的人世间真善美,把小混混们的恶意骚扰完全隔离在外,使我们姐妹俩一进到楼中就有了安全感。除了友思在《厦大处处是我家》中提及的陈全师傅一家外,江火星叔叔和素珍阿姨夫妻俩及时伸出援手给予我们极大的帮助。火星叔叔是厦大膳食科厨师,素珍阿姨是家庭妇女。爹妈下放后期,看到姐妹俩在家缺乏照顾、需要为做饭劳碌奔波,就委托住在西村的他们帮忙做饭,相当于现在的钟点工。他们在用餐时间将一篮篮热气腾腾香喷喷的饭菜送达大桥头家中,温暖了姐妹俩的心。

"文革"期间大桥头邻居的组成很杂且流动性很大,既有包括徐元度先生在内的落难教授,以及物理系翁心桥、数学系谢德平、化学系钱九章等优秀教师,更多的邻居是来自厦大各系和体育室的"青椒"们,机关干部(妈妈的同事关筱燕、鲍周义叔叔),也有校办印刷厂、金工厂工人,校园组工人,还有国家海洋局第三海洋研究所和华东催化电化研究室的研究人员和职工等。看到启五兄在《渐行渐远的背影》中对徐元度先生的生动描述,徐夫人吴忠华的形象马上就出现在我的脑海中。吴奶奶身世不凡,系名门之后、大家闺秀,她的父亲吴禄贞是辛亥革命先烈。在大桥头的乏味蜗居中,最精彩的片断要数她上我家来找妈妈(她们曾经是厦大图书馆同事)串门聊天了。吴奶奶优雅端庄,喜抽烟,涂紫色口红,标准的京片子,口才极好。关于女儿徐小玉,她这样调侃:小玉很早就参军了,后来长成一个大胖子,她喜好游泳,耐受长距离,在游泳池里堪称"万吨远洋巨轮"。逗得我和姐姐忍俊不禁。吴奶奶讲的故事都很好听,可惜我只记住了"万吨远洋巨轮"和依稀记得她的父亲是一位功勋卓著的民国大将军。

住在一楼左侧近邻的几户人家,有物理系方老师、中文系阙老师、生物系陈老师、海洋三所蒋老师和金工厂温师傅等,我们之间建立了浓浓的邻里情,搬离大桥头后逢年过节大家还曾互相走动。陈家和方家聪明的男孩剑锋和志远,温家一对稚嫩美丽的小姐妹小端和小丽,阙家可爱精灵的小红,都是被我钟爱呵护的小弟弟小妹妹。这几位小家伙最开心的,莫过于笑眯眯的厦门"安公"(外公)们怀揣大手帕包的礼物前来探访,这意味着他们又有"好料"犒劳了。

大桥头周围的环境,除了挥之不去像苍蝇一样嗡嗡的小混混们,还有石头多和木头多的特点,堪称三多。从一楼左侧边门出去就是凿石叮当作响的石雕厂,大桥头前后和附近堆满了各种石料,成为孩子们夏日晚上纳凉的栖息之地。大桥头的对面是造木制大渔船的水产造船厂,巨大的圆木料常年浸泡在海水排洪沟中,涨潮时一根根圆木在随潮水涌进的海水中翻滚,我们会在上面跳来跳去地玩耍,比看谁更勇敢,现在想起相当危险。有一次爸爸用缝衣针给我做了一枚鱼钩,我从排洪沟里钓上来几条小鱼,那一刻非常开心。

大桥头的业余生活,除了游泳,随陈全家的丽容和丽珍姐妹上山拾柴火,帮忙喂猪喂鸭,栽种丝瓜外,偶尔会端起小凳子,随小端姨婆家帅气懂事的小哥哥,一起到部队营房看露天电影,和他坐在窗外的石条上望着星空信马由缰地聊天,听他说家住舟山的故事。回想起来,那种朦朦胧胧的异性纯情,别有一番温馨。

切换回食物话题。爸爸下放回城后被厦门市派到龙岩雁石的厦门煤矿工作,有时会带回一些山货,最难得的是有几次拎回家满竹筐十几只野生石蛙,让姐姐杀了它们,就像处理田鸡一样剥下皮剁成小块炒来当荤菜吃,真美味。现在看来石蛙当菜是过于奢侈了。石蛙弹跳力超强,闽南一带主要用在孩子学走路前,老百姓买一两只回家给婴幼儿食用,有清凉解毒助生长的功效,听说这种石蛙已经很难觅得,昂贵得很。吃石蛙说来是爸爸彼时的特权(他在厦门煤矿当头),他数次从龙岩带回好几筐,因此被我们消灭的石蛙,总共有接近一百只吧。如果放到今天,可能会被扣上非法捕获野生动物的帽子。说到龙岩煤矿,还有一段小插曲,我的初中学习生活并不愉快,爸爸建议我退学招工到煤矿当工人,我故意说与班主任林可庄老师听,他不赞成。记得那天,师生俩站在华侨中学二楼教室外的走廊上,老师靠着栏杆对我说,他在厦大化学系的女老师曾经发誓:不当上教授不结婚,你要向她学习,云云。林可庄老师一直非常器重、关心和欣赏我,但他可能不知道,当初他这位初中化学老师对一位十几岁小姑娘说过的话,竟然会影响了她半辈子。

"文革"期间,限量供应的鱼和肉是不常吃到的,有时拖个小篮子到厦港

小街上买菜,买些渔民讨小海捕来的新鲜小海蟹或小鱼小虾之类,但对路边扔在地上一堆一堆的便宜"虾姑"(香港人称之为濑尿虾)不屑一顾,这种海鲜一般是不登大雅之堂的。

妈妈下放回来一度在箦筜港围垦指挥部工作,后来又调到水产局,于是就有了近水楼台:箦筜大堤截水口经常能捕获到海鱼,不时分个三五斤回家。水产局有冷冻鱼,凭鱼票供应,每逢过春节,可怜的姐姐就被妈妈催促,早早起床冒着严寒排队买回那些在冷库里存放多年的海鱼,回家后还要在大桥头冰冷的公用水池边刮鳞剖肚拾掇一番,冻得手红通通的,妈妈赶紧把这些鱼切成段、红烧好,存放在菜橱中,我在一旁坐享其成。

妈妈和姐姐辛辛苦苦弄来的这些陈年老鱼很不好吃,因为既不新鲜,烹饪时又没有放油,鱼肉干涩发柴,我形容像吃木屑纤维,一点味道也没有。但妈妈非逼着我们把"木柴"吞咽下去,有时弄得母女仨不太高兴。

彼时年纪小不懂事,不能理解妈妈是千方百计地为正在长身体的女儿们补充蛋白质。姐姐章红从来没有埋怨过她小时候比我多做了太多的家务,她觉得当姐姐,一切都是她应该做的。1973年12月姐姐高中毕业下乡,隔年我也高中毕业了,在家赋闲了一段时间,轮到我当火头军。说来也怪,我居然可以无师自通地把家里的伙食安排得不错。

1974年9月16日是我离开大桥头奔赴广阔天地的日子,当天我们在厦门郊区后溪公社前进大队部,饱餐了一顿芋头封肉和大锅新米饭,至今仍记忆犹新。小时候我是老师和同学眼中的娇气二小姐,但是自从爹妈去下放后,我就锻炼出来了,以至于在下乡期间,我的厨艺让知青农场的新老知青们对我刮目相看,他们还以为我不食人间烟火,没想到我做的饭菜居然比别人做得更香甜可口。

图 2　我和小学宣传队八姐妹在大桥头对面的水产造船厂合影,其中有
七人是厦大孩子

从左到右依次为:陈雅璇、章慧、郑雅玲、王小牧、陈慧、余群、谭建光、陈丽燕

图 3　"文革"期间在上海外公家度过
了一段快乐时光

图 4　毛泽东思想宣传队小队员

永远如尾大孩子

小学

初中

初中

高中

知青

图 5　大桥头蜗居的十年，我从一位小小娇弱少年成长为下乡知青——大寨铁姑娘

# 爸爸的老照片

林　麒

　　为了给《永远的厦大孩子》所写文章配插图,我特意去父母家中查找老照片。由于"文革"中被抄家、下放,以及多次搬家,家中所存早年的照片所剩无几。一番倒腾,竟然翻到几张爸爸的老照片,一下就把我带回那孩童记忆中的厦大。这些照片拍摄于不同时期,背后却都留有爸爸的大名,而且是同一个人(不是家人)的笔迹。能存留至今,真是奇迹!

## "迎接新的战斗!"

　　这张摄于 1953 年的照片(图 1),标题"迎接新的战斗!"为其烙下了历史的印迹。这是当年厦大中共党员的全家福,遗憾的是有四位党员因故未出席。照片的背景右边是卧云山舍(即"文革"中的"造反楼")。左边是正在建筑中的国光三,看那外装脚手架都还没拆呢。现在保卫处的那座黄色楼房更不知在何方啦。

　　从照片中可以找到不少我们父辈的影子。我请爸爸辨认,基本把照片中的老一辈影像都还原成了名字。他们有的一生在厦大,为厦大奉献终身,例如友思的爸爸邹永贤伯伯,他站在第三排右三;有的还健在,例如珞平的妈妈朱红阿姨(第三排左二),那时的朱红阿姨是多么年轻漂亮啊!还有我爸爸,坐在第一排右二。也有好几位后来调离厦大到其他高校去工作,例如翁永麟伯伯和刘怡周阿姨夫妇,他们分别位于第三排左三和第一排左四。1950 年 7 月 1 日中共地下党公开时,翁伯伯还是厦大支部的组织委员,后

**图1　厦大全体党员欢送毕业、调整、留苏、赴朝的师生,摄于1953年**

第一排:左一李岗①、左二陈永华③、左三黄懋容③、左四刘怡周②、左五吴紫容、左六沈敬繁、左七华炳泉、左八张鸿镒、左九钟保哩、左十林鸿庆、左十一陈人庄①

第二排:左一陈孔立、左二刘正坤、左三王增华、左四林中②、左六周珠凤、左七未力工、左八张玉麟、左九刘峙峰、左十陈世民②、左十一龚崇准

第三排:左二朱红、左三翁永麟②、左四樊石年③、左五林家益③、左六姚祖斌③、左七王其扬③、左八李伯钿③、左九黄祖良③、左十王新整、左十一张来仪、左十二邹永贤、左十三牛万珍、左十四吴修华

第四排:左一黄选卿、左二王景元、左三黄志仁③、左四陈在正、左五许鼎铭、左八李燕棠、左九万平近、左十张帆①、左十一王再生、左十三李维三

注:①后来调出厦大去其他单位工作;

②因全国院系调整离开厦大;

③即将毕业的学生,或留苏或赴朝。

另有朱天顺、肖丽娟、赵松年和胡玉才四位党员未到。

588

来当过书记。高校院系调整后,他于 1953 年调往浙江大学机械系工作,后来怡周阿姨也调去浙大,至今都与我父母保持联系。怡周阿姨的弟弟刘世兴解放初毕业于厦大航空系,后任教于南京航空学院,是我就读的航空发动机系的教授,我的老师。世界就是这么小!我入南航上大学,他从怡周阿姨处得知后很高兴,非常关心我的成长,特地去系里查询我的学习成绩。我在另一篇小文《我的大学梦》里有过叙述。

第二排右四是重远和致远的爸爸陈世民伯伯。照片拍完,他就赴朝给中国人民志愿军当英文翻译去了。后来我们两家同住敬贤三,他们家就住在我家楼上。陈师母黄珠美是我们小学四甲班一至三年级的班主任兼语文老师,现还健在,前几年还参加我们小学同学的聚会呢。当年的陈伯伯总是笑呵呵的,亲切又随和,特别喜欢我,也许是因为他家都是男孩,而我是个女孩子吧。直到我回到厦大任教后,他每次遇到我,都亲切地呼我的小名,并开几句玩笑。如今他已作古,但看到照片上陈伯伯的笑脸,就像又见到了他。

第四排右四的张帆去留苏。解放初留学的很少,大约 1955 年起才有大量的人员去苏联留学。他于 1960 年回国后任教于福州大学,曾当过福州大学副校长。

## 喜迎新中国文化教育高潮

图 2 又是一张摄于 1953 年的老照片。这是厦大为全省各中学初中教师开办的第一期轮训班结业时拍的照片。经过培训结业后,他们回去当高中老师。照片中除了第二排是老师外,其余均为轮训班的学生。

1949 年解放初,新中国成立之时,全国的文盲率高达 80%,文盲人数有 4.3 亿人之多!它成为新中国发展道路上的拦路虎。为解决这一问题,中央召开了全国扫盲工作会议。时任中共中央"五大书记"之一的刘少奇指出:"从某种意义上讲,扫除文盲比土地改革还要复杂,还要困难。"他要求"要以领导土地改革的精神来领导扫盲运动"。

那时文盲的文化水平划界是小学三年级水平,即文化水平在小学三年级以下的属文盲。当时不仅平民百姓中遍布文盲,干部队伍中的文盲率也

図2 厦门大学数理化教师轮训班第一期结业合影，摄于1953年2月，
地点丰庭小操场

第二排左起：高碧英（物理）、刘怡周（物理）、林建新（化学）、林鹏程（数学）、吴伯僖（物理）、江培萱（化学）、张玉麟、王亚南、章振乾、卢嘉锡（化学）、陈国珍（化学）、何恩典（数学）、林鸿庆（数学）、省教育厅来的两位培训班管理人员陈秉堃和何永炽

很高，特别是许多工农出身的干部。这极大地影响了新中国的建设。教育和人才培养是件大事。在这个背景下，全国各高校积极响应党的扫盲号召，举办附属工农速成中学。厦大也不例外。我们班同学何茹的爸爸，何永龄伯伯，就是当时的厦大工农速中校长。

当时很多工农干部直接进入工农速中学习。但是办工农速中对遍布全国的文盲，仍是杯水车薪。全国需要大面积地扫盲，提高全民文化水平。为了加快扫盲速度和普及中等教育，需要尽快扩大教师队伍和提高教师队伍的质量。厦大前后办过两期中学数理化教师轮训班。图2就是第一期数理化教师轮训班的结业纪念照。照片中第二排是厦大领导和老师。老师中有的是刚刚大学毕业。我爸爸也是刚刚大学毕业就去当轮训班的老师。培训生的年龄不少比任课老师还大，这从照片上可以看出来。其中还有一位培训生是我爸爸大学同学的中学老师，当时已经 50 多岁了。

　　培训生中有一位女生是我先生的姨妈，去年刚去世，时年 93 岁。不过我不是因她走进他们家的，这信息是后来才挖掘出来的。我爸爸记忆力惊人。我听先生的姨妈说解放初曾在厦大培训过，是数学科的，便告知爸爸此事，爸爸居然马上应说：有此人，并很快在照片上找到了她！几十年过去了啊！培训的时间也就是一个学期。

　　我们物理与机电工程学院的院长吴晨旭教授 20 世纪 80 年代初毕业于同安一中。他的中学数学老师叶金铁当年也是培训生（最后一排右五）。前几年春节期间叶老先生还来给我爸爸这个他当年的老师拜年。他不无骄傲地向爸爸夸赞：吴晨旭是他的得意门生，是他培养起来的。他年纪比我爸爸大不少。后来我与吴晨旭老师谈起叶老先生是我爸爸的学生时，他惊诧不已，一时搞不清，还以为我爸爸近百岁了！

　　解放初人才奇缺，为了建设新中国，还让大学生提前毕业为国家工作。我妈妈是解放后入学恢复高招的第一届大学生，只读了三年，国家就让他们提前毕业参加工作，也算本科毕业。后来的人事处遇到像妈妈的情况，都要询问一番，也都要费口舌解释一番。这样，我们家有两种第一届的大学生。一种是妈妈，新中国培养的第一届大学生；另一种是我和妹妹林健，都是 1977 级，是"文革"后的第一届大学生。

　　照片中最有意思的是服饰的混杂，有穿西装的、有穿中山装的，还有穿军装的；有戴呢帽的，也有戴军帽的。这既反映了解放初的历史原貌，也说明当时校园里的多元化和政治上较宽松。

　　这张照片是在丰庭操场拍摄的。背后的楼房即丰庭一。它多年来一直是女生宿舍，厦大的女生都集中住宿于此，后来女生增加了，扩大到丰庭二等楼房。时至今日，厦大女生已经超过全校学生总数的 50%，女生宿舍也遍布全校各角落。真是今非昔比！这是 60 年前王亚南校长做梦都想不到的吧。解放初，女孩子上学多难啊。为实现男女平等，不是还有一出有名的戏，叫《小二黑结婚》吗？当然，这出戏是宣传自由恋爱、反对包办婚姻的，但这些都是建立在男女平等之上的。

　　照片左侧的平房是教工第一食堂的备餐房或库房。教工第一食堂及其附属平房早已不复存在，被现今的博士公寓所取代。丰庭一、二也已不见

踪影。

丰庭操场上有篮球场和排球场,边上有个沙坑,沙坑里有双杠、高低杠,还有一个跳远沙坑。我小时候,爸爸经常与同事、学生在丰庭操场打篮球,我和妹妹与邻居同学姐妹也常在那沙坑玩,最惬意的是在高低杠上翻飞上下。那时还不知有体操这一物,不然说不定就入了这一行。

## 工会俱乐部印象

再展示一张很有意思的照片(图3)。这张照片是在原工会俱乐部门口拍的。

图3　中共厦大数学支部欢送 1957 年毕业同志留影

在本书中,厦大原工会俱乐部的照片还属这张比较看得出全貌,图3中大人全是数学系的师生党员,其中不少毕业生后来也成了数学系的老师。我爸爸站在第三排左起第九位。这届毕业生有的年龄比他还大。影中还有俩小人儿,站在地上的是我,后排抱在手里的是吴翔。

照片背景中的工会俱乐部,那可是"文革"前全校的文体中心!每到周末,灯火辉煌,歌舞升平,尤其是过年过节,被装饰打扮得像个花枝招展的姑娘。门外的小花园、高矮树上到处是彩带、彩灯,热闹非凡,是我们这些小人儿最喜欢去的地方。从俱乐部建成到 20 世纪 60 年代"文革"前,每个周末晚上都在此开舞会,"嘣嚓嚓",好听的音乐声吸引来众多长辈。

我爸爸喜欢打球,不会跳舞,但也"深谙"舞之道。哈哈!今年元旦前,爸爸问我,今年好像没有游园活动(他对游园饶有兴趣,喜欢凑热闹)。我告诉他,嘉庚广场有跨年舞会。他居然说,跳舞前要先在地上撒滑石粉,才好跳舞。令我大为惊讶!想起当年工会俱乐部的舞会就是这样。撒了滑石粉后,地很滑,小人儿就在舞曲更换之隙冲上场去"溜冰"。小伙伴们还记得不?

厦大第三次党代会于 1961 年 12 月 15—17 日召开(图 4)。图 4 中人大多是厦大孩子们的父辈,特别是本书作者们的父母亲。照片展现了 50 多年前他们的风采。我也从中找到了爸爸(第三排右八,穿浅色衣服者)与妈妈(第一排左十一,穿深色衣服者)。图 4 中人不少现已仙逝,愿已逝的父辈们能重聚于天堂的工会俱乐部里欢歌笑语!

从图 1 所示的"迎接新的战斗!"照片,到这张"党代会"照片,时隔仅 8 年,我们看到了厦大党组织的成长,也看到了 20 世纪 50 年代厦大的迅速发展壮大。

当时的工会俱乐部位于大南校门口不远处,是相邻的两栋平房。从子榕大哥提供的这张中共厦大第三次代表大会照片中可看到这两座建筑的屋顶。右边这座(即图 3 中的背景)用于文艺活动,有钢琴房、阅览室等,周末开舞会就在这里。大礼堂的电影票也在它的窗口卖,每周六下午我们都会去那里排队买票,晚上看电影。一张电影票 8 分钱,后来涨成 1 角钱。不知何时,电影票价变成以元计。左边的那座工会俱乐部用于体育活动,里面有乒乓球桌、台球桌、棋牌室等。

我爸爸是左边那座俱乐部的常客。他常在下班后去那里与叔叔、伯伯们打球,我有时放学后也去那里玩。还有一件趣事。记得有一次,我们在家等爸爸吃晚饭老等不来,妈妈要我和妹妹去叫他回家。走到半路,发现爸爸在地上摸索着什么。原来他打完球回家,一路看报纸或文件,一不留神竟撞到电线杆上去,把眼镜撞掉了。他是高度近视,没有眼镜,成了"青暝"(闽南话"瞎子"),如何找得到方向回家?

**图4 参加中国共产党厦门大学第三届代表大会的师生合影**

第一排：左三庄明萱、左四马勤英、左六蔡绵绵、左七张淑莲、左十一梁筠莲、左二十陈炳三、左二十一邱珠珊、左二十二刘瑞堂、左二十三林仲柔、左二十四林莺、左二十五何恩典

第二排：左二刘昌新、左三潘懋元、左五牛万珍、左六沈敬繁、左七梁敬生、左八林莆田、左九陈启英、左十朱天顺、左十一卫守一、左十二田心、左十三邹永贤、左十五未力工、左十六陆维特、左十七张玉麟、左十八白世林、左十九陈曲水、左二十李维三、左二十一范本昌、左二十二陈新伯、左二十三刘峙峰、左二十五刘正坤、左二十六黄志贤、左二十七李燕棠、左二十八颜松滨、左三十一陈在正、左三十二李金培

第三排：左一陈安、左二张澄清、左五黄志仁、左八陈国珍、左九周彬、左十李玉清、左十一孔永松、左十四陈世民、左十五刘贤彬、左十八吴维嵩、左二十一李文桂、左二十四林鸿庆、左二十五黄厚哲、左二十七黄选卿、左二十八柯友根、左二十九陈悦、左三十一史晋

第四排：左四吴水澎、左六朱宝樑、左七陈祖炳、左八王农、左十一胡顺发、左十三吴宜恭、左十四吴和荣、左十五陈昭桐、左十六林壁辉、左十七陈木叶、左二十二黄贤智、左二十三郭志发、左三十一谭学恭

第五排：左八张锡木、左九吴修华、左十王再生、左十一乔××、左十四杨华惠、左十五叶品樵、左十六张亦春、左十八高扬、左二十二蔡维璇、左二十六王春田、左二十七张南舟、左三十周绍民、左三十一江启温、左三十二许怀中

爸爸的球技了得，他喜欢打乒乓球和台球，尤其是乒乓球，在当时的厦大小有名气，曾是教工二队的队员，代表学校参加过厦门工会组织的乒乓球赛。记得陈孔立伯伯的乒乓球也打得很好。他与爸爸经常在工会俱乐部里挥汗如雨。爸爸不但球技好，桥牌也打得好，在全厦大是一流的，或许是借助了他那数学头脑吧。1966年元月初，曾有嗜好桥牌的中央首长来厦视察，爸爸和赵松年伯伯还被张玉麟伯伯叫去陪其打牌。后来我家先生的乒乓球技也不错，学生时代是厦大校队成员，常代表学校参加省里的比赛。

大家注意到没有，图3所示照片的后排左二那位是光脚丫。解放初，经济状况较差，打赤脚的学生很多，老师也有打赤脚的。爸爸说他（时任厦大学生自治会第四届执委，生活福利部部长）在1950年底曾参加厦大学生干部合影，一干人等上着冬衣下光脚。想起来那感觉真奇妙！记得曾见过一张妈妈与同事或学生在老厦大校门口的合影，照片中人大多打赤脚，包括妈妈，彼时她已在厦大任教多年了。那时塑料还未广泛应用，橡胶是国家战略物资，不能过多用于制作生活用品。布鞋、木屐是可以穿上脚的。但在当时，布都是奢侈品，木屐倒还相对比较俭朴流行。厦大地处南方，以"赤脚大仙"居多，没有穿木屐上教室的现象。但听爸爸说，他1958年6—7月间去武汉大学，那里的学生都穿木屐去教室上课。上课前教学楼里一片木屐与地面的撞击声，"咔嚓"、"咔嚓"，哗啦啦，震天动地。上课钟一响，"咔嚓"声瞬间戛然而止，就像千军万马偃旗息鼓。下课后，又是一片轰隆隆的"咔嚓"声。这是多么壮观的情景啊！爸爸还提起过一件趣事。1975年，那是"文革"中，物资极度匮乏。他与几位同事去杭州上机（那时计算机还处于用穿孔纸带的年月），想入住计算中心附近的华侨宾馆，人家不让住，说是没床位了。后来服务员发现他们来自福建，而当时福州塑料厂生产的"白鸽牌"塑料拖鞋很时髦抢手，便与爸爸他们说好，让他们回家后帮买几双拖鞋给寄去，于是爸爸他们就此得以顺利入住了。

可惜两座工会俱乐部的老建筑都已被拆除，取而代之的是高大的建文楼。虽然建文楼里也有工会俱乐部，但气氛和作用远不如从前。藏在高楼里的工会俱乐部，显得不那么接地气。回想起当年工会俱乐部的欢乐景象，我还是非常怀念它。

完成于2015年1月19日

# 厦大校门有几多?

林　麒

对于有近百年校史的厦门大学,在百年变迁中,校门也有着她的过去、现在与将来。现在的校门,大家天天从她门下走过,是再熟悉不过了。可是她的过去呢? 又蕴含了多少厦大的故事和我们对她的感情?

记得在"文革"前,厦大有几个洞开的校门:大南校门、面向思明南路的主校门、朝向厦大医院的校门、东大沟校门、白城通往海边的校门等。校园的西面是一面石头砌的围墙,没有校门,只有一个宽度仅供一个人出入的小门。这些"校门"当时都无人"把守",进出自由,只是作为厦大校园边界的标志而已。

为了描述厦大近 50 年来的变化和各校门所在地,我多方寻找,终于觅得一张手绘厦大地图,在此基础上凭印象修改,还原"文革"前厦大的地域面貌,如图 1 所示。本文涉及的校门和地点无一离得开这张手绘地图。

为了进行对比,同时附上我在厦门大学纪念品店寻得的,反映厦大现在面貌的手绘厦大地图(见图 2),这是厦大现在的面貌。比较两图,不仅是校门的变化,校区的扩大,校区内土地的规划运用和建筑物的增加,都展现出厦大这 50 年来的巨大变化。

## 1.大南校门

大南校门就是俗称的南普陀校门。历来走的人最多,后来也是人流量最大的校门。只因后来大南校门外的一条街拆了,走的人才少了些。

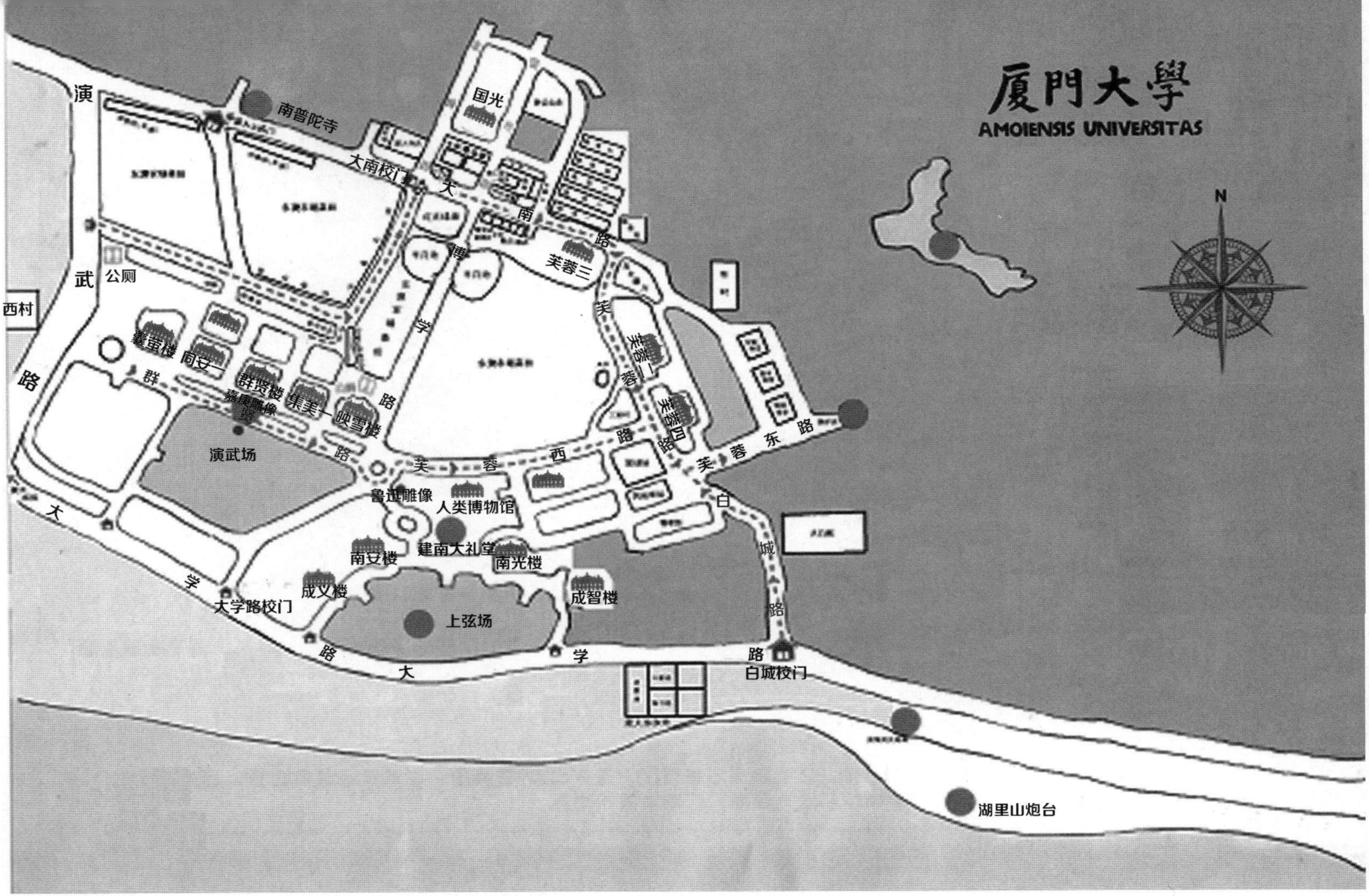

图1  20世纪60年代初的厦大面貌

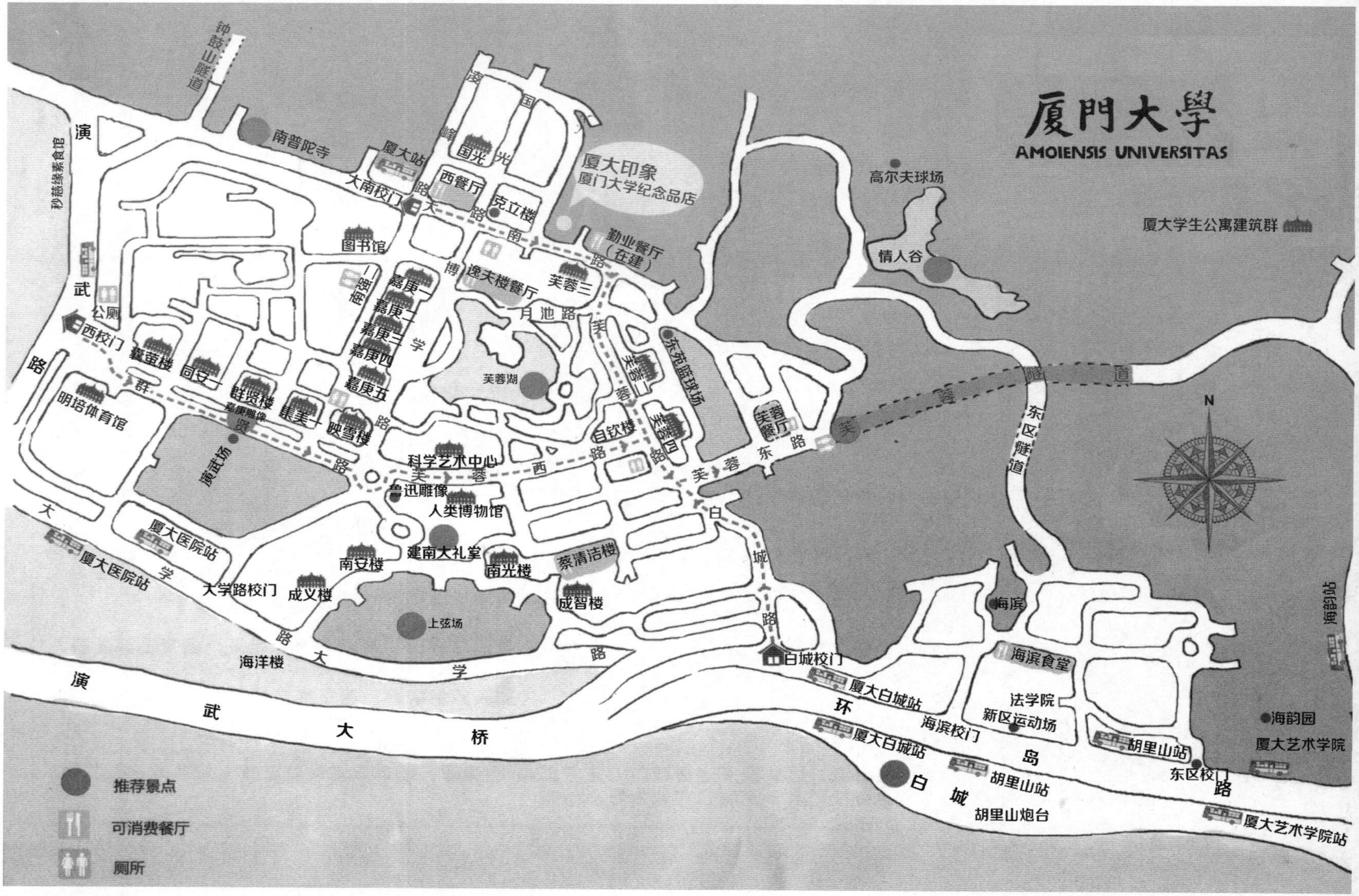

图2　今日厦门大学

大南校门的变化很大。20世纪60年代初,大南校门的两个门柱是用几根如木头电线杆的木杆支成的三脚架。后来建了木质门柱和门框,再后来(大约是"文革"后)木质门柱换成了水泥门柱[如启五兄所赠的图3(a)所示]。而现在的大南校门则更加高大上了[见图3(b)]。

现在有不少人误将此校门称为"南校门",那都是因不懂历史和地理名称所致。每次有人称此校门为"南校门"时,我都要反问:"这个校门明明向西,何谓南校门?"然后告诉他,因这个校门所在地称为"大南",故称"大南校门"。

从图3(a)影中人的右手侧的那个小门看进去的二层楼房的门牌号是"大南1号","大南校门"由此地而得名。这座两层小楼的一楼在"文革"前曾是厦大的财务处、总务处等校部机关的办公地点。而楼上则是教师住宅。

(a)20世纪80年代初的大南校门    (b)如今的大南校门

**图3 大南校门的今昔**

在图3(a)中人的左手侧小门的铁门后还可隐约看到一个钢筋混凝土碉堡。厦门留有许多这种碉堡,包括今日的许多景点处都有。所有的碉堡都是重点军事设施,未经批准不得自行拆除。这个碉堡就在大南校门口,学校总是想法子加以遮掩。记得常常是在它的上下、周围摆放鲜花,把它修饰成立体花坛。

由于大南校门口的碉堡挡路,而且有碍观瞻,所以在20世纪80年代中期学校将其拆除了,据说还是经中央军委批准才得以实施的。我前两天为写此小文特地去大南校门拍照,发现校门内的地上还留有一个水泥"大圆饼"(图 4),即是当年碉堡的遗址。

**图 4　大南校门内侧原军事碉堡遗址**

过去大南校门附近没有围墙,最多是在现在的围墙处种些灌木。"文革"前曾经有一段时间,公共汽车终点站设在校门内。公共汽车开进校门,绕着碉堡掉头,就停在现在的建文楼前靠近校门的路上(图 4 的横幅标语下的路拐弯及小车处)。公共汽车上车处就在大南 1 号楼楼前。

"文革"前,每年暑假爸爸都要去福州改高考考卷。他担任数学卷批改组组长。那时福建省教育厅厅长是时任省长叶飞的夫人王于畊。她最大的政绩是:福建是连年全国"高考红旗"。这是为福建的穷孩子造福的事,功德无量,使大量的福建孩子有了接受良好的高等教育的机会。但是她在"文革"中却因此被批斗得半死。记得是 1962 年吧,得知爸爸改完考卷从福州回来,妈妈让我带妹妹林健去大南校门迎候他。姐妹俩兴冲冲地去了,等候之时在木头三脚架的校门下玩耍,把接爸爸的任务丢在了脑后。直到爸爸回到家中得知我们姐妹俩还在大南校门口,才又去校门口把我们找回家。

如今大南校门内南侧的图书馆大约是 20 世纪 90 年代建的,原先那里是东澳农场的菜地。"文革"后,大南校门口内侧靠现在的图书馆那段路旁还建了个菜市场。上大学后,放假回家时我还去那个菜市场排队买过鱼、肉呢。

## 2. 主校门

20世纪80年代前还有一座面向思明南路的校门,那才是当时厦大真正的校门,主校门。这是一个三跨的校门,中间跨的横梁上书写着鲁迅体的"厦门大学"四个大字(见图5)。

(a)20世纪80年代前的厦大主校门画像

(b)1958年的厦大主校门

图5　早年的厦大主校门

图 5 是厦大档案馆里珍藏着的原厦大主校门的资料。其中图 5(a)不知是哪位高手的绘画作品,由于年代久远,颜色有些发黄,用 PS 把它还原了本色。而图 5(b)图则记录了解放后厦大学生火热的生活。你看,照片中的厦大学生英姿飒爽,荷枪实弹,扛着重机枪,雄赳赳,气昂昂地行进着,俨然正在奔赴炮火连天的战场。这也是厦大民兵师的光荣写照。照片留下了时代的烙印。

经爸爸回忆确认,这张照片拍摄于 1958 年年底或 1959 年年初。1950 年 6 月,朝鲜战争爆发,美国将第七舰队驶入台湾海峡。1958 年 8 月 23 日,依照中共中央毛泽东主席的命令,中国人民解放军为解放金门,进而为未来解放台湾,发动了炮击金门战役。美国总统艾森豪威尔下令从部署中东的第 6 舰队调出两艘航空母舰加入第 7 舰队,金门守军海上补给线被截后,美台海军组成了联合舰队进行护航。9 月 29 日,中共中央做出《关于民兵问题的决定》,指出:必须在全国范围内把能拿武器的男女公民武装起来,以民兵组织的形式,实行全民皆兵。毛泽东主席在对新华社记者的谈话中指出:"帝国主义者如此欺负我们,这是需要认真对付的。我们不但要有强大的正规军,我们还要大办民兵师。这样,在帝国主义侵略我国的时候,就会寸步难行。"厦门大学也积极响应毛主席的号召,办起了厦门大学民兵师。校长就是师长,学校党委书记任政委。各系成立民兵营,系主任是营长,系总支书记任营教导员。而且,民兵师是配备枪支弹药的。每个系都有个治保室,保管枪支弹药。图 5(b)中的学生都是基干民兵,肩扛的可不是道具,那都是真枪实弹!当年厦大民兵师可谓组织严密,具有很强的战斗力。

早年但凡学生毕业,或具有纪念意义的合影大都以此校门为背景拍摄[如图 6(a)]。后来校园改造扩张,这个主校门被拆。"文革"以后的学生毕业时都到上弦场去,以建南大礼堂为背景拍毕业照了。

原厦大主校门面向现在的北村,就在北村马路对过,大约位于一条街没拆前的"麦当劳"处,现在那里是经济学院大楼北面的一排铁栏杆[见图 6(b)]。之所以说这个校门是主校门,是因为它一直是当年厦大最宏伟和最正式的校门。但因当时厦大的校门都仅是校园范围的象征,所以这个校门只有门柱,而无门,没有实质意义。其实大南校门早先也是只有门柱而无门,"文革"后才加上了铁门。

(a)早年的厦大主校门　　　　　　　　(b)原厦大主校门地址现状

**图6　当年面朝思明南路的厦大主校门**

## 3.西校门

20世纪60年代初的厦大没有正式的西校门。校园西边只以石头砌的约2米高的围墙为界。

说到西校门,不能不提厦大信箱。直至改革开放后的90年代中期,厦大有一个不大,但是人气很旺的建筑物,那就是信箱。它是一座平房。称作信箱,其实是邮件收发室,它向南一面的墙用薄木板隔成1000多个小信箱,每个小信箱高约20厘米,宽7~8厘米,深约30厘米,外面用整片玻璃封着,哪怕是信箱下班时间,去了也可以知道有无信件。凑近玻璃往里看,甚至可以看到信是从哪寄来的。与信箱隔壁的是一个小小的邮局(称之为邮政代办点可能更为合适),可办理各种邮寄、汇款、订阅业务。人们往往将它与收发室合称为信箱。

当时的通信手段单一,没有现在这么丰富的网络、电话、微信等,全校与外界联系的最重要纽带是邮件,包括信件、包裹、杂志等。厦大信箱担负着全校与外界联系的所有邮件往来。学生都是出外读书之人,哪位不盼着收到家人与朋友的来信?我上大学期间,与家里的邮件往来和感情沟通就全靠这信箱了。所以信箱成为人们最经常去往的交流中心,在信箱总能遇见学校里的各色人等。

与信箱并排,横对过是一个小储蓄所。厦大信箱在同安二的西北方,储蓄所在同安二的东北方。三个建筑物呈三角形的三个顶点。信箱与储蓄所

之间是一个多岔路口,背向同安二再往前走便通向面朝思明南路的厦大正校门。当时那片区域的面貌从图 1 可见一斑。

信箱与储蓄所各连着一排东西走向的平房。平房后是一条土路,不宽,大约 5 米宽吧。早年厦大校内的路全部是土路,没有现在的石板路。在 20 世纪 60 年代初铺了三合土路,那算是比较好的路了,没有扬起的沙土。所谓三合土路,是用石灰、红土和沙子三种材料,按一定比例与水混合搅拌后铺就的道路。再后来,在 20 世纪 60 年代中期,校内的主干道,例如从大礼堂下来的博学路改成了柏油路。直到 20 世纪 80 年代初,学校才在建南大礼堂前及群贤楼前铺上石板路。最近学校为迎 2016 年 95 周年校庆,花巨资把校内多条水泥道路改成石板路,要恢复校园原貌,以配合校内的嘉庚历史建筑风貌。现在,当年的信箱已被化学报告厅所取代,而储蓄所那排平房所在地则盖起了台湾研究院大楼和基金楼。

沿信箱与储蓄所后那条土路往西,走到学校西围墙根,那里是一个仅可供一个人进出的小铁门。向西去西村或朝西出入校园只能由此门出入。这个小门权且也当作一个向西的校门吧。那时住西村的男孩子调皮,进校园不走此小门,常以爬围墙进入校园为乐。

据爸爸回忆,解放前夕在现演武路与大学路交接处有一个校门,那里还有几间平房,住着人数不多的校警队。20 世纪 60 年代初的所谓困难时期,那几间房子曾作为肝病隔离区宿舍,留了一个类似房门大小的小门向外。后来那门也被封上了。

在大学路上,厦大医院往厦门港沙坡尾方向,约莫现在厦大医学院附近,还有一座校门,只是在路的两边分别各树立一个约 2 米高的石柱子。随着城市改造,这个校门早已不见踪影。卢嘉锡老先生是建校初期入学的。记得有次听报告,提到当年卢先生来厦大上学,是乘船从沙坡尾上岸,走西校门入校的,应该走的就是这个校门。而现在的厦大医学院地址在新中国成立前是厦大附小的旧址。

时至今日,厦大人要到市中心去都说"去厦门"。这使厦大新人,或外地来的人都甚觉奇怪,为何厦大地处厦门,去市内还要说是"去厦门"?那是因为在建校初期及至解放,厦大所处位置在厦门是很偏远的,到市内多走现在的大学路,那还算是一条比较平坦的路。过去思明南路并没有延伸到厦大,要从现在的思明南路方向去厦门市内,得爬蜂巢山(即从华侨博物馆到厦大的山),山上只有一条蜿蜒的羊肠山路。解放后,政府劈山开路,才有了厦大去厦门市内的思明南路。这也是为什么至今老厦大人去市内会说"去厦门"的缘由,这习惯看来难改了。

早先在囊萤楼边上靠学校围墙内建有一排平房"囊萤斋",同时在囊萤楼后面还有一个外文食堂,供外文系学生住宿和用餐。楼前还有一个喷水池。大约 1965 年,学校在新西村南面新建外文食堂,为便于外文系师生去外文食堂用餐,于是在囊萤楼边(现在的西校门处)破墙做了个简易的校门。朝向厦大医院的校门关闭后,人们都经该校门去厦大医院和向西进出校园。20 世纪末,外文食堂旧址那块地卖给了普达房地产公司,兴建了大学城住宅小区。

从向西的那个信箱后面仅可供一个人出入的小校门出去,就是早年的演武路了。出门向左拐直走,可到厦大医院。若左拐走几十米后向右拐,过一个桥(跨过西大沟的桥,是类似涵洞的桥),即通往西村。这座桥上曾出现过一位烈士。那是有年台风来,刮断了电线,掉落在桥上,学校一位科长带人到各处检查安全,不慎触电倒地。一位家住西村的勇敢的厦大工友为救人,拿着竹竿去挑电线,不料自己和竹竿都被大雨浇湿导电,因此献身。记得小学的时候,每逢清明节慰问烈士家属,还去过西村他家,送去"烈属光荣"的条幅,贴在他家门口。西大沟与演武路并行,通往大海,起排洪排污作用。21 世纪初,演武路扩建,将西大沟掩盖在路下,去西村必经的桥也就没必要了。

现在的西校门本是对着那桥的,然而已完全不见西大沟和桥的影子。从图 7 看到,今天的西校门端庄又宏伟。图 7 中,校门外的左侧有游客在留影,另一角游客正排长队准备进入厦大一游。近年来,这已经是常态现象了。厦大因校园美丽而充满魅力,名声在外,早成了厦门著名的旅游景点,天天游客不断。学校为了维持师生的学习工作环境,不得不限制游客人数。校门内左侧那三层有红色窗框的教学楼即是囊萤楼。其后远处高耸的楼房是学校现在的行政主楼,由泰国著名校友丁政曾、蔡悦诗伉俪捐资建造,取名颂恩楼。校门内右侧则是旅菲华侨、校友佘明培先生捐建的明培体育馆。

这个西校门是由晋江籍旅菲侨胞、名誉校友张子露先生捐赠 10 万美元

图 7　如今的西校门

建造而成的。从西校门外看进去,有一个喷水池(在早先喷水池上扩建而成),里面立着一个似鸟似书的雕塑,也是校友捐献的。厦大学生有一个很好的传统,因受嘉庚精神真谛所传,毕业后都惦着发达后如何反哺母校。每年校庆,学校总能收到毕业学子的大额捐赠,教学楼多以捐建学子或贤明之士的名字冠名。这在国内大学中是独具特色的。

　　明培体育馆正门的左前方不远(约莫离西校门 100 米远的校内围墙边),横卧着一个巨大的掩映在树荫中的波音 747-400 型飞机的机头(图 8)。那是 1994 年厦大复办航空教育时香港飞机工程有限公司赠予学校作为教具的。这也是全世界唯一的一个作为教具的全真版波音 747 机头。1993年厦门太古飞机工程有限公司落户厦门,厦门市政府要求厦大为其培养航空工程技术人才。于是厦大开办了"飞机维修工程"专业,向太古公司输送了大批优秀的学生。这些学生现在都已成为公司的技术骨干和管理人员。

　　厦大自 1994 年复办航空教育以来 20 余年,教育层次从大专、本科,发展到硕士研究生、博士研究生,欣欣向荣。2015 年校庆期间,学校成立了航空航天学院。相信今后厦大必将在航空宇航科学与技术领域大展拳脚。

　　图 1 中的储蓄所连着的那排平房,是厦大一些单位或部门的仓库之类的用房,比如教材科的书库(存放全校的教材用书)等。那排平房的尽头(最东边)是新华书店。信箱—储蓄所这排平房后的土路的另一侧是原东澳农

606

图 8　早年西校门原址的现今景象

场的菜地,所以它也是那时厦大的地界之一。新华书店旁有一小门通往这条路,如果这条路算是厦大的地界,那么这个小门姑且也可当作厦大的一个校门了。

储蓄所—新华书店后这条土路与东澳农场的田地之间还有一条防空壕。这条壕沟现在已不见踪影。当时有不少小男生在壕沟里"打仗"。虽然那壕沟边种了密集的带刺的龙舌兰,壕沟里布满了蜘蛛网,但也未能阻挡男孩子们的"斗志"。沿此路向东北方向再折向偏北向,可走到大南校门的钢筋混凝土碉堡边。该防空壕是"文革"前为防备国民党飞机骚扰,由厦大师所挖。校园里有防空壕和碉堡,这在全中国大概也就仅厦大一家吧。

## 4. 白城校门

白城通向海边的那个校门,在海滨新村建设前形同虚设,连个门柱都没有,只有一条从物理馆边的小路下山,蜿蜒通向海边,那只是一个进出厦大校园的通道。厦大的孩子们去海边或游泳池游泳,大多走这条路。

20 世纪 70 年代末,学校在白城校门内兴建了海滨新村,同时建了白城校门。2000 年前,出了白城校门右拐走约 50 米,马路对过是厦大游泳池,共有 5 个池。里面有一个儿童池,很浅,专供儿童用;有一个练习池,也不深。其中还有一个长 50 米的标准比赛池,学校的游泳比赛都在此进行。它的一侧有多层台阶作为人们观看比赛的看台。我小学时还在里面学过游泳。比赛池靠海的一头还有个跳台,大约是 5 米跳台吧。我们小时候去游泳时,有胆大的,爬上去跳水。因为孩子们没接受过跳水训练,一般都跳"冰棍式",即立正站着往下跳。我先生毕业于厦大,本科时在游泳池上体育课,他们班一位同学可能以前学过跳水,以很优美的姿势从跳台上头朝下往池里跳。也许那天池里水深不够,很不幸的是,他的头撞在池底上,头颈部脊椎受伤,只得休学回家,两年后才再返校继续学业。

游泳池建在海边,运行成本很低。退潮时,打开闸门,可以把池里的水放出去;涨潮时,打开闸门,干净的海水便涌入池内,因此游泳池里是天然海水。在极少污染的五十年前,池水不必消毒也干净。后来市政府修建环岛路,拆了游泳池,在它的原址上立起了演武大桥的立交桥。

现在的白城校门,由于门口横过的演武大桥立交桥,显得有些压抑,如图 9 所示。

(a)校门外侧          (b)校门内侧

**图 9　现今的白城校门**

最近,有新闻报道说厦大白城校门很快要重建。图 10 是新白城校门的效果图。期待新的白城校门早日建好,为厦大再增加一个新景点。

图 10　白城新校门效果图

　　直到改革开放初期,出白城校门后左拐,向东走到现在的环岛路木栈道起始处,那里有一个民兵岗哨。岗哨再往东,就是前线了。民兵持枪站岗,闲人不准再往前走。就连海滩,也只能走到岗哨跟前,再往前(即往东,朝胡里山炮台方向)走,就会被站岗的民兵唤回来。民兵岗哨哨所的位置就在现今的胡里山炮台公共汽车站门口边不远处,那块上刻"环岛滨海步道"的石碑附近,如图 11 所示。

图 11　原白城海滨民兵岗哨所在地

　　"文革"前胡里山炮台驻扎有部队。小学时,有年八一建军节,学校组织我们准备了文艺节目去与解放军叔叔联欢,是经过重重岗哨才进到炮台院子里去的。

## 5.东大沟校门

东大沟校门现称"大学路校门",俗称"化工厂校门",通往大学路方向。图12是它的外侧景象。这个门其实是"化工厂边的校门",可能是为省事,简称为"化工厂校门"了。真正的厦大化工厂大门建于80年代,它与校园是不通的(见图13)。

图12 大学路校门　　　　　　　　图13 真正的化工厂大门

当年的东大沟从源头(现芙蓉食堂处)开始是阴沟,在现在的芙蓉路与芙蓉西路的交接处开始成为阳沟,经芙蓉一、人类博物馆后,穿过鲁迅广场,从南安楼和成义楼下面经过,最后折向现在的大学路校门,再通向海里。

东大沟、西大沟现在都还在,人们已难得见到它们的真面目,那是因为20世纪90年代在它们的上面都加上了盖,阳沟变成了地下沟渠,做排污、排洪用。

从图13中的大门看进去,里面堆满了大石头。据说学校正规划要在此建一个朝南的很大的主校门。现在长轴东西走向的演武操场要调转方向改成南北走向。将来这个主校门遥对群贤楼和嘉庚铜像,主干道两侧各建一个操场。操场地下将建两层地下车库,以解决停车难的问题。再过几年,到百年校庆时,厦大又将展现新容貌,老校友来到厦大怕是要找不到北了。

### 6. 上弦场校门

厦大还有两个很像样的校门:上弦场两侧的校门,现在都设有铁门,但平时紧闭。它们都面朝大海。"文革"前这两个门是敞开的,只有门柱,没有门。

上弦场因场地似上弦的月亮而得名。厦大上弦场是全国高校中独一无二的临海宏伟运动场。说它临海,是因为它就在海边,早年与海滩就一条马路之隔。说它宏伟,是它坐北朝南,除了临海的一面外,三面数十层台阶的看台环抱运动场,气势宏大壮观。看台面向大海,背靠高大的建南大礼堂(图 14)建筑群。站在看台最高阶之上(即建南大礼堂脚下),视野开阔,极目远眺,可瞭望宽阔的大海、海对面的岛屿和大陆,以及海面上穿行的船舶。

**图 14　厦大建南大礼堂与上弦场**

上弦场是一个标准的运动场,有 400 米跑道,有足球场。记得在 20 世纪 60 年代初,全国足球赛曾经在上弦场举办过。那时我还是个上小学不久的小姑娘。正是这次全国足球赛,增长了我对足球的认识。在那时,这个赛事可不是小事(就现在也不会是一个城市的小事),老师在课堂上介绍足球的知识,组织我们去观看比赛。虽然看不懂,但留下了极深的记忆。

"文革"期间,上弦场也遭了殃,充满了辛酸。被打成牛鬼蛇神的父辈们

被迫将整个运动场开垦成农田，种上地瓜（番薯）等作物，在红卫兵的监管下在运动场的地里劳作。直至"文革"后，上弦场才又恢复其原貌和作为运动场的功能。

今天，无忧无虑、充满活力的大学生驰骋在上弦场上，有踢足球的、有跑步锻炼的……天天生机盎然。经常还有航空系的学生在上弦场放飞无人机和航模，或举办比赛活动。

图15是上弦场面向大海的两个大门。图15(a)是西侧的门（位于图14的左上角），图15(b)是东侧的门。

（b）上弦场西侧大门　　　　　　（a）上弦场东侧大门

**图15　上弦场两侧面向大海的校门**

从图15(b)可以看到，东侧校门地面比马路高出近20个台阶。原先，东侧校门与马路是等高的，出校门即到马路上。21世纪初，为了修环岛路的演武大桥立交桥，把马路挖深了，于是东侧校门与马路形成了落差。

特别要提及的是，上弦场两大校门的路对过现在是海洋局第三研究所的家属住宅区和办公区。但在30多年前，它们都是厦大的地盘，是一片海沙滩。我妹妹林健是厦大1977级物理系学生，当时她们晚上要站海防哨，轮流到那片海边去站岗。上弦场马路对面海边的一个小山包上（"舒友"餐馆现在那山顶开了家分店），当时建有石头砌成的海防哨哨屋。哨屋现在还在，图16中的马路对过电线杆边的铁栏杆内树荫下隐约可见。林健她们站岗握着钢枪，可不是办家家闹着玩的。夜间时分，树影婆娑，风一吹，沙沙响，搞不清是对面金门摸上岸来的"水鬼"，还是风吹树叶的摩擦声。因是女生，胆子较小，那确是对人的极大考验。

图 16　当年的海防哨哨屋

图 17　曾呈奎楼校门

"文革"前常有"水鬼"的传说。所谓"水鬼",指的是台湾方面派来大陆的特务。因是从对面敌占岛屿经海上泅水过来的,故称其为"水鬼"。上弦场曾经发生过一次"水鬼"事件。有次大清早在大礼堂前的路上发现趴着一个人,已昏迷,脚上还套着脚蹼,估计是累趴下了。当时放进"水鬼",岗哨犯有疏忽之罪,要深查、追究责任。据说最后调查的结果表明,"水鬼"是从其他地方上岸的,不是从厦大上弦场附近海滩上岸的。这样就不是厦大海防哨的疏忽了。

上弦场西侧门的马路对过还有一块厦大的属地,建有曾呈奎楼,楼前的门也应是厦大的一个校门(如图17所示)。该楼就建在海边,视野极好。

### 7. 朝向厦大医院的校门

朝向厦大医院的校门(从现在看,是面向大学路)现在还在,图18是从大学路上拍得的这个校门的照片。曾经,这个门内的区域是厦大仪器厂,

图18　朝向厦大医院的校门

前些年建王清明游泳馆(图18左侧掩映在树后的建筑物)等体育设施,仪器厂的厂房都被拆除了。

614

从这个校门往外走,右向斜对过不远是厦大医院。往校内走,是一条土路,两侧种满了木麻黄树。路上总是落满树上掉下的食指头大小、形似松果的果实。这条路现在还保留着有约 50 米长的一段,就是演武操场与明培体育馆之间的那条路的延长。当时这条路往校内一直通往囊萤楼与同安楼之间的走廊。再往前走,便是早年的厦大信箱了。

更确切地说,这个门是朝向大学路的校门。为什么我会说它是朝向厦大医院的呢?这里面还有一段令我难以忘怀的往事。

1966 年 10 月,"文革"开始后不久,我们家就被从敬贤楼赶到国光二 31 号住。原来住的敬贤三 202 腾给被赶出卧云山舍的王亚南校长家住。当时搬家,全家的家当也就用板车搬了几趟而已。搬家后,我还去过敬贤三与王家交接过水电费的交纳等事宜,从而与王校长有过几次接触。印象中王校长很魁梧,方脸,戴眼镜,着长睡衣,很客气随和,令人尊敬。

那时爸爸被关在牛棚里不能回家,妈妈受牵连天天去系里写检查。妈妈本来就比较瘦小,身体也不太好,再加上"文革"的身心摧残,终于病垮。1968 年夏季,她闹痢疾,很严重,卧床不起。一天她递给我一小杯大便,要我帮她拿去厦大医院化验。那杯大便把我吓了一大跳,看上去就像西红柿鸡蛋汤一样,充满了脓液和血迹。我知道情况很严重,不顾天正下雨,与妹妹一起撑起黄布油伞,踏着泥泞的红土路,朝厦大医院快步走去。当时只觉得医院很远,一路上还担心在"文革"这么混乱的时候,医院还开门不?还有医生不?如果没有的话怎么办?那时我不满 14 岁,还没自己去医院看过病呢。14 岁的年纪,现在的孩子有不少还要家长送去上学呢。幸好医院还有医生,医生一看那大便样本,没化验就说是"会死性痢疾",顿时就把我们姐俩吓哭了。爸爸被关着不能回家,妈妈会死,我和妹妹该怎么办啊!我边哭边赶紧跑去牛棚找爸爸,妹妹则哭着跑回家,抱着妈妈大哭,生怕她离开我们。

看管爸爸的红卫兵还算有人性,大约是担心出人命,就让爸爸回家来。当时的医院都不正常运转,加上我们家是"黑帮",住院怕是不可能了。幸好爸爸他们数学系在"文革"前为解放军 174 医院培训过医护人员,有些熟人,又考虑到部队是最红的,可能不怕黑帮,所以就直接把妈妈送 174 医院去。174 医院的医生本来不想收,后来看妈妈病得很严重,加上爸爸与黄根楠院

长熟悉,才接收了妈妈住院。当天半夜,妈妈发高烧,说胡话,又发冷。幸好在医院,及时救治才捡回一命,在鬼门关前走了一遭。如果爸爸不能回家送妈妈去 174 医院,妈妈很可能就没命了。几年后,当我和妈妈再次遇到那位医生时,才知道他是莆田人,说的是"坏死性痢疾",而不是"会死性痢疾"。但不管是"坏死",或是"会死",都足够吓人的。也亏得我们把"坏死"听成"会死",才使得红卫兵开恩让爸爸回家送妈妈去医院,否则我们姐妹俩完全没有办法。于是那条路、那个校门,令我终生难忘。

改革开放后,在经济浪潮冲击下,各高校纷纷推倒围墙,曰"破墙开店",在原址建设门面向外的一条街。厦大也不例外。从大南校门沿围墙到大学路建了一圈的商铺,形成一条街,生意兴隆,虽然商业气息浓厚,但也为师生们的生活带来了诸多方便。后来厦门市政府在市政建设中扩建演武路,厦大给予配合,拆墙透绿,拆除了这一圈商铺,并将围墙内移,为拓宽演武路让路。

## 8. 今日更多的校门

"文革"后,厦大的变化之大前所未有。看现在厦大的校门,或富丽堂皇,或戒备森严。每当看到西校门外游人排成的蛇形长队,就联想到这几十年来厦大校门的变迁,也看到了厦大的发展。

图 19　演武运动场改造后效果图
厦门大学建筑与规划研究所供图

616

要问厦大现在有几个校门,我还真一下子回答不上来。本部的思明校区,有西校门、大南校门、化工厂校门、白城校门、海滨校门、东区校门……现在不仅有了校门,围墙也建得很严密,有了真正的校园管理。在限制游人进入的期间,要翻墙入内还不是那么容易咧。

除了上述的校门,思明区的校门还有海韵校区的校门、曾厝垵公寓的校门等。漳州校区、翔安校区也有各自的校门。掰着手指已经数不过来了。

在将要完成此稿之刻,打开邮箱,意外地发现启五兄发来两张厦大校门的照片,便毫不犹豫地插入文中[见图3(a)、图6(a)]。真是心有灵犀一点通啊!

后记:2015年8月8日,厦门大学启动了"厦大演武运动场改造"工程。此次工程改造,将为厦大新建一个南校门(图19),位于大学路旁。让我们共同期待这个"面朝大海春暖花开"的新校门!

# 老厦大女生宿舍的隐秘

郑启五

　　"丰庭一"是我们厦门大学的一幢饱经"文革"沧桑的老建筑,别号"女生宿舍",2002 年不幸被拆除了。

　　当年的"丰庭一"可似一尊亭亭玉立的阳光少女! 新中国成立后,年逾古稀的嘉庚先生回到了祖国。他婉言谢绝了毛泽东、周恩来等中央领导一再挽留他定居北京的盛情,回到家乡集美,以实现他扩建厦大和集美学村的夙愿。1950 年 12 月,厦门大学建筑部成立,老先生亲自主持扩建厦大的工程,用他女婿李光前赞助的 600 多万港币,一口气兴建了建南大礼堂、图书馆、生物馆、化学馆、数学物理馆、医院以及师生宿舍、膳厅、游泳池、上弦场等,建筑总面积多达 6 万平方米。这些建筑气势恢宏,是当时中国高校建筑史上罕见的大手笔! 而"丰庭楼区"就是这个大手笔下一方秀丽端庄的庭园!

　　丰庭楼的建筑设计较之建校初期有所突破,白岩红砖琉璃瓦,骑楼走廊配以绿栏杆,有传统民族风格又不乏南洋的亚热带风情,红绿白三色搭配,色彩调和,鲜艳夺目,是"嘉庚风格"新的典范。老先生在厦门大学庆祝新校舍落成大会上动情地说:"学生宿舍为什么要建筑走廊? 这是上海等地方所没有的,十年前我在新加坡有一幢房子有走廊,有时可以在那里看报吃茶,使房间更宽敞。所以宿舍增建走廊,多花钱为同学们住得更好,更卫生。"(见《厦门大学校史资料》第三辑厦门大学出版社 1989 年版)什么叫"以人为本"? 陈嘉庚早在半个世纪前就这么说的也这么做了! 丰庭三座楼建得最早的是"丰庭一",它坐北朝南的三层 60 间宿舍,背衬苍翠的五老峰,远眺蔚蓝海洋和海那边的南太武,日光明媚,海风送爽。在楼顶的正中央,竖有一座典雅的楼牌,四个镏金大字"丰庭第一",熠熠生辉,特别是那个繁体的"丰"字显得细腻饱满,端庄可人!"丰庭第一"从一开始就拥有一个闺秀的别名——"女生宿舍",全校的女生从此有了一个得天独厚的天地,典雅的走廊不仅可以"看报吃茶",而且还是灵慧灵妙的梳妆台!该楼还拥有自己独立的庭院,院子里植有翠柏、芭蕉,大门的两边盛开着玫瑰……这一切可是嘉庚老人赐予厦大女生最好的礼物?

"丰庭一"秉承了厦门大学"长汀时期"男生不得随意进入女生宿舍的传统,首任守门的女工陈玉治老婆婆至今还清楚记得她手下留情,偷偷为一位痴情的男生(后来成为蜚声海内外的经济学家)传递"情报"的业绩。因为母亲是班主任,我这个幼儿园的小男生得以尾随其后当跟屁虫,大大咧咧地出入这个女生王国,在印尼侨生的废纸篓里寻觅信皮上的外国邮票。这事我曾写入《我的"苏加诺"》的散文里,已是公开的秘密了!

丰庭楼区的中央形成了一个颇为壮观的丰庭广场,1955年陆维特书记到厦大走马上任,全校3000师生就是在这个广场召开的欢迎会。广场上桉树摇曳,凤凰花盛开,场中划分成篮球场和排球场,边上还有一个长方形的沙坑,有单杠、双杠和高低杠等固定的运动器械,每每课余时总是有女生男生龙腾虎跃的身影,人气极旺,当然其中也少不了我们这些凑热闹的厦大小家属。记得1963年的国庆节晚上,校工会还在丰庭广场上映了难得的露天电影,放映东德故事片《五个空弹壳》,讲的是西班牙国际纵队惨烈的战斗故事……

1966年爆发的"文化大革命"给厦门大学带来了灭顶之灾,"丰庭一"因为直面武斗的中心——"造反楼"(如今的档案馆),成了枪林弹雨的重灾区!在惊天动地的1967年"八二惨案"中,厦大红卫兵独立团的第一号头目林金铭同学据说就是被一颗从丰庭一某窗户射出的小口径步枪子弹击毙的,从而引发了厦大和厦门地区连绵不绝的大规模武斗……

"文革"中期,满目疮痍的"丰庭一"成了厦大住宅区一锅最酸的"杂菜汤":一楼挤居了大量的教师和家属,二楼是校办厂工人的宿舍,而三楼则住满了工农兵女大学生。庭院里的花草树木被彻底清除,搭盖了简易的厨房,四下污水横溢,蚊蝇密集。我们一家老小也被迫集中到"丰庭一"的112室,

中间用木板一隔算是两房,吃喝拉撒就全在里面,挤得无以复加！我从闽西农村调回时,实在挤不进,就栖息在"丰庭一"一楼木楼梯下面半人高的储藏间里,低矮闷热自是不用说了,而不分昼夜时不时就有闷雷般的脚步声从头皮上掠过……

"文革"结束那年,百废待举,超负荷的"丰庭一"终于支撑不住了,楼体发生歪斜。当时有两个方案,一是拆除,二是就地紧邻处再建一座同样规模的新建用以拉住行将仰头倒下的旧楼。为了缓解当时极大的住房压力,校方几经考虑采用了第二方案,于是就有了今天这样身宽体胖面目全非的楼形,明媚的走廊成了阴暗的过道,但"丰庭一"因此得以顽强地又为厦大服务了整整 26 个春秋。那楼前直指云天的两排小叶桉一定不会忘记:拥有 100 多个房间的"新丰庭一"再度成为南强女生弦歌一堂的独立王国,直至"石井"楼区的建成。它那 100 多扇灯窗飘逸着无数勤奋进取的旋律,晨钟暮鼓,悠悠回声,谱写出芙蓉园里最灵秀的乐章,数以千计的名校才女就是从这里无比自信地踏歌迈向外面的世界！

关于丰庭一的记忆,如潮水一样涌上脑海:它的 117 室曾是我哥嫂新婚的住房;它的 208 室曾是我当时的女朋友也就是现在的妻子大四时的宿舍,我曾到那里为她捆扎过毕业的行李;它的 309 室曾经与我们囊萤楼 301 室结成友好宿舍,1977 级外文的男生女生曾在那里举行过小型的 PARTY ……像许许多多涂满记忆写满故事的老建筑一样,旧丰庭退出了历史舞台。拆除之后,当年嘉庚老人构建"丰庭一"楼体丰足的花岗岩石材依然坚实如初,它们就地筑入新建的丰庭女博士楼区,成为厦门大学"更上一层楼"端正的基石！

# 曾经的"红卫四"

## 蒋东明

厦大芙蓉楼群,"文革"时更名为"红卫楼群"。芙蓉四,当时称为"红卫四"。

之所以特别要叙述她,是因为这栋学生宿舍在1972年到1975年间,是厦大"下放干部"返回学校后集中住宿的宿舍(当年厦大还有其他一些学生宿舍楼也作为下放返校教师的宿舍),那时我家就住在这里。

**笔者在拥挤房间里的书桌上舞文弄墨**

我父亲蒋炳钊是厦大历史系教师,母亲王玲玲是中学教师。1969年,我们全家6人(父母、外婆和3个小孩)一起下放到闽西的连城,直到1972年7月返回厦大。当时,工农兵上大学,需要教师返回讲坛,学校开始恢复比较正常的教学秩序。一批又一批教师从下放地返回,学校不可能一下子拿出那么多的教师宿舍来接纳他们,于是,便腾出学生宿舍,每一位教师,不管家庭有多少人口,都只能分配一间宿舍。我们全家三代6人分配在红卫四的310室,仅有18平方米的房间演绎了一段五味杂陈的难忘时光。

每家住户人口都不少,但家庭的摆设却基本相似。由于下放回来,老师

们基本没有自己的家具，所用的家具大多是向学校租的。原来宿舍里的学生双层床基本被保留，以增加居住空间，房中间用布帘隔开，形成内外。厨房都设在走廊上，每层楼两边是洗漱区。最麻烦的是整栋楼只有一楼有一间男厕所，仅供"一号"使用，如需"二号"或洗澡，要到红卫二后的一排公共厕所和浴室，当然，浴室只有冷水。

当年"红卫四"里住的，许多都是日后的著名教授。仅我们住的三楼，左邻右舍有中文系的洪笃仁教授、应锦襄教授和外文系芮鹤九教授，历史系的薛谋成教授，会计系的黄忠垫教授、李百龄教授、潘德年教授，南洋所的汪慕恒教授，还有后来的厦大校长陈传鸿教授、副校长郑学檬教授等等。当时大家都是同样的命运，平等相处，和睦可亲。每天的柴米油盐、煮饭炒菜同样不可或缺。于是，简陋的居家生活夹杂着邻里间的点滴欢乐在日子里流逝着。

每天清晨，大礼堂的钟声响起，挂在树上的广播开始高唱《东方红》，一天的生活开始了。最先从家里出来的大都是男主人，他们手提各色马桶，虽睡意蒙眬，却步伐从容地涌向一楼厕所，也有急匆匆下楼奔向红卫二后的。此时，各家的煤炉打开，开始煮饭。如有哪家不幸炉火灭了，便向邻家紧急借火种。走廊架灶，各家当天食谱一目了然。其实在凭票供应的年代，各家餐桌上的伙食也大同小异。两侧水房，排队洗漱，大家都是教师家庭，倒也礼让有节，只是当年供水不足，到了用水高峰时，

在狭小的家里画画

三楼的水管便经常细水潺潺，令人着急。当然，水房也是人们交流的好地方，洗衣、洗菜时，大家便可天南海北神聊一番。也有些男孩子懒得跑到浴室，便在水房拎桶水冲冲，如果是冷天，可听到他们惨烈的尖叫声。最为不可思议的是，竟然还有许多家庭在走廊的狭小案板桌下养鸡。记得我外婆在桌底下铺上烧过的煤灰，将剩菜剩饭喂养四五只母鸡，居然让我们家人每天都能吃上新鲜的鸡蛋。夏秋台风过后，许多人会跑到白城海边沙滩捡海

带；每当厦港渔民归航，市场有巴浪鱼供应（不需要鱼票），便家家奔走相告，采购一番，多余部分，晒干储存。于是，走廊上又多了一道风景——海带、巴浪鱼在阳光下散发着海的气息。

夜幕降临，老师们或备课，或相聚在走廊上聊些学校见闻，小孩在家里做功课，遇到不懂的问题，还可跑去向邻居的大哥请教，也经常听见来访的学生与老师的对话。当年，我正在厦门八中（双十中学）读高中，经常负责为学校画宣传画。有时任务急，便在狭小的家里摆开画室，在仅有的一点空墙上订上4张全开纸，画着宣传画，现在回想也十分有趣。大楼人虽多，但此时却很安静。在宁静的夜晚，我们常听到小提琴的声音，那是黄忠塑的孩子黄力在练琴。这种"谈笑有鸿儒，往来无白丁"的环境，对我们这些孩子来说，那真是一种难得的熏陶。

站在"红卫四"放眼望去，现在的芙蓉园和嘉庚楼群，当年都是东澳农场的菜地。每当蔬菜收成时，我们便可到田间向菜农买些新鲜的蔬菜。邻近的室内风雨球场，更是孩子们常去的地方。"文革"时，中小学生功课并不多，经常下午可早早回家。我们班好多同学经常相约一起先到海里游泳，然后穿着游泳裤从窗户钻进风雨球场打篮球。球场晚上经常有篮球赛，只要在家里看到球场亮着灯光，那便是我们今晚观战的好时机。值得一提的是，

生活在厦大校园是一种幸福

那个年代，看电影是最重要的娱乐项目。大礼堂经常每周放一次电影，一般分两场，第一场主要是教师场。每当电影放映日，全楼男女老少齐出动，归

来时一路人头攒动,月光下谈论着电影的精彩片段,蔚为壮观又亲切感人。

厦大校园,在 20 世纪 70 年代以前被称为乡下,到中山路算是进城去"厦门"。每当骑着自行车到蜂巢山,驻足远望厦大校园,那是一片田园阡陌景象。青山、沙滩、农田、树丛,是我们孩提时代的生活记忆。我们有幸生活在这片世外桃源般的大学校园,呼吸着大海的来风,滋润着知识的雨露,真是上天的恩赐。无论岁月变迁,或是经历不同,但我们有一个共同的美好名字——厦大孩子!

2014 年 12 月 6 日

永远的厦大孩子

# 快乐丰庭三

李耀群

我和章慧老师是厦大化学化工学院的同事，两度在学院组织外出开会时与章老师同行，被她充满激情的描述所感染，开始关注"厦大孩子"这个大家庭。在这"厦大孩子"群里，章老师是小妹妹，我充其量只能是"小小妹妹"了，总觉几分不安，哥哥姐姐们能接受我吗？接受我吗？恍惚之中，哥哥姐姐们在前头跑着，我气喘吁吁地追着，"等等我，等等我"，跑着跑着，突然眼前一亮，一幅画面定格在那里，我童年的住家就在那里，还在那里——丰庭三（图1）。

图1　丰庭三

多年来对时光的流逝一直比较迟钝，日复一日忙碌着，唯不知今夕是何年。丰庭三就在现在的克立楼旁，偶尔路过，只是脑中闪过"我曾住在这里"，仅此而已，不再深思。回忆的闸门应该说是被章慧开启的。那天，特意带上相机，来到了丰庭三前，细细端量起来，只可惜它连同其他几栋新的高楼被铁栏围绕着，我已不得入内了，仰头望去，透过茂密的树梢，楼顶正中的"丰庭第三"的大字依然还在（图2），而且被烫上金，在阳光照射下熠熠发亮，我的思绪一下子回到

**图 2  硕果仅存的"丰庭第三"**

了童年,儿时的点点滴滴一起涌上心头,难以化开。

孩提时代,正是"文革"期间,那是个几乎吃不到荤的年代。父亲李国珍长期在江西工作,20世纪70年代初才调回厦门,母亲陈秀琴作为普通教师算是幸运的,被下放到了不远的厦门三中(也就是现在的华侨中学),也许少不更事吧,现在回忆起来,记住的却都是一些好玩有趣的事儿。

丰庭楼当时共有3栋,都只有3层楼高,取名源自校主陈嘉庚先生的女婿李光前的家族故地"丰庭乡"。那时,丰庭一是女生宿舍,丰庭二、丰庭三是作为普通教工宿舍使用,我家就住在丰庭三301室,三代同堂6口人,住在一间不到20平方米的房间里。丰庭楼后来改成了女生宿舍,我在厦大化学系读本科时就曾住在丰庭二301室,说来真是巧合,都是301室。现在,丰庭一、丰庭二已不复存在,周围新盖了几栋高楼,也叫丰庭楼,丰庭三成了女博士生宿舍的一部分,在楼群的最前面,经典的老楼成了别样的风景。

丰庭三每一层有8个房间,这样一层就住着8户人家,我家隔壁就是吴宝璋、吴辉煌老师一家,303室是淑兰阿姨家,304室是马阿姨家,305室是美莺阿姨家,306 室是西西阿姨家,307 室是林叔叔家。原先公共走廊两侧各有一排水槽,现在水槽已被拆除。家家在自家门前的走廊上安放煤炉,到了烧菜做饭时间,走廊上就非常热闹,锅碗瓢勺声不断,大家还不断地大声交流着炒菜经验或是天南海北地聊着。那时家家户户门都是开着的,各家小孩也就这家串串那家转转,玩起捉迷藏。有时,大人做饭时嫌我们碍事,我们就聚到楼道中央的楼梯口玩"滑滑梯",所谓"滑滑梯"就是楼梯边的扶手,人跨上去,从三楼就可迅速滑到二楼,一个个排队滑下,前一个如果速度慢就会被后面的撞上。

## 调皮大王哥哥

我在家排行老二,哥哥耀锋就大我一岁,尽管就只有这一岁之差,他的个头很快就蹿得比我高了不少,小时候就很有哥哥样,出去玩总带上我,抓知了、挖地瓜、到五老峰采野果、到南普陀池塘捉中斑鱼,那是常有的事。偶尔也会吵吵嘴,我说要回家向妈妈告状,他说再不带我去玩,可过后我忘了告状,他也忘了自己的话,每每照带我去玩不误。他很会自己制作玩具,记得一次他不知从哪找来了几个轴承,将轴承安到木板上,就成了滑滑板,然后叫上林力军、杨福全等几个玩伴来到现在通往厦大车库的斜坡上,坐在滑滑板上从高处借力往坡下滑,当然免不了常常摔几个跟斗。我不敢上去坐,记得有次他非得拉我坐上去,我吓得大哭,他就在后面用手死命拽着滑滑板,让滑行速度减慢,我终于也能滑一段了,眼泪还没干又笑了。当时哥哥是小有名气的调皮王,有次还乘着夜色,带领几个玩伴翻入敬贤五曾鸣书记的院子里摘枇杷吃,我翻不过去,就在外面给他们放风。有次又有楼下邻居告状,他将一根铁钉直接钉到了人家小树上,还用小刀刻了自己名字在上面,真是好汉做事好汉当啊。父亲开始对哥哥严加管教,经常做的一件事就是,命令哥哥"站过来,把口袋里东西掏出来",这时哥哥就不甘不愿地把小刀、弹弓、玻璃珠等等交出来,父亲自然是没收了去。可是好像这种管教并不奏效,下回不知怎的他口袋里还是又整出了这些东西。但哥哥到高中后突然转变,开始认真读书,不再那么贪玩了。

话说回来,哥哥的小刀不是都用来搞破坏的,更多的时候他会看着小人

第四章　厦大——我的家

627

书的图用小刀在木头上刻出三国里关羽、张飞等人物;或者用泥巴捏出小狗小猫之类动物的大体形状,风干后再用小刀雕刻出细节,让我和妹妹好生羡慕。我也曾照此做了一只小猪,当时想着小猪轮廓比较粗放,容易做些,我自己很得意,可哥哥不屑一顾,让我好失望。有次他想做西瓜灯,用小刀在西瓜上面切开一个小口,用小勺将瓜肉掏出来分给我和妹妹吃,掏空后就开始用小刀在瓜皮上雕刻起关羽来。妹妹还小只管吃,而我却时不时地在西瓜的另一面也补上几刀,哥哥起先很生气不让我插手,但我居然刻出了一朵小花,让他转怒为喜。接着我们一起找来一支小蜡烛,在西瓜底部刻个小槽将蜡烛安进去,再将西瓜两边各挖个小洞,一根线穿起来,就可以提了。西瓜灯做成后,点亮蜡烛,在晚上隐隐约约雕刻的影子显出来了,很漂亮。

当时丰庭三后面是教工第一食堂,不在吃饭时间,两张桌子拼在一起,就成了我们的乒乓球桌,乒乓球拍是用几层硬纸板粘在一起做成的。我记得当时很得意的一件事就是自己也学着哥哥,做了个乒乓球拍,用小刀很仔细地将拍沿刮得很平整,拍子的两面贴上了一层好看的厚纸,将把手以大约30度斜角整齐缠上了一圈圈布条,得到了同伴的一致夸奖。不过,硬纸板球拍虽好看,但球打在上面弹性却不够,后来哥哥还是想办法用木板做了更高级的球拍。

### 开心果妹妹

人都说孩子中老二的性格最丰富,一边追随着哥哥姐姐,是哥哥姐姐的小跟班;一边关照起比自己小的弟弟妹妹来又是精神抖擞,义不容辞。妹妹耀伟比我小6岁,她的眼睛很大,又是双眼皮,很爱笑,笑起来一对小酒窝,成了大家的开心果,也让我好羡慕。自然,妈妈的眼光也更多地停留在妹妹身上,有时又让我感觉有些失落。图3就是我们三兄妹小时候的合影,妹妹笑得多惬意呀。失落归失落,我是极爱这开心果妹妹的。我刚上小学时,就已经会给她喂饭了,第一回是妈妈不在,奶奶喂了一半,妹妹半吞半吐爱吃不吃地嚼着,忽然奶奶想到煤炉在烧着菜跑出去,妹妹不依,哭了起来,我端起碗来就学着拿着勺子舔舔温度喂她,想不到,她顿时破涕为笑,很快吃起来。就那以后,喂妹妹吃饭成了我的常事,很是自豪开心。

**图3　三兄妹合影,妹妹是站着的,笑得多开心**

最近和妹妹谈起我准备写写在丰庭三的趣事,她记得最清楚的居然是我很会织东西,原来她对姐姐能用手变出各种东西很是崇拜呢,我自己倒是淡忘了。我小学时开始对小小钩针能钩出各种东西发生了兴趣,做杯垫、茶杯罩、椅垫、手袋等等,不亦乐乎。当时上小学读书时写字课要自带墨水,墨水瓶放在书包又怕墨水撒出来,我编了个漂亮的小袋将墨水瓶装进去,单独提着它去上学,解决了问题。妹妹看了,非要我也给她做一个,可她还没到上学需要用墨水瓶的年龄,就用做好的小袋装了个空瓶,拿着晃来晃去高兴极了。

有趣的是当时几乎家家还在两侧水槽下匀了一个小单元放进一个鸡笼养鸡。我家最靠近水槽,很方便喂养。记得有一阵子我家养了一只母鸡,到菜地里去拣菜农收割菜后剩下的菜叶喂鸡就成了我们小孩的一件任务。到了要下蛋的时候,我和妹妹常蹲在水槽下,时不时去摸一下,看蛋出来了没,在那个年代有蛋吃是很让人羡慕的。后来,那只母鸡居然孵出了几只小鸡,妹妹开心极了,经常做的一件事就是双手把小鸡托到自己头顶上,在走廊上走来走去好不神气!

## 启蒙老师

丰庭三邻居当中,我想当属化学系吴辉煌老师对我影响最大了。他也和爸爸一样刚从江西调回厦门,做饭时经常还拿着本书,手中翻炒着菜,眼睛还能盯着书本看,让我佩服不已。有时我会凑到他菜板跟前瞧,他切的菜特别整齐有型。当时我父母不许我们自行去海边游泳,而他们又不会游泳,只有等别家有大人去时才让我们跟去(当然,免不了哥哥和同学偷跑去游泳回来挨爸爸揍的事)。吴叔叔很擅长游泳,人又很好,他去时便把我们带上,通常除了他儿子征帆,还带上几个孩子。在白城海边,他成了我们的游泳教练,一招一式地教蛙泳姿势、换气、踩水。有时大家歇一下,他就一个漂亮的自由泳迅速游离海边,到很远的地方又迅速调头回来,然后继续教我们。换气不容易学,回到丰庭三,吴叔叔又指点我们用脸盆装水,把头埋进去,练憋气吐气。我就这样慢慢学会了游泳。

丰庭三一楼的楼道一角有个补鞋的老谢阿伯,我小时候很喜欢做的一件事,就是坐在他用来给客人坐的小凳子上好奇地看着他补鞋,看他如何很神奇地将掉了鞋跟的鞋钉上新鞋跟,如何将裂开的鞋底鞋面重新粘好,然后就试图回家实践,记得还真自己用火补过好几回塑料凉鞋呢。找个长条刀片,用布包住一头,然后到火里烤到红热取出,迅速插入要对粘的裂开的塑料鞋面中间,又迅速移开刀片,乘着微溶状态,迅速对接加压两边。刚开始粘得很丑,后来就慢慢悟出道道来了,关键在于刀片的火候和与塑料片的接触时间,时间太长鞋会变形,时间太短又粘不牢。若嫌粘得不够牢,就再从已废弃的旧塑料鞋上剪下一小片,粘到鞋带断裂面上。我补的鞋,终归还是没有补鞋阿伯补得漂亮和结实,但对我来说已是很引以为豪的杰作了。

回首儿时,万千思绪,待到落笔时,又觉笔拙,儿时的记忆如风如云,飘然而来,又飘然而去,唯有那丰庭三里的快乐是那么真切……

永远如厦大孩子

# 我们家姐弟名字的故事

## 朱保平

　　我们家四姐弟的名字分别为陈爱平、朱保平、朱坚平、朱反帝。意思是爱和平、保和平、坚守和平及反对帝国主义。孩子的名字反映了时代的主题。我们姐妹三人是 1956 年到 1960 年出生的,当时和平是主题。我弟弟是 1967 年出生的,记得当时厦大大礼堂和造反楼的高音喇叭里天天放的是《大海航行靠舵手》和《反帝必反修,打倒美帝、打倒苏修》的革命歌曲,那时的主题是反帝、反修,所以取名为朱反帝。

　　说起我弟弟,还有一段故事。我妈妈陈凤仪 1952 年从上海华东师大毕业分配到厦大。开始从事教学工作,1956 年到 1960 年连着生了我们姐妹三人,我父亲朱云高由于在 1958 年反右派时替被打成右派的同事说话而被内定为"中右",从当时的厦门市委宣传科下放到同安农场,我妈妈一人管三个孩子太忙,就转型搞党务行政工作了。1966 年我妈妈又怀孕了。可是不久她就被打成"反革命、牛鬼蛇神",经常被批斗,并集中在大操场挑水种树劳动改造。被冤枉、挨批斗,日子不好过,心情不好,不想再辛苦多养孩子,所以她联系好医生,准备到厦大医院做流产手术。可是那天上午正赶上被批斗,等批斗会结束赶到医院已经 11 点半了,医生正准备下班。这位妇产医生姓刘,她很好心,对我妈妈受冤屈深表同情。她说,你们家经济条件还可以,再生一个说不定是男孩,还可以休产假,少挨批斗。我妈妈想自己这"牛鬼蛇神"身份也不敢要求人家加班,况且医生好心好意,讲的很有道理,带孩子是辛苦,但比被批斗还是好些。这样才有了我弟弟。

　　感谢上天的眷顾,那天的批斗会那么迟结束;更要感谢刘医生(住西村

1 号）对我妈妈的开导、鼓励,同时也感谢当时和我妈妈一同被打成"牛鬼蛇神"的杨菊卿、吴紫容等阿姨们在挑水种树劳动过程中对我妈妈的照顾和帮助。1967 年我弟弟出生时我爸爸在集美中学当副校长,属于走资派,但这个"走资派"政治思想觉悟还是很高的,紧跟形势,无比兴奋地给这个迟来的男孩取了个时髦而响亮的名字——反帝。

1969 年我家四姐弟合影,后排左一为笔者

# 讨海的全家福

陈劲毅

我的父亲陈炳三于 1953 年 11 月到厦大工作,曾经担任学校保卫科科长、高教所党支部书记等职,1992 年 7 月在高教所退休。我母亲陈美美于 1954 年 8 月到厦大工作,曾任幼儿园园长,1989 年 12 月在物理系退休。

当年,我们三兄弟都就读于东澳小学。我于 1966 年 9 月进小学,二弟陈少峰于 1970 年 9 月进小学,三弟陈劲松则是 1972 年 9 月进小学。

我的姑妈、姑父早年参加中国人民解放军,后来从部队转业到福州,在福建中医学院工作,姑妈在学院办公室,姑父在学院图书馆。

1973 年初,姑妈、姑父专程从福州来厦门探望我的祖母,并和我们全家过新春佳节。这天,父母亲带着我们三兄弟,还有我的祖母"保驾护航",陪着姑妈、姑父一起来到鼓浪屿,登上日光岩这块"金"石头(至今还是鼓浪屿的招牌石),并合影留念。

如今四十多年过去了,我的姑父、姑妈已经离休,仍然居住在福州,已然都是九十岁的老人了;我的父母也都八十有余,从厦大退休之后,依然居住在厦大白城 18 号楼。我的三弟一家与父母同住,二弟一家定居福州。

现在,我在中国海监第六支队工作,爱人在厦门市定安小学教书,女儿前年大学毕业,现在双十中学思明分校任教。我们一家三口住在厦大上弦场对面的海洋三所宿舍,每天观海听涛,一日两度潮,听其自来自去,其乐融融。

光阴似箭,时光荏苒,青春真是本太仓促的书。然而,我们都是"永远的厦大孩子"!

永远如霞大旗子

**全家福**

前排左起：笔者（小名"讨海"）、二弟、三弟、祖母；后排左起：母亲、父亲、姑父、姑妈

2014 年 3 月 23 日

# 阿　姨

### 黄　菱

　　这是一篇写了十七年，一直没能写完的回忆。每每提笔，眼泪就夺眶而出，抑制不住；每每落笔，无限的思念就不知从何写起……她，在我们的生命中太重太重。

　　阿姨，泉州人，名叫王淑英。我姐姐（黄苇）出生三天，她走进我们家帮忙爸爸、妈妈操持家务，那年她三十八岁。这一待，就是四十二年。风风雨雨跟我们在一起，直到去世。阿姨，照顾、带大了我们家两代人，姐妹三个、表弟妹三个、姐姐的女儿、妹妹的儿子，共八个孩子。阿姨，在厦大、在国光楼小有名气。左邻右舍、爸妈同事、国光楼的孩子们，称呼她"阿英姨"。在我们这个没有祖父母、外祖父母同住的家庭里，阿姨位高权重，负责全家的饮食起居，掌管柴米油盐、我们的零花钱。我们可以几日不见父母，却无法一日不见阿姨。看不见阿姨，心里就空落落的。阿姨就是家，意味着安全和踏实。我们家的孩子，不论她（他）们走多远，在山乡，在国外，捎回家的问候，第一句没有例外，都是"阿姨呢？她好吗？"，绝对不会先问候爸爸、妈妈。阿姨，不仅照顾我们饮食起居，还以劳动人民的朴实，教给我们许多平实且受用一辈子的生活哲理："想富，穷就到"、"一声不知，百声无事"……这些谆谆教海，今天还是那么警醒。阿姨没有子女，她把这个家当成了自己家，把我们当成她自己的孩子。她把一辈子的时光，都给了这个家，默默地奉献，默默地劳作，从不要求获取什么。

　　阿姨是位热心肠的人，乐善好施，乐于助人。我们住过地方的邻居，我们的同学、伙伴，说到阿姨，无不深深地眷念。我插队时的同伴回福州探亲，

下火车后奔的第一站是我家。因为他们知道，自家铁将军把门，而我家，阿姨等着他们，有热饭菜，有热水澡，还有应急的钞票。尽管言语不通，尽管可能陌生，但只要知道是我的同伴、同学，她就一定热情接待、慷慨解囊。她用电话，操着闽南腔普通话指导那些刚做父母的年轻爸爸、妈妈，如何给孩子洗澡，如何给孩子喂药，一堆堆的偏方，接受着没完没了的婴儿养育咨询。

难忘"文革"中那一幕，造反派三番五次上门，围着阿姨，软硬兼施，要她离开我们家。她坚决不从，拍着桌子，嚷嚷"我是贫农，童养媳，无家可回。老黄老陈是我亲人，孩子们没人管，我不走！"。逼急了，她居然挥拳赶人，骂造反派"妖寿仔"（闽南语，骂人短命鬼）。那时，厦大的阿姨不知走了多少人，有的是自己辞的，走时还要好几个月的工资才肯罢休，可阿姨坚决不走。武斗开始，她索性带我们离开厦大，住到她亲戚家。担心爸爸工资、存款被冻结，没钱生活，她很聪明地早早把我家在厦大银行的活期存款全部取出。当爸爸工资仅剩十五元时，我们不缺"银子"，安然度过了好几个月。1970年，我们全家下放农村，阿姨毅然决定跟我们一起走，到了长汀县涂坊公社，一待就是四年。而后，又随我们去福州。其间，因水土不服，大病好几场，但她无怨无悔，始终不离不弃这个家，一直陪着爸爸妈妈又回到厦大。

黄菱（后排右三）与阿姨的合影

1995年,阿姨不幸患上直肠癌,在厦大医院做了手术。除了住院的那半个月,她从不让我们替她做什么,生活坚持自理,顽强与病魔搏斗。已是八十高龄的老人了,她坚持不躺病床,坚持做家务,每天拄根竹子上下五楼锻炼腿力。逝世前一天,还在走。阿姨对厦大有很深的感情。生前,她安排自己逝后骨灰安放南普陀,看着国光楼,看着北村、西村,这一片她生活过、劳作过的地方。"与阿姨相伴",这也是我们后来为妈妈选择骨灰安放南普陀的重要原因。

　　没承想,阿姨去世在我出差国外期间。半个月前,我离家,她走到门口挥手道别,半个月后,我回来,却再也听不到她亲切的话语,见不到她慈祥的面容。阿姨走了,永远地走了,可却留给我们很多很多。从她身上,我深深地感受到了劳动人民的朴实、伟大,感受到中国女性的善良、纯真。

# 小和尚与南普陀小卖部引出的记忆

黄 菱

写完标题，一个身高一米五几，身穿灰色僧服、套着蓝色袖套，或蓝色僧服配灰袖套，黑色皮筋扎住裤脚，蹬着一辆前骑后拖斗三轮车的小和尚的形象活灵活现地出现在我的眼前。相信大部分校园里的厦大小孩，都对这个小和尚印象深刻，且十分亲切……他是我们孩提时代南普陀记忆不可分割的画面。

南普陀山门东边有座别致的石砌小洋楼，全白，只有百叶窗和门是天蓝色的。小洋楼的一楼是南普陀小卖部，"小卖部"三个字古朴、雄浑，古意盎然，不知出自哪位书法家手笔。而小洋楼的二楼到底是干什么的，我当年没搞清楚，至今也不知。说到小卖部，映在眼前的有二：一是小和尚，他是小卖部的采购；二是卖的四方形蒸蛋糕，热气腾腾，香喷喷，每块一毛钱。厦大校园里，厦大商店卖百货，糕点甚少；老陈的杂货店只卖酱油、酱料；若想吃糕点，我们首选南普陀小卖部。每天，小和尚总会蹬三轮车出去采购，"小卖部"的进货时间大概是下午 4—5 点。"文化人革命"停课闹革命，真对我胃口，可以每天四点半守在"小卖部"，等小和尚运来蒸蛋糕、猪腰饼（猪腰形素饼）、佛手面包。然后，买三块猪腰饼或佛手面包，三姐妹各吃一块，再给爸爸带两块蒸蛋糕，那是他每天晚上的点心。记得 1968 年冬天，爸爸被隔离在数学馆一楼的梯形教室里审查，一个人孤零零地睡在讲台上，墙上是"坦白从宽、抗拒从严，顽抗到底、死路一条"的通栏标语。老阿姨让我和姐姐每天给爸爸送东西（肉汤、蒸蛋糕、牙疼药）。门是进不去的，我们就把面海的窗户拉起来，把东西递进去。爸爸见到我们很是安慰，晚上至少不会过于孤单了。而我们见到他,也安心:他还活着! 早上出去,晚上再也回不来,是"文革"中厦大最最恐怖的一幕,至今每每想起,不寒而栗!

讲到小和尚,又会想到"八啊"(闽南话,北方人的意思)和尚、后来南普陀的方丈妙湛法师。在我们的印象里他是河北人,一口纯正的北方话,却极少言语,十分敦厚,拿手活是刻水仙花。"文革"中和尚都只能留小平头,他天天拉着粪车到国光二掏粪,休息时常与我们在宛兰家后门的龙眼树下聊天,内容多是他的家乡。可惜那时我们太小了,没听过他给我们讲经弘法,不知启五大哥等是不是更有受益? 还有那位头上留着清朝时代的长辫子、在南普陀养黄牛的老人,我对牛的认知就来自于现在是素菜馆、当年是篮球场兼养牛场的地方。

回忆至此,又有三件轶事涌进脑海里:一是,记得"文革"中疯传,厦门卷烟厂出产的"红霞"香烟,盒上那棵松树的树枝有条反标"地主好心",一时间大家都找"红霞"盒来查看。再是,传说南普陀大悲殿前小广场那些方石砖上的石雕莲花是国民党党徽,我们一拥而上,趴在那里仔细辨认,似像非像……最后是一件搞笑的事,一次厦大保卫科的公安叔叔抓到一个小偷,国光二、三的孩子都跑到防空指挥部去看热闹,探头探脑,见那小偷其貌不扬,并不机灵,有点可怜;没承想第二天爆出大乌龙:小偷坐在公安叔叔床上,被训了一通宵,离开房间时,居然把床下的高筒雨靴穿走了! 每每说起这事,我们都爆笑不止,直到现在……

# 老照片与厦大往事

陈亚保

## 校园琴声

杨明志是我的提琴老师。当年正是"文革"时期,我们都失学了,偷偷地躲到他家里向他学习拉小提琴。那时候明志的弟弟明宜在家里学习绘画以及声乐,小弟弟明强也学小提琴。他们家的音乐氛围源于他们的父亲杨大伯的爱好。大伯会拉琴也会唱歌,家里常有音乐人来活动,有时还带我们到市里参加家庭音乐会。我与黄晞经常到他家里上课,每个星期他都会布置作业让我们练习,过一个星期再来,就要检查我们的进度。他对教学十分认真负责,而且非常友好、耐心。更不用说当时学琴不但不用交学费,老师还要提供开水和点心,这缘于对音乐的热爱。

除了学琴以外,杨大伯总喜欢让我们在他家欣赏西洋音乐和世界名曲,让我们受益匪浅。正因为有了这点爱好和一技之长,后来我下乡插队时得以参加公社的样板戏演出和外出宣传活动,躲过了许多繁重的农活,这一切都要感谢敬爱的明志大哥。当时的厦大校园里最优美的琴声和音乐就在大南3号,它是我们少年难以忘怀的音乐圣地。

我的提琴老师杨明志

黄晞风采

永远的展大孩子

黄力风采

尤格内里（我手里的小乐器）

## 海滨乐园

厦大小孩生活的环境紧邻着大海，很少有不会游泳的厦大孩子。小时候大海就是我们的乐园，每到夏天天气炎热之时，厦大孩子就会三五成群地跑到大海里戏水。那时候白城的海滩是绵绵的细沙滩，湛蓝的海水清澈见底，可以看到水底的贝壳，大自然给我们提供了优美的环境。孩子们总爱在沙滩上堆砌堡垒、建造各种沙雕。最有趣的是捉沙蟹。沙滩上每天都可以看到许多小洞，那就是沙蟹的洞。我们用白色的细干沙顺着洞口倒进去，等到灌满了就开始挖掘。洞穴里的湿沙有点黄色，与白色的细沙很容易区别。只要顺着白沙挖下去，就可以挖出沙蟹来。有时候孩子们会挖个大坑把自己埋在沙里，避免阳光的照射，自由自在地享受着日光浴。

黄厚哲老伯（黄晞的爸爸）带孩子们玩耍

第四章　厦大——我的家

643

海阔凭鱼跃，天高任鸟飞

厦大游泳池留影

　　紧邻沙滩边是厦大海水游泳池，那是全市最大的游泳池，里面有标准的比赛池和水球池，还有大池和儿童池。潮水上涨之时打开水闸让海水灌满各个泳池，需要换水的时候就在退潮的时候把水放掉。比赛池还设有一米和三米的跳台，许多孩子都喜欢在上面一展身手，时而燕子高飞，时而后翻入水。有时几个孩子抱成团直接"插冰棍"式从三米高处跃入水中，口中还会大呼：永别了！

　　"文革"时期，海滩就是厦大小孩的避难所，父母亲遭受批斗，孩子们就躲到海边，让海风来抚慰我们幼小的心灵。那时候彭一万老师经常和我们一道游泳，并在树荫下谈天说地，其乐无穷。最让我们欣喜的是在那里结识了一位国家八一队的游泳教练王者兴老师，当时他正在厦门疗养，经常在白城游泳，见我们热爱这项活动，便与我们结下了不解之缘。他训练我们的技能，从动作要领开始手把手地教我们，后来我们这帮小孩都成了"王家军"。王老师除了教会我们各种游泳姿势外，还要求我们进行长距离"拉练"，每次下水都要游 2000 米,这样才能练出耐力和爆发力,这就是基本功。也许是家庭环境的影响,大家都很刻苦学习,在厦大海边时常可以看到蝶泳群体在大海里翩翩起舞、追风逐浪,好一派壮观的景色。我在王老师的指导下受益匪浅,在厦大的游泳运动会上荣获 400 米自由泳和 200 米混合泳的个人冠军。这一切都要感谢王老师的辛勤培养和栽培,他是厦大小孩的大恩人。

当年"王家军"的海上风采

## 乒乓缘

说起乒乓球,人们都会想到它是我们的国球,那是人人热爱的一项群众性体育运动,不但运动成本较低,而且强身健体。

我童年之时,原先一直随父习武。后来全国掀起了乒乓球热,当时我最喜欢看庄则栋、李富荣打球,不知不觉也加入了这支乒乓大军。那个年代学校的作业不多,放学后和休息日我就时常与乒乓球桌为伴,和球友们拼杀不止。由于热爱和钻研,球技提高很快,不久就多次与郑锡平、亚平姐代表学校参加厦门市少年乒乓球赛,并在 1962 年获得了全市少年单打第五名,还收到市体委通知,要我参加少体校训练。但我们学校当时还是郊区,交通很不方便,为了学习只好忍痛放弃了。

后来上了中学,因为学业和条件限制,也就放下了球拍。在动荡的年代,没有地方打球,我们一伙"少年家"就在大海里练游泳,那时我们的教练是国家八一队的王者兴教头,后来他调到厦门当体委主任,退休后在钓鱼协

会活动。我经常与彭一万老师一起在海边闲聊,海阔天空一同感受大自然对我们的安慰。走上接受贫下中农再教育的道路之后,我伤心地自认为从此彻底与乒坛拜拜了。

是改革开放的春风让我重新拿起了球拍。随着市场经济的不断繁荣,单位里添置了乒乓球桌,以活跃大家的业余生活,我仿佛见到了久别重逢的伙伴,犹如枯木逢春,重新提拍上阵,并一发不可收,几乎是形影不离。在那迷恋的日子里,我每天清晨都要先练习3000个发球后才吃早餐,下班后立即奔赴乒坛与球友们切磋拼杀,直到筋疲力尽才回家吃晚餐。在国家队教练惠君和李惠芬(现任香港队教练)的指导下,我曾获得大学后勤部门乒乓球单打冠军。

记得有一次与郭跃华在球场聊天,他兴奋地说,打乒乓球可以锻炼人的眼睛和大脑,提高反应能力、抗衰老,是全民健身的最佳运动。如今,我参加了厦门市乒乓球协会,并承担老年大学女队的教练,续写着与乒乓球的不解之缘。乒乓球运动使我精神焕发,养成了坚持不懈、运动保健的良好习惯。除了乒乓球运动外,我还参加了合唱团,调节自己的生活节奏、提高生活品位。人过半百,更知健康就是财富。我衷心地希望每一个人到中年以后,都要运动。一定要坚持运动,因为身体是革命的本钱!

## 厦大孩子

从小我们就会背诵毛泽东语录:"你们青年人朝气蓬勃,正在兴旺时期,好像早晨八九点钟的太阳。希望寄托在你们身上。"想当年我们都是青年人,风华正茂,可遭遇"文革",都成了"走资派"子女,虽然好像早晨八九点钟的太阳,但是天空被乌云笼罩着。尽管如此,厦大孩儿仍然倔强地在故乡的怀抱里成长。

东澳小学是我们的母校,往日这里每天书声琅琅,可是"文革"时期静寂了。但是,她永远是我们心中的知识殿堂,那里有我们的小伙伴和敬爱的老师,还有我们无法忘怀的童年时光。那时候,我们时不时会相约回到母校,在教室里、操场上停下脚步,怀念过去、憧憬未来,期望有一天能补上荒废的学业。

当年我们风华正茂

东澳小学滑梯前留影

第四章 厦大——我的家

647

南普陀是我们童年最熟悉的地方，可是今天这里一片冷清。我们在斋房门庭前驻足，在般若池边漫步，攀上佛塔嬉戏。看似玩乐，实际不过是为了消弭心中的郁闷。

在后山的"般若池"合影

曾经有一条流经厦大校园的"华侨河"，厦大的孩子都有在这里捉鱼的往事。华侨河的东面有一个进水口，接上从山上水库排出来的清水。因为河里水质较差，农场养殖的鱼儿都会游到这里吸氧和进食。我们在出口处用河泥筑起了围墙，只留下一个小口让鱼儿游进去，然后躲在旁边观察鱼儿的动态，守株待兔。等到鱼儿进入达一定的数量之时，我们迅速冲上去，用事先准备好的杂草团堵住缺口，截断鱼儿的逃生之路，随后在围墙内搜捕未逃脱的鱼儿，每次的战绩都很不错。然后我们会将战利品带到山上，捡一些干树枝来烤鱼，虽然没有配料，但烤熟的鱼儿原汁原味，蛮香！只是吃得满嘴黑乎乎，不过大家都不在意，心里乐滋滋的。华侨河的美丽景色也令人难忘，当时算是学校的一个拍摄景点。池子四周成排的垂柳在微风吹拂下翩翩起舞，树旁各种花草争香夺艳，水中"水浮莲"绽放的小花点缀着河面，成群的鱼儿漫不经心地在水里游荡，好一副原生态的自然景观，吸引着许多教

648

职员工纷纷在此留影纪念。

孩子们时常在厦大灯光球场上打球玩耍。"文革"期间我们这帮"狗崽子"白天在家里闷得慌,只有等到夜幕降临之后才能纷纷出笼,到这里散散心。于是每当夜幕降临,大大小小的厦大男孩就会聚集到这里坐在石凳子上谈天说地,有的躺在那里看天上的星座。那时候不像现在有专人召集,都是出来游荡后看到人多就聚集在一起,逐渐形成了自发的厦大小孩团体。这里聚集了不同年龄段的厦大男孩子,有时达到三五十人。大家聚集在一起就是寻开心,发发牢骚吐吐怨气。"文革"给我们带来了无情的伤害,厦大小孩在这困境中坚强地奋斗着,在这大风大浪的时刻经历磨难,一天天成长起来。那时候我们还在这里谈论着美好的未来,没想到不久迎来了"上山下乡"的潮流,大伙儿各奔东西,去接受"再教育"。

一晃几十年过去了,现在厦大孩子有机会再次聚会,实为幸事,深感"夕阳无限好",但是"只是近黄昏"啊。

## 调皮鬼刘闽生

1964 年 7 月我们从东澳小学毕业,一晃五十年过去了,饱经风霜的老人,才懂得宁静致远的含义。那时候我们班在学校里是比较出名的,男孩子里面有不少调皮鬼,女孩子里面更有不少俏姑娘。

说到调皮,刘闽生当之无愧是全校的"英雄"。一天清晨上学路上,闽生路过招待所后面的田地,那里栽了许多枇杷树,树上黄澄澄的枇杷确实让人心动。调皮的闽生爬上了树,动作敏捷地采摘了许多枇杷放进了书包。没想到被看园子的"梧桐叔"和尚看到了,嘴里喊着"嘿、嘿、嘿"直追过来。说时迟那时快,闽生一个雄鹰展翅从树上跃下,夹着书包就往学校里跑去,梧桐叔在后面紧追不放。可到了学校,大家都进教室了,梧桐叔无处寻找,只好找校长告状。课间操时候林友梅校长在操场上对大家讲了这件事,希望"肇事者"能主动站出来,"坦白从宽",结果没人承认偷枇杷。后来班上的女孩范小毛(姐姐范小莹比我们高一年级,家住大南)偷偷地报告给班主任林蔡桐,揭发了闽生的偷窃行为,结果闽生放学后被校长叫到办公室一顿狠批。

厦门市东澳小学第十二届毕业班师生合影

下午上学后闽生知道是小毛打的小报告，便想伺机报复。最后一节自修课时，闽生趁小毛不注意，把她的铅笔盒偷偷地收了起来，小毛四处寻找无果。放学后我们一群孩子结伴到卢龙泉家（大南 4 号）玩耍，闽生把铅笔盒悄悄放进吴加加（吴立奇之子，哥哥吴定定高我们一年级，家住国光二）的书包里。小毛早就怀疑是闽生搞的恶作剧，追过来询问，闽生对天发誓说没有收藏铅笔盒，还神秘地告诉小毛：加加说你的铅笔盒很漂亮，肯定是他偷走的。小毛随即追问加加索要，吴加

刘闽生参军时的照片

加此时丈二和尚摸不着头脑，理直气壮地说他没有拿。闽生反而在一旁装

650

模作样充老好人,以"公道的裁判员"的口吻说:搜搜书包便知分晓!小毛要查看加加的书包,加加寸步不让,拒绝查看,两人争吵起来,在庭院里摔打成一团。闽生却一溜烟地跑回家里(大南6号),躲在阳台上坐山观虎斗(阳台下面就是大南4号庭院)。经过几个回合的较量,小毛这北方大姑娘终于战胜了南方小个子吴加加,成功地将铅笔盒从加加的书包里搜了出来。

"战争"结束了,加加的脸上青一块紫一块的,气喘吁吁地寻思着这场"灾难"从何而来,全然不明白这是闽生"栽赃陷害"的雕虫小技。而小毛更是满身的尘土,衣服被撕破了,手上还蹭破皮流着血,更不知道这本是闽生打击报复的调皮行为。闽生自己却躲在阳台上不露声色地观望着,自感为自己挨校长批评出了一口气。

正因为有种种此类"不良"行为,当时厦大不少家长都认为闽生是"坏孩子",不让孩子与他接触,以免遭受恶作剧的伤害。其实这不过是儿童时期的淘气天性,随着年龄的增长多会逐渐懂事和成熟。后来闽生报名参军,在部队的大熔炉得到了锻炼,还当上干部,在厦门造船厂当过军宣队。"刘闽生"的名字在当年的厦大家喻户晓,大家都知道他是个调皮鬼,却很少有人知道他后来还光荣地加入了中国共产党。

## 五老峰情怀

我曾游览过武夷山、黄山、泰山等名山,但最让我钟爱的还是厦大校园旁的"五老峰",她那旖旎的风光和怡人的景致令人流连忘返。

山不在高,有庙则灵。闻名闽南乃至全国、有着"千年古刹"美称的南普陀寺,

南普陀全景

就位于五老峰下，每天都有众多国内外游客及各地善男信女前来参拜，香火鼎盛。它也是东澳这所当年的"和尚小学"的庇护地。

沿着后山的石径攀扶蹬道，首先映入眼帘的是巨石"佛"刻，遒劲有力，具有"佛法无边"之威严。四周嶙石遍布，洞穴隐伏，苍松随石而生，松石相映成趣，构成一幅幅诗情画意之山岩景观。沿石径而上，可见到五老峰上遍长着"台湾相思树"，林木苍翠。攀岩直上，便可观赏到"五老凌霄"的奇景，钟峰、二、三、四峰和鼓峰凌空

江山如此多娇

而立，宛如五位老人挽手盘坐，昂首天外，时有白云缭绕缥缈，展现出"五老生来不记年，饱听钟鼓卧云烟。高标不管人间事，阅尽沧桑总岿然"的壮丽景观。

半个多世纪前厦门作为前线城市，为防备飞机和炮火的袭扰，选择五老峰下有利的地势，修建了二十多个防炮洞，每个洞前都标有"厦大第×洞"字样。洞内石穴为室，石径相连，上下盘旋，洞外奇趣天成的峰腰怪石嶙峋，林木繁茂，幽深险峻，令人有一种鬼斧神工、自然造化雕琢成趣的神秘色彩之感。今天虽已时过境迁，却成为厦门现代史上极其珍贵的人文景观。五老峰

五靓妹仰望五老峰

前排左起：娜莎、路娃；后排左起：和妹、允中、瑞婷

下尚有一处鲜为人知的神秘石佛像，隐居深山石林中，周边巨石能发出奇异的声音，巨石下面还有一条暗道，不知通向何方，至今仍然是个谜。登顶五

老凌峰,蔚蓝的海面漂浮着小金门、大担、二担等岛礁,令人感慨万千,期盼着祖国的美好河山能早日统一,民族振兴、共襄盛举。

五老峰是我们童年的梦幻山林。想必厦大小孩都享受过攀登五老峰的乐趣。登山能增强体质,磨炼意志,并能从中学到许多宝贵知识,陶冶情操,拓展胸怀,从而更加珍惜美丽的大自然,热爱我们的美好生活。

## 大南 4 号

说到厦门大学,人们都会情不自禁地联想到风景如画的校园。可是很少有人知道在林立的高楼后面,在相思树下、大叶桉的环绕中,有着这么一座沉睡的小楼,那就是原中国科学院院长卢嘉锡的故居——大南 4 号。当年我们叫卢嘉锡先生"卢伯伯",他是我同窗好友卢龙泉的父亲。

大南 4 号

卢嘉锡先生是一位享誉中外的科学家、教育家。他是我国结构化学的开拓者和奠基人之一,硕果累累;他培养了一大批优秀的教育和科研人才,桃李满园。卢嘉锡 1934 年毕业于厦门大学化学系并留校任教。1937 年考取公费留英,大概是厦大毕业生中公费留洋第一人了。抗战胜利后,他回到

**卢伯伯在书房工作**

母校任化学系教授、系主任。1951年春天,卢嘉锡带领厦大理、工学院师生到龙岩办学,卢龙泉就因出生于龙岩县白土乡龙泉村而取此名。第二年春天师生返回厦门,卢家住进大南4号楼下,当时龙泉还在襁褓之中。龙泉一家在这里一住八年,一直到1960年春天迁居敬贤三。不久卢嘉锡先生就奉调福州创办福州大学离开了厦门大学。

龙泉和我从厦大幼儿园到东澳小学一路同班。那时下午放学后我们一群孩子不分班级总爱聚集在一起,今天上这个同学家,明天去那个同学家。到别人家,我们都是放下书包就玩耍,只有在龙泉家不同。卢伯伯有时在家,我们并不知他是大教授,只知道他是龙泉的爸爸,一位和蔼可亲面带慈祥的长者,其实那时他也不过40出头。每次看见我们,他就要求大家先把作业完成了再玩。而当我们做完作业,他还拿出糖果分给每一个人。大家为了糖果都会很认真地尽快完成作业,做功课和玩耍两不误。所以孩子们最喜欢到龙泉家。在他家,时常会看到他二哥在摆弄矿石收音机。那时候收音机还很少见,看见"矿石机"不用电就能听到说话和唱歌,大家都感到很新奇。不过,因为孩子们很淘气,在一起免不了喧哗、打闹,龙泉也没少领教到二哥的"呵斥"。少年不知愁滋味,50多年过去了,当年的情景如今一幕幕仍历历在目。

如今卢伯伯已经离开我们了,而大南4号仍静静地坐落在美丽校园的怀抱中,它见证了代代相传的"自强不息,止于至善"的校训,惜别了走向四面八方的学子,凝望着厦门大学正昂首阔步朝着"世界知名高水平研究型大学"的奋斗目标迈进。

# 防空洞和情人谷

郑启五

## 防空洞

1938—1945 年和 1949—1979 年,总共三十七年啊! 厦门大学很可能是世界上拥有防空洞历史最长的高等学府!

父亲母亲和我读的都是厦门大学。父母亲就读厦大的岁月,厦大不在厦门,为了躲避日本侵略军的炮火,厦大迁到了闽西山区的长汀县,从大一到大四,他们压根就不曾在鹭岛留下一记足印,也不曾见过一眼鹭江的波光,而是艰难地固守在汀江畔那座古老的山城里,怀着强烈的报国之志,日夜攻读经济和历史。前些年,每当有旧时的同学来访,特别是那些从海峡彼岸和海外来的,父母他们老老的一伙顿时年轻了起来,每每总是谈得亲密无间,意气风发。我负责端茶倒水,然后默默地坐在一旁洗耳恭听。老校友常常情不自禁地谈起长汀的防空洞,由于当时长汀有盟军的机场,因而日军飞机的轰炸极为频繁。每每凄厉的空袭警报响起,常可以看见青年校长萨本栋博士指挥师生进洞的身影。洞小人多,又没有通风设备,洞口和洞内深处的师生们不断地自觉换位,以分享洞口比较新鲜的空气。萨校长还把废旧汽车上的马达拆下来改装成发电机用以防空应急……李雪卿在《笃行斋琐忆》一文中回忆道:"抗战期间,日机常到长汀骚扰。高处警报台挂一个红球,预报远处有敌机,挂两个红球表示敌机临近,管理我们女生宿舍的胖大嫂最关心警报情况,当她发现挂出两个红球时,便马上带着她三四岁的小女儿'老妹'(长汀话小妹叫老妹,小男孩叫老弟)跑进笃行斋,大声喊叫道'红球两个!红球两个!',敦促大家赶快躲进防空洞。"何大仁教授回忆道,当时厦大的防空洞就开凿在校园的后山上,印象中洞体是石灰岩的,有两三个洞。长汀的厦大除了有人工开掘的坑道作为防空洞之外,天然的山洞也成了临时的防空洞,当时在厦大中文系任教的郑朝宗先生后来于《汀州杂忆》一文中曾提到:长汀八景之一的"苍玉洞离城较远,是我们常去躲避日机空袭的地方"。

抗战八年,在长汀的厦门大学是中国粤汉线以东唯一的国立大学,几乎没有离开过防空洞。据洪永宏所著《厦门大学校史 1921—1949》记载,1939年 9 月蒋介石在重庆召见萨本栋校长,指出厦大"现为东南唯一国立学府,政府属望甚厚",时任教育部长的陈立夫对这所最逼近日军占领区的厦大"困处长汀,辛苦奋斗","尤深嘉慰"。"多难兴邦"亦兴校,这所出入于防空洞的大学,形成了"爱国、勤奋、朴实、活跃"的校风,在咆哮的天空下和燃烧的大地上,艰难复兴,奋力拓展:1945 年在校生的人数是 1938 年初迁长汀时的 5 倍,这真是一个令后人难以置信的奇迹!

解放后,父母亲先后回到厦大任教,走进了鹭岛这片依山傍海的秀美校园,我也随之出生在这个校园里,然而童年的记忆还是离不开防空洞!现在每当脑海里出现飞机凄厉的呼啸声和炸弹的爆炸声,我往往仍一时分不清究竟是来自儿时最初的记忆还是后来荧幕上的电影镜头。不过 20 世纪 50年代头几年,福建的制空权还掌握在台湾军方的手里,伴随着"反攻大陆"的叫嚣,海峡对岸的轰炸机、战斗机和侦察机袭扰厦门是常有的事儿,我隔着厦大托儿所的铁栅栏可以时常看到解放军和大学生民兵架设高射机枪对空演练的镜头!厦大校园里有纵横交叉的防空壕,从教室到食堂,从宿舍到信箱……简易的防空壕没有排水能力,壕内常常泥水淤滞,蚊虫与杂草衍生。庄钟庆教授回忆道,大约在 1953 年,厦大中文系 1952 级的同学在南普陀后山(图 1)的岩洞里上课,突遭台湾军机的俯冲扫射,机枪子弹打在岩石上反弹到洞里,削掉了一位叫蔡荣明的同学的头皮,鲜血直流,蔡荣明同学经包扎后继续上课。后来,国家花了很多财力和人力,在校园后山的花岗岩山体中凿出了防空洞,以尽可能保证师生的安全,左、中、右三个大洞口随时接纳

着全校的男女老少。有时半夜防空指挥部凄厉的警报一拉响,父母即刻把我推醒,父亲拎着热水瓶,母亲拉着我,我手里抓着自己的小板凳,一家人深一脚浅一脚地随着左邻右舍黑压压的人流向国光三楼后面的防空洞转移,不能有灯光,细微的星光下依稀晃动着尖尖的枪刺,学生民兵站在路旁低声吆喝着:"快点,跟上!"

防空洞内是一个潮湿的世界,冬暖夏凉,但空气怪怪的,昏黄的灯光默默照射着洞壁上淌不尽的水滴,还有嗡嗡作响的鼓风机声。有的地方凿出了一个很大的空地,可以当教室。我默默地昏昏沉沉地坐在小板凳上,不时有人从面前走过,踩得铺着粗砂的地面沙沙作响……当期盼中的第二次警报声响起来的时候,人们都急不可待地站了起来,长松一气,第二次响起的警报叫"解除警报",通知人们可以出洞了。走出洞口,第一感觉是久违的阳光照得头脑微微发晕,第二感觉是洞外的空气真好!

图1 大学生在坑道里学习

1958年8月23日下午5时30分,厦大的师生推窗可见远处南太武山至小金门的上空一片红光,仿佛大面积燃烧的晚霞一般,千万条越海的弹道化成海天一色的天然大荧幕上壮丽的奇观。由于弹落点都在金门岛上,相隔着金厦海峡,明显淡化了爆炸的震撼。师生们为这样的景观兴奋而惊讶,那场面与荧幕上"攻克柏林"的炮火差不多,甚至有过之而无不及,人们不分老少一时间都驻足远眺。我们厦大幼儿园的小朋友正排路队回家,大家还齐声高唱童谣"蒋介石在台湾两眼望青天,呱呱咕呱咕呱没有办法……"5分钟之后,厦大防空指挥部响起警报声(而以往大多是先有警报声,过了好久才有爆炸声的),幼儿园的阿姨如梦初醒,连忙赶鸭子似地把小朋友们赶进附近的防空洞。师生和家属开始有条不紊地躲进各处的防炮洞。又过了一刻钟左右,防空洞里的人们开始感到头顶和附近有沉闷的爆炸声,隐约可以感受到弹落时的震动,那是金门大炮在零零星星地反击。

轰动世界的"8·23"炮战自此开始,史称"第二次台海危机"。第一波密集的炮火前后持续了85分钟,据统计,解放军厦门前线部队共发射炮弹3万余发。金门军方20分钟之后有弱势的还击,发射炮弹2000余发。控制料罗湾出口的解放军海军岸炮部队遭到金门方面的重点还击,位于围头的解放军海军岸炮第150连的一号炮被金门的炮火击中起火,战士安业民在烈火中坚持战斗40分钟,周身大面积烧伤,抢救无效,最终在护士哼唱的《海岸炮兵之歌》声中悄然闭上了眼睛。厦门的烈士陵园为这位普通而刚强的士兵辟出了专门的墓园,我是后来在厦大防空洞里听老师讲述《安业民的故事》的。

半个月后的9月9日,金门的数发炮弹落在位于海边的厦门大学建南大礼堂附近,图书馆、物理馆和生物馆等几幢建筑遭到了不同程度的破损,化学系的谢甘沛同学受伤。消息迅速传遍了大江南北乃至苏联和东欧的社会主义国家,全国的高校举行了各种各样声援厦大的活动,莫斯科大学的学生几经周折,艰难地拨通了从莫斯科到厦门大学的长途电话,用俄语和生硬的汉语说:"我们和你们在一起!"田汉和梅兰芳率领文艺界慰问团亲临厦大建南大礼堂慰问厦大师生员工,著名电影演员冯吉朗诵了田汉写的诗歌——《厦大颂》,"温室不能育大才,大才必须经得起暴雨和惊雷!"。中央新闻纪录电影制片厂到厦大拍摄了纪录影片《战斗的厦门大学》,全中国都通过荧幕看见了厦门大学坚实的防空洞(图2)和威武的厦门大学民兵师!(图3)这部电影的拷贝存放在厦门大学的建南大礼堂里,1959年之后常常免费放映给新生看,作为校方给新生上的革命传统教育的第一课。

面临炮火的厦门大学始终受到了党和国家最高领导的亲切关注,据陈炳三在《英雄学府谁能摧》一文记载:1959年4月在第二届全国人大一次会议召开期间,敬爱的周恩来总理亲自向毛泽东主席介绍来自海防前线厦门大学的王亚南校长,毛泽东亲切地询问王亚南,现在你们还经常听到炮声吗?还紧张不紧张?1960年朱德委员长亲临厦门大学视察。1961年贺龙和罗荣桓两位元帅在叶飞上将和皮定均中将及厦门李文陵市长的陪同下仔细视察了厦门大学的防空洞和科学楼,并对厦大花岗岩坑道式的防空洞建

图 2　1958 年"8·23"炮战期间,厦门大学师生在坑道里坚持科学研究

图 3　威武的厦门大学民兵师

设做出了重要的指示。

20世纪60年代中期,厦大中文系风华正茂的青年教师蔡师仁、许宏业以防空洞中的厦门大学为背景,创作了电影剧本《带枪的大学生》,上海海燕电影制片厂决定投拍,高博、向梅等一批著名演员住进厦大芙蓉三学生宿舍体验生活。"文革"的爆发断送了这部影片箭在弦上的投拍计划,内乱的"炸弹"把整个厦大砸得满目疮痍……

"文革"后,1977年底恢复高考,我考进了厦门大学外文系,海峡两岸紧张的军事对峙仍在继续,我们新生都参加人防工程劳动,就是对我小时候躲过的那个防空洞进行深挖和扩挖,洞中那股熟悉的潮湿空气扑面而来,我再度体味着洞中那没有日月星辰的压抑感。看来当时的厦大仍在做随时进防空洞的准备,难怪不少省外的家长不愿让孩子报考这所地处福建最前线的大学,担心不安全……我们大二的时候还站了两回海防哨,海岸有一个哨所完全由学校负责把守,哨所分上下两层,有10张值班的床位。半夜三更,我们荷枪实弹,分班守卫在海岸的两个哨位上,警惕地目视着黑色的波涛在滩涂上吐出的白色浪沫,暗夜中起伏的海面仿佛浮现着团团"水鬼"的身影。1979年元旦全国人大发表《告台湾同胞书》,人民解放军停止炮击金门,海峡两岸关系开始全面逐步缓和。海防哨取消了,防空洞被闲置了,后来中间的一个洞区被用来养蜗牛,而左边的一个洞区则被先后开办成娱乐厅什么的,右边的则最终被封了起来,但洞中仍有涓涓细泉流向洞外……

改革开放中的厦门大学如浴春雨,蓬勃发展,显示出从未有过的朝气和活力,经过30多年不懈努力,办学规模扩大了三至四倍,百幢新楼拔地而起,发展之快,叹为观止。但回眸往事,一所大学有30余年的防空洞史,先是防躲日本侵略军飞机的轰炸,后是面对金门军方飞机大炮的轰击,这在世界大学史上恐怕是绝无仅有的。既然在那样严酷的环境下,厦大都能像岩壁上的榕树,栉风沐雨,坚韧地生长,一旦遇上温湿的沃土、风和日丽的春光,它成长的实力和活力也就当然不可估量了!

如今的几个防空洞似退休的老者隐居在校园的后山上,岩壁上的水滴还在流淌,一如秒表滴答有声,记录着不断流逝的岁月……

（注:图2引自厦门大学校友总会网站《南强之光》栏目陈炳三撰写的《英雄学府礼赞》）

## 情人谷

位于厦大后山的"情人谷"水库(图 4)原来是校园自来水的源头,水库与厦大同龄,在厦大九十周年校庆的时候,整修一新的"情人谷"被正式命名为"思源谷"。不过我在电脑码字"思源"的时候,先后跳出的是同音的词组"寺院"和"私怨",并无什么"思源",这个"智能 ABC",蛮有意思的"先声夺人",似乎在咋咋呼呼,理论"先来后到"。

"情人谷"水库的水寒,炎夏依然,那里是我儿时偷着游泳以及钓鱼捉虾的地方,鱼就是青腥的小鲫鱼,虾是透明的淡水虾,每每小有斩获总是喜不自胜。古早的"情人谷"青山碧水又野趣横生,落叶和断木在青山绿野中散放腐朽的气息,是一个极为幽静的去处,偶尔几声布谷鸟的叫声,整个山涧都有回音。

那么"情人谷"真的就是"谈情说爱的山谷"吗?厦大中文系 79 级的才女林丹娅在她的散文《情人谷》中几乎是这么认定的。她认为当时同学在海边谈恋爱会受到解放军哨兵的盘问,而在校园里卿卿我我,又有政工老师的干扰,结果在电影《庐山恋》的影响下,恋爱的宝地就移师僻静的"情人谷"了。那么"情人谷"的来龙去脉真如《情人谷》散文描述得那样吗?不是的,至少不完全是。三十年前,也就是改革开放不久,我们 1977 级、1978 级就有人开始戏称此地为"情人谷"。当时男女同学结伴爬山锻炼体魄,从校园出发,翻越五老峰到万石岩植物园,集合的起点往往就选在厦大水库。于是就有调皮的同学起绰号似地戏称此地为"情人谷",说得女生咯咯地笑,结果越叫越响,终于一发不可收。

丹娅的《情人谷》有"道听途说"的疑似,至少是"耳闻"多于"目睹",且基本没有"实战"的经验。要知道"情人谷"除了我等"厦大土著"有着特殊的生存本领,一般人是难以久留的,它冬天比较阴冷,久留就有感冒的风险;而夏天则"黑斑蚊"很多,厦门人称之为"乌篩 mang(去声)",专叮腿脚,一叮就是一个大红包。有哪个男生舍得让他心爱的女同学受这样的苦难呢?野外怎么样都没有在"群贤楼"的大教室里相互依偎着阅读《红与黑》来得安全和甜蜜……

图 4　情人谷的清晨（朱子榕摄影）

随着时间的推移，"情人谷"幽默和夸张调侃的色彩似乎渐渐淡去，在人们的想象中和语感里难免抹上了含情脉脉的色彩以及情爱的欲望，爱情摇篮的想入非非，尽管这个水草密集之地"乌篦 mang"依然猖獗……

也许是校园散文的影响，也许更多的是民间传播的力量，貌不惊人的"情人谷"的知名度扶摇直上，哪里还在乎几只蚊虫嗡嗡。尽管社会各界各人对这个"情人谷"都有多元的解读，可有关方面似乎也太把这事当真了，于是乎一个貌似"正本清源"抑或"挽回影响"的新名称"思源谷"就应运而生了。"饮水思源"乃至"为有源头活水来"，从这个意义上而言，把这里命名为"思源谷"不是没有头脑的，当然命名者还有更大或更深远的"政治源头"的考量，加上肩负起沉甸甸的"感恩教育"，这也是不言而喻的。

不过我想，冠冕堂皇的"思源谷"恐怕难成"情人谷"的对手，毕竟"情人谷"口口相传三十多年，苦口婆心的"思源谷"势必让人不知所云，加个括号注明"即'情人谷'"只会让"思源谷"愈发不伦不类，一脸尴尬。

再说，随意的"去'情人谷'化"的说教似乎多少有悖情理，也与厦大校园文化的宽松与包容不大吻合。厦大校园的雕塑多为"思源"的主旋律，那么在校园的边缘地带包容一处抒情浪漫诗情画意的"情人谷"的存在，有什么不可以呢？如果担心保留一个浪漫的谷名就有鼓励学生谈恋爱的嫌疑，那实在大可不必，青山绿水的"情人谷"其实是芙蓉湖含情脉脉的情人，是我们所有师生和校友共同的情人！记得年前"情人谷"的水库清淤，居然清出一条三十多斤重的大青鱼，几近鱼精，令我目瞪口呆，如此大鱼落入我等"厦大土著"之手，一定是会悄然放生的，那是大自然多少春秋的天风山泉默默地滋养啊。

永远的厦大孩子

# 新年时节话归雁

郑启平

中小学校友合影

从左到右：陈亚保、陈肖南、郑启平、黄晞、顾文玮、陈宗泽、傅顺声、潘世平、陈亚平

　　2008年元旦上午九时，厦大建南大礼堂人头攒动，亲情融融。数千名三十年前勇敢而又幸运地跨过"十年动乱"的残壁断垣，通过恢复了的高考，昂首阔步跨进厦门大学的1977级、1978级两级特殊年代的特殊校友，又在

风景如画的五老峰下相聚了。说不尽的同学情,道不尽的师生谊,更有那无法用文字表达的三十载人间沧桑。闹热滚滚的"聚氛",驱净了西伯利亚南下的寒流……可在我眼中,这欢快和喧腾的人流里,一位位似曾相识的脸庞中似乎少了一个人。那就是我的老邻居、老同学、老班长、老朋友归雁兄(傅顺声的网名)。

归雁出国深造前,我与他家的住宅,在三十多年间虽几经迁徙,但距离最远不足百米,最近则仅有数步。正是"鸡犬之声相闻,每天都能照面"。三岁时,我与他同时爬进了厦大幼儿园小班的教室。他当小班长,我当小组长。早在半个多世纪前,他早就完备"雷锋精神":每天上下午各一次的"点心时间",他总是把最大的苹果和最好的蛋糕,公平地分给男女同学,绝不"偏心"。而每次打扫卫生时,他会以身作则,一人两把扫帚,左右开弓,常闹得灰头土脸。三年任内,天天如此。从不"腐败",更不"近水楼台"……

上了小学后,我们仍然同班,他也仍然当班长,我也依旧是他手下的小组长。归雁聪敏过人,学习成绩总在前三。小学四年级,乃逢"三年困难"时期。即使是学习成绩再好的教授子女,肚子也常饿得咕咕叫。当时凭票供应的面包饼干之类是奢侈品,能充饥的只有校园内外遍地生根结果、人猪均食的地瓜了。那时,我们这群照片上的小伙伴,时常在下午上学前分两组行动:一组到后山偏僻处挖取地瓜,二组则在防空壕里砌炉捡柴备烤。我任一组组长,归雁则任二组组长。虽然两组配合默契,但直接放在炉上烟熏火烤的地瓜,大都成了"焦炭",但当时饥肠辘辘的我们啃起来,还是那么有滋有味。

小学毕业前夕,我和归雁等四人曾前往市区参加乒乓球赛。失利返校途中个个饿得眼冒金星,那时自然无法弄到烤地瓜充饥,四人同时翻遍羞涩的"囊中",也只凑得六张小面额纸钞,合计仅一角。其中归雁就出资了五分。我们即向路边一"吹箫担贩"倾资购买了六粒当时戏称为"S糕",现在早已正名为"土笋冻"的胶质可口食物。我和归雁因是"主力队员",分享了各自连啖两粒的"特惠",都是一口入肚。那爽、那滑、那辣,简直无与伦比。或许就从那天起,"土笋冻"就成了我与归雁的最爱。

家父当时已被划为"右派",母亲也备受株连,他们不但被剥夺了大学老师的一切权利,而且,还曾被强令往龙岩"炼钢",到集美养猪。在这困难时

永远如厦大孩子

666

刻,正直的归雁和他的父母不顾政治上的风险,毅然收留了我和年幼的弟弟。在那段难忘的日子里,我和弟弟在归雁家衣食住行的一切待遇,和归雁如出一辙。这在当时是多么难能可贵啊!今天,我与弟弟已是事业小成,每当回首这些往事,对远在夏威夷的归雁和他已去世多年的双亲的感激之情,总在心中久久回荡……

1962年夏,我和归雁小学毕业后同时考进了厦门双十中学。我们又分配在同一个班。或者都是家庭出身的原因吧,他当不了班长,我也当不成小组长了,这对专心读书似乎也有益处。归雁的各科学习成绩不但依旧优秀,而且课外阅读量大,知识面广。这和他家中有近万册丰硕的藏书是分不开的。归雁是位大度之人。他先后将其家珍藏的一套三十册的《红旗飘飘》丛书,还有当时私人少有的《林海雪原》、《青春之歌》、《六十年的变迁》等长篇小说,全部无时限地借给我阅读。他还多次神秘兮兮地开导我:"这些书的作者曲波就是书中的少剑波,杨沫就是林道静,李六如就是季交恕……"当时我是听得又佩服又发愣。他的书和他的话,对我后来专业的选择和兴趣的拓展,无疑起了很大作用。

我和归雁在后来的"十年动乱"和"上山下乡"运动中,都经受了严峻的考验,并于失学十多年后的1978年同时跨进高考考场。他选择了海洋物理专业,我则选择了中文专业。虽然我们无缘再续同学缘,但我们都在自己人生的关键时刻,实现了划时代的转折。

新年伊始,此时在故乡怀念归雁的肯定不只我一人。因为这半年来,当故乡有事的时候,归雁博士这位厦门人民忠诚的儿子,美国知名的环保专家,总是用他那铮铮铁骨和赤诚之心,通过海峡博客这一四通八达的公众平台,向世人清晰地诠释了何为正宗的专业专家、何为真正的爱国爱乡这两个似乎人人都懂的问题。

今夜厦门大学1977级、1978级校友的狂欢还将继续,我却远离喧嚣的人群,独自静坐在书桌前,轻轻翻开当年与归雁的合影,默默回味昔日那刻骨铭心的时光,哼唱他也喜欢的那首当年的流行歌曲《相见不如怀念》……

(本文获得厦门网海峡博客2008年1月最佳人气奖)

# 厦大理发店和小陈师傅

郑启五

厦大理发店的小陈师傅年近七十，头发白了大半，不过我们这些从小在厦大校园里长大的孩子都叫他"小陈师傅"，这一叫就叫了半个多世纪了。

家父郑道传在 1940 年到内迁长汀的厦大读书的时候，这个合作制的厦大理发店就有了，店主叫老刘。抗战胜利后，老刘随厦大迁回厦门，理发店就一直坐落在校园生活的中心地带。20 世纪 50 年代，我家住在大南 10 号，与位于老敬贤一大院里的理发店近在咫尺。打从我有记忆开始，我们一家四口的头发几乎都是在这里打理。小陈师傅在 1962 年进入厦大理发店向老刘拜师学艺时只有十五岁，校园里的教工都叫他"阿弟"或"小弟"，我们则尊称这位白面书生模样的理发哥为"小陈师傅"。

理发店小陈师傅

六十多年来，厦大理发店店址几乎原地踏步，"文革"中曾一度由敬贤一大院搬到中灶平房（逸夫楼原址），后又搬回，敬贤楼区改造后迁到勤业餐厅后的平房，直到最近餐厅扩建，它首次搬入了楼房——勤业楼。令人不可思议的是多少年来,不论风云如何变幻,它始终是一成不变的合作经营体制。它的理发价格从半个多世纪前的一角到如今的十元,跟普通人的收入相比,不但没有上涨,反而有所降价。它一直默默无闻地为厦大人提供廉价、卫生乃至舒心的服务。

五十几年下来,恪尽职守的小陈师傅早已接班,掌管小店,也把我们这些当年居住在国光、敬贤、东村、白城的"厦大孩子"一五一十地记在心间。每次理发,他总是与我们有说不尽的家常、聊不完的老话。

岁月悠悠,小陈师傅也颇有职业的成就感。他先后在王亚南、曾鸣、田昭武、林祖赓、陈传鸿、朱崇实等多任校长的脑瓜上"动过刀"。而在他口中,一位又一位资深老教授的典故信手拈来,如数家珍,堪称厦大发展的历史见证人。他应该是目前在职职工中为厦大服务得最久的一位员工,尽管他一辈子都徘徊在体制之外。

厦大理发店和小陈师傅几十年来始终秉持"来的都是客"的淳朴店风,对上门理发的校长、教授、青年学子、后勤员工、退休老人等一视同仁,先来先理的规矩一直沿袭不变,在这个素净的平民小店里谁也没有特权。管中窥豹,令人感叹,也令人欣慰。

# 修鞋的阿伯叫老谢

郑启五

修鞋的老谢大名叫谢兴泉,中等个头,长得粗实,鼻子偏大,声音有点沙哑;自称是厦门连续工龄最长的个体户:打从1949年一解放就申请了个体劳动者的营业执照,合法经营长达半个世纪。他还是全市资格最老的补鞋匠之一,十二岁起师从其父学艺,至今补鞋已整整补了六十个春秋。他说他的人生实在是太平凡了,成天坐在小板凳上在路边为人补鞋,然后就回家吃饭蒙头睡觉,日复一日,年复一年,大半生的日子就这么平平淡淡地拿下来了。笔者追问再三,他这才勉勉强强地吐出一两件补鞋生涯中比较引以为傲的"事迹"来,不料闸门一旦打开,竟一发不可收。

## 老教授的旧拖鞋

他20世纪五六十年代起就在厦门大学校园教工和学生宿舍摆摊补鞋,曾经为许多著名的老教授补过鞋。旧事重提,他即刻如数家珍地念出一串久远的名字——英语名家李庆云、历史学家傅衣凌、经济学家袁镇岳、考古学家庄为玑、文学家郑朝宗……他说自己虽然目不识丁,但老教授一个个都平易近人,从来都没有看不起他这个劳动人民。徐霞村教授是学贯中西的学者、《鲁滨逊漂流记》的译者(最近人民文学出版社为中学生选印的三十部中外名著中,徐的译本赫然其中),曾拿过一双很破很破的旧拖鞋请他修补,还教过他如何说普通话。虽然没学会,但他还是很怀念徐老师的。他出生闽南乡野,原来满口粗话,但在校园补鞋,不知不觉就把讲粗话的陋习改了许多。他喜欢一边补鞋一边聊天,别看他没有文化,却记忆力惊人,几十年来校园教工张家长李家短,他至今仍记得一清二楚。派出所的户籍民警都不如他,曾因此被人戏称为"特务",后来"文革"时的派出所还当真把他视为"特嫌"。幸好他祖宗十八代都是响当当的贫雇农,左嫌右嫌也没嫌出问题来! 他说,"反右"和"文革"期间好多老教授"遭踢"(闽南方言,意为挨整、被迫害),他向来坚定地站在老教授一边,认为是那些整人的干部以及红卫兵、造反派不对。当年他还曾把报废的自行车内胎剪成一副副弹弓的橡皮,以每副八分、一角钱的低价卖给很多教工和"右派"的孩子(年幼的笔者也是买者之一)。

谈话使老谢渐渐进入了角色,越谈越来劲。听说外国的修鞋匠只会修补皮鞋,老谢认为那太差劲了。他这一生几乎修补过人间所有质地的鞋。他的话匣子只要一打开,大半个世纪的"补鞋经"就竞相涌出:建国前后修补过美国的旧皮鞋,又厚又硬;还有闽南的木屐,但无论皮鞋还是木屐关键都是钉钉子的技术。木屐后来渐渐消失了,被人字形的海绵拖鞋所取代。补海绵拖鞋难度很大,海绵与锥子往往格格不入,他为之配制了一种特别的土胶水。"文革"那阵子,供应紧张,拖鞋凭票供应,一家一年才供应一双,皮鞋几乎绝迹,他日日面对的就是三大鞋——拖鞋、布鞋和解放鞋,但一路挑担还是传统的呼叫——"钉皮鞋——!"那时拖鞋的质地变成了泡沫塑料的,一时锤子呀、锥子呀、胶水呀都派不上用场。要烧一个木炭炉,烤红一根断锯片,对开裂的鞋面进行"焊接",需要时还可以把两双破鞋"焊接"成一双。"焊接"泡沫塑料拖鞋可谓老谢的"绝活",生意十分红火。他绝对够得上是一个补拖鞋的"九段"。可惜好景不长,改革开放之后,物资日益丰富,大家拖鞋穿旧了大多一丢了事,难得再有人拿来补。如今就是乞丐脚上的拖鞋都比当年徐教授家中穿的要好得多,老谢的"焊鞋绝活"唯有束之高阁。

## 三重奏的隐秘

讲到赚钱的话题,他暗淡的双眼中突然变得神采奕奕,谈话出彩的地方接二连三。记得是 1964 年的某一天,他突然被南普陀的采购传唤,入寺会见寺中的方丈,老谢心中十分纳闷,虽然对佛祖顶礼膜拜,但他鱼肉照吃,算

不上是什么佛家弟子,但方丈的召唤毕竟令他受宠若惊。原来各地鞋厂大讲革命化,突然停止了和尚专用的"罗汉鞋"的生产,寺院方面一筹莫展。方丈表示,和尚也是愿意"革命化"的,但脚拇指一时半会还无法适应"解放鞋",能否请谢师傅想想办法,制作一批罗汉鞋来,而且做鞋时还不宜声张,在寺院的内堂悄悄进行,不要让外面的革命同志有什么误解。老谢当时年富力强,修鞋的技术炉火纯青,尽管不曾制造过鞋子,但对着罗汉鞋照猫画虎,结果最终是他苦干加巧干,制作出十二双来,使寺院僧侣的脚拇指在革命化的风行中依旧能苟且偷安。他坚定地认为,修鞋与造鞋之间只隔着一张薄纸,一捅就通!

接着是"文革"中1968年,厦大校园中的"革命师生"排演样板戏《沙家浜》,一时间又是请他出马,赶制新四军的"草鞋"(以皮代草)和日本兵的皮靴。假草鞋与罗汉鞋的款式有相通之处,他驾轻就熟,三下五除二就仿制出来。而日本军靴,他更是仿制得惟妙惟肖,绝对比北京京剧团的道具更逼真!因为他1948年曾有一年的时间神不知鬼不觉到台湾去修鞋,那时厦门到台湾去比上福州还方便和简单,一张船票就万事大吉。在高雄,日军投降后留下的军靴他不知摸过了多少!因为演样板戏是政治任务,他开价多少,人家就给多少,唯一的要求就是请他不要乱说,真是过瘾极了……

他当然不仅仅赚政策的钱,也赚时尚的钱,1977年他每天都要偷偷地为十几位大学女生的皮鞋布鞋加高跟,钱赚了不少,人也累瘦了一圈。当时"四人帮"垮台不久,高跟鞋还远没有开放,大学里的女工农兵学员都背着政治辅导员,悄悄地请他为鞋加半高跟,且一传十,十传百,学员们神神秘秘接踵而来,他成天就窝在女生宿舍边的老榕树下,忙得没有吃饭的时间。这真是校园正史中闻所未闻的奇闻!"爱美之心人皆有之",在特殊的时代转折点居然体现得如此出人意料!

他总结六十年的补鞋营生:不断地学习,以适应不断变化的"鞋情",才能有饭吃,才能吃好饭。

## 军营的隐秘

罗汉鞋、日本军靴和高跟鞋的三重奏接二连三地奏出了老谢修鞋人生的独特的旋律,令人倍感再平淡的人生也有传奇。老谢说如果讲传奇,他还有一个也许更传奇的经历,至少中国的补鞋匠,很少能有他那番深入军营内部,接触最新火炮的神奇经历。

1962年台湾的蒋介石国民党军队叫嚣"反攻大陆",厦门前线再度吃紧,老谢接到居委会通知,要他到某某军营去补鞋。以这样的方式接受生意的,还是头一回!他凭经验感到要补的绝非一般的"皮鞋"。果不其然,一进军营,即刻有个军官告诉他要为火炮的炮口逢制皮罩,因为老谢出身贫农,"苗红根正",所以请他来为保护军事设施做贡献。老谢心里咯噔一跳,幸好早年到台湾修鞋的事神不知鬼不觉,否则,这桩生意肯定轮不到他头上。军官千叮咛万嘱咐,除了炮口,炮的其他部位一定不准乱摸。就这样,他为一门又一门大炮缝了皮罩,而且从陆军的加农炮缝到了海军舰艇的机关炮。

他记得最清楚的就是在部队的食堂吃饭可以不要交粮票,陆军每餐的伙食标准是一角五分,而海军是一角七分,钱是直接交给司务长的;还算是比较便宜的,饭可以随便吃(当时困难时期,物资奇缺,吃的东西都涨价十倍,一个所谓的"高级饼"都卖到五角钱),每次他都吃到快撑死才恋恋不舍地住口。

## 苦乐参半的晚年

老谢已是七十二岁的老人了,身子骨还比较硬朗,在漫漫补鞋生涯里,既尝遍了寄人篱下的辛酸,更感受了普通人家的善良,一路风里来、雨里去。记得我小时候请他补鞋,他每个窟窿要收我一毛二,我总是讨价还价,力争只交一毛。如今他补鞋时要收我一元,而我总是丢下两元就拔腿离去,生怕他不肯收下。我们好些当年的老街坊不谋而合,都有类似的举动。

然而随着城市和校园管理的日益规范,对走街串巷的流动摊点的限制越来越多,加上外地男女补鞋匠都看好该市,纷至沓来"抢他的饭碗",老谢的日子越发艰辛。他凭着老关系、老客户、老手艺在某家银行的屋檐下惨淡经营,继续一针一线地补鞋下去。但屋檐难挡烈日和暴雨,年前他终于病倒了,而且病得不轻,住院花了一千多元。对他而言,至少要修补两百双皮鞋才能赚到一千元,他这辈子从来没有为抓药花这么多钱,真是心疼至极!出

院后，他心酸地发现那堆放在人家墙脚的"补鞋家当"早已被环卫处当成垃圾一扫而空（当然是小桌椅、杂木箱之类的粗家当，锥子、锤子之类的细家当则一直稳稳当当藏在自家的床铺底下）。思来想去，他下了狠心决定"退休"。他万分羡慕地说："有退休金的人都是老神仙！"可没有一分钱退休金的他也自有他自在的活法——"只要遵纪守法，不赌不嫖不吸（毒），没钱人照样可以过好没钱人的小日子"。

老谢早有先见之明，历年都有一些积蓄，另外大儿子和二媳妇也多少接济他一点。但一角一分都得精打细算，不然会"坐吃山空"的。他有他的脾气，与妻儿合不来，已多年独居，住的是市政房地产公司一厅一室的旧套房，每月需交七十余元的房租。这对他来说是每月最大的一笔开支，他既怕房改也怕拆迁，但又坚信政府总会有地方给他住的。他往日的劳作中离不开烟酒茶，现今仍每月固定要消费两条低档烟（尽量少抽）、两瓶固本药酒（睡前喝一盅）、几盒乌龙茶（儿媳妇按月送来）。扣除煤米油盐和水电开支，每日"额外"开支控制在 1.5 元左右。在与笔者闲聊的当日他花了 1.45 元，用于购买半斤青菜、一袋豆浆和一片西瓜。

老谢没有电视机，他说他买不起电视机也不喜欢看电视，他固执地认定就是因为他没有电视机所以没有人敢说该市百分之百的家庭拥有电视机。但他有一台红灯牌的三用机，而且痴迷到不可一日无此君的境地。他现在每天下午都要收听广播电台的方言说书，遇到星期二停播，他就感到无精打采。他还喜欢听南音，夜深人静，一边听古老幽深的南音一边抚摩着那锥子——一把相伴相随了六十年的乌黑锃亮的线锥。长期补鞋使他的手指，特别是大拇指和食指非常有气力，可惜这"二指弹"已无用武之地了，于是在若有所失的抚摩中茫然坠入梦乡。

## 最令人感动的评价

在漫漫补鞋生涯中，他从来就没有什么礼拜天和假日的概念，也几乎没有搭乘过公共汽车，甚至不知道中山公园里到底"是圆是扁"。现在他天天都是星期天，于是办了一个七十岁以上老人免费证，每日早晚必定各一趟，尽情地乘车、反复地周游市区的公园和寺庙，好好享受厦门特区市政对老人这两种免费的照顾。我问他是不是要把这辈子少坐的车次都补回来,他憨厚而十分认真地说不是的,主要是公园和寺院的空气特别好,很补身体的。他说一个人生活很自在,但就是怕生病……

不过他已决定不再乘从胡里山炮台到厦鼓轮渡码头的2路车了。这就怪了,该路车被厦门市正式命名为"巾帼线路模范车",服务态度可圈可点。老谢称就是因为她们的服务态度太好了他才决定不给人家增加哪怕是一点点的麻烦,他一生最怕的事儿就是给别人添麻烦!他一上2路车,售票员总是给他让座,他说他一辈子都是坐在路边,现在免费登上公车还要别人专门给他让座位,他死活不肯。可那年轻的女售票员认真地说:"你们七十岁以上的老人,早年为厦门的建设做出贡献,现在让个座位给您是应该的!"这句话让老谢感动得差点落泪!从来没有人给他的一生以如此高的评价!过去寄人篱下挨的种种臭骂就一概别提了,而听到的好话中最高最高的评价都含有一个"也算":如"你们补皮鞋也算是劳动人民嘛"、"你们补皮鞋也算是为人民服务嘛"、"你们补皮鞋也算没有吃闲饭嘛"……现在小姑娘一个"做出贡献",断然没有怪怪的"算",怎不让老人感动得无以复加。老谢几乎是有点打颤地对我说:"有这句话,我这辈子也算够本了!"

## 老鞋匠的新动作

早早起床跑步到南普陀,远远看见荷花池边的绿草地上有一个熟悉的身影在忙碌着,那就是老谢。自从自行宣布"退休"后,他靠着微薄的积蓄打发余生,每天早晨都到南普陀锻炼身体。

我看见他把草地上的一块块石头捡拾起来,然后佝偻着腰,把它们一一投入到长满荷叶的水池里,动作有点怪异。不会是返老还童,投石取乐吧?他是我相识了几乎一辈子的人,因为我三四岁时就曾抱着爸爸的皮鞋请他修补。等他忙乎了差不多,我才招呼他,并问道:"你怎么把石头扔到池里去?"

他满脸委屈,说:"怎么会是石头呢?别人不理解我,你小郑先生怎么可能不理解我?"他称呼我爸爸为"老郑先生",我自然就是"小"了。前两年我拿他的一生写了篇报告文学《补鞋的老谢》,有点社会反响,还帮他缓解了点

实际的生活问题。

　　原来他是把昨天夜里游人在草地上吃剩的点心等食物，一一投入到荷花池里喂鱼，一方面物尽其用，另一方面保护环境，如此作为，已经坚持好久了。他还有一个观点，就是放生池里的鱼有太多的食物，因为游客都围绕着那池投喂，而荷花池的鱼就难有食物了，这不公平。

　　我想那也是的，因为放生池的鱼有观赏的效用，你投食，它争抢，红鲤青鲢白鲫水上水下热闹滚滚，放生池放生，其实放松的是自己；而荷花池里的鱼潜行于荷叶之下，你投食，连涟漪都见不到，谁还去浪费食物呢？

　　幸好有老谢！

2003 年 5 月

# 那年"风台"吓煞人

郑启平

某博士曾多次开导我：自有闽南话以来，厦门人总是把"台风"说成是"风台"。

1959 年夏季，我刚满十岁，却已在厦门大学居住了九年。记得那年的 8 月 22 日傍晚，天空布满了乌云，天气又闷又热。满头白发又慈眉善目

台风过后的鼓浪屿

的居民小组长王奶奶，不厌其烦地挨家挨户敲门通知："接上级通报，今晚'风台'在汕头一带登陆，厦门可能有八级大风，请大家……"半个多世纪过去了，王奶奶那清晰的嗓音，还仿佛经常在我耳边萦绕。

可那一次，在我们这栋有三十二户居民的国光三小区中，享有很好口碑的王奶奶及她的"上级"，由于各种各样的原因，都没能事先预料"风台"的突然改向和低估了它的威力。晚饭后，风力就不断增大，而且是风雨交加，电闪雷鸣。晚上九点左右，家中的电灯就不关自灭了，我和弟弟在窗外愈来愈猛烈的风雨呼啸声中，争先恐后地钻进了蚊帐……

第二天清晨，当我战战兢兢地打开房门，虽然风势已基本平息，只是天

第四章　厦大——我的家

空还飘落着零星的雨点,但昨晚风势和雨情的惨烈,使人触目惊心:我视野所及的道路两旁及房前屋后的所有树木,不论是几十岁的参天古木,还是种植一年半载的新枝绿叶,不是连根拔起,就是拦腰折断。就连刚安装不久的电线杆,也无一幸免。原先平整笔直的道路,也被昨晚突降的暴雨冲得坑坑洼洼。有的地方还出现了直径超过两米的大窟窿,不知从何而来的"地下水"源源不断,滚滚而出……

据说,当晚厦门岛被"风台"摧毁的各类房屋超过万余间。可是,当我和当时我们三年(甲)班班长傅顺声同学赶到我们就读的与南普陀寺毗连的东澳小学时,意想不到的奇迹出现了:这所位于五老峰下的"和尚小学"十几间平房教室,除了部分门窗有些毁损,教室却没有一间倒塌的……

回家的路上,小傅班长神秘兮兮地告诉我,昨天半夜风势最猛的时候,他曾起床悄悄地拉开窗帘往外瞧。在狂风呼啸,电闪雷鸣中,仿佛看见夜空中曾出现上下翻滚着的小船……

半小时后,小傅的悄悄话被厦门人民广播电台证实了:那天晚上,停泊于鼓浪屿海面的厦门航海俱乐部的数十艘训练用的小帆船,全被这十二级以上的大"风台"吹上了岸。其中一艘,就横亘于厦大国光三后面的五老峰主峰一块巨大的花岗岩旁……

我目睹的最悲惨的一页,出现在 8 月 24 日中午的厦大白城海滨浴场。几十位在海上遇难的渔民兄弟的遗体,被无情的海浪,推上了沙滩,横七竖八地躺着。他们身上的衣服,已被昨晚的狂风巨浪全部吞噬,五官也大都毁损。按闽南民间的说法,每当辨尸的父母妻儿等亲人出现在身旁的时候,遗体的七孔,就会立即流出殷红的鲜血……

"8·23"大风台过去了很长一段时间,没有人敢在白城等海滨浴场游泳。

至于那次"风台"的全部损失情况,始终是众说纷纭,莫衷一是。几年前,我终于在一家权威的报纸上,找到了近乎确切的数据:伤亡近千人,其中死亡 587 人,沉船 2610 艘,倒塌各类房屋 17874 间,各种财产损失不计其数……

现在重温那段不堪回首的往事,并非要追究谁应对当年那场不可抗拒的灾难负责,而是要深刻总结历史的经验。几年前,厦门许多有识人士就曾提出：特殊的地理位置，决定了厦门必定是一个强台风的高发区。在建设"新海西"和"大厦门"的宏图伟业中，防台和抗台仍是一项十分艰巨的任务。厦门是一个有地方立法权的城市，为牢记当年"8·23"特大"风台"的血的教训，居安思危，常备不懈，努力把强台风可能给我市及市民造成的损失，降低到最低程度，建议把每年的"8·23"定为我市的"全民防台风日"……

如是，则厦门甚幸，厦门市民甚幸！

（本文发表于 2013 年 8 月 28 日《厦门日报》城市副刊）

第四章　厦大——我的家

# 天堂的路只有一步

## ——悼念琨璋

周　跃

　　我和琨璋虽然不是同班，但最近几年的同学聚会，早已经打破了班级的界线，只要是同年段的，而且还都是厦大的小孩，当然就算同学啦。品茶、饮酒、聚餐、聊天，互通资讯、相互调侃，其乐融融。三五成群，不拘话题，天南海北，人文地理，聊上两三个小时后各自回家。一次，二次……N 次，每次刚结束，就已经盼着下次的聚会。

　　春节聚会的笑容还未散去，还翘首期待着下次的相邀，却听闻噩耗传来，我们的同学琨璋因心脏病突发去世了……

　　55 年的岁月正当风华正茂，多少美好的理想还未实现；多少揪心的事在等着你：家中患病的母亲，尚未立业的女儿，等等。你怎么忍心这样，谈笑风生下了班车，在家门口扑倒在地，就没有醒来，一步走进了天堂。

　　你是那么魁梧，那么强壮，那么笑容可掬，那么温文尔雅，那么和蔼可亲，那么多的那么，可是你却撒手人寰，放下了一切的一切……

　　静静地看着你的笑容定格在 55 岁，让我们看到的你，是永远那样的健康，那样的愉悦。好吧，我们接受这个事实。

　　同学们，厦大的孩子们，我们要警醒啊！身体有不适，一定要及时诊治，不要硬挺着，不要硬撑着哦！

　　给琨章的妈妈、女儿留下了电话，告诉她们，虽然琨章不在了，但同学都在，需要帮忙时请说，我们一定不会坐视不管。

　　琨章，我们的好同学，你安息吧！

**厦大孩子聚会合影**

前排左起：李建民（海洋研究所李鸿禧之子）、梁岗（厦大纪检会梁敬生之子）、刘连支（经济系刘熙均之子）、张志强、陈劲毅（高教所陈炳三之子）、史虞龙（厦大工会副主席）

后排左起：曾琨章（生物系曾沧江之子）、黄立凡（统计系黄良文之子）、钱共鸣（经济学院钱伯海之子）、苏似锦（厦大物理系苏登记之子）、周跃（化学系周绍民之女）

# 难忘昔日厦大仨老人

## 何大汉

我从小伴随父亲何励生和母亲叶月瑚在厦大生活了40多年,耳闻目睹昔日厦大的一些人和事。令我难忘的是曾经在厦大服务的3位老人,虽然他们是些"小人物",看似不起眼,但是他们所从事的职业均与厦大师生密切相关。他们在不同的岗位上为厦大的发展做出了贡献。

在厦大有这么一位老人,每到学生上下课、干部上下班时间就登上建南大礼堂天台敲钟告示,十多年如一日,风雨无阻,上下班、上下课,钟声从未落下。他整天拎着一个里面装着闹钟的木盒子,不管走到哪里都要带着,为的是不错过时间,准时为师生敲钟报时。这位年过半百的敲钟老人工作兢兢业业,尽职尽责,从未误敲钟或漏敲钟。他就是陈德宝。可就是这么一位好人,"文化大革命"中也在劫难逃。运动初期,造反派以莫须有的罪名将其批斗劳改。几十年过去了,今天我耳边还不时会响起当年他敲响的钟声。

20世纪50年代至80年代,厦大建南大礼堂每周末均放映电影,师生及家属购票都能进场观看。当时负责放电影的师傅名叫孙国庭,他年轻时期即在私人老板开的影院放映电影,后来转到厦大继续干老行当。他放电影的技术很棒,极少发生故障。正因为如此,他在厦大口碑极好。孙国庭师傅酷爱摄影,特别善于捕捉一些珍贵的镜头,摄影技术同放电影一样堪称一流。退休后,他与老伴一起游历东南亚、澳大利亚及欧洲,留下许多反映异国风情的摄影作品。厦大工会还专门为其举办过国外旅游摄影展,我有幸参观了该展览。他拍摄的澳洲悉尼歌剧院外景的照片,美轮美奂,给人以美的享受。

但凡老厦大都知道厦大理发店有一位资深理发师,名叫刘运华。不过老厦大习惯称他为"阿刘师傅"。早在 20 世纪 50 年代,阿刘师傅就在为师生员工及家属理发。记得那时理发店设在东边社附近,店里没有电风扇,每到盛夏,还专门请一个工人拉动像布帘子一般的东西来扇风。阿刘师傅对来店理发的客人一视同仁,收费公道,童叟无欺。记得有一次我理发钱没带够,他和善地说:"没关系,你是我的常客,等下次来理发时再补吧。"他在厦大理发店工作逾 30 年,给不计其数的客人理过发,一直干到年迈体衰才休息。当年阿刘带的徒弟"阿树"(音)如今也已是满头银发的老人了,阿树以其从师傅那儿传承下来的理发技术,至今仍在为厦大师生员工及家属服务。

# 渐行渐远的背影

郑启五

## 林文庆先生

从小到大上鼓浪屿几百次了,这一次是专门去"拜会"一位老人——厦门大学的老校长林文庆先生,带上我的厦大学子,毕恭毕敬,在厦门大学 90 周年校庆的喧闹沉寂之后……

真正的恭敬是发自人的内心:看照片就看得出林文庆是个堂堂正正的人物,睿智眼神,贵族气质,一生多彩多姿。有人赞叹:"他是一代名医,又是勇于开拓的企业家;是雄辩滔滔的立法议员,也是移风易俗的社会改革家和教育家;是忠实的新加坡国民,不知疲倦地为侨居地华人请命,又是赤诚的民族主义者,始终心系故国,支持中国的维新变法并投身孙中山领导的民主革命。他一生的成就是多方面的,在我国辛亥革命史上和新加坡华人史上,都留下了他的足迹。"厦大有幸,厦大有福,这个非凡的人物把他生命中最重要的 16 年(1921—1937)的足迹深深留在了厦大校本部的心脏地块上。

令人异常难受的是,在新中国很长的一个历史时期中,在我们这个"尊师重教"、"师道尊严"的国度里,厦大不肖子孙常年对林老校长大为不敬,记得在我儿时的校史说教中,鲁迅代表了革命的师生,林文庆则是校方尊孔反动势力的代表,污泥浊水往他老人家身上一泼再泼。直到今天,校方宣传的四种精神里面依旧没有林文庆的份,拖到 2008 年 4 月在校园一个僻静的角落建了一个叫"怀庆亭"的亭子,算是勉强给后人有一个表示,但真怀假怀实在令人怀疑,对比校园里形形色色的铜像或石雕,它显得相当的寒酸和"低调",甚至小得有些压抑,低调低得近乎沙哑,让人觉得历史人物的轻重大小往往任由后来的当权者随意拿捏⋯⋯

其实就最基本的常识而言,万事开头难,没有林老校长在建校伊始的十六个冬春身体力行呕心沥血,厦大怎么可能在天风海涛之中奠定南中国坚实的根基?如果连自己校史最初的筚路蓝缕都含糊其词,抑或指鹿为马,那么所有校庆庆典的大红大紫是不是都显得有些滑稽?!带着这样复杂的感受,我们踏上了鼓浪屿⋯⋯

不看日光岩,不走港仔后,我们在"百年鼓浪屿"的展览中瞻仰华侨银行董事会的历史合影,我们的林老校长以最大股东的身份坐在正中,一嘴银须,目光炯炯,满腔的浩然之气⋯⋯

透过围墙的栏柱,我们眺望着笔山路5号林老校长的故居,这是好大的一片雄踞在笔架山巅的建筑啊,风烛残年的老人在新加坡用抖颤的手立下遗嘱,把他这幢尽览厦鼓风光的豪宅全部无偿捐赠给厦门大学⋯⋯

在金色晚霞的漫射下,我们在笔架山上合影,背景是林老校长捐赠的故居,年轻的学子目光迷蒙,并不完全明白为师的心情和用意,真正的校史回闪在厦鼓之间的天风海涛里,鹭江的碧浪总要荡去蒙在厦大开篇上的斑斑尘埃,鼓岛的丽日和风终会驱散林老校长身家的团团灰雾⋯⋯

我们穿行在鼓浪屿崎岖的小道中,我们沉浮在历史滚滚烟波里,我们在笔架山的山巅朝圣,苍雄的百年古榕气根飘拂,那是我们林老校长的一嘴银须⋯⋯

(写于 2012 年 11 月 4 日)

## 萨本栋先生

自称是"厦大校园土著"的我,从小耳濡目染,对萨校长同样怀有一份很自然的感情。曾有人问我,在厦门大学的历史上,哪一位校长最伟大,我不假思索地告诉他"萨本栋!"。陈嘉庚"毁家兴学",萨本栋"舍命办学",两位一脉相承!

我是看了《厦门大学报》上的相关消息,才知道最近校园里有一座萨本栋的铜像在僻静的亦弦馆前悄然落成,接着就有两三位熟人向我表示了他们的不满和意见,说是那座铜像制作得太难看了。我猜那铜像一定是得到萨本栋亲属的首肯。记得铜像落成前后,萨本栋的儿子萨支唐院士正在我们厦大物理和机电工程学院支教呢。这大概和纪念邮票设计有些相似,亲属觉得满意的作品,邮迷则往往有不同的意见。

于是我带了照相机,专门去探望萨本栋铜像。远处一望,觉得好像有点小,似乎没有想象中那么伟岸,近看觉得当为真人的原大。萨公脸部略带笑意,仿佛刚上完课,弹去敞开的西装上的粉笔灰,站在教室的大门口,欣慰地目视师生们来来去去。我再从侧面看,发现铜像有点驼背,可能微词发端于此。不过刹那间我眼角一热:这就是长汀时期的萨校长,这才是汀江之滨的萨校长!记得父亲告诉过我,萨校长连续七年为厦大极度操劳,连当时国民政府的教育部长陈立夫都说了公道话:"萨本栋本来是网球健将,现在累得又瘦又驼……"

高山仰止,景行行止。我久久仰望着萨本栋的铜像,为了我的父亲和母亲,也为了我自己,因为我是厦大长汀时期的学生之子,我的血管里流淌着萨本栋时代学子的血液,我觉得我是搀扶着我的父亲母亲一起来探望萨校长的,一起来感恩我们的萨校长在厦大最艰难的岁月里用又瘦又驼的身子骨顶起长汀厦大一片蓝天……

(写于 2013 年 11 月 24 日)

## 汪德耀先生

说起厦门大学的汪德耀老校长,人们更多的只是注重他在新旧政权的交替时,保全厦大忍辱负重的巨大历史功勋,而忽略了他在 1944 年 5 月接手厦大时的岌岌可危,许多似是而非的阴云似乎至今还笼罩在他老人家的头上!

《厦大 1948 级级友简讯》2014 年第 13 期有 1948 届机电系苏林华学长写的《尽瘁厦门大学的汪德耀老校长》一文,披露不少鲜为人知的史料,其中提及 1944 年底厦门大学曾一度考虑从长汀迁往上杭或武平。

永远如厦大孩子

该文写道:"(美军的)长汀机场虽好,却只能停 B-24 空中堡垒中型轰炸机,对日军威胁不大;故中美空军在江西省遂川、新城和赣州三地兴建可停 B-29 超级空中堡垒重型轰炸机,航程之远可直接攻击日本本土及日据的台湾和南太平洋岛屿。在三大机场将次第完工时,日军发动总攻,而国军之主力于长沙第四次会战后已西撤,粤汉路之东已无得力部队,故此三地均被占领。这是 1944 年年底之事。

　　"但赣州和长汀只隔一座山脉,日军如乘胜攻击,长汀便危在旦夕,汪代校长遂即召开校务紧急会议,立刻派员前往不在公路干线上的上杭和武平勘址,并将重要档卷、图书仪器立刻以小船运去,厦大师生作第二次随时可迁校的准备。汪公如此指挥若定,使全校师生安下心来,课照上,周考照样,仍然弦歌不绝。幸因日军在南太平洋岛屿战失利,日本本土开始被炸,赣州的日军为保全实力,不敢东侵长汀。"

　　我的忘年交何大仁教授的一枚印章边上刻有"喜儿存用,惕庐作于濯田,时三十四年五月"。何告知:这是他父亲何励生(字惕庐,厦门大学教务处教师)为年仅 12 岁的何大仁(小名大喜)刻制的。1945 年初(民国三十四年)垂死的日寇为了打粤赣线,派军大举进攻赣南,赣州告急,内迁闽西长汀的厦大与赣州为邻,校方为确保学校安全,防止日寇攻入长汀城时措手不及,将图书和贵重仪器疏散往长汀濯田乡下,负责老师之一何励生先生就是在乡间的茅舍里,为儿子刻下这枚战乱中的印章。濯田乡与武平湘店乡接壤,这也从另一个角度,验证厦大当时在汪德耀代校长有条不紊的指挥下谋划搬迁武平或上杭的说法。

　　我的父亲郑道传在《萨本栋校长和抗战时期的厦门大学》(见《萨本栋博士百年诞辰纪念文集》,厦门大学出版社 2004 年版)一文中写道:"1945 年萨校长获准辞去校长职务,被聘为中央研究院总干事,王秘书随他而去。谁来接替厦大校长之职,他是有所考虑的。校内素有福州派和闽南派,这是一个公开的秘密。他虽然是福州人,但始终对地方主义持有戒心。他严禁在办公室内讲方言,并时常告诫同事们不要分这里人那里人的,热衷搞地方主义是办不好事业的。他有意选择没有介入地方派性的外省人担任领导职务(当然还要具备其他条件),于是极力推荐没有介入两派之争的理工学院院长汪德耀教授继任厦大校长一职。"

在 1946 年厦大 25 周年校庆征文里,我母亲陈兆璋《我的厦大生活》获得第一名,她在文章里是这样评价她的新校长的:"汪校长来校以后,我们厦大好像正向一个更活泼更紧凑的方向走去……"(见《国立厦门大学 25 周年校庆特刊》)

我的老师彭一万先生更是在他的多篇报告文学里详细描述了汪老传奇而科学的一生……

众所周知,厦大如今的强项是经济学科和化学化工学科,这两强的源头可以追溯到王亚南和卢嘉锡两位大师,而这两位大师都是汪德耀的爱将,双双都是汪德耀苦心孤诣引进厦大校园的。

我从有记忆开始一直到 21 世纪之初几乎长达半个世纪时光里,时常可以看见汪德耀老校长宽厚的身影健步行走在校园,他的音容笑貌和洪亮的声音已经成为厦门大学的一道风景,校园里老校长的塑像从林文庆到王亚南,独缺一位汪德耀,我梦想着,也衷心期待着……

(写于 2014 年 12 月 18 日)

## 王亚南先生

我家藏有一部王亚南(1901—1969)先生的赠书——《中国官僚政治研究》,是上海时代文化出版社 1948 年 10 月的首版,在书的扉页有作者亲笔题签:"以此书祝贺并纪念道传学弟结婚之喜,亚南 1949 年 1 月 31 日。"就藏书而言,一部经典著作的首版,本身就独具价值,更何况是有作者的题签(图 1),近乎无价之宝!

王亚南是我国著名的经济学家、《资本论》的翻译者、厦门大学的老校长。《中国官僚政治研究》一书,是他为回答英国李约瑟教授的提问而历时 5 年写出来的专著。王先生认为,研究官僚政治,可以从"技术的"和"社会的"两方面入手。所谓"技术的官僚政治",乃指形式上的官僚主义作风,在一切设官而治的社会里,这种作风都会或多或少,或轻或重地存在,很难根治,只能把它的流弊降至最低限度。"社会的官僚政治",则属于体制性质的弊病,它是作为专制政权的"配合物"或"补充物"而必然产生的。在这个意义上的官僚政治,并非万寿无疆的政治形态,而只能存在于某一历史阶段,

"专制政体不存在,作为一种社会体制看的官僚政治也无法存在",专制政体被推翻之日,就是官僚政治寿终正寝之时……

该书的初版尽管已经过去了 60 个春秋,但它的分量却跨越时空,历久弥新,针针见血,无疑是一部经得起时间检验的经典巨著。然而最让人心痛的是王师是在共和国最黑暗、厦大最破败的岁月含冤含恨离开人世的……

家父郑道传在厦大求学时是王亚南教授的学生,大学毕业后又先后随王亚南到福建省研究院和厦门大学从事科研与教学,直至终了。他结婚时,身为恩师的王亚南先生的贺礼就是一部书,一部刚刚出版的还散发着墨香的《中国官僚政治研究》。这对一个前行中的青年是何等的鼓励,此刻我仿佛能感受到家父在接到这特殊的贺礼时起伏的心潮……

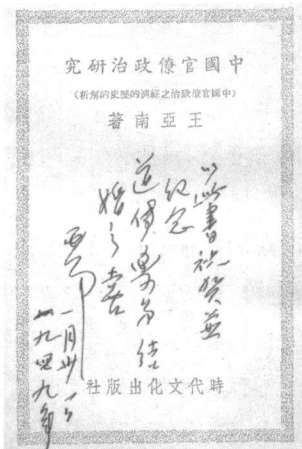

图 1　王亚南先生送给父亲结婚的贺礼

学生结婚了,就送上一部自己刚出版的新书作为贺礼,竟不知不觉成为我们这个教师家庭的传统:半个世纪来家父和家母始终都是这么效仿的,20多年来哥哥和我也是这么悄然沿袭的,书的分量自然无法同日而语,但老师对学生期许和祝福的目光却是同样的清澈与热切……

(写于 2008 年 5 月 7 日)

## 王梦鸥先生

1937 年 7 月 6 日,国民政府教育部任命 37 岁的清华大学教授,著名物理学家、机电工程学家,福建闽侯人萨本栋先生为私立改国立的厦门大学首任校长。然而隔天竟是震惊中外的七七事变,抗战全面爆发。萨君义无反顾,毅然迎着烽火走马上任,并把厦门大学内迁长汀,在抗战的烽火硝烟中,凭着坚韧不拔的意志,竭尽全力想把厦大打造成"南方清华"。抗战 8 年,这所原先伤筋动骨后近乎支离破碎的学校,经他一手操办,竟成为南中国最有

影响的高等学府，创造出中国高等教育史上"教育抗战"的传奇，"本栋精神"不但为世人所津津乐道，更成为厦门大学重要的精神财富之一、"南方之强"的重要基石！这一切固然是萨本栋的人格魅力和能量、才华的卓越展示，也离不开厦大人艰苦卓绝的奋进斗志，特别是与日理万机的萨校长身边的一位秘书精心辅佐有关，他就是王梦鸥先生。毋庸置疑，长期以来在萨本栋的光环之下，他被忽略了，甚至被淡忘了。拂去历史的沙尘，其实王梦鸥先生出众的才能、横溢的才华、兢兢业业的人品，以及他不朽的抗日剧作，也是"本栋精神"的重要构成，非常值得厦大人回眸探究并引以为傲。

王梦鸥，1907 年生于福建长乐，1939—1945 年任教于厦门大学，并兼任萨本栋校长的秘书。萨本栋调离厦大任职中央研究院总干事，又请他去当秘书。关于王梦鸥先生在厦门大学的作为，留下的文字和史料极少，幸好有郑朝宗先生 1983 年写的短章《怀王梦鸥先生》(收入厦门大学出版社 1988 年版《海滨感旧集》)，为他留下生动的白描："一个白面书生，戴着一副金边眼镜，教书之外还会导演话剧，他给我的印象是一个典型的福州才子"，"忠于职守，兢兢业业地敬事萨本栋校长"；"他确实是个博学多能、天分极高的人，他没念过大学，但笔下功夫要比一般中文系毕业的人高出几倍，文言白话全都拿手，难怪萨本栋十分器重他。他心灵手敏，不仅工书善画，写得一笔娟秀的赵体字，而且擅长工艺美术，学生演话剧，舞台设计的模型往往由他一手包办……但他一心向往的大业别有所在，那时，第二次世界大战已近尾声，纳粹匪军败如山倒，东方的日寇也正在垂死挣扎，眼看抗战胜利的日子快要来临了。他忽发奇想，要为中兴的国家制礼作乐，因此工作之余便关起门来攻读《礼记》《乐记》……每回我去看他，总见他聚精会神地用朱笔点读这些著作，心中暗笑他的迂，但也不免对他存有敬意，因为他确实是热爱祖国的。""梦鸥天性敦厚，是个极好相处的人。他对人谦虚诚恳，从不卖弄才华，对学生尤其热情，几乎是有求必应。"

在郑朝宗先生温煦的文字里，王梦鸥的轮廓渐渐明晰了起来，同时我们还可以欣喜地发现，早在艰苦的抗战时期，萨本栋在最讲究文凭的高等学府里就有"不拘一格用人才"的先例；而厦大"爱生如子"的情怀，在长汀的校园里近乎蔚然成风(但关于王梦鸥没有念过大学的说法可能不够确切，印象中曾听家父说过，王读过多所大学，不过始终没有拿到文凭，是一个没有文凭的名师)。

我父亲郑道传在他的回忆文章《萨本栋和抗战时期的厦门大学》(1980年应全国政协文史委要求而写,后被收入厦门大学出版社 2004 年出版的《萨本栋博士百年诞辰纪念文集》和 2006 年出版的《魅力厦大》两书)中有四处涉及:

1. 在他(萨本栋)任职期间,刚好是硝烟弥漫的抗战岁月。当时我是经济系的学生,由于爱好文学,与戏剧家王梦鸥先生结下忘年之交。王梦鸥长期担任萨校长的秘书,在与王的交往中我时常耳闻萨校长呕心沥血办校的事,加上自己的目睹,就树立了萨校长在我心目中非凡的人格魅力。

2. 萨校长用人以"精兵"为本,校长办公室只有 4 个人:一个秘书、一个文书、一个职员、一个工友。教务处为 5 人,处长是兼职的,下有一个注册主任、两个职员分管教务和学务,再外加一个工友。重要的图书馆也不过十几个人。大小机构,因事设人,没有专门当官的闲职。

3. 1944 年初,国民政府教育部特邀几位外国专家来华讲学,其中有一位英国人来到长汀的厦大。萨校长设宴欢迎,王秘书要我和另一位同学作陪。

4. 1944 年 5 月 7 日,师生员工们特在大礼堂举办《欢送萨本栋校长赴美讲学——"厦大艺术展览会"》,身为厦大经济系四年级学生的我担任了这次展览会的主席。展览会内容十分丰富,有余謇、虞愚、何励生、陈三畏的书法,三畏、枫野、世权的金石,一雄、启典、金徕的水墨写生,尚安的铅笔画和纪杜的漫画;还有许多木刻和校园摄影,以及《厦大一日》的十篇优秀征文。大四学生出版股连夜出版了多达四张的《艺展壁报》。师生们争先拿出自己的特长,抒发对萨校长依依难舍的情感!展览会上最为引人注目的是两张照片,一是萨校长八岁时的旧照,二是萨校长与萨夫人伉俪的结婚照,使整个展览会亲和得像一个其乐融融的大家庭。我别开生面的展品是《萨校长来厦大的前前后后》,选辑了一叠叠电文和信札,让历史的邮件真切地诉说当初萨师创业的艰辛!

从以上只言片语管中窥豹,家父当时是流亡厦大的湖南穷学生,且一贫如洗,能得王梦鸥如此厚爱,可见郑朝宗的描写"对学生极为热情"所言不虚;萨校长用人以"精兵"为本,可见王梦鸥的才能和忙碌的程度;校长宴请

外国贵宾,王秘书居然安排学生作陪,可见当时的师生关系,可见王梦鸥的事无巨细与用心良苦;家父能整理展出有关校长的电报和信札,幕后人当是王秘书无疑,可见家父与王"忘年之交"的程度。王梦鸥先生对郑道传同学特别关照可能还另有原因,因为王师母是长沙人,因此他们对这个长沙一中来的流亡学生更多了一份呵护之心。当然这是我本人在撰写此文时的猜测与推断。

1949 年之后由于众所周知的原因,家父自然与恩师王梦鸥没有了任何往来,1957 年家父被打成了右派,对这些往事更是噤若寒蝉。"文革"时父亲已经双目失明,他的"交代材料"大都是他口述,我执笔。从那个特殊的年代开始,我开始对厦门大学在长汀的情况有了了解,也产生了莫名的兴趣。但当时父亲对他在台师友的情况始终守口如瓶,能隐瞒就竭力隐瞒……

1982 年我大学毕业后分配到厦门大学台湾研究所工作,经常可以在台湾文化名人的活动中见到"王梦鸥"的名字,台湾文学作品的评奖他要么是评委,要么是颁奖嘉宾,可我压根不知道他与厦门大学的渊源,更不敢想象他居然还是家父的恩师!

沧海桑田,1990 年 6 月,我家来了一位海峡对岸的重要客人、台湾戏剧界首屈一指的剧作家和美学大师——姚一苇先生,姚是父亲在厦大读书时最要好的同学,两人亲密交谈得几乎废寝忘食,这些事情后来父亲写入《难忘的友情》,发表在《新文学史料》1997 年第 4 期上,后经我手收入《热血与坚忍——郑道传纪念文集》一书。姚当时给父亲带来许多惊喜,其中之一就是王梦鸥先生还健在!

据姚的介绍:王是当时厦门大学在台校友中最有影响的一位,著述甚丰,德高望重,他 1949 年随中研院来台,1956 年转任政治大学中文系教授,1979 年退休后获聘为辅仁大学讲座教授……

父亲极为兴奋,就这样他与王梦鸥先生的联系在中断了 41 年后又接上了,书信来往不断。此时的王梦鸥已经 84 岁高龄,但一手硬笔书法潇洒依旧,可见其矍铄与硬朗!1995 年王梦鸥来信请父亲为他办一件急事:台北的大学生为纪念抗日战争胜利 50 周年,拟重排王梦鸥当年在厦门大学创作的历史话剧《燕市风沙录》,但全台湾居然找不到剧本。王梦鸥当年匆匆赴台,许多旧作早已遗失。王梦鸥说他记得厦门大学图书馆有这本书,希望还能找到,并将其复印快件发往台北。

抗战时期厦大学生演出的话剧在长汀影响极大,郑朝宗在《汀州杂忆》中写道:"山城看不到电影,那一时期演话剧成为一时风尚,厦大师生颇有一些擅长此艺,他们演出了许多中外名剧……长汀人对话剧也感兴趣,每逢演出,他们辄扶老携幼,蜂拥而来,座无虚席。"厦大1945届校友鲍光庆在《长汀时期的厦大剧社》中回忆道:"在厦大我还演过由于伶编剧、王梦鸥导演的《杏花春雨江南》;由王梦鸥编剧导演的《燕市风沙录》(杨思文演主角文天祥);还和朱植梅合演过《放下你的鞭子》……"厦大1947届校友苏仁骊在《汀州剧坛琐忆》一文中写道:"最令我难忘的是1944年'三八'妇女节演出的巴金原作曹禺改编的《家》和杨村彬编剧的《清宫外史》……王梦鸥老师是我们的总顾问,分幕自导自排,再由总顾问复排……那时剧运风起云涌,先后有机电系的《钦差大臣》、《燕市风沙录》,教育系的《万世师表》,法律系的《人为财死》等演出。"以上两文均发表在厦门大学1947级的级友刊物《同窗行》总第7期上(厦门大学的校友1949年前的将毕业的年份称为"级",1949年后的则将毕业年份称为"届")。特别值得一提的是,该期刊物还发表了一张1944年厦大剧团演出《家》的全体演员合影的珍贵照片,我在照片里找到了姚一苇和郑道传,他俩可能是作为后台的剧务参加的;照片中还有萨本栋校长七岁的儿子萨支唐,他在剧中扮演了钻在新房床底下的小孩。

不过现在回过头来审视厦大师生当时的话剧运动,众多剧目中意义最大的应该还是《燕市风沙录》。据厦门大学台湾研究所研究海峡两岸文学渊源的著名教授朱双一介绍,王梦鸥当时在很艰苦的条件下,为厦大学生写了三部话剧《红心草》、《命运之花》和《燕市风沙录》,有的甚至是蹲在防空洞里、在浑浊的空气中写成的。三部话剧全都是抗日题材的,可见王梦鸥的匠心、爱心与苦心,以及一颗拳拳的爱国之心!至于王梦鸥先生在繁忙的工作之余中为大学生创作的剧本艺术水准如何,我查到了当时在陪都重庆的民国政府的话剧评奖公告:"1943年以后评奖改按年度进行,仍由教育部主持,聘请有关人员组成'优良剧本审查奖励委员会',从当年发表或演出过的剧本中遴选。该项评奖统共搞过两届,共有21部话剧获奖。1943年度(1—10月)获奖剧目为:老舍、赵清阁《桃李春风》,于伶《杏花春雨江南》,姚苏凤《之子于归》,沈浮《金玉满堂》,王梦鸥《燕市风沙录》,吴祖光《正气歌》,

王进珊《日月争光》，郭沫若《南冠草》，陈铨《无情女》，陈白尘《大地黄金》，曹禺《蜕变》，王平陵《情盲》，李庆华《春到人间》，共 13 种，全是话剧。"获奖者中名家云集，我们厦大王梦鸥先生业余创作的《燕市风沙录》跻身其间，可见其沉甸甸不凡的分量！也许正是出于这个原因，半个多世纪后台北市的大学生才拟定重排《燕市风沙录》。至于台湾当代年轻的学子何以知道厦门大学有这么一部不朽的抗日名剧被深埋在历史的风沙下？是王梦鸥先生自己披露的吗？这似乎不大可能，先生为人谦虚谨慎，一贯低调，况且他老人家离开厦大后转向礼学与文艺美学的研究，不再进行任何戏剧创作。王梦鸥当时写戏的出发点非常明确，为他所热爱的学生，为他所供职的厦门大学，为他遭侵略受蹂躏的祖国。抗战胜利后他离开厦大，他随即把他如椽的戏剧创作之笔束之高阁也是顺理成章的。我想这重提《燕市风沙录》的"始作俑者"很可能是姚一苇先生，可能是他向台北市的大学生郑重推荐的，也许只有他才具备这样的眼光、情感、分量与地位：当年姚是《燕市风沙录》默默无闻的后台人员，去台湾后却创作出《红鼻子》等十几部名剧，有"台湾的曹禺"一誉，称他为台湾现代话剧的鼻祖与泰斗也绝不为过。厦大长汀校友中，姚一苇是继他的王梦鸥老师之后，又一个业余写剧本的天才，且青出于蓝胜于蓝。姚的推荐自然是一言九鼎了！当然斯人都已故去，这仅仅是我美好的合乎情理的推想，但不管怎么说，承传接递这一历史剧本的重任竟然义不容辞地落到了我们家里！

接到父亲的电话，我立即到学校图书馆，真的很幸运，一下就在卡片柜查找到了《燕市风沙录》的书卡！厦大图书馆的旧书保藏得很好，有其特殊的历史原因。1945 年抗战胜利后，厦大从长汀迁回厦门，鉴于运输的困难，大部分图书留在长汀，而后由于内战，再往后由于厦门、金门的炮火不断以及"文化大革命"，这些幸运的老书一直到春暖花开的 1979 年才得以完全运回厦大。我兴冲冲地下到书库，可怎么也找不到这本书，它前后卡片上的老书都在，偏偏就它没了踪影！

父亲满脸愁容，陷入了沉思，我也像做错了事情一样无奈无言地站在一边。当时王梦鸥的大儿子在南京，王把此任委托郑道传，显然有更高的期待。事后父亲与母亲两人商谈了很久，当时的情况是，我与母亲在某种程度上都是瞎子父亲的秘书，母亲主内我主外，母亲和父亲是在长汀厦大校园的文学社团"笔会"相识相知相恋的,同时也是《燕市风沙录》演出的历史见证人,父亲在他的回忆文章《长汀厦门大学的"笔会"和"诗与木刻社"》(收入徐君藩等主编的《福州文坛回忆录》,海潮摄影艺术出版社1993年版)中写道:"'厦大剧社'是校内著名文艺团体之一,曾演出《北京人》、《原野》、《蜕变》、《家》及《燕市风沙录》等巨型话剧,其演出的宣传工作就是全部由'笔会'承担。"

瞎子父亲向来有情有义,这个绝不言弃的盲人心里却是亮堂的,尽管书海茫茫,大海捞针,他知道这根"针"可能存在的角落,进而一摸再摸! 我不知道父亲和母亲为寻找这部抗战时期出版的剧本《燕市风沙录》写了多少信打了多少电话,我只知道数周之后,一部复印得清整素净清晰无缺的《燕市风沙录》挂号寄到了我们家的信箱——厦门大学101号邮政信箱,寄件人是福建师范大学的徐君藩教授。父亲大喜过望,要我立即航空挂号转寄台湾王梦鸥先生,如果我没有记错的话,王的信址是"台北木栅一支341信箱"。在转寄的当头,我忍不住草草浏览了一下剧本的内容,大致是讲文天祥被捕后大义凛然、义士谋划营救未果。显然剧作者意在以"人生自古谁无死,留取丹心照汗青"的精神,激发国人抗日杀敌,为国尽忠。书中还有舞台布置设计的草图多幅,估计也是出自剧作者的手笔。

我现在无从想象徐君藩教授是如何奇迹般地找到《燕市风沙录》的,他应该不大可能轻而易举地从福建师大图书馆获得,因为我清楚地知道该校在"文革"中期曾被撤销,师资被强行压成一个教育系并入厦门大学,图书资料和教学仪器遭到严重毁损。此刻为撰写此文我几经搜索,对徐君藩前辈有了大致的认知:福建著名教育家和编辑家、福建师范大学教育系主任,早在1936年就曾与人合著《课外活动》由商务印书馆出版,抗战时在永安主编《现代青年》,晚年参与主编《福州诗文选》、《两岸故人集》等分量很重的文集,曾约郑道传撰写抗战时期厦门大学学生"笔会"社团活动的回忆。我推测父亲与徐的关系应该就是在抗战时期建立的,是一个文学青年与一个文学编辑的关系,而且关系不浅。因为我记得父母亲在接到徐的复印书稿后曾为复印费的问题发生争执,父亲认为复信言谢便可,另找机会答谢,如果把那区区十几元的复印费寄回恐怕会伤了朋友的心。母亲则认为人家为你办事还要贴钱,情理上说不过去,汇钱时可佯称复印费已经报销。

王梦鸥在收到《燕市风沙录》的剧本复印件后大喜过望,立即亲笔分别给郑道传和徐君藩写信致谢,徐君藩在收到王梦鸥的信件后很是感动,在1996年7月24日致信郑道传分享感动,并附上王梦鸥亲笔信的复印件。

在海峡两岸为一部尘封多年的抗日历史名剧《燕市风沙录》的复出而搜肠刮肚,本身就是一段佳话,同时也是两岸文化老人一次与生命规律的赛跑:此事过后的一年多,徐君藩教授在福州病逝,郑道传教授在厦门中风,记忆严重受损。但郑、徐两老无愧于人生的最后阶段,联手完成了《燕市风沙录》的越海递交。至于《燕市风沙录》在台湾上演的情况,暂不清楚。但台湾时报文化出版社在1995年12月出版了王梦鸥的《中国文学的理论与实践》一书,其中收入了《燕市风沙录》,该剧的光荣复出重见天日是确切无疑的了!该书的主编为台湾彰化师范大学国文系林明德教授,林在序言里进一步肯定了王梦鸥剧作对抗战的贡献,他写道:"创作方面,分戏剧与传记,前者又以三幕剧为主,例如:《红心草》《生命之花》《燕市风沙录》,与《乌夜啼》,后者即《文天祥》一种。这些创作均完成于抗战期间,对国民不无鼓舞作用,显然是知识分子参与抗战后援会的实际表现。"

抗日岁月厦门大学在长汀的表现可歌可泣,是一曲响彻云天的教育救国的凯歌。厦大剧团在长汀的表现可圈可点,其中厦大师生自编自导自演的《燕市风沙录》星光璀璨,我们应该在厦门大学的校史上、中国文艺抗日史上,乃至中国的话剧史上,为它补记上这热血沸腾的一笔!

(重写于2012年5月)


## 施蛰存先生

收到一包挂号的印刷品,发自上海书店出版社。咦,我与它没有任何瓜葛呀?拆开一看,原来是一式两本的新书《夏日的最后一朵玫瑰——记忆施蛰存》,米黄色布纹纸的封面,素净而文雅,一股书卷气穿透心扉,令我满心喜欢。

这部怀念追忆施蛰存先生的文集是研究现代文学的著名学者陈子善先生编选的,作为华东师范大学中国现代文学资料与研究中心丛书的第一种,分量沉甸甸。草草浏览,被收入的作者有黄裳、钱谷融、徐中玉、李鸥梵等大家,也有一批施先生的高足与弟子,还有他老人家的数位亲朋故旧,几乎皆为海派人士。笔者厦门郎郑启五也跻身其间,身份可是独一无二的:施先是家父郑道传、家母陈兆璋在厦门大学就读时的国文老师,我的散文《汀江梅林梦难断》写的是抗战期间施先生在厦门大学任教时的一些往事,也许正是这样的独特、这样的补遗,编选者把我的文章放在全书很重要的位置上,于是乎有点受宠若惊了。不过更多或更真实的感觉是意外之喜,拙文原来发表在2004年4月《文汇读书周报》上,已经时隔多年,而编选者事前又没有打招呼,所谓"意外的书香",就是这样的酒酿。

书香之醇,固在于它的内涵,往事悠悠铺出小路一条,让读者一步步走近他、赏识他、敬重他:字里行间含笑微微的施先,"不能忍受平凡、沉闷的生活,厌恶一切平庸的人和事,即使在最无可奈何的日子里,他也要在生活中寻找亮色,或制造一些使心灵得以稍事舒息的笑乐。"(钱谷融语)

书香之厚,也在于它的编排,浏览全书,喜见不少先生文绉绉的留存:手稿、照片、旧译、信札、藏书卷、题签的书衣、扉页的钤印……旧影斑驳,物件纷繁,却紧扣主人和书的一生。它们不时地被穿插安置在偶数的书页上,一物一页,如沿路错落的盆栽,与文章的主干若即若离,却配搭成趣,摇曳生姿……

书香之魅,在于它绝无仅有的细节,那晃动的黑白镜头扑闪着光线的透射。《朝花》老编辑陈诏披露,施先生在1992年托他把稿费转赠一位患轻微痴呆的穷朋友万鸿开。据我所知,万先生解放前也曾经在厦门大学任教,也是家父的老师,教经济学的。我藏有一张万先生给父的邮政贺年卡,是1991年的,卡上的书写歪歪扭扭,当时估计是脑血栓的后遗症所致,现竟不经意间在此书中找到答案。

玫瑰凋零也芬芳,《永远的现代——施蛰存论》一书的作者杨迎平在她的回忆里写道:"按照施先生给我的地址,我找到愚园路1018号,这是幢两层的小楼,一楼是邮局,施先生住在二楼……"这一行平实的文字却如飞石击水,在我心湖里荡出圈圈涟漪,刹那间温润了我所有的感觉,这个耳熟能详的门牌是家父家母几十年来在数以百计的信函和明信片上书写的信址,这是施先生下榻了整整65年的老宅!上海,上海,留住愚园路这幢沧桑的1018号吧,留住这"夏日最后一朵玫瑰",把它列为一个书信陈列馆,或至少

钉上一个"施蛰存故居"的铜牌,因为它饱尝了一个中国现代文化巨子长寿的秘籍:二楼是书山,一楼为邮海,尽管岁月沧桑,人生无常,但命运坎坷饱经磨难的施先生,却断断是书信年代最幸福的文化人(图2)……

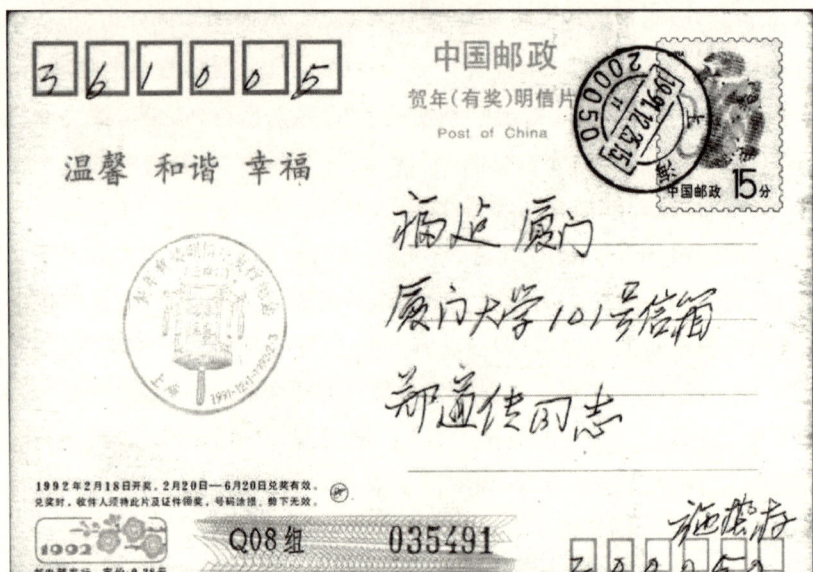

图 2　施先生寄给家父的邮政贺年卡

(写于 2008 年 9 月 17 日)

## 李庆云先生

每到凤凰花开时,我的心总是飞回厦门大学,像金龟子一样在花间飞来又飞去……

最关注的其实不是自己所在的人口研究所,尽管也挂记我的研究生们,也非所属的公共事务学院,尽管也思念自己的教研室同事,血脉相连的总是母系——外文学院,因为外文学院的毕业庆典搞得全校最出彩、最多情、最浪漫,在情人眼里,满校园的凤凰花仿佛是专门为外文学子而盛开而绚丽……

外文学院的毕业典礼往往选择在校本部克立楼三楼的会议厅举行,例行的程序里要颁发三个奖学金,很多院系的奖学金放在校庆时节举行,而外文学院就是别开生面对凤凰花季情有独钟……

外文学院的这三个奖学金"1977级同学奖学金"、"李庆云奖学金"和"蔡玉明奖学金"其实是三个不同历史时期的"英国语言文学专业"的系友之捐赠:1977级自然是改革开放新时期的代表,而资深教授李庆云从抗战时期到20世纪50年代初期一直在外文系任教,长期担任系主任要职;至于蔡玉明则是"文革"期间特殊年代1975级的校友。说来不可思议,或者谓"剪不断理还乱"的缘分,我与这三个奖学金的"金主"都有密切的关系。

我是1977级奖学金的当事人和发起人之一,曾多次代表我们1977级全体同学在外文学院的毕业典礼上颁奖和演讲,关系自然不足为奇。奇的是我与李庆云教授的历史缘分,1942年我母亲陈兆璋考入厦大历史系学习,李庆云教授是她的英语老师。每到周末,李教授在自己家里开办"英语沙龙",奖励各系英语成绩最好的学生参加,李师母亲自为沙龙的同学们烤蛋糕和冲咖啡,我母亲就是沙龙里最活跃的女生之一。她常对我情深意切地回味道:在那个物资极为贫乏的战争年代,能有幸在庆云师的家庭英语沙龙里过周末,那是何等的精神和物质的双重享受啊!也正是由于在庆云师那里得到的学养,家母毕业后把自己的教学和科研方向确定在英国史和世界中古史领域,并兢兢业业为之耕耘一生。新中国成立后,母亲回到厦门大学历史系任教,依旧经常做客李家,她在1952年于厦大校园里生下我的时候,慈爱的李师母多次到我家探望,还送来奶粉和鸡蛋……2008年百岁李师母在澳大利亚仙逝,几乎失忆的家母闻讯后竟热泪长流,这是一段多么奇异的跨世纪的师生感情啊!

至于事业有成的蔡玉明先生,那是难忘的1975年,我从上山下乡的闽西山区调到厦大外文食堂当炊事员,在当时这是一个"臭老九"的后代求之不得的工作。在我烧火做饭的坎坷中迎来的第一届新生中就有蔡玉明同学,我记得很清楚这位操莆田口音的英语第四班小伙子刻苦好学,经常很晚才来打饭。同在第四班的女生萍和芳是一对闺中密友,多年之后,萍与蔡玉明结为伉俪,而芳则成了我的妻子……

在这个凤凰花开的时节,我深深祝福我的母校——厦门大学,祝福我的母系——厦大外文学院。我戏称自己是"厦大的土著",我一直认为厦大是一所很有人情味的高等学府,在不同的历史时期,那道温煦的涓涓溪流穿山越岭,总是长流不息……

(2010年6月7日写于土耳其)

第四章 厦大——我的家

## 谢希德女士

厦大九十周年校庆期间,上海厦大校友会向母校捐赠了一尊谢希德铜像,被安放在物理馆的前面,此前校方在厦大四种精神的表述"王亚南、陈景润为代表的科学精神"中加入了谢希德的名字。关于她还有更重要的头衔,诸如著名物理学家、复旦大学校长、上海市政协主席,以及连任两届中共中央委员等。

她的铜像我至今没有去看,我不会特意去看。也许哪天路过那里,会顺道探望一下。先见过鲜活的真人再见硬邦邦的铜像,这应该是第三尊,前两尊是王亚南和陈景润。根据以往的经验,心里总会出现一个落差,因为青铜与肤色迥异。

谢希德是我母亲 1942 级的厦大同年级同学,她在数理系,我母亲在历史系。尽管不同系,但那时女生很少,她们同住一间宿舍,是所谓的"舍友",每每周日还常常一同到李庆云教授的家里参加英语沙龙。改革开放之后,历尽坎坷的中国知识分子迎来了生命的春天,谢希德成为厦大 1946 届毕业生里冉冉升起的科学明星。母亲的老同学在我家聚会的时候,有人开玩笑说,谢是当年厦大理科的才女,母亲是文科的才女,叹息母亲选错了学科。母亲听了,淡淡一笑,说"人各有志"。

有一回厦大 1942 级同学会在母校聚会,母亲说她邀请当年两个最要好的同学到家里吃饭,一位是上海来的谢希德,另一位是美国来的庄昭顺,因为是午餐,我家嫂嫂在上班,母亲要我做饭,印象中就是名副其实的便饭,青菜豆腐鸡蛋汤,"大菜"就只有一个海蛎煎,这是我拿手的好菜。她们老同学谈笑风生,我在厨房里小试牛刀,其间我曾帮她们三人照了几张合影。照片上留下了日期:1994 年 4 月 3 日,那是母校七十三周年校庆的前夕。

很遗憾,那天不知怎么搞的,偏偏举足轻重的海蛎煎没煎好,可能是地瓜粉调得过稀,或者火候把握不好,上盘时一片稀糊,不过她们老同学边吃边聊,乐呵呵十分开心,似乎没有觉察。但母亲还是当着大家的面直言,"男孩子做事总是毛手毛脚的"。

客人告辞时,谢希德拉着我的手,一脸慈爱地轻声低语:"谢谢你,饭菜都很可口。"我居然一时语塞,真不知道该如何称呼她,学长还是阿姨?因为母亲在场,本来校友会场面上可以很自如的"学姐"却顿时卡壳,至于复旦校长、政协主席的头衔当时压根连想都没想。呵呵,没想到郑启五也有语塞的时候……

(写于 2011 年 4 月 11 日)

## 姚一苇先生

"金桥·2012 海峡两岸民间艺术节"于 2012 年 10 月 27 日至 10 月 31 日隆重举行。

艺术节的主要活动是姚一苇先生剧作展演,由中国国家话剧院和台北艺术大学联合演出《西厢记外传》,台北中国文化大学戏剧系演出《我们一同走走看》,以及厦门大学中文系演出《一口箱子》。另外还有姚一苇先生生平与著述展、纪念姚先生诞辰 90 周年学术研讨会和姚一苇戏剧讲座等多项涉及姚一苇先生的纪念活动。

姚一苇是厦门大学 1946 级的毕业生,毕业后即前往台湾任教,后成为台湾美学界和话剧界大师级的人物。姚一苇先生是我的父亲和母亲在厦大读书时的同学,课余一起参加学生社团"笔会"(图 3),摄于 1944 年厦大长汀校区,后左五为姚一苇先生,后左三为我的母亲陈兆璋教授,前左三为我的父亲郑道传。

**图 3 学生社团"笔会"成员合影,摄于 1944 年厦大长汀校区**
后左五为姚一苇先生,左三为我的母亲陈兆璋;前左三为我的父亲郑道传

1990 年 6 月 26 日,姚一苇重返母校厦门大学,首先来到我们家里,拜会分别了 44 年的老同学,我为他们留了影(图 4)。

今天我以特殊的厦大"土著"身份出席了在厦门大学人文学院举行的"姚一苇学术研讨会"并在会上发表即席演讲,欢迎姚一苇学长再回母校,并与台湾文化大学和台北艺术大学姚一苇先生的弟子分享了我的一家与姚先生难忘的友谊。

**图 4　姚一苇先生与父母亲合影,中间者为姚一苇,两边分别为我的父母亲**

(写于 2012 年 10 月 28 日)

## 陈诗启先生

陈诗启教授是中国海关史研究的学术泰斗,说起陈老的中国海关史研究,首先要提到的就是他的代表作《中国近代海关史》,该书洋洋 91 万余言,对从晚清到民国的海关历史做了系统、全面的阐述,学术界对之有很高评价。其获得全国高等学校人文社会科学研究优秀成果奖、国家社会科学基金项目优秀成果奖和吴玉章奖,就是很好的证明。该书一是资料非常翔实丰富,且大量是别人没有用过的第一手资料;二是不囿于以往的成见,贯穿了辩证和求实的精神;三是填补了以往中国海关史研究中的诸多空白。总之,该书极具学术价值,是代表中国海关史研究的最新水平的压卷之作。

（一）

陈诗启先生 1914 年出生于闽南德化县一个小商家庭,幼年丧母,他先后就读于赤水锦水小学、永春县崇实学校初中部、厦门集美师范,刻苦学习,从小磨炼出了克服困难的坚强意志与毅力。民国二十三年(1934)回崇实学校任小学部主任兼初中国文教员。民国二十六年(1937)秋考入厦门大学历史系;因是年七七事变,日寇侵华战争全面爆发,他随学校迁到长汀。在厦大求学期间,他不但品学兼优,而且忧国忧民,担任学生抗日救亡铁声合唱团的团长,慷慨悲歌。面对破碎的山河,青年陈诗启在《义勇军进行曲》的旋律中立下了史学报国的雄心大志! 民国三十年(1941)夏厦大毕业,获文学学士学位。其后先后任广州中山大学附中教员,福建长汀县立中学校长、长汀国立侨民师范教员。民国三十四年(1945)秋回厦门大学,先后担任总务处秘书等行政工作兼历史系讲师,1953 年专职历史教学工作,1961 年任副教授,1982 年任教授、历史系系主任、1985 年任中国海关史研究中心主任1982 年还曾任厦门市政协委员。

陈诗启在他长期的教学与研究生涯中,刻苦治学,辛勤耕耘。20 世纪 50 年代,他研究明代经济史,著有《明代官手工业研究》(湖北人民出版社 1957 年版)。后转入研究中国近代经济史,代表作有《甲午战前中国手工棉纺织业的变化和资本主义生产的成长》、《论鸦片战争前的买办和买办资产阶级的产生》。而陈诗启教授最大的成就与贡献,是对中国近代海关史的开拓性研究。早在 20 世纪 50 年代初他就对中国近代海关问题颇感兴趣。因他在中国近代经济史研究中发现,中国近代海关是一个非常奇特的机构:它名义上隶属于清政府,而实际上为英帝国主义控制下的"国际官厅",长期为外籍税务司把持。从海关总税务司到各地方海关税务司,各部门重要主管都是外国人担任,其势力渗透到近代中国的政治、经济、文化、军事等各个重要领域,不仅直接控制中国海关大权,而且控制中国财政等某些重要命脉,直接影响近代中国社会的发展。然而,对中国近代海关史这样重要的领域,却一直未引起学术界应有的重视。陈诗启独具慧眼,萌生填补这一史学研究空白点的强烈兴趣与历史责任感,但因当时教学任务繁重,缺乏研究条

第四章　厦大——我的家

件,无法着手。至 20 世纪 60 年代后期,由于"文革"浩劫,研究工作又被迫停顿。在这一漫长的浩劫中,他经受了整整十年的"牛棚"生涯折磨,被"造反派"抄家,头上戴了"牛鬼蛇神"、"国民党残渣余孽"、"反动党团骨干"等一顶顶"黑帽子",没完没了的审查、批斗;被强令"劳动改造",扫厕所、挑大粪、种菜、养猪等等,但这许多劫难并没有动摇他对学术事业追求的意志与决心,反而更坚定他为此付出长期的努力与代价的思想准备。他历尽艰难与风险,居然在"文革"中期就冒天下之大不韪,毅然率领家中老小搜集抄写、校对有关资料,忍辱负重,偷偷研究,其间他私下悄悄积累了有关近代中国海关史资料近 300 万字,因此差一点被打成"现行反革命",所幸当时历史系党总支陈在正老师以极大的勇气和为人的良知,力排众议,才使他得以幸免于大难。1978 年春回大地,陈诗启获平反,恢复正常教学科研工作。于是他夜以继日,全身心地投入朝思暮想的海关史研究,而厦门海关保存良好的历史档案,特别是早年英国雇员刻板而认真的资料留存,更成为他兢兢业业研探的富矿。1980 年他发表了第一批厚积薄发的研究成果:《中国近代海关史总述之一:中国半殖民地海关的创办和巩固过程》、《总述之二:中国半殖民地海关的扩展时期》,以及《论中国近代海关行政的几个特点》,立即在学术界引起强烈反响,1987 年他集十余年心血研究的成果——《中国近代海关史问题初探》一书在中国展望出版社出版,国内外学术界更是为之瞩目。1993 年 7 月与 1999 年 9 月,人民出版社先后出版了他的《中国近代海关史》,并被教育部指定为研究生教材,他大器晚成,终于圆满实现了数十年来开拓中国近代海关史研究的苦苦追求。

(二)

我母亲陈兆璋教授是陈诗启教授在厦门大学历史系半个世纪的同事,我们一家人对陈诗启教授都非常熟悉,不但是先生才学和文章的历史见证,更是亲身领教了他非凡的人品。许多前辈和同人都非常熟悉先生在鼓浪屿厦大宿舍"博爱楼"的那套旧居,我本人曾两度住进其间:一次是在 1958 年的盛夏,我家遭遇横祸,父亲被打成右派,被发配龙岩去炼钢;金门国民党军队打炮,校园不安全,厦大部分学生转移到了集美,于是母亲跟着到集美教书,家里只剩下我和我哥哥。当时,我上幼儿园,我哥哥上小学二年级,从历史上看,厦门当地百姓为躲避人为的灾祸,往往首先想到鼓浪屿。母亲便把我们兄弟俩寄到陈先生家里去。两个不大懂事又十分调皮的男孩子,就这么放到他家去养,不是一天两天,而是好几个月的时间,何况我们兄弟俩还是黑乎乎的"右派"后代,人人唯恐避之不及,而宽厚的诗启先生和善良的陈太太居然二话没说,热情相助!我们在"博爱楼"院子里爬墙上树玩打仗,而先生穿着拖鞋赶来制止的模样既紧张又和蔼,至今历历在目。

1967 年的冬天,我们家遇到了更大的灾难,同时也是厦门大学历史上遭受的最大人祸。当时厦门"文革"的武斗进入极端时期,校园里经常流弹横飞,在学校生活无时无刻不提心吊胆,有一天,在校中心的十字路口(今天逸夫楼的门口),一个学生被流弹当场打死,脑浆与鲜血流了一地,惨不忍睹。这个路口又是天天买米买菜必经之地,我们一家人感觉实在没办法生活下去,就偷偷收拾行李连夜逃到鼓浪屿去,在黑暗中叩响了诗启先生的房门。我们是"右派之家",他是"反动学术权威"、"反动党团骨干"。先生一家六口人,我们一家四口人,他家住房就是那么小小的一套,平时连走廊都利用了起来。但是先生和他太太还是义无反顾地接纳了我们,腾出外面一间房子给我们住,让他们自己的孩子挤住在走廊和小饭厅里。两家人吃喝拉撒都在一起,非常艰难,但是他和太太总是嘘寒问暖,还每每提来烧好的热水让我们洗脸烫脚。我们住下来没过几天,历史系的陈雨鼎老师带着夫人和三个女儿也从校园逃到他家,先生又毫不犹豫地接纳了。"患难见真情",在当时极端的困境下,诗启先生不但在生活上要承受极大的麻烦,政治上也要冒极大的风险,但他总是义无反顾,伸手襄助而无所畏惧!(这段往事的部分经历我曾写进集邮散文《天地一"海鸥"》,收入我的第二本集邮散文选《集邮随想》里)。陈老助人于危难之中的往事应该还不仅这些,因为我听说,历史系罗耀九教授在 1958 年也曾因为外出参加"大炼钢铁",家中无人,一度把自己的老母亲寄托在先生家中……

所幸"文革"结束,中国改革开放,厦门大学及其历史系才迎来历史上最好的时期,知识分子扬眉吐气。我母亲在历史系最值得骄傲的一件事是1988 年诗启先生请她担任他的研究生论文答辩委员会主任,三位研究生分别是连心豪、魏娅娅和吴扬材。我母亲至今对这三篇论文如数家珍,认为篇

篇写得严谨扎实，从中体现了作为导师的陈诗启教授的治学风范！名师出高徒，三位高徒各有所长，如今都是各自单位上的栋梁之材。在此特别值得回味的是，1994年中华书局总编辑李侃给诗启先生的一副题词："史林拓荒甘寂寞，于无声处见芬芳。"12年过去了，这字字珠玑的墨宝更显芬芳，展示了大器晚成的诗启先生宽厚的人品和丰实的才学！

我们一家人从诗启先生及他一家人身上看到了博爱的力量，同时，先生的人品与风范也感染了我们大家，特别是我和我哥哥，我们要向陈先生学习，他真是我们一生为人的楷模！其实做人与做学问是并行不悖且相得益彰的，先生在鼓浪屿老旧的住宅不但成就了中国海关史顶尖的大学问，而且几度成为同事们在坎坷境遇中的"托儿所"、"托老所"、"避难所"……先生宽厚的人品早就奠定了他今日做学问的高度，高山仰止，这是我发自内心的感悟。我是一个无神论者，对各种菩萨与神灵常有大不敬的言论，但老实说我不大敢对基督教说三道四，就因为诗启先生和他的太太是虔诚的基督教徒，他们老夫妻以基督徒的博爱之心，在我们家庭最困难的时候，送来了救命的"诺亚方舟"！

（三）

2003年9月在陈诗启先生的主持下，在厦门鼓浪屿召开了"赫德与旧海关"理论研讨会。赫德可称得上是"中国邮政第一人"，1861年时任海关总税务司的英国人赫德向清政府建议，举办现代邮政，1866年清政府同意由海关兼办邮政。1892年，赫德又向清政府建议，成立国家邮政局，开办国家邮政。1896年3月20日光绪皇帝批准正式开办邮政，并委托赫德具体负责……由此对陈诗启教授的学术研究与集邮界的关系可略见一斑了。2005年初，陈诗启教授在厦门大学出版社出版了《从明代官手工业到中国近代海关史研究》一书，他在书中透露："现虽已九十之年，犹受命培养博士研究生，并已收集中国海关当事人如赫德等的函电等资料，希图以第一手资料，与中国海关史研究中心同仁一道解决中国海关外籍税务司制度存在的根本问题。"蒙先生错爱，签赠一册于我，真是受宠若惊，我们老小因此成为忘年之交！如今老骥伏枥的陈诗启教授仍然思维敏捷，以惊人的毅力和勇

永远如厦大孩子

气,带着缠身的老病和眼疾的折磨,天天伏案笔耕不辍。2006 年 7 月 31 日,陈诗启先生在给我的亲笔信中艰难地写道:"我已 92 岁了,患糖尿病 20 多年,现已并发到两脚,每晚睡觉双足麻木,眼睛白内障发作,已经手术,换了晶体,但视力不但没有恢复,反而下降,现在每天只能工作两三个小时……我的研究还没有最后完成,希望有个着落,为学术再添些砖瓦。视力限制,写得潦草不恭,请谅……"反复读陈老先生的来信,我眼前一再浮现出他几乎是把眼睛贴在书页、纸页上艰难蠕动的情景,我怎么也抑制不住眶含的泪水:他老人家的生命与事业已经完全融为一体,他在拼命地与病魔撕咬,他在顽强地与死神抗争,不屈不挠地挣扎着爬向他科研成果完成的句号,这就是我们中国老一辈的知识分子啊!

(写于 2006 年 12 月 8 日)

## 林惠祥先生

尽管家里书已多得成灾,尽管近年来买书打折已经习惯,我还是全价买下了林坚先生的《芙蓉湖畔忆"三林"》(厦门大学出版社 2011 年 3 月版)。

从厦大时光书屋捧书出来,忍不住就在芙蓉湖畔贪读起来,该书有个副题:《林文庆、林语堂、林惠祥的厦大岁月》,选取厦门大学建校初期的三位林姓冷门大家,作者在《后记》里坦然指出:在厦大的历史中,林文庆曾经被"湮没",林语堂曾经被"遗忘",而林惠祥也曾经被"淡忘",由此作者相当生动温情地梳理了他们在厦门大学历史上所走过的沧桑岁月,还他们以常人的体温和沉甸甸的体重。

林文庆先生为厦门大学真正意义上的首任校长,并独力执掌校政达十六年之久,为厦大成为"南方之强"奠定了坚实的基石,我曾带学生探访鼓浪屿的林氏别墅,并直言不讳写下《厦大愧对林文庆》,而作者林坚则以婉约和洗练的笔触,引取丰足的史料,肯定了林老校长对厦大非凡而卓越的贡献。

林语堂为厦门大学文科主任、国学院总秘书,由于他的到来,使鲁迅、沈兼士、顾颉刚等一批北大名师接踵而来,并把现代科学精神和研究方法带到了厦大,对厦大文科的发展产生了深远的影响,可就是因为他与鲁迅有点过节,一下就被新中国冷落了几乎半个世纪,这样的荒唐和荒谬,真的令人没

齿难忘。

作者在描述《厦大：林语堂纪念室》一节里写道：厦大一位"土著"教授在参观后感慨地说："这绝对是目前厦大最有分量的一张大书桌，甚至是全福建最有文学价值和文物含金的一张大书桌。"作者注明这是引自"郑启五《林语堂和鲁迅在厦大的恩怨录》"，这真是很愉快的事情。你想想，海峡两岸林语堂先生的读者少说也数以百万计，赞美的表达不计其数，但偏偏郑启五能从浩瀚的"林粉"中脱颖而出美美享受被引用的荣幸。当然我更引以为傲的是林语堂先生的侄儿、著名文学翻译大家林疑今教授是我大学本科时的恩师。我注意到作者林坚先生在全书中旁征博引，但每一征每一引，都一一注明出处，不仅显示了作者严谨的问学，更有良好的人文涵养。

林惠祥为厦门大学首届毕业生，先后在厦大工作达二十年之久，不仅开创了厦大人类学、民族学的研究方向，而且是厦大研究台湾的第一人，他还把自己大半生精心收藏的数千件珍贵文物、图书献给了厦大，并在这些文物、图书的基础上创建了"厦门大学人类博物馆"。

20世纪50年代，家母陈兆璋教授就一直是林惠祥教授的同系同事，我儿时称呼林教授为"林伯伯"。我家珍藏着一张1957年12月22日厦大历史系教工的合影，这很可能是惠祥先生留在人世的最后一张影像。这张珍贵的黑白照片被我编入《热血与坚忍——郑道传纪念文集》（当代中国出版社2006年12月版，第317页）。

值得一提的是，林惠祥的儿子林华水是我在厦门双十中学"老三届"的同学，我们都还是厦大的"教二代"。早年家母常在人类博物馆的大楼里办公备课，有时不得不拖带我这条小小的跟屁虫，记得儿时三四岁时我第一次脱离母亲的视野而擅自潜入博物馆第一展厅时，被那原始人泥塑吓了一大跳，那原大的原始人玻璃眼珠闪闪有光，赤身露体举着大棒，真是栩栩如生。不过再稍大一岁，胆子就大多了，再会原始人，居然"欺人太甚"，恶作剧去掀开那泥人遮羞的兽皮，然后哈哈大笑……那男孩子野性而调皮的笑声仿佛还在人类博物馆的通廊里嗡嗡回响，厦大时光已悄然流过了半个多世纪……

其实"三林"的评价变换由冷转热只是时代的一个缩影，"好在历史是由人民写的",被颠倒的历史终会被颠倒回来,阅读往昔常常会有这样揪心的痛楚,怎么有时连一句公道话良心话居然都要憋屈半个世纪才能吞吞吐吐,由此深感我们的大学离自主办学、自由探索和独立思考的境地还有很长的路要走。

芙蓉湖波光潋滟,水岸边垂柳依依,还有翻不尽的史书,品不尽的书香。

(写于 2011 年 12 月 31 日)

## 朱一雄先生

在抗日战争艰苦的岁月,厦门大学被迫从厦门岛内迁闽西长汀,在危难中走马上任的萨本栋校长为此书写下了中国大学史上引以为傲的辉煌篇章。

我的父亲郑道传和母亲陈兆璋是厦门大学长汀时期的学生,也都是当时校园文学社团"笔会"的成员,我从小常听他们和老同学追述和回味抗战时期长汀厦大的"笔会"往事。"笔会"里有个名叫"朱一雄"的让我印象尤深,在"笔会"的文学墙报上,他不仅散文写得漂亮,而且是绘画和插图的高手。

新中国建政之后,家父和家母先后都回到母校厦门大学任教,而朱一雄则去了菲律宾,后又移民美国……在很长的一段时间,"去美",可是犯了政治大忌,但父母亲仍窃窃私语,津津乐道,他们自有他们的"同学观",他们更有他们的"同学情"!

改革开放,中国万象更新,此时的朱一雄已经是名满北美的美术教授,他开始时常回到祖国,带着他的美国学生上黄山写生,他乘机回到母校,成了我们家的贵客,成了我们家的常客,那是一段多么值得回味的日子啊,厦大校园"敬贤一号楼 401 室"总是充满了他们长汀老同学欢聚的笑语,夕阳把窗台和阳台镶上一片璀璨的金光……

最是那年厦门大学"纪念萨本栋百年诞辰"而举行的会议上,朱一雄送来了他精心创作的大尺幅国画工笔《恩师图》,绘的是萨校长当年在长汀的

陌舍里辅导学生的场景,樟木耸立,芭蕉流翠,精美而传神的美图令当年的老同学深深陶醉。很难想象,一个年过八旬的老人提着毛笔进行着如此精微的勾勒,心颤而手不颤,饱含情愫的水墨在一方宣纸上出神入化……校友总会拟将此宝画珍藏于校本部的陈列室里,而朱一雄同学则执意要置于长汀厦大遗址那修复的大成殿内,那里也有一个厦大校史陈列室,老人家的心还一直牵挂往昔的长汀……当时分管校友会的常务副校长潘世墨说,那就遵照作者的意愿吧。

一代厦大长汀学子渐渐老去,白发皓首的朱一雄从大洋彼岸给我们家寄来了他的文集《思乡草》(台北市书林出版公司 2009 年 6 月版),此时,我的父亲已经去了另一个世界,我的母亲正躺在厦门中山医院的重症病房里,我用有点颤抖的手拆开了外包的封纸,我是替远在天国的老父亲来面对这部《思乡草》的,我是替昏迷在病榻上的老母亲来阅读这部《思乡草》的,我,一个远在土耳其的"厦大汀江之子"在同样浓烈的乡愁之中,动情地诵读这奇异的《思乡草》,于是一株株、一抹抹绿油油的《思乡草》就这么悄然植入心扉:我仿佛卸去了自己闽南的衣钵,披上了一雄先生早年的童衣,赤足走在祖国江阴的乡土上……

作者身在海外的半个多世纪里,不仅用传统的水墨描绘华夏的山川流水,而且在浓厚的思乡情感的牵引下,用古典的方块字写出一题又一题素净的随笔,在菲律宾热带的季风里,在美东维吉尼亚的绿荫下,茂密蔓生的竟然是一大片故乡江阴连接天涯的芳草……

《思乡草》的下篇是《草叶堂随笔》,是朱一雄学长在美国东部居住过三十多年的一个大庄园内的生活素描,那里是他与夫人庄昭顺学长(她可是我母亲陈兆璋最要好的大学同学)之居所,也是他的"第二故乡"所在,先生寄情庄园内的花草树藤以及小动物,信手用方块字写生,一幅幅雅致的小品如红叶一般随风飘落,让读者深感人与自然的和睦与和谐,这个庄园也许是先生心目里另一个草木摇曳的"江阴",而我却情不自禁地把这个庄园想象成是大洋彼岸的又一套"厦大敬贤一号楼 401 室",因为一雄先生那多封与我们家的"两地书"的信封上都写有这个庄园的园址,而这个庄园同样是他们长汀时期厦大老同学经常欢聚的场所,当年汀江的放歌,久久回荡在同一片蓝天下的草木之间,当年故城的絮语呢喃在同一个金色夕阳映照下的阳台内外……

《思乡草》,永远碧绿的"思乡草",在大洋的东岸西岸,在你的心田我的心田,在无数"思乡草"、"思乡花"、"思乡木"和"思乡鸟"的簇拥下,长汀的厦大一代人在最美的夕照里渐渐化成了金色的雕塑……

（写于 2010 年 5 月 22 日）

## 徐霞村父女

我和作家阎欣宁一样,也是看了讣告才知道徐小玉老师突然因病离世的,什么病不清楚,大凡这种突如其来的状况多为心血管方面的病源。

感觉中"徐小玉老师"这五个字简称不得,称"徐老师"不大妥当,虽然同在厦大,但不同院系,几乎没有往来,校园里的"徐老师"甲乙丙丁,who is who;"小玉老师"似乎就更不妥,她年长我 20 岁,享有离休干部待遇,尽管相互熟悉,也仅仅是寒暄几句或点头微笑而已。

但我们有一个共同的身份——"厦大子女",她的父亲就是大名鼎鼎的文学翻译家徐元度(1907—1986),笔名徐霞村,《鲁滨逊漂流记》的首席译家,著译等身,在纪念厦门大学外文学院九十周年的《辉煌历程》一书里,所罗列的徐霞村著译多达 27 部。徐霞村于 1947 年就来厦门大学中文系任教,我的父亲郑道传于 1950 年随恩师王亚南到厦门大学经济系任教。徐霞村和郑道传都是校园才子,惺惺相惜。家父是文学青年出生,对徐很是敬重,1957 年两人都被劈头盖脸打成右派,家父在对徐的赞叹中隐含了对"反右"的不满,徐亦然。记得 1974 年我从闽西农村调到厦大外文食堂打工,徐当时在外文系编撰《英语成语词典》,算是"同系员工"。我自学外语,双目失明的父亲就让我找徐元度,他当时住在大桥头的筒子楼里,老夫妻相依为命,外人几乎不知道他还有子女。他对我很热情,还让我看他的一个宝贝——一台电视机,记得那是 9 英寸上海金星牌黑白电视机,可惜拨弄了许久,只有几个模糊而无声的影像,这是我平生第一次见到电视机,它也很可能是厦门第一台家庭电视机。他对我说:"你父亲是一个才子,当时王校长

要你父亲在西膳厅给全校老师开示范课,他45分钟安排得极为紧凑,讲完最后一句,下课钟就响起来了。"

"文革"结束,厦大右派教授们先后咸鱼翻身,开始过上了发挥余热的日子。徐和家父都重上教坛,记得1981年当时重新复出的大作家丁玲来厦大遇见徐元度,惊讶万分,并回忆起早年在上海文坛徐的英俊潇洒。同样在1981年,不甘寂寞的徐积极参与了地方人民代表的竞选,他和历史系学生会主席孙亚夫(就是后来担任国台办副主任的孙亚夫)竞选一个名额,他获胜后居然正儿八经在囊萤楼的出口摆上桌子,要听取选民的诉求。徐霞村于1986年病逝,晚年最大的成就是参与主编《综合英语成语词典》,里面的例句很多来自英美文学的经典。大概是这段时间前后,徐小玉调到厦大教书,并照顾她年迈的母亲。

徐小玉显然继承了徐霞村的写作才能,经常有作品见刊见报,后来又听说她曾经是厦门作家阎欣宁的老师。厦门写作圈子很小,这样我和她就有了一些接触,也聊得来。她写的关于徐元度先生的文坛往事,资料都是第一手的,不仅生动,而且权威和翔实,刊发的都是文坛举足轻重的大刊。1997年,在台湾的厦大校友、著名剧作家姚一苇先生逝世,家父家母写了长篇悼念文章《难忘的友情》,我想到了人民文学出版社的大型学术期刊《新文学史料》,便请徐小玉老师牵线搭桥,她立刻热心联系,后来文章顺利发表,对此,我一直感恩在心。

此后我们偶尔有文章一起发表在《厦门大学报》的副刊上,读熟人的文章是一种愉快,她应该也是这样的。她的一部写她父亲的传记文学《霜叶红于二月花——徐霞村传记》(22万字,山西人民出版社1999年版),列入"亲情思忆——著名作家纪传丛书",颇有影响,据说一书难求。我的一位朋友很希望能读到此书,于是我自告奋勇,向徐小玉老师索求,结果要到一本赠书,我还没有来得及看,让朋友先睹为快。

今年春节期间,我写了厦大子女大聚会的散文《大年初五的人间奇迹》,她为此给我留言道:"我也可以算作厦大孩子吧!父亲1947年来这儿,一解放就给我写信,叫我参加少先队,而我已在武汉当了小兵,母亲1952年来,最后我也来了!读了你在《厦门大学报》上的文章,颇为感动,一并致颂!"看了一下时间,这是她逝世前两个月的留言,永远的留言。我过去有点纳闷,以她的年龄,为什么可以享受离休干部待遇,这条留言算是一个告知了。

徐霞村徐小玉父女作家,文坛奇葩,同卒于 79 岁,可是宿命?厦大老校园里,又一张熟悉的面孔消失了,新浪中她的实名博客"徐小玉"依旧在,不过一个从此不再更新的博客不知能存留多久?但书山将恒久摇曳着《霜叶红于二月花》一抹历史的原色。

(写于 2013 年 4 月 15 日)

## 曾沧江先生

台湾水果中最有特色或最神秘的一种叫"释迦",因为它的外形很像释迦牟尼佛像的佛螺髻(头发部位),不过我却直呼它"番荔枝",早就见怪不怪了。

从小我家与植物学家曾沧江为邻,都住在国光三楼,我家 17 号,他家 19 号,有幸作了 17 年(1957—1974)的邻居,同处一个小院落。曾沧江在院落里身体力行种了一株奇异的果树"番荔枝",结出颗颗灰绿色拳头大小的果实。每每果熟,曾家都有馈赠,让小小的我早就有机会鉴赏这样神秘的水果。当年国家还花了 8 美元,从南洋进口了两株"短穗鱼尾葵",其中一株就由曾沧江亲自照料,种在我们的小院落里,历时 9 年,终于树高 8 米,并开花结果,获得极大的成功,由此开始逐步推开,如今遍布厦门岛内岛外这种高大秀美的观赏树其实都是我们小院落里那株母树的子子孙孙。

无论是"番荔枝",还是"短穗鱼尾葵",都令我有一种"失之东隅,收之桑榆"的感觉。因为原来我们家是住在大南十号的花园别墅,从 1951 年一直住到 1957 年,后因父亲被打成右派,才不得不搬往国光三。虽然失去了花园,却意外地亲近了神秘的番荔枝和鱼尾葵。更愉快的是,家父在与曾沧江的聊天里,不时有不同学科的交融与碰撞,很有意思。我总是很喜欢在一旁悄悄聆听,特别喜欢听曾沧江讲植物界的林林总总,因此而潜移默化,因此而满心滋润。

曾沧江比我父亲要年轻,按理哥哥和我应称呼他"曾叔叔",但我们兄弟

却情不自禁地称呼他"曾伯伯",一方面出于尊敬,另一方面则因为他的用功和勤奋,头发早早就花白了。

长大之后,我才渐渐明白,远亲不如近邻的道理,更难能可贵的是,父亲当时是右派,乃"戴罪之身",且被迫害得双目失明,而身为青年教师的曾沧江却毫不忌讳,称呼我父亲为"郑先",经常来我们家里坐坐,谈各方面的信息,给了黑暗中的"罪人"很大的宽慰。

曾沧江是一位很有正义感和同情心的汉子。"文革"时生物系有一位学生曾兆锵被人杀害,他那悲愤之情溢于言表,至今想起依然历历在目。有一年台风,校园里倒了不少大树,主要是银桦,主干道上倒得横七竖八的。曾沧江愤愤然,说当初"校园组"种银桦取代大叶桉,他就告诉他们银桦根浅,根本抗不住台风。可那个年代,知识分子的话根本无人搭理。

1971年我尚在武平插队落户的时候,不幸患上了急性肾盂肾炎,好转出院后还有残留的症状,很有可能转为慢性疾病,正是曾沧江及时送来的青草药使我完全康复,记得那草药里有冬青的根。

改革开放迎来了科学的春天,曾沧江开始了他大有作为的新时期,《中国植物志》里的很多词条,都经过他和何景老教授一起权威认证过。而由于他锲而不舍的努力,"短穗鱼尾葵"在闽南大地完全扎下了根,并茁壮成长,他是我国名副其实的"短穗鱼尾葵之父"。

由于操劳过度,20世纪80年代初曾沧江教授不幸病重在家调养,本来病情已经有了好转,但因为有一位外地学者上门讨教,他不顾病体欣然迎候并热情接待,就在传道授业的当头,突然像战士一样倒下,英年早逝,实在令人扼腕。双目失明的家父在学生的搀扶下出席追悼会,忍不住老泪纵横。所幸的是曾沧江毕竟享有了新时期最初的阳光,他和夫人陈勤娘合作的论文得到了学术界广泛的认可,一双爱子曾琨章和曾伟章也都以优异的成绩考上了重点大学(图5)。

我人到中年后,悄悄爱上了散文,写了不少像《大叶桉》、《怀念老树》、《梅海岭上》等涉树的文字,字里行间影影绰绰,都有曾沧江教授的音容笑貌以及他当年播下的科普启蒙的种子。有一次我到外地参加大型茶文化活动,不经意间听到一种"苦丁茶"的介绍,称该茶"是1981年5月经厦门大学

永远如家大孩子

生物系曾沧江教授鉴定,定名为苦丁茶冬青（Ticx Kudingcha Tseng）",我忍不住霍地站起身来,一时激动,眼睛都有些湿润了,其时曾沧江教授已经去世 20 多年了,我感慨不已,思考着关于生命的宽度和长度的命题……

(写于 2013 年 1 月 2 日)

## 何大仁先生

何大仁教授不仅是位出色的海洋生物学家,而且是当代著名集邮

图 5　曾琨章托付的曾家合影

家、中华全国集邮联会士。潘维廉在《魅力厦大》一书中尊称何大仁为"集邮学教学之父"。这一美称是恰如其分的:何教授不但主编了我国第一部集邮学教材《基础集邮学教程》,而且早在 1986 年就在厦门大学开创了中国高校集邮教学的先河。何大仁个人的邮票收藏极为丰富,其中最为精彩的莫过于苏联邮票以及俄罗斯邮票。何大仁在 1951 年曾亲眼见过斯大林本人,这样的人在中国屈指可数。我与他老人家是忘年之交,我对他的评价是"厦门大学历史上最痴情的'亲苏分子'",他微笑着不置可否。

记得 1987 年 11 月 7 日,厦门为纪念十月革命 70 周年举办"苏联邮票"展览,展品有 500 个贴片 2500 枚苏联邮票。其内容之丰富,似一部聚大千世界于一堂的小型百科全书;众邮票设计印刷之精美,像一座浓缩的美术博物馆。展出的全部邮品都是由何大仁教授一个人提供的。那次展出的苏联邮票尽管那么多,其实还不及他拥有的苏联邮票总数的一半。苏联(包括苏维埃俄国)1917—1987 年的 70 年间共发行邮票 6000 种,何大仁收集了5500 种以上。如此丰足的苏联邮票不但在我国极为罕见,就是在当时的苏联本国也屈指可数。

时间又过了翻天覆地的 19 年,首都北京以及与俄罗斯接壤的黑龙江黑

河等地都举行了俄罗斯邮票展览。远离俄罗斯的厦门也举行了"俄罗斯邮票"展览，展出了 1992—2005 年 14 年间俄罗斯联邦发行的全部 1062 枚邮票的首日封及纪念邮资信封、纪念邮资片。这次展览的展品之全面，完全可以与俄罗斯邮政总局编印的《俄罗斯邮品大全》相媲美，这是至今为止在我国举办的内容最丰富的俄罗斯邮票的顶级大展，无疑将令参观的邮迷大饱眼福。这次展览所有的展品又是何大仁教授独自一人的收藏和提供，更令人惊讶的是，这些票、封、片都是由莫斯科一位叫斯卡克夫斯基的俄罗斯友人在发行的首日从莫斯科实寄到厦门大学 270 信箱，14 个炎夏严冬的 1062 枚邮政日戳，述说着怎样的一种友谊与诚心，信念与坚守！

关于上述两次邮展，有着丝丝缕缕的关系，说来话长，一言难尽，还是让我从何大仁教授与苏俄邮票整整 70 年的传奇经历开始讲起吧：

## 第一枚收藏邮票

20 世纪 40 年代初，厦门大学为躲避日寇的铁蹄而搬迁到闽西长汀，还在上初中的何大仁随在厦大任校办文书的父亲一起来到长汀。日本侵略军攻陷沪杭，成群结队的上海难民从江西方向涌入长汀。他们为了生存，天天在路边拍卖随身之物，其中就有琳琅满目的苏联邮票，虽然价廉物美，但无人问津。在生灵涂炭的战争年代，有谁还会去集邮呢？身无分文的何大仁每天放学后就在拍卖摊前流连忘返。有一枚《母亲送儿上前线》的宣传画邮票，更深深烙印在他的脑海里。父亲理解他的心情，从信封上剪下了一枚苏联普通邮票送给他，从此，他便与苏联邮票结下了不解之缘。70 年过去了，如今他不但将这枚邮票保存得完好如初，而且对当时喜得这第一枚苏联邮票的情景依然记忆犹新。

## 10 个卢布

新中国诞生后，何大仁是新中国的第一代大学生。1951 年他因学习成绩优异而有幸成为厦门大学的学生代表，参加中国学生代表团前往苏联访问。访期虽然长达一个半月,但每人总共才10个卢布(旧币1卢布约合人民币5角钱)的零用钱。买什么好呢?同伴中有的买了一台矿石收音机,有的买了一件漂亮的衣服,可何大仁舍不得。他在红场参加节日庆典后,就兴冲冲地赶到邮局,想买一套当天发行的《十月革命34周年》纪念邮票。可惜这套邮票已被抢购一空,于是他买了另一套《莫斯科建城八百年》。如今讲起此事,他仍回味无穷。对邮迷来说,邮册中每套邮票的后面似乎都藏着一个故事。

## 人民的友谊

1957年何大仁从厦门大学来到苏联列宁格勒大学进修。每到星期天,同学们有的到涅瓦河畔野餐;有的则上基洛夫芭蕾舞剧院观赏芭蕾舞剧,可他却总是直奔波波夫中央邮电博物馆。这里是该市的集邮中心,馆内陈列着历年苏联发行的全部邮票,何大仁当时心想,如果能把它们都搬回祖国,让中国普通老百姓也一饱眼福,那该多好啊!博物馆外的街头则是邮迷们以邮会友的场所。就在这白雪飘飞的列宁格勒街头,何大仁和多位热情的普通苏联人交上了朋友。有一位老人见他是中国留学生,特别友好,不但请他到家中做客,而且还时常将自己的邮品慷慨相赠。何大仁珍藏的一本精装的邮票目录的扉页上留下老人当年的签字:"送给中国朋友何大仁:苏联集邮家斯捷潘诺夫1958年2月。"

还有一位基辅的老工人,在何大仁回国后,还常往厦门寄苏联新邮票和首日封,一直到1964年才被迫中断。两位老人也许早已作古,但真挚的友谊却永留人间。

## 与总经理的交往

1956年苏联邮电部在一种航空邮票上加盖"北极探险",这种加盖票极少,一经问世,十分抢手。何大仁在列宁格勒苦寻不得,便硬着头皮给莫斯科苏联集邮公司总经理写信求援。总经理一见是中国留学生的来信,立即

专拨两枚至列宁格勒分公司特供。当何大仁又惊又喜地如愿以偿时，一群苏联邮迷蜂拥而来，有人当场愿出十倍的钱，但他微笑地摇了摇头。1959年8月何大仁学成回国途经莫斯科，特别到该市面包胡同8号苏联集邮公司大楼，向总经理致谢并告别。总经理送给他一本珍贵的《第六届世界青年联欢节》邮票专集，还破例让他观赏了一套苏联准备要发行的《庆祝中华人民共和国成立十周年》纪念邮票，全套共10枚。

然而当时的中苏关系已经发生了微妙的变化，两个月后这套邮票正式发行时剩下两枚一套了，其余印好的八枚不知去向，其中包括一枚毛泽东的语录票《十月革命一声炮响，给我们送来了马克思列宁主义》。这是中苏关系史上鲜为人知的一件事。

## 一念之差

"文革"一开始，红卫兵破门而入，一下子抄走何大仁的父亲珍藏的几百幅历代名人书画。何大仁也惶惶然不可终日，想到"帝修反的孝子贤孙"的大黑牌更是心惊肉跳。一旦红卫兵再次打上门来，这些邮票肯定在劫难逃。于是夜幕降临后，他就开始烧邮票了。先烧掉全部的民国票，再准备烧苏联票。他痛心疾首地流着眼泪，但无奈苏联集邮册又厚又硬，怎么也塞不进炉膛。几经激烈的思想斗争，他抖抖颤颤地把这几大本邮册塞进书架上的《列宁全集》当中。谁知道"一念之差"，这千百枚珍邮竟幸免于难。

## 有其父必有其子

集邮活动在党的十一届三中全会春风雨露滋润下，又重新生气勃勃地开展起来了，然而何大仁的苏联邮票全集中却留下了14年的空白。正在这时，何大仁的儿子何加宁前往西德留学。加宁欣喜地发现，苏联为了争取更多的外汇，各种邮票源源不断地输往西德邮市。加宁在6年的留学生涯中省吃俭用，用结余下来的马克分期分批地购全了新近20年的全部苏联邮票。这期间他三次回国探亲，每次都叫海关人员感到奇怪：别人归来大件小件,而这位何加宁却总是几本邮册,轻装而归。

是啊,小伙子的行装是轻松的,然而沉甸甸的是一个儿子对祖国那日夜的思念和对父亲高尚志趣的共鸣和崇敬的感情!

### 痴心不改

1991 年底,世界上第一个社会主义国家在没有战争和外敌入侵的情势下自行解体,令世人震惊与沉思。何大仁一度极为痛苦,他和老一代的中国人对列宁和红色苏联的感情是现在的年轻人很难理解的。然而他对那片土地和人民的感情依旧痴心不改,浓醇得如同伏特加烈酒一般。解体的苏联一下从一个国家变成了 15 个国家,这时要想把 15 个国家的邮票都作为收集目标,显然力不从心。从 1992 年开始,他把他牢不可破的"苏联情结"转为"俄罗斯情结",开始专门收集和研究俄罗斯邮票。他认为这是顺理成章的,因为俄罗斯邮票在很大程度上继承了苏联邮票的衣钵,尽管列宁、十月革命等内容被沙皇、宗教等题材所取代,但红军英雄、卫国战争、宇航、城市建筑、贺年、动植物等题材延续不断,设计手法和艺术风格景观依旧。何大仁从一个中国的"超级苏联邮票迷"成功地转型为"苏俄邮王",这其中很大原因还得归功于他在莫斯科的俄罗斯邮友斯卡克夫斯基。1987 年 11 月当何大仁在厦门举办苏联邮票展览时,我为此曾写了长篇特稿《何大仁与他的苏联邮票》,当时仅有四个版面的《厦门日报》破例拿出近一个整版发表了该文,还配发了苏联邮票插图与何大仁的照片。该文引起北京英文季刊《中国集邮》的注目,并译成英语刊登出来。刊物到莫斯科之后,引起了一位苏联邮迷斯卡克夫斯基的注意,这位俄罗斯邮友对华邮情有独钟,认真收集了新中国的每一套邮票,从此他与何大仁情投意合,两人开始了长达近 20 年的友谊与书信交往,相互寄发的都是首日挂号实寄封,两人从没有一次失信对方,两国的邮政也从来没有一次失信对方,这既是对人与人,也是对国与国信誉的一次持续近 20 年的检验,结果是万无一失。这就从小小的侧面,给今年的中国"俄罗斯年"提供了一面明净的镜子!从当年列宁格勒的斯捷潘诺夫,到今天莫斯科的斯卡克夫斯基,一枚枚小小的邮票,一封封飘飞的信

函,不管两国关系如何风云变幻,但人民之间纯真的友谊一如涅瓦河与长江奔腾的碧水,长流不息!

何大仁不但收集俄罗斯邮票,而且还对俄罗斯邮票进行了系统的研究,每一年都撰写了俄罗斯邮票的专题论文,发表在《集邮报》《集邮博览》等国内主要集邮报刊上。在老一辈留苏学生中,何大仁的俄语水平可以说是出类拔萃的。年过七旬的何大仁极为流畅的俄语听说读写的水平为他与俄罗斯邮友间的交流提供了强有力的语言保障。尽管回国已经整整半个世纪了,尽管经历了"文革"的 10 年浩劫,但何大仁说起俄语仍如同当年在列宁格勒大学一样神采飞扬,在美丽的厦大校园里演绎了动人的圣彼得堡童话。他是一株俄语的常青树! 这很大程度上得益于他对苏俄邮票一生一世的痴情! 兴趣是最好的老师,也是最神奇的老师啊!

(重写于 2007 年 12 月 6 日)

## 叶国庆先生

在家母的抽屉里,珍藏有她的老师叶国庆教授的信函两封,这两封信都是 1996 年实寄的,年代并不久远,但信件连同信封、邮票、邮戳都齐全,因而尤为难得,特别是书信中的内容,牵涉厦大长汀往事,由此更显得分量不轻。

叶国庆(1901—2001),别号谷馨,生于福建漳州,历史学家、民间文艺学家。早年就读于福建省立八中。1921 年考入厦门大学教育系,1926 年厦大毕业后留校任教,不久转到石码石溪中学、漳州省立第八初级中学和厦南女子中学等任教。1930 年因受顾颉刚、林语堂等影响,投考燕京大学历史研究部研究生,师从我国著名民间文艺学家顾颉刚、许地山等教授。1932 年重返厦大任教,历任历史系讲师、教授及人类博物馆馆长等职。1983 年回漳州定居,热心关注地方文史工作和文化古迹保护,任省、市地方编撰委员会和市政协文史顾问。他治学严谨,对先秦史和福建地方史等研究造诣犹深,著有《试论西周宗法制封建关系的本质》、《庄子研究》(商务印书馆 1936 年版)、《笔耕集》(厦门大学出版社 1997 年版)等。

以上是从百度等下载的介绍并综合图书馆的资料,尽管很可能有欠缺,但大致体现了叶国庆教授教书和治学的一生：他是厦大第一届学生，又常年在厦大任教直至退休，且足足活了一百高寿，他的一双洞察世事的慧眼，活生生地见证了厦大在整个20世纪的风云变幻。记得他百岁寿辰时，厦大派出了以郑学檬副校长为首的祝寿团到漳州芗城区土改路34号叶家老宅为他老人家祝寿，家母因健康原因未能前往，因此而倍觉遗憾。在家母陈兆璋的学术论著《世界中世纪史散论》（厦门大学出版社2003年版）一书里有一张1945年摄于长汀的厦门大学历史系全体师生的合影，里面就有读大三的家母和他的恩师叶国庆先生。

　　1996年叶国庆先生95岁生日的时候，家母写了感恩散文《五十年后怀恩师》，文中写了她的三位老师——叶国庆、郑朝宗和施蛰存，每位老师又各有一个小标题，写叶国庆的是"博学敦厚的叶国庆老师"。该文被收入《厦门大学1946级毕业五十周年纪念特刊》（1996年版）一书第9页，后来又被陈福郎主编的《凤凰树下——我的厦大学生时代》（厦门大学出版社2006年版）一书再次收入。值得一提的是《凤凰树下》收入的开篇就是《1921级叶国庆：〈我们那些年月〉》，可谓师生唱和了！

　　从叶国庆先生的亲笔信里可以看出，我的母亲是把1996年版的那本特刊邮寄给了叶先生，叶先生回信表示感谢并畅谈了长汀时期的厦大往事，时年叶国庆先生已经95岁高龄，仍然坚持自己复信，从信中可见他的思路依然清晰，文笔依旧流畅，只是字迹稍微有些变形，估计是握笔的手可能有些颤抖。面对老厦大这样一封95岁的老师写给73岁学生的亲笔信，能不叫人动容吗？

　　如今厦大老一辈渐行渐远，落叶般地消失在绚丽的晚霞里，但留下的道德文章和学术著作惠泽后辈，还有他们当年存留的亲笔信札令人回味绵绵……

（写于2012年12月1日）

## 黄典诚先生

　　"把一切献给厦大——郑道传、陈兆璋教授赠书展"在厦门大学图书馆总馆

四楼"玉堂·厦大文库"展厅落下帷幕后,"犹是谆谆一片心——黄典诚教授赠书纪念展"又虔诚开展。该展还特设了"纪念周辨明专柜"。黄典诚先生(1914—1993)是著名语言学家,20世纪30年代师从周辨明教授(1891—1984),师徒俩联袂合编《前驱国语罗马字读本》《语言学概论》《诗经全译新注》等。周家1949年移居新加坡时,周氏的全部语言学藏书留在黄处。

这次黄典诚的儿子黄田先生倾情捐赠出周、黄两家书刊约1000册,另有手稿、讲义等学术资料5箱,赠书中不乏珍罕版本,如林语堂著的《汉字索引制》(共和印刷局1918年初版)、周辨明编的《半周字汇索引》(厦门大学语言学系1928年版)、王亚南著的《中国经济原论》(经济科学出版社1946年初版)、林语堂赠给周辨明的(隋)陆法言著《唐写本切韵残卷三卷》(据1921年王国维手写本影印)和(清)戴震著《声类表九卷首一卷声韵考四卷》(1923年渭南严氏成都刻音韵学丛书本)等,惠泽后学,为"厦门大学文库"的建设平添了浓墨重彩的一笔!

窃以为林语堂的那本赠书或可成为"厦大林语堂纪念室"的镇室之宝,在此不妨简略地勾勒出这部真罕宝书的传承线路:林语堂在厦大担任国学研究院主任时的研究用书,1926年林离开厦大前赠送给他的挚友周辨明教授,周在1949年移居新加坡前将书留给了他的爱徒黄典诚教授,1993年黄典诚教授去世后,把书遗留给了他的爱子黄田先生,在黄典诚先生去世20周年纪念的前夕,身为"厦大教二代"的黄田老师又把书捐赠给了"玉堂·厦大文库"。书就这样又回到了林语堂在厦大的"书斋",86年路漫漫,这是一种怎样的薪火相传啊!

不过赠书纪念展中最令我震撼的是周辨明译《国际语的将来》的亲笔手稿,一卷旧纸旧字历尽沧桑。周是厦大1921—1949年期间元老级的人物,早年曾任外文系主任和文学院院长,眼下在厦大人文学院的大厅里挂有他的画像,他是我父母亲在长汀求学时(1940—1946)的老师,家母的厦门大学毕业证书上还有"周辨明"的印章。我在厦大外文系就读时(1978—1982),学贯中西的周辨明也一直是外文系老先生交口称颂的学术偶像。岁月悠悠,面对大师爷的亲笔手稿,我颇有顶礼膜拜之感。

周辨明教授常年居住在鼓浪屿,是这个小岛文化鼎盛期的仙风道骨。

黄典诚教授也曾居住在鼓浪屿博爱楼的厦大宿舍多年,记得1967年厦大校园武斗惨烈,我们一家逃到鼓浪屿,住到陈诗启教授和陈克俭教授家避难,与黄典诚教授家为邻数月。不过那个不堪回首的岁月,厦大教授不少人灰头土脸的,不是"右派"就是"反动党团骨干",个个噤若寒蝉,平日里相互之间连打个招呼都有顾虑……

黄典诚说过:"十年浩劫,人受冲击,书犹保存,可谓万幸。"这次赠书纪念展的主题是"犹是谆谆一片心",取自先生的名篇《春风化雨忆周师》。鉴于黄典诚教授在汉语音韵、训诂、方言、汉字改革与古籍整理等领域都有精深研究,赠书纪念展按语言学综合研究、《切韵》专题研究、《诗经》专题研究、方言专题研究、汉字改革研究、黄家书屋、书法印谱、社会评价等进行布局,展示先生的学术贡献及其"爱国、爱校、爱生"的情怀。

黄典诚教授的古典诗词和毛笔书法也是极为精湛的,体现了民国知识分子深厚的国学修养,纪念展展出的先生诗词书法真迹多幅,娟秀俊朗。

小小的一个旧书展,鼓浪屿一口深深的古井水……

(写于2012年11月29日)

## 应锦襄女士

大家所缅怀的厦大中文系应锦襄先生,我一直称她"姗姗妈妈"。

20世纪50年代的末期,那个送"姗姗"和"小弟"姐弟俩来入园的阿姨,我们厦大幼儿园的小朋友都自作主张叫她"姗姗妈妈"。我至今不能准确地说出"姗姗"和"小弟"的大名,也许就因为"姗姗妈妈"清亮圆润的嗓音,她那话剧演员一般的字正腔圆给小朋友留下太深的印象;我至今没有喊过她一声"应老师",因为小小的我在路遇大人的时候,总是局促不安,不知该叫"应阿姨"还是"芮阿姨",老觉得我行我素的"姗姗妈妈"自然而然;白驹过隙,这一叫就是五十三年……

20世纪60年代初期我刚上小学的时候,"姗姗妈妈"患了癌症到上海动手术的消息传遍了厦大校园。这是我平生第一次"癌症印象",结果却远没有人们所说的那么可怕,"姗姗妈妈"笑傲病魔,且安然无恙,话音依然那

么爽朗,笑容依旧那么阳光……

其实那个年代折腾厦大校园还有比癌细胞、台风和炮战更有能耐的政治风雨,知识分子的家庭命运大同小异,被批被斗的牛栏生涯、下乡下放的颠沛流离、全家数口挤一间宿舍的超级拥塞……在 20 世纪 70 年代中期的厦大文科教师阅览室,你准能看见我妈妈和姗姗妈妈各自埋头伏案……民国时的大学女生本来少,能留在高校任教更微乎其微,她们被左右整治可谓家常便饭,但风雨间隙却总能面对书本安之若素。

三中全会迎来科学的春天,知识分子及其家庭命运发生历史转折,我和哥哥、姗姗和小弟等厦大“臭老九子女”都在恢复高考的春风里考上了大学……我的爸爸妈妈,姗姗的妈妈爸爸,以及许许多多厦大老教师重新赢得做人的尊严,他们走上讲坛,堂堂正正为人师表,连做梦也在欢笑。我当时上的是外文系,这才开始称“姗姗爸爸”为“芮老师”,而“姗姗妈妈”则依然如故。天道酬勤,20 世纪 80 年代中期,我妈妈和姗姗妈妈同一批被评为教授,这应该是厦大在“文革”之后的首批文科女教授……

似水流年,岁月匆匆,新世纪初年,姗姗妈妈转给我一本作者赠书《他们的岁月》,作者是“胡风分子”彭柏山将军的女儿彭小莲,书中分别有涉及姗姗妈妈和我的文字。这本书让我更多地了解姗姗他们一家的为人处事……

2005 年的春天,姗姗妈妈给我打了一个电话,说是她马来西亚大学的朋友要我主编的《感悟双十》,我二话没说,立即把书送到她家。那天姗姗妈妈和芮老师在客厅接待了我,热茶和甜点,长久的交谈,我这才知道他们夫妻不久前到吉隆坡执教一年。姗姗妈妈年近八旬出国教书的豪迈感染了我,对我自己后来的人生选择产生了影响……

去年我妈妈去世,今年姗姗妈妈也走了,厦大校园一代老知识分子渐行渐远。我妈妈和姗姗妈妈都对身后事做出了与旧传统决裂的安排,这在文明城市厦门并不多见,在厦大校园里同样罕有,其实对待国人老旧而陈腐的丧葬观念,需要有开明的知识分子率先垂范,姗姗妈妈不仅丧事从简,而且还做出了把遗体捐献医疗事业的壮举。尽管“高风亮节”、“浩然正气”等汉语大匾时有所仰,但姗姗妈妈悄然把它们落实到了自己身上。

(写于 2011 年 7 月 4 日)

## 孙晋华先生

校图书馆前馆长孙晋华老师因病去世,享年75岁,《厦门日报》和《厦门晚报》都发专文吊唁,同事和亲属们从不同的角度缅怀这位工作敬业、为人谦和的老好人。

孙晋华20世纪60年代在厦大历史系就读时是家母的学生,毕业留系任教后又成为家母的同事。每每路上相遇,他总要停下急行的自行车问候家母,因此给小小的我留下了印象。即便是"文革"时我们家备受政治运动的折磨,他依然对家母彬彬有礼,让落难中的家母感到些许慰藉,孙晋华老师确实是一个难得的好人!人类学家郭志超先生的评价更为精准:孙晋华"一身正气,是别于庸型好人的好人"!

报纸上的回忆文字谈及他的外号"孙老头",说他30多岁就有这个外号,意在表现他的老实忠厚,但以我的印象似乎不够准确,至少是不全面的:记得20世纪60年代中期,全国上下风靡乒乓球,意气风发的青年孙晋华可是当年厦大教工男子乒乓球队的主力队员,打一手好球,他那时长得非常帅,样子有些像国家队的李富荣,而远台削球的架势又颇具张燮林的风采,校工会俱乐部常常有球赛,他救球的英姿总是博得观众的满堂喝彩,也让我等小球迷激动不已,我情不自禁地向小同伴炫耀:"他可是我妈妈的学生呢!"

白驹过隙,人生匆匆,往事历历在目,但这情这景居然已经是近半个世纪以前的事了……

(写于2011年5月14日)

## 蔡丕杰先生

蔡丕杰教授(1913—1988)是我大学毕业论文《试论英国语言文学的"矛盾修辞法"》的指导导师。那是1981年的秋天,当时他癌症手术后不久,右腮上的刀口尚未愈合,不仅英俊的容貌受到了影响,而且一边的嘴角下沉,

导致话音些许变异,但他老人家仍旧日日从鼓浪屿的住处赶到学校来上课、开讲座,一旦诵读英国诗,依旧声情并茂,毅力惊人。先生"文革"时多受政治运动的折磨,赶上好时代又横遭疾病的摧残,老天对他太不公了,但他却始终以微笑面对生活,坦然而坚韧地燃烧着生命的红烛!

我大学毕业后从事的科研工作与英语无关,但仍对蔡丕杰的"英美诗歌"的研究生课程很感兴趣,每每有他的这门课程,我就仗着与先生的私交和大四时的师生情,旁若无人地径直走入小教室听讲。先生非但没有见怪,反而特别高兴,有一次因台风更改上课的时间,他还特地要他的弟子通知我一声。他在课堂极为动情地讲述英国诗人 Charls Kingsley(1819—1875)的诗歌《迪依沙地》和《芒果树》,居然能用唐诗宋词的意境来对应解析,显露了老人家极深的双语修养,也因此诱发了我的翻译冲动。其实严格说来,诗歌是不能翻译的,但有了蔡老深入浅出的解释和自己初生牛犊的激情,这两首诗都被我翻译出来了,其中自然蕴含着恩师精心施与的学养和教泽:《迪依沙地》一译进入我的论文《"西风东译"论质疑》,发表在《厦门大学学报》1982年第 3 期上,《芒果树》则发表在河南人民出版社的《叙事诗丛刊》总 5 期里。当我在第一时间把两本杂志送到鼓浪屿蔡老的家里,风烛残年的老人显得异常高兴,抖抖颤颤拉着我说长说短……

值得一提的是蔡丕杰先生与鼓浪屿的渊源极深,是早年鼓浪屿人尽皆知的著名教育家,德高望重,历任英华、毓德校友会理事长和鼓浪屿区侨联的名誉主席。蔡老一家都是从事教育的,记得第一次上鼓浪屿蔡家拜访,我敲门时,蔡老的儿子蔡望怀先生就问我:"您找谁呀?"我说:"我找蔡老师。"他进而又幽默地说:"您找哪一位蔡老师,我们家可都是'蔡老师'!"话音尤在耳际,时光却已流失了整整四分之一个世纪。

(写于 2010 年 11 月 13 日)


## 林疑今先生

每每到漳州校区,有事没事总要抽时间泡泡图书馆,这样一隅豪放大气又温情娴雅的阅读天堂,耐走耐看更耐泡,这次忘了带证件,保安相见不相识,我低三下四说尽了好话才得以放行。在外国文学的书林踏青,不经意间竟一头遇上了恩师林疑今,于是汉语英语连连问候。先生化作一方红色的私章——"林疑今藏书",静静地坐落在书椟的一纸扉页上闭目养神,被我惊扰之后,含笑微微,一脸慈爱……

我毕恭毕敬地为这部 1980 年版的海明威《永别了,武器》林疑今译本留影,除了封面,还有扉页,还有版权页,三次按动了快门。在图书馆给书摄影,今生今世第一次,我为自己的举止感到吃惊,也感到有些舒爽,甚至有点骄傲,感情复杂啊,四周都是埋头阅读的青年学子:你们知道吗,他老人家是我的老师!

1957 年著名文学翻译家林疑今教授在复旦大学被打成右派,1959 年时任厦大校长的王亚南有胆有识把他收罗到了门下。又经过了 20 年的磨难,苦尽甘来,1979 年厦大右派们都收到了一纸改正的通知,重新复出的林疑今教授以 67 岁的高龄出任厦门大学外文系主任,此时我有幸在该系的英国语言文学专业就读,他老人家给我们班开了英美文学的课程,亲自讲授海明威的小说。尽管教务繁重,他还多次到课堂听课,记得白汉民老师讲莎士比亚的一堂课,林疑今老先生自始至终就坐在我们的教室里,一边听一边不时地在笔记上做记录。他课余时还常常深入我们男生宿舍"访贫问苦",并应我们的要求谈了他小学时在厦大和他叔叔林语堂的往事。

我们大四的时候写论文,林疑今亲自率领外文系群星璀璨的名师组:陈福生、徐元度、蔡丕杰、葛德纯、刘贤彬等分组指导……

我把林疑今老师的这些教学细节告诉了双目失明的家父郑道传,他十分欣慰地说,20 世纪 60 年代初他曾和林疑今同在一个右派改造学习小组,也算是老厦大的同事加"难友"。1978 年春天当我考上厦大外文系时,兴奋的家父曾一度想带我到林疑今家拜师,只是后来情况急转直上,校园"右派"大都枯木逢春,喜获重用,"拜师"的事也就不了了之。其实我觉得,"拜师"后面隐含的是他们老右派之间那种"心有戚戚焉"的同病相怜,是分享喜悦一起谛听春天脚步声的书生情怀。家父还向我透露:他 20 世纪 40 年代在长汀的厦大读书时,林疑今的父亲林玉霖教授(即林语堂先生的二哥)是他的英文课任教师,现在林疑今教授成了我的老师,这可是难得的两代人的师

生缘（林语堂先生又名林玉堂，在厦门大学任教仅仅一年，林语堂的二哥林玉霖教授却常年在厦门大学任教，但这样重要的史实在汗牛充栋的史书和研究丛书中大都没有记载，为了撰写该文，我特向林疑今先生的长女林梦海教授进行了查核，结果得到了相应的确认）。

有了这样的缘分，我也就越发胆大，大学毕业后不久，我径直敲开林家西村的大门，把自己的一篇爱尔兰小说的译作《他出海去了》呈送给百忙中的林疑今老师修正，并贸然请他推荐，我知道他是江苏《译林》杂志的编委。老人家欣然接受，不过他也坦然告知他这个所谓编委实际上是挂名的，他的推荐未必有用。后来我的译作发表在花城出版社的《译海》杂志上。

林疑今先生20世纪30年代的译作《永别了，武器》于1980年由上海译文出版社重新出版，后荣获全国翻译文学一等奖，听说当时他曾签送给了他的研究生每人一册，让我们本科生羡慕得不得了。如今30年过去了，当我在漳州校区图书馆重览此书时，往事如梦，影影绰绰，电影胶片一般地在脑海里反复回放……

林疑今先生是1992年因病去世的，享年79岁，但老人家把他的译作、他的敬业精神、他慈爱的微笑和爱生如子的情怀，永远留在了这个美丽的校园里，并且飘过蓝色的厦门湾，悄然来到同样美丽的漳州校区。

（写于2010年11月3日）

## 陈传鸿先生

听说72岁的厦大老领导陈传鸿因病去世，觉得有点突然，他那张憨厚的胖脸随即浮上脑海。说陈传鸿是"老领导"，其实他并不老，不过是上一任而已，且人敦实的模样看上去也没有什么老态。该怎么贴切地称呼他，其实不大容易，他先当书记，后当校长，时间都是三四年，似乎给厦大师生员工以过渡性领导的感觉。加上他一直比较低调，校园中老骑着一辆自行车上下班，照校内民间的说法，"他当书记时是校长说了算，他当校长时是书记说了算"……

于我而言,称陈传鸿为"老厦大"比较自然。"文革"前的厦大其实很小,对于我这样一个生长在厦大校园里的老孩子,校内的教工几乎每张脸都觉得有些熟。后来,因为他和我同学的姐姐结婚,他那张憨厚的面容就更加熟悉了些许。白驹过隙,"文革"后他成了物理系系主任。20世纪90年代初,厦大工会组织基层工会主席和各系领导前往永安旅游,我与他一路同行,因为同是老厦大,一谈如故,他还乐呵呵聊起我发在《厦门大学报》和《厦门日报》上一些散文的细节,话很投机。

后来他成了厦大校领导,平民的我自然对他敬而远之,但他在校园骑自行车上下班,难免抬头不见低头见,也就相互成了"点头之交"……2003年他在厦大离任后应邀到仰恩大学当校长,一个静悄悄的夏日正午,他满头大汗用自行车载一个皮箱,也许是另有急事,他就把皮箱暂放在主校门边的厦大信箱内,并对信箱值班的员工谢声连连,这一幕恰好被我撞见,感慨中留下很深的印象。

由于他那憨厚的性格,让有些人怀疑他主政的魄力,但发生在我们家里的一件事却从此让我对他颇生敬意:大概在1997年初,他被正式任命为厦门大学党委书记不久,他带着组织部长突然来到我家,与我父亲郑道传畅谈了一个多小时,快刀斩乱麻,一举解决了曾经身为右派的家父努力抗争40年要求校方解决的历史问题……

"人在做,天在看",陈传鸿蛰藏着知识分子的良知正义,也饱含着温厚的人文情怀,这是我和我们全家老小怀念这位"平民校长"的地方。

(写于2010年5月6日)

## 黄淑贝女士

我在学校的布告栏看见了淑贝阿姨的讣告,往事如电影在脑海里不断回放,讣告中表达了她生前的意愿:丧事从简,谢绝登门吊唁,遗体捐献医学事业。我的心境在悲伤和追悼之中迅速转为骄傲,在向传统落后的殡葬观念的宣战之中,她成为厦门大学又一位义无反顾的勇士!

多年来,厦大坚决要求丧事从简的老师越来越多,我的父母亲也在其

中,他们双双都在去世的当天就火化,谢绝了所有的仪式。不仅丧事从简而且捐献遗体的也从无到有,目前已有六位,让我们记住他们的名字:陈安尼老师、黄吉平老师、应锦襄老师、芮鹤九老师、陈如栋老师以及黄淑贝老师,这是厦门大学知识分子群体的骄傲。他们生前是那么平凡、平常,甚至默默无闻,也与各种先进和优秀无缘,但在临终时候的奉献却是那么义无反顾和坚定不移,于丧事从简到遗体捐献,这是一个新的高度,新的境界。

特别值得一提的是,在这六位大爱而无畏的遗体捐献人当中有一半来自厦大老外文系:芮鹤九、黄吉平和黄淑贝都是我当年在外文系的师长和同事,芮鹤九老师是来自安徽安庆的老知识分子,黄吉平老师是归侨出身的教师,而黄淑贝老师是来自闽南晋江的党员基层干部,三位各自成长的背景有很大的不同,但他们在生命的尽头都不约而同地选择了捐赠遗体,以"让生命延续"的正能量奋勇冲破世俗观念的层层雾霾!

(写于 2013 年 2 月 6 日)

## 陈景润先生

扩建后的校图书馆庄重典雅,茂密的紫荆花开满了馆前馆后,花香与书香弥散在美丽的厦门大学校园里,楼和花,花和楼,都在期待着一位校友的归来……

本该是细雨绵绵的时节,却难得阴云一朵,于是开来了消防车,驾起了洒水枪,一场人工雨就这么挥挥洒洒地飘落了下来。雨中的"陈景润"捧着书本醉读,忘乎所以……雨打男生,打湿了他乌黑的头发,打湿了土土的布衣裳,打湿了那一高一低的裤脚……似乎唯有书,在他那虾一样弓起的港湾里安然无恙,镜头里漂亮的小女生在一旁为他那不可理喻的傻帽儿暗自发笑……背景是校园里那幢两层旧洋房——大南 10 号,当年校园里最好的教授别墅,对面是丰庭三,布满青年陈景润求学和生活的足迹。真难为了中央电视台《陈景润》剧组的编导,要在日新月异的厦大校园里觅得半个世纪前的旧景还真不容易!景润的旧居——勤业斋早已不复存在,勤业斋边的丛丛相思树也难见踪影,唯有馨香的相思花开在厦大人的心里,秋去春来,年复一年……

记得陈景润于母校 60 年校庆(1981 年)的时候回到了芙蓉湖畔,他不
善言辞,更不喜欢热闹和出头露面,但为了母校他深情地破了例,讲台上一
番坦诚的倾诉打动了台下的我们……景润那时以熟稔的竞丰膳厅为坐标,
情深意切地指点着校园的东西南北,而现在的他断断是要迷路的:篮球场和
绿草坪取代了当年的番薯地,壮美而雄伟的嘉庚楼群拔地而起,翻天覆地!
座座新的和翻新的楼群圆睁着大眼,错落有致地向着雨中的景润行注目礼,
默默打量着这位既熟悉又陌生的"景润同学"……唯有镜头里那位麻雀一样
爱说爱笑的小女生,如今已是年近 70 的老奶奶了,正牵着自己的小孙子,骄
傲地讲述景润叔叔当年在厦大攻读的故事……

当时谁都不大在乎这位戴着白框眼镜的小男生,勤业斋前走过多少勤
奋向上的学子……可食堂里的大妈惦记着他,当这位精明的"书呆子"用浓
重的福州口音说"打二两饭,5 分钱空心菜",食堂就该打烊了……当年的
"勤业斋"旧地现在的"勤业餐厅"前日夜穿梭着更多的男生女生,每一个厦
大人都在自觉或不自觉地重复着景润昨天的足迹……这时剧组紧张地拍起
了第二个雨中的镜头,特写中,垂柳不在,但倒映着红砖黛瓦的芙蓉湖被潇
潇雨点击出无数的涟漪,刹那间我觉得"景润"两个字是多么诗情画意:饭后
的他一扫书呆子的模样,调皮地把搪瓷饭碗顶在了头上挡雨,足登黑色的布
鞋在坑坑洼洼中跳来跳去,多么眼熟的镜头,雨中的景润其实一如雨中的
我,雨中的他,雨中的你! 可雨呀雨呀,请你告诉我:小男生和大数学家之间
究竟潜藏着怎样奋发的秘密? 文弱的他是怎样地像保尔·柯察金一样,骑
着嘶鸣的战马,挥舞着银闪闪的军刀,奋不顾身扑向哥德巴赫猜想的高
地……

此刻我是在自家的阳台上,俯视着拍摄现场那雨中的陈景润,记得当年
校庆我是在台下仰望着台上的陈景润,无论是雨中的俯视还是台下的仰视,
我们都殷切地希望能看到一个真实的、血肉丰满、坚韧自强的景润,一个永
远活在厦大的骄傲,一个数学天地中笑傲群峰的英雄……

陈景润校友很忙也很累,这些年的校庆都没空回来,今天才抽空回来转
转:头顶的搪瓷碗叮咚有声,雨点打湿了来去匆匆的布衣裳……"你从哪里

来,你到哪里去?"层层围观的南强学子关切地询问自己雨中的校友,也默默地扪心自问……

(2002 年 11 月 4 日)

（本文人物排名不分先后）

永远如虞大孩子

厦大孩子再聚首

第五章

# 厦大孩子第一次聚会

## ——厦大幼儿园 60 周年(1952 年 1 月—2012 年 1 月)园庆

    2011 年 12 月 10 日上午,冬日里难得的暖阳,照得人心里暖乎乎的。昔日园友,今天已是社会栋梁的 1960 届和 1961 届厦大幼儿园部分园友,在潘世建的邀约下,一起来到曾经留下他们无数美好童年回忆的厦大幼儿园托儿部。1954 年、1959 年、1961 年、1964 年,几张珍贵的幼儿园黑白集体照,让如今已经两鬓微白的园友们仿佛回到了无忧无虑的孩童时光,兴奋、童真、开怀大笑。

    友人赋词一首:六十华诞,情系厦大幼儿园,双桨荡起寻纯真。此境长在,照片回想共澄明。往事历历在目,感人变物移、心情难平。幼时伴,志各万里,事业已成。今相聚,轻歌曼舞,虽老未忘情。

**1960 届和 1961 届厦大幼儿园部分园友与幼儿园老师合影**

居中者为关玉英老师

1960 届园友与厦大幼儿园现任园长陈维欣老师一起观看老照片

左起：赖红凯、陈维欣、潘世建、张珞平、李卫平

喜迎 60 周年华诞的厦大幼儿园

厦大幼儿园欢送 1959 届毕业班留影,照片里汇聚了 1959—1963 届共五届小朋友

厦大第一托儿所欢送 1954 届毕业班留影,照片里汇聚了 1954—1956 届共三届小朋友

厦大幼儿园欢送 1961 届毕业班留影,图中大部分小朋友后来成为东澳小学 1966 届学生

厦大幼儿园欢送 1964 届毕业班留影,图中大部分小朋友升入东澳小学读书

**1962 年"三八"节学校有关部门领导慰问幼儿园老师**

第一排左起：傅护士、陈东东、陈启英（怀抱陈亚星）、高扬、卢惠风、陈金美

第二排左起：胡光瑶（左二）、章绮霞园长（左六）、陈燕（左七）

第三排左起：陈美美（左一）、柯碧黎（左二）、谢植桂（左五）、梁维珍（左七）

第四排左起：邓春秀（左二）抱陈楠、关玉英（左四）、傅素德（左七）

陈金美（长辫）老师和卢惠风（短发）老师带幼儿园小朋友在南普陀放生池观鱼

永远如屐大孩子

幼儿园历任老师在大礼堂内合影

前排左一陈美美、左三胡光瑶、左五陈金美、左七陈燕

东澳小学四甲同学(1961届园友)欣然前来捧场

第二排从前至后:林麒、章红、史岩、张玮萍、何茹

740

年轻美丽的陈维欣园长与一对可爱的形象大使

副校长赖虹凯十分给力的发言，他是 1965 届园友李小波的家属

访谈节目的背景是 1959 年那幅老照片

潘家四姐弟为园庆送上礼物

1959 年合影的石头影雕送给母园("哈哈,我们大家都可以从此永垂不朽啦"——园友郑启五语)

亲爱的母园,祝你生日快乐

为母园送上生日蛋糕

园友们向老师敬酒
幼儿园老师从前至后柯碧黎、关玉英、李亚招

744

柯碧黎(右二)和李亚招(右一)老师都已是八九十岁高龄的老人

东澳小学 1966 届(四甲)学姐与 1968 年(三乙)学妹

左起：何茹、陈和妹、李敏芝、季秋英、章红、章慧、石允中、林麒

柯碧黎老师与罗平(中)和刘玉真(右)

东澳小学 1965 届校友与柯碧黎老师及两学妹合影

前排左起：邹文燕、郑锡平、李丽敏、李真、柯老师、罗平、刘玉真、黄菱

后排左起：章慧、郑启五、徐学、潘世建、洪河、张珞平、魏国、李卫平

# 厦大孩子第二次聚会

## ——2012 年(龙年)正月初五园友相聚五缘湾

2012 年(龙年)正月初五的厦大校园,西校门内的幼儿园乘车点集结了一批老顽童,拉开了厦大孩子第二次大聚会活动的序幕。这是一场五五聚会的盛宴:五届园友(或更多)、正月初五、星期五、五缘湾、五通灯塔公园。聚会活动包括五通灯塔公园合影以及搭乘游艇和帆船,共有四十六位厦大幼儿园园友和东澳小学校友参加,还有一位东澳小学的老师。朱子榕和郑启五学长对这次聚会做出热情洋溢的评价。

**朱子榕:**在厦大幼儿园 60 周年庆典活动中展出的从 1951 年至今的毕业生照片引起了大家极大兴趣,于是就有了"50 后"厦大子弟 2012 年正月初五聚会活动的召集令。时光如梭,六十年挥手而过。如今,当年在厦大幼儿园和厦门市东澳小学就读的厦大子弟都成了社会的中坚和骨干,有的还成为中科院院士和市领导。我们这帮 20 世纪 50 年代出生的厦大校园"土著"内心对厦门大学感情特别深,从小就随着父母一起感受校园的山林、田园和大海的美丽;享受着学校教育资源和文化氛围的熏陶;也经历了历次政治运动和两岸军事对峙炮火的考验。

**郑启五:**2012 年大年初五,我参加一场特殊的新春聚会,让今年的年味美不胜收:一张 1959 年厦大幼儿园老照片上的一群小娃娃,五十三年之后再聚首,大家在五通灯塔公园前举行大合影,尽管五十三年的春风秋月,但幼儿时的眉眼依稀还有几分……

这断断是生命的奇迹,我真不知道在这个世界上,是否还有以"幼儿园园友"名义在半个世纪之后举行的聚会,不是电影却比电影更精彩,也许这也是

第五章 厦大孩子再聚首

747

**厦大幼儿园欢送 1959 届毕业班合影**

第一排:左一吴玫、左二叶陈京、左三余群、左四陈以旦、左五罗力、左六高宏、左七陈端端、左八吴扬、左九尹申平、左十陈爱平、左十一何瑞玲、左十二林健、左十三朱子申、左十四李慧华、左十五钱争鸣、左十六叶柄、左十七万亿、左十八颜维群、左十九颜维嘉、左二十袁路娃

第二排:左一郑尚毅、左二田中群、左三林守章、左四芮菁、左五涂老师之子、左六王小牧、左七章慧、左八陈慧、左九尹卫平、左十郑兰荪、左十一黄洵、左十二林麒、左十三陈亚卫、左十四饶东鸣、左十五史岩、左十六李鸣、左十七李戎、左十八李勃宁、左十九张玮、左二十朱卫红

第三排:左一陈社光、左二季秋英、左三何茹、左四赵毅、左六邓力平、左七许红宪、左八李勃苏、左九陈致远、左十李真、左十一乔平、左十二杨光伟、左十三郑一黎、左十四章红、左十五陈以同、左十七史宏、左十八罗平、左十九卢林

第四排:左一李健、左二郑芙美、左三卢先娟、左四洪锡强、左六钟安平、左七魏国、左八潘世建、左九张路平、左十一吴翔、左十二陈国荣、左十三张玮萍、左十四王诠、左十五芮茵、左十六黄辰、左十八李卫平、左十九柯逸萍、左二十陈丽玲、左二十二潘建康

第五排:左四许红闽、左五钟建平、左六罗旋、左七田中维、左八张迎和、左九卢先国、左十魏红、左十一陈重暹、左十二朱子榕、左十三刘玉真、左十四王汉生、左十五朱子鹭、左十六何瑞鹏、左十七黄自立、左十九郑启五、左二十未凯、左二十一陈国光、左二十二郑老师之子、左二十三王美琳、左二十四翁义筠

第六排:左一郑莲、左二强月仙、左三柯碧黎、左四梁维珍、左五关玉英、左六张云治、左七邓春秀、左八涂云方、左九庄秀燕、左十李亚招、左十一郑云卿、左十二胡光瑶

注:照片中共有 118 人,迄今为止已认出 107 人,尚有 11 人未能确认。

一个吉尼斯世界纪录,但是不是纪录对我们来说并不重要,重要的是我们喜滋滋享受了一次五十三年的时光倒流!

在厦大幼儿园牙牙学语,在东澳小学琅琅读书,后来就读双十中学或华侨中学,然后横遭"文革"各奔东西,上山下乡颠沛流离,开放后有的游走世界,有的打拼香港,有的重新上学、留学……历尽沧桑的五十三年之后,我们凯旋于生命的原点:五十三年有太多的故事,太多的传奇,太多的泪水,太多的起伏跌宕,太多的激情燃烧;五十三年历史的一瞬,那幼儿园的大班中班小班小小班托儿班仿佛昨日铃儿响叮当、白驹过隙,是人生的无奈也是生命的奇妙,是命运的轮回也是天造的良缘。五十三年啦,青梅竹马的我们重新聚首。世界真奇妙,生命真美好!

**2012 年正月初五聚会的地点在五缘湾灯塔公园**

在五通灯塔公园入口处大家与东澳小学王洁治老师(中)相见甚欢,王老师时任 1965 届甲班和 1968 届甲班的班主任

第五章　厦大孩子再聚首

**国光三的邻居合影**
前排左起：李端平、李慧华、石允中、李敏芝、田中维、李卫平、陈和妹、郑锡平
后排左起：李涛、李勃宁、石弈龙、李勃苏、郑启五、王诠

**国光三的三位老大**
左起：石弈龙、郑启五、李勃苏

**住过国光楼的小伙伴们一起合影**

第一排左起：潘世建、章慧、余祥、林麒、李端平、李慧华、石允中、李敏芝、田中维、邹文燕、李卫平、陈和妹、郑锡平、李小波、郑平平

第二排左起：刘玉真、何瑞玲、朱子榕、章红、何茹、高青、石弈龙、李勃苏、郑启五、王诠、史岩、陈端端、李真

**曾经住在国光和敬贤的三位东澳小学六年级大哥**

左起：李勃苏、石弈龙、朱子榕

老敬贤楼的邻居

前排左起：邹友思、朱子榕、邹文燕、何瑞玲、林麒、史岩、高青、陈和妹

后排左起：章慧、章红、刘玉真、石弈龙、李小波、石允中

西村和大桥头部分邻居合影

前排左起：季秋英、李敏芝、田中维、高青

后排左起：章慧、章红、张玮萍、李小波

新旧西村和大桥头的邻居合影

前排左起：邹友思、季秋英、张玮萍、李敏芝、田中维、高青、李小波、罗平

后排左起：章慧、章红、李锡雄、李涛、张珞平

东澳小学 1965 届同学与王老师合影

第一排左起：邹文燕、郑平平、田中维、王洁治、李丽敏、郑锡平、李卫平、刘玉真

第二排左起：罗平、李真、张珞平、郑启五、潘世建、张国平

东澳小学 1966 届同学合影

第一排左起：陈和妹、史岩、张玮萍、章红、季秋英

第二排左起：李涛、邹友思、叶云良、李勃宁、王诠、何茹、石允中、李敏芝、林麒

第三排左起：李锡雄、郑兰荪、陈于虎

章慧在这一群学妹中是大姐

从左至右：陈端端、余祥、高青、章慧、李小波、何瑞玲、李慧华、李端平

乘游艇和帆船是世建大哥为这次聚会安排的重头戏,各式游艇列队欢迎来自厦大幼儿园的小朋友们

世建大哥亲自操纵路桥五缘湾 1 号帆船,引起大家的羡慕

# 厦大孩子第三次聚会

## （2012 年 3 月 23 日逸夫楼建南厅）

**2012 年 3 月 23 日厦大孩子第三次聚会**

厦大孩子逸夫楼聚会完全名单（共 84 人）：

（1）大哥哥大姐姐（当年的中学生和大学生）：何立士、苏清辉、刘光朝、林启宇、汪大成、张天从、庄伊明、黄潇、曾永立、郑天昕、何瑞莘、陈振洸、洪笙、林之融、何典郁。

（2）东澳小学 1965 届（六年级）：李勃苏、石奕龙、朱子榕、何笑梅、徐斌、翁义筠、陈国光。

（3）东澳小学 1965 届（五年制）：罗平、刘玉真、李真、张国平、陈启圻、洪河、邹文燕、朱子鹭、郑启五、李卫平、张珞平。

（4）东澳小学 1966 届（六年制和五年制）：邹友思、林麒、石允中、何瑞婷、陈和妹、史岩、章红、袁路娃、王诠、李勃宁、李敏芝、卢先娟、季秋英、罗爱治、何茹、陈于虎、李锡雄、郑兰荪、苏宛兰、邓力平、黄洵、程美霞、陈逸佳、陈宪光、陈美兰。

（5）东澳小学 1968 届：田中群、余群、章慧、何方、黄苇、林翠、陈逸君。

（6）东澳小学 1969 届：李慧华、何瑞玲、陈端端、高青、颜维群、黄菱、朱子申、李敏卿、陈逸华、潘安娜、黄文华。

（7）东澳小学更低年级：朱保平、邹学先、余祥、史平、陈星、谢衍、陈亚星、李小波、钟卓约。

# 大聚会四章

郑启五

**第一章:十二届的奇迹**

十二届园(校)友大聚会,

整整齐全了一个十二生肖,

友思和章慧小童鞋

在这片依山傍海的神奇的土地上,

踏响了一部激情行进的交响乐章,

白城的天风在这里驻足,

胡里山的海涛为我们鼓掌,

不要说大家都已经年过半百,

但我们是永远的"厦大孩子"!


让我们悄悄地弯下身子,

捡回遥远的童年,

感恩厦大幼儿园,

给了我们一生都值得骄傲的童年,

感恩南普陀,

给了我们东澳小学以简陋校舍,

以及袅袅的线香;

感恩华侨河碧波荡漾,

给了我们第一竿钓鱼丝兴奋的颤抖;

你还记得那夜半的灯光球场吗?

我们小男生嘻嘻哈哈聚谈成人的隐秘;

工会俱乐部里的《集邮》杂志和《苏联》画报,

建南大礼堂的《小兵张嘎》与《冰山上的来客》……

清早"每周一歌":我为祖国献石油,

晚间乒乓球赛拉出道道白色的弧线,

养兔,我们到处拔草,

养蚕,我们疯摘桑叶,

那株株碧绿的大叶桉,

花开时会掉落无数的"尖鼻子";

东澳农场的包菜和油菜花,

绿了夏天,黄了秋色……

至今苍翠依然的芒果树、石榴树和龙眼树,

给了我们童年的青涩和自然的脆甜,

还有金龟子、草猛公、"安补贼",

还有只只低飞的红蜻蜓……

啊,厦门大学,你是都市里的村庄,

你是我们生命里最初的港湾,

"大南"、"东村"、"国光"、"敬贤",

在晨光里一次又一次扬起生命的风帆!


**第二章:厦大厦大,请你不要忘记**

再过几天,

厦大就要庆祝它 91 岁的诞辰,

好话哗哗很热闹,

鲜花无数很辉煌,

但我们见证过它的苦难,

我们经历过它的血雨腥风:

革命造反楼的墨汁比阴云还乌,

新厦大公社的口号比惊雷还响,

夜夜搞武斗,天天大批判,

红卫兵独立团战歌声声裂长天……

上弦场上种地瓜,

群贤楼旁忙劳改,

是我们的父亲母亲,

用他们的青春、才华和热血,

甚至坚忍和屈辱,

默默支撑着这所破败潦倒的学府,
跪爬过它最心酸最艰难的岁月……
厦门大学,你不能忘记,
即便是你最得意忘形的时候,
你也不能忘记,
因为我们是历史的见证,
我们是历史钢锤一般的见证,
建南大礼堂的钟声天天撞响,
声声都是历史的回声!

### 第三章:梦回老敬贤

梦回老敬贤,
梦回老敬贤,
几回回梦回老敬贤,
老敬贤洁白的玉兰芬芳醉人,
老敬贤带刺的玫瑰鲜艳欲滴,
老敬贤的三层木楼梯哟,
咚咚咚咚扣人心……
致远家的窗台放鸽子,
亚平家的客厅打扑克,
游泳归来陈京家冲水,
放学后小傅家看邮册……
老敬贤哟老敬贤,
我们出入无阻的老敬贤,
忽闻一声长吆喝
"谁家的饭烧焦了——"
原来是热心的瑞津妈妈——周老师!
最是敬贤一,
老敬贤中的老敬贤,
开水房的蔡朝标阿伯,

理发厅的老陈、老姨和小弟，

庭院一株老刺桐，

几多鸟儿啾啾声；

还有公共浴室和洗手间，

大大咧咧进出无数次……


老一辈渐行渐远，

老房子烟消云散，

老敬贤哟我的老敬贤，

拆得一砖一瓦都不剩，

拆不走的是父亲母亲恩重如山的奉献，

拆不去的是厦大土著脚踏实地的光影……


**第四章：国光之光**

原本"敬贤楼"的主唱，

却意外地让"国光三"大放光芒，

石奕龙童鞋发现了"国光之光"，

时光倒流到 1965 年，

"国光三"的八个门洞，

门门来了"掌门人"：

第一门李勃苏、第二门田中群、

第三门石允中、第四门卢先娟、

第五门郑启五、第六门李敏芝、

第七门王诠、第八门林翠！

更令人称羡道奇的是

第六门的四户人家，

家家有代表：

21 号朱保平、22 号潘安娜、

23 号李敏卿、24 号翁义筠，

王诠王权王王全，

"国光三"背靠五老峰，
面对老龙眼，
左泡防空洞的矿泉水，
右抱幼儿园的玉兰树，
好风水，好地气，好人脉，
好邻居，舍我其谁？
如今老旧不堪长青苔，
破烂王，谁敢拆？！

# 感　怀

田中维

厦门大学啊，南方之强！
1921 年，爱国华侨陈嘉庚把你创办。
你像一颗明珠，
嵌于鹭岛南端。
你依山傍海，学风盛旺。
清晨学生读书声琅琅，
夜间实验室灯火闪光。
早年父辈们来到这里求学工作，
遵循校训"自强不息，止于至善"，
用毕生的精力，
为你谱写华美篇章。
如今更有厦大娃继承父志，
为你再续辉煌。
厦门大学啊，我生命的摇篮，
这里有妈妈的呵护，
爸爸的祝福。
有我童年的欢乐，
还有我少年的梦想。
我喜爱五老峰的青松，

挺直的青松把我品格培养。
我依恋海鸥飞翔的碧海，
连天的大海使我心胸宽敞。
我特别怀念国光三，
中午，知了在龙眼树上高歌欢唱，
傍晚，萤火在榕树旁点点闪光。
放了学排路队回家，
放下书包想到的是玩耍。
踢键子，玩沙包，跳皮筋，
忙得满脸通红，满头大汗。
爸爸出差带回的果糖，
拿到同学中分享。
人多糖少，
只能一人咬一半。
闲来时，
看大哥哥爬树摘木瓜，
见小弟弟比赛斗蟋蟀。
爸爸为我买了《十万个为什么》，
教我把矿石收音机安装。
晚上在凉台上，
望着闪闪星星弯弯月亮，
长大要上月球把嫦娥姐姐探访。
芙蓉湖柳枝低垂，清波荡漾；
情人谷夕阳斜照，人影成双。
我们这群厦大娃，
对校园的一石一木，一草一花，
如数家珍，了如指掌。
发生在你身边的故事，
无论惊天动地，还是微风细浪，
全都铭刻在我们心上。

忘不了，
"文革"狂风恶浪席卷全国，
厦大也无法幸免躲藏。
卧云山舍变成造反搂，
高音喇叭日夜嘶喊疯狂。
父辈们遭批斗勒令写检查，
幼小心灵充满了疑问哀伤。
这么好的叔叔阿姨，
为何惨遭摧残？
厦门大学啊，你受尽了凌辱创伤，
厦大娃与你一起哭泣，一同悲伤。
校园里的玉兰花年年开放，
玉兰花啊，
你是否记得父辈们窗前不眠的灯光？
虽然他们两袖清风，
却用爱心和汗水滋润桃李芬芳。
当年疼爱我的伯伯们，
如今在何方？
你们是父亲的好同事好兄长。
曾在工会俱乐部打康乐球，
曾在家里下围棋话家常。
那慈容笑貌我怎能遗忘！
多么盼望能再握住你们的手，
问一声安。
斗转星移，日月如梭，
当年的厦大娃已长大成人，
居住各方。
我漂泊在大西洋彼岸，
却常在梦中漫步校园，
欣赏鸟语花香。

多么希望与儿时的同伴，

再到白城的沙滩，

拾贝壳，追逐浪花。

厦门大学啊，你是我生命的港湾，

远航的小帆喜欢停靠在你身旁，

向你倾心吐意，畅述衷肠。

**东澳小学 1966 届学友最是笑开怀——海外飞来两只美丽的花蝴蝶(何瑞婷和袁路娃)**

前排左起：石允中、季秋英、章红、林麒、史岩、陈宪光、袁路娃、陈和妹

后排左起：邹友思、王诠、李锡雄、李勃宁、陈于虎、郑兰荪、邓力平、何瑞婷、何茹、程美霞、陈逸佳、卢先娟

**东澳小学 1966 届男生**

左起：王诠、李勃宁、邓力平、郑兰荪、陈于虎、李锡雄、邹友思

众姐妹笑开颜

左起：李小波、高青、黄菱、林麒、陈逸华、何笑梅、章红、陈逸佳、黄苇、李真

章慧秘书介绍聚会组织情况，做"来源、感恩、抱歉、提议"的开场白，拉开狂欢的帷幕

启五大哥的即兴演讲激情澎湃,道出了我们所有参会厦大孩子的心声

向大家敬酒

瑞玲(左)和章慧(右)

学弟学妹向大哥哥大姐姐敬酒

三小妹祝大家身体健康、万事如意

左起：何瑞玲、章慧和邹学先

第五章　厦大孩子再聚首

767

三位大姐姐依旧年轻漂亮

左起：何瑞苹、何笑梅、徐斌

国光三第二门的田中群前来捧场，他也是东澳小学1968届校友

大哥哥大姐姐回味老照片

**1965 届校友围一桌，据说子鹭二哥（前排右二）是稀客**

顺时针排列：陈启圻、郑启五、张国平、洪河、邹文燕、刘玉真、罗平、李卫平、朱子鹭

东澳小学 1966 届学姐与小妹史平(右二)

东澳小学五年级学姐们合影

左起:何瑞苹、何笑梅、徐斌、何典郁、翁义筠、陈振洸、石允中

东澳小学低年级学妹合影

坐者左起：章慧、黄苇、高青、黄菱；站立者左起：李小波、林翠

东澳小学 1966 届和低年级校友

左起：石允中、高青、章慧、陈宪光

东澳小学 1966 届学姐们

左起：何茹、程美霞、何瑞婷、史岩、袁路娃

王诠大哥与众美女合影，略显拘谨

左起：黄洵、李敏芝、王诠、李敏卿、朱保平

章慧秘书在会上提出三个议题,《永远的厦大孩子》文集的征稿是重点

大聚会正式开场,启五主持,友思和章慧秘书在一旁助阵

章秘书向大家介绍特意从福州赶来捧场的卢葛覃姐姐,向她及所有海内外的厦大孩子表示感谢

卢姐姐见到这么多久别的发小,喜上眉梢

卢姐姐和周跃小妹的爸爸都是厦大化学系教授

厦大幼儿园、东澳小学、华侨中学的上下届同学

左起：朱保平、陈逸华、罗丹、余群、高青、何瑞玲

东澳小学 1969 届及低年级的兄弟姐妹们

左起：徐频、周跃、李军、刘学军、刘连支、陈劲毅、曾琨章、李文华、李敏卿、许素梅

大哥哥和大姐姐喜相逢

前排左起：黄天行、魏晋、何堡玉、林之愉、郑天昕

后排左起：陈定理、张胜利、曾永立、黄秋枫

大哥哥和大姐姐干杯

前排左起：黄潾、郑天昕、洪伊莉、曾永立

后排左起：郑宗辉、林启宇、苏清辉、庄伊明、张天从、刘光朝、何立士

罗丹(左)和高青(右)

小妹小弟给大哥们敬酒

左起：邹学先、李小波、朱子榕、石弈龙、罗丹、高青、李勃苏、陈星、郑启五

东澳小学 1965 届（六年制）的四位大哥

左起：朱子榕、石弈龙、陈国光、李勃苏

发小们一同携手走过厦大的沧桑岁月,笃行、国光、敬贤、大南、东村、西村、大桥头……

中维姐姐和高宏大哥从海外翩翩归来,三月份我们小范围再聚,希望以后能经常见面

左起:郑启五、王诠、张珞平、罗平、田中维、章慧、林麒、高宏、邹友思、朱子榕

# 附1:厦大孩子第四次聚会章慧秘书发言

亲爱的兄弟姐妹们:

大家新年好!

首先,请允许我代表"厦大孩子第四次聚会"的秘书组成员启五、友思和林麒向来自海内外的兄弟姐妹们表示最热烈的欢迎,谢谢大家的捧场!

与大家一样,对每一次的聚会我都充满了期待,都会有不一样的感受。今天的聚会更是规模空前,年龄跨度几乎聚齐了一轮半(18年)十二生肖。因为我们与厦大休戚与共,互相映射,我们拥有一个共同的名字"厦大的孩子"!

一些因各种缘故不能来参加聚会的兄弟姐妹们,也托我捎来对大家的问候和祝福,他们有:五甲的钟安平、田中维、潘世建和郑锡平,还有正在美国探亲的二年级的李慧华。

特别要感谢的是专程从福州赶来厦门参加聚会的老校友卢嘉锡先生的女儿卢葛覃大姐,您的到来使我们非常高兴。您在厦大住过的敬贤三203单元,后来被我们家住过,我们曾经有一段"同居"的经历。

这一次从海外翩翩飞回的花蝴蝶是罗丹、玮萍和路娃。

我们敬贤楼共同的陈星小弟弟(贡头)圆满完成了聚会签到的"义工"任务,特此感谢!

下面我代表秘书组向大家汇报三个议题,如果赞成,请鼓掌:

第一个议题,我们这个松散的团体,是姜太公钓鱼愿者上钩的,也就是说,只要你来到这里感到轻松愉快,下次还欢迎你再来,这次我们在张罗聚会时,发现AA制的一百元实在是为难我们的大管家子申了。因此我们建议,下一次聚会把门槛提高一点,入会费200元,比较好做事,大家同意吗?

第二个议题,前三次聚会,以我为主编撰了三套聚会照片集锦,启五大哥建议将它们集结成书,名为《永远的厦大孩子》。这将是一个耗时间耗精力的巨大工程,希望大家都能积极参与,这也是我多年来的一个梦想——希望我们自编一本厦大校园往事的限量版的书。这本书,如果光靠启五大哥一人来写,势单力薄。因此建议,每一家都出一张黑白照片,写上一段文字,简称为"一照一文"，文字形式不拘，或诗歌或散文或一段小故事均可，这个文件请大家发给我，再由启五大哥来主编，尽管我们不能写出像启五大哥那样的美文，但我相信有大家的参与，最朴实的文字也能反映出大家的心声。

第三个议题，亚保大哥建议为这个群体建一个网站，方便今后大家联络和沟通，这也将为《永远的厦大孩子》这本书提供和累积重要的素材，请大家出谋划策，群策群力，如果有这方面的专家愿意为大家服务，最好。

谢谢大家！愿我们在蛇年实现大聚会、团圆照和编撰我们自己的书的所有梦想！

# 附2:厦大孩子第四次聚会的余音——卢咸池学长来访

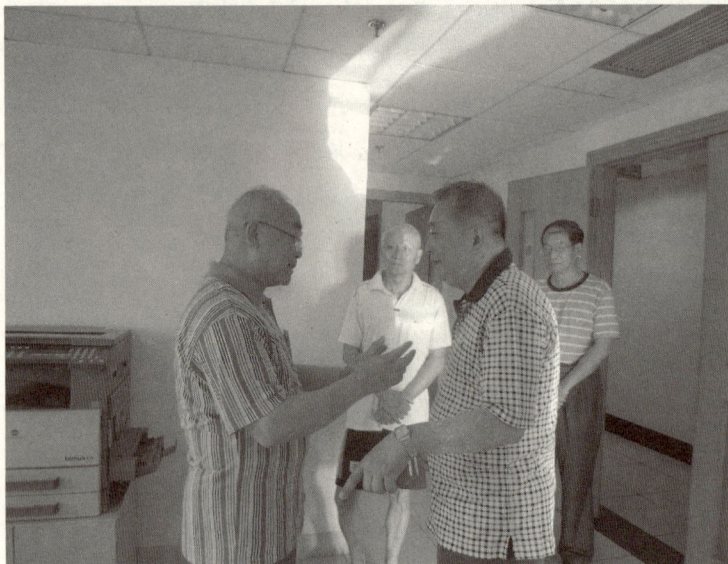

2013年5月23日卢咸池(左一)学长来厦大出差,与55年未见的罗小达、陈和、林启宇等儿时玩伴见面

咸池学长与老同学合影

左起:陈和、卢咸池、罗小达

# 厦大孩子第五次聚会

## ——我们是永远的厦大孩子

### （2014 年 2 月 16 日）

这次聚会，杨福全警官（第三排左一）执勤公务在身，大家先与他合影一张

第五章 厦大孩子再聚首

799

何立平、刘立中、钱争鸣、梁鸣玲、黄瑞和黄力凡等都是首次参加聚会，还有海外翩翩飞回的林健

报到时小伙伴们喜相逢

左起：林心愉、黄颖、钟卓约、朱保平、陈逸华、朱坚平

从福州匆匆赶来的卢葛覃大姐（右三），与老同学和老邻居合影
前排左起：洪河、何立平、郑启五、何立真、卢葛覃、林之融、何立士
后排左起：朱子榕、曾永立、郑天昕、洪伊莉、黄潾、刘光朝

东澳小学 1965 届同学这次来的不多
左起：李卫平、刘玉真、洪河、郑启五、朱子鹭、李真、罗平、邹文燕

**东澳小学 1966 届同学依旧是主力军**

前排左起：史岩、张玮萍、章红、林麒、陈逸佳、石允中

后排左起：邹友思、李锡雄、陈于虎、王诠

**东澳小学 1968 届及低年级同学合影**

前排左起：何方、何瑞玲、章慧、梁鸣玲、黄菱、高青

后排左起：刘立中、钱争鸣、谭建光、陈逸君、林健

东澳小学 1968 届同学一贯是聚会上的"稀有动物"

左起：刘立中、何方、谭建光、陈逸君、章慧

东澳小学低年级的学弟学妹们

左起：李建民、黄力凡、朱保平、林心愉、陈逸华、陈劲毅

大南邻居再合影

前排左起：郑天昕、罗平、卢葛覃、刘光朝

后排左起：李建民、刘立中、黄力凡

葛覃姐姐与何家兄妹

右起：何立真、卢葛覃、何立士

**大哥哥大姐姐再次欢聚一堂**

左起:卢葛覃、何立真、洪伊莉、郑天昕、曾永立、黄潾、刘光朝、林之融、何立平、何立士

# 后　记

## 卢咸池

　　我有幸参与《永远的厦大孩子》文集的编辑工作，并受编委会委托提前阅看了文集的全部文稿。

　　这部文集的作者是一批不同学科的专家教授（包括两位中国科学院院士）、国家公务员和其他工作人员、工程技术人员和普通工人，生活在祖国各地多个省市及港澳地区，也有的远在美国、日本、加拿大等国家，他们的共同身份是"厦大孩子"，多于 20 世纪五六十年代生活在厦大校园、就读于东澳小学，也有的在大生里、鼓浪屿等厦大宿舍区和其他地方长大；作者中还有一位当年与孩子们朝夕相处的东澳小学教师。特别让我们感到惊喜的是，年逾九旬的我国著名教育学权威、也是最早的厦大"孩子王"——20 世纪 40年代后期厦门大学附属小学校长潘懋元教授特地亲自提笔为《永远的厦大孩子》作序。

　　书中诸多文章，以孩提的眼光、朴实的文笔、细腻的手法、真挚的情感，写出了厦大孩子的童年生活——美丽的厦大校园，可敬可亲的父亲母亲、叔叔阿姨，快乐美好的小学时光，感怀终生的恩师，温馨的家庭和热心真情的保姆，亲密的儿时伙伴和充满童趣的玩乐，佛家圣地南普陀、风光旖旎的五老峰和浪花飞溅的厦门海滩。当然，童年时光也不全是五彩缤纷，一些文章客观真实地回顾了"反右"和"文革"期间家庭和个人所经受的不堪回首的境遇和留下的严重身心创伤。有的文章记述了上山下乡期间的艰辛与奋斗。更有不少文章以欣喜的心情反映了改革开放以来亲身经历的国家、厦大翻天覆地的变化，个人命运发生重大转折后的学习、工作和生活，以及在不同岗位上的成就与奉献。文集最后的"聚会集锦"记载了近年来厦大孩子几次聚会的盛况,生动地体现出历经阳光、乌云、风雨、彩虹,大家心中对这块让我们魂牵梦萦的土地那割舍不断、消磨不去的真挚情怀。

全书映射出国家的百年沧桑和厦门大学的历史足迹,促人反思、催人奋进。文集记载了厦大近百年来所发生的诸多事件和多位知名、不知名的人物,为厦大校史保存了珍贵的资料。文集中还附有大量各时期的厦大校园、东澳小学照片以及集体和个人留影,真实地记录了不同的历史瞬间,有些照片是首次公开。虽然由于拍摄技术条件限制和时光的销蚀,部分照片清晰度不足或有缺损,但其历史价值却不言而喻。

作为当年厦大孩子的一员,我曾经在厦大校园和其他厦大宿舍区生活过十多年、在东澳小学就读六年。今天,反复阅读文集中篇篇文稿,往事历历犹在眼前,我深切缅怀那些已经逝去的厦大前辈们,不禁心潮起伏,思绪万千,耳边不时响起人民音乐家聂耳 20 世纪 30 年代初创作的《毕业歌》。80 年来,它激励着一代又一代青年学子为国家富强、人民幸福、民族振兴而前赴后继、勇往直前,厦门大学和厦大孩子不也正是这样一步步走过来的吗?今天,我愿以这首歌作为本书的结束语,并与厦大孩子们和广大读者共勉:

同学们,大家起来,担负起天下的兴亡。

听吧,满耳是大众的嗟伤;看吧,一年年国土的沦亡。

我们是要选择战,还是降?

我们要做主人去拼死在疆场,我们不愿做奴隶而青云直上。

我们今天是桃李芬芳,明天是社会的栋梁。

我们今天是弦歌在一堂,明天要掀起民族自救的巨浪。

巨浪,巨浪,不断地增长。

同学们,同学们,快拿出力量,担负起天下的兴亡!

2015 年 1 月 25 日

写于北京大学燕南园

后记

图书在版编目(CIP)数据

**永远的厦大孩子**/章慧,郑启五主编.卢咸池主审.—厦门:厦门大学出版社,
2015.12

ISBN 978-7-5615-5894-2

Ⅰ.①永⋯ Ⅱ.①章⋯②郑⋯③卢⋯ Ⅲ.①回忆录-作品集-中国-当代 Ⅳ.①I251

中国版本图书馆 CIP 数据核字(2015)第 312024 号

官方合作网络销售商:

**厦门大学出版社出版发行**

(地址:厦门市软件园二期望海路 39 号 邮编:361008)
总 编 办 电 话:0592-2182177 传真:0592-2181406
营销中心电话:0592-2184458 传真:0592-2181365
网址:http://www.xmupress.com
邮箱:xmup @ xmupress.com
**厦门集大印刷厂印刷**
2015 年 12 月第 1 版 2015 年 12 月第 1 次印刷
开本:720×1000 1/16 印张:51.25 插页:4
字数:760 千字 印数:1～2 500 册
定价:120.00 元
本书如有印装质量问题请直接寄承印厂调换

2012 年 1 月园友黄菱（后排中）与参加厦大幼儿园建园 60 周年庆典的幼儿园老师合影

2012 年 1 月东澳小学 1965、1966、1968 届和低年级同学与当年的幼儿园老师合影

2012 年 1 月参加园庆的 1960 届和 1961 届等园友与幼儿园老师合影

东澳小学 1968、1969 届及低年级学妹

东澳小学 1966 届校友

2012 年正月初五东澳小学 1965 届（五年制）同学与王洁治老师合影

2012 年正月初五部分园友和校友在五通灯塔公园合影

2012 年 3 月 23 日厦大孩子在厦大逸夫楼聚会

2013 年正月初五厦大孩子大团圆（1）

2013 年正月初五厦大孩子大团圆（2）

2014 年 2 月 16 日厦大孩子在厦大嘉庚主楼前合影（1）

2014 年 2 月 16 日厦大孩子在厦大嘉庚主楼前合影（2）